ÁUREO

MARISSA MEYER

ÁUREO

Tradução de Paula Di Carvalho

Rocco

Título original
GILDED

Copyright do texto © 2021 *by* Rampion Books

Todos os direitos reservados.

Primeira publicação por Feiwel and Friends Book,
um selo da Macmillan Children's Publishing Group.

Edição brasileira publicada mediante acordo com
Jill Grinberg Literary Management LLC e
Sandra Bruna Agencia Literaria, SL

Direitos para a língua portuguesa reservados
com exclusividade para o Brasil à
EDITORA ROCCO LTDA.
Rua Evaristo da Veiga, 65 – 11º andar
Passeio Corporate – Torre 1
20031-040 – Rio de Janeiro – RJ
Tel.: (21) 3525-2000 – Fax: (21) 3525-2001
rocco@rocco.com.br
www.rocco.com.br

Printed in Brazil/Impresso no Brasil

preparação de originais
CATARINA NOTAROBERTO

CIP-Brasil. Catalogação na publicação.
Sindicato Nacional dos Editores de Livros, RJ.

M56a
    Meyer, Marissa
        Áureo / Marissa Meyer ; tradução Paula Di Carvalho. –
1. ed. – Rio de Janeiro : Rocco, 2022.

        Tradução de: Gilded
        ISBN 978-65-5532-280-4
        ISBN 978-65-5595-139-4 (e-book)

        1. Ficção americana. I. Carvalho, Paula Di. II. Título.

22-78548
                                CDD: 813
                                CDU: 82-3(73)

Gabriela Faray Ferreira Lopes – Bibliotecária – CRB-7/6643

O texto deste livro obedece às normas do
Acordo Ortográfico da Língua Portuguesa.

Para Jill e Liz,
Dez anos e quinze livros juntos.
Seu apoio, encorajamento e amizade contínuos valem muito mais do que ouro.

Tudo bem, eu vou lhe contar a história como realmente aconteceu.

A primeira coisa que você precisa saber é que não foi culpa do meu pai. Nem o azar, nem as mentiras. Certamente não a maldição. Sei que algumas pessoas tentarão culpá-lo, mas sua participação foi mínima.

E quero deixar claro que não foi tudo minha culpa também. Nem o azar, nem as mentiras. Certamente não a maldição.

Bem.

Talvez algumas mentiras.

Mas é melhor eu começar do começo. O verdadeiro começo.

Nossa história tem início no solstício de inverno de dezenove anos atrás, durante uma rara Lua Interminável.

Ou, quem sabe, o verdadeiro começo foi nos tempos primórdios, quando monstros vagavam livremente fora do véu que agora os separa dos mortais, e demônios às vezes se apaixonavam.

Mas, para facilitar, nossa história tem início naquela Lua Interminável. O céu estava cinza-ardósia, e uma nevasca se anunciava aos quatro ventos pelos uivos arrepiantes dos cães, pelo rimbombar de cascos. A caçada selvagem já começara, mas naquele ano eles não buscavam apenas almas perdidas e bêbados sem rumo e crianças travessas que ousaram se comportar mal na hora mais inoportuna. Aquele ano era diferente, pois uma Lua Interminável só acontece quando o solstício de inverno coincide com uma lua cheia e brilhante. É a única noite em que os grandes deuses são forçados a assumir suas formas bestiais. Gigantes. Poderosos. Praticamente impossíveis de capturar.

Mas, se você tiver sorte ou habilidade o bastante para conquistar tal prêmio, o deus será forçado a lhe conceder um desejo.

Era esse desejo que o Erlking buscava naquela noite fatídica. Seus cães uivavam e flamejavam enquanto perseguiam uma das criaturas monstruosas. O próprio Erlking atirou a flecha que perfurou a gigantesca asa dourada da besta. Ele tinha certeza de que o desejo seria seu.

Mas, com força e graça notáveis, a besta, mesmo ferida, conseguiu escapar do cerco dos cães. Fugiu para as profundezas do Bosque Aschen. Os caçadores voltaram a persegui-la, mas já era tarde demais. O monstro sumira, e, com o amanhecer se aproximando, os caçadores foram forçados a se recolher atrás do véu.

Quando a luz da manhã refletiu sobre uma camada de neve, um jovem moleiro se levantou cedo para verificar o rio que girava sua roda-d'água, receoso que ele em breve pudesse congelar no frio do inverno. Foi então que avistou o monstro, escondido nas sombras da roda. Poderia estar morrendo, se deuses pudessem morrer. Estava fraco. A flecha com ponta dourada ainda se projetava por entre as asas ensanguentadas.

O moleiro, cuidadoso e assustado, mas também corajoso, se aproximou da besta e, com muito esforço, partiu a flecha ao meio e arrancou-a. Assim que o fez, a besta se transformou no deus das histórias. Expressando muita gratidão pela ajuda do moleiro, ele ofereceu conceder um único desejo.

O moleiro pensou por um longo momento, até que finalmente confessou que recentemente se apaixonara por uma donzela da vila, uma garota de coração quente e espírito livre. Ele desejou que o deus lhes concedesse um filho, um que fosse saudável e forte.

O deus se curvou e disse que assim seria.

No solstício de inverno seguinte, o moleiro se casara com a donzela da vila, e, juntos, eles trouxeram uma bebê ao mundo. De fato, ela era saudável e forte, e, nesse sentido, o deus das histórias concedera o desejo exatamente como solicitado.

Mas toda história tem dois lados. O herói e o vilão. A escuridão e a luz. A bênção e a maldição. E o que o moleiro não entendeu é que o deus das histórias também é o deus das mentiras.

Um deus trapaceiro.

Abençoada por tal padrinho, a criança foi marcada eternamente com olhos suspeitos; íris pretas como piche, sobrepostas por um círculo dourado com oito minúsculos raios da mesma cor. Uma roda do destino e da fortuna, que, se você for sábio, entende que é a maior enganação de todas.

Tal olhar particular assegurava que todos que a viam soubessem que ela fora tocada por magia antiga. À medida que crescia, a criança era frequentemente evitada pelos aldeões desconfiados por seus estranhos olhos e pelo rastro de desastres que ela parecia deixar por onde passava. Tempestades terríveis no inverno. Secas no verão. Colheitas contaminadas e gado perdido. E o desaparecimento de sua mãe no meio da noite, sem explicação.

Essas e todo tipo de coisas horríveis, cuja culpa poderia facilmente ser colocada na criança peculiar, de olhos profanos e sem mãe.

Talvez o mais condenável fosse o hábito que ela desenvolvera assim que aprendeu suas primeiras palavras. Quando falava, ela mal conseguia se impedir de contar as histórias mais mirabolantes, como se a língua não conseguisse distinguir a verdade da mentira. Começou a inventar as próprias histórias e mentiras, e por mais que as outras crianças se deleitassem com suas fábulas — tão cheias de extravagâncias e encanto —, os mais velhos eram mais sábios.

Ela era blasfema, diziam. Uma mentirosa desprezível, que todo mundo sabe que é quase tão ruim quanto ser um assassino ou o tipo de pessoa que se convida repetidamente para uma caneca de cerveja e nunca retribui o favor.

Em uma palavra, a criança era amaldiçoada, e todos sabiam.

E agora que contei a história, temo ter lhe enganado, antes.

Em retrospectiva, talvez tenha sido um pouco culpa do meu pai. Talvez ele devesse ter sabido que não se deve aceitar um desejo de um deus.

Afinal... você não saberia?

ANO-NOVO

A Lua da Neve

CAPÍTULO
Um

MADAME SAUER ERA UMA BRUXA. UMA BRUXA DE VERDADE, NÃO O QUE algumas pessoas mesquinhas chamam uma mulher antipática de aparência desgrenhada, apesar de ela também ser assim. Não, Serilda estava convencida de que Madame Sauer escondia poderes ancestrais e apreciava a comunhão com os espíritos do campo na escuridão de cada lua nova.

Ela não tinha muitas provas. Só um palpite, na verdade. O que mais a velha professora poderia ser, com o temperamento ranzinza e aqueles dentes amarelados e ligeiramente pontudos? (É sério, olhe mais de perto; eles têm um quê de afiados, pelo menos quando a luz bate num certo ângulo, ou quando ela reclama de seu bando de alunos desgraçados *de novo*.) Os locais podiam insistir em culpar Serilda por cada pequeno infortúnio que lhes acometia, mas ela não se deixava enganar. Se havia um culpado, era Madame Sauer.

Ela provavelmente criava poções a partir de unhas do pé e tinha um tritão--alpino como familiar. Coisas nojentas, gosmentas. Combinaria perfeitamente com seu temperamento.

Não, não, não. Ela não estava falando sério. Serilda gostava de tritões-alpinos. Nunca desejaria algo tão horrível a eles quanto ter uma ligação espiritual com aquele ser humano abominável.

— Serilda — disse Madame Sauer com sua carranca favorita.

Ou, pelo menos, Serilda presumiu que ela estivesse fazendo sua carranca favorita. Ela não conseguia de fato ver a bruxa com os olhos timidamente apontados para o chão de terra da escola.

— Você não é abençoada por Wyrdith — continuou a mulher, suas palavras lentas e mordazes. — Ou por *nenhum* dos antigos deuses, por sinal. Seu pai pode ser um homem respeitável e honrado, mas ele não salvou nenhuma besta lendária ferida pela caçada selvagem! Essas coisas que você conta às crianças são... são...

Disparatadas?

Absurdas?

Meio divertidas?

— Perversas! — concluiu Madame Sauer, cuspindo gotículas de saliva na bochecha de Serilda. — Para que isso serve? Acreditar que você é especial? Que suas histórias são presentes de um deus, quando deveríamos estar ensinando valores de honestidade e humildade? Uma hora escutando suas histórias e você conseguiu conspurcar todos os meus esforços do ano inteiro!

Serilda torceu os lábios e esperou pelo castigo. Quando parecia que as acusações de Madame Sauer tinham se esgotado, ela abriu a boca e respirou profundamente, pronta para se defender; era só uma história, afinal, e o que Madame Sauer sabia? Talvez seu pai tivesse realmente salvado o deus das mentiras no solstício de inverno. Ele mesmo lhe contara aquela história quando ela era mais nova, e ela verificou os mapas celestes. Aquele ano *tivera* uma Lua Interminável; assim como teria de novo no próximo inverno.

Mas ainda faltava quase um ano inteiro. Um ano para imaginar fábulas deleitáveis e fantasiosas que encantassem e assustassem as criancinhas inocentes que eram forçadas a frequentar aquela escola desalmada.

Pobrezinhos.

— Madame Sauer...

— Nem mais uma palavra!

Serilda se calou imediatamente.

— Já ouvi mais que o bastante dessa sua boca blasfema — vociferou a bruxa, antes de bufar com frustração. — Queria que os deuses tivessem me salvado de uma aluna assim.

Serilda limpou a garganta e tentou continuar com um tom baixo e sensato:

— Eu não sou mais exatamente uma aluna. Apesar de a senhora parecer esquecer que meu trabalho aqui é voluntário. Sou mais uma assistente do que aluna. E... a senhora deve ver algum valor na minha presença, já que nunca me mandou parar de vir. Até agora?

Ela ousou erguer o olhar com um sorriso esperançoso.

Não tinha carinho algum pela bruxa, assim como Madame Sauer não tinha carinho algum por ela. Mas visitar as crianças da escola, ajudá-las com seus trabalhos, lhes contar histórias quando Madame Sauer não estava ouvindo... eram algumas das poucas coisas que traziam alegria a Serilda. Se Madame Sauer a mandasse parar de ir, ela ficaria devastada. As crianças, todas as cinco, eram as únicas pessoas do vilarejo que não olhavam para ela como se fosse uma praga em sua comunidade respeitável.

Na verdade, elas eram as poucas que ousavam ao menos olhar para Serilda. Os raios dourados em seu olhar deixavam a maioria das pessoas desconfortável. Ela às vezes se perguntava se o deus escolhera marcar suas íris porque, na teoria, não se deveria ser capaz de olhar alguém nos olhos ao mentir. Mas Serilda nunca teve nenhum problema em fazer contato visual com ninguém, estivesse ela mentindo ou não. Era o resto da cidade que tinha dificuldade de encará-la.

Menos as crianças.

Ela não podia partir. Precisava delas. Gostava de pensar que as crianças precisavam dela também.

Além do mais, se Madame Sauer a mandasse embora, isso significaria que seria forçada a arrumar um emprego na cidade, e, até onde Serilda sabia, o único trabalho disponível era... *fiar*.

Eca.

Mas a expressão de Madame Sauer era solene. Fria. Até beirando a raiva. A pele sob o olho esquerdo se contraía, um sinal certeiro de que Serilda tinha passado dos limites.

Com um movimento brusco, Madame Sauer pegou o galho de salgueiro que guardava na escrivaninha e o ergueu.

Serilda se encolheu, um instinto que perdurava de todos os anos em que ela foi, *de fato,* uma das alunas da escola. Fazia anos que não era golpeada no dorso das mãos, mas ainda sentia a ardência fantasma do galho contra elas sempre que o via. Ela ainda se lembrava das palavras que fora ordenada a repetir a cada golpe do galho.

Mentir é pecado.
Mentiras são obras dos demônios.
Minhas histórias são mentirosas, então eu sou uma mentirosa.

Poderia não ter sido tão horrível, mas quando as pessoas não confiam que você está falando a verdade, elas inevitavelmente param de confiar em você em outros aspectos também. Não confiam que você não roubaria delas. Não confiam que você não trapacearia. Não acreditam que você possa ser responsável ou atenciosa. Isso conspurcava todos os elementos da sua reputação de uma maneira que Serilda considerava extremamente injusta.

— Não pense que, só porque você é maior de idade, eu vou deixar de expulsar a perversidade de você a golpes — disse Madame Sauer. — Uma vez minha aluna, sempre minha aluna, senhorita Moller.

Ela curvou a cabeça.

— Me perdoe. Não vai acontecer de novo.

A bruxa soltou um muxoxo de desdém.

— Infelizmente, nós duas sabemos que isso é só mais uma mentira.

CAPÍTULO

Dois

SERILDA APERTOU A CAPA COM FIRMEZA AO SAIR DA ESCOLA. AINDA teria mais uma hora de luz do dia — tempo mais do que suficiente para chegar até sua casa no moinho —, mas esse inverno estava mais frio do que qualquer outro que ela lembrava, com neve até os joelhos e perigosas placas de gelo nas estradas, que estavam cheias de sulcos lamacentos, feitos pelas rodas de carroças. A umidade certamente se infiltraria em suas botas e meias muito antes de ela chegar em casa, e Serilda temia esse tormento tanto quanto ansiava pelo fogo que seu pai teria acendido na lareira e a tigela de caldo fumegante que beberia enquanto esquentava os dedos dos pés.

Essas caminhadas para casa no meio do inverno eram as únicas vezes em que Serilda desejava que eles não morassem tão longe da cidade.

Preparando-se para enfrentar o frio, ela vestiu o capuz e seguiu adiante. Cabeça baixa, braços cruzados, passos tão rápidos quanto possível, tentando não escorregar no gelo traiçoeiro espreitando abaixo da camada mais recente de neve fofa. O ar gélido se misturava ao aroma da fumaça de lareiras próximas.

Pelo menos parecia que não nevaria naquela noite. O céu estava livre das nuvens cinza ameaçadoras. A Lua da Neve estaria totalmente exposta, e, por mais que não fosse tão notável quanto a lua cheia que coincidia com o solstício, ela sentia que devia haver algum encantamento ligado a uma lua cheia na primeira noite do ano novo.

O mundo era repleto de pequenos encantamentos quando se estava disposto a procurá-los. E Serilda estava sempre procurando.

— A caçada celebrará a mudança do calendário, assim como todos nós — sussurrou ela, procurando se distrair quando os dentes começaram a bater. — Depois de sua jornada demoníaca, eles vão se empanturrar com as bestas que capturaram e beberão vinho quente temperado com o sangue...

Alguma coisa bateu com força nas costas de Serilda, entre as suas escápulas. Ela deu um gritinho e girou para trás, escorregando. Então se desequilibrou, caindo com o traseiro em um montinho de neve.

— Peguei ela! — soou o grito satisfeito de Anna.

A exclamação foi seguida por uma erupção de vivas e risadas à medida que as crianças emergiam de seus esconderijos, cinco pequenas silhuetas cobertas por camadas de lã e pelo. Elas saltaram de trás de troncos de árvores, rodas de carroças e arbustos grandes demais sobrecarregados por estalactites.

— Por que demorou tanto? — perguntou Fricz com uma bola de neve pronta na mão enluvada, enquanto Anna se ocupava em raspar o chão para formar mais uma. — Estamos há quase uma hora esperando para emboscar você! Nickel já estava reclamando de queimaduras de frio!

— Está um frio desumano aqui fora — disse Nickel, gêmeo de Fricz, pulando de um pé para o outro.

— Ah, cala a boca. Nem a bebê está reclamando, seu velho asmático.

Gerdrut, a mais nova, de cinco anos, se virou para Fricz com uma expressão irritada.

— Eu não sou bebê! — gritou ela, jogando uma bola de neve na direção dele. E, por mais que tivesse mirado bem, ela caiu com um *cataplof* triste aos pés do menino.

— Ah, falei só para implicar com ele — diz Fricz, no mais próximo do que jamais chegara de um pedido de desculpas. — Sei que você está quase virando irmã mais velha e tudo o mais.

Isso amenizou rapidamente a raiva de Gerdrut, que empinou o nariz e bufou de orgulho. Não era só por ser a mais nova que os outros pensavam nela como a bebê do grupo. Ela era particularmente pequena para a idade, e particularmente adorável, com sardinhas espalhadas pelas bochechas redondas e cachinhos ruivos que pareciam nunca se embaraçar, não importava o quanto tentasse acompanhar as acrobacias de Anna.

— A questão é que estamos todos tremendo — retrucou Hans. — Não precisa fazer drama.

Com onze anos, Hans era o mais velho do grupo. E agindo como tal, ele gostava de reforçar seu papel de líder e protetor na escola, e os outros pareciam satisfeitos em deixá-lo desempenhar essa função.

— Fale por você — disse Anna, erguendo o braço antes de jogar uma nova bola de neve na roda de carroça abandonada à beira da estrada. Ela acertou em cheio o centro da roda. — Eu não estou com frio.

— Porque você passou a última hora dando estrelinhas — murmurou Nickel.

Anna abriu um sorrisinho banguela e se lançou em uma cambalhota. Gerdrut deu um gritinho empolgado — até então, cambalhotas eram a única manobra que ela dominara — e correu para se juntar a ela, ambas deixando trilhas na neve.

— E por que exatamente vocês todos estavam esperando para me emboscar? — perguntou Serilda. — Não têm uma lareira quentinha esperando em casa?

Gerdrut parou, sentada no chão com as pernas abertas e neve grudada no cabelo.

— Estávamos esperando para você terminar a história. — Ela era a que mais gostava das histórias assustadoras, por mais que não conseguisse escutar uma sem afundar o nariz nos ombros de Hans. — Sobre a caçada selvagem e o deus das mentiras e...

— Não. — Serilda balançou a cabeça. — Não, não, não. Essa foi a última vez que levo uma bronca da Madame Sauer. Parei de contar histórias. A partir de hoje, vocês não vão ouvir nada de mim além de notícias entediantes e fatos triviais. Por exemplo, vocês sabiam que tocar três notas específicas no dulcimer invoca um demônio?

— Você está inventando isso.

— Não estou. É verdade. Perguntem a qualquer um. Ah! Além disso, a única maneira de matar um nachzehrer é colocando uma pedra na boca dele. Isso impede que ele mastigue a própria carne enquanto você decepa a cabeça.

— Isso sim é o tipo de ensino que pode vir a calhar um dia — disse Fricz com um sorriso travesso.

Por mais que ele e o irmão fossem idênticos por fora — os mesmos olhos azuis, o cabelo loiro macio e a covinha no queixo —, não era difícil diferenciá-los. Fricz vivia procurando encrenca, e Nickel vivia constrangido por eles serem parentes.

Serilda deu um aceno sábio com a cabeça.

— Meu trabalho é prepará-los para a vida adulta.

— Argh — falou Hans. — Você está se fazendo de professora, não está?

— Eu sou sua professora.

— Não é nada. Você mal é assistente da Madame Sauer. Ela só te mantém por perto porque você consegue fazer os menores ficarem quietos e ela não.

— Está falando da gente? — perguntou Nickel, gesticulando para si mesmo e os outros. — Nós somos os menores?

— Temos quase a sua idade! — acrescentou Fricz.

Hans riu pelo nariz.

— Você tem nove anos. São dois anos inteiros de diferença. É uma eternidade.

— Não são dois anos inteiros — disse Nickel, começando a contar nos dedos. — Nosso aniversário é em agosto e o seu...

— Tá bom, tá bom — interrompeu Serilda, que já ouvira aquela discussão vezes demais. — Vocês são *todos* pequenos para mim, e está na hora de eu começar a levar o ensino de vocês mais a sério. Parar de encher sua cabeça de bobagem. Sinto dizer que chega de histórias.

O anúncio foi recebido com um coro de grunhidos, gemidos e súplicas melodramáticas. Fricz até caiu de cara na neve e começou a dar chutinhos em uma birra que podia ou não ser uma imitação de um dos dias de drama de Gerdrut.

— Estou falando sério dessa vez.

— Claro que está — disse Anna com uma risada alta. Ela havia parado de dar cambalhotas e estava testando a força de uma jovem árvore tília ao se pendurar em um dos galhos baixos e balançar as pernas para a frente e para trás. — Igual à última vez. E a penúltima.

— Mas agora estou falando sério.

Eles a encararam, nem um pouco convencidos.

O que era justo. Quantas vezes ela já tinha lhes dito que não contaria mais histórias? Que se tornaria uma professora modelo, uma dama correta e honesta de uma vez por todas.

Nunca durou.

Só mais uma mentira, como dissera Madame Sauer.

— Mas, Serilda — disse Fricz, se arrastando de joelhos na direção dela e erguendo seus olhos grandes e encantadores —, o inverno em Märchenfeld é terrivelmente entediante. Sem suas histórias, o que faremos?

— Uma vida de trabalho pesado — murmurou Hans. — Consertando cercas e arando a terra.

— E fiando — disse Anna com um suspiro devastado antes de erguer as pernas e passar os joelhos por um galho, deixando as mãos e tranças penduradas para baixo. A árvore rangeu ameaçadoramente, mas ela ignorou. — Uma fiação eterna.

Entre todas as crianças, Serilda achava que Anna era a que mais se parecia com ela, especialmente desde que começara a prender o longo cabelo castanho em duas tranças, como Serilda fizera durante boa parte da vida. Mas a pele bronzeada de Anna era alguns tons mais escura do que a de Serilda, e o cabelo dela não era tão longo. Além disso, havia os dentes de leite faltando... dos quais só alguns caíram naturalmente.

Elas também compartilhavam o ódio mútuo pelo trabalho penoso de fiar lã. Aos oito anos, Anna acabara de aprender a refinada arte da fiação na roda da família. Serilda olhou para ela com a devida compaixão quando ficou sabendo da novidade, e se referiu ao trabalho como *tedium incarnate*. A descrição fora repetida pelas crianças durante toda a semana seguinte, divertindo Serilda e enfurecendo a bruxa, que passara uma hora inteira dando um sermão sobre a importância do trabalho honesto.

— Por favor, Serilda — continuou Gerdrut. — Eu acho que suas histórias também são meio como fiar. Porque é como se você estivesse criando algo bonito do nada.

— Ora, Gerdrut! Que metáfora perspicaz — disse Serilda, impressionada com a menina por ter pensado na comparação, apesar de essa ser uma das coisas que ela amava em crianças. Elas viviam a surpreendendo.

— Você tem razão, Gerdy — disse Hans. — As histórias de Serilda transformam a nossa vida sem graça em algo especial. É como... como fiar palha e transformá-la em ouro.

— Ah, agora você só está sendo puxa-saco. — Serilda soltou uma risada enquanto lançava um olhar para o céu, que escurecia depressa. — Quem dera eu pudesse transformar palha em ouro. Seria muito mais útil do que fiar nada além de histórias bobas. Apodrecendo a mente de vocês, como diria Madame Sauer.

— Que se dane a Madame Sauer! — exclamou Fricz.

O irmão lançou a ele um olhar de censura pelo linguajar.

— Fricz, olha a boca — repreendeu Serilda, sentindo que era de bom tom, por mais que se sentisse grata pelo apoio.

— É sério. Não há mal nenhum em contar histórias. Ela só tem inveja porque só sabe contar histórias sobre antigos reis mortos e seus descendentes desprezíveis. Ela não saberia o que é uma boa fábula nem se a história lhe mordesse o nariz.

As crianças riram, até que o galho onde Anna se pendurava fez um súbito *crack* e ela se espatifou sobre a neve. Serilda arquejou e correu na direção dela.

— Anna!

— Estou viva! — disse Anna. Era sua frase favorita, e uma que ela precisava usar com frequência. A menina se desembolou do galho, se sentou e abriu um sorriso radiante para todos. — Que bom que Solvilde colocou toda essa neve aqui para amortecer a minha queda. — Com uma risadinha, ela sacudiu a cabeça, jogando uma cascata de flocos de neve nos ombros. Quando terminou, piscou para Serilda.

— E aí, você vai terminar a história, não vai?

Serilda tentou fazer uma careta de reprovação, mas sabia que não estava fazendo um bom trabalho em ser a adulta madura entre eles.

— Vocês são persistentes. E bastante persuasivos, devo admitir. — Ela soltou um suspiro exausto. — Tá bom. Tá bom! Uma história rápida, porque a caçada vai acontecer esta noite e nós devemos ir todos para casa. Venham aqui.

Ela abriu uma trilha pela neve até um pequeno agrupamento de árvores, onde uma camada de agulhas de pinheiro secas e galhos baixos ofereciam certa proteção contra o frio. As crianças se reuniram ansiosamente ao redor dela, reivindicando espaços entre as raízes, ombro a ombro para compartilhar o máximo de calor possível.

— Conta mais sobre o deus das mentiras! — pediu Gerdrut, se sentando ao lado de Hans, para caso ficasse com medo.

Serilda balançou a cabeça.

— Tenho outra história para lhes contar. Uma história digna de uma noite de lua cheia. — Ela gesticulou para o horizonte, onde a lua acabara de nascer com cor de palha. — É uma história diferente sobre a caçada selvagem, que só sai sob a lua cheia, avançando sobre os campos com seus cavalos da noite e cães do inferno. Hoje, os caçadores têm um único líder à sua frente: o perverso Erlking. Mas, há centenas de anos, os caçadores não eram comandados por Erlking, mas por sua amada, Perchta, a grande caçadora.

Ela foi recebida por uma curiosidade inquieta, as crianças se inclinando para mais perto com olhos brilhantes e sorrisos largos. Apesar do frio, Serilda corou com a própria empolgação. Sentia um tremor de ansiedade, porque nem ela sabia que reviravoltas e guinadas suas histórias dariam antes que as palavras deslizassem de sua língua. Boa parte das vezes, ela ficava tão surpresa pelas revelações quanto seus expectadores. Era parte do que a atraía à narração de histórias: não saber o final ou o que aconteceria em seguida. Ela ficava tão imersa na aventura quanto as crianças.

— Os dois estavam loucamente apaixonados — continuou. — A paixão deles era capaz de fazer raios caírem dos céus. Quando o Erlking olhava para a feroz amada, seu coração sombrio ficava tão abalado que tempestades se formavam sobre os oceanos e terremotos estremeciam o topo das montanhas.

As crianças fizeram caretas. Eles tendiam a reprovar qualquer menção a romance; até mesmo o tímido Nickel e a sonhadora Gerdrut que, segundo Serilda suspeitava, gostavam secretamente dessas histórias.

— Mas havia um problema com o amor deles. Perchta desejava desesperadamente um filho. Mas os sombrios têm mais morte do que vida no sangue e, portanto, não conseguem trazer filhos ao mundo. Então, tal desejo era impossível... ou era o que Perchta pensava.

Seus olhos brilharam quando a história começou a se desenrolar à sua frente.

— O coração podre de Erlking ainda se partia ao testemunhar sua amada desejar sofregamente, ano após ano, uma criança para chamar de sua. O seu choro, suas lágrimas se tornavam torrentes de chuva que inundavam os campos. O seu lamento, seu pranto, ressoavam como trovões sobre as montanhas. Incapaz de vê-la assim, o Erlking viajou até o fim do mundo para suplicar a Eostrig, o deus da fertilidade, que ele desse a Perchta um bebê. Mas Eostrig, que zela por todas as novas vidas, percebeu que Perchta era feita mais de crueldade do que de afeto materno, e não ousou sujeitar uma criança a tal mãe. Não havia súplica de Erlking capaz de convencê-lo. Então o Erlking voltou pela selva, relutante de pensar em como tal notícia decepcionaria sua amada. Mas enquanto cavalgava pelo Bosque Aschen...

Serilda parou, olhando nos olhos de cada uma das crianças, pois essas palavras haviam feito uma nova onda de energia vibrar pelo grupo. O Bosque Aschen era o cenário de muitas histórias, não apenas das dela. Era fonte de mais contos populares, mais pesadelos, mais superstição do que ela conseguia contar, especialmente ali em Märchenfeld. O Bosque Aschen ficava logo ao norte da cidadezinha deles, uma viagem curta pelos campos, e sua presença assombrosa era sentida por todos os aldeões desde que eram criancinhas, criados ouvindo alertas sobre todas as criaturas que habitavam aquela floresta, das bobas e travessas às mais sórdidas e cruéis.

O nome lançou um novo feitiço sobre as crianças. A história de Serilda sobre Perchta e o Erlking não era mais uma fábula distante. Agora ela estava bem à porta deles.

— Ao viajar pelo Bosque Aschen, o Erlking escutou um som aborrecido. Fungadas. Soluços chorosos. Sons molhados, lacrimosos, repugnantes, frequentemente associados a... *crianças*. Então ele viu o mestiço, uma coisinha patética, tão pequeno que mal conseguia andar com as pernas gorduchas. Era um bebê humano, coberto da cabeça aos pés de arranhões e lama, berrando pela mãe. E foi aí que o Erlking teve uma ideia extremamente ardilosa.

Ela sorriu e as crianças sorriram de volta, pois também viam onde a história estava indo.

Ou assim pensavam.

— Então o Erlking pegou a criança pelo pijama imundo e a jogou em um dos grandes alforjes no flanco de seu cavalo. E assim partiu, disparando de volta para o Castelo Gravenstone, onde Perchta esperava por ele.

"Ele presenteou a criança à amada, e sua felicidade fez até o sol brilhar com mais força. Meses se passaram, e Perchta papariçou a criança como só uma rainha poderia. Ela o levou em excursões aos pântanos mortos nas profundezas da floresta. Ela o banhou em fontes de enxofre e o vestiu nas peles das melhores bestas que caçara; o pelo de um rasselbock e as penas de um stoppelhahn. Ela o balançou nos galhos de salgueiros e cantou canções de ninar para fazê-lo dormir. Ele foi até presenteado com um cão do inferno só dele, no qual poderia montar e se juntar à mãe nas caçadas mensais. Portanto, ela ficou satisfeita por alguns anos.

"No entanto, conforme o tempo passava, o Erlking começou a notar que uma nova melancolia tomava conta de sua amada. Uma noite ele lhe perguntou o que havia de errado, e, com um lamento triste, Perchta gesticulou para seu bebê, que não era mais um bebê, se tornara uma criança esguia de temperamento forte, e disse: 'Eu nunca desejei tanto alguma coisa quanto ter um bebê. Mas, infelizmente, essa criatura diante de mim não é mais um bebê. Ele é uma criança agora, e em breve será um homem. Não o quero mais.'"

Nickel arquejou, horrorizado ao pensar que uma mãe, aparentemente tão devota, pudesse dizer tal coisa. Ele era um menino sensível, e talvez Serilda ainda não tivesse lhe contado o bastante das histórias antigas, que tão frequentemente começavam com pais ou responsáveis se descobrindo profundamente desencantados com seus rebentos.

— Então o Erlking atraiu o menino de volta à floresta, lhe dizendo que eles iriam praticar arco e flecha e caçar um pássaro selvagem para um banquete. Quando eles já haviam avançado o bastante nas profundezas da floresta, o Erlking sacou sua faca de caça do cinto, se esgueirou pelas costas do menino...

As crianças recuaram, horrorizadas. Gerdrut afundou o rosto no braço de Hans.

— ... e cortou sua garganta, deixando-o num riacho frio para morrer.

Serilda esperou um momento para que o choque e a repulsa do grupo se abrandassem antes de continuar.

— Depois, o Erlking saiu em busca de uma nova presa. Não bestas selvagens dessa vez, mas outra criança humana para dar à sua amada. E o Erlking vem levando crianças perdidas para seu castelo desde então.

CAPÍTULO

Três

SERILDA JÁ QUASE VIRARA UM BLOCO DE GELO QUANDO FINALMENTE avistou a luz da cabana do outro lado do campo, iluminando a neve numa auréola dourada. A noite estava bem iluminada pela lua cheia, e ela conseguia distinguir claramente sua casinha, o moinho atrás dela, a roda-d'água à beira do rio Sorge. Sentiu cheiro de madeira queimando, e isso acendeu uma nova faísca de energia em Serilda ao atravessar o campo.

Segurança.

Calor.

Lar.

Ela escancarou a porta da frente e cambaleou para dentro com um suspiro de alívio dramático. Recostou-se no portal de madeira e começou a despir as botas e meias encharcadas. Jogou-as quase do outro lado da sala, onde aterrissaram com baques molhados ao lado da lareira.

— Estou... com tanto... f-frio.

O pai dela levantou de um salto do assento ao lado da lareira, onde remendava um par de meias.

— Onde você estava? Já faz mais de uma hora que o sol se pôs!

— D-desculpe, pai — gaguejou ela, pendurando a capa em um gancho junto da porta e tirando o cachecol para deixá-lo ao lado.

— E cadê suas luvas? Não me diga que as perdeu de novo.

— Não perdi — arfou ela, puxando a segunda cadeira para mais perto do fogo. Serilda cruzou um dos pés sobre o joelho e começou a massageá-lo para recuperar a sensibilidade. — Fiquei até mais tarde com as crianças e não queria que elas voltassem sozinhas para casa no escuro, então acompanhei todas elas. E os gêmeos moram lá do outro lado do rio, então tive que fazer todo o caminho de volta, e... ah, como é bom estar em casa.

O pai dela franziu a testa. Ele não era velho, mas rugas de ansiedade tinham se tornado traços permanentes em seu rosto havia muito tempo. Talvez fosse por criar uma criança sozinho, ou rechaçar fofocas do resto do vilarejo, ou talvez ele sempre tivesse sido do tipo preocupado, com ou sem alguma justificativa. Quando Serilda era pequena, brincava de lhe contar histórias sobre as travessuras perigosas em que se metera e se deleitava no absoluto pavor do pai, antes de gargalhar e dizer que inventara tudo.

Agora ela via que talvez esse não fosse o modo mais gentil de tratar a pessoa que ela mais amava no mundo.

— E as luvas? — perguntou ele.

— Troquei por algumas sementes mágicas de dente-de-leão — disse ela.

Ele a olhou feio.

Ela abriu um sorriso envergonhado.

— Dei para Gerdrut. Água, por favor? Estou morrendo de sede.

Ele balançou a cabeça, grunhindo para si mesmo enquanto se aproximava do balde no canto onde eles juntavam neve para derreter ao lado da lareira toda noite. Ele pegou uma concha acima da lareira, serviu um pouco de água e estendeu-a para ela. Ainda estava gelada, e tinha gosto de inverno ao descer por sua garganta.

Seu pai voltou para a lareira e mexeu a panela pendurada.

— Odeio que você fique sozinha na rua, ainda mais numa noite de lua cheia. Coisas acontecem, sabe? Crianças desaparecem.

Ela não conseguiu reprimir um sorriso ao ouvir isso. A história que contara fora inspirada por anos e anos dos alertas tenebrosos do pai.

— Eu não sou mais criança.

— Não são só crianças. Homens adultos já foram encontrados no dia seguinte, atordoados e murmurando sobre duendes e nixes. Não pense que noites como esta não são perigosas. Pensei que tivesse te criado para ser mais sensata.

Serilda abriu um sorriso radiante para ele, porque ambos sabiam que ele a criara com um fluxo constante de alertas e superstições que serviram mais para inflamar sua imaginação do que inspirar o senso de autopreservação que ele buscava.

— Estou bem, papai. Nem sequestrada, nem levada por nenhum espectro. Afinal, quem ia querer me levar?

Ele firmou um olhar irritado nela.

— Qualquer espectro teria muita sorte em ter você.

Serilda se aproximou e tocou o rosto dele com os dedos gelados. Ele se retraiu, mas não se afastou, permitindo que ela inclinasse a cabeça dele para baixo e lhe desse um beijo na testa.

— Se algum vier atrás de mim — disse ela, o soltando —, vou dizer que você falou isso.

— Não é piada, Serilda. Da próxima vez que achar que vai se atrasar numa noite de lua cheia, é melhor levar o cavalo.

Ela se absteve de apontar que Zelig, seu velho cavalo que era mais um enfeite antigo do que um garanhão de fazenda, não tinha nem um pingo de chance de correr mais depressa do que a caçada selvagem.

Em vez disso, ela falou:

— Com todo o prazer, pai, se for deixá-lo mais tranquilo. Agora, vamos comer. A comida está com um cheiro delicioso.

Ele pegou duas cumbucas de madeira de uma prateleira.

— Menina esperta. É melhor já estar dormindo bem antes da hora das bruxas.

A HORA DAS BRUXAS CHEGARA E A CAÇADA AVANÇAVA PELOS campos...

Eram essas palavras que cintilavam na mente de Serilda quando seus olhos se abriram de repente. O fogo na lareira se reduzira a brasas, emanando apenas um levíssimo brilho pelo cômodo. Sua cama ocupava aquele mesmo canto da sala de estar desde que ela podia se lembrar, seu pai ocupando o único outro cômodo, nos fundos da casa, cuja parede de trás era compartilhada com o moinho. Ela ouvia seus roncos pesados pela porta e, por um momento, se perguntou se fora isso que a acordara com um susto.

Uma lenha crepitou subitamente e caiu, emitindo faíscas que chamuscaram a alvenaria antes de escurecer e morrer.

Então... escutou um som tão distante que poderia ter sido sua imaginação, se não fosse pelo arrepio gelado que desceu por sua coluna.

Uivos.

Quase lupinos, o que não era incomum. Seus vizinhos tomavam muito cuidado para proteger seus rebanhos dos predadores que viviam rondando.

Mas havia algo diferente nesse uivo. Algo ímpio. Selvagem.

— Cães do inferno — sussurrou ela para si mesma. — A caçada.

Ela ficou sentada, de olhos arregalados em silêncio perplexo por um longo momento, com os ouvidos aguçados para tentar discernir se eles estavam se aproximando ou se afastando, mas escutava apenas o estalar do fogo e os roncos estrondosos no quarto ao lado. Começou a se perguntar se fora um sonho. Sua mente errante lhe causando problemas de novo.

Serilda se afundou de volta na cama e puxou as cobertas até o queixo, mas seus olhos não se fechavam. Ela encarou a porta, por onde o luar se infiltrava entre as frestas.

Outro uivo, então mais um, em rápida sucessão, a fizeram se levantar num salto de novo, seu coração acelerado. Esses foram altos. Bem mais altos do que os de antes.

Os caçadores se aproximavam.

Serilda se forçou a deitar de novo, dessa vez fechando os olhos com tanta força que seu rosto inteiro se franziu. Ela sabia que seria impossível dormir agora, mas precisava fingir. Já ouvira muitas histórias sobre aldeões sendo atraídos para fora de suas camas pelo magnetismo da caçada, então se encontraram tremendo em seus pijamas na beira da floresta na manhã seguinte.

Ou, para os azarados, nunca mais foram vistos. E, historicamente, Serilda e a sorte não se davam muito bem. Era melhor não arriscar.

Ela jurou que ficaria onde estava, imóvel, mal respirando, até que a marcha fantasmagórica tivesse passado. Que achassem outro aldeão desafortunado para predar. Sua necessidade por empolgação ainda não era assim *tão* desesperada.

Serilda se enroscou toda, agarrada à coberta, esperando pelo fim da noite. Que história incrível contaria às crianças depois. *É claro que a caçada existe de verdade, pois eu mesma a ouvi com meus próprios...*

— Não... Filipêndula! Por aqui!

Era uma voz de menina, trêmula e esganiçada.

Os olhos de Serilda voltaram a se arregalar.

A voz soara tão nítida. Como se tivesse vindo logo do outro lado da janela acima de sua cama, sobre a qual seu pai pregara uma tábua no começo do inverno para ajudar a isolar o frio.

A voz soou de novo, ainda mais assustada:

— Rápido! Eles estão vindo!

Algo se chocou contra a parede.

— Estou tentando — resmungou outra voz feminina. — Está trancada!

Elas estavam tão perto, como se Serilda pudesse esticar a mão através da parede e tocá-las.

Com um susto, percebeu que, fossem lá quem fossem, estavam tentando entrar no porão embaixo da casa.

Estavam tentando se esconder.

Fossem lá quem fossem, elas estavam sendo caçadas.

Serilda não precisou nem de um minuto para pensar, ou para cogitar se poderia ser um truque dos caçadores para atrair presas frescas. Para tirar *Serilda* da segurança de sua cama.

Ela afastou a coberta com os pés e correu para a porta. Num piscar de olhos, jogou sua capa por cima da camisola e enfiou os pés nas botas ainda úmidas. Ela alcançou o lampião na prateleira e se atrapalhou brevemente com um fósforo antes que uma chama brotasse de sua ponta.

Serilda escancarou a porta e foi atingida por uma rajada de vento, uma enxurrada de flocos de neve... e um gritinho de surpresa. Ela girou o lampião em direção à entrada do porão. Duas figuras estavam agachadas contra a parede, seus longos braços enlaçados ao redor uma da outra, seus olhos imensos piscando para ela.

Serilda piscou de volta, igualmente perplexa. Porque, por mais que ela soubesse que havia *alguém* ali fora, não esperava descobrir que, na verdade, elas eram *algo*.

As criaturas não eram humanas. Pelo menos não totalmente. Seus olhos eram enormes círculos negros, os rostos delicados como flores de evônimos, suas orelhas longas e pontudas e um pouco peludas, como as de uma raposa. Seus braços e pernas pareciam galhos de salgueiro compridos e a pele emitia um brilho marrom-dourado à luz da lanterna; e havia muita pele exposta. Apesar de estarem no meio do inverno, o conjunto de tecido peludo que elas usavam cobria pouco mais do que o necessário para o menor senso de modéstia. O cabelo delas era curto e rebelde, e Serilda reparou com encanto estupefato que nem mesmo era cabelo, e sim tufos de líquen e musgo.

— Donzelas do musgo — arfou ela. Pois, apesar de suas muitas histórias sobre os sombrios, os espíritos da natureza e todo tipo de fantasmas e espectros, em todos os seus dezoito anos, Serilda apenas conhecera humanos comuns e sem graça.

Uma das meninas se levantou num pulo, bloqueando a outra com o corpo.

— Nós não somos ladras — disse ela, com um tom incisivo. — Não pedimos nada além de abrigo.

Serilda se encolheu. Sabia que os humanos nutriam uma profunda desconfiança do povo da floresta. Eles eram considerados estranhos. Às vezes úteis, no máximo, ladrões e assassinos no mínimo. Até hoje, a esposa do padeiro insistia que seu filho mais velho fora trocado quando bebê por uma criatura da floresta. Criatura da floresta ou não, o filho se tornara um homem adulto, num casamento feliz com quatro descendentes.

Outro uivo ecoou pelo campo, parecendo vir de todas as direções.

Serilda estremeceu e olhou ao redor, mas, apesar de os campos que se estendiam para além do moinho estarem bem iluminados pela lua cheia, não viu qualquer sinal dos caçadores.

— Salsa, precisamos ir — disse a menor delas, se levantando abruptamente e agarrando o braço da outra. — Eles estão chegando.

A outra, Salsa, assentiu intensamente com a cabeça, sem tirar os olhos de Serilda.

— Para o rio, então. Disfarçar nosso cheiro é nossa única esperança.

Elas se deram as mãos e começaram a se afastar.

— Esperem! — exclamou Serilda. — Esperem.

Deixando o lampião no chão ao lado da porta do porão, ela enfiou a mão sob a placa de madeira onde seu pai guardava a chave. Por mais que suas mãos estivessem ficando dormentes de frio, ela só precisou de um momento para destrancar e escancarar a grande porta lisa. As donzelas a fitaram com desconfiança.

— O rio corre devagar nessa época do ano, metade da superfície já congelou. Não vai fornecer muita proteção. Entrem aqui e me passem uma cebola. Vou esfregá-la na porta, e, com sorte, vai disfarçar seu cheiro o bastante.

Elas a encararam, e, por um longo momento, Serilda achou que ririam de sua tentativa ridícula de ajudar. Elas eram do povo da floresta. De que lhes serviriam os esforços patéticos de uma humana?

Mas Salsa fez que sim com a cabeça. A donzela menor — Filipêndula, se ela ouvira direito — desceu para o breu do porão e pegou uma cebola de um dos caixotes. Não houve uma palavra de gratidão; não houve palavra alguma.

Assim que ambas entraram, Serilda fechou a porta e voltou a trancar o ferrolho.

Após arrancar a casca da cebola, ela a esfregou nas bordas do alçapão. Seus olhos começaram a arder, e ela tentou não se preocupar com pequenos detalhes, como o monte de neve que caíra da porta do porão quando ela o abrira, ou como a trilha das donzelas poderia levar os cães do inferno direto até sua casa.

Trilha... *pegadas*.

Com um giro, ela esquadrinhou o campo, temendo identificar duas trilhas de pegadas na neve apontando direto para ela.

Mas não viu nada.

Tudo parecia tão surreal que, se seus olhos não estivessem lacrimejando por causa da cebola, teria certeza de estar vivendo um sonho vívido.

Serilda jogou a cebola o mais longe que conseguiu. Ela aterrissou no rio fazendo barulho.

Nem um segundo depois, ela escutou os rosnados.

CAPÍTULO

Quatro

ELES AVANÇARAM NA DIREÇÃO DELA COMO A PRÓPRIA MORTE; LATINDO
e rosnando ao disparar pelos campos. Tinham o dobro do tamanho de qualquer cão de caça que Serilda já vira, a ponta das orelhas chegando quase à altura dos ombros dela. Mas seus corpos eram magros, com costelas ameaçando romper o pelo eriçado. Fios de saliva grossa se penduravam de presas pronunciadas. O mais perturbador era o brilho ardente que podia ser visto por suas gargantas, narinas, olhos... até nas áreas onde sua pele sarnenta era esticada e fina demais por cima dos ossos. Como se não corresse sangue por seus corpos, mas sim o próprio fogo de Verloren.

Serilda mal teve tempo de gritar antes que uma das feras se lançasse sobre ela, as mandíbulas se fechando em frente aos seus olhos. Patas gigantescas golpearam seus ombros. Ela caiu na neve, instintivamente cobrindo o rosto com os braços. O cão aterrissou por cima dela, exalando enxofre e podridão.

Para sua surpresa, ele não cravou os dentes nela, mas esperou. Tremendo, Serilda ousou espiar pelo espaço entre seus braços. Os olhos do cão ardiam enquanto ele farejava profundamente, o ar inflamando o brilho por trás das narinas enrugadas. Algo molhado pingou no queixo dela. Serilda arfou e tentou limpar, incapaz de reprimir um gemido.

— Deixe — ordenou uma voz; baixa, porém incisiva.

O cão saiu de cima de Serilda, deixando-a tremendo e arfando. Assim que teve certeza de que estava livre, ela rolou e cambaleou de volta para o chalé. Pegou a pá apoiada na parede e virou-se em um giro, o coração acelerado enquanto se preparava para golpear a fera.

Mas ela não estava mais encarando os cães.

Serilda piscou e ergueu os olhos para o cavalo que parara a meros passos de onde ela estivera deitada momentos antes. Um cavalo de batalha preto, de músculos definidos, soprando grandes nuvens de vapor pelas narinas.

Seu cavaleiro estava iluminado pelo luar, belo e terrível ao mesmo tempo, com pele prateada, olhos cor de gelo fino sobre um lago profundo e longos cabelos negros soltos ao redor dos ombros. Ele usava uma armadura de couro fino, com dois cintos estreitos na cintura que comportavam uma variedade de facas e um chifre curvo. Uma aljava de flechas se projetava de trás de um dos ombros. Ele tinha a presença de um rei, confiante em seu controle da fera abaixo de si, certo do respeito que exigia de qualquer um que cruzasse seu caminho.

Ele era perigoso.

Ele era glorioso.

E não estava sozinho. Havia pelo menos mais duas dúzias de cavalos, todos pretos como carvão, exceto por suas crinas e caudas branco-relâmpago. Cada um carregava um cavaleiro; homens e mulheres, jovens e velhos, alguns em trajes refinados, outros em trapos esfarrapados.

Alguns eram fantasmas. Ela sabia pela forma como suas silhuetas eram borradas contra o céu noturno. Outros eram sombrios, reconhecidos por sua beleza sobrenatural. Demônios imortais que tinham escapado havia muito tempo de Verloren e de seu antigo mestre, o deus da morte.

E todos a observavam. Os cães também. Eles haviam recuado ao comando do líder e agora andavam famintos de um lado para outro atrás do grupo, esperando a próxima ordem.

Serilda voltou a olhar para o líder. Sabia quem ele era, mas não ousava pensar o nome em voz alta, com medo de que pudesse estar certa.

Ele a encarou, olhando através dela, com o mesmíssimo olhar que alguém direcionava a um vira-lata pulguento que acabara de roubar sua refeição.

— Em que direção elas foram?

Serilda estremeceu. *A voz dele.* Serena. Cortante. Se ele tivesse se dado ao trabalho de declamar poesia para ela, em vez de fazer uma simples pergunta, ela já estaria enfeitiçada.

No entanto, Serilda conseguiu se livrar de um pouco do feitiço que sua presença lançara, lembrando-se das donzelas de musgo que estavam, bem naquele momento, a apenas alguns metros, escondidas sob a porta do porão, e de seu pai, com sorte ainda profundamente adormecido dentro de casa.

Ela estava sozinha, presa na atenção daquele ser que era mais demônio do que homem.

Hesitante, Serilda baixou a pá e perguntou:

— Em que direção *quem* foi, milorde?

Pois ele certamente era da nobreza, qualquer que fosse a hierarquia dos sombrios. *Um rei*, sussurrou sua mente, e ela a calou. Era simplesmente impossível demais.

Os olhos pálidos se estreitaram. A pergunta pairou no ar amargo entre eles por um longo momento, enquanto o corpo de Serilda era tomado por arrepios. Ela ainda estava só de camisola por baixo da capa, afinal, e seus dedos dos pés adormeciam rapidamente.

O Erl... não, o caçador, ela o chamaria assim. O caçador não respondeu à pergunta, para sua decepção. Pois, se tivesse respondido *as donzelas do musgo*, Serilda poderia rebater com outra pergunta. Por que ele estava caçando o povo da floresta? O que queria com elas? Não eram bestas para serem executadas e decepadas, sua pele usada para decorar um corredor de castelo.

Pelo menos ela certamente esperava que não fosse essa a intenção dele. Só de pensar nisso, seu estômago se embrulhava.

Mas o caçador ficou em silêncio, apenas manteve o olhar no dela enquanto seu corcel permanecia perfeita e estranhamente imóvel.

Incapaz de suportar qualquer nível de silêncio por tempo demais, especialmente um silêncio cercado de fantasmas e espectros, Serilda soltou uma exclamação de surpresa.

— Ah, perdoe-me! Estou no seu caminho? Por favor... — Ela deu um passo para trás e fez uma reverência, gesticulando para que seguissem. — Não liguem para mim. Eu só estava indo fazer minha colheita da meia-noite, mas os esperarei passar.

O caçador não se moveu. Alguns dos outros corcéis que haviam formado um crescente ao redor deles bateram os cascos na neve, bufando com impaciência.

Depois de outro longo silêncio, o caçador falou:

— Você não pretende se juntar a nós?

Serilda engoliu em seco. Ela não sabia se era um convite ou uma ameaça, mas a ideia de *se juntar* àquela tropa medonha, de acompanhá-los na caçada, criou um vazio de pavor dentro do peito dela.

Ela tentou não gaguejar ao responder:

— Eu lhe seria inútil, milorde. Não aprendi nenhuma habilidade de caça e mal consigo me manter numa sela. É melhor partir e me deixar com meu trabalho.

O caçador inclinou a cabeça e, pela primeira vez, Serilda sentiu algo novo em sua expressão fria. Algo como curiosidade.

Para sua surpresa, ele passou uma das pernas por cima do cavalo e, antes que ela pudesse ofegar, já aterrissara no chão à sua frente.

Serilda era alta em comparação à maioria das garotas da vila, mas o Erlki... o caçador era quase uma cabeça inteira mais alto que ela. Suas proporções eram inquietantes, longas e esguias como um caniço.

Ou talvez uma espada fosse uma comparação mais apropriada.

Serilda engoliu em seco quando ele deu um passo em sua direção.

— Me explique — disse ele, baixinho — qual *é* o seu trabalho, a tal hora, em tal noite?

Ela piscou depressa, e por um momento aterrorizante nenhuma palavra lhe veio à cabeça. Não apenas ela não conseguia falar, mas sua mente estava vazia. Onde normalmente havia histórias e mentiras, agora restava um vácuo. Um nada que ela nunca vivenciara.

Transformar palha em ouro, até parece...

O caçador inclinou a cabeça na direção dela, provocativo. Sabendo que a pegara. Em seguida, perguntaria de novo onde estavam as donzelas do musgo. O que ela poderia fazer, então, além de contar? Que outra opção tinha?

Pense. *Pense.*

— Acredito que tenha dito que ia... colher? — incitou ele, com uma sugestão de leveza no tom que tornava sua curiosidade gentil enganosa. Era um truque, uma armadilha.

Com esforço, Serilda conseguiu desviar o olhar do dele para um ponto do campo onde seus próprios pés haviam pisoteado a neve quando ela correu para casa mais cedo. Alguns pedaços partidos de centeio amarelado despontavam da lama.

— Palha! — disse ela, praticamente gritando e parecendo até sobressaltar o caçador. — Estou colhendo palha, é claro. O que mais, milorde?

Ele franziu as sobrancelhas.

— Na noite do Ano-Novo? Sob uma Lua da Neve?

— Ora... mas é claro. É a melhor hora para isso. Quer dizer... não o ano novo, exatamente, mas... a lua cheia. Caso contrário, não teria as propriedades mais adequadas para... fiar. — Ela engoliu em seco antes de adicionar, um tanto nervosa: — E transformar em... ouro?

Ela concluiu tal declaração absurda com um sorrisinho atrevido que o caçador não retribuiu. Ele manteve a atenção fixa nela, desconfiado, mas ainda assim... interessado, de alguma forma.

Serilda envolveu-se com os braços, numa proteção tanto contra o olhar astuto quanto contra o frio. Ela começava a tremer intensamente, seus dentes quase batendo.

Finalmente, o caçador voltou a falar, mas fosse lá o que ela torcesse ou esperasse que ele dissesse, certamente não era...

— Você carrega a marca de Hulda.

Seu coração deu um salto.

— Hulda?

— Deus do trabalho.

Ela o encarou, boquiaberta. Claro que ela sabia quem era Hulda. Só existiam sete deuses, afinal, não era difícil lembrar. Hulda era o deus mais associado ao trabalho bom e honesto, como Madame Sauer diria. Do trabalho na fazenda à carpintaria e, talvez acima de todo o resto, à fiação.

Ela torcera para que a escuridão da noite escondesse seus estranhos olhos de rodas douradas, mas talvez o caçador tivesse a visão aguçada de uma coruja, um caçador noturno da cabeça aos pés.

Ele interpretou a marca como uma roda de fiar. Ela abriu a boca, preparada pela primeira vez para dizer a verdade. Que ela não foi marcada pelo deus da fiação, e sim pelo deus da mentira. A marca que ele via era a roda do destino e da fortuna; ou desfortuna, como parecia ser o caso na maioria das vezes.

Era um erro fácil de cometer.

Mas então ela se deu conta de que tal marcação dava certa credibilidade à sua mentira sobre colher palha, então ela se forçou a dar de ombros, um pouco envergonhada da suposta feitiçaria que recebera.

— Sim — confirmou ela, com a voz subitamente fraca. — Hulda deu sua bênção antes de eu nascer.

— Com que propósito?

— Minha mãe era uma costureira talentosa — mentiu ela. — Ela presenteou Hulda com uma bela capa, e o deus ficou tão impressionado que disse a ela que seu primeiro filho seria abençoado com a mais milagrosa das habilidades.

— Transformar palha em ouro — falou o caçador lentamente, sua voz densa de incredulidade.

Serilda assentiu com a cabeça.

— Eu tento não contar a muitas pessoas. Poderia tornar as outras donzelas invejosas, ou os homens gananciosos. Confio que vai guardar o segredo?

Por um brevíssimo momento, o caçador pareceu se divertir com a declaração. Então se aproximou só um passo, e o ar ao redor de Serilda se tornou parado e muito, muito frio. Ela se sentiu tocada pela geada e percebeu, pela primeira vez, que nenhuma nuvem de vapor se formava à frente dele quando respirava.

Algo afiado se pressionou contra a base de seu queixo. Serilda arquejou. Ela certamente o teria sentido sacar a arma, mas não vira ou sentira qualquer movimento. Ainda assim ali estava ele, segurando uma faca de caça contra sua garganta.

— Vou perguntar de novo — disse ele, em um tom quase meigo —, onde estão as criaturas da floresta?

CAPÍTULO

Cinco

SERILDA SUSTENTOU O OLHAR DESALMADO DO CAÇADOR, SENTINDO-SE frágil demais, vulnerável demais.

Ainda assim, sua língua — aquela língua idiota, mentirosa — continuou falando.

— Milorde — respondeu ela, com uma gota de compaixão, como se constrangida em precisar dizer isso, pois certamente um caçador tão habilidoso não gostaria de parecer um tolo —, as criaturas da floresta vivem no Bosque Aschen, a oeste do Grande Carvalho. E... um pouco ao norte, eu acho. Pelo menos é o que dizem as histórias.

Pela primeira vez, uma faísca de raiva perpassou o rosto do caçador. Raiva, mas também incerteza. Ele não conseguia definir se ela estava o enganando ou não.

Mesmo um tirano grandioso como ele não conseguia identificar se ela estava mentindo.

Ela ergueu uma das mãos e tocou com extrema delicadeza o pulso dele.

Ele se contraiu diante do toque inesperado.

Ela se assustou com a sensação da pele dele.

Os dedos dela podiam estar frios, mas ainda tinham sangue quente correndo por eles.

Enquanto a pele do caçador parecia congelada.

Sem aviso, ele se retraiu bruscamente, livrando-a da ameaça iminente da lâmina.

— Não quero ofendê-lo — disse Serilda —, mas eu realmente preciso cuidar do meu trabalho. A lua sumirá em breve, e a palha não será mais tão flexível. Gosto de trabalhar com os melhores materiais quando posso.

Sem esperar resposta, Serilda voltou a pegar a pá, assim como um balde transbordando neve, que ela logo jogou fora. Com a cabeça bem erguida, ousou passar direto pelo caçador, pelo cavalo dele, em direção ao campo. O resto dos caçadores recuou, abrindo espaço, enquanto Serilda começava a escavar a camada superior da neve para revelar os grãos esmagados embaixo; os caulezinhos tristes que tinham sido deixados para trás na colheita do outono.

Não parecia nem um pouco com ouro.

Que mentira ridícula aquilo estava virando.

Mas Serilda sabia que comprometimento de corpo e alma era a única maneira de convencer alguém de uma inverdade. Então ela manteve a expressão plácida ao puxar os caules com as mãos expostas e geladas e jogá-los no balde.

Durante um longo tempo, só se ouviu os sons do trabalho dela, além de ocasionais pisadas dos cascos de cavalos e o rosnado baixo dos cães.

Então, uma voz suave e rouca disse:

— Eu já ouvi histórias sobre fiandeiros de ouro abençoados por Hulda.

Serilda ergueu o olhar para o cavaleiro mais próximo. Uma mulher de pele pálida, contornos turvos e o cabelo preso numa coroa trançada no topo da cabeça. Ela usava calça de montaria e uma armadura de couro, marcada por uma mancha vermelho-escura que descia por toda a frente da túnica. Uma quantidade nauseante de sangue; cuja origem, sem dúvida, era o corte profundo em sua garganta.

Ela sustentou o olhar de Serilda por um momento — indiferente — antes de voltar-se para o líder.

— Acredito que ela fala a verdade.

O caçador não deu atenção à declaração. Em vez disso, Serilda ouviu as botas dele esmagarem suavemente a neve até que ele estivesse às suas costas. Ela baixou o olhar, concentrada em sua tarefa, por mais que os caules dos grãos cortassem sua pele e a lama já se acumulasse por baixo de suas unhas. Por que não pegara as luvas? Assim que pensou nisso, lembrou que as dera para Gerdrut. Ela devia parecer uma tola e tanto.

Colhendo palha para transformar em ouro. Sinceramente, Serilda. De todas as coisas irracionais e absurdas que você poderia ter falado...

— Que bom saber que o presente de Hulda não foi desperdiçado — disse o caçador, arrastando as palavras. — É um dom raro, de fato.

Ela relanceou por cima do ombro, mas ele já dava meia-volta. Ágil como um lince, ele subiu em sua montaria. O cavalo bufou.

O caçador não olhou para Serilda enquanto sinalizava para os outros cavaleiros.

Tão rápido quanto chegaram, eles se foram. Cascos estrondosos, uma nuvem de neve e gelo, e novos uivos dos cães do inferno. Uma nuvem de tempestade, sinistra e crepitante, avançando pelo campo.

Então, nada além de neve reluzente e a lua redonda tocando o horizonte.

Serilda soltou uma lufada de ar trêmula, mal acreditando na própria sorte.

Ela sobrevivera a um encontro com a caçada selvagem.

Mentira na cara do próprio Erlking.

Que tragédia, pensou Serilda, o fato de que ninguém jamais acreditaria nela.

Ela esperou até que os sons da noite começassem a retornar. Galhos congelados rangendo. O borbulhar tranquilizador do rio. Um pio distante de coruja.

Finalmente, pegou o lampião e resolveu abrir a porta do porão.

As donzelas do musgo emergiram, encarando Serilda como se ela tivesse ficado azul desde a última vez que elas a viram.

Ela estava com tanto frio que não duvidaria se este fosse o caso.

Tentou sorrir, mas era difícil com os dentes batendo.

— Vocês ficarão bem agora? Conseguem encontrar o caminho de volta para a floresta?

A donzela mais alta, Salsa, riu com desdém, como se ofendida com uma pergunta dessas.

— São vocês, humanos, que vivem se perdendo, não nós.

— Não quis ofender. — Ela relanceou para suas roupas de pele nada modestas. — Vocês devem estar com tanto frio.

A donzela não respondeu, só encarou Serilda intensamente, tanto curiosa quanto irritada.

— Você salvou nossas vidas, e arriscou a sua para isso. Por quê?

O coração de Serilda palpitou alegremente. A atitude dela parecia tão heroica quando dita dessa forma.

Mas heróis deviam ser humildes, então ela apenas deu de ombros.

— Não pareceu nada certo perseguir vocês desse jeito, como se fossem animais selvagens. O que eles queriam, por sinal?

Foi Filipêndula quem respondeu, parecendo superar a timidez.

— Faz muito tempo que o Erlking vem caçando o povo da floresta, além de todo tipo de seres mágicos.

— Ele vê isso como um esporte — disse Salsa. — Imagino que, quando já se está caçando há tanto tempo quanto ele, levar a cabeça de um cervo comum para casa não deve parecer um grande prêmio.

Serilda entreabriu a boca em choque.

— Ele pretendia *matar* vocês?

As duas a encararam como se ela fosse estúpida. Mas Serilda presumira que o grupo estivesse perseguindo-as para capturá-las. O que, talvez, pudesse ser pior de outras formas. Mas assassinar seres tão graciosos por diversão? A ideia a enojava.

— Normalmente nós temos meios de nos proteger da caçada e nos esquivar daqueles cães — contou Salsa. — Eles não conseguem nos encontrar quando estamos sob a proteção da nossa Avó Arbusto. Mas eu e minha irmã não conseguimos voltar antes do anoitecer.

— Fico feliz por ter ajudado — disse Serilda. — São bem-vindas para se esconder no meu porão quando quiserem.

— Estamos em dívida com você — respondeu Filipêndula.

Serilda balançou a cabeça.

— De jeito nenhum. Pode acreditar. A aventura já valeu muito o risco.

As donzelas trocaram um olhar, e Serilda percebeu que qualquer coisa que tenha se passado entre elas não foi positiva. Mas havia resignação na careta de reprovação de Salsa ao se aproximar de Serilda e mexer em algo no dedo, inquieta.

— Toda magia exige um pagamento, para manter nossos mundos em equilíbrio. Você aceita essa recompensa pela ajuda que me ofereceu esta noite?

Serilda abriu a mão, sem palavras. A donzela depositou um anel em sua palma.

— Isso não é necessário... e eu certamente não fiz *magia* alguma.

Salsa inclinou a cabeça num gesto muito similar ao de um pássaro.

— Tem certeza?

Antes que Serilda conseguisse responder, Filipêndula se aproximou e tirou uma correntinha fina do pescoço.

— E você aceitaria essa recompensa pela ajuda que me ofereceu? — disse ela.

Ela colocou o colar ao redor da palma estendida de Serilda. Nele, estava pendurado um pequeno medalhão oval.

Ambas as joias reluziram como ouro no luar.

Ouro de verdade.

Deviam valer um bocado.

Mas o que o povo da floresta estava fazendo com elas? Sempre acreditara que eles não viam qualquer utilidade em riquezas materiais. Que viam a obsessão humana por ouro e pedras preciosas como algo desagradável, até repulsivo.

Talvez por isso fosse tão fácil para elas dar esses presentes para Serilda. Enquanto, para ela e o pai, seriam tesouros diferentes de tudo o que já tiveram.

Ainda assim...

Ela balançou a cabeça e estendeu a mão na direção dela.

— Não posso aceitar. Obrigada, mas... qualquer um teria ajudado. Não precisam me recompensar.

Salsa deu uma risadinha.

— Você não deve saber muito sobre os humanos, para acreditar nisso — disse ela com amargura. Apontou para os presentes com o queixo. — Se não aceitar nossas recompensas, nossas dívidas não terão sido pagas, e nós precisaremos ficar a seu serviço até que sejam. — Seu olhar obscureceu em advertência. — Será muito preferível que aceite os presentes.

Apertando os lábios, Serilda assentiu e pegou as joias.

— Obrigada, então. Considerem a dívida paga.

Elas acenaram com a cabeça, e parecia que um acordo fora firmado e assinado com sangue, tamanha a pompa do momento.

Desesperada para quebrar a tensão, Serilda abriu os braços na direção delas.

— Eu me sinto tão próxima de vocês. Podemos nos abraçar?

Filipêndula a encarou, boquiaberta. Salsa simplesmente *rosnou*.

A tensão não se quebrou.

Serilda recolheu rapidamente os braços, retratando-se.

— Não. Isso seria estranho.

— Vamos — disse Salsa. — Avó ficará preocupada.

E, como cervos ariscos, saíram correndo, desaparecendo pela margem do rio.

— Pelos deuses antigos — murmurou Serilda. — Que noite.

Ela bateu as botas na lateral da casa para soltar a neve antes de entrar. Foi recebida por roncos. Seu pai ainda dormia como uma marmota, totalmente alheio aos acontecimentos.

Serilda tirou a capa e se sentou com um suspiro diante da lareira. Adicionou um bloco de turfa de pântano para alimentar o fogo. À luz das brasas, ela se inclinou para a frente e olhou sua recompensa.

Um anel de ouro.

Um medalhão de ouro.

Iluminados pelas labaredas, ela viu que o anel tinha uma marca. Um brasão, como algo que uma família nobre talvez colocasse em seus selos de cera chiques. Serilda precisou estreitar os olhos para entendê-lo. O desenho parecia ser de um tatzelwurm, uma grande besta mítica que era basicamente uma serpente com cabeça de gato. Seu corpo estava elegantemente enroscado ao redor de uma letra *R*. Serilda nunca vira nada como aquilo.

Cravando as unhas no fecho do medalhão, ela o abriu com um estalo.

Sua respiração falhou de tanta alegria.

Ela esperava que o medalhão estivesse vazio, mas dentro dele havia um retrato — a menor e mais delicada pintura que Serilda já vira — de uma menininha adorável. Era apenas uma criança, da idade de Anna, se não mais nova, mas claramente uma princesa ou duquesa, ou alguém de muita importância. Cordões de pérolas decoravam seus cachos dourados, e uma gola de renda emoldurava suas bochechas de porcelana.

A inclinação régia do queixo dela era, de alguma forma, completamente incompatível com o brilho travesso em seus olhos.

Serilda fechou o medalhão e passou a correntinha pela cabeça. Colocou o anel no dedo. Com um suspiro, voltou para debaixo das cobertas.

Trazia-lhe certo conforto que tivesse provas do que acontecera durante a noite. Provavelmente, se ela mostrasse a alguém, achariam que os objetos tinham sido roubados. Já era ruim o bastante ser uma mentirosa. Tornar-se uma ladra era a progressão lógica.

Serilda ficou deitada, encarando, insone, os desenhos dourados e sombras rastejantes nas vigas do teto, com o medalhão apertado na mão.

CAPÍTULO

Seis

ÀS VEZES SERILDA PASSAVA HORAS PENSANDO EM PROVAS. NAS PEQUENAS pistas deixadas para trás numa história, que conectavam a lacuna entre fantasia e realidade.

Que provas tinha de que fora amaldiçoada por Wyrdith, o deus das histórias e da fortuna? As histórias que seu pai lhe contava na hora de dormir, apesar de ela nunca ter ousado questionar se elas eram ou não verdadeiras. As rodas douradas sobre as íris pretas. Sua língua incontrolável. Uma mãe que não teve interesse algum em vê-la crescer, que foi embora sem nem um adeus.

Que provas existiam de que o Erlking assassinava as crianças que se perdiam na floresta? Não muitas. Basicamente boatos. Rumores de uma figura assombrosa que se esgueirava por entre as árvores, tentando ouvir os choros assustados de uma criança. E, havia muito tempo, mais ou menos uma vez a cada geração, um corpinho era achado à beira da floresta. Praticamente irreconhecível, muitas vezes bicado até os ossos pelos corvos. Mas os pais sempre reconheciam o próprio filho desaparecido, mesmo depois de uma década. Mesmo que só houvesse sobrado uma carcaça.

Mas isso não acontecera nos tempos recentes, e estava longe de ser uma prova.

Baboseira supersticiosa.

Daquela vez, no entanto, era diferente.

Bem diferente.

Que prova Serilda tinha de que salvara duas donzelas do musgo que estavam sendo perseguidas pela caçada selvagem? De que enganara o próprio Erlking?

Um anel e um colar de ouro, quentes contra sua pele quando ela acordou.

Do lado de fora, um quadrado de grama morta revelava o ponto onde ela escavara a neve.

A porta do porão aberta, destrancada, a madeira ainda cheirando a cebola crua.

Mas nada, ela notou com encanto, de pegadas de casco ou rastros deixados nos campos. A neve estava tão limpa quanto na noite anterior, quando ela chegara a pé. As únicas pegadas eram as dela. Nenhuma marca fora deixada por seus visitantes da meia-noite, nem pelos pés delicados das donzelas do musgo, nem pelos cascos estrondosos dos cavalos ou as patas lupinas dos cães.

Apenas uma extensão delicada de branco, reluzindo quase alegremente no sol matinal.

Como logo ficaria claro, a única prova que tinha não a ajudaria em nada.

Ela contou a história ao pai; cada palavra uma verdade singular. E ele escutou, arrebatado, até horrorizado. Estudou o brasão no anel e o retrato do medalhão com encanto mudo. Saiu para inspecionar a porta do porão. Deteve-se ali por um longo momento, encarando o horizonte vazio, além do qual ficava o Bosque Aschen.

Quando Serilda pensou que não aguentaria mais o silêncio, ele começou a rir. Uma gargalhada estrondosa permeada por algo sombrio que ela não soube definir o que era.

Pânico? Medo?

— Seria de esperar, a essa altura — disse ele, se voltando para a filha —, que eu já tivesse aprendido a não ser tão ingênuo. Ah, Serilda. — Ele pegou o rosto dela entre as mãos ásperas. — Como pode falar essas coisas sem nem um vestígio de sorriso? Você quase me enganou de novo. Agora sério, onde arrumou isso? — Ele ergueu o medalhão da clavícula dela, balançando a cabeça. Ele ficara pálido quando ela contara os acontecimentos da noite anterior, mas a cor já voltava às suas bochechas. — Foram um presente de algum rapaz do vilarejo? Ando me perguntando se você poderia estar encantada por alguém e com vergonha de me contar.

Serilda deu um passo para trás, escondendo o medalhão embaixo do vestido. Ela hesitou, movida a tentar de novo. A *insistir*. Ele precisava acreditar. Pela primeira vez, a história era verdade. Tinha acontecido. Ela não estava mentindo. Poderia ter tentado mais uma vez se não fosse pelo assombro espreitando nos olhos do pai, não totalmente encoberto pela negação. Ele estava preocupado com ela. Apesar da risada tensa, ele estava apavorado que a história pudesse ser verdadeira.

Não era isso que ela queria. Ele já se preocupava o bastante.

— É claro que não, pai. Não estou encantada por ninguém, e quando foi que você me viu envergonhada? — Ela deu de ombros. — Se quer saber a verdade, encontrei o anel preso em volta do cogumelo vermelho de uma fada, e roubei o colar do schellenrock que mora no rio.

Ele deu uma gargalhada.

— *Nisso*, sim, seria mais fácil de acreditar.

Ele voltou para dentro, e Serilda soube naquele momento, no canto mais profundo de seu coração, que, se seu pai não acreditara nela, ninguém acreditaria. Já tinham escutado histórias demais.

Ela convenceu a si mesma de que era melhor assim. Se não fosse fiel à verdade do que acontecera sob a lua cheia, não sentiria peso na consciência ao enfeitá-la.

E ela realmente amava enfeitar suas histórias.

— Por falar em rapazes do vilarejo — exclamou o pai pela porta aberta —, achei que deveria te contar. Thomas Lindbeck concordou em ajudar no moinho essa primavera.

O nome a atingiu como um chute no peito.

— Thomas Lindbeck? — disse, disparando de volta para dentro da casa. — Irmão de Hans? Pra quê? Você nunca contratou ninguém para ajudar.

— Estou ficando mais velho. Acho que pode ser bom ter um rapaz robusto para fazer parte do trabalho pesado.

Ela franziu as sobrancelhas.

— Você mal fez quarenta anos.

O pai dela ergueu o olhar da lareira, onde atiçava o fogo, desconcertado. Suspirando, deixou o atiçador no chão e se ergueu para encará-la, espanando as mãos.

— Tudo bem. Ele veio me pedir trabalho. Está querendo ganhar um dinheirinho a mais para poder...

— Para poder o quê? — insistiu ela, ficando ansiosa com a hesitação dele.

O olhar do pai era tão cheio de pena que seu estômago se embrulhou.

— Para poder pedir a mão de Bluma Rask, pelo que entendi.

Pedir a mão.

Em casamento.

— Entendo — respondeu Serilda, forçando um sorriso tenso. — Eu não tinha me dado conta de que eles estavam tão... bem. Que bom. Formam um belo casal. — Seus olhos se voltaram para a lareira. — Vou buscar algumas maçãs para o café da manhã. Quer mais alguma coisa do porão?

O pai balançou a cabeça, a observando com cuidado. Os nervos dela zumbiam de irritação. Serilda tomou cuidado para não pisar forte nem ranger os dentes ao sair de casa.

E daí que Thomas Lindbeck queria se casar com Bluma Rask, ou com qualquer outra pessoa, por sinal? Ela não tinha direito algum sobre ele, não mais. Já fazia quase dois anos desde que ele parara de admirá-la como se ela fosse o sol e começara a olhá-la como uma nuvem de tempestade se formando ameaçadoramente no horizonte.

Quer dizer, isso quando ele se dava ao trabalho de sequer olhar para ela.

Serilda desejava uma vida longa e feliz a ele e Bluma. Uma fazendinha. Um quintal cheio de crianças. Conversas intermináveis sobre o preço do gado e tempo desfavorável.

Uma vida sem maldições.

Uma vida sem histórias.

Serilda hesitou ao abrir a porta do porão onde bem na noite passada escondera duas criaturas mágicas. Tinha ficado de pé exatamente naquele lugar, encarando uma fera sobrenatural, um rei perverso e uma legião inteira de caçadores mortos-vivos.

Não fazia o tipo de sonhar com uma vida simples, e não ia sonhar com gente da laia de Thomas Lindbeck.

HISTÓRIAS MUDAM COM AS REPETIDAS NARRAÇÕES, E COM A dela não foi diferente. A noite da Lua da Neve tornou-se cada vez mais aventurosa, e mais e mais surreal. Quando contou a história às crianças, não foram donzelas do musgo que salvou, mas uma pequena e feroz nixe aquática, que tentara arrancar seus dedos com uma mordida antes de pular no rio e desaparecer.

Quando o Fazendeiro Baumann levou mais lenha para a escola e Gerdrut encorajou Serilda a repetir a história, ela insistiu que o Erlking não cavalgava um corcel preto, mas uma serpe gigantesca que soprava fumaça acre pelas narinas e expelia lava por entre as escamas.

Quando Serilda foi permutar com a Mãe Weber por lã crua e Anna lhe pediu para contar de novo a história fantástica, ela não ousou explicar como enganara o Erlking com uma mentira sobre suas habilidades mágicas de fiar. Fora Mãe Weber quem ensinara a técnica da fiação a Serilda quando ela era jovem, e nunca deixara de criticar a menina por sua falta de habilidade. Até aquele dia ela gostava de se queixar sobre como as ovelhas locais mereciam ter seu pelo transformado em algo mais refinado do que os fios rugosos e irregulares que saíam dos carretéis de Serilda. Ela provavelmente expulsaria Serilda de sua cabana às gargalhadas se escutasse como ela mentira para o Erlking logo sobre suas habilidades de fiar, entre todas as coisas.

Em vez disso, Serilda transformara sua versão da narrativa numa guerreira audaz. Deliciou sua pequena plateia com um misto de ousadia e coragem. Como ela brandira um atiçador letal (nada de pá!), ameaçando o Erlking e afastando seus servos demoníacos. Ela encenou precisamente como golpeara, apunhalara e espancara seus inimigos. Como cravara o atiçador no coração do cão do inferno, então o lançara dentro de um dos baldes da roda-d'água.

As crianças caíam na gargalhada, e toda vez que Serilda terminava a história com o Erlking fugindo com gritinhos de menina e um galo do tamanho de um ovo de ganso na cabeça, Anna e seu irmãozinho saíam correndo para começar seu próprio faz de conta, decidindo quem seria Serilda e quem seria o terrível rei. Mãe Weber balançou a cabeça, mas Serilda teve certeza de ver um vestígio de sorriso escondido atrás de suas agulhas de tricô.

Ela tentava apreciar a reação. Os queixos caídos, os olhares atentos, as risadinhas empolgadas. Normalmente, era só isso que desejava.

Mas, a cada narração, Serilda sentia que a realidade da história lhe escapava. Tornando-se embaçada pelo tempo e pelas alterações.

Ela se perguntou quanto demoraria até que ela, também, começasse a duvidar do que acontecera naquela noite.

Esses pensamentos a enchiam de um arrependimento inesperado. Às vezes, quando estava sozinha, tirava a corrente de baixo da gola do vestido e encarava o retrato da menina, que ela declarara uma princesa em sua imaginação. Então esfregava o dedão sobre o desenho esculpido no anel. O tatzelwurm enroscado ao redor de um *R* rebuscado.

Prometeu a si mesma que nunca esqueceria. Nenhum detalhe.

Um grasnado alto despertou Serilda de sua melancolia. Ela ergueu o olhar e viu um pássaro a observando pela porta do chalé, que tinha deixado aberta para arejar a casinha enquanto o sol brilhava, sabendo que outra nevasca viria a qualquer momento.

E ali estava ela, novamente distraída de sua tarefa. Deveria estar fiando a lã que conseguira com Mãe Weber, transformando-a em fios para fazer remendos e tricotar.

O pior tipo de trabalho. *Tedium incarnate*. Ela preferiria estar patinando no lago recém-congelado ou congelando gotas de caramelo na neve para uma guloseima noturna.

Em vez disso, estava perdida em pensamentos de novo, encarando o retratinho.

Ela fechou o medalhão e o enfiou dentro da gola. Empurrando o banco de três pernas para trás, ela deu a volta na roda de fiar em direção à porta. Não percebera como estava esfriando. Esfregou as mãos para esquentar os dedos.

Então parou com uma das mãos na porta, notando o pássaro que a despertara de seu devaneio. Ele estava encarrapitado num dos galhos secos da árvore de avelã que ficava logo depois do jardim deles. Era o maior corvo que ela já vira. Uma criatura sombria gigantesca, delineada contra o céu crepuscular.

Às vezes ela jogava migalhas de pão para os pássaros. Era provável que aquele tivesse ficado sabendo do banquete.

— Minhas sinceras desculpas — disse ela, se preparando para fechar a porta. — Não tenho nada para você hoje.

O pássaro inclinou a cabeça para o lado, e foi aí que Serilda viu. Viu *mesmo*. E ficou imóvel.

Ele parecia estar observando antes, mas agora...

Com um farfalhar de asas, o pássaro saltou de onde estava. Os galhos da árvore balançaram e soltaram flocos finos de neve quando o animal alçou voo, menor a cada batida das asas pesadas. Seguindo para o norte, na direção do Bosque Aschen.

Serilda não teria dado importância alguma se não fosse pelo fato de que a criatura não tinha olhos. Não houvera nada para observá-la além de cavidades oculares vazias. E quando ele decolara, pedaços do céu violeta-acinzentado ficaram visíveis através dos buracos de suas asas esfarrapadas.

— Nachtkrapp — murmurou ela, se apoiando na porta.

Um corvo da noite. Que poderia matar com um olhar de seus olhos vazios, se quisesse. Que era conhecido por devorar corações de crianças.

Ela observou até que o demônio sumisse de vista, então olhou para a lua branca que começava a nascer a distância. A Lua da Fome, se erguendo quando o mundo estava mais desolado, quando tanto humanos quanto criaturas começavam a se perguntar se haviam armazenado comida o suficiente para se sustentar pelo restante do inverno tenebroso.

Quatro semanas haviam se passado.

Essa noite, a caçada cavalgaria novamente.

Com um suspiro trêmulo, Serilda bateu a porta.

A Lua da Fome

CAPÍTULO

Sete

ELA TENTOU NÃO PENSAR NO CORVO DA NOITE ENQUANTO O CREPÚSculo virava escuridão, mas a visita arrepiante não deixava seus pensamentos. Serilda estremecia toda vez que imaginava aquelas cavidades oculares vazias onde deveriam estar os olhos pretos lustrosos. Os buracos despenados em suas asas quando ele saiu voando. Como uma coisa morta. Uma coisa abandonada.

Parecia um mau agouro.

Apesar de seus esforços para parecer alegre enquanto preparava a refeição da noite para si e para o pai, Serilda sentia as suspeitas dele congelando o ar do chalé. Ele certamente sabia que algo a incomodava, mas não perguntou. Provavelmente sabia que não receberia uma resposta honesta.

Serilda pensou em contar a ele sobre o pássaro, mas para quê? Ele apenas balançaria a cabeça de novo para a imaginação fértil dela. Ou pior, assumiria aquela expressão distante, sombria, como se seu pior pesadelo tivesse se tornado realidade.

Em vez disso, eles jogaram conversa fora enquanto tomavam o ensopado de pastinaca temperado com manjerona e linguiça de vitela. Ele contou que conseguira um trabalho de pedreiro na nova prefeitura que estava sendo construída em Mondbrück, uma cidadezinha ao sul, que pagaria o bastante para sustentá-los até a primavera. O inverno era sempre fraco de trabalho, quando o rio congelava e a água corria lenta demais para girar a roda-d'água e gerar energia para os moinhos. Seu pai usava esse tempo para afiar as pedras e fazer qualquer reparo no equipamento, mas já não havia muito a se fazer tão no fim da estação até que a neve derretesse, e ele normalmente era forçado a encontrar trabalho em outro lugar.

Ao menos Zelig vai apreciar o exercício, disse ela. Ir e voltar de Mondbrück todo dia ajudaria a deixar o velho cavalo ágil por um pouquinho mais de tempo.

Então Serilda contou a ele como a pequena Gerdrut estava empolgada com um dente de leite mole; seu primeiro. Ela já escolhera um espaço no jardim para plantá-lo, mas estava com receio de que o solo fosse estar duro demais no inverno e não permitisse que seu dente novo crescesse forte e bonito. Seu pai deu uma risadinha e disse a Serilda que, quando o primeiro dente de leite *dela* caíra, ela se recusara a plantá-lo no jardim, deixando-o no degrau de entrada ao lado de um prato de biscoito, em vez disso, na esperança de que uma bruxa do dente viesse e roubasse tanto o dente quanto a própria Serilda para uma noite de aventura.

— Eu devo ter ficado tão decepcionada quando ela não veio...

O pai dela deu de ombros.

— Não sei. Na manhã seguinte, você me contou uma história mirabolante de sua jornada com a bruxa. Ela te levou até os grandes palácios de Ottelien, se me lembro bem.

Então os dois ficaram em silêncio, o olhar do pai se tornando mais especulativo ao observá-la por cima da borda da tigela.

Ele acabara de abrir a boca, e Serilda tinha certeza de que se preparava para lhe perguntar o que estava errado, quando alguém bateu na porta.

Serilda pulou. Seu ensopado teria espirrado se ela já não tivesse quase terminado de comer. Ela e o pai se viraram para a porta, então um para o outro, confusos. Lá fora, no auge do inverno, quando o mundo estava silencioso e imóvel, sempre se ouvia quando um visitante se aproximava. Mas eles não tinham escutado nenhum passo, nenhum galope de cavalo, nenhuma roda de carruagem na neve.

Ambos se levantaram, mas Serilda foi mais rápida.

— Serilda...

— Eu abro, papai — disse ela. — Termine seu ensopado.

Ela virou a cumbuca nos lábios, sugando as últimas gotas do ensopado, então apoiou-a na cadeira e atravessou a sala.

Quando abriu a porta, imediatamente inspirou o ar frio.

O homem tinha ombros largos e estava bem-vestido, apesar de um cinzel de ferro que despontava de sua cavidade ocular esquerda.

Serilda mal conseguira registrar o que vira quando uma mão agarrou o ombro dela e a puxou para trás. A porta se fechou com força, de repente. Ela foi girada para encarar o pai, de olhos arregalados.

— Ele era... o quê... me diga que aquele homem não era um... um...

O pai estava branco como um fantasma. Mais branco, inclusive, do que o fantasma à porta deles, que tinha a pele bem escura.

— Pai — sussurrou Serilda. — Fica calmo. Precisamos ver o que ele quer.

Ela começou a se afastar, mas o pai segurou seus braços com força.

— O que ele quer? — sibilou ele, como se a ideia fosse ridícula. — Ele é um homem morto! Na nossa porta! E se for... um dos *dele*?

Um dos dele. Do Erlking.

Serilda engoliu em seco, sabendo, sem saber explicar como, que o fantasma era de fato um servo do Erlking. Se não um servo, algum tipo de confidente. Ela sabia pouco sobre o funcionamento interno da corte dos sombrios.

— Precisamos ser civilizados — disse ela com firmeza, orgulhosa por sua voz ter soado não apenas corajosa, mas pragmática. — Até com os mortos. Especialmente com os mortos.

Afastando os dedos dele, ela estufou o peito e se virou para a porta. Quando a abriu, o homem não se movera e sua expressão impassível não mudara. Era difícil não encarar o cinzel ou o filete de sangue escuro que molhava sua barba grisalha, mas Serilda se forçou a olhar no olho bom dele, que não refletia a luz do fogo como se esperaria. Ela não achava que ele fosse velho, apesar dos fios grisalhos. Talvez poucos anos mais velho do que o pai dela. Novamente, não pôde deixar de notar a roupa, que, apesar de refinada, estava um ou dois séculos ultrapassada. Um chapéu preto liso, decorado com plumas douradas que combinavam perfeitamente com uma capa de veludo sobre um colete cor de marfim. Se não estivesse morto, poderia ser um nobre; mas o que um nobre estaria fazendo com uma ferramenta de entalhar madeira alojada no olho?

Serilda queria desesperadamente perguntar.

Em vez disso, ela fez a melhor reverência que conseguiu.

— Boa noite, senhor. Como podemos ajudá-lo?

— A honra de sua presença foi requisitada por Sua Obscuridade, Erlkönig, o Rei dos Antigos.

— Não! — exclamou o pai, pegando novamente o braço dela, mas dessa vez Serilda se recusou a ser puxada de volta para dentro da casa. — Serilda, o Erlking!

Ela lançou um olhar para ele e viu a descrença subitamente se transformar em compreensão.

Ele sabia.

Ele sabia que a história dela era verdadeira.

Serilda estufou o peito, redimida.

— Sim, papai. Eu realmente encontrei o Erlking na noite do Ano-Novo. Mas não consigo imaginar... — Ela se virou para o fantasma. — O que será que ele quer comigo agora?

— Nesse momento? — respondeu a aparição com a voz arrastada. — Obediência.

Ele deu um passo para trás, gesticulando para a escuridão, e Serilda viu que ele trouxera uma carruagem.

Ou... uma jaula.

Era difícil de afirmar com certeza, pois o transporte arredondado parecia ser feito de barras curvas tão claras quanto a neve que se acumulava ao redor. Dentro das barras, cortinas pretas pesadas reluziam com um toque prateado sob a lua bulbosa. Ela não conseguia enxergar o que poderia haver do lado de dentro.

A carruagem-jaula era puxada por dois bahkauv. Eram bestas de aparência miserável, parecidas com touros, dotadas de chifres que se torciam em espiral junto das orelhas e enormes corcundas que forçavam as cabeças estranhamente para baixo. Suas caudas eram longas e serpentinas, as bocas lotadas de dentes tortos. Eles esperavam imóveis pelo cocheiro; visto que não havia ninguém no assento do condutor, ela imaginou que fosse esse fantasma quem os conduziria.

De volta a Gravenstone, o castelo do Erlking.

— Não — disse o pai. — Você não pode levá-la. Por favor. Serilda.

Ela voltou a olhar para ele, surpresa pela expressão de angústia com que se deparou. Apesar de todos nutrirem suspeitas e horror do Erlking e seus cortesãos fantasmagóricos, ela pensou ter visto outro sentimento oculto nos olhos do pai. Não apenas o medo inflamado por centenas de fábulas assombrosas, mas... conhecimento, acompanhado de desespero. Uma certeza de coisas terríveis que a esperariam se ela fosse com aquele homem.

— Talvez seja pertinente lhe informar que esse chamado não é um mero pedido. Caso recuse, haverá consequências lamentáveis — falou o fantasma.

Serilda sentiu a pulsação acelerar ao segurar as mãos do pai, apertando-as com firmeza.

— Ele tem razão, pai. Não se pode negar um chamado do Erlking. A não ser que deseje chamar catástrofe sobre si... ou sua família.

— Ou sua cidade inteira, qualquer um que já amou... — adicionou o fantasma num tom entediado. Ela esperou que ele concluísse a declaração com um bocejo, mas o morto conseguiu preservar sua integridade com um olhar penetrante e repreensor.

— Serilda — disse o pai, baixando a voz, apesar de não haver qualquer forma de falar em segredo. — O que você disse quando o conheceu? O que ele pode querer agora?

Ela balançou a cabeça.

— Exatamente o que eu te contei, papai. Só uma história. — Ela deu de ombros, o mais indiferente que conseguiu. — Talvez ele só queira ouvir outra.

Os olhos do pai se anuviaram em dúvida, mas também... uma gotinha de esperança. Como se isso fosse plausível.

Ela imaginou que ele tivesse esquecido que história ela contara naquela noite. O Erlking acreditava que ela era capaz de transformar palha em ouro.

Mas, com certeza, a questão não era *essa*. O que o Erlking ia querer com fios de ouro?

— Preciso ir, pai. Nós dois sabemos disso. — Ela acenou com a cabeça para o cocheiro. — Preciso de um momento.

Ela fechou a porta e começou a andar rapidamente pelo cômodo, vestindo sua capa de montaria e calçando suas meias mais quentes e as botas.

— Você pode preparar uma trouxa de comida? — perguntou ao pai quando ele continuou parado à porta com uma expressão taciturna, apertando as mãos de angústia.

Seu pedido era mais uma maneira de tirá-lo de seu estupor do que uma constatação de que precisaria de comida. Naquele momento, ela ainda estava cheia da refeição daquela noite e, com o súbito nervosismo que ocupava suas entranhas, duvidava que teria apetite tão cedo.

Quando estava pronta e não conseguia pensar em mais nada que poderia precisar, seu pai tinha embrulhado uma maçã amarela, uma fatia de pão de centeio com manteiga e um quadrado de queijo envelhecido num lenço. Ela pegou a trouxa em troca de um beijo na bochecha dele.

— Ficarei bem — sussurrou, torcendo para que sua expressão transmitisse mais confiança do que ela verdadeiramente sentia.

Pela testa franzida do pai, concluiu que não fazia diferença. Sabia que ele não dormiria bem à noite, não até que ela estivesse de volta em segurança.

— Tome cuidado, minha menina — disse ele, puxando-a para um abraço apertado. — Dizem que ele é muito encantador, mas nunca se esqueça de que tal encanto esconde um coração cruel e perverso.

Ela deu uma risada.

— Papai, eu te garanto, o Erlking não tem nenhum interesse em me encantar. Seja lá qual for o motivo pelo qual ele me convocou, não é por *isso*.

Ele grunhiu, relutante em concordar, mas não respondeu.

Com um último aperto em sua mão, Serilda abriu a porta.

O fantasma esperava ao lado da carruagem. Ele observou tranquilamente enquanto ela atravessava o caminho nevado do jardim.

Foi só ao se aproximar que Serilda viu que o que ela achou que fossem barras de uma jaula eram, na verdade, a caixa torácica de alguma besta gigantesca. Hesitou ao encarar os ossos esbranquiçados, cada um detalhadamente entalhado com vinhas farpadas, botões de damas-da-noite e criaturas de todos os tamanhos. Morcegos, ratos e corujas. Vários tatzelwurm e nachtkrapp.

Quando o cocheiro pigarreou com impaciência, Serilda recolheu o dedo que vinha passando pelo desenho da asa esfarrapada de um nachtkrapp.

Ela aceitou a mão que ele oferecia, permitindo que a ajudasse a entrar na carruagem. Os dedos do fantasma eram até sólidos, mas era como tocar... bem, um morto. Sua pele era frágil, como se a mão fosse se esfarelar se ela apertasse com força demais, e não havia calor algum em seu toque. Ele não era *gélido* como o Erlking. Imaginava que fosse a diferença entre uma criatura do submundo, cujo sangue provavelmente corria frio pelas veias, e um fantasma, que não tinha sangue algum.

Serilda tentou reprimir um tremor ao afastar a cortina e entrar na carruagem, então envolveu a capa nos braços, fingindo que era apenas o ar invernal que a fazia tremer.

Do lado de dentro, um banco acolchoado a esperava. A carruagem era pequena e mal acomodaria um segundo passageiro, mas, como estava sozinha, Serilda achou-a bem aconchegante e surpreendentemente quente, com as cortinas pesadas que bloqueavam o ar gelado da noite. Havia um pequeno lampião preso no teto, feito a partir do crânio e das mandíbulas de dentes serrilhados de mais uma criatura. Uma vela de cera verde queimava dentro do crânio, sua chama quente não apenas tornando o espaço bem confortável com seu calor suave, mas também emitindo uma luz dourada através das cavidades oculares e narinas do crânio e dos espaços entre os dentes afiados.

Serilda se acomodou no banco, um pouco impressionada por ter recebido instalações de viagem tão sinistramente luxuosas.

Num impulso, ela esticou um dedo e traçou o maxilar do lampião, sussurrando um silencioso *obrigada* para a criatura por ter dado sua vida para que ela pudesse viajar com tamanho conforto.

As mandíbulas se fecharam com força.

Com um gritinho, Serilda retraiu a mão depressa.

Um momento se passou. O lampião voltou a abrir a boca. Como se nada tivesse acontecido.

Do lado de fora, ela escutou o estalo de um chicote, e a carruagem deu um solavanco, avançando noite adentro.

CAPÍTULO

Oito

ENTREABRINDO AS CORTINAS PESADAS, SERILDA OBSERVOU A PAISAGEM. Como só viajara aos vilarejos vizinhos de Mondbrück e Fleck, e uma vez quando criança à cidade de Nordenburg, Serilda tinha pouca experiência do mundo além de Märchenfeld, e um coração ávido por ver mais. Por saber mais. Por capturar cada detalhezinho e guardar na memória para futuras contemplações.

Eles passaram depressa pelas terras agrícolas ondeantes, então pela estrada que corria paralela ao rio Sorge. Por um tempo, ficaram presos entre o sinuoso rio preto à direita e o Bosque Aschen, uma ameaça na escuridão, à esquerda.

Até que a carruagem finalmente saiu da estrada principal e entrou numa trilha mais esburacada que avançava direto para a floresta.

Serilda se preparou quando a copa das árvores assomou à frente deles, parte de si esperando sentir uma mudança no ar quando eles adentrassem a sombra. Um arrepio desceu por sua coluna. Mas ela não sentiu nada diferente do normal, exceto, talvez, que o ar se tornou ligeiramente mais quente, as árvores fornecendo abrigo contra o vento.

Também ficou muito mais escuro e, por mais que ela estreitasse os olhos em busca de qualquer vislumbre facilitado pelo luar, a luz mal penetrava entre os galhos estreitamente entrelaçados. De tempos em tempos, um suave brilho prateado caía sobre um tronco de árvore retorcido. Iluminava uma poça de água parada. Refletia no bater de asas de algum animal noturno voando entre os galhos.

Era um espanto que o bahkauv conseguisse desvendar o caminho, ou que o cocheiro soubesse para onde ir em tamanha escuridão. Mas ele nunca desacelerava. O barulho dos cascos do animal soava mais alto no meio das árvores, ecoando da floresta de volta para ela.

Viajantes raramente se aventuravam pelo Bosque Aschen, a não ser que não tivessem outra opção, e por um bom motivo. Aquele não era um lugar para mortais.

Pela primeira vez, ela começou a sentir medo.

— Pode parar, Serilda — murmurou para si mesma, deixando a cortina se fechar. Não fazia muito sentido olhar para a paisagem, afinal, com a escuridão se adensando a cada momento. Ela relanceou para o lampião de caveira e imaginou que ele a observava.

Sorriu para ele.

Ele não sorriu de volta.

— Você parece estar com fome — disse Serilda, abrindo o embrulho que seu pai lhe entregara. — Só pele e ossos... e ainda sem a pele. — Ela pegou o queijo e o partiu ao meio, então o estendeu para o lampião.

As narinas se dilataram, e ela pensou ouvir uma longa e alta fungada. Antes que os dentes recuassem, com nojo.

— Você que sabe. — Ela se recostou no banco e deu uma mordida, deliciando-se no conforto de algo tão simples quanto queijo salgado e quebradiço. — Com dentes assim, você provavelmente está acostumado a caçar sua comida. Eu me pergunto que tipo de criatura você era. Não um lobo. Não um normal, pelo menos. Talvez um lobo terrível, mas não... ainda maior. — Ela pensou por muito tempo enquanto a chama da vela bruxuleava, inútil. — Suponho que eu poderia perguntar ao cocheiro, mas ele não parece do tipo conversador. Vocês dois devem se dar bem.

Ela acabara de terminar seu pedaço de queijo quando sentiu uma mudança no solo sob as rodas da carruagem. Da vibração e trepidação da trilha florestal rústica e raramente percorrida para uma superfície lisa e reta.

Serilda voltou a entreabrir a cortina.

Para sua surpresa, eles haviam saído da floresta e seguiam em direção a um lago enorme que brilhava sob o luar. Ele era cercado por mais floresta a leste e, por mais que não conseguisse enxergar no escuro, sem dúvida o sopé das montanhas Rückgrat ao norte. A margem oeste do lago desaparecia numa mortalha de névoa densa. Fora isso, o mundo reluzia em neve branco-diamante.

O mais surpreendente era que eles se aproximavam de uma cidade. Era cercada por um muro grosso de pedra e tinha um portão de ferro forjado, com telhados de palha nas construções periféricas, pináculos e altas torres de relógio mais para o centro. Além das fileiras de casas e lojas, mal visíveis à margem do lago, havia um castelo.

A carruagem fez uma curva e o castelo saiu do campo de visão de Serilda enquanto eles passavam pelo gigantesco portão de entrada. Não estava fechado, o que a surpreendeu. Pensava que, com certeza, uma cidade tão próxima do Bosque Aschen deixaria o portão fechado à noite, especialmente durante uma lua cheia. Ela observou as construções passarem, suas fachadas uma miscelânea de estruturas enxaimel e estampas decorativas entalhadas em frontões e beirais. A cidade parecia enorme e densa comparada à pequena vila de Märchenfeld, mas ela sabia, logicamente, que ainda devia ser bem pequena em comparação às cidades comerciais maiores ao sul, ou às cidades portuárias a extremo oeste.

A princípio, Serilda pensou que a cidade pudesse estar abandonada; mas parecia organizada demais, bem cuidada demais. Com uma observação mais atenta, percebia-se sinais de vida. Por mais que ela não visse ninguém e nenhuma janela brilhasse com luz de velas (o que não era surpreendente, já que devia estar quase na hora das bruxas), havia jardins caprichados cobertos de neve e o cheiro recente de fumaça de chaminé. Ao longe, ela ouviu o balido inconfundível de uma cabra e o miado de um gato em resposta.

As pessoas estavam apenas dormindo, pensou ela. Como deveriam estar. Como *ela* estaria, se não tivesse sido convocada àquela aventura estranha.

Esse pensamento a trouxe de volta ao mistério mais urgente.

Onde ela estava?

O Bosque Aschen era território dos sombrios e do povo da floresta. Ela sempre imaginara o Castelo Gravenstone despontando escuro e sinistro nas profundezas da floresta, um forte de torres finas e mais altas do que a maioria das árvores antigas. Nenhuma história mencionara um lago... ou uma cidade, por sinal.

Enquanto a carruagem avançava pela via principal, o castelo surgiu de volta no horizonte. Era uma bela construção, robusta e imponente, com um agrupamento de torres menores e maiores ao redor de um grande torreão central.

Foi só quando a carruagem se afastou da última fileira de casas e começou a cruzar uma ponte longa e estreita que Serilda percebeu que o castelo não se estendia na beira da cidade, mas numa ilha dentro do próprio lago. A água preta como tinta refletia sua alvenaria iluminada pelo luar. As rodas da carruagem crepitavam ruidosamente na ponte de paralelepípedos, e um frio envolveu Serilda quando ela virou o pescoço para avistar as imponentes torres de observação flanqueando a barbacã.

Eles passaram por uma ponte levadiça de madeira, sob o arco de entrada, para então entrarem no pátio. A névoa se agarrava às construções ao redor, de forma que o castelo nunca fosse revelado por inteiro, mas mostrado apenas em vislumbres antes de ser novamente encoberto. Quando a carruagem parou, uma figura veio em disparada de um estábulo. Um garoto, talvez alguns anos mais jovem que Serilda, vestindo túnica simples e de cabelo bagunçado.

Um momento se passou até que a porta da carruagem fosse aberta, revelando o cocheiro. Ele deu um passo para o lado, gesticulando para que Serilda o seguisse. Ela deu adeus para o lampião, o que rendeu um olhar peculiar do motorista fantasmagórico, e desceu para os paralelepípedos, grata que o cocheiro não tivesse lhe oferecido a mão mais uma vez. O cavalariço já soltara as enormes feras e as guiava de volta ao estábulo.

Serilda se perguntou se os cavalos gigantes que vira durante a caçada também ficavam hospedados ali, e que outras criaturas o Erlking poderia ter. Ela teve o impulso de perguntar, mas o cocheiro já deslizava em direção ao torreão central. Serilda saltitou atrás dele, lançando um sorriso agradecido ao cavalariço ao passar.

Ele recuou do olhar, baixando a cabeça, revelando uma coleção de hematomas na nuca que descia pela gola da camisa.

Serilda cambaleou. Seu coração apertou. Teriam esses hematomas sido causados por sua vida fantasmagórica entre os sombrios? Ou seriam de antes? Ou talvez até a causa de sua morte? Fora isso, ela não via o que poderia tê-lo matado.

Um grito assustado chamou a atenção de Serilda para o outro lado do pátio.

Seus olhos se arregalaram; primeiro, ao ver um canil com barras de ferro e o bando de cães do inferno afogueados amarrados a um poste em seu centro.

Segundo, ao ver que um cão se soltara. Um que avançava bem na sua direção. Olhos em chamas. Lábios ardentes repuxados sobre presas de bronze.

Serilda gritou e deu meia-volta, correndo de volta para a entrada e a ponte levadiça abaixada. Mas não tinha qualquer esperança de vencer a fera.

Ao passar em disparada pela carruagem, ela mudou de direção, se içando sobre uma roda, segurando as barras da caixa torácica e o que podia já ter sido um pedaço de coluna para subir no teto da carruagem. Ela acabara de puxar a perna para cima quando ouviu o estalo das mandíbulas e sentiu a onda de ar quente exalada pela besta.

Serilda engatinhou em círculos. Abaixo, o cão andava para a frente e para trás, seus olhos fulgentes a observando, suas narinas dilatadas com fome. A corrente que deveria prendê-lo ao poste se arrastava ruidosamente pelo paralelepípedo.

Lá longe, ela ouviu gritos e ordens. *Junto. Venha. Deixe.*

Ignorando todas as orientações, o cão se elevou nas patas traseiras, golpeando a porta da carruagem com as dianteiras.

Ela se encolheu. A criatura era enorme. Se tentasse pular...

Um barulho alto interrompeu seu pensamento.

O cão ganiu e estremeceu, enrijecendo.

Serilda levou um momento, ofegante, para notar a longa haste da flecha com penas pretas lustrosas. Ela entrara por um dos olhos do cão e despontava na lateral de sua mandíbula. Fumaça preta dissipava da ferida enquanto as chamas se extinguiam lentamente por baixo do pelo áspero do animal.

O cão tombou de lado, suas pernas estremecendo enquanto ele soltava os últimos fôlegos chiados.

Zonza de adrenalina, Serilda desviou o olhar. O Erlking estava nos degraus do torreão, vestido no mesmo couro fino, o cabelo preto solto sobre os ombros. Havia uma balestra enorme pendurada ao seu lado.

Ignorando Serilda, ele apontou seu olhar de falcão para uma mulher parada entre o canil e a carruagem. Tinha a elegância impressionante de uma sombria, mas suas vestes eram utilitárias, seus braços e pernas cobertos com armaduras de couro.

— O que houve? — perguntou ele, seu tom sugerindo uma calma na qual Serilda não acreditou nem por um minuto.

A mulher se curvou numa reverência apressada.

— Eu estava preparando os cães para a caçada, Vossa Obscuridade. O portão do canil estava aberto e acho que a corrente foi cortada. Eu estava de costas. Não percebi o que tinha acontecido até que a fera estivesse solta e... — Ela relanceou brevemente para Serilda, ainda encarapitada no teto da carruagem, então para o corpo caído do cão. — Eu assumo toda a responsabilidade, milorde.

— Por quê? — perguntou o Erlking lentamente. — Você cortou a corrente?

— É claro que não, milorde. Mas eles estão sob meus cuidados.

O rei grunhiu.

— Por que ele não respondeu aos meus comandos?

— Ele era um filhote, não estava totalmente treinado. Mas nenhum deles é alimentado antes da caçada, então... estava com fome.

Os olhos de Serilda se arregalaram ao se voltarem para a fera, cujo corpo estendido era praticamente da altura dela. Com o fogo extinto, o cão não passava de um monte de pelo preto colado às costelas, e dentes que pareciam fortes o bastante para esmagar um crânio humano. Ela percebia agora que ele *era* menor do que os que ela vira durante a caçada, mas ainda assim. Era só um *filhote*?

Não era uma ideia reconfortante.

— Termine seu trabalho — disse o rei. — E recolha o corpo. — Ele acomodou a balestra nas costas ao descer os degraus, parando diante da mulher, que Serilda imaginou ser a mestra dos cães. — Você não é responsável por este incidente — acrescentou ele para o topo de sua cabeça curvada. — Isto só pode ter sido obra do poltergeist.

Os lábios dele se curvaram, como se a palavra tivesse um gosto amargo.

— Obrigada, Vossa Obscuridade — murmurou a mulher. — Vou me certificar de que não volte a acontecer.

O Erlking atravessou o pátio e parou em frente à roda da carruagem, erguendo o olhar para Serilda. Sabendo que seria tolo tentar fazer qualquer mesura na situação em que se encontrava, Serilda apenas sorriu.

— As coisas são sempre tão emocionantes por aqui?

— Nem sempre — respondeu o Erlking em seu tom contido. Ele se aproximou, trazendo as sombras consigo. Os instintos de Serilda lhe disseram para se encolher, por mais que estivesse acima dele, sobre o teto da carruagem. — Os cães raramente são agraciados com carne humana. Podemos entender por que ele ficou tão facilmente agitado.

Ela ergueu as sobrancelhas. Queria pensar que era uma piada, mas não estava convencida de que os sombrios entendessem esse conceito.

— Vossa Ma... Vossa Obscuridade — disse ela, titubeando apenas um pouco. — Que tamanha honra estar novamente em sua presença. Jamais imaginei ser convocada ao Castelo Gravenstone pelo próprio Rei dos Antigos.

O canto de sua boca carnuda se contraiu. No luar, seus lábios eram roxos, como um hematoma recente ou um mirtilo esmagado. Estranhamente, Serilda salivou com o pensamento.

— Então você sabe quem eu sou — respondeu ele quase com deboche. — Andei me perguntando. — Ele olhou rapidamente o pátio ao redor. Os estábulos, os canis, os muros intimidadores. — Você está enganada. Não estamos no Castelo Gravenstone. Minha casa está assombrada por lembranças que não desejo relembrar, então passo pouco tempo por lá. Em vez disso, reivindiquei Adalheid como minha casa e santuário. — Ele sorria com prazer ao voltar a encarar Serilda. — A família real não estava usando.

Adalheid. O nome parecia familiar, mas Serilda não lembrava exatamente onde ficava.

Assim como ela não sabia ao certo a qual família real ele se referia. Märchenfeld e o Bosque Aschen ficavam no extremo norte da região do reino de Tulvask, atualmente sob o reinado da rainha Agnette II e a Casa Rosenstadt. No entendimento de Serilda, tratava-se de uma relação baseada em linhas arbitrárias desenhadas num mapa, alguns impostos, uma ou outra rua comercial construída ou preservada e a promessa de ajuda militar se fosse o caso. Mas nunca era o caso, dado que de um lado eles eram bem protegidos pelos altos penhascos de basalto que davam num mar traiçoeiro e do outro pelas agourentas montanhas Rückgrat. A capital, Verene, ficava tão ao sul que ela não conhecia uma única pessoa que já estivera lá, nem mesmo se lembrava de qualquer membro da realeza já ter visitado o canto deles do reino. As pessoas falavam sobre a família real e suas leis como se fossem problema de outrem; nada que representasse consequências diretas para elas. Alguns aldeões pensavam até que o governo ficava satisfeito em deixá-los em paz por medo de aborrecer os verdadeiros governantes do Norte.

O Erlking e os sombrios, que respondiam a ninguém quando saíam a toda de trás do véu.

E Avó Arbusto e o povo da floresta, que nunca sucumbiriam ao domínio dos humanos.

— Suspeito que poucos contestariam sua reivindicação ao castelo — disse Serilda. — Ou... a qualquer coisa que queira.

— De fato — respondeu o Erlking ao gesticular para o banco do cocheiro. — Você pode descer agora.

Ela espiou o canil. O resto dos cães a observavam avidamente, puxando as correntes. Mas elas pareciam segurá-los firme, e a porta do canil parecia travada com segurança.

Ela também notou pela primeira vez que eles haviam ganhado uma plateia. Mais fantasmas, com seus contornos borrados, como se pudessem desaparecer assim que deixassem o luar.

Os sombrios a assustavam mais. Ao contrário dos fantasmas, eles eram tão sólidos quanto ela. De aparência quase élfica, suas peles reluziam em tons de prata, bronze e ouro. Tudo neles era anguloso. As maçãs do rosto, o osso dos ombros, as unhas. Eles eram a corte original do rei, ao seu lado desde os tempos primórdios, quando escaparam de Verloren. Eles a observavam com olhos perspicazes, maliciosos.

Também havia criaturas. Algumas do tamanho de gatos, com dedos de garras pretas e pequenos chifres pontiagudos. Outras do tamanho das mãos de Serilda, com asas de morcego e olhos azul-safira. Outras pareceriam humanos, não fosse pelas escamas na pele ou a juba de algas encharcadas em seus couros cabeludos. Duendes, kobolds, fadas, nixes. Ela não conseguiria nem começar a nomear todos eles.

O rei limpou a garganta.

— Por favor, fique à vontade e leve o tempo que precisar. É de meu extremo agrado ser observado com superioridade por crianças humanas.

Serilda franziu a testa.

— Eu tenho dezoito anos.

— Exatamente.

Ela fez uma careta, que ele ignorou.

Serilda desceu para o banco com o máximo de graciosidade possível, aceitando a mão do rei ao deslizar para o chão. Ela tentou se concentrar em firmar as pernas bambas mais do que em sentir o pavor frio que subiu rastejando por seu braço ao toque dele.

— Preparem a caçada! — esbravejou o rei ao levá-la em direção ao torreão. — Eu e a mortal temos negócios a tratar. Quero os cães e os corcéis prontos assim que terminarmos.

CAPÍTULO

Nove

A ENTRADA DO TORREÃO ERA LADEADA POR DUAS ENORMES ESTÁTUAS de bronze de cães de caça; tão realistas que Serilda vacilou ao passar por elas. Ao se esgueirar para a sombra do torreão, ela teve que dar uma corridinha para acompanhar os longos passos do rei. Queria parar e admirar os detalhes; as enormes e antiquíssimas portas de madeira com dobradiças de metal preto e impressionantes ferrolhos entalhados. Os lustres feitos de ferro e galhadas e ossos. Pilares de pedra esculpidos com desenhos complexos de espinheiros e botões de rosa.

Eles adentraram um saguão de entrada, com duas escadarias amplas se curvando para cima e um conjunto de portas levando a corredores opostos à esquerda e à direita de Serilda, mas o rei os guiou diretamente à frente. Seguiram através de um portal arqueado, para dentro do que devia ser o salão principal, iluminado por velas a cada esquina. Arandelas nas paredes, candelabros altos nos cantos, enquanto mais lustres, alguns tão grandes quanto a carruagem na qual viajara, pendiam das vigas do teto. Tapetes grossos e peles de animais cobriam o piso. Tapeçarias decoravam as paredes, mas não ajudavam muito a trazer vida ao espaço igualmente sinistro e majestoso.

A decoração lembrava a de uma cabana de caça, com uma coleção impressionante de feras empalhadas. Cabeças nas paredes e corpos inteiros prontos para saltar dos cantos. De um pequeno basilisco a um javali enorme, de um dragão sem asas a uma serpente com olhos de pedras preciosas. Havia feras com cifres curvados, conchas impressionantes e muitas cabeças. Serilda ficou igualmente horrorizada e fascinada. Eram pesadelos criando vida. Bem, não vida. Eles estavam claramente mortos. Mas pensar que aquelas criaturas poderiam ser reais lhe dava calafrios, saber que tantas das histórias que ela inventara ao longo dos anos tinham base na realidade.

Ao mesmo tempo, ver criaturas tão gloriosas mortas e usadas como enfeites impressionantes a deixava um pouco nauseada.

Mesmo o fogo crepitante na fogueira central, dentro de uma lareira tão alta que poderia comportar Serilda de pé sem tocar a chaminé, não ajudou a espantar o frio que permeava o ar. Ela ficou tentada a se aproximar do fogo, mesmo que só por um momento — seus instintos desejando o calor aconchegante —, até que avistou uma criatura gigantesca encarapitada na cornija.

Ela congelou, incapaz de desviar o olhar.

Tinha a forma de uma serpente, com duas cristas de pequenos espinhos pontiagudos curvadas sobre a testa e fileiras de dentes afiados distribuídas ao longo da boca saliente. Seus olhos verdes em fenda eram contornados pelo que pareciam ser pérolas cinza incrustadas na pele, e uma única pedra vermelha brilhava no meio de sua testa, um cruzamento entre um enfeite bonito e um terceiro olho observador. Uma flecha com penas pretas ainda se projetava por baixo de uma de suas asas de morcego, tão pequena que parecia impossível ter sido um golpe fatal. Na verdade, a fera mal parecia morta. Pela maneira como fora preservada e montada, ela parecia estar prestes a pular da lareira e abocanhar Serilda. Ao se aproximar, ela se perguntou se apenas imaginava o bafo quente e o ronronado gutural escapando da boca da criatura.

— Isso é um...? — começou ela, mas palavras lhe faltaram. — O que *é* isso?

— Uma serpe rubinrot — respondeu alguém às suas costas.

Ela deu um pulo e virou-se para trás. Não percebera que o cocheiro os seguira. Ele se mantinha serenamente a alguns metros, as mãos unidas às costas, parecendo impassível diante do sangue que até o momento pingava de seu globo ocular empalado.

— Raríssimo. Sua Obscuridade viajou a Lysreich para caçá-lo.

— Lysreich? — repetiu Serilda, atônita. Ela se lembrou do mapa na parede da escola. Lysreich ficava do outro lado do mar, a oeste. — Ele costuma viajar longas distâncias para... caçar?

— Quando a recompensa vale — foi a resposta vaga. Ele relanceou para a porta por onde o rei passara. — Sugiro que acompanhe. O temperamento brando dele pode ser ilusório.

— Certo. Desculpe. — Serilda se apressou atrás do rei.

O cômodo seguinte parecia uma sala de estar ou uma sala de jogos; a enorme lareira compartilhada com o salão principal lançava um brilho alaranjado sobre uma coleção de cadeiras e poltronas ricamente estofadas. Mas o rei não estava ali.

Serilda seguiu em frente. Por outra porta... para um salão de jantar. E ali encontrou o rei, parado à cabeceira da mesa absurda, os braços cruzados e um brilho nos olhos frios.

— Minha nossa — disse Serilda, estimando que a mesa poderia facilmente acomodar uma centena de convidados em seu comprimento interminável. — Quantos anos tinha a árvore que deu a vida para se tornar isso?

— Não tantos quanto eu, garanto.

O rei parecia insatisfeito, e Serilda se sentiu censurada e brevemente assustada. Não que ela não estivesse um pouco preocupada desde o momento em que um fantasma apareceu em sua porta, mas havia um aviso velado na voz do rei que a deixou em alerta. Ela foi forçada a reconhecer um fato que passou a noite toda tentando ignorar.

O Erlking não era conhecido por sua bondade.

— Aproxime-se — instruiu ele.

Tentando esconder o nervosismo, Serilda obedeceu. Ela observou as paredes, que eram cobertas por tapeçarias de cores fortes. Elas davam continuidade ao tema da caçada, mostrando imagens como cães do inferno rosnando ao redor de um unicórnio assustado ou uma enxurrada de caçadores avançando sobre um leão alado.

Conforme avançava, as imagens se tornavam mais brutais. Morte. Sangue. Dor agonizante no rosto das presas; em forte contraste com o deleite nos olhos dos caçadores.

Serilda estremeceu e encarou o rei.

Ele a observava atentamente, por mais que ela não identificasse qualquer emoção em sua expressão.

— Acredito que saiba por que mandei buscá-la.

O coração dela deu um salto.

— Imagino que por ter me achado muito encantadora.

— Os humanos te acham encantadora?

Ele falou com curiosidade sincera, mas Serilda não conseguiu deixar de sentir que foi um insulto.

— Alguns. Crianças, em geral.

— Crianças têm gosto odioso.

Serilda mordeu a parte interna das bochechas.

— Em alguns aspectos, talvez. Mas eu sempre apreciei sua total falta de viés.

O rei se aproximou um passo e, sem aviso, estendeu o braço para segurar seu queixo. Ele inclinou o rosto dela para cima. Serilda ficou sem fôlego ao encarar os olhos da cor de um céu nublado antes de uma nevasca, com cílios grossos como agulhas de pinheiro. Mas, enquanto ela ficava temporariamente deslumbrada com a beleza sobrenatural do rei, ele a fitou sem nenhum calor na expressão. Apenas maquinações e um levíssimo toque de curiosidade.

Ele a avaliou por tempo o bastante para que sua respiração se acelerasse de desconforto e suor frio formigasse em sua nuca. A atenção dele se demorou nos olhos dela, intrigado, talvez até um pouco fascinado. A maioria das pessoas tentava estudar o rosto dela em olhadelas discretas, curiosas e horrorizadas, mas o rei a encarava abertamente.

Não com desgosto exatamente, mas...

Bem. Ela não sabia *o que* ele sentia.

Finalmente, ele a soltou e gesticulou com a cabeça para a mesa de jantar.

— Minha corte costuma jantar aqui depois de uma longa caçada — informou ele. — Penso no salão de jantar como um lugar sagrado, onde o pão é partilhado, o vinho saboreado, e brindes são feitos. É para celebração e nutrição. — Ele fez uma pausa, gesticulando na direção das tapeçarias. — Então é um dos meus lugares preferidos para expor nossas maiores vitórias. Cada uma é um tesouro. Um lembrete de que, por mais longas que sejam as semanas, sempre há uma lua cheia para a qual se preparar. Em breve cavalgaremos de novo. Gosto de pensar que mantém o moral elevado.

Ele virou-se de costas para Serilda e se aproximou de um longo aparador contra a parede. Cálices de estanho estavam empilhados numa das pontas, pratos e tigelas na outra, prontos para a próxima refeição. Na parede, uma placa exibia um pássaro empalhado, com pernas longas e bico estreito. Lembrou Serilda de uma garça ou cegonha, exceto que suas asas, bem abertas como se em preparação para voar, resplandeciam em tons de amarelo e laranja fluorescente, a ponta de cada pena em um tom azul-cobalto. A princípio, Serilda pensou que pudesse ser um truque da luz das velas, mas quanto mais encarava, mais se convencia de que as penas brilhavam.

— É uma hercínia — informou o rei. — Elas vivem na área mais ocidental do Bosque Aschen. É uma das muitas criaturas da floresta sob a suposta proteção de Pusch-Grohla e suas donzelas.

Serilda ficou imóvel com a menção das donzelas do musgo e sua Avó Arbusto.

— Tenho muito gosto por esta aquisição. Bem bonita, não acha?

— Adorável — disse Serilda com a língua pesada.

— Ainda assim, dá para ver como não se encaixa tão bem nesta parede. — Ele deu um passo para trás, analisando o espaço com desgosto. — Já faz algum tempo que espero encontrar a coisa certa para ornar as laterais do pássaro. Imagine minha felicidade quando, na última lua cheia, meus cães farejaram não uma, mas *duas* donzelas do musgo. Dá para imaginar? O belo rosto, aquelas orelhas de raposa, a coroa de folhagem. Aqui e aqui. — Ele gesticulou para a direita e a esquerda das asas do pássaro. — Eternamente assistindo enquanto devoramos os animais que elas se esforçam para proteger. — Ele lançou um olhar significativo para Serilda. — Aprecio muito um toque de ironia.

O estômago dela estava se embrulhando, e Serilda fez de tudo para não demonstrar como tal ideia a repugnava. As donzelas do musgo não eram animais. Não eram bestas para serem caçadas, para serem assassinadas. Elas não eram *decoração*.

— Sinto que parte da genialidade da ironia é que muitas vezes ela faz os outros de tolos, sem que eles nem percebam. — O tom dele se tornou cortante. — Tive muito tempo para pensar no nosso último encontro, e em como você deve me achar um tolo.

Os olhos de Serilda se arregalaram.

— Não. Nunca.

— Você foi muito convincente com sua história do ouro, de ter sido abençoada por um deus. Foi apenas quando a lua se pôs que eu pensei: por que uma garota humana, tão sensível ao frio, estaria colhendo palha na neve sem nem mesmo um par de luvas para proteger as mãos frágeis? — Ele pegou as mãos de Serilda, cujo coração saltou na garganta. A voz dele tornou-se gélida. — Não sei que magia você teceu naquela noite, mas eu não sou de perdoar chacota.

Ele apertou suas mãos com mais força. Serilda reprimiu um gemido assustado. Ele ergueu uma das sobrancelhas elegantes, e ela percebeu que o Erlking sentia certo prazer na situação. Em vê-la angustiada. Sua presa, encurralada. Por um momento, pareceu que ele ia até sorrir. Mas não foi um sorriso, e sim algo cruel e vitorioso que curvou seus lábios antes que ele voltasse a falar.

— Mas eu acredito em chances justas. Então... um teste. Você tem até uma hora antes do nascer do sol para completá-lo.

— Um teste? — sussurrou ela. — Que tipo de teste?

— Nada de que você não seja perfeitamente capaz. Quer dizer, a não ser que você tenha mentido.

Um buraco se abriu no estômago dela.

— E, caso tenha mentido — continuou ele, curvando a cabeça na direção dela —, então também me privou das minhas presas naquela noite, uma ofensa que considero imperdoável. Se for este o caso, terei a *sua* cabeça ocupando um espaço na minha parede. Manfred — ele olhou de relance para o cocheiro —, ela também tinha família?

— Um pai, presumo — respondeu ele.

— Ótimo. Tomarei a cabeça dele também. Gosto de simetria.

— Espere — exclamou Serilda. — Milorde, por favor, eu...

— Para o seu bem e o dele — interrompeu o Erlking —, eu espero que você tenha falando a verdade. — Ele ergueu a mão dela e beijou a parte interna do seu pulso. O gelo do toque queimou na pele. — Se me der licença, preciso cuidar da caçada. — Ele lançou um olhar para o cocheiro. — Leve-a para as masmorras.

CAPÍTULO

Dez

SERILDA MAL COMPREENDERA O SIGNIFICADO DAS PALAVRAS DO REI antes que o cocheiro a pegasse pelo cotovelo e a arrastasse para fora do salão de jantar.

— Espere! As masmorras? — choramingou ela. — Ele não pode estar falando sério!

— Não pode? Vossa Obscuridade não é chegado a piedade — disse o fantasma, sem afrouxar o aperto. Ele a arrastou por um corredor estreito, então parou em frente a uma escada íngreme e lhe lançou um olhar. — Você consegue andar sozinha, ou devo arrastá-la por todo o caminho? Já vou avisando, essa escada pode ser traiçoeira.

Serilda curvou os ombros, encarando a escada que espiralava para fora da vista. Sua mente girava com tudo que o Erlking dissera. A cabeça dela. A do pai. Um teste. As masmorras.

Ela cambaleou, e teria caído se o fantasma não a tivesse segurado com mais força.

— Eu consigo andar — sussurrou.

— Muito convincente — disse o cocheiro, mas a soltou. Pegando uma tocha de um suporte ao lado da porta, ele seguiu pelas escadas.

Serilda hesitou, relanceando para o corredor às suas costas. Estava confiante de que poderia refazer seus passos até o torreão, e não havia mais ninguém à vista. Teria ela qualquer chance de escapar?

— Não se esqueça de quem é dono desse castelo — falou o fantasma. — Se você fugir, ele só vai apreciar ainda mais a perseguição.

Engolindo em seco, Serilda se virou. O pavor assentou como uma pedra em seu estômago, mas quando o fantasma começou a descer os degraus ela o seguiu.

Manteve uma das mãos na parede para se equilibrar nos degraus íngremes e estreitos, se sentindo zonza ao descer.

Um pouco mais para baixo.

E um pouco mais.

Eles deviam estar no subsolo agora, em algum lugar nas profundezas da fundação ancestral do castelo. Talvez até mesmo abaixo do lago.

Chegaram ao último patamar e marcharam através de um portão gradeado aberto. Serilda estremeceu ao ver uma fileira de portas pesadas de madeira cobrindo a parede à direita, todas reforçadas com ferro.

Portas de celas. Serilda virou o pescoço para espiar pelas janelas de fenda, vislumbrando algemas e correntes penduradas no teto, apesar de não conseguir enxergar o bastante para saber se havia prisioneiros pendurados nelas. Tentou não imaginar qual seria seu destino. Ela não ouvia nenhum gemido, nenhum choro, ou nenhum som que esperaria de prisioneiros torturados e famintos. Talvez as celas estivessem vazias. Ou talvez os prisioneiros já estivessem mortos há muito tempo. Os únicos "prisioneiros" do Erlking de que ela já ouvira falar eram as crianças que ele presenteara a Perchta, apesar de elas não terem sido colocadas nas masmorras. Ah, e as almas perdidas que seguiam a caçada em suas cavalgadas caóticas, apesar de elas serem mais frequentemente largadas para morrer na beira da estrada, não carregadas secretamente para o castelo.

Ela nunca ouvira boatos sobre o Erlking manter humanos trancados numa masmorra.

Mas, pensando bem, talvez não houvesse boatos porque ninguém sobrevivia para contá-los.

— Pode parar — sussurrou ela severamente para si mesma.

O cocheiro virou-se para trás.

— Desculpa — murmurou. — Não estava falando com você.

Um bichinho chamou a sua atenção nesse momento, disparando ao longo da parede do corredor antes de se esgueirar para dentro de um buraquinho na construção. Um rato.

Maravilha.

Então, algo estranho. Um novo aroma se acumulando ao seu redor. Algo doce e familiar e totalmente inesperado no ar bolorento.

— Aqui. — O fantasma parou e gesticulou para a porta de uma cela que estava aberta.

Serilda hesitou. Era isso, então. Ela era uma prisioneira do Erlking, trancada numa cela úmida, horrível. Deixada para morrer de fome e apodrecer. Ou, pelo menos, presa até a manhã seguinte, quando teria a cabeça decepada e pendurada no salão de jantar. Ela se perguntou se também viraria um fantasma, a assombrar os corredores frios e mal-iluminados. Talvez fosse isso que o rei quisesse. Outro servo para sua comitiva morta.

Ela olhou para o fantasma com o cinzel no olho. Será que conseguiria lutar contra ele? Empurrá-lo para dentro da cela e trancar a porta, então se esconder em algum lugar até encontrar uma chance de fugir?

Devolvendo seu olhar, o fantasma sorriu lentamente.

— Eu já estou morto.

— Eu não estava pensando em te matar.

— Você é uma péssima mentirosa.

Ela franziu o nariz.

— Vai logo. Está perdendo tempo.

— Vocês são tão impacientes — resmungou ela, se abaixando para passar por ele. — Não têm a eternidade toda pela frente?

— Sim — disse ele. — E você tem até uma hora antes do amanhecer.

Serilda passou pela porta da cela, se preparando para o inevitável som da porta se batendo e a grade se trancando. Ela imaginou manchas de sangue nas paredes, algemas no teto e ratos disparando para os cantos.

Em vez disso, ela viu… palha.

Não um fardo bem amarrado, mas uma pilha bagunçada, suficiente para encher uma carroça. Era a origem do aroma doce que ela sentira antes, carregando a leve familiaridade do trabalho de colheita no outono, quando toda a cidade participava.

No fundo da cela estava uma roda de fiar, cercada por pilhas de carretéis de madeira vazios.

Fazia sentido, mas ao mesmo tempo… não fazia sentido nenhum.

O Erlking a levara até ali para transformar palha em ouro porque, mais uma vez, a língua dela inventara uma história ridícula com nenhuma intenção além de entreter. Bem, nesse caso, de distrair.

Ele só estava lhe dando uma chance de se provar.

Uma chance.

Uma chance na qual ela fracassaria.

O sentimento de desesperança acabara de começar a formigar por seu corpo quando a porta da cela se fechou com força. Ela deu um giro, pulando quando a tranca se encaixou com um estrondo.

Pela janela de barras, o fantasma a espiou com o olho bom.

— Se faz alguma diferença — disse ele, atencioso —, eu realmente espero que você seja bem-sucedida.

Então fechou a tampa sobre a grade com um puxão, isolando-a de tudo.

Serilda encarou a porta, escutando seus passos recuarem, zonza com a forma como sua vida desmoronara rápida e completamente.

Ela dissera ao pai que tudo ficaria bem.

Dera um beijo de despedida nele, sem preocupação.

— Eu deveria ter abraçado ele por mais tempo — sussurrou para a solidão.

Ela se virou e examinou a cela. A caminha que tinha em casa talvez coubesse ali dentro, duas lado a lado, e ela conseguia facilmente tocar o teto sem precisar ficar na ponta dos pés. Tudo ficava mais apertado com a roda de fiar e os carretéis empilhados na parede do fundo.

Um único castiçal de estanho fora deixado aceso num canto perto da porta, longe o bastante da palha para não representar um perigo. Longe o bastante para fazer a sombra da roda de fiar dançar monstruosamente contra a parede de pedra, que ainda apresentava marcas das ferramentas da época em que a cela fora escavada na rocha da ilha. Serilda pensou no desperdício; uma vela inteira deixada para queimar só para ela, para que ela pudesse completar essa tarefa absurda. Velas eram uma mercadoria valiosa, que devia ser estocada e preservada, para ser usada apenas quando absolutamente necessário.

Seu estômago roncou, e só então ela percebeu que esquecera a maçã que seu pai lhe dera dentro da carruagem.

Com esse pensamento, uma gargalhada curta e apavorada explodiu de seus lábios. Ela morreria ali.

Serilda analisou a palha, cutucando com o pé alguns pedaços que escapavam da pilha. Era palha boa. Seca e com um cheiro doce. Ela se perguntou se o Erlking ordenara que ela fosse colhida naquela noite, sob a Lua da Fome, porque ela lhe dissera que colher a palha tocada pela lua cheia era melhor para seu trabalho. Parecia improvável. Qualquer palha colhida recentemente ainda estaria molhada pela neve.

Porque, claro, o rei não acreditou em suas mentiras, e tinha razão. O que ele pediu não podia ser feito. Ou ao menos não por ela, que ouvira histórias sobre seres mágicos capazes de feitos maravilhosos. Sobre pessoas que realmente foram abençoadas por Hulda. Que podiam fiar não só ouro, mas também prata, seda e cordões de pérolas brancas perfeitas.

Mas a única bênção que ela carregava era do deus das mentiras, e agora sua língua amaldiçoada a arruinara.

Como ela fora tola em pensar, por um momento que fosse, que enganara o Erlking e se safara. Obviamente ele perceberia que uma simples garota do vilarejo não poderia possuir tal dom. Se ela pudesse transformar palha em ouro, o pai dela dificilmente ainda estaria labutando no moinho. A escola não precisaria de um telhado novo, e a fonte arruinada no meio da praça de Märchenfeld teria sido consertada anos atrás. Se ela conseguisse transformar palha em ouro, já teria se certificado de que todo o seu vilarejo prosperasse.

Mas ela não tinha tal magia. E o rei sabia disso.

Ela pôs a mão na garganta com preocupação, se perguntando como fariam — com uma espada? Um machado? —, então seus dedos roçaram na corrente fina do colar. Ela o puxou de sob a gola do vestido e abriu o medalhão, virando-o para ver o rosto da garota no interior. A criança olhava para Serilda com olhos provocativos, como se houvesse um segredo prestes a explodir dentro dela.

— Não custa nada tentar, certo? — sussurrou ela.

O rei lhe dera até uma hora antes do nascer do sol. Já passava da meia-noite. Ali, nas profundezas do castelo, a única maneira de marcar a passagem do tempo era pela vela queimando no canto. O derretimento persistente da cera.

Muito lento.

Rápido demais.

Não importava. Ela estava longe de ser do tipo que ficava parada por horas, sufocando na própria autopiedade.

— Se Hulda consegue, por que eu não conseguiria? — perguntou a si mesma, pegando um punhado de palha da pilha.

Ela se aproximou da roda de fiar como quem se aproximava de uma serpe adormecida. Desabotoou a capa de viagem, dobrou-a com cuidado e deixou num canto. Então enganchou um tornozelo ao redor da perna do banco e se sentou.

Os feixes de palha eram duros, as pontas ásperas contra o antebraço de Serilda. Ela os encarou e tentou visualizar tufos de lã como os que Mãe Weber lhe vendera incontáveis vezes.

A palha não parecia nem um pouco com a lã grossa e fofa com a qual ela estava acostumada, mas Serilda inspirou fundo mesmo assim e encaixou o primeiro carretel vazio no eixo. Passou um bom tempo alternando o olhar do carretel para o punhado de palha. Normalmente, ela começava com um fio-guia, para que a lã se enrolasse no carretel mais facilmente, mas não tinha fio algum. Dando de ombros, ela amarrou um pedaço de palha. O primeiro pedaço arrebentou, mas o segundo aguentou. E agora? Ela não podia simplesmente torcer as pontas uma na outra para formar um fio comprido.

Podia?

Ela torceu e torceu.

Deu certo... mais ou menos.

— Bom o bastante — murmurou, passando o fio-guia pelos ganchos e pelo primeiro buraco da roda. O resultado era extremamente precário, prestes a se desfazer assim que ela puxasse com muita força ou soltasse os fios fragilmente conectados.

Com medo de soltar, Serilda se inclinou para a frente e usou o nariz para empurrar um dos raios da roda, fazendo-a começar a girar gradualmente.

— Lá vamos nós — disse ela, apertando o pedal com o pé.

A palha foi arrancada de seus dedos.

As conexões frágeis se desintegraram.

Serilda parou. Grunhiu para si mesma.

Então tentou de novo.

Dessa vez, ela acionou a roda um pouco antes.

Nada feito.

Na vez seguinte, tentou amarrar algumas pontas com nós.

— Por favor, funcione — sussurrou ela ao começar a pedalar. A roda girou. A palha se enrolou no carretel. — Ouro. Por favor. Vira ouro.

Mas a palha simples e seca continuou sendo só palha simples e seca, não importava quantas vezes passasse pelo buraco ou se enrolasse no carretel.

Em pouco tempo, seus fios amarrados tinham acabado, e o que se enroscara com sucesso ao redor do carretel começou a desfiar assim que ela o tirou do eixo.

— Não, não, não...

Ela pegou um carretel novo e começou o processo do zero.

Empurrando, forçando a palha adiante.

Seu pé pressionando o pedal.

— Por favor — pediu ela de novo, puxando outro feixe. Então outro. — Por favor.

Sua voz falhou, e as lágrimas começaram a rolar. Lágrimas que ela mal sabia estarem esperando para cair até que se derramassem todas de uma vez. Ela se curvou para a frente, apertando a palha inútil nas mãos em punhos, e soluçou. Aquelas únicas palavras se agarraram à sua língua, sussurradas a ninguém além das paredes da cela e da porta trancada do castelo horrível cheio de fantasmas e demônios e monstros horrorosos.

— *Por favor.*

— O que você está fazendo com essa pobre roda de fiar?

Serilda gritou e caiu do banco. Ela aterrissou no chão com um lamúrio perplexo, batendo um dos ombros na parede de pedra. Então ergueu o olhar, afastando as mechas de cabelo que tinham caído sobre seu rosto e se colado à bochecha úmida.

Uma figura estava sentada no topo da pilha de palha, de pernas cruzadas, espiando-a com leve curiosidade.

Um homem.

Ou... um garoto. Um garoto de idade próxima à dela, achava, com cabelo acobreado que descia em nós rebeldes até os ombros e um rosto igualmente coberto de sardas e sujeira. Ele vestia uma camisa simples de linho, levemente antiquada com suas mangas bufantes, que ele usava para fora de uma calça justa verde-esmeralda. Nada de sapato, túnica, casaco ou chapéu. Ele pareceria estar pronto para dormir, se não fosse pela expressão desperta.

Ela olhou para a porta atrás dele, ainda bem fechada.

— C-Como você entrou aqui? — gaguejou ela, tomando impulso para se levantar.

O garoto inclinou a cabeça para o lado e disse, como se fosse a coisa mais natural do mundo:

— Mágica.

CAPÍTULO

Onze

ELA PISCOU.

Ele piscou de volta, então adicionou:

— Sou *extremamente* poderoso.

Serilda franziu a testa, incapaz de julgar se ele estava falando sério.

— É mesmo?

Em resposta, o garoto deu um sorrisinho torto. Era o tipo de expressão feita para guardar segredos: oblíqua e risonha, com manchinhas douradas brilhando nos olhos. Ele se levantou, espanou os pedaços de palha que se grudaram à calça e olhou ao redor, observando a roda de fiar, o cômodo entulhado, a janelinha na porta.

— Não é a mais agradável das acomodações. A iluminação poderia ser melhor. Esse fedor também. Isso era para ser uma cama? — Ele cutucou a pilha de palha com o pé.

— Estamos numa masmorra — informou Serilda, prestativa.

O garoto lhe lançou um olhar debochado. *Era óbvio* que eles estavam numa masmorra.

Serilda corou.

— No Castelo Adalheid, para ser precisa.

— Nunca fui convocado a uma masmorra antes. Não seria minha primeira escolha.

— Convocado?

— Só pode ter sido. Você é uma bruxa, não é?

Ela o encarou, boquiaberta, se perguntando se deveria ficar ofendida. Ao contrário de todas as vezes que ela chamara Madame Sauer de bruxa, o garoto não pronunciou a palavra como um insulto.

— Não, eu não sou uma bruxa. E não te convoquei. Só estava sentada aqui, chorando, contemplando meu próprio fim, muito obrigada.

Ele ergueu as sobrancelhas.

— Parece algo que uma bruxa diria.

Serilda bufou e esfregou o olho com a palma da mão. Aquela noite fora longa e cheia de novidades e surpresas, terror e incerteza, e agora uma ameaça muito inconveniente contra sua vida. O cérebro dela estava enevoado de exaustão.

— Não sei. Talvez eu tenha convocado você — cedeu ela. — Não seria a coisa mais estranha que aconteceu esta noite. Mas, se foi o caso, peço desculpas. Não foi minha intenção.

Ele se agachou para deixar os olhos da altura dos dela e a analisou, com uma expressão sombria de desconfiança. Mas, logo depois, a expressão desapareceu. O rosto dele se abriu naquele sorriso largo e provocativo de novo.

— Todos os mortais são ingênuos como você?

Ela franziu a testa.

— Como é?

— Eu só estava brincando. Você não me convocou. Achou mesmo que poderia ter me chamado? — Ele estalou a língua. — É, achou. Dá para ver. Isso sugere certo egocentrismo, não acha?

Serilda abriu a boca, mas estava confusa com a mudança súbita no humor dele.

— Você está brincando comigo — gaguejou ela enfim, se levantando num pulo. — Só tenho mais algumas horas de vida, e você veio aqui para zombar de mim.

— Ah, não me olhe assim — disse ele, erguendo o olhar para ela. — Foi só uma piada. Você parecia precisar de uma risada.

— Eu estou rindo, por acaso? — perguntou Serilda, subitamente irritada, talvez até um pouco envergonhada.

— Não — admitiu o garoto. — Mas acho que estaria. Se não estivesse trancada numa masmorra e, como falou, provavelmente fosse morrer pela manhã.

Ele passou a mão pela palha. Pegou um feixe, se levantou e estudou Serilda. Realmente prestando atenção dessa vez. Reparou em seu vestido simples, nas botas enlameadas, nas duas tranças de cabelo castanho-escuro que desciam até a cintura. Ela sabia que devia estar um caco depois de chorar, com o nariz vermelho e as bochechas manchadas, assim como sabia que não eram essas coisas, mas as rodas douradas em seus olhos, que provocaram aquele ímpeto de curiosidade.

No passado, quando Serilda encontrava um garoto desconhecido no vilarejo ou na feira, ela se esquivava de sua atenção interessada. Virava a cabeça, baixava os cílios, buscando esconder seu olhar. Tentando estender aqueles breves momentos em que um garoto podia olhar para ela e se perguntar se tinha um pretendente, se seu coração estava livre para ser capturado... antes que ele visse a verdade em seu rosto e recuasse, seu interesse momentâneo partindo tão rápido quanto chegara.

Mas Serilda não se importava nem um pouco com esse garoto em particular ou qualquer opinião que ele pudesse ter sobre ela. O fato de ele ter tratado seu desespero como uma brincadeira o tornava quase tão cruel quanto o rei que a trancara ali. Ela passou a manga pelo nariz, fungando, então endireitou as costas sob seu escrutínio.

— Estou começando a repensar — disse ele. — Talvez você seja mesmo uma bruxa.

Ela ergueu uma sobrancelha.

— Vamos descobrir. Devo transformá-lo num sapo ou num gato?

— Ah, um sapo, com certeza — respondeu ele imediatamente. — Gatos não recebem muita atenção. Mas um sapo? Poderia causar todo tipo de confusão no próximo banquete. — Ele inclinou a cabeça para o lado. — Mas não. Você não é uma bruxa.

— Já conheceu muitas bruxas, foi?

— Só não consigo imaginar uma bruxa parecendo tão deplorável e desamparada como você agora.

— Eu não estou deplorável — disse ela entredentes. — Nem desamparada. Quem é você, por sinal? Se eu não te convoquei, então por que está aqui?

— Faço questão de saber tudo de relevante que acontece nesse castelo. Parabéns. Eu a julguei relevante. — Ele fez um floreio com um pedaço de palha na direção dela, como se lhe concedesse um título de nobreza.

— Estou lisonjeada — respondeu Serilda, impassível.

O garoto riu e ergueu as mãos no que poderia ser um sinal de paz.

— Tudo bem. Você não é nem deplorável nem desamparada. Eu devo ter interpretado mal todo o choro, e os gemidos e coisa e tal. Perdoe-me. — O tom dele era leve demais para parecer um pedido de desculpas *de verdade*, mas Serilda sentiu a raiva abrandar mesmo assim. O garoto deu meia-volta, examinando o cômodo. — Então. O Erlking trouxe uma mortal para o castelo e a trancafiou. Uma pilha de palha, uma roda de fiar. Bem fácil adivinhar o que ele quer.

— De fato. Ele quer algumas cestas de palha para guardar todo o fio que vai ser feito nessa roda. Acho que quer começar a tricotar.

— Ele precisa mesmo de um hobby — disse o garoto. — Tem um limite para o quanto se aguenta andar por aí sequestrando pessoas e massacrando criaturas mágicas antes de ficar entediado.

Ela não queria, mas não conseguiu evitar que sua boca se curvasse num meio sorriso.

O garoto percebeu e alargou mais o sorriso dele. Ela notou que um de seus caninos era mais afiado do que o outro.

— Ele quer que você transforme essa palha em ouro.

Ela suspirou, o humor repentino se evaporando.

— Isso mesmo.

— Por que ele acha que você consegue fazer isso?

Serilda hesitou antes de responder:

— Porque eu disse a ele que conseguia.

O rosto do outro se encheu de surpresa — genuína, dessa vez.

— Você consegue?

— Não. Foi uma história que eu inventei... é complicado.

— Você mentiu para o Erlkönig?

Ela fez que sim.

— Na cara dele?

Ela confirmou novamente, e foi recompensada por algo maior do que mera curiosidade. Por um momento, o garoto pareceu impressionado.

— Só que ele não acredita em mim de verdade — adicionou Serilda depressa. — Ele pode ter acreditado na hora, mas não mais. Isso tudo é um teste. E, quando eu fracassar, ele vai mandar me matar.

— Sim, eu ouvi essa parte. Talvez eu estivesse entreouvindo no andar de cima. Para ser sincero, achei que viria aqui embaixo e encontraria você chafurdando na própria infelicidade. O que claramente aconteceu.

— Eu não estava chafurdando!

— Eu tenho minha opinião, você tem a sua. O que eu acho mais interessante é que você também estava... *tentando*. — Ele gesticulou para a roda de fiar e o carretel envolvido por pedaços de palha partidos e amarrados. — Isso eu não esperava. Ao menos não de uma garota que decididamente *não* é bruxa.

Serilda revirou os olhos.

— Não que isso tenha me ajudado em nada. Eu não sei fiar ouro. Não sou capaz disso. — Então uma ideia lhe ocorreu. — Mas... *você* tem magia. Você entrou aqui, de alguma forma. Pode me tirar desta masmorra?

Ela sabia que seria apenas uma solução temporária. O Erlking voltaria para buscá-la de novo e, da próxima vez, ela sabia que ele levaria suas ameaças adiante. Ele poderia ir atrás não só de Serilda, mas do pai dela, talvez do vilarejo inteiro de Märchenfeld.

Correria esse risco?

Pelos braços cruzados e o gesto de cabeça do garoto, no entanto, parecia que ela nem precisaria tomar essa decisão.

— Eu falei que sou extremamente poderoso, mas não faço milagres. Posso ir a qualquer parte do castelo, mas não tenho como fazer *você* atravessar uma porta sólida, e não tenho uma chave para destrancá-la.

Seus ombros se curvaram.

— Não desanime — continuou o garoto. — Você ainda não morreu. Essa é uma grande vantagem sobre praticamente todo mundo nesse castelo.

— Essa ideia é apenas levemente reconfortante.

— Vivo para servir.

— Duvido muito.

Ele olhou ao redor, então ficou inesperadamente sério. Pareceu considerar algo por um longo momento antes que seu olhar se tornasse intenso, quase ardiloso.

— Muito bem — disse ele lentamente, como se tivesse acabado de tomar uma decisão. — Você venceu. Eu vou te ajudar.

O coração de Serilda se encheu rapidamente de uma esperança desenfreada.

— Em troca *disso*.

O garoto apontou para ela. A manga dele deslizou para o cotovelo, revelando uma cicatriz terrível na altura de seu pulso.

Serilda arfou para o braço estendido, momentaneamente sem palavras.

Ele apontava para o coração dela.

Ela deu um passo para trás e colocou a mão de maneira protetora sobre o peito, sentindo o coração bater forte. O olhar dela se demorou na mão dele, como se o garoto pudesse enfiá-la em seu peito e arrancar o órgão pulsante a qualquer momento. Ele não se parecia muito com os sombrios, de compleições majestosas e beleza perfeita, mas também não parecia desbotado como um fantasma. Tinha uma aparência um tanto inofensiva, mas ela não podia confiar nisso. Não podia confiar em ninguém daquele castelo.

O garoto franziu a testa, confuso com a reação dela. Então a ficha caiu e ele baixou a mão com um revirar de olhos.

— Não o seu *coração* — explicou ele, exasperado. — O medalhão.

Ah. Isso.

Ela levou a mão à corrente ao redor do pescoço. Segurou o medalhão, ainda aberto, na mão fechada.

— Não vai combinar muito com você.

— Discordo fortemente. Além disso, há algo de familiar nela — disse o garoto.

— Quem?

— A garota no...! — Ele parou, sua expressão sombria. — Parece que você está tentando ser irritante de propósito, mas esse é o *meu* talento, veja bem.

— Eu só não entendo por que você quer o medalhão. É o retrato de uma criança, não uma grande beldade.

— Estou vendo. Quem é ela? Você a conhece?

Serilda olhou para baixo, inclinando o retrato na direção da luz da vela.

— Foi você quem acabou de alegar conhecê-la.

— Eu não disse que a *conheço*. Só que há algo de familiar nela. Alguma coisa... — Ele pareceu se esforçar para encontrar as palavras certas, mas tudo o que saiu foi um grunhido irritado. — Você não entenderia.

— Isso é o que as pessoas falam quando não querem se dar ao trabalho de explicar.

— Também é o que as pessoas dizem quando a outra pessoa realmente não entenderia.

Ela deu de ombros.

— Certo. A menina é uma princesa. É óbvio. — As palavras escaparam antes de ela pensar em dizê-las. No momento seguinte, pensou em retirá-las, confessando não fazer ideia de quem era a menina. Mas qual seria a diferença? Talvez *fosse* uma princesa. Certamente parecia ser. — Mas é história muito trágica, sinto dizer.

Com essa declaração misteriosa pairando entre eles, Serilda fechou o medalhão com um estalo.

— Bem, então não deve ser uma herança de família — disse ele.

Ela se ofendeu.

— Eu poderia ter sangue real distante.

— Isso é tão provável quanto eu ser filho de um duque, não acha? — Ele gesticulou para suas roupas simples, praticamente roupas de baixo, para provar seu argumento. — E se não é uma herança de família, então não deve ser assim tão precioso. Certamente não tanto quanto a sua vida. Estou te oferecendo uma barganha. Minha ajuda a preço de banana.

— Um pouco mais caro do que isso — murmurou ela. Mas seu coração estava afundando. Ela sabia que ele já ganhara a negociação.

Ele também devia saber, pois um sorriso presunçoso se abriu em seu rosto. O garoto se balançou para trás sobre os calcanhares.

— E aí? Você quer minha ajuda ou não?

Serilda baixou os olhos para o medalhão, passando o dedo levemente sobre o fecho dourado. Era quase angustiante dá-lo para outra pessoa, mas ela sabia que era bobagem. O garoto parecia convencido de que podia ajudá-la. Ela não sabia o que ele poderia fazer, mas ele claramente tinha um pouco de magia, e além disso... não era como se ela tivesse muitas opções. A aparição dele já fora milagrosa o bastante.

Contrariada, ela tirou a corrente do pescoço. Estendeu o colar, torcendo para que ele não estivesse prestes a rir da ingenuidade dela *de novo*. Ele poderia facilmente pegar o colar, gargalhar e desaparecer com a mesma rapidez que viera.

Mas ele não fez isso.

Na verdade, o garoto pegou a corrente com extremo cuidado, com um toque de respeito na expressão. E, naquele momento, foi como se o ar ao redor deles pulsasse. Pressionando Serilda, abafando seus ouvidos, apertando seu peito.

Magia.

Então o momento passou, a magia evaporou.

Serilda inspirou profundamente, como se fosse a primeira respiração que dera durante toda a noite.

O garoto vestiu o colar e apontou para ela com o queixo.

— Sai.

Serilda ficou tensa, surpresa com a grosseria.

— Perdão?

— Você está no caminho — disse ele, gesticulando para a roda de fiar. — Preciso de espaço para trabalhar.

— Doeria pedir com educação?

Ele a encarou com um olhar tão abertamente irritado que ela se perguntou se a raiva dele poderia competir com a dela.

— Eu estou te ajudando.

— E eu te paguei pela honra — respondeu ela, indicando o colar no pescoço dele. — Não acho que um pingo de civilidade seja pedir demais.

Ele abriu a boca, mas hesitou. Franziu a testa.

— Quer que eu te devolva o colar e a deixe para enfrentar seu destino?

— É claro que não. Mas você ainda não me contou como, exatamente, pretende me ajudar.

Ele suspirou, um pouco dramático.

— Você quem sabe. Afinal, para que ajudar, se pode dificultar?

Ele deu um passo na direção dela e continuou se aproximando, como se pudesse atropelá-la como uma carroça de mula errante se ela não saísse do caminho. Com os dentes cerrados, Serilda se manteve firme.

Ela não saiu do caminho.

Ele não parou.

Ele colidiu contra ela, o queixo dele batendo em sua testa, o peito golpeando Serilda para trás com tanta força que ela cambaleou e caiu na palha com uma expressão de surpresa.

— Ai! — gritou ela, resistindo ao impulso de massagear o ponto dolorido em seu traseiro onde a palha mal amortecera a queda. — Qual é o seu problema?

Ela lançou um olhar zangado para ele, tanto irritada quanto perplexa. Se achava que ela o deixaria intimidá-la...! Mas algo na expressão do garoto interrompeu seu ataque antes de ao menos começar direito.

Ele a encarava, mas diferente de como a analisara mais cedo. Ele estava boquiaberto. Olhos cheios de uma incredulidade inflamada enquanto uma das mãos massageava distraidamente o lugar do ombro que batera na parede quando ele também cambaleara para trás após a colisão.

— E então? — esbravejou Serilda, se levantando e catando pedaços soltos de palha da saia. — Por que você fez isso?

Ela colocou as mãos nos quadris e esperou.

Depois de um momento, ele voltou a se aproximar, porém com mais hesitação. A expressão dele não estava tão desgostosa quanto deveria, e sim... intrigada. Algo na maneira como ele a estudava anuviou a ira de Serilda. Ela ficou tentada a se afastar; não que houvesse para onde ir. E se ela não recuara antes, certamente não o faria agora. Então manteve sua posição, erguendo o queixo com teimosia o bastante para uma vida inteira.

Nenhum pedido de desculpas.

Em vez disso, quando estava a um braço de distância dela, o garoto ergueu as mãos entre eles. Ela baixou o olhar. Os dedos dele, pálidos e calejados, estavam *tremendo*.

Serilda seguiu o movimento das mãos dele enquanto elas se aproximavam, chegando perto dos seus ombros. Centímetro a centímetro, hesitantes.

— O que você está fazendo?

Como resposta, ele repousou os dedos no braço dela. O toque foi impossivelmente delicado a princípio, mas então ele deixou o peso de suas mãos assentar nos braços de Serilda, pressionando delicadamente as mangas finas de musselina do vestido dela. Não era um toque ameaçador, mas, ainda assim, a pulsação de Serilda acelerou com algo parecido com medo.

Não, não medo.

Nervosismo.

O garoto soltou o ar bruscamente, atraindo a atenção dela de volta ao seu rosto.

Ah, meus deuses perversos, o *olhar* que ele estava lançando a ela. Serilda nunca recebera um olhar daqueles antes. Ela não sabia o que pensar. A intensidade. O calor. O puro arrebatamento.

Ele ia beijá-la.

Calma.

Por quê?

Ninguém nunca quis beijá-la. Talvez tivesse acontecido uma vez, com Thomas Lindbeck, mas... durou pouco e acabou em catástrofe.

Ela era agourenta. Estranha. Amaldiçoada.

E... e além disso... Serilda não queria que ele a beijasse. Não conhecia aquele garoto. Certamente não *gostava* dele.

Nem sabia o seu nome.

Então por que acabara de molhar os lábios?

Aquele pequeno movimento atraiu a atenção do garoto para sua boca e, de repente, sua expressão se dissolveu. Ele retraiu a mão depressa e deu o maior passo que podia para trás sem colidir de novo contra a parede.

— Desculpa — disse ele, com a voz mais rouca do que antes.

Ela não lembrava pelo que ele deveria estar pedindo desculpas.

Ele levou as mãos às costas, como se temesse que elas buscassem por Serilda de novo se deixadas à solta.

— Tudo bem — suspirou ela.

— Você está mesmo viva — falou ele. A frase foi a declaração de um fato, mas um no qual ele não sabia bem se acreditava.

— Bem, sim — confirmou ela. — Achei que isso estivesse bem claro, considerando que o Erlking espera me matar ao amanhecer, e tudo o mais.

— Não. Sim. Quer dizer, eu sabia, é claro. É só... — Ele esfregou a palma das mãos na camisa, como se testasse a própria tangibilidade. Então balançou bruscamente a cabeça. — Acho que eu não tinha considerado o real significado disso. Faz muito tempo que não encontro um mortal de verdade. Não me dei conta de que você seria tão... tão...

Ela esperou, incapaz de adivinhar a palavra que ele buscava.

Até que ele enfim se decidiu:

— *Quente.*

Ela ergueu as sobrancelhas ao mesmo tempo que sentiu o calor subir contra sua vontade até as bochechas. Tentou ignorar a sensação.

— Faz quanto tempo que você não encontra ninguém que não seja um fantasma?

Ele curvou os lábios para o lado.

— Não sei bem. Alguns séculos, provavelmente.

O queixo dela caiu.

— Séculos?

Ele sustentou o olhar dela por mais um momento antes de suspirar.

— Para ser sincero, não. A verdade é que eu acho que nunca conheci uma garota viva. — Ele limpou a garganta, distraído. — Posso passar através de fantasmas quando quero. Só meio que presumi que seria como... bem, com qualquer outro. Não que eu faça isso com frequência. Parece meio deselegante, não é? Atravessar alguém assim. Mas tento evitar tocá-los quando posso. Não que eu... Eu não desgosto dos outros fantasmas. Alguns são boa companhia, o que é surpreendente. Mas tocá-los pode ser...

— Desagradável? — sugeriu Serilda, contraindo os dedos ao se lembrar da pele fria e frágil do cocheiro.

O garoto deu uma risada.

— Sim. Exatamente.

— Você não pareceu ter nenhum escrúpulo sobre tentar *me* atravessar.

— Você não saía do caminho!

— Eu teria saído. Você só precisava pedir *por favor*. Se está preocupado em não ser deselegante, esse é um bom começo.

Ele bufou, mas sem muita irritação no olhar. Na verdade, ele parecia um pouco abalado.

— Tá bom, tá bom — murmurou distraidamente. — Vou me lembrar disso da próxima vez que estiver salvando a sua vida. — Engolindo em seco, ele olhou para a vela no canto. — Precisamos começar. Não temos muito tempo.

Ele ousou fazer contato visual com ela novamente.

Serilda sustentou o olhar, mais perplexa a cada momento.

Chegando a alguma decisão interna, o garoto deu um aceno firme de cabeça.

— Muito bem, então.

Ele esticou o braço para ela de novo. Dessa vez, quando segurou os braços de Serilda, foi com determinação e rapidez, empurrando o corpo dela dois passos para o lado. Ela soltou um gritinho, perigando perder o equilíbrio quando ele a soltou.

— O quê?...

— Eu te avisei — interrompeu ele. — Você está no meu caminho. Por favor e obrigado.

— Não é assim que essas palavras funcionam.

Ele deu de ombros, mas Serilda notou como suas mãos se apertaram em punhos ao encarar a roda de fiar. Se ela estivesse narrando aquele momento como parte de uma história, diria que o gesto, súbito como fora, carregava um significado mais profundo. Como se ele estivesse tentando prolongar aquela sensação, a sensação de suas mãos em contato com os ombros dela, apenas por mais um momento.

Serilda balançou a cabeça, se lembrando de que aquilo não era uma de suas histórias. Por mais inacreditável que fosse, ela realmente estava presa numa masmorra, aprisionada pelo Erlking, encarregada daquela tarefa impossível. E agora havia aquele garoto, ajustando o banco e se sentando à roda de fiar.

Ela piscou, olhando do garoto para a roda de fiar e então para a pilha de palha aos seus pés.

— Não é possível que você queira...

— Como você achou que eu pretendia ajudar? — Ele pegou um punhado de palha perto do pé. — Já expliquei que não tenho como te ajudar a fugir. Então, em vez disso... — Ele soltou um suspiro, carregado de pavor. — Acredito que transformaremos palha em ouro.

CAPÍTULO

Doze

ELE PRESSIONOU O PÉ NO PEDAL. A RODA COMEÇOU A GIRAR, UM ZUM-
bido constante preenchendo o cômodo. Ele pegou a palha e, assim como Serilda fizera antes, enroscou um feixe ao redor do carretel como um fio-guia. Só que o dele se manteve no lugar.

Em seguida, começou a alimentar o punhado de palha pelo buraco, de pouquinho em pouquinho, pedaço por pedaço. A roda girou.

E Serilda ofegou.

A palha emergiu — não mais pálida, inflexível e áspera. Em algum ponto entre entrar na máquina e se enroscar no carretel, num borrão rápido demais para seus olhos processarem, a palha se transformara num fio maleável de ouro brilhante.

As mãos do garoto eram rápidas e confiantes. Em pouco tempo, ele recolhera outro punhado de palha do chão ao seu lado e alimentara a roda. Seu pé se movia num ritmo constante. Seus olhos estavam focados, mas calmos, como se ele já tivesse feito aquilo mil vezes antes.

Serilda observou atônita enquanto o carretel se enchia de feixes delicados e brilhantes.

Ouro.

Como era possível?

De repente, o garoto parou.

Serilda olhou para ele, desapontada.

— O que houve?

— Só estou me perguntando se você pretende passar a noite toda me encarando.

— Se prefere que eu tire um cochilo, obedecerei com todo prazer.

— Ou quem sabe você poderia... ajudar?

— Como?

Ele massageou as têmporas, como se a presença dela lhe causasse dor de cabeça. Então girou a mão na direção dela e proclamou, numa voz ridiculamente pomposa:

— Suplico-te, ó donzela, *por favor*, podes ajudar-me nesta tarefa tediosíssima recolhendo a palha e trazendo-a ao meu alcance, para que nosso progresso seja acelerado e a senhorita não tenha sua cabeça decepada ao amanhecer?

Serilda pressionou os lábios. Ele estava zombando dela, mas pelo menos *disse* por favor.

— Com todo prazer — retrucou ela.

Ele resmungou algo que ela não conseguiu entender.

Serilda se abaixou e começou a usar os braços para deslizar a pilha de palha para mais perto dele. Não demorou até que os dois entrassem num certo ritmo. Serilda juntava a palha e a entregava ao garoto em grandes punhados, então ele passava pelo buraco da roda, pedaço por pedaço. Quando um carretel estava cheio, ele só parava pelo tempo de trocá-lo pelo seguinte; o Erlking, ou mais provavelmente seus servos mortos-vivos, tinha providenciado um bocado de carretéis em grande expectativa da habilidade de Serilda. Estranho, pensou ela, visto que o rei claramente tinha tão pouca confiança no sucesso dela.

Talvez ele fosse otimista.

Ela deu uma risadinha, recebendo um olhar desconfiado do desconhecido.

— Qual é o seu nome? — perguntou ela. Não achava a pergunta nada de mais, apenas uma delicadeza, mas o pé do garoto parou imediatamente de pedalar.

— Por que você quer saber?

Ela ergueu o olhar ao juntar outro monte de palha. Ele a encarava com desconfiança, um longo pedaço de palha preso entre os dedos. O giro da roda desacelerou gradualmente.

Ela franziu a testa.

— Esta pergunta está longe de ser estranha. — Então, com um pouco mais de honestidade, adicionou: — E eu quero saber como chamá-lo quando estiver contando a todo mundo lá no vilarejo sobre a jornada angustiante ao castelo do Erlking e o estranho cavalheiro que veio em minha ajuda.

A desconfiança dele se dissolveu num sorriso desdenhoso.

— Cavalheiro?

— A não ser pela parte em que você se recusou a me ajudar a menos que eu desse meu colar.

Ele ergueu um dos ombros.

— Não é minha culpa. Magia não funciona sem um pagamento. A propósito... — ele tirou um carretel inteiro do eixo, substituindo-o por um vazio para recomeçar o processo — esse castelo não é dele.

— Sim, eu sei — respondeu Serilda. Apesar de ela não saber. Não de verdade. Podia não ser Gravenstone, mas estava claro que o Erlking o reivindicara para si do mesmo jeito.

Com a postura rígida, o garoto voltou a pisar no pedal.

— Meu nome é Serilda — disse ela, irritada por ele não ter respondido a sua pergunta. — É um prazer conhecê-lo.

Ele a olhou de relance antes de responder, de má vontade:

— Pode me chamar de Áureo.

— Áureo? Nunca ouvi esse nome antes. É abreviação para alguma coisa?

A única resposta foi um grunhido baixo.

Ela queria perguntar sobre o que ele dissera mais cedo, sobre a garota no medalhão parecer familiar, sobre como ela não entenderia. Mas, de alguma forma, sabia que só o deixaria mais mal-humorado, e ela nem entendia o que dissera para deixá-lo tão rabugento para começo de conversa.

— Perdoe-me por tentar puxar conversa. Percebo que não é um passatempo do seu agrado.

Ela se aproximou para deixar outro monte de palha aos pés dele, mas, para sua surpresa, ele se inclinou para pegar direto de suas mãos. Seus dedos roçaram nos dela. Um toque bem leve, quase imperceptível, antes de acabar e as mãos dele estarem ocupadas com o trabalho de novo.

Quase imperceptível.

Se não tivesse parecido proposital demais.

Se não tivesse inflamado todos os nervos dela.

Se o olhar de Áureo não tivesse se tornado mais intenso na palha enquanto ativamente evitava olhar para ela.

— Eu não me incomodo com conversa fiada — disse ele, mal audível acima do giro da roda. — Mas talvez esteja desacostumado.

Serilda se virou para avaliar o progresso deles. Por mais que o tempo parecesse passar em cambaleios e piscadas, ela ficou satisfeita ao ver que eles tinham completado mais de um terço da tarefa, e os carretéis cheios de fios de ouro começavam a se empilhar ao lado dele. Pelo menos Áureo era eficiente.

Só por isso, Mãe Weber teria gostado dele.

Serilda pegou um dos rolos de fio para examinar de perto. O fio de ouro era grosso como lã, mas duro e flexível como um arame. Ela se perguntou quanto aqueles carretéis cobertos de ouro valeriam. Provavelmente mais do que ela e o pai faziam em seu moinho por uma estação inteira.

— Você precisava ter falado palha? — perguntou Áureo, quebrando o silêncio. Ele balançou a cabeça enquanto pegava o punhado seguinte. — Não podia ter dito que transformava seda em ouro, ou até lã?

Ele abriu as mãos e Serilda viu que elas estavam arranhadas pelo material áspero. Ela deu um sorrisinho contrito.

— Posso não ter considerado direito as repercussões.

Ele grunhiu em resposta.

— Quer dizer que você pode transformar qualquer coisa em ouro?

— Qualquer coisa que possa ser fiada. Meu material favorito é pelo de dahut.

— Dahut? O que é isso?

— Parece um cabrito-montês — disse ele. — Com a diferença que as pernas de um lado do corpo são mais curtas do que a do outro. Útil para escalar encostas íngremes. O problema é que isso significa que ele só consegue dar a volta na montanha numa direção.

Serilda o encarou. Ele parecia falar sério, mas ainda assim...

Parecia muito algo que ela teria inventado. Dali a pouco ela acreditaria em tatzelwurms.

Claro, levando em conta as criaturas que ela vira penduradas nas paredes do Erlking, não tinha mais certeza de que nada fosse meramente um mito.

Ainda assim.

Um dahut?

Ela deixou escapar uma risada.

— Agora eu sei que você está implicando comigo.

Seus olhos brilharam, mas ele não respondeu.

O rosto de Serilda se acendeu, tomado por uma súbita inspiração.

— Gostaria de ouvir uma história?

Ele franziu a testa, surpreso.

— Tipo um conto de fadas?

— Exatamente. Eu sempre gosto de ouvir histórias enquanto trabalho. Ou... no caso, de inventar uma. O tempo passa voando e, antes que você perceba, já terminou tudo. E, durante todo o tempo, você foi transportado a um lugar vibrante e empolgante e maravilhoso.

Ele não *negou* exatamente, mas sua expressão deixou claro que achava a sugestão bizarra.

Mas Serilda já criara histórias depois de reações muito menos entusiasmadas.

Ela parou de trabalhar só pelo tempo de pensar, de deixar os primeiros fios de uma fábula começarem a serpentear por sua imaginação.

Então começou.

Há muito se sabe que, quando a caçada selvagem cavalga sob uma lua cheia, eles frequentemente reivindicam para si almas perdidas e infelizes, atraindo-as a seu caminho de destruição. Muitas vezes, as pobres almas nunca mais são vistas. Bêbados se perdem no caminho da taverna para casa. Marujos atracados pela semana vagam para longe, despercebidos por seus colegas. Diz-se que qualquer um que ouse se expor ao luar durante a hora das bruxas pode acordar sozinho e tremendo, coberto de sangue e cartilagem de qualquer que tenha sido a besta que os caçadores capturaram durante a noite, por mais que não tenha qualquer memória sobre o que se passou. É um tipo de sedução, o chamado da caçada. Alguns homens e mulheres anseiam por uma chance de serem ferais. Cruéis e brutais. Quando a sede por sangue canta uma balada estridente em suas veias. Houve até mesmo uma época em que era considerado um presente ser levado por uma noite pelos caçadores, contanto que você sobrevivesse para ver o sol nascer e não se perdesse na escuridão. Contanto que não se tornasse um dos fantasmas destinados à eterna servidão na corte do Erlking.

Mas mesmo aqueles que acreditavam que se juntar à caçada era uma espécie de honra sombria sabiam que havia um tipo de alma que não tinha lugar junto aos espectros e cães.

As almas inocentes de crianças.

Mais ou menos uma vez a cada década, porém, esse era exatamente o prêmio que a caçada buscava. Pois o Erlking tomara para si a missão de levar uma criança nova à sua amada, a cruel caçadora Perchta, toda vez que ela se entediava com o último presente que ele lhe ofertara. Que era, claro, quando a criança da vez se tornava velha demais para seu gosto.

A princípio, o Erlking reivindicava qualquer bebê perdido que vagasse pelo Bosque Aschen. Mas, com o tempo, ele passou a se orgulhar de conseguir para sua amada não apenas qualquer criança; mas a melhor criança. A mais bela. A mais esperta. A mais cativante, se podemos chamar assim.

Acontece que, um dia, o Erlking ouviu rumores sobre uma jovem princesa proclamada aos quatro ventos como a menina mais adorável que o mundo já vira. Tinha cachos dourados macios e olhos risonhos de um tom azul-celeste, e todos que a conheciam ficavam encantados por sua exuberância. Assim que ouviu falar sobre a criança, o Erlking ficou determinado a reivindicá-la e levá-la à sua amada.

Assim, numa noite fria de Lua da Fome, o Erlking e seus caçadores cavalgaram até o portão do castelo e, com sua astúcia mágica, atraíram a criança para fora de seus aposentos. Ela avançou pelos corredores iluminados por velas, como se estivesse sonhando, e atravessou a ponte levadiça, onde foi recebida pela caçada selvagem. O Erlking prontamente a colocou sobre seu cavalo e a carregou mata adentro.

Ele convidara Perchta a encontrá-lo numa clareira da floresta para receber seu presente, e quando lhe mostrou a criança, de olhos tão vivos e bochechas tão rosadas sob a lua cheia, a caçadora imediatamente se apaixonou pela menina, jurando adorá-la com todo o afeto que uma mãe poderia dedicar à filha mais amada.

Mas Perchta e o Erlking não estavam sozinhos na floresta naquela noite.

Um príncipe — o próprio irmão da criança roubada — também acordara, uma sensação de pavor martelando em seu peito. Ao encontrar a cama da irmã vazia e todos os seus cuidadores em um sono encantado, ele correu aos estábulos. Pegou suas armas de caça e montou em seu corcel, disparando sozinho pela floresta, porém sem medo, seguindo os uivos assombrosos dos cães do inferno. Ele cavalgou mais rápido do que jamais cavalgara, só faltando voar pela trilha entre as árvores, pois sabia que se o sol nascesse com a irmã presa no castelo do Erlking, ela estaria confinada do outro lado do véu, perdida para sempre.

Ele sabia que se aproximava. Via as torres do Castelo Gravenstone acima dos galhos das árvores, iluminadas sob um céu de inverno cada vez mais claro. Chegou a uma clareira próxima ao fosso pantanoso. A ponte levadiça estava abaixada. À frente, Perchta levava a princesa em seu corcel, cavalgando em direção ao portão do castelo.

O príncipe sabia que não chegaria a tempo.

Então preparou o arco. Encaixou uma flecha. E rezou para qualquer deus que o ouvisse para que sua flecha voasse bem.

Ele atirou.

A flecha fez um arco sobre o fosso, como se guiada pela mão de Tyrr, o deus do arco e flecha e da guerra. Ela se cravou nas costas de Perchta, atravessando em cheio seu coração.

Perchta escorregou da sela.

O Erlking saltou de seu corcel, pegando-a nos braços por pouco. Quando as estrelas começaram a se apagar dos olhos da amada, ele ergueu o olhar e viu o príncipe avançando em direção ao castelo, desesperado para alcançar a irmã.

O Erlking foi dominado pela fúria.

Naquele momento, ele fez uma escolha. Uma que o assombra até hoje.

É impossível saber se ele poderia ter salvado a vida da caçadora. Ainda poderia tê-la carregado para dentro do castelo. Dizem que os sombrios conhecem formas ilimitadas de acorrentar uma vida ao véu, de impedir que alguém deslize para além dos portões de Verloren. Talvez ele pudesse tê-la mantido consigo.

Mas sua escolha foi outra.

Deixando Perchta para morrer na ponte, o Erlking se levantou e arrancou a princesa do cavalo abandonado. Ele puxou uma flecha de ponta dourada de sua aljava e, agarrando-a com força, ergueu-a acima da criança. Não passava de um ato frio de vingança contra o príncipe, que ousara abater a grande caçadora.

Ao ver o que o Erlking pretendia, o príncipe correu até ele, tentando chegar à irmã.

Mas foi afastado pelos cães. Seus dentes. Suas garras. Seus olhos em chamas. Eles cercaram o príncipe, latindo, mordendo, rasgando sua carne. Ele gritou, incapaz de afastá-los. Já totalmente acordada, a princesa gritou o nome do irmão e estendeu a mão para ele enquanto lutava para se desvencilhar das mãos do rei.

Era tarde demais. O rei cravou uma flecha em sua carne bem quando o céu se inflamou com os primeiros raios de luz da manhã.

CAPÍTULO

Treze

SERILDA NÃO SABIA BEM QUANTO TEMPO HAVIA PASSADO DESDE QUE se sentara. Por quanto tempo estava com as costas contra a parede fria da cela, olhos fechados, envolvida na história como se assistisse ao seu desenrolar bem à sua frente. Mas, quando a fábula chegou ao final trêmulo, ela inspirou fundo e lentamente abriu os olhos.

Áureo, ainda sentado no banco do outro lado da cela, a encarava de queixo caído.

Ele parecia verdadeiramente horrorizado.

O corpo de Serilda tensionou.

— O que foi? Por que está me olhando desse jeito?

Ele balançou a cabeça.

— Você disse que histórias deveriam ser vibrantes e empolgantes e... maravilhosas. Foram essas as palavras que você usou. Mas essa história foi... — ele buscou a palavra certa, até chegar a — terrível!

— Terrível? — esbravejou ela. — Como ousa?

— Como ouso? — respondeu ele, se levantando. — Contos de fadas têm finais felizes! O príncipe deveria salvar a princesa. Matar o Erlking *e* a caçadora, então os dois cavalgariam para casa e para os braços da família, e seriam celebrados por todo o reino. Felizes. Para sempre! O que é essa... essa porcaria, com o rei apunhalando a irmã, o príncipe despedaçado pelos cães... Não me lembro de muitas histórias, mas essa é com toda a certeza a pior que eu já ouvi.

Tentando conter a raiva, Serilda se levantou e cruzou os braços.

— Então quer dizer que a história te despertou sentimentos?

— É claro que me despertou sentimentos. Sentimentos horríveis!

Um sorriso satisfeito se abriu no rosto dela.

— Rá! Eu aceito de bom grado *horrível* no lugar de *indiferente*. Nem toda história tem um final feliz. A vida não é assim.

— É por isso que ouvimos histórias! — gritou ele, jogando as mãos para o alto. — Você não pode terminá-la assim. Me diz que o príncipe consegue a vingança, pelo menos?

Serilda levou um dedo aos lábios, pensando.

Mas seu olhar recaiu sobre os carretéis caprichosamente empilhados contra a parede. Todos reluzindo como o veio de uma mina de ouro perdida.

Ela arfou.

— Você terminou! — Ela deu um passo, prestes a pegar um carretel da pilha mais próxima, quando Áureo se pôs na frente dela, bloqueando a passagem.

— Ah, não. Não até você me contar o que acontece depois.

Ela bufou.

— Eu não sei o que acontece depois.

A expressão dele foi impagável. Um pouco desanimado, um pouco indignado.

— Como você não sabe? A história é sua.

— Nem todas as histórias estão dispostas a se revelar de cara. Algumas são tímidas.

Enquanto Áureo tentava pensar em uma resposta, Serilda se esgueirou por ele e pegou rapidamente um dos carretéis, aproximando-o da luz da vela.

— Extraordinário. É ouro de verdade?

— É claro que é ouro de verdade — resmungou ele. — Você acha que eu tentaria enganar você?

Ela deu um sorrisinho pretensioso.

— Certamente acho que você seria capaz disso.

A expressão taciturna dele se abriu em um sorriso orgulhoso.

— Suponho que sim.

Serilda inspecionou o fio. Forte e maleável.

— Eu me pergunto se gostaria de fiar, caso conseguisse criar algo tão belo.

— Você não gosta de fiar?

Ela fez uma careta.

— *Não.* Por quê? Você gosta?

— Às vezes. Sempre achei... — novamente, ele buscou a palavra certa — satisfatório. Me acalma um pouco.

Ela bufou, desdenhosa.

— Já ouvi isso de outras pessoas. Mas para mim só... me deixa impaciente para terminar logo.

Ele deu uma risadinha.

— Mas você gosta de contar histórias.

— Amo. Mas foi o que me enfiou nessa confusão. Ajudo a lecionar na escola e uma das crianças disse que fiar histórias é como fiar palha e transformá-la em ouro. Como criar algo brilhante a partir de absolutamente nada.

— *Aquela* história não foi brilhante — afirmou Áureo, balançando-se para trás sobre os calcanhares. — Ela foi basicamente só tristeza, morte e escuridão.

— Você diz isso como se fosse ruim. Mas quando se trata da arte milenar de contar histórias é preciso de escuridão para apreciar a luz.

Ele torceu os lábios, como se não estivesse disposto a dar um sorriso completo. Então pareceu se preparar antes de estender a mão para as de Serilda.

Ela hesitou, mas ele apenas retirou delicadamente o carretel da ponta de seus dedos. Ainda assim, ela não achava ter imaginado a maneira como o toque dele se demorou um segundo a mais do que precisava, ou como ele engoliu em seco ao devolver o ouro à pilha.

Ele limpou a garganta de leve.

— O rei é detalhista. Ele vai notar se um estiver faltando.

— É claro — murmurou ela, ainda sentindo o formigamento nos nós dos dedos. — Eu não planejava pegar. Não sou uma ladra.

Ele deu uma risadinha.

— Você diz *essa* palavra como se fosse algo ruim.

Antes que ela conseguisse pensar numa resposta inteligente, eles ouviram passos do lado de fora da cela.

Ambos ficaram imóveis.

Então, para seu espanto, Áureo fechou a distância entre eles com um passo e, dessa vez, pegou as mãos dela.

— Serilda?

Ela se sobressaltou, sem saber se estava mais espantada com o toque dele ou o som do próprio nome proferido com tanta urgência.

— Eu completei a tarefa de maneira satisfatória?

— O quê?

— Você precisa dizer isso para concluir nossa barganha. Acordos mágicos não devem ser tratados de forma leviana.

— Ah. É-é claro.

Ela olhou de relance para o medalhão, brilhando intensamente contra a túnica sem cor, escondendo o retrato de uma garota que continuava tão enigmática quanto antes, mesmo que tivesse servido de inspiração para a fábula trágica de Serilda.

— Sim, a tarefa está completa — disse ela. — Não tenho reclamações.

Era verdade, apesar de seu ressentimento em entregar o medalhão. Esse garoto lhe prometera o azul do céu. O que ele fez deveria ter sido impossível, mas ele conseguira.

Áureo sorriu, discretamente, mas foi o bastante para fazê-la perder o fôlego. Havia algo irremediavelmente genuíno naquele sorriso.

Então, para acrescentar à noite cheia de surpresas, Áureo ergueu o punho dela suavemente até sua bochecha, em uma levíssima carícia.

— Obrigado — murmurou ele.

— Pelo quê?

Áureo abriu a boca para dizer mais alguma coisa, então hesitou. Seu polegar tocara o anel de ouro dado a ela pelas donzelas do musgo. Ele baixou o olhar para a joia, notando o selo com o *R* gravado.

Suas sobrancelhas se ergueram em curiosidade.

Uma chave rangeu na fechadura.

Serilda retraiu a mão e girou para encarar a porta.

— Boa sorte — sussurrou Áureo.

Ela lançou um olhar por cima do ombro, então congelou.

Ele sumira. Ela estava sozinha.

A porta da cela se abriu com um grunhido.

Serilda endireitou a postura, tentando sufocar o estranho frio na barriga, enquanto o Erlking entrava tranquilamente na cela. Seu servo, o mesmo fantasma com um olho faltando, esperava no corredor com uma tocha na mão.

O rei parou alguns passos depois da porta, e, naquele momento, a vela, que àquela altura mal passava de uma poça de cera no castiçal de estanho, finalmente cedeu. A chama se extinguiu com um sibilo baixo e uma espiral de fumaça preta.

Ele pareceu imperturbado pela escuridão. Seu olhar varreu o chão vazio, sem nem um pedaço de palha à vista. Então notou a roda de fiar e, finalmente, as pilhas de carretéis e seus fios brilhantes de ouro.

Serilda se esforçou para fazer algo parecido com uma reverência.

— Vossa Obscuridade. Espero que tenha tido uma boa caçada.

Ele não olhou para ela ao avançar e pegar um dos carretéis.

— Luz — ordenou ele.

O cocheiro olhou para Serilda ao se aproximar, erguendo a tocha. Parecia atônito.

Mas sorria.

Serilda prendeu a respiração enquanto o rei examinava o fio. Ela esfregou o polegar no anel com nervosismo.

Eras pareceram se passar até que os dedos do Erlking se fechassem ao redor do carretel, envolvendo-o com força.

— Diga-me seu nome.

— Serilda, milorde.

Ele a avaliou por muito tempo. Outra era se passou até que ele dissesse:

— Parece que lhe devo um pedido de desculpas, lady Serilda. Eu duvidei severamente da senhorita. Na verdade, estava convencido de que me fizera de tolo. De que me contara grandes mentiras e me privara de minha presa por direito. — Ele baixou o olhar para o punho fechado. — Mas parece que a senhorita recebeu mesmo a bênção de Hulda, afinal.

Ela ergueu o queixo.

— Espero que esteja satisfeito.

— Bastante — disse ele, apesar do tom ainda taciturno. — A senhorita disse antes que a bênção foi dada em função de sua mãe, outra costureira talentosa, se bem me lembro.

Isso. Isso era a pior parte do terrível hábito de Serilda. Era tão fácil esquecer as mentiras que havia contado, e os detalhes. Ela tentou desenterrar a memória daquela noite e do que dissera ao rei, mas era tudo um borrão. Então ela simplesmente deu de ombros.

— Foi a história que me contaram. Mas nunca conheci minha mãe.

— Morta?

— Ausente — respondeu ela. — Partiu assim que desmamei do seu leite.

— Uma mãe que sabia que a filha era abençoada por um deus e mesmo assim não ficou para ensiná-la a usar tal bênção?

— Não acho que ela via como uma bênção. O vilarejo... todos os aldeões acreditam que minha marca é um sinal de infortúnio. Eles acham que eu trago azar, e não sei bem se estão errados. Afinal, esta noite minha suposta bênção me trouxe à masmorra do grande e terrível Rei dos Antigos.

A expressão dele suavizou ligeiramente.

— De fato — murmurou ele. — Mas as superstições humanas são frequentemente resultado da ignorância e de culpa mal atribuída. Eu não lhes daria muita atenção.

— Com todo o respeito, mas isso parece fácil vindo do rei dos sombrios, que certamente não nutre qualquer preocupação sobre longos invernos ou colheitas arruinadas. Muitas vezes, superstições são tudo o que recebemos dos deuses para compreender nosso mundo. Superstições... e histórias.

— Você espera que eu acredite que a habilidade de fazer isso — ele ergueu o carretel de fios de ouro — é um presságio de má sorte?

Serilda relanceou os olhos para o carretel. Quase se esquecera de que era *essa* a bênção que o Erlking achava que ela recebera.

Isso a fez questionar se Áureo via o próprio talento como bênção ou maldição.

— Em meu entendimento, ouro já causou tantos problemas quanto solucionou.

Um silêncio assentou sobre eles, tomando o cômodo.

Serilda hesitou em fazer contato visual com ele novamente. Quando o fez, foi surpreendida por um sorriso tomando os lábios do rei.

Então, horror dos horrores, ele *gargalhou*.

O estômago de Serilda deu uma cambalhota.

— Serilda — disse ele, a voz subitamente calorosa. — Já conheci muitos humanos, mas há uma estranheza em você. É... revigorante.

O Erlking se aproximou, bloqueando a luz da tocha. A mão livre se ergueu e pegou uma mecha de seu cabelo que se soltara de uma das tranças. Serilda tivera poucas oportunidades de olhar seu reflexo, mas se tinha alguma vaidade era por seu cabelo, cujas ondas espessas passavam da cintura. Fricz já lhe dissera que eram da cor exata da cerveja envelhecida preferida do pai dele — um marrom-escuro, intenso, só que sem a espuma branca no topo. Na época, Serilda se perguntou se deveria ficar ofendida, mas agora tinha certeza de que fora um elogio.

O Erlking prendeu a mecha solta atrás da orelha dela; seu toque dolorosamente terno. Ela evitou encará-lo quando a ponta dos dedos do rei roçou de leve a curva de sua bochecha, leves como teias de aranha em sua pele.

Era estranho, pensou ela, sentir dois toques tão delicados em tão pouco tempo, e ainda assim se sentir tão diferente em relação aos dois. A carícia de Áureo na mão dela lhe parecera bizarra e inesperada, sim, mas também trouxera um calor formigante à sua pele.

Enquanto tudo o que o Erlking fazia parecia calculado. Ele devia saber que sua beleza sobrenatural podia fazer o coração de qualquer humano bater mais forte, e ainda assim Serilda sentia como se tivesse sofrido o afago de uma víbora.

— É uma pena — disse ele baixinho. — Você poderia ter sido linda.

O estômago dela se embrulhou, menos pelo insulto do que pela proximidade dele.

Afastando-se, o rei jogou o carretel de fios de ouro ao fantasma, que o apanhou com facilidade no ar.

— Mande levar tudo para a cripta.

— Sim, Vossa Obscuridade. E a garota?

Serilda ficou tensa.

O Erlking lhe lançou um olhar desdenhoso antes que seus dentes, levemente afiados, brilhassem à luz da tocha.

— Ela pode descansar na torre norte até o amanhecer. Tenho certeza de que está exausta de seu trabalho.

O rei se retirou, deixando-a novamente a sós com o cocheiro.

Ele olhou nos olhos dela, o sorriso de volta.

— Ora, macacos me mordam. Bem que eu estava de olho, achei que você pudesse estar escondendo o jogo.

Serilda retribuiu o sorriso, incapaz de ter certeza se ele estava fazendo graça do fato de que só tinha um olho.

— Gosto de surpreender as pessoas quando posso.

Serilda pegou sua capa e o seguiu pelas masmorras. Subindo pelos degraus em caracol e corredores estreitos. Passando por tapeçarias, galhadas, cabeças de animais. Espadas, machados, lustres enormes pingando cera escura. O efeito geral era uma mistura de trevas e violência, que devia combinar bem com o Erlking. Quando passaram por uma janela estreita de vidro com esquadrias em formato de diamante, Serilda viu um céu índigo.

O amanhecer se aproximava.

Ela nunca passara uma noite inteira sem dormir, e sua exaustão era avassaladora. Parecia impossível manter as pálpebras abertas enquanto se arrastava atrás do fantasma.

— Ainda sou uma prisioneira? — perguntou ela.

Levou um longo tempo para ele responder.

Um tempo angustiante de tão longo.

Até que, em algum momento, Serilda percebeu que ele simplesmente não pretendia responder.

Ela franziu a testa.

— Suponho que uma torre seja melhor do que uma masmorra — disse a garota em meio a um bocejo intenso.

Seu corpo estava pesado enquanto o fantasma a guiava por outro lance de escadas e por uma porta baixa e arqueada até uma área de estar conectada a um quarto de dormir.

Serilda entrou. Mesmo com os olhos embaçados de exaustão, ela sentiu uma pontada de admiração. O quarto não era *aconchegante*, mas tinha uma elegância sombria que a deixou sem ar. As janelas estavam cobertas por cortinas de renda, pretas e delicadas. Em um lavatório de ébano estavam apoiados um jarro de água e uma tigela de porcelana, ambos pintados com rosas vinho e grandes mariposas realistas. Ao lado da cama havia uma mesinha de cabeceira com uma vela verde acesa e um vaso com um minúsculo buquê de galanthus, uma flor típica de lugares frios com pétalas brancas curvadas. Fogo creptava na lareira, e, sobre a cornija, fora pendurada uma pintura emoldurada de uma paisagem brutal de inverno, escura e desolada sob uma lua brilhante.

O que mais chamou a sua atenção, no entanto, foi uma cama de dossel, envolta por todos os lados por uma cortina verde-esmeralda.

— Obrigada — sussurrou ela quando o fantasma acendeu a vela ao lado da cama.

Ele se curvou e começou a sair do quarto.

Mas parou à porta. Sua expressão era cautelosa ao olhar de volta para ela.

— Você já viu um gato caçando um rato?

Ela piscou, surpresa por ele iniciar uma conversa.

— Sim. Meu pai tinha um gato para caçar os ratos do moinho.

— Então você sabe como eles gostam de brincar. Deixam o rato escapar, permitem que ele pense, mesmo que brevemente, que está livre. Então atacam de novo, e de novo, até que se entediem e devorem a presa pedacinho por pedacinho.

O peito dela se apertou.

A voz do fantasma não transparecia muita emoção, mesmo quando seus olhos se anuviaram com pesar.

— Você perguntou se ainda é uma prisioneira — disse ele. — Mas somos *todos* prisioneiros. Uma vez que Vossa Obscuridade nos tem, não gosta de nos deixar partir.

Com essas palavras sinistras pairando no ar, ele inclinou respeitosamente a cabeça outra vez e foi embora.

Deixando a porta aberta.

Destrancada.

Serilda teve apenas presença de espírito o suficiente para saber que poderia tentar fugir. Essa podia ser sua única chance.

Mas sua pulsação fraca lhe disse que era tão impossível quanto transformar palha em ouro.

Ela estava desesperada para dormir.

Serilda fechou a porta do quarto. Não havia fechadura, nem do lado de fora para mantê-la dentro, nem do lado de dentro para manter os outros fora.

Ela deu meia-volta e se permitiu esquecer de fantasmas, de prisões e de reis. De gatos e ratos. De caçadores e caças.

Ela chutou os sapatos para longe ao afastar uma das cortinas de veludo verde-esmeralda. Uma exclamação audível escapou de seus lábios quando viu a cama luxuosa que a aguardava. Uma colcha bordada, uma manta de pele de carneiro... *travesseiros*. Travesseiros de verdade, recheados com penas.

Ela tirou o vestido imundo, encontrando um pedaço de palha preso no tecido da saia ao largá-la no chão ao lado da capa. Não se deu ao trabalho de tirar a chemise antes de se enfiar sob as cobertas. O colchão afundou convidativo sob seu peso. Engolfando-a. Abraçando-a. Era a sensação mais milagrosa que já sentira.

Enquanto o céu se iluminava do outro lado da janela, Serilda se permitiu desfrutar daquele momento de conforto, um complemento perfeito à exaustão avassaladora que se agarrava aos seus ossos, pesava suas pálpebras, aprofundava suas respirações.

Arrastando-a para o sono.

CAPÍTULO

Catorze

SERILDA ACORDOU TREMENDO.

Ela se encolheu, buscando cobertas pesadas, travesseiros de pluma. Seus dedos encontraram apenas a própria chemise de musselina e os braços arrepiados. Com um grunhido, rolou para o lado, mexendo os pés, procurando a colcha que devia ter chutado para longe. A manta de pele de carneiro que pesara tão deliciosamente sobre suas pernas.

Agora, encontrava apenas o ar frio do inverno.

Tremendo, ela esfregou os olhos com os dedos gelados e os forçou a se abrirem. Luz do sol, espantosamente clara, entrava pelas janelas.

Ela se sentou, piscando para limpar a visão.

As cortinas de veludo ao redor da cama de dossel haviam sumido, o que explicava a brisa perversa. Assim como as cobertas. Os travesseiros. A lareira não tinha nada além de fuligem e pó. A mobília continuava ali, apesar de a mesa de cabeceira estar tombada para o lado. Nem sinal da tigela, ou do jarro de porcelana, da vela, ou do vasinho de flores. O vidro de uma das janelas estava estilhaçado. As cortinas finas tinham sumido. Teias de aranha se penduravam no lustre e nos dosséis, alguns tão cobertos de poeira que pareciam lã preta.

Serilda se arrastou para fora da cama e correu para se vestir. Os dedos estavam tão dormentes de frio que ela precisou parar para baforar neles e esfregá-los por um minuto antes de conseguir terminar de abotoar o vestido. Ela jogou a capa ao redor dos ombros, apertando-a por cima dos braços feito uma manta ao calçar as botas. Seu coração martelava enquanto ela olhava o vazio do quarto ao redor, tão gritante em contraste com as lembranças da noite anterior.

Ou... da manhã anterior.

Por quanto tempo ela teria dormido?

Certamente não mais do que algumas horas, mas o quarto parecia abandonado e intocado pelos últimos cem anos.

Ela espiou a sala de estar. Ali estavam as mesmas cadeiras estofadas, agora cheirando a mofo e podridão, o tecido puído por roedores em vários pontos.

Seus passos ecoaram enquanto ela descia pelas escadas, esfregando os olhos sonolentos. Água escorria pelas pedras, se infiltrando por uma ou outra janela estreita, muitas com painéis quebrados ou ausentes. Alguns raminhos de ervas daninhas de folhas eriçadas haviam brotado por entre os rejuntes dos degraus, trazidos à vida pela umidade fria no ar e pelo raio de luz matinal que os atingia.

Serilda estremeceu de novo ao chegar ao andar principal do castelo.

Ela parecia ter sido transportada para uma outra época. Um outro mundo. Esse não podia ser o mesmo castelo no qual adormecera. O corredor amplo podia ter a mesma alvenaria, os mesmos lustres gigantescos, mas a natureza havia reivindicado as paredes. Vinhas esparsas de hera se estendiam pelo chão, subindo pelos batentes das portas. Os lustres e as arandelas não tinham mais velas. Os tapetes haviam sumido. Todas as bestas empalhadas, as vítimas da caçada, desaparecidas.

Uma tapeçaria esfarrapada estava pendurada na parede do fundo. Serilda se aproximou com hesitação, suas botas esmagando lascas de pedra e folhas secas. Ela reconheceu a tapeçaria com a imagem de um veado preto enorme numa clareira na floresta. Mas, na noite anterior, a imagem mostrava o animal sendo atingido por uma dezena de flechas, o sangue que escorria das feridas tornando claro que ele não sobreviveria à noite. Agora a mesma criatura se encontrava enaltecida entre as árvores salpicadas pelo sol, graciosa e forte, a enorme galhada se estendendo em direção à lua.

Na noite anterior, a representação macabra estava imaculada e vibrante.

Enquanto essa tapeçaria estava arruinada por buracos de traça e bolor, a tinta do tecido desbotada há muito tempo.

Serilda engoliu em seco. Uma vez, ela entretera as crianças com a história de um rei que fora convidado a participar do casamento de um ogro. Sentindo que seria uma grande ofensa recusar o convite, o rei compareceu ao evento e se deleitou na hospitalidade do ogro. Ele desfrutou das bebidas, se banqueteou com as comidas, dançou até que os sapatos furassem e, então, adormeceu alegremente. Mas, quando acordou, todos haviam sumido. O rei voltou para casa apenas para descobrir que cem anos tinham se passado. Toda a sua família estava morta, seu reino caíra nas mãos de outro e nenhum ser vivo lembrava quem ele era.

Encarando a tapeçaria agora, com a respiração se condensando no ar, Serilda sentiu um medo desnorteador de que tivesse recebido o mesmo destino.

Quantos anos se passaram enquanto ela dormia?

Onde estava o Erlking e sua corte fantasmagórica?

Onde estava Áureo?

Ela franziu a testa para a última pergunta. Áureo podia ter ajudado, e até mesmo salvado sua vida, mas ele também levara o medalhão dela, e isso não a alegrava.

— Olá? — chamou Serilda. Sua voz ecoou de volta pelo corredor vazio. — Para onde foi todo mundo?

Ela avançou cuidadosamente por entre as vinhas até o salão principal. O chão estava coberto de detritos. Resquícios de ninhos de pássaros se agarravam às vigas do teto. A enorme lareira central ainda apresentava marcas de fuligem preta, mas, fora isso, parecia fria e vazia por anos. Uma pilha de trapos e gravetos no canto da lareira poderia ter sido o lar de um arganaz ou um esquilo-terrestre.

Um grasnido estridente cortou o ar.

Serilda girou o corpo.

O pássaro estava encarrapitado na perna de uma cadeira tombada. Ele eriçou as penas pretas, irritado, como se Serilda tivesse perturbado seu descanso.

— Não me olha assim — retrucou ela. — Foi *você* que *me* assustou.

O pássaro inclinou a cabeça, e, pelas partículas de poeira suspensas no ar, Serilda percebeu que não se tratava de um corvo, e sim de outro nachtkrapp.

Ela se empertigou, olhando em seus olhos vazios.

— Ah, olá — disse ela cautelosamente. — Você é o mesmo pássaro que me visitou antes? Ou um descendente do futuro?

Ele não respondeu. Criatura bestial ou não, continuava sendo apenas um pássaro.

Um estalo alto de madeira ecoou ao longe no castelo. Uma porta se abrindo, ou vigas se acomodando sob o peso de pedras e do tempo. Ela tentou ouvir passos, mas não havia qualquer som além do suave e relaxante quebrar de ondas no lago. O esvoaçar de pássaros selvagens nos cantos dos tetos altos. Os passinhos apressados de roedores ao longo das paredes.

Com outro olhar para o nachtkrapp, Serilda avançou em direção ao rangido, ou pelo menos ao lugar de onde ela achava que o barulho viera. Seguiu sorrateira por um longo e estreito corredor, e acabara de passar por uma porta aberta quando escutou de novo. O grunhido lento de madeira pesada e dobradiças sem lubrificação.

Ela parou e olhou através do portal para uma escada reta. Duas tochas estavam apagadas nas paredes e, no topo, quase indistinguível na escuridão, uma porta em arco, fechada.

Serilda subiu pela escada, onde séculos de pisadas haviam deixado sutis sulcos na pedra. A porta se abriu facilmente. Uma luz bruxuleante e rosada se derramou pelos degraus.

Ela emergiu num vasto corredor com sete janelas estreitas com vitrais alinhadas na parede exterior. Suas cores, um dia vibrantes, estavam apagadas sob uma camada de sujeira, mas ainda era fácil reconhecer a representação dos antigos deuses no vidro. Freydon colhendo ramos dourados de trigo. Solvilde soprando as velas de um navio. Hulda sentado a uma roda de fiar. Tyrr se preparando para atirar uma flecha de um arco. Eostrig plantando sementes. Velos erguendo um lampião à frente para guiar almas para Verloren. Das sete janelas, a única quebrada era a de Velos, alguns pedaços da veste do deus estilhaçados e presos à moldura por pouco.

O sétimo deus esperava no fim dessa fila. A própria divindade padroeira de Serilda: Wyrdith, deus das histórias e da fortuna, das mentiras e do destino. Por mais que ele fosse frequentemente retratado com a roda da fortuna, ali o artista escolhera mostrá-lo como o contador de histórias, segurando uma pena dourada em uma das mãos e um rolo de pergaminho na outra.

Serilda encarou o deus, tentando evocar algum tipo de afinidade pelo ser que supostamente lhe concedera os olhos com rodas douradas e talento para enganação. Mas ela não sentiu nada pela imagem à sua frente, cercada de matizes esmeralda e cor-de-rosa, olhando para o céu com uma aparência régia e sábia, como se até um deus pudesse esperar por inspiração divina.

Não era nada como ela imaginara que seu padrinho trapaceiro parecesse, e ela não pôde deixar de sentir que o artista o tinha retratado completamente errado.

Ela virou-se de costas. Ao fim da sequência de janelas, o corredor fazia uma curva brusca. Janelas com esquadrias simples de um dos lados, com vista para o lago enevoado. Do outro, uma fileira de candelabros de ferro sem velas.

Entre os candelabros tinha uma série de portas de carvalho polido. Todas fechadas, com exceção de uma.

Serilda parou, observando a poça de luz sobre o carpete gasto e esfarrapado. O que ela via não era uma rica luz do dia, tingida do cinza frio do céu nublado. Não era como a luz que entrava pelas janelas.

Era quente e bruxuleante como a luz de velas, cortada por sombras dançantes.

Serilda afastou uma teia de aranha pendurada no meio da passagem e avançou para a porta. Seus passos aterrissavam silenciosos no carpete. Ela mal respirava.

Quando estava a menos de dez passos do quarto, avistou a borda de uma tapeçaria. Não conseguiu distinguir o desenho, mas suas cores saturadas a surpreenderam. Vívidas, aparentemente não desbotadas, quando tudo ao seu redor era turvo, frio e apodrecido pelo tempo.

A luz do quarto escureceu, mas Serilda estava tão concentrada na tapeçaria que mal notou.

Deu outro passo.

Em algum lugar abaixo, nas profundezas do coração do castelo, um grito ecoou. Serilda congelou. O som era entranhado de sofrimento.

A porta para o quarto à frente se fechou com força.

Ela deu um pulo para trás bem no momento em que um guincho selvagem explodiu no corredor. Um borrão de asas e garras voou em sua direção. Ela gritou, balançando um dos braços. Uma garra feriu sua bochecha. Serilda golpeou com um braço, conseguindo atingir uma das asas da besta, que rosnou e cambaleou para trás.

Serilda colidiu contra a porta, os braços erguidos em uma tentativa de se proteger. Ela olhou para cima, esperando ver um nachtkrapp gigantesco se preparando para um segundo ataque, mas a criatura à sua frente não era um corvo da noite.

Era muito pior.

Do tamanho de uma criança pequena, mas com o rosto de um demônio. Chifres espiralavam para a frente, crescendo nas laterais da cabeça. Asas pretas com textura de couro brotavam das costas. Suas proporções eram todas erradas. Braços curtos demais; pernas longas demais; dedos longos e finos com garras nas pontas. Sua pele era cinza e roxa; seus olhos fendidos como os de um gato. Quando rosnou para ela, Serilda viu que a besta não tinha dentes, e sim uma língua pontuda de serpente.

A criatura era literalmente um pesadelo.

Um drude.

O medo a dominou, superando qualquer pensamento além do horror e de um instinto animalesco de correr. De fugir.

Só que seus pés não se moviam. Seu coração parecia do tamanho de um melão, pressionando suas costelas, expulsando o ar dos pulmões.

Ela ergueu a mão para a bochecha machucada, molhada de sangue.

O drude gritou e avançou em sua direção, com as asas bem abertas.

Serilda tentou acertá-lo, mas ele agarrou seus pulsos com as garras, as pontas afiadas perfurando-os como agulhas. O berro da criatura a invadiu, tão sobrenatural que pareceu perfurar sua alma. A mente dela se cristalizou em nada além de fúria e dor... então se estilhaçou.

Serilda estava de volta ao salão de jantar do castelo, cercada pelas tapeçarias repugnantes. O Erlking assomava sobre ela, com um sorriso tranquilo e orgulhoso. Ele gesticulou para a parede. Ela se virou, com o estômago embrulhado.

O pássaro se encontrava acima do aparador, suas asas brilhantes estendidas. Mas, dessa vez, vivo. Guinchando de dor. Ele batia as asas, tentando voar para longe, mas elas estavam presas a uma tábua, cravadas com pregos grossos de ferro.

E, na parede do outro lado, duas cabeças decepadas tinham sido postas em placas de pedra. À direita... Áureo, encarando-a com ódio, seus olhos brilhando. Era culpa dela. Ele tentara ajudar, e fora nisso que dera.

À esquerda... seu pai, de olhos arregalados, boca retorcida, tentando desesperadamente formar palavras.

Ela se aproximou, tentando escutá-lo, com lágrimas nas bochechas.

Até que uma palavra finalmente saiu. Um sussurro tão implacável quanto um grito.

Mentirosa.

A distância, um rugido estrondou pelo salão de jantar.

Não.

Não pelo salão de jantar.

Por um corredor, no andar de cima.

Serilda abriu os olhos de repente. Ela caíra de encontro a uma das janelas do corredor, quebrando o vidro com os ombros, provocando uma série de rachaduras.

Seus pulsos sangravam, mas o drude a soltara. Ele estava a alguns metros de distância, com os joelhos dobrados e as asas erguidas, se preparando para alçar voo novamente. Ele gritava, um som estridente o bastante para fazer Serilda tapar os ouvidos com as mãos.

O drude saltou, mas mal deixara o chão quando um dos candelabros caiu. Não; foi derrubado. A peça caiu sobre o drude, prendendo-o momentaneamente ao chão.

A criatura uivou e se arrastou debaixo do ferro pesado. Podia estar mancando, mas decolou novamente com facilidade.

Um vento como de uma tempestade em alto mar soprou pelo corredor, cheirando a gelo, atirando o cabelo de Serilda no rosto e empurrando o drude contra uma das portas com tanta força que os lustres estremeceram no teto. A besta desabou no chão com um sibilo de dor.

Ao ver uma oportunidade, Serilda se levantou depressa e correu.

Às costas, ela ouviu algo cair. Algo se quebrar. Mais uma porta batendo com tanta força que as tochas nas paredes estremeceram.

Ela passou em disparada pelos vitrais com seus deuses vigilantes e desceu as escadas, o coração na garganta.

Tentou lembrar de onde estava, mas seus olhos estavam borrados e os pensamentos confusos. Os corredores eram tão estranhos quanto um labirinto, e nada parecia igual à noite anterior.

Outro grito arrepiou os pelos na nuca de Serilda.

Ela se escorou num pilar, arfando. Viera de perto dessa vez, mas não sabia de qual direção. Não sabia se queria descobrir a origem do grito. Parecia que alguém precisava de ajuda. Parecia que alguém estava morrendo.

Esperou, se esforçando para escutar acima das batidas enlouquecidas de seu coração e de suas respirações rápidas e entrecortadas.

O grito não soou de novo.

Com as pernas trêmulas, Serilda se encaminhou para o que achava ser o salão principal. Mas, quando se virou novamente, encontrou-se de frente para uma alcova com um par de portas escancaradas. O cômodo do outro lado era enorme e tão arruinado quanto o resto do castelo. O pouco de mobília que restava estava virada e quebrada. Folhas despedaçadas de hera cobriam o chão, assim como lascas de pedra e gravetos arrastados para dentro por qualquer que fosse o bicho que tentara transformar aquele lugar desolado em lar.

Havia um estrado elevado no fundo de uma sala, com duas cadeiras ornamentadas sobre ele.

Não cadeiras, exatamente. Tronos. Ambos dourados e estofados em azul-cobalto.

Eles pareciam impecáveis, intocados pela decadência que arruinava o resto do castelo, preservados por alguma magia que ela nem conseguia imaginar. Como se os governantes do castelo pudessem voltar a qualquer momento. Se ao menos o resto do castelo não estivesse erodindo lentamente. Reivindicado pela natureza, pela morte.

E aquele *era* um lugar de morte. Não restava dúvida. O cheiro de podridão. O gosto de cinzas na língua. A maneira como tristeza e sofrimento se agarravam às paredes como teias de aranha invisíveis, flutuando no ar como partículas efêmeras de poeira.

Serilda estava no meio da sala do trono quando ouviu o som baixo e molhado de algo sendo esmagado.

Ela parou, aguçando os ouvidos.

No passo seguinte, ouviu de novo, e dessa vez sentiu a sola da bota colando à pedra.

Quando baixou o olhar para o chão, viu uma trilha de pegadas ensanguentadas que se estendia às costas dela para o corredor de onde acabara de sair. Uma poça escura agora se formava nas beiras da sala do trono, escorrendo para o corredor.

Seu estômago se retraiu.

Serilda recuou, lentamente a princípio, então se virou e correu em direção às grandes portas duplas de frente para os tronos. No momento em que ela atravessou o portal, as portas se fecharam com força.

Ela não parou. Passou de um grande e decrépito cômodo a outro, até subitamente reconhecer onde estava. A lareira enorme. As portas entalhadas.

Encontrara o salão principal.

Com um grito trêmulo e esperançoso, ela correu em direção às portas e as escancarou. Luz cinza se derramou pelo pátio, que não se saíra muito melhor contra a ação do tempo. As estátuas de cães na base da escada estavam riscadas de mofo verde, sua superfície corroída. Os estábulos estavam desabados de um dos lados, o telhado de palha esburacado. O pátio em si fora tomado por arbustos de amora-silvestre e cardos espinhosos. Uma árvore de viburno brotara no canto sul, suas raízes forçando passagem pelos paralelepípedos, seus galhos invernais sem folhas se estendendo para o céu cinza. As frutinhas que não foram catadas pelos pássaros tinham caído na pedra e apodreciam em manchas com aparência de sangue.

Mas o portão estava aberto. A ponte levadiça estava abaixada.

Serilda quase chorou de alívio.

Enquanto um frio congelante soprava do lago, jogando seu cabelo e sua capa para trás, Serilda correu o máximo que pôde. Ainda ouvia os gritos, as súplicas, a cacofonia da morte às suas costas.

A madeira ribombou sob seus pés enquanto ela atravessava a ponte. Do outro lado, a ponte estreita que conectava o castelo à cidade também se encontrava desgastada pelo tempo. Suas pedras se esfacelando. Uma parte do corrimão desabara na água abaixo. Teria sido pavorosamente traiçoeira para uma carruagem, mas mesmo o centro frágil e estreito da ponte ainda proporcionava espaço de sobra para a solitária Serilda. Ela correu até não escutar nada além do vento soprando em seus ouvidos e da própria respiração entrecortada.

Finalmente, ela desacelerou e se segurou num pilar, que bem na noite anterior acomodara uma tocha ardente, mas a essa altura não passava de uma pedra gasta e úmida. Ela se recostou na pilastra enquanto se esforçava para recuperar o fôlego.

Lentamente, ousou se virar.

O castelo se erguia da névoa, tão sinistro e imponente quanto na noite anterior. Mas estava longe de ser uma grande fortaleza para Erlkönig, o Rei dos Antigos.

Agora, o Castelo Adalheid não passava de uma ruína.

CAPÍTULO

Quinze

QUANDO SERILDA PASSOU PELA CIDADEZINHA, NA NOITE ANTERIOR, O lugar estava silencioso e solene, como se todos os aldeões tivessem se isolado atrás de portas trancadas e persianas fechadas, com medo do que poderia perambular pelas ruas sob a Lua da Fome.

Mas, à medida que Serilda avançava pela ponte, ela viu que durante a noite — ou durante o século, se ela de fato dormira por cem anos — a vida voltara à cidade. Não parecia mais agourenta e meio abandonada à sombra do castelo gigantesco. À luz da manhã, ela na verdade parecia adorável. Casas altas de enxaimel enfileiradas à margem do lago, pintadas em tons de verde-claro e mostarda, adornadas com bordas de madeira escura. A luz matinal clara iluminava telhados e jardins nevados onde mais de um bonequinho de neve derretia lentamente. Havia um desfile de barquinhos pesqueiros atracado ao longo de uma série de docas, e na rua que se estendia paralela a uma praia de pedras, havia uma fileira de cabanas com telhados de palha que Serilda não se lembrava de ter visto na noite anterior.

Uma feira.

Essa era a maior transformação, notou ela, enquanto era recebida pelo som de uma movimentação alegre. Os aldeões haviam emergido e reivindicado sua cidade, como se a caçada selvagem nunca tivesse passado. Como se o castelo sobre a água, logo além de seus degraus de entrada, não estivesse dominado por monstros e fantasmas.

A visão que recebeu Serilda quando ela se aproximou do fim da ponte era vivaz, ruidosa e completamente banal. Pessoas vestidas em capas pesadas e gorros de lã vagavam por entre as tendas, examinando peles de animais e tecidos de lã, cestas de pastinaca e porções de nozes caramelizadas, tamancos de madeira e utensílios de metal. Mulas desgrenhadas puxavam carroças lotadas de maçãs, repolhos, porcos e gansos, enquanto galinhas andavam ciscando livremente pelas ruas. Um grupo de crianças estava deitado de barriga para baixo na beira de uma das docas, brincando de um jogo com pedras pintadas de cores fortes.

Serilda se encheu de alívio ao vê-los. Todos. Podiam ser desconhecidos, mas eram seres humanos e estavam vivos. Ela temia que a cidade, assim como o castelo, pudesse ter se perdido para o tempo, tornando-se uma cidade fantasma obsoleta enquanto ela dormia. Temia que pudesse estar tão assombrada quanto as ruínas que deixara para trás.

Mas aquele vilarejo não estava em ruínas e, pelo visto, também não era assombrado. Na verdade, pelas primeiras impressões, o lugar era bem próspero. Ela não via nenhuma casa em necessidade desesperada de reparo. Os telhados estavam bem cobertos com palha ou caprichosamente ladrilhados, e a luz do sol se refletia em janelas de vidro. Vidro de verdade. Ninguém em Märchenfeld tinha janelas de vidro, nem mesmo os comerciantes de vinho, que tinham mais terra do que todo mundo. Se uma construção tinha alguma janela, era estreita e aberta ao tempo no verão, e então tapada com tábuas no inverno.

Ao chegar à beira da ponte, Serilda voltou a se perguntar por quanto tempo exatamente teria dormido. Será que realmente acordara em outra época?

Então ela viu um balde de cobre ao lado de uma cerca pintada de azul, e a cena lhe pareceu familiar. Tinha certeza de que a vira na noite anterior. Mas, se décadas haviam se passado, a cerca não teria apodrecido, ou o balde sido soprado para longe por uma tempestade terrível?

Não era uma confirmação exata, mas lhe deu esperança de que ela não estava em outra época, mas apenas voltara de trás do véu que separava o mundo dos mortais do reino dos sombrios.

Além disso, os trajes não eram diferentes dos que eram vistos em Märchenfeld; talvez com menos manchas e furos e um pouco mais embelezados. Mas a moda não teria mudado, se vários anos houvessem se passado?

Serilda tentou parecer despreocupada, até mesmo satisfeita, ao chegar ao fim da ponte. Em breve os aldeões notariam seus olhos peculiares e sua natureza seria posta em questionamento. Era melhor encantá-los enquanto podia.

Não demorou para que começassem a notá-la.

Bem, uma mulher a notou, e soltou um grito trêmulo que imediatamente chamou a atenção de todos ao redor.

As pessoas se viraram, assustadas.

Assim que viram a garota de capa de viagem surrada descer da ponte, eles ficaram tensos, com olhos arregalados. Exclamações e sussurros desconfiados se propagaram pela multidão.

Algumas das crianças sibilaram, e Serilda olhou rapidamente para o cais. Eles a encaravam abertamente, seu jogo esquecido.

Serilda sorriu.

Ninguém sorriu de volta.

Parecia que encantá-los estava fora de cogitação.

Preparando-se para enfrentar a recepção nada encorajadora, ela parou na beira da rua. Um silêncio baixara sobre a feira, espesso como uma camada de neve fresca, interrompido apenas pelo ocasional zurro de um burro ou cacarejo de um galo, ou alguém mais para o final da rua perguntando o que estava acontecendo, então empurrando e acotovelando para chegar mais perto e ver o que causara a perturbação.

Serilda sentiu o cheiro de nozes assadas de um vendedor no caminho, e seu estômago apertou de fome. A feira não era muito diferente das que aconteciam todo fim de semana em Märchenfeld. Cestas de raízes e frutinhas silvestres de inverno. Cestos cheios de avelãs descascadas. Queijo envelhecido embrulhado em panos e pães fumegantes. Montes de peixe, secos e frescos. Serilda ficou com a boca cheia d'água ao ver tudo aquilo.

— Bela manhã, não é? — disse ela para ninguém em particular.

A multidão continuou a encarar, boquiaberta e muda. Uma criança pequena estava agarrada às saias de uma mulher. Um peixeiro tinha suas mercadorias espalhadas dentro de uma lata cheia de neve compacta. Um casal idoso carregava uma cesta para compras, apesar de só terem comprado alguns ovos pintados até então.

Portando o sorriso como um escudo, Serilda se recusou a se esquivar dos olhares consternados, mesmo quando as pessoas mais próximas começaram a fechar a cara, franzindo as sobrancelhas ao notarem seus olhos pela primeira vez. Ela conhecia bem aquelas expressões. Quando as pessoas se perguntavam se o brilho dourado em seus olhos seria apenas um truque da luz.

— Será que alguma boa alma pode me apontar a estalagem mais próxima? — perguntou ela em voz alta, para que eles não pudessem fingir não escutar.

Ainda assim, ninguém se pronunciou.

Alguns olhares se desviaram para além de Serilda, em direção ao castelo. Como se esperando um exército fantasma em seu encalço.

Não havia exército algum, havia?

Serilda olhou por cima do ombro.

Não. Só uma ponte, triste e destruída. Alguns pescadores em seus barcos tinham remado para mais perto da margem, ou por terem visto a estranha cruzando a ponte ou por terem notado a mudança na atmosfera da cidade.

— Ela acabou de sair do *castelo*? — guinchou uma vozinha. As crianças haviam se esgueirado para perto, amontoadas num grupo tímido e encarando Serilda.

Outra perguntou:

— Ela é um fantasma?

— Ou uma caçadora? — disse outra numa voz trêmula.

— Ah, me perdoem — falou Serilda, alto o bastante para que sua voz se propagasse. — Que terrível grosseria da minha parte. Meu nome é Serilda. Eu estava... — Ela olhou de relance para o castelo às costas.

Estava tentada, ah, como estava, a contar a verdade sobre a noite anterior. Ela fora levada numa carruagem feita de ossos, atacada por um cão do inferno, trancada nas masmorras. Conhecera um fiandeiro de ouro e escapara de um drude. Seus lábios formigavam, ansiosos para contar a história.

Mas algo no rosto dos moradores a impediu.

Eles já estavam assustados. Apavorados, até, com sua aparição inesperada.

Ela limpou a garganta.

— Fui enviada para estudar a história dessa bela cidade. Sou assistente de um acadêmico distinto em Verene, que está organizando um... compêndio... de castelos abandonados no Norte. Como podem imaginar, as ruínas são de especial interesse de nosso pesquisador por serem tão incrivelmente... bem... preservadas. — Ela se voltou para o castelo de novo. Ele não era bem preservado. — A maioria dos castelos que inspecionei até agora consistiam em pouco mais que uma torre e algumas paredes de fundação — adicionou ela como explicação.

Os olhares que recebeu eram confusos e desconfiados, e continuavam disparando para a estrutura atrás dela.

Animando-se, Serilda perguntou:

— Preciso seguir caminho de volta a Verene hoje, mas esperava fazer uma boquinha antes de partir...

Finalmente, a mulher idosa do casal ergueu a mão e apontou para a fileira de casas pintadas que se curvava ao redor do lago.

— O Cisne Selvagem fica logo ali. Lorraine pode te dar uma engordada. — Ela parou, olhando para além de Serilda de novo antes de adicionar: — Não tem ninguém te acompanhando, tem?

Esse comentário agitou a multidão. Pés se remexam com ansiedade e mãos se apertaram.

— Não — disse Serilda. — Sou só eu. Agradeço pela ajuda.

— Você está *viva*?

Ela encarou as crianças de novo. Elas continuavam amontoadas, ombro a ombro, com exceção da menina que fez a pergunta. Ela deu um passo ousado na direção de Serilda, mesmo sob a advertência sibilada pelo garoto ao seu lado.

Serilda gargalhou, fingindo que a pergunta era uma brincadeira.

— Bastante. A não ser... — Ela arquejou, arregalando os olhos de horror. — Eu estou... em Verloren?

A garota abriu um sorriso.

— Que maluquice. Você está em Adalheid.

— Ah, que alívio. — Serilda levou uma das mãos ao coração. — Vocês não se parecem em nada com espectros e duendes.

— Esse assunto não é piada — rosnou um homem de trás de uma mesa coberta de tamancos de madeira e botas de couro. — Não por aqui. E certamente não vindo de alguém que ousou entrar naquele lugar ermo. — Ele gesticulou com raiva em direção ao castelo.

Uma sombra tomou conta da multidão, fechando as expressões que tinham começado a se abrir para ela.

Serilda baixou a cabeça.

— Peço perdão, não quis chatear ninguém. Obrigada novamente pela recomendação.

Ela abriu um sorrisinho para as crianças, então se virou e seguiu caminho pelo meio da multidão. Sentia os olhares em suas costas, o silêncio cravado em seu caminho, a curiosidade a seguindo como um gato faminto.

Ela passou por uma fileira de comércios de frente para a margem do lago, uma placa de metal indicando a profissão do proprietário em cada um. Um alfaiate, um boticário, um ourives. O Cisne Selvagem se destacava entre todos. Era a construção mais bonita do litoral, o gesso entre as vigas escuras pintado do tom exato do céu de junho, com janelas de moldura amarela e mísulas entalhadas para parecer renda. Um letreiro estava pendurado sobre a entrada com a silhueta de um gracioso cisne, e na placa estavam pintadas as palavras mais maravilhosas que Serilda já vira.

COMIDA — HOSPEDAGEM — CERVEJA

Ela poderia ter chorado ao sentir o aroma revelador de cebolas refogadas e carnes assadas flutuando em sua direção.

O interior da pousada era aconchegante e decorado com simplicidade. Os olhos de Serilda foram atraídos para um provérbio talhado na viga de madeira sobre a lareira. *A floresta ecoa o que nela se grita.* Alguma coisa no ditado familiar a fez estremecer enquanto olhava ao redor. O cômodo estava praticamente vazio, com exceção de um senhor bebendo de uma caneca à lareira e uma mulher sentada ao bar, curvada sobre um livro. Parecia ter uns trinta anos, com uma silhueta curvilínea, pele marrom-escura e o cabelo amarrado em um coque. Ela ergueu o olhar quando Serilda entrou e rapidamente virou o livro para marcar a página enquanto deslizava para fora do banco.

— Sente-se onde quiser — disse ela, gesticulando para a abundância de mesas vazias. — Cerveja? Sidra quente?

— Sidra, por favor.

Ela escolheu uma mesa à janela e bateu duas vezes na madeira antes de se sentar, porque, supostamente, demônios não gostavam da sensação do carvalho, uma árvore sagrada de laços com Freydon. Serilda não conseguia imaginar o Erlking sendo sensível a uma mesa de bar, mas era uma maneira de certificar as pessoas de que ela em si não era má. Pensou que não custava nada, especialmente depois da manhã que tivera. O assento dela tinha uma vista perfeita para as ruínas do castelo, seus muros quebrados e torres destroçadas cobertas por neve. Mais barcos pesqueiros avançavam nas águas do lago; pontos vívidos de vermelho e verde na água preta e calma.

— Aqui está — disse a mulher, pondo uma caneca de estanho cheia de sidra de maçã fumegante na mesa. — Você está com fome? Normalmente o movimento é bem fraco em dia de feira, então não tenho uma refeição completa pronta, mas teria prazer em trazer...

Ela se interrompeu ao notar os olhos de Serilda pela primeira vez. Então seu olhar desceu para o corte na bochecha.

— Minha nossa. Você se meteu numa briga?

Serilda levou uma das mãos ao rosto. Esquecera a ferida causada pelo drude. O sangue secara numa casca dura. Não era de espantar que os aldeões tivessem ficado tão assustados.

— Uma briga com um arbusto espinhoso — respondeu ela, sorrindo. — Sou tão desastrada às vezes. Você deve ser a Lorraine. Me disseram que esse é o melhor restaurante de toda Adalheid.

A mulher deu uma risadinha distraída. Tinha um rosto maternal, com bochechas rechonchudas e um sorriso tranquilo, mas também olhos astutos que não se deixavam influenciar por bajulação.

— Eu mesma — falou devagar, organizando os pensamentos. — E é mesmo. De onde você veio?

Do outro lado do véu, Serilda ficou tentada a responder. Mas, em vez disso, declarou:

— Verene. Estou visitando ruínas por todo o reino em nome de um acadêmico conhecido com interesse na história dessa área. Mais tarde pretendo visitar uma escola abandonada próxima a Märchenfeld, mas acho que vou precisar de transporte. Por acaso conhece alguém seguindo naquela direção?

A mulher franziu os lábios para o lado, ainda lançando aquele olhar contemplativo para ela.

— Märchenfeld? Seria uma caminhada bem rápida pela floresta, mas eu não recomendaria. — Seu olhar se encheu de desconfiança. — Mas como você chegou aqui sem um cavalo ou carruagem?

— Ah. Fui trazida ontem à noite pelo meu parceiro de negócios, mas ele teve que seguir para... — Ela tentou visualizar as redondezas, mas ainda não tinha nem muita certeza de onde Adalheid *ficava*. — Nordenburg. Disse a ele que poderia encontrá-lo lá.

— Você chegou ontem à noite? — perguntou Lorraine. — Onde se hospedou?

Serilda tentou não bufar. Tantas perguntas quando tudo o que ela queria era um café da manhã.

Provavelmente deveria ter começado com a verdade. Às vezes se esquecia de que mentiras tinham pernas curtas. Elas nunca levavam muito longe. Além disso, normalmente era mais fácil de não se perder quando se falava a verdade.

Então ela respondeu. Com a verdade.

— Eu me hospedei no castelo.

— O quê? — disse a mulher, assumindo uma expressão sombria. — Ninguém nunca entra no castelo. E ontem à noite foi... — Os olhos dela se arregalaram de terror, e ela deu alguns passos apressados para trás. — O que você é de verdade?

A reação dela assustou Serilda.

— *O que* eu sou?

— Um espectro? Uma alma penada? — Ela franziu a testa, inspecionando Serilda dos pés à cabeça. — Não parece muito uma salige...

Serilda se curvou para a frente, subitamente exausta.

— Sou uma garota humana, juro.

— Então por que contaria uma história dessas?! Se hospedar no castelo? Os monstros daquele lugar teriam dilacerado você em pedaços. — Ela inclinou a cabeça. — Eu não gosto de mentiras, mocinha. Qual é a sua história *verdadeira*?

Serilda começou a rir. Sua história verdadeira era tão absurda que ela mesma estava tendo dificuldade em acreditar.

— Muito bem. Se você insiste. Eu não sou acadêmica nenhuma, sou só filha de um moleiro. Fui convocada pelo Erlking ontem à noite e ordenada a fiar palha e transformá-la em ouro. Ele ameaçou me matar caso eu fracassasse, mas depois que executei a tarefa, ele me libertou.

Pronto. Ali estava a verdade. Quase.

Lorraine sustentou o olhar dela por um longo momento, e Serilda esperou que a mulher soltasse um muxoxo de desdém e a expulsasse do restaurante por zombar das superstições locais.

Em vez disso, parte de sua irritação pareceu dissipar, substituída por... fascínio.

— Você é uma fiandeira de ouro?

A hesitação de Serilda foi curta.

— Sim — afirmou ela. A mentira já fora contada tantas vezes que não parecia mais estranha. — Abençoada por Hulda.

— E você está tentando me dizer — continuou a mulher, se sentando na cadeira de frente para Serilda — que estava dentro daquele castelo na Lua da Fome, e quando o sol nasceu e o véu retornou, o Erlking simplesmente... te libertou?

— Parece que sim.

Ela grunhiu, perplexa. Mas não incrédula. Pelo menos, Serilda achava que não.

— E eu realmente gostaria de ir para casa hoje — adicionou Serilda, na esperança de guiá-las de volta a questões mais urgentes. As questões mais urgentes para *ela*.

— Dá para imaginar, depois de uma provação como essa — disse Lorraine, ainda encarando Serilda como se não soubesse o que pensar dela. Mas também como se *acreditasse* nela. Inclinando a cabeça, ela olhou da janela para o castelo, perdida em pensamentos. Finalmente, assentiu. Levantou-se e limpou as mãos no avental. — Bem. Acredito que Roland Hass planeje ir para Mondbrück hoje. Tenho certeza de que ele a deixaria pegar uma carona nos fundos da carroça. Apesar de que seria gentil avisá-la: provavelmente não será a viagem mais agradável de sua vida.

Serilda abriu um sorriso radiante.

— Qualquer ajuda seria imensamente apreciada.

— Vou falar com ele para ver se ainda pretende ir hoje. Se for o caso, é melhor te arrumar logo um café da manhã. Suspeito que ele partirá em breve. Deve fazer frio de novo. — Ela começou a se virar, mas parou. — Você disse que estava com fome, não foi?

— Sim, por favor. Ficarei feliz com qualquer coisa que você possa oferecer — disse Serilda. — Obrigada.

Lorraine fez que sim, seu olhar se demorando por mais um momento nos olhos dela.

— Vou trazer um unguento para essa bochecha. — Ela se virou e seguiu para o bar, desaparecendo cozinha adentro.

E foi mais ou menos nesse momento que Serilda foi atingida por uma leve culpa.

Ela não tinha nenhuma moeda. Nada para comprar a sidra divinamente quente ou a comida pela qual seu estômago roncava.

Exceto...

Ela girou o anel da donzela do musgo ao redor do dedo, então balançou rapidamente a cabeça.

— Vou me oferecer para lavar louça — murmurou ela, sabendo que deveria ter feito o acordo antes de tirar vantagem da hospitalidade da dona da estalagem. Mas ela sentia que não comia havia dias, e a ideia de lhe negarem comida era insuportável.

Um barulho do lado de fora chamou a atenção dela de volta à janela. Reconheceu o grupo de crianças da doca — três meninas e um menino — dando risadinhas e sussurrando sob a placa de ferro do alfaiate vizinho. Em perfeita sincronia, todas esticaram o pescoço, espiando Serilda pela janela.

Ela acenou em resposta.

Em uníssono, elas gritaram e dispararam para um beco próximo.

Serilda soltou uma risada pelo nariz, entretida. Parecia que as superstições estavam destinadas a segui-la por todo lado. Claro, ela não podia simplesmente ser a garota com a roda do infortúnio nos olhos. Agora também tinha que ser a garota que emergira das ruínas de um castelo assombrado na manhã seguinte à Lua da Fome.

Ela se perguntou que histórias as crianças já estariam inventando a respeito dela.

E que histórias lhes contaria, se tivesse a oportunidade.

Se era para ser a desconhecida bizarra que se aventurara atrás do véu, queria se certificar de que os boatos estivessem à sua altura.

CAPÍTULO

Dezesseis

A PORTA DA POUSADA SE ESCANCAROU ENQUANTO SERILDA CUIDAVA do arranhão do drude, e ela ficou surpresa ao ver uma das crianças entrar desfilando com falsa tranquilidade. A menina não a encarou, mas disparou direto para o bar e subiu em um dos bancos. Ela se debruçou sobre a madeira e berrou para a porta da cozinha:

— Mamãe, voltei!

Lorraine apareceu à porta com uma tigela na mão.

— Tão cedo! Achei que só te veria ao anoitecer.

A menina deu de ombros.

— Não tinha muito para fazer na feira, e achei que você podia precisar de ajuda.

Lorraine deu uma risadinha.

— Bem, não vou reclamar. Pode levar isso para a moça ali na janela?

A menina saltou do banco e pegou a tigela com ambas as mãos. Ao se aproximar, Serilda notou que era a mesma menina que ousara perguntar se ela estava viva. E, agora que prestava atenção, a semelhança com a dona da pousada era óbvia. Sua pele era de um tom mais claro, mas tinha as mesmas bochechas fartas e olhos castanhos curiosos.

— Sua refeição — disse a menina, pondo a tigela na frente de Serilda.

Ela ficou com a boca cheia d'água ao ver o pão fofo e dourado marcado por uma cruz amanteigada e um folhado recheado de maçã e canela.

— Parece divino, muito obrigada.

Serilda pegou o folhado e dividiu-o ao meio. Ao dar a primeira mordida na massa aerada e nas maçãs macias, ela soltou uma exclamação desavergonhada. Era muito mais gostoso do que o pão de centeio amanteigado que comia em casa.

A menina ficou à mesa, mudando o peso de um pé para o outro.

Serilda ergueu uma sobrancelha para ela e engoliu.

— Vá em frente. Pergunte.

A menina inspirou rapidamente antes de falar em disparada:

— Quanto tempo você passou no castelo? A noite toda? Ninguém lembra de você chegando na cidade. A caçada que trouxe você? Você viu os fantasmas? Como saiu de lá?

— Deuses vivos, vou precisar de energia antes de conseguir responder a tudo — disse Serilda.

Depois que já havia devorado a primeira metade do folhado e dado uns bons goles na sidra, ela relanceou os olhos para a janela e viu as outras três crianças as observando.

— Seus amigos parecem ter medo de mim — disse ela. — Como é que você foi escolhida para ser a azarada que viria recolher toda essa informação?

A menina estufou o peito.

— Eu sou a mais corajosa.

Serilda abriu um sorriso.

— Dá para ver.

— Henrietta desconfia que você seja um nachzehrer — acrescentou a menina. — Ela acha que você provavelmente morreu num acidente trágico e seu espírito foi atraído a Adalheid por causa dos sombrios, mas você não está presa atrás do véu como os outros e, provavelmente, vai matar todo mundo da cidade e comer nossa carne assim que formos dormir essa noite, então vai se transformar num porco e fugir para viver na floresta.

— Henrietta parece uma boa contadora de histórias.

— É verdade?

— Não — respondeu Serilda com uma risada. — Apesar de que, se fosse, eu provavelmente não admitiria. — Ela deu outra mordida no folhado, pensando. — Não sei bem se um nachzehrer fala. A boca deles fica muito ocupada comendo as mortalhas.

— E o próprio corpo — completou a menina. — E todo mundo.

— Isso também.

A menina refletiu.

— Também não acho que nachzehrer gostem de tortas de maçã.

Serilda balançou a cabeça.

— Acho que só torta de carne serve para os mortos-vivos. Qual é o seu nome?

— Leyna — respondeu ela. — Leyna De Ven.

— Diga-me, Leyna De Ven: por acaso seus amigos fizeram alguma aposta para determinar se você seria corajosa o suficiente para vir me fazer todas essas perguntas?

Os olhos dela se iluminaram de surpresa.

— Como você sabe?

— Tenho um talento para ler pensamentos — afirmou Serilda.

Na verdade, ela era muito boa em saber o que se passava na cabeça das crianças entediadas e travessas, visto que passava tanto tempo com elas.

Leyna pareceu verdadeiramente impressionada.

— De quanto foi a aposta?

— Duas moedas de cobre — respondeu a menina.

— Então vou fazer um acordo com você. Conto a história de como fui parar no castelo em troca do café da manhã.

Com um sorriso radiante, a menina se sentou na cadeira de frente para Serilda.

— Combinado! — Ela lançou um sorriso vitorioso para os amigos, que estavam boquiabertos em ver que Leyna não só estava conversando com Serilda, mas até se sentara com ela. — Eles acharam que eu não teria coragem. Até os adultos da feira estão com medo. Não falam de outra coisa desde que você passou. Dizem que seus olhos são amaldiçoados. — Ela analisou o rosto de Serilda. — Eles *são* estranhos.

— Tudo que é mágico é estranho.

Os olhos de Leyna se arregalaram.

— É com eles que você lê pensamentos? Você consegue... *ver* coisas?

— Talvez.

— Leyna! O que você está fazendo, importunando nossa cliente?

Leyna ficou tensa.

— Desculpe, mamãe. Eu só estava...

— Eu a convidei para se juntar a mim — disse Serilda, com um sorriso tímido. — Posso não ser a assistente de um acadêmico, mas tenho mesmo curiosidade sobre essa cidade. Nunca estive em Adalheid e pensei que ela poderia me contar mais sobre o lugar. Peço desculpas se estou atrapalhando o trabalho dela.

Lorraine soltou um muxoxo e serviu outro prato de comida na frente de Serilda; peixe em conserva e presunto cozido, ameixas secas, um pratinho minúsculo cheio de frutinhas de inverno.

— Não há muito trabalho a ser feito hoje. Não tem problema. — Mas falou isso com um olhar de alerta para a filha, cujo significado era claro. Ela não deveria abusar do convite e ficar tempo demais à mesa. — Mandei uma mensagem para Roland. Te aviso assim que souber a resposta.

— Obrigada. Essa cidade é uma graça, fico triste por não fazer uma visita mais longa. Nunca ouvi falar muito sobre Adalheid, mas parece tão... próspera.

— Ah — disse Leyna. — Isso é por causa...

— Da liderança fantástica — interrompeu Lorraine. — Modéstia à parte.

Leyna revirou os olhos.

— Mamãe é a prefeita.

— Há sete anos — disse Lorraine com orgulho. — Desde que o Burnard ali decidiu se aposentar.

Ela apontou com a cabeça para o homem à lareira, que terminava preguiçosamente sua caneca de cerveja.

— Prefeita! — exclamou Serilda. — Você parece tão jovem.

— Ah, e sou — confirmou ela com certa vaidade. — Mas você não vai encontrar ninguém que ame essa cidade mais do que eu.

— Mora aqui há muito tempo?

— A vida toda.

— Então deve saber tudo que há para saber sobre esse lugar.

— Claro que sei — disse Lorraine. Então ficou séria e ergueu um dedo. — Mas, veja bem, não sou fofoqueira.

Leyna deu uma risada, mas tentou disfarçar com uma tosse.

A mãe olhou feio para ela.

— E não vou tolerar que minha filha fofoque sobre o povo daqui também. Entendeu bem?

A expressão de Leyna tornou-se rapidamente comedida sob o olhar intenso.

— É claro, mamãe.

Lorraine assentiu.

— Você *disse* que estava a caminho de Märchenfeld, não foi?

— Sim.

— Só para confirmar. Te aviso quando souber a resposta. — Ela disparou de volta para a cozinha.

— Nada de fofoca — murmurou Leyna assim que a mãe se afastou. — A questão é que eu acho que ela realmente acredita nisso. — Ela se debruçou por cima da mesa, reduzindo a voz a um sussurro. — Mas sei bem que ela e meu pai abriram essa pousada *porque* ela ama fofoca, e todo mundo sabe que uma estalagem é o melhor lugar para isso.

A porta se abriu, deixando entrar uma brisa fresca e o cheiro de pão recém-assado. Leyna ergueu a cabeça, olhos brilhando.

— E veja só. Aí vem a melhor fofoqueira da cidade. Bom dia, Madame Professora!

Uma mulher pequena de pele clara e cabelo ruivo parou a alguns metros da porta.

— Ah, Leyna, quando você vai começar a me chamar de Frieda? — Ela puxou uma cesta mais para o alto do quadril. — Sua mãe está por aí?

— Ela acabou de ir para os fundos — respondeu Leyna. — Daqui a pouquinho volta.

Como se fosse ensaiado, Lorraine reapareceu atrás do bar, já sorrindo de orelha a orelha.

— Olha só — sussurrou Leyna, e Serilda levou um tempo para entender que a menina falava com ela.

— Frieda! Chegou em ótima hora — disse Lorraine, estranhamente sem fôlego, apesar de parecer ótima um momento antes.

— É mesmo? — perguntou Frieda, apoiando a cesta sobre o bar.

— Temos uma cliente de fora que está interessada na história de Adalheid e seu castelo — informou Lorraine, gesticulando para Serilda.

— Ah! Bem. Talvez eu possa... hum. — Frieda olhou de Serilda para a cesta. De volta a Serilda. De volta à cesta. Para Lorraine. Ela pareceu afobada, as bochechas corando, antes de se sacudir de leve e erguer um guardanapo da cesta. — Mas primeiro, eu... eu trouxe alguns bolos de pera com canela para você e Leyna. — Ela pegou dois bolinhos embrulhados em tecido. — Sei que é o preferido de vocês nessa época do ano. E eu recebi uma entrega de Vinter-Cort ontem. — Ela começou a puxar livros com capa de couro da cesta. — Dois exemplares novos de poesia, uma tradução de contos folclóricos de Ottelien... a história de várias rotas comerciais, um bestiário atualizado, a teologia de Freydon... ah! Olha só que maravilha. — Ela segurou um códex com páginas grossas de velino. — *Os contos de Orlantha*, uma aventura épica escrita em verso há centenas de anos. Me disseram que tem monstros marinhos e batalhas e romance e... — Ela fez uma pausa, visivelmente tentando conter o entusiasmo. — Quero ler este desde menina. Mas... pensei em deixá-la escolher primeiro? Se quiser pegar algum emprestado.

— Ainda estou lendo o que você trouxe na semana passada! — disse Lorraine, apesar de ter folheado um dos exemplares de poesia. — Mas irei à biblioteca escolher algo novo assim que acabar.

— Está gostando?

— Muito.

Os olhos das duas se encontraram, sorridentes.

Leyna lançou um olhar entendido para Serilda.

— Que bom. Que maravilha — disse Frieda, começando a guardar os livros de volta na cesta. — Espero vê-la em breve na biblioteca, então.

— Com certeza. Você é um presente para Adalheid, Frieda.

As bochechas de Frieda ficaram escarlate.

— Tenho certeza de que diz isso para todos, Madame Prefeita.

— Não — intrometeu-se Leyna. — Ela não diz mesmo.

Lorraine lançou um olhar aborrecido para ela.

Limpando a garganta, Frieda voltou a cobrir a cesta com o guardanapo e se afastou do bar. Ela se voltou para Serilda, se remexendo.

— Você está interessada em aprender mais sobre Adalheid?

— Antes que a estimule a falar — interrompeu Lorraine —, deixe-me avisá-la de que ouvi dizer que Roland esperará por você no portão sul em vinte minutos.

— Ah, obrigada — disse Serilda. Ela lançou um olhar contrito para Frieda. — Você deve ser a bibliotecária da cidade.

— Eu mesma. Ah! Sei o que seria perfeito. Já volto.

Sem explicação, Frieda saiu apressada da estalagem.

Leyna repousou o queixo na palma da mão e esperou que a porta se fechasse antes de dizer:

— Mamãe, achei que não gostasse de poesia.

Lorraine ficou tensa.

— Isso não é verdade! Tenho muitos interesses variados, minha filha.

— Uhum. Como... a história da agricultura ancestral?

Com uma cara feia, Lorraine pegou um dos bolos.

— Achei fascinante. E não dói ler um livro que não seja de contos de fadas de vez em quando.

Leyna bufou.

— Tinha quatrocentas páginas e você caía no sono toda vez que tentava ler.

— Isso não é verdade.

— Sabe — disse Leyna, arrastando as palavras —, você podia simplesmente convidá-la para jantar. Ela já elogiou seu chucrute umas mil vezes, e ninguém gosta tanto *assim* de chucrute.

— Ora, não dê uma de espertinha — disse Lorraine. — Frieda é uma amiga, e a biblioteca presta um grande serviço a essa cidade.

Leyna deu de ombros.

— Só estou dizendo... Se você se casasse com ela, alguma hora vocês teriam que arrumar outro assunto que não a última entrega de livros da biblioteca.

— Casar! — disse Lorraine. — Ora, que maluquice. O que te faz pensar que... boba... — Ela bufou, afobada, e saiu carregando os bolos para a cozinha.

O homem à lareira, antigo prefeito, estalou a língua.

— Engraçado como é tão óbvio para todo mundo, né? — Ele ergueu o olhar da cerveja e lançou uma piscadela travessa para Leyna, que riu.

— Elas são um caso perdido, não são?

O homem balançou a cabeça.

— Eu não diria isso. Algumas coisas simplesmente levam tempo.

— Espero que não se importe com a minha pergunta — disse Serilda —, mas... você não mencionou um pai?

Leyna assentiu.

— Ele morreu de tuberculose quando eu tinha quatro anos. Não lembro muito dele. Mamãe diz que ele sempre será o grande amor da vida dela, mas o jeito como ela e Frieda vêm flertando nos últimos meses me faz pensar que pode estar na hora de um segundo grande amor. — Ela hesitou, ficando subitamente envergonhada. — Isso é estranho?

— Não — respondeu Serilda. — Eu acho muito maduro. Meu pai está sozinho também. Acho que ainda não encontrou ninguém para ser esse segundo amor, mas eu ficaria feliz se ele encontrasse.

— Sua mãe morreu?

Serilda abriu a boca, mas hesitou. Em vez de responder à pergunta, o que saiu foi:

— Eu ainda lhe devo uma história pelo café da manhã espetacular.

Ambas olharam para o prato dela. De alguma forma, durante a visita da bibliotecária, a comida havia magicamente desaparecido.

Leyna se sentou com as costas mais eretas, se remexendo com empolgação no assento.

— Melhor você ser rápida. Roland às vezes é impaciente.

— Não é uma história comprida. Veja bem, minha mãe foi embora quando eu não tinha nem dois anos.

Essa parte era verdade, ou ao menos era o que o pai lhe contara. Mas ele nunca dera muitos detalhes, e Serilda, tentando preservar o coração frágil de menininha cuja mãe não a amara o bastante para ficar, nunca os pedira. Ao longo dos anos, ela inventara todo tipo de história para amortecer o golpe dessa verdade.

A mãe era uma donzela do musgo, que não poderia sobreviver fora da floresta por muito tempo, então, por mais que lhe doesse abandonar a única filha, ela fora forçada a retornar à natureza.

Ou a mãe era uma princesa de uma terra distante e precisara voltar para assumir o próprio reino, mas nunca quisera sujeitar a família àquela vida de política e dramas da corte.

A mãe era uma general do exército, lutando numa guerra distante.

A mãe era amante do deus da morte e fora levada de volta a Verloren.

A mãe a amara. Ela nunca teria ido embora se tivesse outra opção.

— Na verdade — disse Serilda, sua mente fiando uma nova história —, foi por isso que eu realmente vim para cá. Por vingança.

Leyna ergueu as sobrancelhas.

— Minha mãe foi levada pelo Erlking. Atraída pela caçada selvagem, há muito tempo. Vim aqui para enfrentá-lo. Para descobrir se ela foi deixada para morrer em algum canto ou mantida como fantasma em sua procissão. — Ela fez uma pausa antes de concluir: — Vim aqui para matá-lo.

Serilda não estava falando sério, mas ainda assim, quando as palavras saíram de sua boca, um arrepio correu por sua espinha. Ela estendeu a mão para a sidra, mas, como o prato, a caneca estava vazia.

Leyna a olhou como se estivesse sentada de frente para a grande caçadora em pessoa.

— Como se mata o Erlking?

Serilda encarou a menina de volta. Sua mente girou e girou e não a ajudou nem um pouco.

Então ela respondeu com a mais pura verdade:

— Não faço ideia.

A porta se abriu, trazendo de volta uma Frieda sem fôlego. Em vez da cesta pesada, ela agora segurava apenas um livro, que ofereceu a Serilda como alguém ofereceria as joias da coroa.

— O que é isso? — perguntou Serilda, pegando-o com cuidado. O livro era delicado e velho. A lombada gasta, as páginas quebradiças e amareladas pelo tempo.

— A história desta região. Ele se estende do mar às montanhas e se aprofunda em alguns dos primeiros colonos, designações políticas, estilos arquitetônicos... Tem alguns mapas verdadeiramente admiráveis. Adalheid não é o foco do livro, mas é mencionada ocasionalmente. Achei que pudesse lhe ser útil...

— Ah, obrigada — disse Serilda, ao mesmo tempo comovida pela consideração dela e se sentindo um pouco culpada por seu interesse na história de Adalheid ser, na verdade, mais voltado à presença dos mortos-vivos nas ruínas do castelo. — Mas sinto dizer que estou indo embora hoje. Não sei quando, ou se, conseguirei devolvê-lo.

Ela tentou devolver o livro, mas Frieda fez um gesto de dispensa com a mão.

— Livros são feitos para serem compartilhados. Além disso, esse exemplar é um pouco ultrapassado. Eu deveria encomendar um novo para nossa coleção.

— Se tem certeza... então lhe agradeço mil vezes.

Frieda abriu um sorriso radiante e juntou as mãos.

— Por falar em ir embora, passei por Roland Haas no caminho, indo em direção ao portão. Se ainda quiser uma carona, acho melhor você se apressar.

CAPÍTULO

Dezessete

SERILDA ESPERAVA QUE FOSSE CONSEGUIR DAR UMA LIDA NO LIVRO QUE
a bibliotecária lhe dera durante o caminho, mas, em vez disso, passou a viagem nos fundos da carroça de Roland Haas sentada numa manta de cavalgada úmida e se agarrando o melhor que podia às bordas altas para que os buracos seguidos da estrada não a lançassem para fora. Simultaneamente, ela tentava se defender das bicadas curiosas das vinte e três galinhas que ele transportava para a feira de Mondbrück. Os cadarços das botas dela deviam parecer as mais suculentas das minhocas, porque as aves mal a deixavam em paz, não importava quantas vezes ela as afastasse com chutes.

Suas pernas tinham sofrido mais do que algumas bicadas quando Roland enfim a deixou num cruzamento a alguns quilômetros de Märchenfeld.

Depois de agradecer profusamente ao fazendeiro, Serilda seguiu a pé. Não demorou até que a paisagem se tornasse familiar. A Fazenda Thorpe, com seu moinho impressionante girando sobre os campos cobertos de neve. A cabana pitoresca de Mãe Garver, pintada de branco e cercada por caixas de madeira organizadas.

Em vez de atravessar a cidade, Serilda seguiu para o sul, pegando um atalho por entre uma série de pomares de peras e maçãs, sem folhas nem frutos no inverno, seus galhos se estendendo como dedos finos para o céu. A cobertura de nuvens se dissipara e o dia era um dos mais quentes dos últimos meses, mas, apesar do sol e do exercício, Serilda não conseguia se livrar do frio que assentara sobre seus ossos desde o momento em que acordara nas ruínas do castelo. Ou da maneira como os pelos em sua nuca se eriçavam toda vez que ela via um vislumbre de penas escuras na copa das árvores, ou ouvia um grasnido irritado de um corvo ao longe. Ela não parava de olhar ao redor, esperando ver o nachtkrapp a seguindo. Espionando-a. Observando com apetite os seus olhos e o coração acelerado.

Mas só o que ela via eram corvos e gralhas ciscando em meio às árvores sem folhas.

Estava quase escurecendo quando finalmente avistou o moinho no fundo do vale esculpido pelo rio sinuoso. Fumaça soprava acima da chaminé. Os galhos da aveleira se curvavam de tanta neve. Zelig, o amado e velho cavalo deles, colocou a cabeça para fora do estábulo, curioso.

Seu pai até cavara um caminho da estrada até a entrada deles.

Serilda sorriu de orelha a orelha e começou a correr.

— Papai! — gritou ela quando achou que estava perto o bastante para ser ouvida.

Um momento depois, as portas se escancararam, revelando o pai frenético. Ele se inflou quando a viu, tomado de alívio. Ela se jogou em seus braços.

— Você voltou — exclamou ele com o rosto no cabelo dela. — Você voltou.

Serilda riu, se afastando para que ele visse seu sorriso.

— Você está falando como se duvidasse.

— Eu duvidei — admitiu ele com uma risada terna, mas cansada. — Não queria pensar nisso, mas... mas eu pensei... — Sua voz se embargou de emoção. — Bem. Você sabe o que eu pensei. Ser convocada pelo Erlking...

— Ah, papai. — Ela beijou a bochecha dele. — O Erlking só fica com criancinhas. O que ele poderia querer com uma velha solteirona como eu?

Ele deu um passo para trás, o rosto contraído, abafando a leveza no coração de Serilda. Estava sério. Com certeza tinha ficado apavorado.

E ela também. Em alguns momentos da noite tivera certeza de que nunca mais veria o rosto do pai. Mas, mesmo nesses momentos, não pensara muito sobre o que ele devia estar passando, sem saber para onde fora levada ou o que aconteceria com ela.

Claro que ele pensara que ela não voltaria para casa.

— O que ele fez com seu rosto? — perguntou o pai, afastando o cabelo dela das bochechas.

Serilda balançou a cabeça.

— Não foi o Erlking. Foi... — Ela hesitou brevemente ao se lembrar do pavoroso drude voando na direção dela com as garras curvadas. Mas seu pai já estava preocupado o bastante. — Um galho. Me acertou no rosto, bem de surpresa. Mas estou bem agora. — Ela segurou as mãos dele. — Está tudo bem.

Ele assentiu, trêmulo, olhos brilhando com lágrimas. Então, limpando a garganta, pareceu afastar seus sentimentos.

— Vai ficar tudo bem.

As palavras saíram carregadas de significado, e Serilda franziu a testa.

— Como assim?

— Entre. Eu não consegui comer o dia todo, mas vamos fazer um verdadeiro banquete agora que você chegou.

Quando estavam sentados na frente do fogo com duas tigelas de mingau de cevada cobertos de damascos secos, Serilda lhe contou tudo o que acontecera. Ela se esforçou ao máximo para não enfeitar os fatos; uma tarefa quase impossível. E talvez, em sua narrativa, a jornada noturna tenha sido marcada por alguns perigos a mais (quem poderia dizer que não havia uma nixe de rio observando a carruagem das águas congelantes enquanto eles passavam?). E talvez, em sua versão da verdade, as criaturas empalhadas que decoravam o castelo do Erlking tivessem voltado à vida, lambendo os lábios e a observando com olhos famintos enquanto ela passava. E talvez o garoto que fora ajudá-la tivesse sido extremamente cavalheiro e não a fizera abdicar de seu colar.

Talvez ela tenha deixado de fora a parte em que ele pegou a mão dela e a pressionou, quase devotamente, contra a bochecha dele.

Mas, como acontece com histórias, ela recitou os eventos da noite mais ou menos da forma como eles haviam acontecido, do momento em que ela entrara na carruagem esquelética à longa viagem para casa sendo atormentada pelas malditas aves roliças.

Quando terminou, suas tigelas já estavam vazias havia muito tempo e o fogo ansiava por lenha nova. Serilda se levantou, deixando a tigela de lado e se aproximando da pilha de lenha contra a parede. Seu pai ficou em silêncio enquanto ela usava a ponta de uma tora para organizar alguns pedaços de carvão antes de posicioná-la caprichosamente sobre as brasas. Assim que o fogo começou a pegar, ela voltou a se sentar e ousou olhar para ele.

Ele encarava as chamas com olhos distantes e assombrados.

— Papai? — chamou ela. — Você está bem?

Ele apertou os lábios numa linha, e ela o viu engolir em seco.

— O Erlking acredita que você seja capaz de fazer essa coisa incrível. Transformar palha em ouro — falou ele, a voz rouca de emoção. — Ele não ficará satisfeito com uma masmorra de ouro. Vai querer mais.

Serilda baixou o olhar. O mesmo pensamento lhe ocorrera; claro que sim. Mas, toda vez, ela o enterrava de volta em qualquer que fosse o lugar sombrio de onde viera.

— Ele não vai mandar me buscar a cada lua cheia até o fim dos tempos. Tenho certeza de que se cansará de mim e vai passar a aterrorizar outra pessoa logo.

— Não seja leviana, Serilda. O tempo não significa nada para os sombrios. E se ele mandar buscá-la de novo na Lua do Corvo, e a cada lua cheia depois disso? E se... e se esse garoto não for ajudá-la da próxima vez?

Serilda desviou o olhar. Ela sabia que escapara da morte por um fio, assim como seu pai. (Outro pequeno detalhe que ela talvez tivesse deixado de fora da narrativa.) Ela se sentia segura por enquanto, mas essa segurança era uma ilusão. O véu mantinha o mundo deles afastado do mundo dos sombrios na *maior parte* do tempo, mas não em noites de lua cheia. Não durante um equinócio ou solstício.

Em apenas quatro semanas, o véu novamente soltaria a caçada selvagem ao reino mortal deles.

E se ele a convocasse outra vez?

— O que eu não entendo é o que o Erlking poderia querer com tanto ouro — disse ela lentamente. — Ele pode roubar o que quiser. Tenho certeza de que a própria rainha Agnette lhe daria qualquer coisa que ele pedisse em troca de apenas ser deixada em paz. Não parece provável que ele se preocupe com riqueza material, e não havia o menor sinal de... de ostentação no castelo. A mobília era suntuosa à sua maneira, mas tenho a sensação de que ele não tem ninguém para impressionar, que se importa apenas com o próprio conforto... — Ela se interrompeu, com a mente dando voltas. — Por que ele se incomodaria com uma simples aldeã capaz de transformar palha em ouro?

Depois de um momento refletindo sobre as próprias perguntas sem resposta, ela olhou para o pai. Ele ainda encarava o fogo, mas, apesar do calor confortável da cabana, parecia impressionantemente pálido.

Quase como um fantasma.

— Papai! — Serilda se levantou num pulo e se ajoelhou ao lado dele, pegando suas mãos. Ele apertou as dela de volta, mas não conseguiu encará-la. — O que houve? Você parece doente.

Seus olhos se fecharam, sua testa se franziu com emoções que ela não sabia identificar.

— Estou bem — disse ele... *mentiu* ele, Serilda tinha certeza. Suas palavras eram tensas, seu espírito abatido.

— Não está nada. Me diga o que houve.

Com uma respiração trêmula, ele abriu os olhos novamente e encarou a filha. Um sorriso suave e preocupado tocou seus lábios enquanto ele estendia a mão em concha para o rosto dela.

— Não deixarei que ele a leve de novo — sussurrou ele. — Não deixarei... — Ele cerrou os dentes, mas Serilda não soube dizer se estava reprimindo um soluço ou um grito.

— Papai? — Ela pegou as mãos dele, lágrimas brotando em seus olhos ao ver o medo tão escancarado no rosto do pai. — Estou aqui agora. Escapei ilesa.

— Dessa vez, pode ser. Mas eu não consegui pensar em nada além de você presa por aquele monstro, incapaz de voltar para cá. E não consigo passar por isso de novo. Não consigo passar outra noite assim, pensando que a perdi. Não vou perder você também. — O soluço escapou dessa vez quando ele se curvou para a frente.

Não vou perder você também.

Foi o mais próximo que ele chegou de mencionar a mãe dela. Ela podia ter ido embora quando Serilda era apenas um bebê, mas o espírito dela nunca se fora completamente. Sempre havia sombras agarradas ao pai, em especial quando o aniversário de Serilda se aproximava, no outono, perto da época em que a mãe desaparecera. Ela se perguntava se ele ao menos se lembrava de ter contado, quando ela era pequena, a história sobre como ele fizera um desejo a um deus para se casar com a garota do vilarejo por quem se apaixonara, e para que os dois tivessem um bebê saudável. Serilda podia ser nova quando ouviu a história, mas se lembrava dos olhos do pai brilhando com a lembrança. Ele se iluminara por dentro ao mencionar a mãe dela, mas o momento fora breve, levado embora pela dor de sua perda.

Serilda soubera que ele estava inventando a história. Afinal, o pai dela tinha um monte de características maravilhosas. Era bondoso e generoso. Sempre pensava nos outros, colocando as necessidades de todos antes das próprias. Era trabalhador e paciente e sempre cumpria promessas.

Mas não era corajoso.

Não era o tipo de homem que se aproximaria de uma besta ferida. E se um dia conhecesse um deus, seria muito mais provável que se prostrasse no chão e chorasse por misericórdia do que exigisse um desejo.

Ainda assim, Serilda não tinha outra explicação para seus olhos peculiares, e sempre se perguntara se o pai inventara a história como uma maneira de reconfortá-la. De mostrar que aquelas estranhas rodas que marcavam suas íris não eram um sinal de perversidade e infortúnio, mas de algo especial.

A história podia ter mudado nas próprias narrativas dela. Para Serilda, a roda da fortuna era um símbolo de azar, independentemente da interpretação de qualquer outra pessoa. Mas ela ainda se enchia de ternura ao se lembrar da voz carinhosa do pai. *Havia uma garota no vilarejo por quem eu me apaixonei perdidamente. Por isso, eu fiz meu desejo. Para que nos casássemos. Para que tivéssemos um bebê.*

Enquanto as mãos dele tremiam sob os dedos de Serilda, ela se preparou e ousou fazer a pergunta que tão frequentemente lhe vinha à ponta da língua. Que se esquivara dela a vida toda, mas agora a cutucava, exigindo atenção.

Exigindo ser perguntada.

— Papai — sussurrou ela, o mais suavemente que conseguiu —, o que aconteceu com a minha mãe?

Ele recuou.

— Ela não foi simplesmente embora. Foi?

O pai olhou para Serilda. O rosto dele estava vermelho, a barba úmida. Ele a encarou com olhos assombrados.

— Papai... ela foi... levada pela caçada? — Ela segurou a mão do pai com mais força.

Ele virou o rosto, sua expressão arrasada.

Isso bastou como resposta.

Serilda inspirou tremulamente, pensando na história que contara a Leyna como pagamento pelo café da manhã havia pouco tempo.

Minha mãe foi levada pelo Erlking. Atraída pela caçada selvagem.

— Ela sempre teve um espírito aventureiro — contou o pai, surpreendendo-a. Ele não olhou para ela. Com uma fungada, recolheu uma das mãos e passou no nariz. — Ela era igual a você nesse sentido. Imprudente. Sem medo de nada. Me lembrava fogo-fátuo, brilhando como uma estrela por onde quer que fosse, sempre disparando pela cidade, mal parando para recuperar o fôlego. Nos festivais, ela dançava e dançava... e nunca parava de rir. — Ele olhou de relance para Serilda com olhos lacrimosos, e por um momento ela viu o amor que perdurava ali. — Ela era tão maravilhosa. Cabelo escuro, como o seu. Covinhas quando sorria de um jeito especial. Tinha o dente da frente lascado. — Ele deu uma risada, recordando. — Aconteceu quando era pequena. Ela era destemida. E sei que me amava. Nunca duvidei disso. Mas...

Serilda esperou que ele continuasse. Por uma longa pausa, só se ouviu o estalo da lenha no fogo.

— Papai? — instigou ela.

Ele engoliu em seco.

— Ela não queria ficar aqui para sempre. Falava sobre viajar. Queria conhecer Verene, queria... atravessar o oceano de navio. Queria ver de tudo. E acho que sabia, nós dois sabíamos, que essa vida não era para mim. — Ele se recostou na cadeira, o olhar perdido nas chamas. — Eu não devia ter feito o desejo. De me casar com aquela garota linda, selvagem, para começar uma família com ela. Estávamos apaixonados, e na época pensei que ela também fosse querer isso. Mas, olhando para trás agora, vejo como a estava prendendo aqui.

O desejo. Os nervos de Serilda formigaram.

Era *verdade*. A Lua Interminável, o deus antigo, a besta ferida. Acontecera mesmo.

Serilda era verdadeiramente amaldiçoada.

— Ela tentou ser feliz. Sei que sim. Vivemos quase três anos nesta casa. Ela criou um jardim, plantou aquela aveleira. — Ele gesticulou distraidamente para a frente da casa. — Gostava de trabalhar comigo no moinho às vezes. Dizia que qualquer coisa era melhor do que bordar e... — um sorriso hesitante brotou em seus lábios ao olhar de volta para Serilda — fiar. Ela odiava fiar tanto quanto você.

Serilda sorriu de volta, por mais que seus olhos também começassem a se encher de lágrimas. Era um comentário simples, mas parecia um presente especial.

A expressão dele se fechou, mas ele não desviou o olhar da filha.

— Mas ela não era feliz. Ela nos amava... nunca duvide disso, Serilda. Ela amava *você*. Sei que teria feito de tudo para ficar, para vê-la crescer. Mas quando... — Sua voz ficou rouca e ele apertou as mãos dela com mais força. — Quando a caçada chamou...

Ele fechou os olhos.

Não precisava terminar. Serilda já ouvira histórias o bastante. Passara a vida inteira ouvindo as histórias.

Adultos e crianças deixando a segurança de suas casas no meio da noite, usando nada além de suas roupas de dormir, sem se preocupar com os calçados. Às vezes eles eram encontrados. Às vezes ainda estavam vivos.

Às vezes.

Por mais que suas lembranças pudessem ser obscuras, quase oníricas, não costumavam ser dignas de pesadelos. Os sobreviventes falavam de uma noite correndo atrás dos cães. Dançando na mata. Bebendo néctar doce de uma corneta de caça sob a luz prateada da lua.

— Ela foi com eles — sussurrou Serilda.

— Acho que não conseguiu resistir.

— Papai? Ela foi... Chegaram a encontrá-la?

Serilda não conseguiu se forçar a dizer *o corpo dela*, mas ele entendeu. Balançou a cabeça.

— Nunca.

Ela exalou, sem saber se era a resposta que queria ou não.

— Eu soube o que aconteceu no momento em que acordei. Você era tão pequena na época, costumava se aconchegar entre nós dois durante a noite. Toda manhã eu me sentava e passava um momento sorrindo para você e sua mãe, profundamente adormecidas, enroladas nos cobertores, minhas duas maiores preciosidades. Eu pensava em como tinha sorte. Mas no dia seguinte à Lua do Luto, ela desapareceu. E eu soube. Eu simplesmente soube. — Ele pigarreou. — Talvez eu devesse ter te contado isso há muito tempo, mas não queria que pensasse que ela foi embora por opção. Dizem que é como um canto de sereia para aqueles com almas inquietas, para aqueles que anseiam por liberdade. Mas se ela estivesse acordada, se estivesse consciente, ela nunca a teria deixado. Precisa acreditar nisso.

Serilda assentiu, mas não sabia quanto tempo levaria para compreender completamente tudo o que o pai lhe contava.

— Depois disso, foi mais fácil dizer às pessoas que ela tinha ido embora. Pegado alguns objetos de valor e desaparecido. Eu não queria contar ao resto do vilarejo sobre a caçada, apesar de que, por causa do momento em que aconteceu, tenho certeza de que alguns adivinharam a verdade. Ainda assim. Com você e seus... seus olhos, já havia desconfiança o bastante, e com todas as histórias da caçada e das ações terríveis do Erlking, eu não queria que você crescesse pensando no que podia ter acontecido com ela. Era mais fácil, pensei, imaginá-la em uma aventura em algum lugar. Feliz, onde quer que estivesse.

Os pensamentos de Serilda reviravam com perguntas sem respostas; uma acima de todas. Ela estivera atrás do véu. Vira os caçadores, os sombrios, os fantasmas que o rei mantinha como servos. Seu coração ribombava enquanto cravava os dedos no pulso do pai.

— Papai. Se ela nunca foi encontrada... e se ela ainda estiver lá?

A mandíbula dele se contraiu.

— O quê?

— E se o Erlking tiver ficado com ela? Há fantasmas por todo aquele castelo. Ela poderia ser um deles, presa atrás do véu.

— Não — disse ele ferozmente, se pondo de pé. Serilda fez o mesmo, com a pulsação acelerada. — Sei o que está pensando, e não permitirei. Não deixarei aquele monstro levá-la de novo. Não perderei você também!

Ela engoliu em seco, dividida. Em poucos momentos, sentiu um anseio brotar dentro de si. A necessidade de voltar ao castelo, de descobrir a verdade sobre o que acontecera com a mãe.

Mas esse desejo era abafado pelo pavor nos olhos do pai. Seu rosto vermelho, seus punhos trêmulos.

— Que escolha eu tenho? — perguntou ela. — Se ele me chamar, terei que ir. Senão ele matará nós dois.

— E é por isso que precisamos ir embora.

Ela inspirou bruscamente.

— Ir embora?

— Eu só pensei nisso desde que você foi levada, ontem à noite. Quer dizer, quando eu conseguia me impedir de imaginar seu corpo largado na estrada, morto.

Ela estremeceu.

— Papai...

— Iremos para bem longe do Bosque Aschen. Para algum lugar onde você será deixada em paz. Podemos seguir para o sul, até Verene, se precisarmos. A caçada costuma ficar nas estradas rurais. É bem possível que eles não se aventurem na cidade grande.

Uma risada sem humor escapou dos lábios de Serilda.

— E o que você faria na cidade, sem o moinho?

— Arrumaria um emprego. Nós dois arrumaríamos.

Ela ficou boquiaberta, embasbacada ao ver que o pai falava sério. Ele pretendia abandonar o moinho, a casa deles.

— Temos até a Lua do Corvo para fazermos os preparativos — continuou ele. — Venderemos o que pudermos e viajaremos com pouco. Nos camuflaremos na cidade. Depois de tempo suficiente, podemos pensar em seguir mais adiante, talvez para Ottelien. Conforme formos chegando mais longe, perguntaremos que histórias as pessoas contam sobre o Rei dos Antigos e a caçada selvagem, então saberemos quando não estivermos mais nos domínios dele. Até ele tem um limite do quão longe pode viajar.

— Não sei bem se isso é verdade — disse ela, pensando na serpe rubinrot no salão principal do castelo, que supostamente fora caçada em Lysreich. — Além disso, pai... eu vi alguns nachtkrapp.

Ele ficou tenso.

— O quê?

— Acho que estão me observando para ele. Se pensarem que estou tentando ir embora, não sei o que farão.

Ele franziu a testa.

— Precisaremos tomar muito cuidado, então. Fazer parecer que só estamos partindo temporariamente. Não atrair suspeitas. — Ele refletiu por um longo momento. — Podemos ir a Mondbrück. Fingir que temos negócios por lá. Ficar numa boa pousada por algumas noites, então, quando a lua cheia chegar, saímos de fininho. Buscamos refúgio num... celeiro ou estábulo. Em alguns lugares, as pessoas colocam cera nos ouvidos para bloquear o chamado da corneta. Tentaremos fazer isso. Então, mesmo que a caçada passe perto, não escutemos o chamado.

Ela assentiu lentamente. Seus pensamentos se enchiam de dúvidas. Alertas do cocheiro. Imagens de um gato brincando com um rato.

Mas Serilda tinha pouquíssimas opções. Se continuasse sendo chamada ao castelo, o Erlking acabaria descobrindo suas mentiras e a mataria.

— Está bem — sussurrou ela. — Contaremos aos vizinhos sobre a nossa viagem iminente a Mondbrück, e, sem dúvida, a informação também chegará aos espiões dele. Vou me certificar de ser bem convincente.

Ele a abraçou, apertando com força.

— Vai dar certo — disse ele, sua voz carregada de desespero. — Afinal, ele não pode convocá-la se não a encontrar.

CAPÍTULO

Dezoito

O SONHO FOI UM ESPETÁCULO DE PEDRAS PRECIOSAS, CETIM E HIDROmel. Uma festa dourada, uma grande celebração, faíscas no ar, lampiões pendurados nas árvores, trilhas cobertas de margaridas. Risadas ecoando por um jardim luxuoso cercado pelos muros altos de um castelo que reluzia com tochas alegres. Uma ocasião festiva, brilhante, extravagante e luminosa.

Uma festa de aniversário. Uma celebração real. Uma jovem princesa nos degraus, adornada em seda e com um sorriso radiante, segurando um presente em cada braço.

Então, uma sombra.

Ouro derreteu, fluindo entre as rachaduras na pedra, se derramando pelo portão, até que enchesse o fundo do lago.

Não. Não era ouro coisa nenhuma, era sangue.

Os olhos de Serilda se abriram de repente, um arquejo tomou sua boca. Ela se sentou e levou a mão ao peito, sentindo uma pressão. Algo a pressionava para baixo, expulsando a vida de seu corpo.

Seus dedos só encontraram a camisola, úmida de suor.

O sonho tentou se agarrar a ela — dedos enevoados esboçando a cena macabra —, mas a lembrança já se dissipava. Serilda olhou ao redor, procurando a sombra, mas nem sabia o que procurava. Um monstro? Um rei? Só o que lembrava era a sensação de pavor, de saber que algo horrível acontecera e ela não podia fazer nada para impedir.

Ela precisou de um bom tempo para acreditar que não fora real. Afundou de volta no colchão de palha com um suspiro trêmulo.

A porta estava cercada de luz matinal, as noites ficando mais curtas com a aproximação da primavera. Dava para ouvir a neve derretida pingando consistentemente do telhado. Logo não haveria mais nenhuma. A vegetação brotaria, verde e vibrante pelos campos. As flores desabrochariam em direção ao céu. Os corvos se reuniriam em grandes bandos, ansiosos para ciscar insetos na terra, explicando por que a última lua do inverno era chamada de Lua do Corvo. Não tinha nada a ver com bestas esfarrapadas sem olhos. Ainda assim, Serilda passara o mês inteiro ansiosa, se assustando com qualquer grasnido. Encarando qualquer pássaro preto com suspeita, como se todas as criaturas do céu fossem espiãs do Erlking.

Mas não vira mais nenhum nachtkrapp.

Não ousava torcer para que o rei a tivesse esquecido. Talvez o que ele quisesse não fosse ouro, mas vingança contra a garota que ele acreditava o ter privado de sua presa. Agora que acreditava saber a suposta verdade sobre a habilidade de Serilda, talvez ele não tivesse utilidade para ela. Talvez a deixasse em paz.

Ou talvez não.

Ele ainda poderia voltar para buscá-la a cada lua cheia até que estivesse satisfeito.

Ele poderia nunca ficar satisfeito. A incerteza era a pior parte. Ela e o pai tinham feito seus planos, e ela sabia que ele não mudaria de ideia, mesmo que pudessem estar fugindo por nada. Virando a vida de cabeça para baixo, buscando refúgio numa cidade desconhecida, por *nada*.

Com um suspiro, ela se levantou da cama e começou a se vestir. O pai não estava em seu quarto; vinha saindo cedo toda manhã na última semana, percorrendo com Zelig a trilha até Mondbrück. Ele odiava deixá-la sozinha com tanta frequência, mas Serilda insistia que era a melhor forma de tornar o estratagema deles mais crível. Fazia sentido que ele continuasse seu trabalho na prefeitura até que fosse necessário no moinho de novo. Em breve, a neve derreteria nas montanhas e o Sorge correria com força o bastante para ativar o moinho de água para girar as mós e triturar o trigo do inverno que seria colhido nos meses seguintes.

Também lhe dava amplas oportunidades de trazer para casa novidades sobre a próxima feira de primavera. Serilda passara o mês todo dizendo a quem quisesse ouvir que se juntaria ao pai em Mondbrück por alguns dias para que pudessem aproveitar as festividades de abertura da estação. Eles voltariam depois da Lua do Corvo.

Essa era a história deles. Se chegou a ser ouvida pelos espiões do Erlking, ela não tinha como saber.

Ninguém de Märchenfeld pareceu dar muita importância, por mais que as crianças tenham expressado um bocado de ciúmes e exigido que ela trouxesse um presente para cada, ou ao menos alguns doces. Partiu o coração dela prometer que faria isso, sabendo que não cumpriria a promessa.

No meio-tempo, seu pai assumiu a responsabilidade de vender discretamente muitos de seus pertences durante suas viagens à cidade maior. Sua casa, que já era pouco preenchida antes, agora estava realmente vazia. Eles levariam poucas bagagens, enchendo uma única carroça que poderia ser puxada por Zelig, e torceriam para que o cavalo velho ainda tivesse energia o bastante nos ossos para levá-los a Verene depois da lua cheia. De lá, o pai contrataria um procurador para cuidar da venda do moinho a distância, e, com o rendimento, eles trabalhariam para estabelecer uma nova vida.

Com isso, restavam apenas algumas pequenas tarefas para Serilda e uma que passara o último mês inteiro adiando.

Ela juntou uma pilha de livros e posicionou-a caprichosamente dentro de uma cesta. Passou levemente a mão pelo exemplar que a bibliotecária de Adalheid lhe dera e foi tomada por outra onda de culpa. Ela provavelmente não deveria ter aceitado, para começo de conversa, mesmo que Frieda tenha parecido tão ansiosa para entregá-lo a ela. Não tinha nenhuma real intenção de lê-lo. A história da indústria e agricultura daquela área não chegava nem perto de interessá-la tanto quanto a história das fadas e dos monstros, e uma rápida folheada a levou a acreditar que o autor incluíra pouco sobre os mistérios do Bosque Aschen.

Talvez devesse doá-lo para a escola?

Depois de um momento de longa hesitação, ela o colocou na cesta e saiu pela porta.

Sequer passara pelos galhos ainda sem folhas da aveleira quando ouviu um assobio. Ao erguer os olhos para a estrada, viu uma figura andando em sua direção. Uma juba de cabelo preto cacheado e pele bronzeada quase dourada à luz da manhã.

Ela ficou imóvel.

Conseguira evitar Thomas Lindbeck até então. Ele só viera ao moinho algumas vezes para limpar o chão e lubrificar as engrenagens, se certificando de que tudo estivesse pronto para a estação mais agitada, e ela normalmente dava aula na escola nesses dias. Com todo o resto acontecendo, Serilda não pensara muito nele, por mais que seu pai tivesse comentado algumas vezes como eles tinham sorte de Thomas ficar trabalhando no moinho enquanto estivessem fora. Atrasaria as suspeitas quando eles não voltassem depois da Lua do Corvo e os fazendeiros começassem a chegar com grãos para serem moídos.

Thomas estava prestes a sair da estrada e seguir para o moinho do outro lado da casa quando a avistou e vacilou. Seu assobio parou de repente.

O momento foi terrivelmente constrangedor, mas, felizmente, curto.

Limpando a garganta, o rapaz pareceu reunir coragem antes de voltar a olhar para Serilda. Bem, não para *ela* exatamente. Mais... para o céu logo acima de sua cabeça. Algumas pessoas faziam isso. Por acharem desconfortável demais olhá-la diretamente nos olhos, buscavam outra coisa para focar, como se ela não percebesse a diferença.

— Bom dia, srta. Serilda — disse ele, tirando a boina.

— Thomas.

— Está a caminho da escola?

— Estou — respondeu ela, segurando a alça da cesta com mais força. — Sinto dizer que desencontrou do meu pai. Ele já partiu para Mondbrück.

— Não falta muito para ele terminar o trabalho por lá, falta? — Ele apontou com a cabeça para o rio. — A correnteza está acelerando. Imagino que o moinho entre em plena atividade em breve.

— Sim, mas o trabalho na prefeitura tem sido uma bênção para nós, e acho que ele não gostaria de desistir antes de terminá-lo. — Ela inclinou a cabeça. — Você está com receio de precisar cuidar do moinho sozinho, caso ele não volte a tempo?

— Que nada, acho que dou conta — disse Thomas, erguendo um dos ombros. Finalmente fazendo contato visual com ela. — Ele me ensinou direitinho. Ao menos desde que nada quebre.

Ele abriu um sorriso, mostrando as covinhas que já tinham sido capazes de deixar suas pernas bambas.

Reconhecendo a oferta de paz, Serilda retribuiu com um sorriso fraco. Thomas era o único garoto de Märchenfeld que ela um dia já pensara... *talvez*. Não era o mais bonito do vilarejo, mas era um dos poucos que não se esquivavam do olhar dela. Não naquela época. Houve um tempo em que eles foram amigos. Thomas até a chamara para dançar uma vez no festival do Dia de Eostrig, e Serilda tivera certeza de que estava se apaixonando perdidamente por ele.

Ela tivera certeza de que ele se sentia da mesma forma.

Mas, na manhã seguinte, um dos portões da fazenda Lindbeck foi encontrado destrancado. Lobos haviam pegado duas de suas cabras, e várias galinhas tinham fugido ou sido levadas pela matilha. Não fora um desafio difícil para os Lindbeck superarem; eles tinham bastante gado. Mas ainda assim. Todo o vilarejo interpretara o acontecimento como um azar terrível causado pela garota amaldiçoada em seu convívio.

Depois disso, ele passou a mal olhar para ela e a dar desculpas apressadas para se retirar sempre que ela estava por perto.

Agora, Serilda se arrependia de ter derramado tantas lágrimas por ele, mas, na época, ficara devastada.

— Ouvi dizer que você pretende pedir a mão de Bluma Rask.

Ela ficou surpresa ao ouvir a frase escapar de sua boca.

Ainda mais surpresa com o total desprezo em sua voz.

As bochechas de Thomas coraram enquanto suas mãos torciam e retorciam brutalmente a boina.

— Eu... sim. Pretendo — disse ele com cuidado. — Esse verão, espero.

Ela ficou tentada a perguntar por quanto tempo ele planejava trabalhar como aprendiz do pai dela e se pretendia tomar o moinho um dia. Os Lindbeck possuíam uma bela quantidade de terras agrícolas, mas Thomas tinha três irmãos mais velhos que as herdariam antes dele. Era provável que ele, Hans e seus outros irmãos tivessem que descobrir como se virar sozinhos se quisessem sustentar a própria família. Se Thomas juntasse dinheiro o bastante, talvez até se interessasse em comprar o moinho. Ela o imaginou com sua amada, morando ali, na casa onde ela crescera.

Seu estômago se embrulhou com o pensamento. Mas não por ciúmes da futura noiva de Thomas. Na verdade, ela teve ciúmes do bando de crianças cujas risadas poderiam se propagar por esses campos. Elas brincariam no rio dela, escalariam a aveleira da mãe dela.

Serilda sempre fora tão feliz ali, mesmo que fossem apenas ela e o pai. Era uma casa maravilhosa para uma família.

Mas e daí? Ela precisava dizer adeus. Eles nunca estariam em segurança ali. Nunca poderiam voltar.

Ela balançou positivamente a cabeça, o sorriso voltando um pouco menos forçado.

— Fico muito feliz por vocês.

— Obrigado — disse ele com uma risadinha desconfortável. — Mas eu ainda não falei com ela.

— Não contarei a ninguém.

Serilda se despediu e seguiu pela estrada, se perguntando quando exatamente deixara de estar apaixonada por Thomas Lindbeck. Ela não se lembrava de sentir o coração se curando, mas parecia óbvio que isso acontecera.

Ao caminhar, ela notou que Märchenfeld parecia começar a despertar de um longo cochilo. A neve derretia, as flores brotavam e a primavera logo seria anunciada pelo Dia de Eostrig, uma das maiores celebrações do ano. O festival acontecia no equinócio, que só seria dali a mais de três semanas, mas havia muito a ser feito e todo mundo tinha um trabalho, que variava de preparar comida e vinho para o banquete a varrer os resquícios das nevascas dos paralelepípedos da praça da cidade. O equinócio era uma época simbólica, um lembrete de que o inverno fora novamente vencido pela luz do sol e pelo renascimento, que a vida voltaria, que as safras seriam abundantes — a não ser que não fossem, mas essa seria preocupação para outro dia. A primavera era uma época de esperança.

Mas, esse ano, a mente de Serilda perdurava em pensamentos sombrios. A conversa com o pai lançava uma sombra sobre tudo o que ela fazia nesse último mês.

Sua mãe, que ansiava por liberdade, fora atraída pela caçada e nunca mais vista. Serilda vira muitos fantasmas no Castelo Adalheid. Será que a mãe poderia estar entre eles? Será que estava morta? Será que o Erlking ficara com o espírito dela?

Ou... outro pensamento, um que a fazia se sentir vazia por dentro.

E se a mãe dela não tivesse sido morta? E se tivesse acordado no dia seguinte, largada em algum ponto selvagem do país... e simplesmente escolhido não voltar para casa?

As perguntas rodeavam incessantemente sua cabeça, obscurecendo o que poderia ter sido um passeio agradável. Pelo menos ela não avistou um único corvo sem olhos.

Anna e os gêmeos estavam na frente da escola, esperando Hans e Gerdrut chegarem antes de entrarem e começarem suas aulas.

— Srta. Serilda! — exclamou Anna alegremente ao vê-la. — Eu venho praticando! Olha!

Antes que Serilda conseguisse responder, Anna estava de cabeça para baixo, plantando bananeira. Ela conseguiu dar três passos com as mãos antes de baixar os pés de volta ao chão.

— Excelente! — disse Serilda. — Dá para ver que você vem se esforçando bastante.

— Não ouse encorajar essa criança — retrucou Madame Sauer da porta. Sua aparição era como um sopro num lampião; extinguia toda a luz do grupo. — Se ela passar mais tempo de cabeça para baixo, vai virar um morcego. E não é coisa de moça fazer, srta. Anna. Todo mundo vê suas calçolas quando você faz isso.

— E daí? — respondeu Anna, ajeitando o vestido. — Todo mundo vê as calçolas de Alvie o tempo todo. — Alvie era seu irmãozinho bebê.

— Não é a mesma coisa — retrucou a diretora da escola. — Você precisa aprender a agir com decoro e graciosidade. — Ela ergueu um dedo. — E vai parar quieta durante a aula de hoje ou vou mandar alguém amarrá-la na cadeira, entendeu bem?

Anna fez bico.

— Sim, Madame Sauer.

Mas, assim que a bruxa velha voltou para dentro da escola, ela fez uma careta que provocou uma gargalha em Fricz.

— Aposto que Madame Sauer está com inveja — disse Nickel com um sorrisinho. — Ela que gostaria de ser um morcego, não acha?

Anna abriu um sorriso agradecido para ele.

Madame Sauer estava diante do fogão no canto da escola, adicionando turfa ao fogo, quando Serilda entrou. Apesar da primavera no horizonte, o mundo continuava frio, e os alunos já tinham dificuldade em se concentrar nas aulas de matemática mesmo quando seus dedos dos pés *não estavam* dormentes dentro dos sapatos.

— Bom dia — cantarolou Serilda, pretendendo começar a conversa com animação antes que ela fosse conspurcada pelo humor constantemente azedo de Madame Sauer.

A professora lançou um olhar ranzinza para ela, espiando a cesta em seus braços.

— O que é isso?

Serilda franziu a testa.

— Unha de pé de víbora — disse ela, impassível. — Tome três ao nascer do sol para ajudar a melhorar o mau humor. Pensei em trazer um estoque para a senhora.

Ela apoiou a cesta na mesa da professora com um baque pesado.

Madame Sauer olhou feio para ela, suas bochechas enrubescendo com o insulto.

Serilda suspirou, sentindo uma pontadinha de culpa. Ela podia se sentir péssima em deixar as crianças à mercê de suas aulas entediantes e expectativas rigorosas, mas isso não significava que precisava passar seus últimos dias tentando ofender a bruxa.

— Estou devolvendo alguns livros que peguei emprestado da escola — explicou, pegando os tomos; em sua maioria compêndios de contos folclóricos, mitos e histórias de terras distantes. Eles recebiam pouca apreciação na escola, e Serilda não queria realmente devolvê-los, mas livros eram pesados e Zelig era velho, e eles não pertenciam a ela.

Era hora de desmentir as suspeitas de Madame Sauer de que ela era uma ladra.

Madame Sauer estreitou os olhos para os livros.

— Esses livros estão sumidos há anos.

Ela deu de ombros de maneira arrependida.

— Espero que não tenha sentido muito a falta deles. Os contos de fada em particular não pareciam se encaixar com o resto do seu currículo.

Com um muxoxo de desdém, Madame Sauer deu um passo para a frente e pegou o livro que ela ganhara da bibliotecária em Adalheid.

— Este não é meu.

— Não — confirmou Serilda. — Eu o ganhei recentemente, mas pensei que a senhora poderia aproveitá-lo melhor.

— Você o roubou?

Serilda tensionou a mandíbula.

— Não — respondeu lentamente. — É claro que não. Mas, se não o quiser, eu o pego de volta com todo prazer.

Madame Sauer grunhiu e virou delicadamente algumas das páginas frágeis.

— Está bem — falou bruscamente, enfim, fechando o livro com força. — Guarde-os na prateleira.

Ao voltar à fogueira, Serilda não conseguiu resistir a imitar Anna e fazer uma careta pelas costas dela. Juntou os livros e os carregou para a prateleirinha.

— Nem sei por que sequer mantive alguns desses — murmurou a bruxa. — Sei que existem acadêmicos que veem valor em velhos contos, mas, na minha opinião, eles são um veneno para mentes jovens.

— A senhora não pode estar falando sério — disse Serilda, por mais que tivesse bastante certeza de que ela estava. — Um conto de fadas de vez em quando não faz mal nenhum. Incentiva a imaginação e o pensamento inteligente, além das boas maneiras. Nunca são os personagens cruéis e gananciosos que vivem felizes para sempre. Só os bons.

Madame Sauer esticou as costas e fixou um olhar sombrio nela.

— Ah, verdade, algumas dessas bobajadas podem até ter a intenção de assustar crianças e fazê-las se comportarem bem, mas, na minha experiência, são bem ineficazes. Só consequências reais podem melhorar a aptidão moral de uma criança.

Serilda cerrou os punhos, pensando no galho de salgueiro que golpeara o dorso de suas mãos tantas vezes quando Madame Sauer tentava puni-la por suas mentiras.

— Até onde sei — continuou a bruxa —, a única coisa que essas histórias sem sentido fazem é encorajar almas inocentes a fugir e se juntar ao povo da floresta.

— Melhor do que querer fugir e se juntar aos sombrios — retrucou Serilda.

Uma sombra obscureceu o rosto de Madame Sauer, aprofundando as rugas ao redor de sua boca franzida.

— Ouvi falar de sua última mentira. Carregada para o castelo do Erlking, não foi? Sobreviveu para contar a história? — Ela fez um estalo alto com a língua, balançando a cabeça. — Você está convidando desgraça para sua porta com essas histórias. Eu te aconselharia a ter cautela. — Ela bufou. — Não que você já tenha me dado ouvidos alguma vez.

Serilda mordeu o lábio, desejando poder contar à bruxa velha que era tarde demais para cautela. Ela deu mais uma olhada na capa do livro que a bibliotecária lhe dera antes de colocá-lo na prateleira ao lado dos outros tomos de história.

— Suponho que também tenha ouvido que irei a Mondbrück em alguns dias — falou ela, tentada a dizer que iria embora para nunca mais voltar. — Eu e meu pai vamos ver a feira da primavera.

Madame Sauer ergueu uma sobrancelha.

— Vocês estarão fora durante a Lua do Corvo?

— Sim — respondeu ela, tentando manter a voz firme. — Algum problema?

A professora sustentou seu olhar por um longo momento, analisando-a. Até finalmente se virar.

— Não, desde que ajude as crianças com os preparativos para o Dia de Eostrig antes de ir. Não tenho nem tempo nem paciência para essas frivolidades.

CAPÍTULO

Dezenove

SEU CORAÇÃO DOÍA QUANDO ELA PENSAVA NO QUANTO SENTIRIA SAUdade das crianças. Serilda tinha todos os motivos para acreditar que seria ainda mais excluída quando chegasse à cidade grande — uma estranha com olhos profanos —, e temia a inevitável solidão. Sim, ela teria o pai, e torcia para em algum momento conseguir um emprego e até fazer amigos. Com certeza tentaria conquistar o povo de Verene, ou de onde quer que eles fossem parar. Talvez, se ela embelezasse a história de sua bênção divina da maneira certa, conseguisse até convencer as pessoas de que era um presságio de boa fortuna. Ela poderia ser bem popular se as pessoas a vissem como um amuleto de sorte.

Mas nada disso abrandava sua tristeza.

Serilda sentiria uma saudade desesperada daquelas cinco crianças, com sua honestidade, sua risada, sua adoração genuína uma pela outra.

Sentiria saudade de lhes contar histórias.

E se as pessoas de Verene não gostassem de histórias?

Seria terrível.

— Serilda?

Ela ergueu a cabeça de repente, despertada em um susto do labirinto de pensamentos no qual vivia tão frequentemente perdida nos últimos dias.

— Perdão?

— Você parou de ler — informou Hans, pegando um pincel.

— Ah. Ah, certo. Me desculpe. Eu... me distraí.

Ela baixou o olhar para o livro que Madame Sauer lhe entregara, insistindo para que as crianças ouvissem os primeiros cinco capítulos antes de serem liberadas para a tarde. *Verdades da filosofia como encontradas no mundo natural.*

Eles haviam avançado vinte páginas até agora.

Vinte páginas densas, chatas, atrozes.

— Hans, por que você chamou a atenção dela para isso? — disse Fricz. — Prefiro aguentar o silêncio a outro parágrafo desse livro.

— Fricz, preferindo o silêncio? — falou Anna. — Isso não é pouca coisa. Pode me passar a palha, por favor?

Palha. Serilda observou enquanto Nickel entregava alguns punhados a Anna, que continuou a enfiá-los numa grande boneca de pano estendida na rua de paralelepípedo.

Serilda fechou o livro e se inclinou para a frente a fim de inspecionar o trabalho deles. Para o Dia de Eostrig, as crianças da escola tradicionalmente recebiam a tarefa de fazer as efígies que simbolizavam os sete deuses no festival. Nos últimos dois dias, eles tinham terminado os três primeiros: Eostrig, deus da primavera e da fertilidade; Tyrr, deus da guerra e da caça; e Solvilde, deus do céu e do mar. Agora estavam trabalhando em Velos, que era o deus da morte, mas também da sabedoria.

Apesar de que, no estágio em que estava, não parecia bem o deus de coisa nenhuma. Só um monte de sacos de grãos recheados com folhas e palha e amarrados uns aos outros para lembrar um corpo. Mas já começava a tomar forma, com galhos formando as pernas e botões, os olhos.

No dia do festival, as sete figuras seriam desfiladas pela cidade e enfeitadas com dentes-de-leão e qualquer florzinha que pudesse ser encontrada pelo caminho. Então elas seriam postas de pé ao redor da tília da praça, onde poderiam zelar pelo banquete e pelas danças enquanto oferendas de doces e ervas eram postas aos seus pés.

Na teoria, a cerimônia tinha o objetivo de garantir uma boa colheita, mas Serilda já passara por colheitas frustradas o suficiente para saber que os deuses provavelmente não estavam prestando tanta atenção. Havia muitas superstições associadas ao equinócio, e ela depositava pouca confiança em qualquer uma delas. Duvidava que tocar Velos com a mão esquerda traria pragas ao lar no ano seguinte, ou que dar uma prímula a Eostrig, com suas pétalas em formato de coração e miolos amarelo-sol, propiciaria um útero fértil mais tarde.

Ela já fazia o máximo para ignorar os comentários murmurados que se proliferavam nessa época do ano, seguindo-a aonde quer que fosse. Pessoas resmungando sobre como a filha do moleiro não deveria ser permitida no festival. Como sua presença traria azar. Algumas pessoas eram corajosas o bastante, ou grosseiras o bastante, para dizer isso na cara dela, sempre com uma preocupação levemente velada. *Não seria bom aproveitar a noite em casa, Serilda? Melhor para você e para o vilarejo...*

Mas a maioria só falava dela pelas costas, comentando como ela estivera no festival três anos antes e fora um verão cheio de secas.

E naquele ano terrível quando tinha apenas sete anos, uma doença veio e matou quase metade do gado do vilarejo no mês seguinte.

Não importava que houvesse vários anos em que Serilda comparecera ao festival sem consequências.

Ela tentou ao máximo ignorar os murmúrios, como seu pai lhe dissera para fazer desde criança, como ela fizera a vida toda. Mas estava ficando mais difícil ignorar as antigas superstições nos últimos dias.

E se ela realmente fosse uma precursora de azares?

— Vocês estão fazendo um trabalho maravilhoso — elogiou ela, inspecionando os botões que Nickel costurara no rosto; um olho preto, outro marrom. — O que aconteceu aqui? — Apontou para um ponto na bochecha do deus onde o tecido fora cortado e costurado novamente com linha preta.

— É uma cicatriz — respondeu Fricz, jogando o cabelo loiro para trás. — Imaginei que o deus da morte provavelmente já esteve em algumas boas brigas. Precisa parecer durão.

— Tem mais fita? — perguntou Nickel, que tentava fazer uma capa para o deus basicamente usando retalhos de toalhas.

— Eu tenho gorgorão — disse Anna, entregando o tecido para ele —, mas esse é o último pedaço.

— Vou dar um jeito.

— Gerdy, não! — disse Hans, arrancando um pincel da mão da menininha. Ela levantou a cabeça com os olhos arregalados.

No rosto do deus, havia agora uma mancha vermelho-escura; uma boca borrada.

— Agora parece uma garota — argumentou Hans, ríspido.

Gerdrut ficou vermelha sob as sardas; envergonhada e confusa. Ela se virou para Serilda.

— Velos é menino?

— Pode ser, se quiser — disse Serilda. — Mas às vezes pode querer ser menina. Às vezes um deus pode ser tanto menino quanto menina... e, às vezes, nenhum dos dois.

Gerdrut franziu mais a testa, e Serilda percebeu que não ajudara muito. Ela deu uma risadinha.

— Pense assim: nós, mortais, colocamos limitações em nós mesmos. Pensamos: Hans é menino, então precisa trabalhar no campo. Anna é menina, então precisa aprender a fiar.

Anna soltou um grunhido de desgosto.

— Mas, se você fosse um deus — continuou Serilda —, você se limitaria? Claro que não. Você poderia ser o que quisesse.

Ao ouvir isso, parte da confusão se dissipou do rosto de Gerdrut.

— Eu quero aprender a fiar — disse ela. — Acho que parece divertido.

— Você diz isso agora — murmurou Anna.

— Não há nada de errado em aprender a fiar — argumentou Serilda. — Muitas pessoas gostam. Mas não deveria ser um trabalho só para as meninas, deveria? Na verdade, o melhor fiandeiro que eu conheço é um garoto.

— Sério? — perguntou Anna. — Quem?

Serilda ficou tentada a lhes contar. Ela contara muitas histórias nas últimas semanas sobre suas aventuras no castelo assombrado, muitas delas mais fictícias do que verdadeiras, mas evitara contar sobre Áureo e sua habilidade de fiar ouro. De alguma forma, parecia um segredo precioso demais.

— Vocês não o conhecem — respondeu ela, enfim. — Ele mora em outra cidade.

Deve ter sido uma resposta bem sem graça, pois eles não insistiram por mais detalhes.

— Acho que eu poderia ser um bom fiandeiro.

A declaração, tão baixinha, quase passou despercebida. Serilda precisou de um momento para notar que fora Nickel quem a pronunciara, com a cabeça baixa enquanto fazia pontos perfeitamente precisos na capa.

Fricz encarou o gêmeo, momentaneamente perplexo. Serilda já estava tensa, pronta para ir em defesa de Nickel caso Fricz fizesse qualquer comentário implicante que lhe viesse à cabeça primeiro.

Mas ele não implicou. Em vez disso, só abriu aquele sorrisinho torto e disse:

— Também acho que você seria muito bom nisso. Ao menos... seria bem melhor do que a Anna!

Serilda revirou os olhos.

— Então, o que eu faço sobre essa boca? — perguntou Hans, as sobrancelhas escuras franzidas.

Todos pararam e encararam o rosto da efígie.

— Eu gosto — disse Anna primeiro, fazendo Gerdrut sorrir de orelha a orelha.

— Eu também — concordou Serilda. — Com esses lábios e essa cicatriz, acho que esse é o melhor deus da morte que Märchenfeld já teve.

Dando de ombros, Hans começou a misturar uma nova leva de têmpera de ovo.

— Precisa de mais raiz de garança? — perguntou Serilda.

— Acho que já tem o suficiente — disse ele, testando a consistência da tinta. Parecia quase travesso quando ergueu o olhar. — Mas eu sei o que você poderia fazer enquanto nós trabalhamos.

Ela ergueu uma sobrancelha, mas não precisou de explicação. Imediatamente, as crianças se animaram num coro encorajador de "*Isso, nos conte uma história!*".

— Shh! — disse Serilda, olhando para as portas abertas da escola às suas costas. — Vocês sabem o que Madame Sauer acha disso.

— Ela não está lá dentro — informou Fricz. — Ainda precisava colher um pouco de artemísia selvagem para a fogueira.

— É mesmo?

Fricz assentiu.

— Ela saiu logo que viemos aqui para fora.

— Ah, não notei — disse Serilda. Sem dúvidas, estava perdida em pensamentos de novo.

Ela considerou o apelo deles. Ultimamente, todas as suas histórias estrelavam ruínas, monstros dignos de pesadelos e reis inclementes. Cães flamejantes e uma princesa roubada. Por mais que as crianças tivessem ficado extasiadas com a maioria de seus contos, ela entreouvira Gerdrut dizendo que começara a ter pesadelos nos quais *ela* era sequestrada pelo Erlking, o que enchera Serilda de culpa.

Ela jurou que faria a próxima história mais alegre. Talvez até com um final feliz.

Mas o pensamento foi eclipsado por uma súbita tristeza.

Não haveria mais histórias depois dessa.

Ela olhou para os rostos ao redor, manchados com terra e tinta, e precisou trincar os dentes para impedir os olhos de se encherem de lágrimas.

— Serilda? — disse Gerdrut, com a voz baixa e preocupada. — O que houve?

— Nada — respondeu ela, depressa. — Deve ter caído pólen nos meus olhos.

As crianças trocaram olhares de dúvida, e até Serilda soube que tinha sido uma péssima mentira. Ela inspirou profundamente e se reclinou para trás sobre as mãos, virando o rosto para o sol.

— Já contei a vocês da vez em que encontrei um nachzehrer na estrada? Ele tinha acabado de sair do túmulo. Já havia devorado sua mortalha e a carne do braço direito, até os ossos. Assim que ele me viu, pensei em correr, mas então ele abriu a boca e soltou o mais apavorante...

— Não, para! — exclamou Gerdrut, cobrindo os ouvidos. — É assustador demais!

— Ah, vamos lá, Gerdrut — disse Hans, passando um braço sobre os ombros dela. — Não aconteceu de verdade.

— E como você sabe disso? — perguntou Serilda.

Hans soltou uma gargalhada.

— Nachzehrer não são reais! As pessoas não voltam dos mortos e saem por aí tentando comer os próprios parentes. Se fizessem isso, estaríamos todos... bem, mortos.

— Não é *todo mundo* que volta — afirmou Nickel com ar sábio. — Só as pessoas que morrem em acidentes terríveis, ou de doenças.

— Ou que se matam — adicionou Fricz. — Ouvi dizer que isso também pode transformar alguém em nachzehrer.

— Isso mesmo — confirmou Serilda. — E agora vocês sabem que *eu* já vi um, então é óbvio que eles são de verdade.

Hans balançou a cabeça.

— Quanto mais bizarra a história, mais você tenta nos convencer de que é mais do que só uma história.

— Essa é parte da graça — disse Fricz. — Então para de reclamar. Continua, Serilda. O que aconteceu?

— Não — pediu Gerdrut. — Uma história diferente. Por favor?

Serilda sorriu para ela.

— Tudo bem. Deixe-me pensar um pouco.

— Conta mais uma sobre o Erlking — sugeriu Anna. — Elas têm sido tão boas. Parece até que fui naquele castelo assustador com você.

— E essas histórias não são assustadoras demais para você, Gerdrut? — perguntou Serilda.

Gerdrut fez que não, por mais que estivesse um pouco pálida.

— Gosto de histórias de fantasmas.

— Muito bem, uma história de fantasmas, então.

A imaginação de Serilda já a transportara de volta ao castelo em Adalheid. Sua pulsação acelerou ao ouvir os gritos, o barulho das pegadas encharcadas de sangue.

— Uma vez, há muito tempo... — começou ela, a voz fraca e insegura, como frequentemente soava quando começava a explorar uma história, sem ter certeza de onde estava prestes a levá-la. — Havia um castelo sobre um lago azul-escuro. Nele viviam uma rainha bondosa e um rei gentil... e... seus dois filhos...

Ela franziu a testa. Normalmente, não demorava muito até que as histórias começassem a se desenrolar à sua frente. Os personagens, um cenário, e lá ia ela, correndo atrás da aventura o mais rápido que sua imaginação permitia.

Agora ela sentia como se sua imaginação a levasse direto para uma parede intransponível, com nenhuma indicação do que se encontrava do outro lado.

Limpando a garganta, Serilda tentou continuar mesmo assim.

— E eles eram felizes, amados por todas as pessoas do reino, e os campos floresciam... só que então... algo aconteceu.

As crianças pararam de trabalhar e ergueram o olhar para Serilda, aguardando ansiosamente.

Mas, quando ela baixou o olhar, ele recaiu sobre o deus da morte, ou pelo menos aquela personificação bem ridícula dele.

Havia fantasmas perambulando pelos corredores do Castelo Adalheid.

Fantasmas de verdade.

Espíritos de verdade, cheios de raiva, arrependimentos, tristeza. Revivendo seus finais violentos de novo e de novo.

— O que aconteceu? — sussurrou ela.

Houve um momento de silêncio confuso antes que Hans soltasse uma risadinha.

— Exatamente. O que aconteceu?

Ela ergueu os olhos, sustentando um olhar por vez, então forçou um sorriso.

— Tive uma ideia genial. *Vocês* deveriam terminar a história.

— O quê? — disse Fricz, seus lábios se curvando de desgosto. — Isso não é nada genial. Se você deixar com a gente, logo, logo Anna vai ter feito todo mundo dar beijos e se casar. — Ele fez uma careta.

— E se ela deixar com você — retrucou Anna —, você vai matar todo mundo!

— Ambas as opções têm potencial — falou Serilda. — Estou falando sério. Vocês já me ouviram contar um monte de histórias. Por que não tentam?

Seus rostos se encheram de ceticismo, mas Gerdrut logo se empolgou.

— Já sei! Foi o deus da morte! — Ela cutucou um lado do boneco com o dedo. — Ele entrou no castelo e matou todo mundo!

— Por que Velos faria isso? — perguntou Nickel, parecendo profundamente insatisfeito com a maneira como Serilda desistira tão rápido e passara a responsabilidade para eles. — Ele não mata as pessoas. Só guia a alma delas para Verloren depois que morrem.

— Isso — confirmou Fricz, se animando. — Velos não matou ninguém, mas... estava lá mesmo assim. Porque... porque...

— Ah! — disse Anna. — Porque era a noite da caçada selvagem, e ele sabia que o Erlking e seus caçadores iriam ao castelo, e Velos estava cansado de todas as almas escapando de suas mãos. Pensou que, se conseguisse montar uma armadilha para os caçadores, poderia levar as almas para Verloren!

Nickel fechou a cara.

— Mas o que isso tem a ver com o rei e a rainha?

— E os filhos? — adicionou Gerdrut.

Anna coçou a orelha, acidentalmente sujando uma das tranças de tinta.

— Não tinha pensado nisso.

Serilda deu uma risadinha.

— Continuem pensando. Esse é o começo de uma história muito empolgante. Sei que vão conseguir.

As crianças trocaram ideias enquanto trabalhavam. Às vezes, o vilão era o Erlking, às vezes era o deus da morte, uma vez foi até a própria rainha. Outras vezes os aldeões escapavam por pouco, às vezes revidavam, às vezes eram todos massacrados enquanto dormiam. Às vezes eles se juntavam à caçada, outras eram levados para Verloren. Às vezes o final era feliz, mas na maioria era trágico.

Em pouco tempo, a história dera nós em si mesma, seus fios cada vez mais embolados, até que as crianças passassem a discutir sobre qual enredo era melhor, quem deveria morrer, quem deveria se apaixonar e quem deveria se apaixonar para *então* morrer. Serilda sabia que devia interferir. Deveria ajudá-las a resolver as coisas, ou ao menos chegar a algum tipo de final com o qual todas concordassem.

Mas ela estava perdida em pensamentos, mal escutando a história à medida que se tornava mais e mais confusa. Até que ela nem se lembrasse da história do Castelo Adalheid.

A verdade era que Serilda não queria inventar mais uma história sobre o castelo. Ela não queria continuar fiando invenções extraordinárias.

Queria descobrir a verdade. O que realmente acontecera às pessoas que já haviam vivido ali? Por que seus espíritos nunca puderam descansar? Por que o Erlking o reivindicou como santuário e abandonou o Castelo Gravenstone nas profundezas do Bosque Aschen?

Ela queria saber mais sobre Áureo.

Queria saber sobre a mãe.

Mas só o que tinha eram perguntas.

E a certeza brutal de que nunca encontraria respostas.

— Serilda? Serilda!

Ela se sobressaltou. Anna a olhava com a testa franzida.

— Fricz te fez uma pergunta.

— Ah. Me desculpe. Eu estava... pensando na história de vocês. — Ela sorriu. — Está muito boa até agora.

Ela foi recebida por cinco olhares incrédulos. Eles pareciam discordar.

— O que você perguntou?

— Perguntei se você vai desfilar com a gente na parada — disse Fricz.

— Ah. Ah, não posso. Já estou velha demais. E, além disso, eu...

Vou ter ido embora. Estou deixando vocês, deixando Märchenfeld. Para sempre.

Não podia contar a eles. Esperava que fosse mais fácil desse jeito, só partir e nunca mais voltar. Não precisar sofrer com as despedidas.

Mas não acreditava de verdade que seria minimamente mais fácil.

Por dezesseis anos, acreditara que sua mãe fora embora sem dizer adeus, e não houvera nada de fácil nisso.

Mas ela não podia contar a eles. Não podia arriscar.

— Talvez eu tenha que perder as festividades desse ano.

— Você não vai? — gritou Gerdrut. — Por quê?

— Por acaso é porque... — começou Hans, então se interrompeu. Como um Lindbeck, ele provavelmente ouvira tudo sobre o ano em que seu irmão mais velho dançou com a garota amaldiçoada e seus campos foram invadidos por lobos.

— Não — disse Serilda, se esticando para apertar a mão dele. — Eu não me importo com o que falam de mim, mesmo que eu seja azarada.

Ele franziu mais a testa.

Serilda suspirou.

— Eu e meu pai vamos visitar Mondbrück em alguns dias, e não temos certeza de quando voltaremos. Só isso. Mas é claro que espero voltar a tempo do festival. Odiaria perdê-lo.

A Lua do Corvo

CAPÍTULO

Vinte

ELA AVISTARA UM PÁSSARO PRETO VOANDO SOBRE A FEIRA DA PRIMAVERA enquanto colhia um monte de cebolas naquela manhã, e não soube dizer se era um corvo, uma gralha, ou um dos espiões do Erlking. A imagem a assombrara pelo restante do dia, as asas bem abertas do pássaro enquanto ele circulava acima da praça movimentada, em frente à prefeitura quase finalizada. Dando voltas e mais voltas. Um predador, esperando pelo momento oportuno para atacar a presa.

Ela se perguntou se um dia voltaria a ouvir o grito rouco de um corvo sem se sobressaltar.

— Serilda?

Ela ergueu os olhos da torta de salmão à sua frente. O salão principal da pousada estava lotado de clientes vindos de províncias próximas para desfrutar da feira ou para vender suas mercadorias, mas Serilda e o pai tinham mantido a discrição desde que chegaram, dois dias antes.

— Vai ficar tudo bem — murmurou o pai, estendendo a mão por cima da mesa para dar tapinhas em seu pulso. — É só por uma noite, então vamos nos afastar daqui o máximo possível.

Ela abriu um sorriso fraco. Seu estômago estava embrulhado, uma centena de dúvidas surgindo em seus pensamentos, apesar das palavras de conforto do pai.

Mais uma noite. A caçada poderia ir à sua procura no moinho, mas não a encontraria, e, ao nascer do sol, ela estaria livre.

Pelo menos livre o bastante para continuar fugindo.

Serilda se enchia de pavor ao pensar no próximo mês, e no mês seguinte.

Quantos anos se passariam até que seu pai pudesse baixar a guarda? Até que os dois realmente sentissem que tinham conseguido escapar?

E aqueles sussurros irritantes e frequentes de que era tudo em vão. O Erlking podia já não querer mais nada com ela. E se estivessem bagunçando suas vidas e deixando para trás tudo o que conheciam por causa de medos infundados?

Não que isso importasse agora, disse a si mesma. Seu pai estava decidido. Serilda sabia que não havia como dissuadi-lo de seu plano.

Ela precisava aceitar que sua vida nunca mais seria a mesma depois daquela noite. Ao espiar a porta aberta, viu a luz do dia virando crepúsculo.

— Está quase na hora.

O pai assentiu.

— Termine sua torta.

Ela balançou a cabeça.

— Estou sem apetite.

Ele fez uma expressão de compaixão. Serilda notara que ele também não vinha comendo muito.

Seu pai deixou uma moeda na mesa e os dois subiram as escadas, se encaminhando para o quarto alugado.

Se qualquer um estivesse observando — se *qualquer coisa* estivesse observando —, pareceria que eles tinham se retirado para dormir.

Em vez disso, se enfiaram numa pequena alcova embaixo da escada, onde, mais cedo, Serilda guardara duas capas de viagem de cores vivas que ela comprara de um tecelão na feira do dia anterior. Elas tinham sido muito caras, mas eram sua melhor chance de sair de fininho da pousada sem serem reconhecidos.

Ela e o pai vestiram as capas por cima das roupas e trocaram um olhar determinado. O pai balançou a cabeça, então se esgueirou para fora pela porta dos fundos.

Serilda esperou. Os espiões estariam procurando por dois viajantes, insistira seu pai. Eles precisavam seguir separados, mas ele estaria esperando por ela. Não demoraria muito.

Com o coração na garganta, ela contou duas vezes até cem, então vestiu o capuz esmeralda e seguiu. Ela curvou os ombros e deu passos mais curtos, dedicada a parecer uma pessoa inteiramente diferente. Irreconhecível. Só para o caso de estar sendo observada.

Não fora Serilda Moller quem saíra de fininho da pousada. Fora alguém diferente. Alguém que não tinha nada a esconder e nada do que se esconder.

Ela seguiu pelo caminho que memorizara dias antes. Atravessando o longo beco, passando pela estalagem, de onde risadas ruidosas escapavam pela porta, por uma padaria fechada para a noite, por um sapateiro e, enfim, por uma lojinha com uma roda de fiar junto à janela.

Depois se virou e deu uma volta apressada na praça, se mantendo nas sombras, até chegar à porta lateral da prefeitura. Ela geralmente amava essa época do ano, quando as tábuas eram tiradas das janelas para deixar o ar abafado e rançoso sair. Quando cada raminho de grama e florzinha selvagem era uma nova promessa de Eostrig. Quando a feira se enchia dos vegetais do começo da primavera — beterrabas e rabanetes e alhos-porós — e o medo da fome se amainava.

Mas, naquele ano, ela só conseguia pensar na sombra da caçada selvagem assomando sobre ela.

Depois de poucas batidas na madeira, a porta se abriu. O pai a recebeu com olhos ansiosos.

— Acha alguém te seguiu? — sussurrou ele, fechando a porta às costas dela.

— Não faço ideia. Achei que ficar olhando ao redor à procura de um nachtkrapp pudesse ser muito suspeito.

Ele fez que sim e lhe deu um abraço breve.

— Está tudo bem. Ficaremos a salvo aqui. — Ele falava como se tentasse convencer tanto a ela quanto a si mesmo. Então empurrou um caixote cheio de tijolos para a frente da porta.

Às escondidas, seu pai levara cobertas para o que futuramente seria a câmara municipal. Ele acendeu uma única vela, afastando o breu. Falaram pouco. Não havia nada a ser discutido que eles já não tivessem debatido amplamente nas últimas semanas. Os preparativos, os medos, os planos.

Agora não havia nada a se fazer além de esperar a Lua do Corvo passar.

Serilda não acreditava que dormiria por um minuto sequer ao se enroscar no chão duro usando a capa nova como travesseiro. Tentou assegurar a si mesma que o plano funcionaria.

O cocheiro poderia voltar para buscá-la no moinho de Märchenfeld. Ou, se os espiões do rei estivessem prestando atenção, poderiam ir procurá-la na pousada de Mondbrück.

Mas não a encontrariam. Não ali, naquele enorme saguão vazio repleto de marcenaria inacabada e carrinhos carregados de tijolos e pedras.

— Calma, não podemos esquecer — disse seu pai, tirando a vela de sua base de cobre e inclinando-a de forma que a chama derretesse a cera ao redor do pavio. Ela logo pingou no castiçal, formando uma pocinha. Quando a cera começou a esfriar, Serilda a pegou e a moldou em bolas antes de pressioná-las nos ouvidos. O mundo se fechou ao redor dela.

Seu pai fez o mesmo, espremendo a cera dentro dos ouvidos com uma careta. Não era uma sensação agradável, mas era uma precaução necessária contra o chamado da caçada. O silêncio da noite era total, mas os pensamentos de Serilda se tornaram agressivamente altos quando ela deitou a cabeça na capa.

Sua mãe.

O Erlking.

Fios de ouro, o deus da morte, donzelas do musgo fugindo dos cães.

E Áureo. A forma como ele olhou para ela. Como se Serilda fosse um milagre, e não uma maldição.

Ela fechou os olhos e implorou para conseguir adormecer.

ELA DEVIA TER PEGADO NO SONO, AFINAL, POIS FOI ACORDADA por um baque abafado não muito longe de sua cabeça. Seus olhos se abriram de repente. Seus ouvidos estavam ocupados por um rugido baixo. Ela encarava paredes desconhecidas iluminadas por uma luz de vela oscilante.

Serilda se sentou e avistou uma vela rolando pelas tábuas de madeira. Com uma exclamação, pegou a capa e jogou-a por cima da chama, abafando-a antes que pudesse causar um incêndio.

A escuridão a engolfou, mas não antes que ela visse a silhueta do pai cambaleando para longe dela.

— Papai? — sussurrou, sem saber se falava alto ou baixo demais. Ela se levantou e voltou a chamar por ele. A lua já estava no céu, e seus olhos começaram a se ajustar à luz que entrava pelas três pequenas aberturas que ainda não tinham sido cobertas por esquadrias de vidro.

Seu pai sumira.

Serilda avançou para segui-lo e sentiu algo se esmagar sob seu calcanhar. Ela se abaixou e pegou a bola de cera. Seu estômago se apertou.

A caçada?

Será que eles tinham sido encontrados? Depois de todo o esforço?

Não. Talvez ele só estivesse tendo um episódio de sonambulismo.

Talvez...

Ela pegou a capa e os sapatos, correndo para o enorme corredor ligado à câmara, a tempo de vê-lo virar numa esquina distante. Serilda o seguiu, chamando-o novamente.

Ele não seguia para a portinha dos fundos. Em vez disso, arrastava os pés em direção à entrada principal, que se abria para a praça da cidade. As enormes portas em arco estavam pregadas com tábuas temporárias para impedir a entrada de ladrões enquanto o prédio estava sendo construído. Serilda olhou para o pai a tempo de vê-lo pegar um grande martelo deixado para trás por um dos trabalhadores.

Ele golpeou a porta com o martelo, lascando a primeira tábua.

Ela deu um grito de surpresa.

— Papai! Pare! — Sua voz continuava abafada pela cera, mas ela sabia que ele devia conseguir escutá-la. Ainda assim, não se virou.

Usando o cabo da ferramenta como uma alavanca, ele arrancou a primeira tábua da porta intrincadamente entalhada. Então a segunda.

Serilda pôs a mão sobre a do pai.

— Papai, o que você está fazendo?

Ele se virou para ela, mas mesmo na luz fraca ela pôde ver que seu olhar estava desfocado. Suor brotava em sua testa.

— Papai?

Com um sorriso de escárnio, ele colocou a mão no ombro dela e a empurrou para longe.

Serilda cambaleou para trás.

Seu pai escancarou a porta e disparou noite afora.

Com o pulso acelerado, ela correu atrás dele, que se movia mais depressa agora, atravessando a praça às pressas em direção à pousada onde os dois deveriam estar hospedados. A lua iluminava a praça com um brilho prateado.

Serilda estava na metade da praça quando se deu conta de que ele não se encaminhava para a entrada da pousada, mas para os fundos. Apressou o passo. Normalmente não tinha dificuldade de acompanhar o pai. Suas pernas eram mais longas, e ele não era um homem que corria sem necessidade. Mas agora ela estava sem fôlego ao dar a volta na grande fonte de Freydon no meio da praça.

Fez a curva atrás da pousada e congelou.

Seu pai desaparecera.

— Papai? Cadê você? — chamou ela, sentindo o tremor na própria voz.

Então, com os dentes cerrados, levou a mão aos ouvidos e arrancou as bolas de cera. Os sons do mundo retornaram ao seu redor. A noite estava em quase total silêncio, tendo os foliões das estalagens e das cervejarias se retirado havia muito tempo. Mas ela ouvia ruídos de algo se arrastando não muito longe dali.

Percebeu de que vinha dos estábulos compartilhados pela pousada e pelos outros negócios vizinhos.

Ela avançou com passos pesados, mas, antes que conseguisse entrar, seu pai emergiu, puxando Zelig pelas rédeas.

Ela se surpreendeu, dando um passo para trás. Seu pai prendera a rédea na cabeça de Zelig, mas não se preocupara com a sela.

— Para onde você está indo? — perguntou ela, sem fôlego.

Novamente, o olhar dele passou por ela sem expressão. Então ele pisou num caixote próximo e, com uma força e agilidade que ela podia jurar que seu pai não tinha, se içou para o lombo do cavalo. Ele segurou as rédeas com força e o velho cavalo se lançou para a frente. Serilda se jogou para trás contra a parede do estábulo para não ser pisoteada.

Confusa e assustada, Serilda correu atrás deles, gritando para que parassem.

Ela não precisou correr muito.

Assim que chegou à beira da praça, ficou paralisada.

Seu pai e Zelig estavam ali, esperando.

E estavam cercados pela caçada. Ao lado deles, Zelig parecia pequeno, patético e fraco, por mais que estivesse com a postura mais orgulhosa que ela já vira, como se tentasse se encaixar com os poderosos cavalos da noite.

Seu estômago se embrulhou de pavor.

Ela tremia ao fazer contato visual com o Erlking. Ele cavalgava à frente do grupo de caçadores, montado em seu glorioso corcel.

E havia um cavalo sem cavaleiro. Seu pelo era escuro como tinta, a crina branca trançada com flores beladonas e ramos de amora.

— Que bom que você decidiu se juntar a nós — disse o Erlking com um sorriso perverso.

Então levou a corneta de caça aos lábios.

CAPÍTULO

Vinte e um

SÓ PODIA SER UM SONHO. ERA VERDADE QUE MUITAS COISAS INCOMUNS e enervantes haviam acontecido com ela nessas últimas semanas, e a fronteira entre verdade e ficção parecia cada vez mais fina.

Mas *isso*.

Isso era sonho e pesadelo e fantasia e terror e liberdade e incredulidade, tudo misturado numa coisa só.

Serilda recebeu o cavalo sem cavaleiro, e sua força e poder pareceram se transferir para o corpo dela. Ela se sentiu invencível ao avançar para longe da cidade. Os cães do inferno cruzavam os campos a toda velocidade. O mundo era um borrão, e ela duvidava que os cascos de seu cavalo sequer tocassem o chão. Seu caminho era guiado pela luz da Lua do Corvo e o uivo sobrenatural dos cães. Eles deslizavam sobre os leitos de rios. Disparavam por fazendas escurecidas. Atravessavam exuberantes pastos de grama, terrenos recém-arados e encostas apinhadas de flores silvestres precoces. O vento em seu rosto tinha um cheiro fresco, quase salgado, e ela se perguntou até onde tinham avançado. Eles pareciam até estar perto do oceano, mas não era possível viajar tão longe em tão pouco tempo.

Nada daquilo era possível.

Em seu torpor, Serilda pensou na mãe. Uma mulher jovem, não muito mais velha do que ela era agora. Almejando liberdade, aventura.

Será que poderia culpá-la por ter sido seduzida pelo chamado da corneta?

Será que poderia culpar qualquer pessoa? Quando tanto da vida era tomado por regras, responsabilidades e fofocas cruéis.

Quando você não era exatamente como os outros pensavam que deveria ser.

Quando seu coração não desejava nada além de atiçar as chamas de uma fogueira, uivar para as estrelas, dançar sob os raios e a chuva, e beijar sua pessoa amada, lânguida e suavemente, na espuma das ondas oceânicas.

Ela estremeceu, certa de que nunca tivera tais anseios antes. Eles pareciam lascivos, mas Serilda sabia que pertenciam a ela. Desejos que ela nunca conhecera agora abriam caminho à força até a superfície, lembrando-a de que ela era uma criatura de terra, céu e fogo. Uma besta da floresta. Uma coisa perigosa, selvagem.

Os cães perseguiam lebres silvestres, uma corça assustada, codornas e perdizes.

Serilda salivou. Ela olhou para o pai, cujo rosto estava tomado por um êxtase mudo. Ele estava no fundo do grupo, por mais que Zelig galopasse o mais rápido que suas pernas velhas permitiam. Mais rápido do que provavelmente já correra na vida. O luar se refletia em seu corpo coberto de suor. Seus olhos brilhavam, selvagens e fulgentes.

Serilda virou a cabeça e fez contato visual com uma mulher do seu outro lado. Ela carregava uma espada no quadril e um lenço amarrado ao redor do pescoço pálido como cera, e Serilda se lembrou vagamente dela na noite da Lua da Neve.

As palavras voltaram à lembrança em meio aos pensamentos inebriados.

Acredito que ela fale a verdade.

Ela acreditara nas mentiras de Serilda sobre fiar ouro, ou ao menos alegara que sim. Se não houvesse se pronunciado, será que o rei e a caçada teriam a assassinado naquela mesma noite?

A mulher sorriu para Serilda. Então afundou os calcanhares na barriga do corcel, a deixando para trás.

O momento foi fugaz. Ela se perguntou se fora real. Tentou se perder novamente no caos louco, delicioso. À frente, um homem com uma clava se debruçava para a frente em sua sela e golpeava a vítima mais recente: uma raposa que tentava desesperadamente escapar, disparando para a frente e para trás, mas encurralada em todas as direções pela caçada.

Foi um golpe em cheio.

Serilda não sabia se a raposa emitira algum som. Se sim, foi abafado muito rapidamente pelos gritos de comemoração e risadas que se ergueram dos caçadores.

Sua boca estava cheia d'água. A caçada acabaria num banquete. Suas caças servidas em travessas de prata, ainda nadando em poças de sangue rubi.

Erguendo o rosto em direção à lua, Serilda riu junto aos outros. Ela soltou as rédeas e esticou os braços, fingindo voar sobre os campos. O ar revigorante enchia seus pulmões, carregando consigo o mais profundo júbilo.

Ela desejou que a noite nunca acabasse.

Subitamente, decidiu virar-se para trás de novo, para ver se seu pai também voava. Se estava à beira das lágrimas, como ela.

Seu sorriso sumiu.

Zelig continuava correndo, tentando desesperadamente manter a velocidade.

Mas seu pai desaparecera.

A PONTE LEVADIÇA RIBOMBOU SOB OS CASCOS DOS CAVALOS quando eles avançaram sobre ela e por baixo da guarita. O pátio estava repleto de figuras esperando pelo retorno da caçada selvagem. Servos correram adiante para coletar a carne da caça. O cavalariço e algumas outras mãos tomaram as rédeas dos cavalos e começaram a direcioná-los para os estábulos. A mestra dos cães atraiu as bestas de volta ao canil com fatias de carne sangrentas.

No momento em que Serilda desceu da montaria, o feitiço sobre ela se estilhaçou. Ela inspirou bruscamente, e o ar não era mais fresco. Não a enchia de vivacidade. Tudo o que ela sentiu foi horror ao dar meia-volta e ver Zelig.

O pobre e velho Zelig, que desabara de lado logo que entrou no castelo. Seu flanco subia e descia com dificuldade enquanto ele tentava respirar. Seu corpo inteiro tremia pelo esforço da longa viagem, seu pelo coberto por uma camada de suor. Seus olhos rolaram para trás enquanto ele arfava.

— Água! — gritou Serilda, agarrando o braço do cavalariço quando ele voltou para buscar outro corcel. Mas, temendo que fosse esmagar seus ossos frágeis, ela rapidamente o soltou e retraiu a mão. — Por favor. Traga um pouco de água para esse cavalo. Depressa.

O cavalariço a encarou com os olhos arregalados. Então seu olhar disparou para algo atrás de Serilda.

Uma mão segurou seu braço e a girou. A expressão do Erlking era assassina.

— Você não manda em meus servos — rosnou ele.

— Meu cavalo vai morrer! — gritou ela. — Ele é velho! Não deveria ter exigido tanto dele essa noite!

— Se ele morrer, morrerá tendo experimentado a maior emoção que qualquer capão poderia esperar desfrutar. Agora venha. Você já me fez perder tempo demais.

Ele começou a arrastá-la do torreão, mas Serilda puxou o braço com força.

— Onde está o meu pai? — berrou ela.

No momento seguinte, o rei já havia torcido as tranças de Serilda ao redor do punho e puxado a cabeça dela para trás, pressionando uma lâmina contra sua garganta. Seus olhos eram penetrantes, a voz baixa.

— Eu não costumo falar duas vezes.

Ela cerrou a mandíbula para reprimir o impulso de cuspir na cara dele.

— Você me seguirá e não irá se pronunciar sem permissão de novo.

Ele a soltou e deu um passo para trás. Enquanto caminhava tranquilamente em direção aos degraus do torreão, todos os músculos no corpo de Serilda se contraíram de ódio. Ela queria gritar, protestar, pegar qualquer coisa ao seu alcance e arremessá-la na cabeça dele.

Antes que pudesse fazer qualquer coisa, um fantasma com avental de ferreiro saiu correndo do torreão.

— Vossa Obscuridade! Temos um... um problema. No arsenal.

O Erlking desacelerou.

— Que tipo de problema?

— Com as armas. Elas estão... bem. Talvez deva ver por conta própria.

Com um grunhido baixo, o Erlking voltou pelas portas gigantescas, com o ferreiro em seu encalço. Foi só quando o ferreiro se virou que Serilda viu a meia dúzia de flechas se projetando de suas costas como alfinetes em uma almofada.

Serilda ficou parada, coração ainda acelerado, fúria enevoando os pensamentos. Ela voltou a olhar para Zelig, aliviada ao ver o cavalariço carregando um balde de água na direção dele.

— Obrigada — sussurrou ela.

O garoto corou, sem ousar um contato visual. Ela olhou para além dele, na direção do portão aberto. A ponte abaixada.

Seu corpo todo doía, em especial as coxas e o traseiro, que evocavam lembranças zonzas de disparar pelos campos no lombo daquele cavalo magnífico. Nunca cavalgara muito. Estava sendo lembrada nesse momento que seu corpo estava desacostumado com a atividade.

Mas ela pensou que talvez ainda conseguisse correr.

Caso precisasse.

— Eu não te aconselharia a fazer isso.

O cocheiro apareceu ao lado dela. Seu alerta anterior lhe voltou à memória.

Se você fugir, ele só vai apreciar ainda mais a perseguição.

Essa noite mostrava como ele estava certo.

— Acredito que ele tenha lhe dito para segui-lo — continuou o cocheiro. — Eu não o faria vir procurar por você mais tarde.

— Ele já foi embora. Eu nunca o encontrarei.

— Eles estavam indo ao arsenal. Eu te mostro o caminho.

Ela queria ignorá-lo. Fugir. Encontrar o pai; que estava lá fora sozinho. Mais uma vítima da caçada, abandonada num campo ou à beira da floresta. Ele poderia estar em qualquer lugar. E se estivesse ferido? E se...

Ela soltou o ar com força, se recusando a permitir que a palavra adentrasse seus pensamentos.

Ele estava vivo. Ficaria bem. Tinha que ficar.

Mas se ela não obedecesse ao Erlking, nunca sairia daquele castelo viva. Nunca receberia permissão para ir procurá-lo.

Ela encarou o cocheiro e fez que sim.

Dessa vez, eles não desceram às masmorras, mas se aventuraram por uma série de corredores estreitos. Corredores de serviço, supunha ela, com seu limitado conhecimento de arquitetura dos castelos. Depois de uma quantidade vertiginosa de curvas, eles chegaram a uma porta com barras aberta. Além dela, havia um cômodo com uma grande mesa no centro. As paredes eram cobertas por escudos e várias peças de armadura, de coletes de cota de malha a manoplas de bronze. Também havia alguns pontos vazios na parede onde armas poderiam ser penduradas.

Mas as armas não estavam nas paredes.

Em vez disso, elas tinham sido erguidas e estavam suspensas do teto alto. Centenas de espadas e adagas, marretas e machados, lanças e clavas, balançando precariamente em pedaços de barbante.

Serilda recuou um passo apressado para o corredor.

— Quando ele fez isso? — dizia o Erlking, sua voz rouca de raiva.

O ferreiro deu de ombros, impotente.

— Estive aqui ontem mesmo, milorde. Deve ter sido logo depois. Talvez quando vocês saíram para caçar? — Ele falava como se tentasse não parecer impressionado.

— E por que ninguém estava cuidando do arsenal?

— Havia um guarda a postos. Sempre há um guarda a postos...

Com um rosnado, o rei golpeou o ferreiro na bochecha. O homem foi jogado para o lado e bateu o ombro na parede do corredor.

— O guarda estava a postos *do lado de fora*? — esbravejou o rei.

O ferreiro não respondeu.

— Tolos, todos vocês. — Ele gesticulou bruscamente para as armas penduradas. — O que está esperando? Mande agora um daqueles kobolds inúteis escalar e começar a cortar.

— S-sim, Vossa Obscuridade. É claro. Agora mesmo — balbuciou o ferreiro.

O Erlking saiu da sala, os lábios repuxados sobre os dentes afiados.

— E se qualquer um vir aquele poltergeist, use as cordas novas para pendurá-lo no salão de jantar! Ele pode ficar ali até a próxima...

Ele parou abruptamente ao ver Serilda.

Por um momento, pareceu surpreso. Certamente se esquecera de que ela estava ali.

Como uma cortina baixando sobre um palco, ele retomou a compostura. Seus olhos tornaram-se gélidos, sua carranca mudou de furiosa para respeitosamente irritada.

— Certo — murmurou ele. — Venha comigo.

Mais uma vez, Serilda foi levada apressadamente pelo castelo, passando por criaturas de olhos esbugalhados roendo velas, uma menina fantasma chorando nas escadas e um cavalheiro mais velho tocando uma canção melancólica em uma harpa. Todos foram ignorados pelo Erlking.

Serilda encontrara certo nível de calma desde que saíra do pátio. Ou, ao menos, sua raiva fora abrandada por uma onda de medo.

Sua voz saiu dócil, quase educada, quando ousou perguntar:

— Vossa Escuridão, poderia saber o que houve com meu pai?

— Você não precisa mais se preocupar com isso — disse ele abruptamente.

A resposta foi uma facada em seu coração.

Ela quase não suportou perguntar, mas precisava saber...

— Ele morreu? — sussurrou ela.

O rei parou na porta e se virou para ela com olhos ardentes.

— Ele foi derrubado de seu cavalo. Se a queda o matou ou não, eu não sei e não me importo.

Ele gesticulou para que ela entrasse na sala, mas o coração de Serilda estava apertado, e ela achava que não conseguiria se mexer. Lembrou-se de vê-lo durante a caçada. O sorriso exultante. Os olhos arregalados de encanto.

Será que ele poderia realmente ter partido?

O rei se aproximou, assomando sobre ela.

— Você já desperdiçou muito do meu e do seu tempo essa noite. Faltam poucas horas para o amanhecer. Ou essa palha será ouro pela manhã ou ficará vermelha com seu sangue. A escolha é sua. — Ele segurou o ombro dela e empurrou-a porta adentro.

Serilda cambaleou para dentro.

A porta se fechou com força e trancou às suas costas.

Ela inspirou tremulamente. O cômodo era duas vezes maior do que a cela — o que continuava sendo bem pequeno — e ainda sem janelas. Havia ganchos vazios espaçados pelo teto. O cheiro de mofo e desgraça fora substituído pelo cheiro de carnes salgadas, secas... e o doce cheiro de mais palha, claro.

Uma despensa, ela supôs, embora tivesse sido esvaziada dos alimentos em conserva para abrir espaço para a sua tarefa.

Havia outra pilha de palha no meio do cômodo, significativamente maior do que a primeira, assim como a roda de fiar e mais pilhas de carretéis vazios. Uma vela bruxuleava num canto, já derretida até a altura de seu polegar.

Ela encarou a palha, perdida em pensamentos. A angústia esmagava suas costelas.

E se ele tivesse partido? Para sempre?

E se ela estivesse totalmente sozinha no mundo?

— Serilda?

A voz era hesitante e suave.

Ela se virou e viu Áureo a alguns passos, com o rosto tenso de preocupação. Suas mãos pairavam no ar, como se ele as tivesse estendido para ela, mas hesitado.

Assim que ela o viu, sua visão foi borrada pelas lágrimas.

Com um soluço, Serilda se jogou nos braços dele.

CAPÍTULO

Vinte e dois

ÁUREO A ABRAÇOU E A DEIXOU CHORAR, SÓLIDO COMO UMA PEDRA NA arrebentação. Serilda não soube por quanto tempo. Era um abraço que não exigia nada. Ele não acariciou o cabelo dela, nem perguntou o que tinha acontecido, nem disse que ficaria tudo bem. Ele só... a abraçou. Sua camisa estava encharcada de lágrimas quando ela conseguiu acalmar os tremores de sua respiração.

— Desculpe — disse ela, se afastando e fungando na manga da roupa.

Os braços de Áureo se afrouxaram, mas não a soltaram.

— Por favor, não se desculpe. Eu ouvi o que aconteceu no pátio. Eu vi o cavalo. Eu... — Ele a olhou nos olhos. Seu rosto estava tenso de emoção. — *Eu* peço desculpas. Foi uma noite terrível para pregar peças, e se ele descontar a raiva em você...

Serilda secou as lágrimas dos cílios.

— O arsenal. Foi você.

Ele fez que sim.

— Venho planejando há semanas. Estava me achando tão esperto. Quer dizer, foi meio esperto. Mas ele já estava de mau humor, e agora... Se ele a machucar... — A respiração dele falhou. Sua voz soava embargada de angústia. A luz da vela se refletia nos pontos dourados de seus olhos.

Ele não se encolhia para longe dela. Áureo sustentou seu olhar sem nenhuma repulsa aparente.

Isso por si só já fez o coração de Serilda dar um salto.

Além disso... percebia algo *diferente* nele. Ela estreitou os olhos, incapaz de identificar o que poderia ser. Ela voltou a repousar as mãos no peito dele, e Áureo abraçou-a com firmeza pela cintura, puxando-a para perto. Até que...

— Seu cabelo — disse ela, percebendo o que estava diferente. — Você o penteou.

Ele ficou imóvel, e, um momento depois, suas bochechas coraram. Ele deu um passo para trás, baixando os braços.

— Não penteei nada — respondeu, passando os dedos pelos fios ruivos, sem graça. Ainda caía solto para além das orelhas, mas estava definitivamente mais arrumado do que antes.

— Penteou, sim. E lavou o rosto. Você estava imundo da última vez.

— Tá bom. Talvez eu tenha penteado — retrucou ele. — Não sou um schellenrock. Tenho orgulho. Não é nada de mais. — Ele pigarreou, constrangido, e olhou para a roda de fiar atrás dela. — Tem muito mais palha dessa vez. E uma vela bem menor.

Ela curvou os ombros.

— Não tem como — disse ela, à beira das lágrimas novamente. — Tentei fugir. Eu e meu pai fomos para outra cidade. Tentamos nos esconder para que ele não me encontrasse. Eu não devia ter feito isso. Devia saber que não funcionaria. E agora... agora eu acho que ele usaria qualquer desculpa para me matar.

— O Erlking não precisa de desculpas para matar.

Áureo voltou a se aproximar e pôs as mãos no rosto dela. Suas palmas eram ásperas e calejadas. Sua pele era fria ao toque, mas delicada, enquanto ele afastava carinhosamente uma mecha de cabelo que se colara às bochechas úmidas dela.

— Ele não a matou ainda, o que significa que quer usar seu dom. Pode apostar. Só precisamos transformar a palha em ouro. E *tem* como.

— Por que ele simplesmente não me mata? — perguntou ela. — Se eu fosse um fantasma, não ficaria presa aqui para sempre?

— Não tenho certeza, mas... acho que os mortos não conseguem usar presentes divinos. E, na teoria, você foi abençoada por Hulda, não foi?

Ela fungou de novo.

— É nisso que ele acredita, sim.

Áureo assentiu. Então engoliu em seco e soltou a cintura de Serilda para pegar seus dedos.

— Vou te ajudar, mas preciso de pagamento.

Suas palavras pareceram distantes, quase estrangeiras. Pagamento? Por que pagamentos importavam? Por que qualquer coisa importava? Seu pai podia estar morto.

Ela fechou os olhos com um tremor.

Não, ela não conseguia pensar naquilo agora. Precisava acreditar que ele estava vivo. Que ela só tinha que sobreviver àquela noite e logo estaria junto dele de novo.

— Pagamento — repetiu ela, tentando pensar, por mais que sua mente estivesse anuviada.

O que poderia oferecer? Ele já levara o colar com o retrato da menina; ela podia ver um vislumbre da corrente ao redor do pescoço dele.

Ainda tinha o anel... mas não queria dá-lo para Áureo.

Outra ideia lhe ocorreu, e ela o olhou nos olhos, esperançosa.

— Se você fiar essa palha e transformá-la em ouro, eu fio uma história para você.

Áureo franziu a testa.

— Uma história? — Ele balançou a cabeça. — Não, isso não serve.

— Por que não? Sou uma boa contadora de histórias.

Ele a olhou, nem um pouco convencido.

— Tudo o que eu quero desde a última vez em que você esteve aqui é tirar da cabeça aquela história horrorosa que contou. Acho que não tenho estômago para outra.

— Ah, mas por isso mesmo. Essa noite eu vou te contar o que aconteceu com o príncipe. Talvez você goste mais desse final.

Ele suspirou.

— Mesmo que eu estivesse realmente interessado, uma história não cumpre os requisitos. Magia precisa de algo... valioso.

Ela o olhou feio.

— Não que histórias não sejam valiosas — acrescentou ele, apressado. — Mas você não teria mais nada?

Ela deu de ombros.

— Talvez você pudesse oferecer sua ajuda como uma demonstração de honra cavalheiresca.

— Por mais que eu fique feliz em saber que você me considera um cavalheiro, sinto dizer que não é possível. Minha magia não funciona sem algum tipo de pagamento. A regra não é minha, mas existe. Você precisa me dar algo em troca.

— Mas eu não tenho mais nada para oferecer.

Ele sustentou o olhar dela por um longo momento, como se a induzisse a falar a verdade. O olhar a irritou.

— Eu *não tenho*.

Os ombros dele afundaram.

— Eu acho que você tem. — Ele passou o polegar sobre o anel dourado no dedo dela. — Por que não isso? — perguntou ele, com certa gentileza.

A carícia fez sua pele formigar. Algo se contraiu no fundo de seu estômago. Algo que Serilda não conseguia identificar direito, não conseguia nomear, mas que ela pensou poder estar relacionado a desejo.

Mas o sentimento foi sufocado por súbita frustração.

— Não seja absurdo — disse ela. — Tenho certeza de que você gosta de mim, mas pedir minha mão em casamento? Estou lisonjeada, mas nós mal...

— O qu... casamento? — retrucou ele, se afastando dela de repente, de uma forma levemente ofensiva.

Serilda não pretendia, claro, mas não conseguiu evitar uma cara feia.

— Estava falando do anel — disse ele, gesticulando loucamente.

Serilda ficou tentada a se fazer de idiota, mas sentiu-se subitamente exaurida, a vela queimava rápido demais e nenhum pedacinho de palha fora fiado.

— *É óbvio* — falou ela, seca. — Mas você não pode tê-lo.

— Por que não? — perguntou ele em tom desafiador. — Por algum motivo, duvido que tenha pertencido à sua mãe.

Ela fechou as mãos em punhos.

— Você não sabe nada sobre a minha mãe.

Áureo se sobressaltou, surpreso com a raiva repentina.

— Eu... me desculpe — gaguejou ele. — Ele *pertencia* à sua mãe?

Ela baixou os olhos para o anel, tentada a mentir, se isso fosse impedi-lo de perguntar de novo. Toda vez que olhava para a joia, ela se lembrava de como se sentira viva naquela noite, quando guiou as donzelas do musgo para dentro do porão e ousou mentir para o Erlking em pessoa. Até aquela noite, Serilda sempre se perguntara se poderia ser tão corajosa quanto os heróis em suas histórias. Agora ela sabia que sim, e aquela era a prova. Aquela era a única prova que restava.

Mas, ao encarar o anel, outro pensamento lhe ocorreu.

Sua mãe.

Ela poderia estar ali, em algum lugar do castelo. Seria possível que Áureo *soubesse* algo sobre ela, afinal?

Mas antes que conseguisse organizar os pensamentos em uma pergunta, Áureo questionou:

— Não quero pressioná-la, mas pode me lembrar do que Vossa Obscuridade fará se essa palha não tiver virado ouro pela manhã?

Ela fechou a cara.

Então, com os dentes trincados, tirou o anel do dedo e ofereceu-o para ele. Áureo pegou-o depressa, rápido como um falcão, e enfiou-o no bolso.

— Eu aceito seu pagamento.

— Imaginei que sim.

Novamente, a magia pulsou ao redor deles, selando o contrato.

Ignorando o olhar gélido de Serilda, Áureo empertigou os ombros, estalou os dedos e assumiu posição na roda de fiar. Ele começou sem floreios, dedicando-se imediatamente ao trabalho, como se tivesse nascido em uma roca. Como se a atividade fosse tão natural para ele quanto respirar.

Serilda queria mergulhar em pensamentos sobre o pai, a mãe, o colar e o anel. Mas não queria que Áureo lhe desse um fora, como da última vez. Então tirou a capa, dobrou-a e a deixou num canto, depois arregaçou as mangas e tentou ser útil. Ajudou a empurrar a palha na direção dele e separou a pilha bagunçada em montinhos organizados.

— O rei chamou você de poltergeist — disse ela quando eles entraram num ritmo constante.

Ele concordou com a cabeça.

— Eu mesmo.

— Então... da última vez. Foi você quem soltou aquele cão. Não foi?

Áureo fez uma careta. Seu pé hesitou no pedal, mas ele recuperou rapidamente o ritmo.

— Eu não *o soltei*. Eu só... quebrei a corrente dele. E talvez tenha deixado o portão aberto.

— E talvez quase tenha me matado.

— Quase. Mas não matei.

Ela olhou feio para ele.

Áureo suspirou.

— Eu queria pedir desculpas. Foi um momento ruim, o que parece bem comum quando você está por perto.

Serilda fez uma careta, se perguntando se Áureo entreouvira sua conversa com o Erlking da última vez, quando ela lhe disse que as pessoas do vilarejo a viam como azarenta.

— Mas eu não sabia que estávamos esperando um hóspede mortal. — Ele ergueu as mãos depressa. — Juro que não tinha más intenções. Não contra você, pelo menos. O rei... ele é muito protetor com aqueles cães, e eu queria provocá-lo.

— Você prega muitas peças no rei?

— Preciso me ocupar de alguma forma.

— Hum. Mas por que ele te chama de poltergeist?

— Como mais ele me chamaria?

— Não sei, mas... um poltergeist é um fantasma.

Ele olhou para ela, retorcendo os cantos da boca.

— Você sabe em que tipo de castelo se encontra, não sabe?

— Um assombrado?

Ele contraiu o maxilar ao voltar a se concentrar na roda.

— Sei, mas você não se parece com os outros fantasmas. — Ela analisou o topo da cabeça dele, a curva dos ombros. — Eles são meio borrados. Enquanto você parece... totalmente presente.

— Acho que sim. Também consigo fazer coisas que eles não podem. Como sumir e aparecer em cômodos trancados, por exemplo.

— E *você* não foi abençoado por Hulda? — perguntou ela. — Mas isso não faz sentido, se os mortos não conseguem usar presentes divinos, como você disse.

Ele parou de trabalhar, assumindo um olhar pensativo enquanto a roda desacelerava.

— Não tinha pensado nisso. — Ele refletiu por um longo momento antes de dar de ombros e voltar a girar a roda. — Não sei as respostas. Suponho que eu tenha sido abençoado por Hulda, mas não tenho certeza, nem de por que ele perderia tempo comigo. E sei que não sou igual aos outros fantasmas, mas também sou o único poltergeist aqui, então sempre pensei que fosse só... um tipo diferente de fantasma.

Ela franziu a testa.

Ele olhou para a vela e acertou a postura. Quando voltou a trabalhar, seu ritmo se acelerara. Serilda também espiou a vela. Seu coração deu um salto.

Faltava tão pouco tempo.

— Se não se importar — disse Áureo, substituindo o carretel cheio por outro vazio —, aceito aquela história agora.

Serilda franziu a testa.

— Achei que detestasse as minhas histórias.

— Eu odiei a história que você me contou da última vez. É facilmente a pior coisa que eu já ouvi.

— Então por que quer que eu continue?

— Só pensei que conseguiria me concentrar melhor se você não estivesse me importunando com perguntas intermináveis.

Ela retorceu a boca. Queria arremessar um dos carretéis na cabeça dele.

— Além disso, você tem mesmo talento para as palavras. O final foi terrível, mas todo o resto foi... — Ele buscou a palavra certa por um momento, então suspirou. — Eu gostei do resto. E gosto de ouvir a sua voz.

Suas bochechas esquentaram com o quase elogio.

— Bem. Para sua sorte, aquele não foi o fim.

Áureo parou para alongar as costas e os ombros, então sorriu para ela.

— Então eu adoraria ouvir mais, se estiver disposta a me contar.

— Tá bom — disse ela. — Só porque você implorou.

Seus olhos brilharam quase maliciosamente, mas ele os desviou e pegou outro punhado de palha.

Serilda relembrou a história que contara da última vez, e imediatamente sentiu o magnetismo reconfortante dos contos de fadas. Onde coisas terríveis às vezes aconteciam, mas o bem sempre derrotava o mal.

Antes mesmo de começar, ela já sabia que aquele era exatamente o tipo de fuga que sua mente e seu coração precisavam no momento. Parte dela se perguntou se Áureo percebera. Mas não. Não era possível que ele já a conhecesse tão bem.

— Vejamos — começou ela. — Onde foi que paramos...

Quando o sol se ergueu sobre o Bosque Aschen, seus raios dourados baixaram sobre os pináculos do Castelo Gravenstone. A névoa do véu evaporou. A noite assombrada deu lugar ao canto dos pássaros e ao gotejar constante da neve derretendo. Assim que os raios luminosos atingiram os cães do inferno que atacaram o jovem príncipe, eles se transformaram em nuvens de fumaça preta, se dissipando no ar da manhã. À luz do dia, o castelo também desapareceu.

O príncipe estava gravemente ferido. Sangrando. Abatido. Mas o que mais doía era seu coração. Ele revia sem parar a imagem do Erlking cravando a ponta da flecha no corpo pequeno da princesa. O assassino tomara a vida dela, e agora até seu corpo estava preso atrás do véu, onde ele não poderia honrá-la com um enterro real, um descanso apropriado. Ele nem mesmo sabia se o Erlking a manteria como fantasma ou a deixaria seguir para Verloren, onde um dia ele talvez a reencontrasse.

Onde antes ficava o Castelo Gravenstone, agora havia apenas as ruínas destroçadas de um grande santuário. Uma vez, muito tempo atrás, existira um templo naquela clareira. Um lugar sagrado que já fora considerado os próprios portões de Verloren.

O príncipe se levantou com esforço. Cambaleou em direção às ruínas; grandes monólitos de pedra preta lisa se projetando em direção ao céu. Ele já ouvira falar desse lugar, por mais que nunca o tivesse visto pessoalmente. Supôs que não fosse nenhuma surpresa que aquela clareira profana no meio da floresta fosse o lugar que o Erlking escolhera para construir seu castelo, pois havia tamanha sensação de falta de vida e mau agouro entre as colunas de pedra que ninguém com o mínimo de bom senso ousaria adentrá-las.

Mas o príncipe não se importava mais com o bom senso. Ele cambaleou para a frente, sufocando sob o peso da perda.

Mas viu algo que o fez parar.

Ele não estava sozinho diante das pedras pretas. A imensa ponte levadiça acima do fosso pantanoso continuava ali, conectando a floresta às ruínas, por mais que a mata estivesse apodrecida e degradada do outro lado do véu. E ali, no meio da ponte, estava uma silhueta caída. A caçadora Perchta. Esquecida no reino dos mortais.

A flecha do príncipe perfurara seu coração, e o sangue ensopava a ponte sob seu corpo. Sua pele estava azulada, da cor do luar. Seu cabelo, branco como neve, respingado de sangue vermelho como vinho. Seus olhos miravam o céu cada vez mais claro com uma expressão de encanto.

O príncipe se aproximou, cauteloso, seu corpo gritando de dor pelas muitas feridas terríveis.

Ela não estava morta.

Talvez os sombrios, criaturas do submundo, não morressem.

Mas restava nela pouquíssima vida. Ela não se parecia em nada com uma caçadora feroz agora, mas era uma coisa pequena e destruída, traída. Lágrimas corriam por seu rosto anteriormente radiante, e quando o príncipe se aproximou, seus olhos se fixaram nos dele.

Ela rosnou, revelando dentes irregulares.

— Não pense que me derrotou. Você não passa de uma criança.

O príncipe endureceu o coração contra qualquer piedade que pudesse sentir pela caçadora.

— Sei que sou nada diante de você. Mas também sei que você é nada diante do deus da morte.

A expressão de Perchta se tornou confusa, mas quando o príncipe olhou para cima, ela se mexeu para seguir seu olhar.

Ali — no meio daquelas pedras sagradas — apareceu um portal entre o matagal espinhoso. Já poderia ter sido vivo um dia, mas agora estava morto. Um arco de galhos quebradiços e espinhos emaranhados, gravetos e folhas desbotadas. Do outro lado da abertura, uma escada estreita descia por um talho no solo, até as profundezas do reino de Verloren, sobre o qual Velos, o deus da morte, detinha domínio absoluto.

E ali estava o deus. Numa das mãos portava um lampião, cuja luz nunca morria. Na outra, segurava uma longa corrente. A corrente que ligava todas as coisas, vivas e mortas.

Perchta viu o deus e gritou. Ela tentou se levantar, mas estava muito fraca, e a flecha em seu peito não permitia que se movesse.

Quando Velos se aproximou, o príncipe deu um passo para trás, curvando a cabeça em respeito, mas o deus não lhe deu atenção. Era raro que pudesse reivindicar um dos *sombrios. Eles já haviam pertencido à morte. Demônios, como alguns os chamavam. Nascidos nos rios envenenados de Verloren, criaturas oriundas dos atos cruéis e arrependimentos assombrosos dos mortos. Eles nunca foram feitos para o reino dos mortais, mas, nos tempos primórdios, alguns haviam escapado pelo portão, e o deus da morte sofria a sua perda desde então.*

Agora, enquanto Perchta berrava de raiva e até medo, Velos lançava a corrente ao redor dela e, derrotando todos os seus esforços, a arrastava pelo portal.

Assim que eles desceram, os arbustos se reuniram, tão densos que não era possível ver através deles. Uma sebe inteira de espinhos inclementes disfarçava a abertura em meio às pedras altas.

O príncipe caiu de joelhos. Por mais que o alegrasse ver a caçadora levada embora para Verloren, seu coração continuava partido com a perda da irmã, e seu corpo estava tão fraco que ele achou que poderia desabar ali mesmo, na ponte apodrecida.

Pensou nos pais, que em breve acordariam. O castelo inteiro se perguntaria o que acontecera com o príncipe e a princesa que haviam desaparecido tão subitamente durante a noite.

Ele desejou com todo o seu coração que pudesse voltar para eles. Que pudesse ter sido rápido o bastante, forte o bastante, para salvar a irmã e levá-la de volta para casa em segurança.

Quando estava prestes a permitir que os olhos exaustos se fechassem, ouviu um baque pesado e sentiu vibrações na ponte. Com um gemido, forçou-se a erguer o olhar.

Uma velha emergira da floresta e atravessava a ponte mancando.

Não. Não apenas velha. Ela era uma anciã, tão eterna quanto o mais alto carvalho, tão enrugada quanto linho antigo, tão cinza quanto o céu de inverno. Suas costas eram curvadas, e ela andava com uma bengala grossa de madeira tão retorcida quanto seus braços e pernas.

Seus olhos de raposa, no entanto, eram brilhantes e sábios.

Ela parou diante do príncipe, o inspecionando. Ele tentou se levantar, mas não tinha forças.

— *Quem é você?* — *perguntou a mulher numa voz fraca.*

O príncipe deu seu nome com todo o orgulho que conseguiu reunir, apesar do cansaço.

— *Foi sua flecha que perfurou o coração da grande caçadora.*

— *Sim. Eu esperava matá-la.*

— *Os sombrios não morrem. Mas estamos gratos que ela tenha, enfim, voltado a Verloren.*

A mulher olhou de relance para trás e...

CAPÍTULO

Vinte e três

SERILDA GRITOU, RECUANDO NUM PULO DO TOQUE INESPERADO E suave em seu pulso.

— Me desculpe! — disse Áureo, dando um passo atrás. Sua perna atingiu a roda de fiar e a derrubou de lado.

Serilda fez uma careta, levando as mãos à boca.

A roda deu meio giro antes de parar.

Áureo olhou do objeto para Serilda, as sobrancelhas franzidas.

— Desculpe — repetiu ele. Seu rosto se contraiu em um pedido de desculpas e talvez em vergonha. — Eu não deveria ter feito isso. Eu sei. Não consegui resistir, você estava tão perdida na história, e eu...

Serilda cobriu a pele exposta do pulso com a mão, ainda sentindo o formigar da carícia. Áureo acompanhou o movimento. O rosto dele assumiu uma expressão que beirava o desespero.

— Você é tão... tão *macia* — sussurrou ele.

Uma risada alta e cortante escapou dos lábios dela.

— Macia! O que você está...

Ela parou de repente quando seu olhar recaiu sobre a parede atrás da roda de fiar caída e sobre todos os carretéis que estavam vazios quando ela começara a história. Eles agora reluziam com fios de ouro, como pedras preciosas numa caixinha de joias.

Ela baixou os olhos para o chão, completamente limpo, exceto por sua capa de viagem e a vela, que ainda queimava com vigor.

— Você terminou. — Ela voltou a atenção para Áureo. — Quando, exatamente?

Ele pensou por um momento.

— Logo agora, quando a Avó Arbusto apareceu. É a Avó Arbusto, não é?

Sua voz estava séria, quase como se a velha enrugada tivesse mesmo aparecido diante deles.

Serilda reprimiu um sorriso.

— Não estrague a história.

Ele abriu um sorrisinho sabichão.

— Só pode ser ela.

Serilda franziu a testa.

— Não percebi que você tinha parado. Acho que eu poderia ter ajudado mais.

— Você estava bem absorta. Assim como eu... — Sua última palavra saiu meio estrangulada. Novamente, o olhar dele baixou para o braço exposto dela, então Áureo virou o rosto de repente, enrubescendo.

Serilda pensou na frequência com que ele parecia encontrar motivos para tocá-la, mesmo quando não precisava. Roçando seus dedos ao pegar a palha. Ou na maneira como ele segurara sua mão da outra vez, e como a lembrança provocava um tremor inesperado nela mesmo agora, depois de tanto tempo.

Sabia que era só porque ela estava viva. Não era uma sombria, fria como gelo no auge do inverno. Não era um fantasma, que parecia capaz de se dissolver com um mero sopro. Ela sabia que era só porque, para aquele garoto que não tocava uma humana mortal havia eras, se é que já tocara, ela era uma novidade.

Mas isso não impedia seus nervos de vibrarem a cada contato inesperado.

Áureo limpou a garganta.

— Eu diria que temos, talvez, meia hora até o amanhecer. A história... tem uma continuação?

— As histórias sempre têm uma continuação — respondeu Serilda automaticamente.

Um sorrisinho surgiu em seu rosto, como a chegada da primavera. Áureo se sentou no chão, cruzando as pernas e apoiando o queixo nas mãos. Lembrou Serilda de seus alunos da escola, atentos e ansiosos.

— Pode continuar, então — disse ele.

Ela riu, então balançou a cabeça.

— Só depois que você responder a algumas das minhas perguntas.

Ele franziu a testa.

— Que perguntas?

Serilda se recostou na parede de frente para ele.

— Para começar, por que você se veste como se estivesse indo dormir?

Ele esticou as costas, então baixou o olhar para as próprias roupas. Quando ergueu os braços, suas mangas se estufaram.

— Do que você está falando? É uma camisa perfeitamente respeitável.

— Não é nada. Homens respeitáveis usam túnicas. Ou gibões. Ou justilhos. Não só uma blusa bufante. Você parece um plebeu. Ou um lorde que não encontra seu criado.

Ele deu uma risada calorosa.

— Um lorde! Essa é uma ótima ideia. Não está vendo? — Ele esticou as pernas à frente, cruzando os tornozelos. — Sou o lorde desse castelo inteiro. O que mais poderia querer?

— Estou falando sério — disse ela.

— Eu também.

— Você faz *ouro*. Poderia ser um rei! Ou um duque, um conde ou algo do tipo.

— É isso mesmo o que você pensa? Cara Serilda, no momento em que o Erlking descobriu o seu suposto talento, ele a trouxe para cá e a trancou em uma masmorra, exigindo que você usasse sua habilidade para benefício *dele*. Quando as pessoas descobrem que você é capaz de fazer *isso* — ele gesticulou para a pilha de carretéis cheios de ouro —, elas não se importam com mais nada. Ouro, riqueza, bens materiais, tudo o que você pode lhes dar. Não é um presente, e sim uma maldição. — Ele coçou atrás da orelha, usando a pausa momentânea para massagear um nó nos ombros, então suspirou. O som pareceu triste. — Além disso, nada que eu quero pode ser comprado com ouro.

— Então por que você não para de pegar minhas joias?

Seu sorriso retornou, um pouco malicioso.

— Toda magia exige um pagamento. Quantas vezes preciso repetir? Eu não estou inventando só para roubar de você.

— Mas o que isso significa, exatamente?

— Exatamente o que é. Sem pagamento, sem magia. Sem magia, sem ouro.

— Onde você aprendeu isso? E como recebeu esse dom? Ou maldição?

Ele balançou a cabeça.

— Não sei. Como já falei, pode ter sido uma bênção de Hulda. Ou talvez eu tenha nascido com essa magia? Não faço a menor ideia. E aprender a receber pagamento por ela... — Ele deu de ombros. — É só algo que eu sei. Que sempre soube. Ao menos até onde me lembro.

— E como ele não nota você?

Ele respondeu com uma expressão questionadora.

— O Erlking está tendo essa trabalheira toda para me trazer aqui para fiar esse ouro quando tem alguém que faz isso morando no próprio castelo. Ele não sabe de você?

Um pânico inesperado se acendeu nos olhos de Áureo.

— Não, não sabe. E não pode saber. Se você contar a ele... — Ele se atrapalhou, buscando as palavras. — Já estou preso o bastante. Não vou me tornar um escravo dele também.

— É claro que não vou falar nada. Ele me mataria se descobrisse a verdade, de qualquer forma.

Áureo pensou um pouco, sua apreensão momentânea se dissipando.

— Mas isso não responde bem a minha pergunta. Como ele pode *não* notar você? Você... você não é como os outros fantasmas.

— Ah, ele me nota bastante. — A frase foi dita com um bocado de presunção. — Mas sou só o poltergeist residente, lembra? Ele me nota quando eu quero que me note, e eu quero que ele saiba que eu sou um total e completo incômodo. Duvido que já tenha passado pela cabeça dele que eu possa ser algo mais, e eu gostaria de manter as coisas assim.

Serilda franziu a testa. Ainda lhe parecia improvável que o rei fosse tão ignorante à presença de um fiandeiro de ouro em sua corte, mesmo um que causasse tantos problemas.

Ao ver sua desconfiança, Áureo se arrastou para mais perto.

— É um castelo grande e lotado, e ele me evita sempre que possível. O sentimento é mútuo.

— Pode ser — disse ela, sentindo que a história era maior do que isso, mas que Áureo não queria revelá-la. — E você tem certeza de que é um fantasma?

— Um poltergeist. É um tipo de fantasma particularmente desagradável.

Ela respondeu com um "hum", nada convencida.

— Por quê? O que *você* acha que eu sou?

— Não sei bem, mas já criei uma dúzia de histórias na minha cabeça, se não mais.

— Histórias? Sobre mim? — Sua expressão se animou.

— Não é possível que isso seja uma surpresa. Um estranho misterioso que aparece magicamente sempre que uma bela donzela precisa ser salva? Que se veste como um conde bêbado, mas é capaz de criar ouro com os próprios dedos. É irreverente e irritante, mas que de alguma forma também é encantador quando quer.

Ele deu uma risadinha presunçosa.

— O começo foi convincente, mas agora já sei que está zombando de mim.

A pulsação de Serilda começara a acelerar. Ela nunca fora tão sincera com um garoto antes. Um garoto bonito, cujos toques, independentemente de quão leves fossem, faziam seu corpo faiscar, se encher de vida. Ela sabia que seria mais fácil fazer graça do próprio comentário. Era óbvio que estava inventando.

Mas ele *sabia* ser encantador. Quando queria.

E ela nunca esqueceria a sensação dos braços dele ao seu redor, a reconfortando quando ela mais precisou.

— Tem razão — disse ela. — As evidências sugerem que a donzela não precisa ser nem um pouco bela para que você apareça para socorrê-la. O que, estranhamente, só aumenta o mistério.

O silêncio que se seguiu foi sufocante, e Serilda sabia que esperara por um momento a mais, torcendo para ouvir o quê? Ela não admitia nem para si mesma.

Ela afastou a decepção e voltou a olhar para Áureo. Ele a encarava, mas ela não sabia interpretar sua expressão. Confusão? Pena?

Já bastava.

Endireitando as costas, ela declarou:

— Eu acho que você é um feiticeiro.

As sobrancelhas dele se ergueram em surpresa. Então ele começou a rir, um som alto e retumbante que a aqueceu da cabeça aos pés.

— Eu não sou um feiticeiro.

— Não que você saiba — disse ela, erguendo um dedo. — Você está sob um feitiço sombrio que te fez esquecer que fez um juramento sagrado de sempre vir ao resgate de uma be... de uma boa donzela, quando ela te chamar.

Ele fixou o olhar nela e repetiu:

— Eu não sou um feiticeiro.

Serilda imitou a expressão dele.

— Eu te vi transformando *palha* em *ouro*. Você é um feiticeiro. Não tem como me convencer do contrário.

Um sorriso voltou ao rosto de Áureo.

— Talvez eu seja um dos deuses antigos. Talvez eu *seja* Hulda.

— Não pense que a ideia não me ocorreu. Mas não. Deuses são pomposos, distantes e apaixonados pela própria genialidade. Você não é nenhuma dessas coisas.

— Obrigado?

Ela abriu um sorrisinho sarcástico.

— Bem, talvez você seja meio apaixonado pela própria genialidade.

Áureo deu de ombros, sem discordar.

Ela tamborilou os dedos nos lábios, observando-o. Ele realmente era um mistério, e um que ela se sentia compelida a solucionar; mesmo que fosse só por precisar de um pouco de distração de todas as coisas terríveis que tentavam inundar seus pensamentos.

Ele não se parecia com nenhuma fada ou kobold de que ela já ouvira falar, e ela não achava que ele fosse um zwerge ou um landvættir ou qualquer uma das criaturas da floresta. Era verdade que muitas histórias giravam em torno de seres mágicos ajudando viajantes perdidos ou pescadores pobres ou donzelas desesperadas... por um preço. Sempre por um preço. E, nesse sentido, Áureo parecia se encaixar na descrição. Mas ele não tinha asas, orelhas pontudas, dentes afiados nem cauda de demônio. Ele realmente tinha certo ar travesso, ela precisava admitir. Um sorriso provocativo. Ainda assim, ele tinha um jeito de agir cuidadoso e preciso.

Ele era mágico. Um fiandeiro de ouro.

Um bruxo?

Talvez.

Um abençoado por Hulda?

Talvez.

Mas nada parecia exatamente certo.

Novamente, ela se viu inspecionando os contornos dele. Eram tão sólidos quanto de qualquer garoto que ela já conhecera no vilarejo. Não havia qualquer névoa sobre ele, como se estivesse prestes a se dissolver no ar. Nenhuma parte transparente, nenhuma silhueta borrada. Áureo parecia real. Parecia vivo.

Áureo sustentou o olhar de Serilda enquanto ela o analisava, sem nunca se encolher, nunca desviar o olhar, nunca virar o rosto de vergonha. Um sorrisinho perdurava em seus lábios enquanto ele aguardava sua proclamação.

Finalmente, ela declarou:

— Já me decidi. Seja lá o que for, você, definitivamente, não é um fantasma.

CAPÍTULO

Vinte e quatro

ÁUREO ABRIU UM SORRISO RADIANTE.

— Tem certeza?

— Tenho.

— E por que eu não seria um fantasma?

— Você é... — ela buscou as palavras certas — vivo demais.

Ele deu uma risada oca.

— Eu não me sinto vivo. Ou ao menos não me sentia. Até... — Seu olhar baixou para as mãos, os pulsos dela. De volta ao rosto.

Serilda ficou imóvel.

— Eu te diria se tivesse qualquer resposta a oferecer a esse questionamento — afirmou ele. — Mas, sendo sincero, eu nem sei se importa muito o que eu sou. Posso ir a qualquer lugar desse castelo, mas nunca posso sair. Talvez eu seja um fantasma. Talvez eu seja outra coisa. De qualquer forma, estou enclausurado aqui.

— E você está aqui há muito tempo?

— Anos.

— Décadas? Séculos?

— Sim? Talvez? É difícil ter noção do tempo. Mas sei que já tentei sair e não consegui.

Ela mordeu o interior da bochecha. Seu cérebro trabalhava a mil, cheio de ideias. Histórias. Contos de fadas. Mas ela queria saber a verdade.

— É muito tempo para ficar preso entre essas paredes — murmurou ela. — Como você aguenta?

— Eu não aguento. Mas não tenho muita escolha.

— Sinto muito.

Ele deu de ombros.

— Gosto de observar a cidade. Tem uma torre, ali no canto sudeste, com uma vista incrível das docas e das casas. Posso observar as pessoas. Se o vento estiver na direção certa, eu consigo até ouvi-las. Negociando preços. Tocando seus instrumentos. — Ele fez uma longa pausa. — Rindo. Adoro quando consigo ouvir as risadas.

Serilda fez um "hum" pensativo.

— Acho que entendo melhor agora — disse ela lentamente. — Suas piadas. As... peças que prega. Você usa a risada como uma arma, uma proteção contra suas terríveis circunstâncias. Acho que tenta criar leveza quando tudo é tão pesado.

Ele ergueu uma das sobrancelhas, impressionado.

— Sim. Você acertou perfeitamente. Prometo que só penso em margaridas e estrelas cadentes e em trazer alegria a esse mundo pavoroso. Nunca penso nem por um minuto em como Sua Malvadeza ficará roxo de raiva e passará metade da noite amaldiçoando a minha existência. Isso seria simplesmente desprezível. Muito indigno.

Ela riu.

— Acho que desprezo também pode ser uma arma.

— Exatamente. Minha favorita, na verdade. Bem. Depois de espadas. Porque quem não ama espadas?

Ela revirou os olhos.

— Conheci uma das crianças da cidade — contou ela. — Uma menina chamada Leyna. Ela e os amigos gostam de brincar nas docas. Talvez seja a risada deles que você escuta.

A expressão de Áureo se tornou agridoce.

— Já houve muitas crianças. Crianças que se tornaram adultos que fizeram mais crianças. Às vezes me sinto tão conectado a eles, como se pudesse atravessar aquela ponte e eles fossem me reconhecer. Como se fossem saber quem sou, de alguma forma. Por mais que se algum morador daquela cidade tivesse me conhecido, já estaria morto há muito tempo.

— Você tem razão — refletiu ela. — Deve ter existido um antes.

— Antes?

— Antes de você ser trancado aqui. Antes de você se tornar... seja lá o que é.

— Provavelmente — concordou ele, soando vazio. — Mas eu não lembro.

— De nada?

Ele fez que não com a cabeça.

— Se você fosse um fantasma, significaria que morreu. Você se lembra da sua morte?

Ele balançou a cabeça de novo.

— Nada.

Ela se curvou, desapontada. Tinha que haver uma forma de descobrir. Ela revirou a memória, tentando pensar em todas as criaturas não mortais de que já tinha ouvido falar, mas nada parecia se encaixar.

A vela bruxuleou. As sombras piscaram e um pavor se infiltrou no peito de Serilda diante da ideia de a noite estar chegando ao fim. Mas uma olhadela lhe informou que a vela ainda queimava com vigor, por mais que não houvesse muito mais pavio. A noite *acabaria* em breve. O Erlking voltaria. Áureo iria embora.

Aliviada por a vela ainda não ter se extinguido, Serilda olhou para ele.

Ele a observava, vulnerável e angustiado.

— Sinto muito pelo seu pai.

Ela estremeceu ao ser puxada de volta à terrível realidade que vinha tentando esquecer.

— Mas não sinto muito por ter tido outra oportunidade de te ver — continuou Áureo. — Mesmo que isso me torne tão egoísta quanto qualquer um dos sombrios. — Ele parecia arrasado em confessar isso. Retorceu as mãos no colo, os nós dos dedos embranquecendo. — E odiei te ver chorando. Mas, ao mesmo tempo, gostei muito de te abraçar.

As bochechas de Serilda ficaram quentes.

— É só que... — Ele se interrompeu, buscando as palavras. Sua voz estava densa, quase pesarosa, ao tentar novamente. — Lembra quando eu te disse que nunca conheci nenhum mortal? Não que eu saiba, pelo menos.

Serilda fez que sim.

— Isso nunca tinha me incomodado de verdade. Acho que nunca parei para pensar muito nisso. Nunca me dei conta de que vocês seriam tão... que uma pessoa viva poderia ser... como você.

— Tão macia? — perguntou ela, com um tom de provocação.

Ele exalou, constrangido, mas começando a sorrir.

— E quente. E... sólida.

O olhar dele recaiu sobre as mãos dela, apoiadas no colo. Serilda ainda sentia a carícia de mais cedo. O toque delicado em sua pele.

O olhar dela disparou para as mãos *dele*. Mãos que, até então, nunca tinham tocado um humano. Eles estavam agarrados um ao outro, como se ele estivesse tentando impedir se dissolver.

Ou de se estender para ela.

Serilda pensou em todos os toques aos quais não deu valor. Mesmo que sempre tivesse sido uma espécie de pária em Märchenfeld, ela nunca sofrera total ostracismo. Sempre tivera os abraços apertados do pai. As crianças que se aconchegavam ao seu redor quando ela contava histórias. Minúsculos momentos sem qualquer significado. Mas para alguém que nunca os vivenciara...

Umedecendo os lábios com nervosismo, Serilda se arrastou para a frente.

Áureo tensionou, observando-a com apreensão enquanto ela se aproximava, até que estivesse sentada ao seu lado, com as costas apoiadas na mesma parede que ele. Seus ombros quase, mas não completamente, juntos. Perto o bastante para fazer os pelinhos dos braços dela se arrepiarem com a proximidade.

Prendendo a respiração, ela ergueu a mão, com a palma para cima.

Áureo encarou-a por um longo, longo momento.

Quando ele finalmente estendeu a mão, estava tremendo. Ela se perguntou se ele estava nervoso, assustado, ou outra coisa.

Quando as pontas de seus dedos se juntaram, ela sentiu a tensão se esvair dele, e entendeu que aquela era a fonte do medo de Áureo. De que, daquela vez, ele fosse passar direto por ela. Ou de que a sensação não fosse ser a mesma. De que qualquer calor ou maciez que sentira antes não existisse mais.

Serilda entrelaçou os dedos nos dele. Palma com palma. Ela sentia o próprio batimento pulsando nos dedos, e se perguntou se ele também notava.

A pele dele era seca, áspera, coberta de arranhões por causa da palha. Havia sujeira incrustada nas beiradas de suas unhas quebradiças. Um corte no nó de um dedo ainda não começara a se fechar.

Não eram mãos bonitas, mas eram fortes e firmes. Pelo menos depois que finalmente pararam de tremer.

Serilda sabia que suas mãos também não eram bonitas. Mas ela não conseguia deixar de sentir que eles se encaixavam perfeitamente.

Ela e aquele garoto. Aquele... fosse lá o que ele fosse.

Tentou repelir o pensamento. Ele estava desesperado por contato humano. Qualquer contato humano. Poderia ter sido qualquer outro.

Além disso, pensou ela, olhando para o anel que ele colocara no dedo mindinho, ele poderia até ter salvado a vida dela, mas exigira seu preço. Não havia favores entres os dois. Aquilo não era uma amizade.

Mas isso não impediu que seu sangue fervesse mais a cada momento que passava de mãos dadas com ele.

Não impediu que seu coração disparasse quando ele descansou a cabeça no ombro dela, soltando um suspiro misturado a um soluço choroso.

Sua boca se abriu de surpresa.

— Você está bem? — sussurrou ela.

— Não — sussurrou ele de volta. Sua honestidade a surpreendeu. Era como se a atitude alegre e despreocupada tivesse se dissolvido, deixando-o exposto.

Serilda pressionou a bochecha contra o topo da cabeça dele.

— Devo continuar a história?

Ele deu uma risadinha baixa e pareceu pensar, mas então Serilda sentiu a cabeça dele fazendo que não. Depois, Áureo se afastou o bastante para olhar para ela.

— Por que você diz que não é bela?

— O quê?

— Mais cedo, quando falava sobre donzelas e meu... heroísmo. — Seu sorriso se tornou atrevido, mas apenas por um momento. — Você parecia estar sugerindo que... não é bonita.

Apesar do óbvio desconforto, Áureo não desviou o olhar.

— Está zombando de mim?

Ele franziu a testa.

— Não. É claro que não.

— Você não vê o que está na sua frente?

— Eu vejo precisamente o que está na minha frente.

Ele ergueu a outra mão e, quando Serilda não se afastou, repousou a ponta dos dedos suavemente na têmpora dela. Ele sustentou seu olhar com firmeza, quando tantos garotos haviam se encolhido com expressões de pena ou até absoluta aversão.

Áureo não se encolheu.

— Qual é o significado deles?

Ela engoliu em seco. Uma mentira teria sido fácil. Ela já inventara tantas para justificar seus olhos.

Por muito tempo, ela se perguntara se a história que seu pai lhe contara não passava de outra invenção.

Mas agora sabia que era a verdade, e não queria mentir para Áureo.

— Fui marcada por Wyrdith — disse ela, subitamente incapaz, ou sem vontade, de se mexer. Cada toque era uma revelação.

Os olhos dele se arregalaram.

— O deus das histórias. É claro. A roda da fortuna.

Ela fez que sim.

— Significa que eu não sou confiável. Que eu sou azarenta.

Áureo pensou por um longo tempo antes de soltar um grunhido sutil.

— A fortuna determina quem prospera e quem fracassa. É tudo uma questão de acaso.

— É o que as pessoas gostam de dizer, mas quando alguém tem boa sorte logo vão agradecer a Freydon ou Solvilde, até a Hulda. Wyrdith só recebe os créditos pelo azar.

— E as pessoas culpam você? Quando têm azar?

— Algumas, sim. Ser uma contadora de histórias não ajuda. Quase ninguém confia em mim.

— Não parece certo culpar você por coisas sobre as quais não tem controle.

Ela deu de ombros.

— Às vezes é difícil provar que a culpa não é minha.

Especialmente quando ela não tinha certeza de que eles estavam errados. Mas Serilda não queria dizer isso. Não quando, até agora, ele não havia se esquivado dela.

Áureo abaixou a mão de volta ao colo, o que a deixou igualmente aliviada e triste.

— Você não respondeu a minha pergunta.

— Já esqueci qual foi.

— Por que você acha que não é bonita?

Ela corou.

— Acho que foi muito bem respondida.

— Você me disse que é amaldiçoada pelo deus das histórias. Que as pessoas não confiam em você. Mas isso não é a mesma coisa. Basta passar tempo o bastante com os sombrios para saber que às vezes as coisas menos confiáveis são também as mais belas.

Ela pensou no Erlking, em toda a sua beleza inimaginável.

— Você acabou de me comparar a demônios de coração obscuro. Não me diga que foi um elogio.

Ele riu.

— Não sei. Talvez. — As manchas douradas nos olhos dele piscaram à luz da vela, e quando ele voltou a falar, foi tão baixinho que Serilda mal o escutou, mesmo que ele estivesse bem ao lado dela. — Isso é... muito novo para mim.

Ela queria dizer que também era muito novo para ela, mas não sabia exatamente o que *isso* significava.

Só que ela não queria que acabasse.

Ela reuniu coragem, querendo dizer o que pensava, quando a vela começou a oscilar.

Os dois olharam para a chama, desejando desesperadamente que não se apagasse. Que a noite não terminasse. Mas a chama pairava precariamente no último pedacinho de pavio, a momentos de se extinguir na cera escura.

Quando ela bruxuleou de novo, eles escutaram passos.

Uma chave na porta.

— Serilda.

Ela olhou para Áureo, de olhos arregalados, e fez que sim.

— Estou satisfeita. Vá.

Por um brevíssimo momento, ele pareceu não saber do que ela estava falando. Então sua expressão se iluminou.

— Eu não estou — sussurrou ele.

— O quê?

— Por favor, me desculpe por isso.

Ele se aproximou e pressionou os lábios contra os dela.

Serilda arquejou.

Não teve tempo de fechar os olhos, de sequer pensar em beijá-lo de volta, quando a chave virou. A fechadura estalou.

Áureo sumiu.

Ela foi deixada tremendo, suas entranhas como um bando de pardais levantando voo. A vela se apagou. Sua luz foi quase imediatamente substituída pela das tochas no corredor quando a porta foi escancarada e a sombra do Erlking recaiu sobre ela.

Serilda ergueu o olhar para ele, mas por um longo momento não o enxergou de verdade. Seus pensamentos se demoravam em Áureo. A urgência do beijo. O desejo. Como se ele temesse que aquela fosse sua última chance. De beijá-la. De beijar... qualquer um.

E agora ele se fora.

Serilda precisou de toda a sua força interior para não erguer a mão e tocar os lábios. Para não se deixar mergulhar num devaneio, revivendo aquele momento trêmulo de novo e de novo.

Por sorte, o rei só tinha olhos para o ouro. Ele a ignorou ao entrar calmamente na sala e examinar a pilha de carretéis.

— Gostaria que guardasse qualquer crise de raiva para si — disse ele serenamente ao pegar um raio da roda de fiar e virá-la rapidamente. — Esta roda é original do castelo. Odiaria vê-la quebrada.

Serilda se virou para ele. Tinha se esquecido totalmente de que a roda de fiar tombara de lado.

Engolindo em seco, ela se impulsionou para levantar, se certificando de travar as pernas para que seus joelhos não oscilassem.

— Perdoe-me. Eu... acho que caí no sono. Devo ter chutado a roda. Não fiz por mal.

Ele sorriu ligeiramente ao se virar para ela.

— Parabéns, lady Serilda. Não a estriparei esta manhã, afinal.

Ela levou um momento para processar o comentário em sua mente afobada. Ao fazê-lo, respondeu secamente:

— Estou muito grata.

— E eu também.

Não sabia se ele estava ignorando a ira dela ou se era deliberadamente indiferente.

— Deve estar cansada — disse ele. — Manfred, leve-a à torre.

O cocheiro gesticulou para que Serilda o seguisse, mas ela hesitou. Talvez nunca tivesse outra oportunidade, e o tempo não era seu aliado. Quando o Erlking avançou para o corredor, ela reuniu coragem e se pôs na frente dele, bloqueando o caminho.

Ele congelou, evidentemente surpreso.

Para suavizar o que sabia que devia ser uma enorme quebra de decoro, ela fez uma tentativa de reverência, que saiu meio torta.

— Por favor. Não desejo irritá-lo, mas... preciso saber o que aconteceu com o meu pai.

As sobrancelhas do Erlking se ergueram ao mesmo tempo que sua expressão se fechou.

— Acredito que já respondi a sua pergunta.

— O senhor disse que não sabia.

— Eu não sei. — Suas palavras saíram frias e ríspidas. — Se ele morreu durante a caçada, então sua alma já foi carregada para Verloren. Eu certamente não a quis.

Ela cerrou a mandíbula, igualmente furiosa com a insensibilidade e magoada pela oportunidade perdida de ver o pai pela última vez, se o fantasma dele tivesse se demorado por ao menos um momento na noite anterior.

Mas não... ele podia estar bem. Ela precisava acreditar que sim.

— E a minha mãe? — exigiu ela.

— O que tem sua mãe? — perguntou ele, seus olhos cinza brilhando de impaciência.

Ela tentou falar depressa.

— Meu pai me contou que, quando eu tinha menos de dois anos, minha mãe não nos abandonou do nada. — Ela analisou a expressão dele. — Ela foi levada pela caçada.

Ela esperou, mas o rei pareceu... desinteressado.

— Quero saber se ainda está com ela.

— Quer dizer, se o fantasma de sua mãe se tornou parte permanente do meu séquito?

Ele pareceu enfatizar a palavra *permanente*, mas poderia ter sido impressão de Serilda.

— Sim, milorde.

O Erlking sustentou o olhar dela.

— Nós temos muitas costureiras talentosas.

Serilda abriu a boca para questionar — sua mãe não era *de fato* uma costureira talentosa —, mas, no último momento, ela reprimiu a frase que entregaria sua mentira original.

O rei continuou.

— Se sua mãe é uma delas, não faço a mais vaga ideia, nem tenho uma gota de interesse. Se ela for minha, então não é mais sua.

Sua voz saiu fria e firme, não deixando espaço para discussão.

— Além disso, lady Serilda — continuou, agora mais suavemente —, pode acalmar seu coração perturbado ao lembrar que aqueles que se juntam à caçada vão por vontade própria. — Dessa vez, quando ele sorriu, não foi com animação, e sim provocação. — Não concorda?

Ela estremeceu ao se lembrar do anseio das mais profundas e silenciosas partes de sua alma, na noite anterior, quando escutara o chamado da corneta. Quando fora incapaz de resistir à atração. A promessa de liberdade, de ferocidade, de uma noite sem restrições ou regras.

Os olhos do rei se encheram de compreensão, e Serilda sentiu uma pontada de vergonha em saber que parte dela almejava a renúncia selvagem, e que o Erlking via isso.

— Talvez haja consolo em saber que você tem essa... semelhança com a sua mãe — disse ele com um sorriso pretensioso.

Ela desviou o olhar, incapaz de disfarçar a sensação de tragédia que se revirava em seu âmago.

— Agora, lady Serilda, sugiro que não viaje para tão longe na próxima lua cheia. Quando a convocar, espero que responda prontamente. — Ele se aproximou, com um alerta na voz. — Se eu precisar sair à sua procura de novo, não serei tão generoso.

Ela engoliu em seco.

— Talvez fosse melhor encontrar acomodação em Adalheid, de forma que não precise perder metade da noite viajando. Diga aos aldeões para a tratarem como minha convidada pessoal, e tenho certeza de que eles serão deveras atenciosos.

Ele pegou a mão de Serilda e tocou os nós de seus dedos com os lábios gelados. Os braços dela se arrepiaram. No momento em que ele a soltou, ela puxou a mão e fechou-a em punho ao lado do corpo.

Os olhos dele pareciam rir dela quando ele endireitou a coluna.

— Perdoe-me. Tenho certeza de que precisava de um pouco de descanso, mas parece que não teremos tempo de acomodá-la em seus aposentos, afinal. Até a Lua Casta, então.

Ela franziu a testa, confusa, mas antes que conseguisse responder, o mundo se transformou. Foi uma mudança súbita e brusca. Serilda não se mexera, mas, num piscar de olhos, o rei sumira. Os carretéis de ouro, a roda de fiar, o cheiro residual de palha.

Ela continuava na despensa, mas agora estava cercada de ferrugem e podridão e ar abafado e bolorento, e estava sozinha.

CAPÍTULO

Vinte e cinco

ENQUANTO AVANÇAVA PELO CASTELO VAZIO, SERILDA ESCUTOU O estrondo de trovões ao longe e uma torrente de chuva caindo nas paredes externas do castelo. Algo pingava por perto. Suave e constante. Ela sentia a umidade nos ossos, e nem sua capa bloqueava o frio penetrante. Voltou a tremer ao tentar encontrar o caminho pelo labirinto de corredores. O castelo parecia tão diferente daquele lado do véu, com a mobília esparramada e tapeçarias rasgadas. Ela logo descobriu a fonte do som de gotejamento: uma janela com um buraco na alvenaria deixava a água da chuva passar. Uma poça começava a se formar no chão.

Serilda prendeu a respiração ao passar, esperando que a água se transformasse em sangue.

Isso não aconteceu.

Ela soltou o ar com força. Seus músculos estavam travados e tensos, esperando que as criaturas que assombravam o castelo acordassem. Toda vez que ela espiava por uma esquina, esperava ver um monstro mortal, uma poça de sangue ou alguma outra coisa terrível.

Mas o castelo permaneceu sinistramente silencioso.

As lembranças da noite anterior se embaralhavam em sua mente exausta. Apenas um dia antes, ela ousara nutrir esperanças de que estava segura. De que seu pai estava seguro. A quilômetros de Märchenfeld. Eles ficaram de olho em corvos de olhos vazios. Pensaram que tinham sido tão cuidadosos.

Mas o Erlking a encontrara mesmo assim. Ele *os* encontrara mesmo assim.

Se ela não tivesse sido tão tola, se não tivesse tentado fugir, seu pai estaria em casa naquele momento. Esperando por ela.

Tentou afastar o medo. Talvez ele *estivesse* em casa naquele momento, esperando por ela. Talvez tivesse acordado, confuso e machucado, com vagas lembranças da caçada, mas bem, de forma geral. Ela se lembrou de que, por mais que a caçada às vezes deixasse corpos para trás depois de sua procissão enlouquecida, o mais comum era que suas vítimas acordassem. Atordoadas, envergonhadas, mas intactas, na medida do possível.

Fora provavelmente isso que acontecera com o pai dela.

Àquela altura ele provavelmente já fora para casa, ou estava a caminho, ansioso para reencontrá-la.

Foi isso que Serilda disse a si mesma.

Então ordenou seu coração a acreditar.

Eles logo estariam juntos de novo, e ela não cometeria o mesmo erro duas vezes. Via agora como tinham sido tolos ao pensar que poderiam escapar tão facilmente. Ela se perguntou se haveria algum lugar no mundo onde o Erlking e sua caçada selvagem não pudessem encontrá-la.

Mas, mesmo enquanto pensava nisso, outra pergunta brotou em sua mente.

Ela ainda queria escapar?

Sabia que, se não encontrasse uma forma de sair daquela situação, só havia um único fim possível para ela. O Erlking descobriria suas mentiras. Ele a mataria e colocaria sua cabeça numa parede do castelo.

Mas ela também queria saber o que acontecera com sua mãe, havia tantos anos.

Se ela fosse uma integrante da corte morta-viva, não seria o dever de Serilda tentar libertá-la? Deixar seu espírito descansar e finalmente ser guiado para Verloren? Ela só quisera uma noite de liberdade com a caçada. Não merecia ficar presa para sempre.

E também tinha outro fantasma — ou fosse lá o que ele fosse — se demorando em seus pensamentos.

Áureo.

O beijo fora costurado em sua mente. Feroz. Desesperado. Desejoso.

Por favor, me perdoe por isso.

Ela pressionou os lábios com a ponta dos dedos, tentando recriar a sensação. Mas, na noite anterior, ela sentira como se o chão tivesse se aberto sob seus pés.

Agora ela só sentia os próprios dedos, dormentes de frio.

Ela esfregou as mãos, baforando nelas. Queria acreditar que o beijo *significara* alguma coisa, mesmo que só por ter sido seu primeiro. Ela não admitiria para ninguém, mas passara horas sonhando com aquele momento. Fiara incontáveis fantasias sobre ser arrebatada por alguém, de príncipes a vilões bem-intencionados. Imaginara um romance no qual o herói acharia sua perspicácia, seu charme e sua coragem tão dolorosamente irresistíveis que não teria escolha exceto tomá-la nos braços e beijá-la até que ela ficasse zonza e sem ar.

O beijo de Áureo fora breve e súbito, como um relâmpago.

E a deixara zonza e sem ar mesmo assim.

Mas por quê? Por mais que ela quisesse pensar que ele a achava irresistível, uma voz pragmática a alertava de que a história provavelmente não era tão romântica assim.

Ele era um prisioneiro. Um rapaz... aprisionado e solitário dentro do castelo por só os deuses sabiam quanto tempo. Sem companhia, sem nem uma gota de esperança de afeto físico.

Até agora.

Até *ela*.

Poderia ter sido qualquer outro.

Mesmo nesse caso, Áureo estava preso ali, e ela queria ajudá-lo. Queria ajudar a todos eles.

Sabia que era uma ideia ingênua. O que ela, uma simples filha de moleiro, poderia fazer para derrotar o Erlking? Ela precisava se preocupar com a própria vida, a própria liberdade, não a dos outros.

Mas Serilda fantasiava demais com heroísmo para ignorar a faísca de empolgação ao pensar em salvar a mãe, se ela estivesse precisando de resgate.

Salvar Áureo.

Salvar... a todos.

E, se algo acontecera a seu pai, ela se certificaria de que o Erlking pagasse o preço.

Parou de repente e olhou ao redor, suas ideias de revanche se disseminando. Ela estivera convencida de que se aproximava do salão principal, mas o corredor que deveria virar à esquerda agora virava à direita, e ela se viu questionando cada curva que fazia.

Ela se esgueirou para uma sala onde uma estante de livros exibia nada além de teias de aranha. Espiou pela janela, tentando se orientar.

A chuva caía com força, o vento espalhando correntes de névoa pela superfície do lago, obscurecendo a margem distante. Do pouco que conseguiu enxergar, Serilda determinou que estava em algum ponto próximo da ponta noroeste do torreão. Ficou surpresa ao ver um segundo pátio abaixo, entre o torreão e o muro externo. Estava tão tomado por ervas daninhas e mudas enraizadas que quase parecia um jardim silvestre.

Seu olhar recaiu sobre uma torre, então uma parte de sua conversa com Áureo lhe veio à mente. Ele mencionara a torre sudoeste. Parecera seu lugar favorito, onde ele gostava de observar a cidade, as pessoas.

Serilda sempre tivera dificuldade de resistir à curiosidade.

Se Áureo fosse um tipo de fantasma, será que seu espírito permanecia no castelo agora? Será que ele conseguia vê-la? O pensamento foi quase sinistro, mas também um pouco reconfortante.

Ela pensou no drude que a atacara.

No candelabro que atacara *o drude*.

Poderia ter sido...?

Retornou ao corredor, andando mais rápido agora, se concentrando em cada curva para evitar se perder de novo. A cada esquina, ela parava para se certificar de que não encontraria espíritos malévolos ou pássaros coléricos. Tentou imaginar o torreão e seus numerosos pináculos. Um mapa começava a se formar em sua mente. Ela passou por outra porta aberta que dava para uma escada em espiral e supôs que fosse a torre mais baixa da parede oeste.

Por enquanto, nenhum sinal de vida; ou de morte, por sinal. Nenhum grito. Nenhum nachtkrapp a vigiando com olhos vazios.

Ela parecia sozinha. Só ela e o baque suave das botas no carpete puído.

Perguntas a angustiavam a cada porta por que passava. Ela viu uma harpa ainda de pé em meio a páginas de música amareladas e espalhadas pelo chão. Um depósito cheio de barris de vinho cobertos de poeira. Baús de madeira apodrecendo e bancos estofados agora transformados em lares para os roedores locais.

Até que uma porta revelou outra escada em espiral.

Ela ergueu a saia ao subir para a torre, passando por uma série de alcovas, pedestais vazios e a estátua de um cavalheiro de armadura segurando um grande escudo, cuja metade inferior estava quebrada. Na quarta volta completa pelos degraus em caracol, a escada acabou; não em uma porta, mas em uma escada de mão que subia para um alçapão.

Serilda avaliou-a com desconfiança, sabendo que, por mais que a madeira pudesse parecer firme, tudo no castelo era suspeito. Qualquer um daqueles degraus de madeira poderia estar podre.

Ela esticou o pescoço, tentando ver o que havia acima, mas só conseguiu ver mais paredes de pedra e a luz cinzenta do dia. O som da tempestade estava mais forte ali, a chuva esmurrando as telhas diretamente acima de sua cabeça.

Serilda apoiou a escada e verificou se estava segura antes de começar a escalar, um degrau por vez. A madeira rangeu sob o peso dela, mas aguentou. Assim que passou a cabeça pelo alçapão, ela olhou ao redor, temendo que algum espírito vingativo pudesse estar esperando para jogá-la por uma janela, ou fosse lá o que espíritos vingativos fizessem.

Mas só o que viu foi mais um cômodo abandonado naquele castelo funesto.

Serilda subiu até o topo e saiu da escada. Não se tratava de uma torre de observação para defesa — essas ficavam nos muros externos —, mas uma sala projetada para o deslumbramento. Para admirar as estrelas, o lago, o nascer do sol. Era um cômodo circular, com gigantescas janelas de vidro translúcido com vista para todas as direções. Ela via tudo. O lago. O pátio. A ponte encoberta de névoa. As montanhas; ao menos tinha certeza de que conseguiria vê-las quando a neblina densa se dissipasse. Ela podia ver até a fileira de vitrais pela qual passara em suas explorações anteriores.

E ali, a cidade reluzente de Adalheid.

Apesar de não parecer tão reluzente hoje. Na verdade, ela era uma visão triste, sitiada pela chuva. Mas Serilda tinha uma boa imaginação, e não precisou de muito esforço para imaginá-la à luz do sol, especialmente à medida que o inverno dava lugar à primavera. Ela imaginou a luz dourada penetrando pelas nuvens. Como as construções pintadas brilhariam como conchas, como os telhados de telhas pareceriam pequenas lâminas de ouro. Tagetes e gerânios tomariam os canteiros das janelas, e os trechos de terra escura ficariam exuberantes com repolhos fartos, pepinos e vagens.

Era uma cidade adorável. Ela entendia por que Áureo gostava de observá-la, especialmente quando cercado por tanta treva em comparação. Mas também a deixava triste pensar nele ali, totalmente sozinho. Ansiando por mais.

Algo macio e quente, leve como um sopro, fez cócegas na nuca de Serilda.

Ela exclamou e deu um giro.

O cômodo estava vazio, tão abandonado como no momento em que ela subira a escada.

Seus olhos dispararam para todos os cantos. Seus ouvidos se aguçaram para escutar acima do som da tempestade.

— Áureo? — sussurrou ela.

A única resposta foi um arrepio que percorreu sua espinha.

Serilda ousou fechar os olhos. Ela ergueu hesitantemente uma das mãos, esticando os dedos para o nada.

— Áureo... se você estiver aqui...

Um leve toque em sua palma. Dedos se entrelaçando com os dela.

Serilda abriu os olhos de repente.

A sensação desapareceu.

Não havia ninguém ali.

Ela poderia ter imaginado tudo.

Então...

Um grito.

Serilda se virou para a janela mais próxima e olhou para o muro do castelo abaixo. Avistou a silhueta de um homem correndo pelo adarve, sua armadura de malha prateada reluzindo. Estava quase na torre quando parou subitamente. Ficou imóvel por um minuto, as costas arqueadas e o rosto virado para o céu.

Para Serilda.

Ela pressionou uma das mãos contra a janela, embaçando o vidro com sua respiração.

O homem caiu de joelhos. Sangue gorgolejou de sua boca.

Antes que caísse com a cabeça na pedra, ele desapareceu.

E outro grito soou, vindo do outro lado da torre. Do pátio principal.

O grito de uma criança. Um choro de criança. E outro homem implorando: *Não! Por favor!*

Serilda se afastou da janela, tapando os ouvidos. Com medo de olhar. Com medo do que poderia ver, sabendo que não poderia fazer nada para impedir a cena.

O que *acontecera* naquele castelo?

Com um suspiro trêmulo, ela segurou a escada e começou a descer depressa. No quarto degrau, a madeira rachou e partiu. Ela gritou e pulou o resto do caminho até o chão. Suas pernas tremiam enquanto descia a escada em caracol.

Ela chegou ao segundo andar e quase colidiu com uma criatura quadrada e enrugada de longas orelhas pontudas, vestindo um avental que já fora branco e agora estava coberto de sujeira.

Serilda saltou para trás, com medo de que fosse outro drude.

Mas não, era só uma kobold. Duendes inofensivos que trabalhavam frequentemente em castelos e mansões. Alguns os consideravam um símbolo de sorte.

Só que aquela kobold encarava Serilda com olhos fervorosos, o que a fez hesitar. Será que ela era um fantasma? Será que conseguia vê-la?

A criatura se aproximou um passo, balançando os braços.

— Vá! — disse ela com voz esganiçada. — Eles estão vindo! Rápido, para o rei e a rainha! Precisamos salvar...

Suas palavras foram cortadas por um arquejo estrangulado. A kobold levou os dedos rugosos à garganta ao mesmo tempo que um sangue amarronzado começou a vazar por entre eles.

Serilda se virou e correu na direção oposta. Não demorou até que voltasse a se sentir zonza e desse meia-volta. Com medo de estar andando em círculos. Ela passou cambaleando por cômodos desconhecidos, através de portas abertas. Esgueirou-se para os corredores de serviço antes de adentrar um grande salão de baile ou uma biblioteca ou uma sala de estar, e a cada esquina que virava, os gritos se erguiam ao seu redor. A pressa de passos apavorados. O cheiro metálico de sangue no ar.

De repente, Serilda parou.

Ela encontrara o corredor com o arco-íris de luz. Os sete vitrais, os sete deuses desatentos à garota diante deles.

Ela apertou o ponto dolorido na lateral do corpo.

— Tudo bem — disse, arfando. — Eu sei onde estou. Só preciso... encontrar a escada. Ela estava...

Serilda olhava para os dois lados, tentando refazer seus passos da última vez em que estivera ali. As escadas estavam à esquerda ou à direita?

Ela escolheu a direita, mas assim que fez a curva, soube que estava errada.

Não, aquele era o salão estranho com os candelabros. Todas as portas fechadas, exceto pela última, com seu brilho pálido incomum, as sombras se movendo no chão, a tapeçaria de cores vívidas que ela mal conseguia ver.

— Dê meia-volta — sussurrou para si mesma, impelindo os pés lhe obedecerem. Ela precisava sair daquele castelo.

Mas seus pés não escutaram. Havia algo naquele cômodo. A maneira como as luzes brilhavam na alvenaria.

Como se quisesse ser descoberto.

Como se esperasse por ela.

— Serilda, o que você está fazendo? — murmurou ela.

Todos os candelabros haviam sido derrubados por aquela força invisível da última vez que estivera ali. Eles continuavam espalhados pelo corredor. Teria sido um poltergeist? *O* poltergeist?

Ela pegou o primeiro candelabro pelo qual passou, empunhando-o como uma arma.

Foi só quando a beira da tapeçaria entrou no seu campo de visão que ela se lembrou. Da última vez, a porta se fechara com força.

Não deveria estar aberta agora.

Ela franziu a testa.

NÃO!

O grito atacou-a de todas as direções. Serilda se encolheu, apertando com força o candelabro de ferro.

O bramido viera de todo lugar. Das janelas, das paredes... de sua própria mente.

Era furioso. Assustador.

Vá embora!

Ela deu um passo para trás, mas não fugiu. Seus braços tremiam sob o peso do candelabro.

— Quem é você? O que tem nessa sala? Se eu pudesse só ver...

A porta que a separava da tapeçaria se fechou com força.

VÁ!

Em uníssono, as portas restantes do corredor começaram a se abrir e se fechar com força — *POU-POU-POU* —, uma depois da outra. Um coro raivoso, uma melodia retumbante.

EMBORA!

— Não! — gritou ela de volta. — Preciso ver o que tem lá dentro!

Um grito estridente atraiu seu olhar para as vigas. Um drude se pendurava de um lustre, as garras clicando, os dentes expostos enquanto se preparava para atacá-la.

Ela congelou.

— Tudo bem — sussurrou ela. — Você venceu. Eu vou embora.

Ele rosnou.

Serilda recuou para o corredor, empunhando sua arma improvisada. Assim que chegou às janelas, soltou o candelabro e correu.

Estava mais certa do caminho dessa vez. Não parou na sala do trono, não parou para nada. Ignorou a cacofonia de gritos e colisões e o cheiro infindável de sangue. O ocasional movimento na visão periférica. Uma sombra estendendo a mão para ela. Dedos agarrando. O som de passos correndo para todo lado.

Até o saguão de entrada, com as gigantescas portas entalhadas bem fechadas contra a chuva tamborilante. Sua saída.

Mas ela não estava sozinha.

Ela parou de repente, balançando a cabeça, implorando que o castelo a deixasse em paz, a deixasse sair.

Uma mulher estava parada bem na frente da porta. Ao contrário da kobold e do homem no muro do castelo, a mulher *parecia* uma aparição, como um fantasma de conto de fadas. Não era exatamente velha. Mais ou menos da idade do pai de Serilda, pensava ela. Mas tinha a expressão pesarosa de alguém que já vira muito sofrimento na vida.

Serilda olhou ao redor, procurando outra saída. Certamente devia haver outras portas conectadas ao torreão.

Precisava encontrá-las.

Mas, antes que conseguisse virar a esquina mais próxima, a mulher virou a cabeça. Seu olhar recaiu em Serilda. Suas bochechas estavam marcadas por lágrimas.

E... Serilda a reconheceu. Cabelo bem trançado e uma bainha na cintura. Só que, da última vez que vira a mulher, ela cavalgava um corcel poderoso. Um lenço amarrado ao redor do pescoço. Ela sorrira para Serilda.

Acredito que ela fale a verdade.

Serilda hesitou, assustada. Por um momento, a mulher pareceu reconhecê-la também.

Mas logo a expressão da aparição foi tomada por dor.

— Eu o ensinei o melhor que pude, mas ele não estava pronto — disse ela, a voz embargada por lágrimas não derramadas. — Eu o decepcionei.

Serilda levou uma das mãos ao peito. O sofrimento na voz da mulher era tangível.

Curvando-se para a frente, a mulher colocou uma das mãos abertas na enorme porta e soluçou.

— Decepcionei todos eles. Eu mereço isso.

Serilda começou a se aproximar, desejando poder fazer alguma coisa, qualquer coisa, para abrandar seu tormento.

Mas, antes que pudesse alcançá-la, uma fina linha vermelha apareceu ao redor do pescoço da mulher. Seus soluços silenciaram abruptamente.

Serilda soltou um grito de surpresa, saltando para trás enquanto a mulher desabava, o corpo se esparramando no chão da entrada.

A cabeça dela rolou por mais alguns metros, parando a meros passos de Serilda. Os olhos estavam arregalados. A boca se contorcia, formando palavras silenciosas.

Ajude-nos.

— Sinto muito — arquejou Serilda. — Sinto muito mesmo.

Ela não podia mais ajudar.

Em vez disso, fugiu.

CAPÍTULO

Vinte e seis

ESTAVA QUASE NA PONTE LEVADIÇA QUANDO AVISTOU UMA SILHUETA
deitada à sombra da árvore de viburno. Serilda parou de repente, o coração a mil. Uma dor aguda penetrava a lateral de seu corpo.

Primeiro, ela pensou: *monstro*.

Mas não. Ela reconheceu a pelagem castanha e a crina marrom-escura.

Seu segundo pensamento... *morto*.

Seu coração martelava enquanto ela se aproximava, lágrimas se acumulando nos olhos. Zelig estava deitado de lado, de olhos fechados, totalmente imóvel.

— Ah, Zelig...

Surpreso, o cavalo levantou a cabeça, repousando os olhos assustados nela. Serilda arfou.

— Zelig!

Ela correu até ele, colocando as mãos sobre sua cabeça enquanto o cavalo soltava um relincho lamurioso. Ele fuçou a mão dela, apesar de ela suspeitar que ele estivesse procurando comida tanto quanto demonstrando afeto. Ela não se importava. Já chorava de alívio.

— Bom menino — sussurrou ela. — Bom menino. Está tudo bem agora.

Ela precisou de algumas tentativas até que o cavalo se firmasse sobre os cascos e se levantasse com dificuldade. Dava para perceber que ele ainda estava exausto da noite anterior. Serilda encontrou o arreio largado entre as ervas daninhas a poucos metros, e o cavalo não recuou quando ela passou a rédea sobre sua cabeça. Torcia para que ele estivesse tão grato em vê-la quanto ela estava em vê-lo.

Agora só precisava encontrar o pai.

Serilda secou as lágrimas e puxou Zelig pela ponte, seus cascos chapinhando nas poças de chuva. Ela repetiu diversas vezes a si mesma que não estava sendo perseguida. Os fantasmas estavam presos dentro do castelo. Não poderiam segui-la; ao menos não quando o véu tinha abaixado.

Ela estava bem.

As ruas de Adalheid estavam vazias. Não havia aldeões para encarar Serilda dessa vez quando ela e o cavalo emergiram das ruínas. A névoa se dissipou lentamente, revelando as construções decoradas com vigas de madeira ao longo da costa, a água escorrendo das calhas e formando riachinhos pelos paralelepípedos.

Ela estava ansiosa para ir imediatamente para casa e ver se seu pai conseguira voltar — para ter certeza de que ele estava bem —, mas Zelig precisava de comida, então, com o coração pesado, Serilda se virou na direção do Cisne Selvagem. Talvez pudesse hospedar Zelig lá por alguns dias e ver se outra pessoa estaria disposta a levá-la a Märchenfeld, ou algum lugar próximo o bastante. Mas sabia que não seria provável, não com aquele tempo. Havia um risco muito grande de as rodas da carroça entalarem com tanta lama.

O estábulo atrás da pousada estava cheio de feno e tinha até um balde na entrada cheio de maçãzinhas bem vermelhas. Serilda guiou Zelig para uma baia vazia. Ele curvou a cabeça para a tina, ansioso para se fartar de água fresca. Serilda deixou algumas maçãs ao alcance dele e se dirigiu para a pousada.

Ela passou pela porta e, deixando uma pequena trilha d'água por causa da capa encharcada, seguiu direto para a lareira crepitante nos fundos da estalagem. Era uma manhã tranquila, e apenas algumas mesas estavam ocupadas, provavelmente por hóspedes da pousada. Serilda duvidava de que os aldeões fossem enfrentar a chuva, independentemente do quão gostoso fosse o café da manhã.

O ar cheirava a cebolas fritas e bacon. O estômago de Serilda roncou enquanto ela batia de leve na mesa de carvalho.

— Ora, e não é que a nossa aparição local voltou — disse Lorraine, emergindo da cozinha com um prato de comida. Ela pôs a comida na mesa ao lado da janela e se aproximou de Serilda com as mãos nos quadris. — Quando tranquei tudo para a caçada ontem à noite, me perguntei se você estaria de volta hoje.

— Não exatamente por escolha — respondeu Serilda. — Mas aqui estou. Posso te pedir outro copo de sidra?

— É claro, é claro. — Mas Lorraine não voltou imediatamente para a cozinha. Em vez disso, estudou Serilda por um longo momento. — Preciso dizer... Morei a vida toda nessa cidade, e nunca ouvi falar do Erlking sequestrando um humano e deixando-o partir ileso. Veja bem, não estou dizendo que não é uma coisa boa, mas está me deixando nervosa, e sei que não sou a única a pensar assim. Os sombrios são aterrorizantes, mas pelo menos são previsíveis. Encontramos maneiras de viver à sombra deles, até mesmo prosperar. Não acha que esse seu *combinado* com o Erlking vai mudar isso, acha?

— Espero que não — falou Serilda, um pouco abalada. — Mas, para ser sincera, eu não sei bem o quanto entendo sobre esse combinado. No momento, estou basicamente concentrada em tentar impedi-lo de me matar.

— Garota esperta.

Ao se lembrar do que o Erlking dissera logo antes do nascer do sol, Serilda retorceu as mãos.

— Preciso te contar que o Erlking basicamente me ordenou a voltar na Lua Casta. Ele sugeriu que eu... hum... ficasse aqui em Adalheid para não precisar viajar uma distância tão grande quando ele me convocar. Disse que o povo daqui seria atencioso.

Uma expressão azeda surgiu no rosto de Lorraine.

— Claro que ele disse isso, sim.

— Não quero tirar vantagem da sua hospitalidade, juro.

Lorraine deu uma risadinha.

— Acredito quase inteiramente. Não se preocupe. É fácil ser generoso num vilarejo como Adalheid. Todos temos mais do que precisamos. Além disso, aquele castelo é mais tomado por escuridão do que meu porão, e por mais fantasmas do que um cemitério. Posso imaginar pelo que você passou.

Parte da tensão se dissipou dos ombros de Serilda ao ouvir seu tom bondoso.

— Obrigada. Não tenho nenhuma moeda comigo dessa vez, mas quando voltar de Märchenfeld estarei mais preparada...

Lorraine a interrompeu com um gesto.

— Não arriscarei enfurecer a caçada, quer você tenha moedas ou não. Tenho uma filha em quem pensar, sabe?

Serilda engoliu em seco.

— Eu sei. Realmente não desejo ser um peso, mas será que eu poderia alugar um quarto durante a lua cheia?

Lorraine fez que sim.

— Considere o Cisne Selvagem sua segunda casa.

— Obrigada. Você terá seu pagamento.

Lorraine deu de ombros.

— Vamos dar um jeito quando chegar a hora. Ao menos você não sentirá que precisa ludibriar Leyna para que ela pague seu café da manhã dessa vez.

Serilda corou.

— Ela te contou sobre isso?

— Ela é uma boa menina, mas péssima em guardar segredos. — A mulher pareceu hesitar, então suspirou profundamente e cruzou os braços. — Eu quero ajudá-la. É da minha natureza, e Leyna ficou muito encantada por você, e... bem. Você não me parece do tipo que sai por aí *procurando* encrenca, um hábito que não tolero.

Serilda se remexeu.

— Não, mas as encrencas frequentemente me encontram.

— É o que parece. Mas eu não vou pisar em ovos. Preciso te dizer que as pessoas daqui estão assustadas. Eles viram uma garota humana saindo do castelo na manhã seguinte à caçada, e isso nos assustou. Os caçadores não saem muito da rotina. As pessoas temem o que pode significar. Elas acham que você pode ser um...

— Mau presságio?

Lorraine fez uma expressão de compaixão.

— Exatamente. Seus olhos não ajudam.

— Nunca ajudaram.

— Mas o que *me* preocupa — disse Lorraine — é que Leyna parece ter a impressão de que você está em busca de algum tipo de vingança. Que você pretende matar o Erlking.

— É mesmo? Crianças e suas imaginações.

Lorraine ergueu uma sobrancelha com uma expressão desafiadora.

— Talvez tenha sido um mal-entendido, mas é isso que ela vem contando para quem quiser ouvir. Como te disse, ela não é muito chegada a segredos.

Serilda tirou a capa, ficando com calor, apesar das roupas úmidas. Ela não pedira a Leyna para *não* contar a ninguém. Na verdade, já esperava que ela fosse espalhar a história para as outras crianças. Não deveria estar surpresa.

O estranho era que, na época, ela não tinha motivo para buscar vingança contra o Erlking. Aquilo fora antes de descobrir que ele realmente levara a mãe dela. Fora antes de o pai dela ser derrubado do cavalo durante a caçada selvagem. Fora antes de a faísca de ódio começar a fumegar em seu peito.

— Eu te garanto que não pretendo causar nenhum problema.

— Tenho certeza de que não — respondeu Lorraine. — Mas não vamos supor que os sombrios se importam com suas boas intenções.

Serilda baixou os olhos, dando razão à mulher.

— Para seu próprio bem, espero que estivesse apenas tentando impressionar uma menininha criativa. Porque, se realmente acha que vai fazer algum mal ao Erlking, então você é uma tola. A ira dele não deve ser testada, e não vou permitir que minha filha, ou meu vilarejo, sejam envolvidos nisso.

— Entendo.

— Que bom. Vou lhe trazer aquela sidra, então. Café da manhã também?

— Se não for pedir demais.

Depois que Lorraine saiu apressada, Serilda pendurou a capa num gancho ao lado da lareira e se acomodou na mesa mais próxima. Quando a comida chegou, ela a devorou com avidez, surpresa novamente com a fome que a provação no castelo lhe causara.

— Você voltou! — exclamou uma voz animada, e Leyna se jogou no assento à sua frente, com os olhos brilhando. — Mas como? Ontem eu e meus amigos passamos o dia todo de olho nas estradas. Alguém teria notado você voltando à cidade. A não ser... — seus olhos se arregalaram — que você tenha sido trazida pela caçada. *De novo?* E ele ainda não te matou?

— Ainda não. Acho que tive sorte.

Leyna não pareceu convencida.

— Falei para mamãe que achava você corajosa, mas ela disse que talvez você estivesse tentando chegar em Verloren antes do seu tempo.

Serilda deu uma risada.

— Não de propósito, eu juro.

Leyna não sorriu.

— Sabe, sempre nos falaram para ficar longe daquela ponte. Até você, eu nunca tinha ouvido falar de ninguém atravessando aquela ponte e voltando... bem, vivo.

— Você ouviu falar de pessoas voltando mortas?

— Não. Os mortos ficam presos lá.

Serilda deu um gole na sidra.

— Você pode me contar mais sobre o castelo e a caçada? Se não se importar.

Leyna pensou por um momento.

— A caçada selvagem aparece toda lua cheia. E também nos equinócios e nos solstícios. Nós trancamos as portas e janelas e tapamos os ouvidos com cera para não escutar o chamado.

Serilda precisou desviar o olhar, com o coração apertado ao se lembrar de como o pai insistira que eles fizessem o mesmo. Será que ele não colocara a cera fundo o suficiente? Ou a tirara enquanto dormia? Talvez não importasse. Tudo tinha dado errado, e ela não sabia se algum dia voltaria a estar certo.

— Por mais que todo mundo diga que a caçada nos deixará em paz — continuou Leyna. — Eles não levam crianças, nem... ninguém de Adalheid. Ainda assim, os adultos sempre ficam nervosos em época de lua cheia.

— Por que a caçada não leva pessoas daqui?

— Por causa do Banquete da Morte.

Serilda franziu a testa.

— Do quê?

— Do Banquete da Morte. No equinócio da primavera, o dia em que a morte é derrotada ao fim do inverno, abrindo caminho para vida nova. Vai acontecer daqui a poucas semanas.

— Certo. Também temos um festival em Märchenfeld, mas chamamos de Dia de Eostrig.

Leyna assumiu um olhar assombrado.

— Bem, não sei como é em Märchenfeld, mas aqui em Adalheid o equinócio da primavera é a noite mais aterrorizante do ano. Todos os fantasmas, sombrios e cães do inferno saem do castelo e vêm para a cidade. Nós preparamos um banquete para eles e deixamos animais para eles caçarem. Eles montam uma fogueira enorme e fazem muito barulho, e é muito assustador, mas também meio divertido, porque eu e a mamãe normalmente acabamos lendo na frente da lareira a noite toda, já que não conseguimos dormir direito.

Serilda a encarou, tentando imaginar a cena. Uma cidade convidando voluntariamente a caçada selvagem a correr desenfreada pelas ruas por uma noite inteira?

— E é porque vocês preparam essa celebração para eles que eles concordam em não levar ninguém na caçada?

Leyna fez que sim.

— Mas ainda temos que tapar os ouvidos com cera. Para o caso de o Erlking mudar de ideia, imagino.

— Mas por que vocês não vão simplesmente embora? Por que ficar tão perto do castelo do Erlking?

A menina franziu a testa, como se tal ideia nunca houvesse lhe ocorrido.

— Aqui é nosso lar.

— Muitos lugares podem ser um lar.

— Acho que sim. Mas Adalheid... Bem. A pesca é boa. Tem terras agrícolas nos arredores que também são ótimas. E recebemos muitos comerciantes e viajantes de passagem por Nordenburg, seguindo para os portos do Norte. A pousada costuma ficar cheia, principalmente depois que o tempo esquenta. E... — Ela se interrompeu, como se quisesse falar mais e soubesse que não deveria. Serilda podia vê-la debatendo consigo mesma. Mas a expressão logo passou, substituída por empolgação ao perguntar: — Você realmente conheceu algum fantasma do castelo? Eles são todos terríveis?

Serilda franziu a testa com a mudança de assunto.

— Conheci alguns. O cavalariço pareceu gentil, apesar de eu não poder falar que realmente o *conheço*. E tem o cocheiro. Ele é... ranzinza. Mas tem um cinzel preso no olho, o que provavelmente também me deixaria ranzinza.

Leyna fez uma cara de repulsa.

— E tem um garoto mais ou menos da minha idade. Ele tem me ajudado, na verdade. É um pouco travesso, mas dá para perceber que tem um bom coração. Ele me disse que se importa com as pessoas do vilarejo, mesmo que não possa conhecer nenhum de vocês.

Leyna, no entanto, pareceu meio decepcionada.

— O que foi? — perguntou Serilda.

— Só isso? Você não conheceu uma fada? Ou um duende? Ou alguma criatura mágica que consiga, sei lá, fazer... ouro? — A última palavra saiu quase como um gritinho.

— Ouro? — gaguejou Serilda.

Leyna fez uma careta e gesticulou apressadamente.

— Deixa pra lá. É bobeira.

— Não! Não é mesmo. É só que... esse garoto que eu mencionei. Ele consegue fazer ouro. A partir de palha. A partir de... bem, imagino que praticamente qualquer coisa. Como você sabia?

A expressão de Leyna mudou de novo. Ela não parecia mais decepcionada, mas quase em êxtase ao se aproximar e pegar as mãos de Serilda.

— Você o *conheceu*! Mas é um garoto? Tem certeza? Sempre imaginei Vergoldtgeist como um pequeno elfo atencioso. Ou um troll de bom coração. Ou...

— Vergoldtgeist? O que é isso?

— O Espírito Áureo. — O rosto de Leyna se franziu de culpa. — Mamãe não ia querer que eu te contasse. É meio que um segredo do vilarejo, e não devemos falar dele para estranhos.

— Eu não sou uma estranha — disse Serilda, com o coração acelerado. — O que exatamente é o Espírito Áureo?

— É ele quem deixa o ouro. — Leyna lançou um olhar para a cozinha, se certificando de que sua mãe estava fora de vista, e abaixou a voz. — Depois do Banquete da Morte, há presentes de ouro deixados por todas as rochas do lado norte do castelo. Às vezes, eles caem no lago. A maioria é recuperada pelos pescadores depois do banquete, mas ainda dá para encontrar peças que eles deixaram passar, de vez em quando. Gostamos de mergulhar em busca delas no verão. Eu nunca encontrei nada, mas minha amiga Henrietta uma vez achou uma pulseira de ouro presa entre duas pedras. E mamãe tem uma estatuetinha que o avô dela tirou da água quando era jovem. É claro que não ficamos com a maioria. Boa parte é vendida ou trocada. Mas eu diria que praticamente todo mundo da cidade tem uma ou duas lembrancinhas do Vergoldetgeist.

Serilda a encarou, imaginando os dedos ágeis de Áureo, a roda de fiar girando depressa. A palha transformada em ouro.

Não só palha. Ele conseguia transformar quase tudo em ouro. Fora o que ele dissera.

Era isso o que ele fazia. E, todo ano, ele dava os presentes que criara a partir dos seus fios de ouro ao povo de Adalheid.

O Espírito Áureo.

Pode me chamar de Áureo.

— É por isso que o vilarejo é tão próspero — sussurrou Serilda.

Leyna mordeu a bochecha.

— Você não vai contar a ninguém, vai? Mamãe diz que, se a notícia se espalhasse, a cidade seria invadida por caçadores de tesouro. Ou a rainha Agnette ficaria sabendo e aumentaria os impostos, ou mandaria o exército recolher o ouro. — Seus olhos ficavam cada vez mais arregalados à medida que ela começava a se dar conta do tamanho da traição que podia ter cometido contra a cidade.

— Não contarei a ninguém — prometeu Serilda, grata porque, ao menos ali, ela ainda não tinha a reputação de mentirosa imperdoável. — Não vejo a hora de contar a ele que vocês achavam que ele era um troll.

Ela torcia para que tivesse uma oportunidade de contar a ele, mesmo que significasse ser levada mais uma vez pelo Erlking. Ou será que não significava?

— Por que você acha que ele deixa o ouro no equinócio?

Leyna deu de ombros.

— Talvez ele não queira que o Erlking descubra? E essa é a única noite do ano em que todo mundo sai para desfrutar do banquete. Imagino que deva ser a única noite em que o Vergoldetgeist é deixado sozinho no castelo.

CAPÍTULO

Vinte e sete

LORRAINE DEIXOU SERILDA PEGAR UMA SELA EMPRESTADA, APESAR DE suas advertências de que tentar cavalgar para casa naquela chuva era absurdo. Serilda insistiu que precisava ir, por mais que não tenha conseguido se forçar a explicar o porquê.

Imagens da caçada não paravam de voltar à sua mente. Num momento seu pai estava ali, no seguinte, desaparecera. Ela nem sabia onde eles estavam quando aconteceu. Não sabia aonde a caçada os levara, a distância que tinham viajado.

Mas sabia que, se seu pai estivesse bem, ele teria ido para casa. Talvez ele estivesse esperando por ela naquele exato momento.

Ela puxou as rédeas de Zelig, parando sob o abrigo do portão da cidade de Adalheid. A chuva abrandara um pouco, mas ela já perdera o calor da lareira da pousada. Sabia que não demoraria até que estivesse tremendo, com a umidade se infiltrando em sua pele.

Seu pai a repreenderia. Alertaria que ela pegaria uma gripe.

Ah, como ela torcia para que ele estivesse lá para repreendê-la.

Serilda olhou para a estrada de terra que se estendia para fora da cidade. A chuva transformara boa parte do caminho em lama, golpeando os arbustos densos dos dois lados. Bem à frente, a estrada desaparecia pelo Bosque Aschen adentro, a linha cinzenta de árvores praticamente toda escondida atrás de uma mortalha de névoa.

Sua casa ficava naquela direção. Ela não tentaria apressar Zelig, sabendo que ele ainda devia estar dolorido da cavalgada intensa da noite anterior. Mesmo em seu passo lento, eles chegariam em casa em no máximo duas horas.

Mas teriam que atravessar a floresta para isso.

Ou poderiam se ater às estradas principais que seguiam pelo limite da floresta, serpenteando para oeste por fazendas e campos planos antes de, finalmente, virarem para sul por um caminho reto até Nordenburg. Fora a rota feita pela carroça das galinhas, e ela sabia que levaria muito mais tempo. Ela poderia não chegar em casa antes de a noite cair. Nem sabia se Zelig teria forças para carregá-la por tanto tempo.

Zelig fungou e bateu o casco no solo com impaciência enquanto Serilda pensava.

A floresta não era acolhedora para humanos. Sim, eles podiam atravessá-la de vez em quando — geralmente a salvo, até —, mas o faziam sob a relativa proteção de uma carruagem fechada. Com apenas Zelig, e lento como estava, Serilda ficaria vulnerável, uma tentação às criaturas que espreitavam nas sombras. Os sombrios podiam ficar escondidos embaixo do véu, mas o povo da floresta nem sempre era conhecido pela sua bondade. Para cada história de um fantasma sem cabeça emboscando nas sombras, havia vinte de criaturas da floresta maliciosas e diabretes rabugentos causando estragos.

Um trovão estrondou no alto. Serilda não viu o relâmpago, mas sentiu a carga no ar. Sua pele se arrepiou.

Demorou um momento antes que os céus se abrissem e outro aguaceiro arrebatasse o campo.

Serilda fez uma cara feia para o céu.

— Sinceramente, Solvilde — murmurou ela. — Que hora para regar seu jardim. Não dava para esperar até amanhã?

O céu não respondeu. Nem o deus, por sinal.

Era um antigo mito, uma das incontáveis histórias que culpavam os deuses por tudo. Chuvas e nevascas eram culpa de Solvilde; pontos desiguais num bordado era um truque de Hulda; uma praga na colheita era obra de Velos.

Claro que, como Wyrdith era o deus da fortuna, quase tudo poderia ser posto nos ombros dele.

Parecia bem injusto.

— Muito bem, Zelig. Nós ficaremos bem. Vamos para casa.

Contraindo o maxilar, ela balançou as rédeas, e eles avançaram em direção ao Bosque Aschen.

A tempestade não dava descanso, e quando a estrada chegou à linha das árvores, ela já estava novamente encharcada até as roupas de baixo. Zelig paralisou na beira da floresta, onde gotas gordas de chuva espirravam na estrada lamacenta e, mais adiante, a sombra das árvores desaparecia em um misto de névoa e escuridão.

Serilda sentiu um puxão na barriga, como se uma corda estivesse amarrada às suas entranhas, puxando-a suavemente para a frente.

Ela inspirou bruscamente, a respiração entrecortada.

Sentia-se simultaneamente repelida e atraída pela floresta. Se as árvores tivessem voz, estariam entoando uma canção sombria, atraindo-a para perto, prometendo envolvê-la e guardá-la. Ela hesitou, reunindo coragem, sentindo os tentáculos de magia antiga se estendendo para tocá-la antes de desaparecer na luz cinza do dia.

O bosque era vivo e morto ao mesmo tempo.

Herói e vilão.

Escuridão e luz.

Toda história tem dois lados.

Serilda estava zonza de medo, mas segurou as rédeas com força e afundou os calcanhares nas ancas de Zelig. Ele relinchou alto e levantou a cabeça. Em vez de trotar para a frente, o cavalo recuou.

— Vamos lá — encorajou ela, se inclinando à frente para dar tapinhas num lado da cabeça dele. — Eu estou aqui. — E o impeliu a seguir novamente.

Dessa vez, Zelig se ergueu sobre as pernas traseiras com um relincho desesperado. Serilda soltou um grito de surpresa, agarrando as rédeas com mais firmeza para não ser derrubada.

Assim que seus cascos aterrissaram sobre a terra de novo, Zelig deu meia-volta e disparou para longe do bosque, de volta a Adalheid e à segurança.

— Zelig, não! — gritou ela. No último minuto, Serilda conseguiu desviá-lo do portão da cidade, seguindo para a estrada a oeste.

Ele diminuiu para um meio-galope, apesar de continuar com a respiração acelerada.

Com um grunhido frustrado, Serilda olhou de relance por cima do ombro. A floresta voltou a ser engolida pela névoa.

— Você quem sabe — resmungou ela. — Vamos pelo caminho mais longo.

A CHUVA PAROU EM ALGUM PONTO ANTES DE CHEGAREM A Fleck, mas Serilda continuou molhada por toda a viagem. O crepúsculo se aproximava quando Märchenfeld finalmente surgiu no horizonte, resguardada dentro do vale à beira do rio. Apesar do frio e desconforto, Serilda foi tomada por felicidade por estar em casa. Até os passos pesados e ritmados de Zelig pareceram acelerar diante da visão.

Assim que chegaram ao moinho, ela amarrou Zelig ao poste, prometendo voltar com seu jantar, e correu para dentro da casa. Mas assim que abriu a porta já soube que seu pai não estava. Não havia fogo na lareira. Nenhuma comida fervendo na panela. Ela se esquecera de como haviam deixado a casa vazia, de como venderam tantos pertences antes de partir para Mondbrück. Era como entrar na casa de um estranho.

Fria. Abandonada.

Definitivamente hostil.

Um barulho alto de moagem atraiu sua atenção para a parede dos fundos. Sua mente exausta precisou de um momento para identificá-lo.

O moinho.

Alguém operava o moinho.

— Papai — sussurrou ela, correndo para fora.

Zelig observou sonolento enquanto ela disparava pelo pátio, pulando por cima do portão que cercava o jardinzinho deles e dava a volta no moinho correndo. Ela escancarou a porta e foi recebida pelo cheiro familiar da pedra de moagem, vigas de madeira e centeio.

Mas Serilda parou de repente mais uma vez, sua esperança desabando nas tábuas de madeira do chão.

Thomas ergueu o olhar das mós, assustado.

— Ah... você voltou — disse ele, começando a sorrir, apesar de algo na expressão de Serilda o interromper. — Está tudo bem?

Ela o ignorou. Seu olhar disparou ao redor do espaço, mas não tinha mais ninguém ali.

— Serilda? — Thomas se aproximou um passo.

— Estou bem — respondeu ela, com palavras automáticas. Era a mentira mais fácil, uma que todos contavam de tempos em tempos.

— Que bom que você está de volta — falou Thomas. — Tive certa dificuldade com o portão de água mais cedo e pensei que seu pai poderia me dar algumas dicas.

Ela o encarou, reprimindo as lágrimas. Tivera tanta esperança.

Esperança miserável e infundada.

Engolindo em seco, ela negou com a cabeça.

— Ele não está em casa.

Thomas franziu a testa.

— Ele ficou em Mondbrück. Tive que voltar para ajudar na escola, mas papai... o trabalho na prefeitura ainda não terminou, então ele quis ficar.

— Ah, entendi. Bem. Vou ter que me virar sozinho, então. Sabe quando ele planeja voltar?

— Não — respondeu ela, afundando as unhas na palma das mãos para segurar as lágrimas que ameaçavam cair. — Não, ele não disse.

SERILDA ESPEROU POR ELE.

Ela se lembrou de sentir cheiro de maresia durante a caçada. Ele poderia ter caído longe dali, lá para Vinter-Cort, até onde ela sabia. Poderia levar dias, até uma semana, e isso se ele conseguisse encontrar um meio de transporte. Era provável que não tivesse moedas. Talvez tivesse que andar. Se fosse esse o caso, poderia demorar ainda mais.

Ela se agarrou com força a essas esperanças e tentou manter as aparências no vilarejo. Todos estavam tão ocupados com os preparativos para o Dia de Eostrig que ninguém prestou muita atenção a Serilda. Ela fingiu uma doença para não ir à escola. Passava os dias repetindo a mesma rotina mecânica de varrer a casa, costurar um vestido novo — visto que as poucas peças de roupa que possuía tinham ficado em Mondbrück — e fiar, quando conseguia suportar.

Passava muitas horas encarando o horizonte.

Não conseguia dormir à noite. A casa ficava sinistramente silenciosa sem os roncos estrondosos vindos do quarto ao lado.

Quando Thomas tinha perguntas sobre o moinho, ela dizia que escreveria para o pai e avisaria quando recebesse uma resposta, chegando ao ponto de caminhar até a cidade para postar uma carta falsa.

Quando via um nachtkrapp, jogava pedras até que voasse para longe.

Eles sempre voltavam.

Mas seu pai nunca voltou.

DIA DE EOSTRIG

O equinócio de primavera

Capítulo 1 de primavera

CAPÍTULO

Vinte e oito

ELA PASSOU A SEMANA INTEIRA TEMENDO AQUELA VISITA. TENTARA, mais de uma vez, se convencer de que não era necessária.

Mas sabia que sim.

Ela precisava saber mais sobre Adalheid. Precisava saber quando e como e por que o Erlking reivindicara o castelo. O que acontecera para que o espaço fosse assombrado por tantos espíritos brutalmente assassinados. Se já houvera ou não uma família real morando lá, e o que acontecera com ela. Serilda precisava saber quando e como os cidadãos de Adalheid tinham iniciado aquela relação estranha, na qual preparavam um banquete na noite do equinócio em troca de serem deixados em paz pela caçada.

Ela não sabia quais respostas, se é que alguma, lhe seriam úteis, e era por isso que estava decidida a aprender o máximo que pudesse. Ela se armaria com conhecimento. Porque esta era a única arma que ela poderia ter esperança de brandir contra o Erlking. O homem que levara sua mãe. Que deixara seu pai para morrer no meio do nada. Que pensava poder aprisioná-la e forçá-la a servi-lo. O homem que matara tantos mortais. Sequestrara tantas crianças.

Talvez Serilda não pudesse fazer nada contra ele. Na verdade, tinha bastante certeza disso.

Mas isso não a impediria de tentar.

Ele era uma praga maligna no mundo, e seu reinado já durara tempo demais. Mas antes... ela precisaria lidar com outra praga maligna.

Respirando fundo para se preparar, Serilda ergueu o punho e bateu na porta.

Madame Sauer morava a menos de um quilômetro da escola, numa cabana de um cômodo só, cercada pelo jardim mais bonito de Märchenfeld. Suas ervas, flores e vegetais causavam inveja por todo o vilarejo, e quando ela não estava educando as crianças, geralmente podia ser ouvida dando sermões nos vizinhos sobre a qualidade do solo e as plantas companheiras. Em geral, conselhos não solicitados que, Serilda suspeitava, eram amplamente ignorados.

Serilda não entendia como alguém com uma personalidade tão deprimente podia tirar tanta vida da terra, mas também havia muitas coisas no mundo que ela não entendia.

Não demorou até que Madame Sauer escancarasse a porta, já portando uma expressão rabugenta.

— Serilda. O que você quer?

Ela tentou abrir um sorriso fraco.

— Bom dia para a senhora também. Estou procurando aquele livro que adicionei à coleção da escola há algumas semanas. Não o encontrei lá. Por acaso sabe onde está?

Madame Sauer estreitou o olhar.

— Sim. Estou lendo.

— Entendo. Sinto muito, mas temo precisar dele de volta.

Os lábios da mulher se crisparam.

— Você *de fato* o roubou, não foi?

Serilda cerrou os dentes.

— Não — respondeu lentamente. — Ele não é roubado. Peguei emprestado. E agora terei a oportunidade de devolvê-lo.

Com um muxoxo alto, Madame Sauer deu um passo para trás e abriu bem a porta.

Pensando que podia ser um convite, apesar de não ficar totalmente claro, Serilda deu um passo para dentro. Nunca estivera na casa da diretora, e não era o que ela esperava. Cheirava fortemente a lavanda e erva-doce, com maços de várias hortaliças e flores penduradas para secar perto da lareira. Por mais que Madame Sauer mantivesse a escola extremamente organizada, as prateleiras e mesas de sua casinha eram cheias de pilões, rolos de barbante e pratos lotados de pedras de cores marcantes, vagens secas e vegetais em conserva.

— Tenho o mais profundo respeito por bibliotecas — disse Madame Sauer, pegando o livro de uma mesinha de cabeceira ao lado de uma cadeira de balanço. Ela deu um giro para encarar Serilda, brandindo o livro feito uma marreta. — São santuários de conhecimento e sabedoria. É uma tremenda vergonha, srta. Moller, uma tremenda vergonha de fato, que alguém ouse roubar justo de uma biblioteca.

— Eu não o roubei! — afirmou Serilda, estufando o peito.

— Ah, é? — Madame Sauer abriu a capa e estendeu o livro para que Serilda pudesse ler as palavras escritas em tinta marrom-escura no canto da primeira página.

Propriedade da professora Frieda Fairburg e da Biblioteca de Adalheid.

— Eu não o roubei — repetiu Serilda com rispidez. — A professora Fairburg me deu o livro. Foi um presente. Ela nem me pediu para devolver, mas vou fazê-lo mesmo assim. — Ela ergueu uma das mãos. — Pode me entregar, por favor?

A bruxa afastou o livro do alcance dela.

— O que estava fazendo em Adalheid? Pensei que você e seu pai estivessem viajando para Mondbrück esse tempo todo.

— Nós estávamos viajando para Mondbrück — respondeu ela por entre dentes. — Meu pai está em Mondbrück nesse exato minuto. — As palavras embargaram levemente sua garganta.

— E *você*? — perguntou Madame Sauer, dando um passo para perto enquanto segurava o livro às costas. Ela era mais baixa, mas sua carranca enrugada fazia Serilda se sentir do tamanho de um rato. — De onde veio no dia seguinte às duas últimas luas cheias? Esse comportamento é deveras peculiar, srta. Moller, e não posso aceitar como uma coincidência inofensiva.

— Você não precisa aceitar nada — disse Serilda. — Meu livro, por favor.

Ela tremia por dentro, mais de raiva do que qualquer outra coisa. Mas também era desconcertante saber que a diretora da escola vinha a observando. Ou, talvez, ela estivesse apenas repetindo a fofoca da cidade. Talvez outras pessoas tivessem notado suas idas e vindas, sempre na época da lua cheia, e os boatos tivessem começado a circular.

— Para você poder voltar a Adalheid? Vai para lá hoje? Justamente no equinócio?

Suas palavras transbordavam acusação, e Serilda nem mesmo sabia do que estava sendo acusada.

— Você quer que eu o devolva à biblioteca ou não?

— Estou tentando alertá-la — falou a velha com rispidez. — Adalheid é um lugar perverso! Qualquer um com o mínimo de bom senso teria a sensatez de se manter a distância.

— Ah, é? Você já foi lá várias vezes, foi?

Madame Sauer hesitou por tempo o bastante para Serilda estender a mão e arrancar o livro dela.

A mulher soltou uma exclamação indignada.

— Fique sabendo que Adalheid é um vilarejo adorável, cheio de pessoas adoráveis. Mas concordo que você deveria manter distância. Ouso dizer que não se encaixaria.

Os olhos de Madame Sauer brilharam de raiva.

— Criança egoísta. Você já é uma praga nessa comunidade, e agora trará maldade para nós!

— Isso pode ser uma surpresa para a senhora — disse Serilda, elevando a voz ao ser dominada pelas emoções —, mas sua opinião não foi requisitada.

Ela deu meia-volta e saiu pisando forte, fechando a porta com tanta força que Zelig, amarrado à cerca, se sobressaltou e relinchou.

Parou, fumegando, antes de se virar e reabrir a porta.

— Além disso, não comparecerei ao festival do Dia de Eostrig. Por favor, repasse minhas mais sincera desculpas às crianças e lhes diga como estou orgulhosíssima do trabalho delas nas efígies dos deuses.

Então, bateu a porta de novo, o que foi terrivelmente satisfatório.

Serilda esperava que a bruxa saísse atrás dela, lançando mais insultos e alertas. Seus dedos tremiam enquanto ela enfiava o livro num alforje e desamarrava as rédeas do cavalo. Fora bom esbravejar, depois de passar o mês inteiro contendo os gritos raivosos.

Serilda se içou sobre a sela e impulsionou o cavalo pela estrada... para Adalheid.

ELA NÃO TENTOU PEGAR A ROTA PELA FLORESTA, SABENDO que Zelig se recusaria outra vez. À medida que o sol fazia seu caminho pelo céu, ficou grata por ter saído cedo. Já estaria no meio da tarde quando chegasse.

Serilda ainda pensava na Lua da Fome, a primeira vez em que o cocheiro aparecera em sua porta. Ela ficara nervosa naquele dia, até um pouco empolgada. Podia ter sentido medo em alguns momentos, mas percebia agora que não sentira o bastante. Ela vira tudo como uma grande história e amara cada momento que passara contando às crianças sobre suas explorações, sabendo que elas só acreditavam parcialmente.

Mas agora...

Agora sua vida estava precariamente equilibrada na ponta de uma espada, e todas as direções eram carregadas de perigo. O destino se fechava ao seu redor, e Serilda não conseguia imaginar uma forma de escapar. O pai dela se fora. Ela sabia agora que nunca conseguiria escapar do Erlking, a não ser que ele optasse por libertá-la. Ele acabaria descobrindo a verdade, e ela pagaria o preço.

E sabia que deveria estar apavorada. Ela sabia disso.

Mas, acima de tudo, estava furiosa.

Aquilo não passava de uma brincadeira para o Erlking. Presa e predador.

Mas, para Serilda, era sua vida. Sua família. Sua liberdade.

Ela queria que ele pagasse pelo que fizera. Não só com ela, mas com incontáveis famílias, por séculos a fio.

Tentou usar as longas horas para criar algum tipo de plano para a noite. Não era como se pudesse se aproximar calmamente do Erlking, pegar a faca de caça do rei e cravá-la em seu coração.

Para começar, mesmo que, por algum milagre, ela de fato conseguisse ter sucesso em um plano como esse... nem sabia ao certo se isso o mataria.

Ela nem sabia ao certo se ele *podia* ser morto.

Mas isso não impediu a fantasia.

Se fracassasse, pretendia pelo menos sucumbir com a maior glória possível. Por enquanto, tentava se concentrar em providências práticas que poderia tomar para aquela noite da chegada da primavera. Mas, mesmo então, seus pensamentos rapidamente se anuviaram. Ela sabia que deveria tentar entrar de fininho no castelo. Encontrar Áureo. Se Leyna estivesse certa, ele estaria sozinho. Ela precisava falar com ele. Perguntar se ele sabia algo sobre a mãe dela. Perguntar sobre a história do castelo e se o Erlking possuía alguma fraqueza.

E, para ser honesta, ela simplesmente queria vê-lo de novo.

Pensar em Áureo trazia suas próprias e persistentes fantasias à tona.

Os últimos momentos da Lua do Corvo tinham sido ofuscados por seus medos em relação ao pai, mas ela não conseguia pensar em Áureo sem se lembrar do beijo apressado nos lábios. Faminto e desejoso, antes que ele simplesmente *sumisse*.

Ela estremeceu ao lembrar, mas não de frio.

O que aquilo significava para ele?

Havia uma voz fraca, baixa e pragmática que não parava de lembrá-la de como deveria estar apavorada por voltar a Adalheid e seu castelo assombrado. Porém, a verdade era que ela não estava apavorada.

Não estava nem um pouco apavorada.

Porque, dessa vez, estava voltando por sua própria vontade. Ela era Serilda Moller, abençoada por Wyrdith, e não seria mais controlada pelo Erlking.

Pelo menos foi o que tentou dizer a si mesma enquanto seu corcel velho avançava lenta e constantemente pela estrada.

CAPÍTULO

Vinte e nove

SERILDA MAL ATRAVESSARA OS PORTÕES DE ADALHEID QUANDO FICOU claro que as celebrações de primavera por ali eram bem diferentes das de Märchenfeld. Não havia faixas pintadas de rosa e verde penduradas sobre as janelas e portas das casas. Em vez disso, as portas pelas quais passava estavam decoradas com guirlandas feitas de ossos. A princípio, a visão lhe causou tremores, mas ela conseguiu distinguir que não se tratava de ossos humanos. Galinhas e cabras, ela imaginou, talvez até lebres silvestres ou cisnes do lago, todos amarrados com barbante e pendurados em ganchos. Quando uma brisa forte batia, eles chacoalhavam em uma badalada triste.

Quando o lago entrou em seu campo de visão, Serilda viu uma multidão reunida perto das docas, mas não ouviu nenhuma música alegre ou gargalhada calorosa. Em sua cidade natal, as festividades já estariam bem encaminhadas a essa altura, mas em Adalheid o ar parecia sóbrio, quase opressor.

As únicas similaridades eram os aromas tentadores de carnes assando e pão fresco.

Serilda desmontou e guiou Zelig pelo resto do caminho até as docas, onde uma grande quantidade de mesas havia sido posta na rua à margem do lago. Os aldeões perambulavam para lá e para cá, focados em suas tarefas para preparar um banquete apropriado. Pratos de linguiça e carne-seca de porco, tortas de ruibarbo cobertas de morangos frescos e mel, queijos curados e castanhas com casca, bolos doces e tortinhas fumegantes, pratos de cenouras assadas, alho-selvagem e rabanetes amanteigados. Também havia bebida; galões de cerveja e barris de vinho.

Era maravilhoso, e o estômago de Serilda roncou com os aromas tentadores.

Mas nenhum dos aldeões que ajudavam a preparar o banquete parecia minimamente empolgado. O banquete não era para eles. Como Leyna descrevera, quando o sol se pusesse, os residentes do castelo emergiriam e as ruas de Adalheid seriam tomadas por sombrios e espíritos.

Serilda voltou a atenção às ruínas do castelo, que ainda pareciam sorumbáticas e cinzentas de algum jeito, apesar da luz do sol que se refletia na superfície da água.

Por mais que de primeira os aldeões estivessem ocupados demais para notar Serilda em seu meio, em certo momento sua presença começou a chamar a atenção. Murmúrios se seguiram. As pessoas paravam de trabalhar para encará-la, curiosas e desconfiadas.

Mas não abertamente hostis. Pelo menos ainda não.

— Licença — gritou uma voz, dando um susto em Serilda.

Ela se virou e viu um rapaz empurrando um carrinho em sua direção. Pediu desculpas e saiu depressa do caminho. O carrinho fazia uma barulheira terrível, e, ao passar, Serilda espiou por cima da borda e viu uma variedade de animais vivos aglomerados lá dentro. Lebres, doninhas, duas raposas pequenas, uma gaiola cheia de faisões, perdizes.

O homem empurrava o carrinho para a ponte, onde um grupo de homens e mulheres se aproximava para ajudá-lo a descarregar, deixando os pássaros dentro das gaiolas e amarrando o resto dos animais a um poste.

— Srta. Serilda! — Leyna correu até ela com uma cesta de strudels açucarados nos braços. — Você veio!

— Olá de novo — disse ela, com o estômago roncando quando o cheiro de creme doce flutuou até ela. — Nossa, isso está com uma cara boa. Posso pegar um?

Uma expressão de horror cruzou o rosto de Leyna ao afastar a cesta do alcance antes mesmo que Serilda levantasse a mão.

— É para o banquete! — sibilou ela, baixando a voz.

— Bem, sim, eu imaginei — respondeu Serilda, olhando rapidamente para as mesas lotadas. Inclinando-se para a frente, ela sussurrou: — Acha que alguém vai reparar?

Leyna balançou apressadamente a cabeça.

— É melhor não. Não é para a gente, sabe.

— Mas os caçadores realmente têm um apetite tão impressionante assim?

Leyna fez uma careta de desgosto.

— Também acho um desperdício.

Ela se aproximou da mesa, e Serilda mudou algumas bandejas de lugar para abrir espaço para a cesta de Leyna.

— Deve ser frustrante trabalhar tanto só para dar tudo aos tiranos que espreitam naquele castelo.

— Às vezes, sim — confirmou Leyna, dando de ombros. — Mas depois que está tudo pronto nós vamos para casa, e mamãe sempre tem umas porções extras reservadas para a gente. Então passamos a noite lendo histórias de fantasmas à lareira e espiando o Banquete da Morte pelas cortinas. É pavoroso, mas também é uma das minhas noites preferidas do ano.

— Você não fica com medo de espiá-los?

— Não acho que eles se importem muito, desde que a gente providencie o banquete e a carne de caça. Apesar de que, no ano passado, juro que um dos fantasmas olhou para mim bem na hora em que eu olhei pelas cortinas, como se ele já estivesse esperando. Eu dei um gritinho, quase matei mamãe do coração. Ela me mandou pra cama depois disso. — A menina deu de ombros. — Mas não consegui dormir muito.

Serilda deu um sorrisinho.

— E o Vergoldetgeist? Você já o viu enquanto espionava?

— Ah, não. O ouro todo aparece ao norte do castelo. Não dá para enxergar daqui. Dizem que ele é o único que não sai para a festa, e talvez fique ressentido por não ser convidado.

— Como vocês sabem que ele é o único que não vem?

Leyna abriu a boca, mas hesitou, franzindo a testa.

— Não faço a menor ideia. A história é essa.

— Talvez o Espírito Áureo *fique* ressentido de não ser incluído, mas não acho que ele goste muito dos sombrios, então provavelmente não faz tanta diferença.

— Ele te contou isso? — perguntou Leyna, olhos brilhando, ansiosa por qualquer gotinha de informação do interior do castelo.

— Ah, sim. Não é um grande segredo. Ele e o Erlking não são chegados um no outro.

Um sorriso provocativo brotou no rosto de Leyna.

— Você gosta dele, não gosta?

Serilda tensionou.

— O quê?

— Do Vergoldetgeist. Seus olhos ficam ainda mais dourados quando você fala dele.

— Ficam? — Serilda levou os dedos ao canto dos olhos. Nunca tinham lhe dito antes que suas rodas douradas mudavam.

— *Isso* é segredo?

— Meus olhos?

— Não! — Leyna deu uma risada. — Que você está apaixonada por um fantasma.

As bochechas de Serilda esquentaram.

— Que bobagem. Ele está me ajudando, só isso. — Ela se curvou para perto. — Mas eu tenho mesmo um segredo, se quiser ouvir.

Leyna arregalou os olhos ao se inclinar para a frente.

— Decidi entrar no castelo hoje à noite — disse ela. — Quando os sombrios estiverem todos no banquete, vou entrar de fininho e ver se encontro o Espírito Áureo e converso com ele.

— Sabia — sussurrou Leyna. — Sabia que era por isso que você tinha vindo hoje. — Ela deu pulinhos, por mais que Serilda não soubesse se por empolgação ou para tentar se esquentar à medida que o sol baixava sobre o lago. — Como você vai passar despercebida pelo banquete?

— Eu estava esperando que você pudesse ter algumas ideias.

Leyna mordeu o lábio inferior, pensando.

— Bem, se fosse eu...

— Leyna!

Ambas pularam e se viraram. Serilda tinha certeza de que não poderiam parecer mais culpadas nem se cada uma estivesse segurando um pedaço de bolo da mesa do banquete.

— Oi, mamãe — cumprimentou Leyna enquanto a mãe atravessava a multidão.

— A professora Fairburg tem mais duas cestas para trazer. Corra lá para ajudá-la, pode ser?

— É claro, mamãe — cantarolou ela antes de sair em disparada pela rua.

Lorraine parou a alguns metros de Serilda.

— Não posso dizer que estou surpresa em vê-la por aqui novamente.

Ela sorriu, mas não foi o mesmo sorriso animado com covinhas da última vez. Na verdade, ela parecia um pouco esgotada. O que era de esperar, pensou Serilda, dada a ocasião.

— Todo mundo parece tão ocupado. Posso ajudar em alguma coisa?

— Ah, praticamente já terminamos. Bem em cima da hora, como de praxe. — Ela acenou com a cabeça em direação ao horizonte, onde o sol acabara de tocar o muro distante da cidade. — Todo ano digo a mim mesma que estarei mais preparada. Estaremos prontos ao meio-dia! Mas, de alguma forma, sempre há mais a ser feito do que eu imaginei.

Enquanto ela falava, outro carrinho chegou, trazendo ainda mais animais silvestres; em grande parte coelhos, pelo que Serilda conseguia ver.

— Eu não esperava vê-la até a lua cheia — disse Lorraine. Ela começou a andar ao longo das mesas do banquete, ajeitando pratos e vasinhos de barro cheios de ervas. — O Erlking reivindicou sua presença no equinócio também?

— Não exatamente — respondeu Serilda. — Mas Leyna estava me contando um pouco sobre o banquete, e quis ver pessoalmente. Além disso, tenho perguntas para o Erlking. E como ele não parece interessado em conversar nas noites de lua cheia, quando está ocupado com a caçada, pensei que essa poderia ser uma oportunidade melhor.

A prefeita congelou e a encarou como se ela tivesse começado a falar outra língua.

— Você pretende... ter uma conversa? Com o Erlking? Durante o Banquete da Morte? — Ela deu uma gargalhada. — Ah, minha nossa! Você não entende quem ele é? O que ele já fez? Se abordá-lo hoje à noite, justo essa noite, para... para fazer perguntas? — Ela deu outra risada. — Você estará pedindo para ele a esfolar viva! Para que arranque seus olhos e dê aos cães. Para extirpar seus dedos um por um e...

— Tudo bem, obrigada. Já entendi.

— Não, não acho que tenha entendido. — Lorraine se aproximou, sem mais um pingo de alegria. — Eles não são humanos, e não têm qualquer compaixão por nós, mortais. Não consegue ver isso?

Serilda engoliu em seco.

— Não acho que ele vá me matar. Ele ainda quer ouro de mim, afinal.

Lorraine balançou a cabeça.

— Você parece estar participando de um jogo do qual não sabe todas as regras. Preste atenção ao meu conselho. Se o rei não a espera hoje à noite, pegue um quarto na pousada e fique quieta até o amanhecer. Caso contrário, estará arriscando sua vida em vão.

Serilda ergueu os olhos para o castelo.

— Realmente agradeço a preocupação.

— Mas não vai me dar ouvidos.

Serilda franziu os lábios com arrependimento.

— Eu tenho uma filha. Você pode ser mais velha, mas reconheço esse olhar mesmo assim. — Lorraine se aproximou, baixando a voz. — Não incomode o Erlking. Não hoje à noite. Tudo precisa correr perfeitamente.

Serilda se assustou com a veemência na voz de Lorraine.

— Como assim?

Lorraine gesticulou para as mesas.

— Você acha que tudo isso é uma política de boa vizinhança? — Ela balançou a cabeça, e seus olhos se tornaram taciturnos. — Houve uma época em que nossas crianças também desapareciam. Mas nossos ancestrais começaram a conquistar a caçada com esse banquete no equinócio de primavera, presenteando-a com animais a serem caçados em nossas ruas. Esperávamos apaziguá-los, agradar--lhes, para que deixassem nossa cidade e nossas famílias em paz. — Seu rosto se contraiu de angústia. — Fico devastada, é claro, pelas pessoas amadas que desaparecem de outras cidades, especialmente quando fico sabendo de crianças inocentes sendo levadas. Só consigo imaginar a dor que esses pais sentem. Mas é por causa desse banquete que eles não roubam de Adalheid, e não vou correr o risco de deixá-la interferir.

— Mas você ainda sente medo — disse Serilda. — Vocês podem ter encontrado uma forma de ficar em paz com os sombrios, mas ainda sentem medo deles.

— É claro que sinto medo deles! Todos deveriam sentir. *Você* deveria sentir muito mais medo deles do que parece.

— Madame prefeita!

Lorraine olhou por cima do ombro de Serilda, então endireitou a postura enquanto a bibliotecária, Frieda, se apressava na direção delas com Leyna no encalço.

— Estão trazendo o deus da morte — anunciou Frieda. Ela parou e sorriu para Serilda. — Olá de novo. Leyna me disse que você assistirá ao espetáculo com a gente. É aterrorizante, mas... ainda vale a pena assistir.

— Com... a gente? — perguntou Lorraine.

Frieda corou, mas Leyna deu um passo à frente com um sorriso astuto.

— Convidei Frieda para se hospedar na pousada hoje! É assustador demais ficar sozinha em casa durante o Banquete da Morte.

— Se não for um problema... — disse Frieda.

— Ah! Não, problema nenhum. Acredito que temos quartos disponíveis para você e a mocinha. — Ela olhou para Serilda. — Você pretende ficar, certo?

— Um quarto seria ótimo, obrigada.

— Que bom. Está decidido, então.

— É melhor nos apressarmos, não é? — disse Leyna. — Está escurecendo.

— De fato.

Lorraine se dirigiu à ponte do castelo, onde os aldeões, muitos carregando lampiões à medida que o crepúsculo baixava sobre a cidade, haviam se reunido ao redor das mesas e dos animais amarrados. Serilda se demorou na parte de trás do grupo. Quando Leyna notou, ela desacelerou para que Serilda a alcançasse.

— Por que ela está brava com você? — sussurrou Leyna.

— Não acho que esteja brava, só preocupada — respondeu Serilda. — Não posso culpá-la.

À frente, um grupo de pessoas carregava o que parecia ser um espantalho pintado como um esqueleto. Juntos, elas o amarraram a um barquinho simples no píer mais perto da ponte do castelo, onde Serilda vira Leyna e os amigos brincando várias semanas atrás.

— Também fazemos efígies dos deuses em Märchenfeld — contou ela a Leyna. — Para que eles possam velar pelo festival e nos dar sua bênção.

Leyna lançou um olhar perplexo para ela.

— Bênção?

Ela fez que sim.

— Nós lhes damos flores e presentes. Não é assim por aqui?

Com uma gargalhada, Leyna gesticulou para a figura esquelética.

— Nós só fazemos Velos, e lhe oferecemos aos caçadores, assim como todas as presas. Você viu as lebres e as raposas?

Serilda assentiu.

— Elas serão soltas para que a caçada possa persegui-las pela cidade. Depois que todas são capturadas, eles as matam e jogam a carne sobre o deus da morte e... e então os cães fazem o banquete *deles*.

Serilda se encolheu.

— Parece tenebroso.

— Mamãe diz que é porque os sombrios estão em guerra com a morte. Desde que escaparam de Verloren.

— Talvez — disse Serilda. — Ou quem sabe seja uma maneira de ele se vingar.

— Se vingar pelo quê?

Serilda baixou os olhos para a menina, pensando na história que contara a Áureo sobre o príncipe assassinando a caçadora Perchta e o deus da morte levando seu espírito de volta a Verloren.

Mas era apenas uma história. Uma que se tecera em sua mente, como uma tapeçaria no tear, cada fio compondo gradualmente uma imagem, até que a cena lentamente tomasse forma.

Não era real.

— Nada — disse ela. — Tenho certeza de que sua mãe está certa. O deus da morte manteve os sombrios presos em Verloren por muito tempo. Eles certamente ainda estão ressentidos.

Na frente da multidão, a prefeita começara a fazer um discurso, agradecendo a todos pelo trabalho árduo, e explicando por que aquela noite era tão importante, apesar de Serilda duvidar de que alguém precisasse ser lembrado.

Em determinado ponto, ela pareceu prestes a dizer mais alguma coisa, mas seu olhar disparou para Serilda e ela se interrompeu, gaguejando sobre o café da manhã na estalagem na manhã seguinte, em celebração a outro banquete bem-sucedido.

Serilda ergueu o olhar para o castelo, se perguntando se Lorraine estivera prestes a mencionar o benfeitor residente da cidade: Vergoldetgeist. Teve a sensação de que o café da manhã era tanto uma tradição anual quanto a preparação do banquete para os sombrios, e que no dia seguinte Adalheid inteira se reuniria ansiosamente para ver que presentes de ouro seus pescadores e mergulhadores levavam para casa.

— Leyna — sussurrou ela. — A quem você acha que esse castelo pertencia antes de pertencer ao Erlking?

Leyna franziu a testa para ela.

— Como assim?

— Os sombrios certamente não o construíram. Ele deve ter sido lar de mortais em algum momento. Da realeza, ou ao menos da nobreza. Um duque, ou um conde, talvez?

Leyna franziu os lábios de uma forma que Serilda sabia que Madame Sauer acharia imprópria. Era uma expressão adorável de concentração.

— Suponho que sim — respondeu a menina lentamente. — Mas não me lembro de ninguém comentando sobre isso. Deve ter acontecido há muito tempo. Hoje em dia ele é só do Erlking e dos sombrios. E dos fantasmas.

— E do Vergoldetgeist — murmurou Serilda.

— Shh! — disse Leyna, puxando seu pulso. — Você não deveria saber disso.

Serilda sussurrou um pedido de desculpas distraído enquanto a prefeita finalizava seu discurso. Velas e lampiões foram acesos, permitindo que ela visse com mais clareza a efígie que eles haviam feito. Não lembrava em quase nada a que ela observara as crianças fazerem para a celebração de Märchenfeld. A semelhança fora levada a sério. O boneco estava coberto de vestes pretas e tinha uma aparência assustadoramente realista, com seu crânio exposto e ramos de cicuta costurados à mão. Será que os cães também devorariam aquilo? Não faria mal a eles? Talvez os fortalecesse, pensou ela. Combustível para o fogo em sua barriga.

A figura foi presa a uma coluna alta de madeira e cercada de galhos, em homenagem ao Erlkönig, o Rei dos Antigos.

Quando os últimos raios de luz roxa começaram a se dissipar, os aldeões seguiram para suas casas. Lorraine e Frieda seguiram para a pousada, caminhando, talvez, um fio de cabelo mais perto do que estritamente necessário. Lorraine olhava para trás de vez em quando, se certificando de que Leyna a seguia.

— Se você ainda quiser entrar no castelo — disse Leyna —, eu pegaria um barco, remaria até o outro lado da ponte levadiça, então escalaria as rochas logo abaixo do portão. Ali, a margem não é tão íngreme, e você deve conseguir passar por cima do parapeito.

Leyna deu instruções a Serilda sobre que barco usar e quando ir.

— Quer dizer, desde que não tenha ninguém vigiando o portão — falou a menina.

— Você acha que vai ter?

Leyna negou com a cabeça, apesar de parecer insegura.

— Só não vá antes de começarem a caçada. Depois eles estarão tão ocupados perseguindo os animais e comendo nossa comida que nem vão te notar.

Serilda sorriu.

— A sua ajuda tem sido maravilhosa.

— Sim, bem... não morra, senão vou me sentir péssima.

Serilda apertou o ombro dela.

— Não está nos meus planos.

Com um breve olhar para Lorraine e Frieda, Serilda desviou-se para um beco estreito, desaparecendo nas sombras e se separando da multidão.

Ela esperou até que o som dos passos e das conversas silenciasse antes de espiar para fora de seu esconderijo. Ao ver as ruas vazias, ela se esgueirou depressa até as docas, se mantendo nas sombras o máximo que pôde. Era mais fácil numa noite como aquela, quando o povo de Adalheid levava seus lampiões para dentro.

À sua frente estava o castelo, uma monstruosidade encarrapitada sobre o lago, à espera.

Então, o último raio de sol baixou atrás do horizonte e, em um piscar de olhos, o feitiço que mantinha o castelo do Erlking escondido atrás do véu desapareceu como uma ilusão. Serilda arquejou. Se tivesse desviado o olhar por um momento sequer, teria perdido a transformação. Num momento, escuridão profunda. No seguinte, o Castelo Adalheid assomava em toda a sua glória; as torres de vigia acesas com tochas bruxuleantes, os vitrais do torreão brilhando como pedras preciosas. A própria ponte estreita, suas paredes arruinadas e remendadas, agora reluzia sob a luz de uma dúzia de tochas refletidas na água escura abaixo.

Visto daquela forma, em tamanho contraste com as ruínas do momento anterior, o castelo era realmente deslumbrante.

Ela acabara de chegar ao cais onde Leyna disse que encontraria o barco pertencente ao Cisne Selvagem, quando um novo som ecoou pelo lago.

O bramido baixo e assombroso de uma corneta de caça.

CAPÍTULO

Trinta

SEM TER ONDE SE ESCONDER NA DOCA EXPOSTA, SERILDA SE DEITOU de barriga nas tábuas de madeira e torceu para que sua capa a disfarçasse nas sombras. Os portões do castelo se abriram com um estrondo e um grunhido. Ela ergueu um pouco a cabeça para poder vê-los passar.

Não era uma correria, como ela passara a esperar da caçada selvagem. Mas também aquela não era uma noite de lua de caça.

O rei ocupava a liderança, enquanto os sombrios se espalhavam atrás dele, alguns a cavalo e outros a pé. Mesmo de longe, ela conseguia ver que eles estavam vestidos com elegância. Não suntuosos vestidos de gala de veludo e chapéus com penas, como a família real de Verene talvez usasse. Mas, de seu jeito particular, os caçadores haviam se preparado para uma noite de celebração. Seus justilhos e gibões tinham bordas douradas, as capas tinham forros de pele, suas botas eram presas com pérolas e pedras preciosas. Eles ainda pareciam prontos para comandar um garanhão e perseguir um veado, mas estavam preparados para fazê-lo com elegância indiscutível.

Os fantasmas vieram em seguida. Serilda reconheceu o cocheiro de um olho só e a mulher sem cabeça. Suas roupas continuavam as mesmas de sempre: um pouco antiquadas e cobertas do próprio sangue.

Não demorou até que os habitantes mortos-vivos do Castelo Adalheid enchessem a ponte e se dispersassem pela rua à margem da água. Alguns se aproximaram do banquete com entusiasmo, enquanto muitos caçadores se reuniam para inspecionar os animais de caça que tinham sido deixados para entretenimento. A atmosfera já se tornava animada. Alguns servos fantasmas começaram a servir cerveja e vinho e a passar cálices transbordantes pela multidão. Um quarteto de músicos respingados de sangue iniciou uma canção animada, mas também um pouco dissonante aos ouvidos de Serilda, como se seus instrumentos não fossem afinados havia séculos.

Serilda se esticou para ter uma visão melhor dos espectros. Será que reconheceria a mãe, se estivesse entre eles? Sabia tão pouco sobre ela. Seu instinto era procurar por uma mulher de idade similar à de seu pai, mas não, ela teria uns vinte e poucos quando desapareceu. Serilda desejou ter feito mais perguntas ao pai. Qual era a aparência de sua mãe? O cabelo escuro e um dente lascado era toda a informação que tinha. Qual era a cor dos olhos dela? Ela era alta, como Serilda, tinha a mesma constelação de sardinhas marrons nos braços?

Ela analisava o rosto de todas as mulheres que conseguia ver, torcendo para sentir uma onda de reconhecimento, uma onda de *qualquer coisa*, mas, se sua mãe estava entre elas, Serilda não soube identificar.

Os uivos dos cães do inferno a fizeram se abaixar de novo. A mestre dos cães apareceu na ponte, segurando uma dúzia de guias enquanto os cães puxavam e rosnavam para se libertar. Eles tinham visto as presas do outro lado da ponte.

— Caçadores e espíritos — ressoou a voz do Erlking. — Imortais e sem vida. — Ele tirou a besta do ombro e encaixou uma flecha. Um grupo de aparições se reuniu ao redor das presas trêmulas. Os caçadores montados agarraram as rédeas, sorrisos lascivos eclipsando o rosto. — Que comece a caçada.

O Erlking atirou a flecha; em cheio no coração do deus da morte. Ela aterrissou com um baque nauseante.

Portas de gaiolas foram escancaradas. Cordas foram cortadas.

Os cães foram soltos.

Animais aterrorizados se dispersaram para todas as direções. Pássaros voaram para os telhados mais próximos. Lebres e doninhas e texugos e raposas fugiram para os pátios e becos e correram ao redor de construções.

Os cães iniciaram a perseguição, os caçadores logo atrás.

Um grito rouco de comemoração se ergueu da multidão. Vinho respingou quando cálices se chocaram em brindes. O ritmo da música aumentou. Serilda nunca imaginou que um castelo de fantasmas pudesse fazer tanto barulho, ou parecer tão... alegre.

Não. Essa não era a palavra certa.

Turbulento era melhor.

Serilda ficou impressionada com o quanto a ocasião a lembrava do Dia de Eostrig em Märchenfeld. Não a parte da caça, mas a alegria, a animação, o clima de celebração.

Se os sombrios não fossem assassinos frios, ela talvez quisesse se juntar a eles.

Dessa forma, ela relembrou o alerta de Leyna, de esperar até que eles estivessem distraídos pela caça antes de agir.

Permanecendo o mais abaixada que pôde, ela se arrastou lentamente adiante.

Por mais que houvesse dezenas de barcos ancorados no cais, foi fácil encontrar qual pertencia ao Cisne Selvagem. Não era o maior, o mais novo, ou o melhor — não que Serilda fosse exatamente qualificada para julgar barcos —, mas era pintado do mesmo azul forte da fachada da estalagem, com um cisne branco na lateral.

Serilda nunca entrara em um barco, muito menos desamarrara e remara um sozinha, e talvez ela tivesse gastado tempo demais encarando os bancos de madeira desbotados pelo sol e a corda desfiada enlaçada ao redor de um suporte de ferro, tentando descobrir se deveria desamarrar a corda antes ou depois de embarcar. E não sabia o quanto o barco oscilaria sob seu peso depois de embarcada, e como exatamente usaria aqueles dois míseros remos para manobrar ao redor de todos os barcos espremidos feito linguiças pelo píer.

Ela puxou a borda do barco para mais perto, até que ele colidisse em uma batida oca no cais. Depois de outro momento de hesitação, ela se sentou na beira e enfiou os pés dentro do barco, testando seu balanço. Ele afundou bastante sob a pressão, mas boiou facilmente de volta. Soltando o ar com força, ela entrou desajeitada no barco, abaixando-se no chão, onde uma pocinha de água fria foi absorvida por sua saia.

O barco não afundou. Isso foi encorajador.

Ela precisou de mais um minuto para desamarrar e desenrolar a corda. Então, usando a ponta de um dos remos, se empurrou para longe do cais. O barco balançou traiçoeiramente e atingiu os vizinhos diversas vezes enquanto ela tentava manobrar. Ela se encolhia a cada barulho, mas um tempestuoso torneio de arco e flecha fora iniciado por alguns dos que não tinham ido atrás das presas e animadamente transformavam o deus da morte numa almofada de alfinetes.

Levou anos até que ela chegasse à parte aberta do lago. O barco parecia um peão descontrolado, e Serilda ficou grata pela superfície do lago ser relativamente calma, ou estaria à sua mercê. Serilda descobriu que tinha melhores resultados usando os remos para se empurrar para longe de outros barcos do que para de fato remar, mas depois que deixara os limites da marina estreita ela não teve outra escolha. Posicionando-se de costas para o castelo, como vira os pescadores fazerem, ela segurou os dois remos com firmeza e começou a girá-los em círculos tensos e desajeitados. Era muito mais difícil do que parecia. A água oferecia resistência, os remos pareciam estranhos e inflexíveis em suas mãos, e ela era constantemente forçada a corrigir seu rumo à medida que o barco virava demais para uma direção e depois para a outra.

Finalmente, umas duas vidas depois, ela chegou à sombra do castelo, logo abaixo da ponte levadiça.

Daquele ângulo, a estrutura era enorme e ameaçadora. Os muros e as torres de vigia se estendiam para o céu estrelado, bloqueando a lua de vista. Pedregulhos gigantescos constituíam sua fundação, cercados pelas suaves marolas do lago, que talvez estivesse tranquilo, não fossem os vivas fantasmagóricos dos foliões na costa.

Serilda parou e olhou ao redor, tentando avistar qualquer lugar em que pudesse atracar em segurança e desembarcar, mas estava tão escuro que ela só conseguia ver pedras molhadas e reluzentes, quase indistinguíveis umas das outras.

Depois de várias tentativas de levar o barco para terra firme, Serilda finalmente conseguiu segurar uma pedra de ponta afiada e enlaçar a corda ao seu redor. Ela deu o melhor nó que pôde e torceu para o barco estar no mesmo lugar quando voltasse... então torceu para conseguir voltar.

Amarrando a saia para impedi-la de se embolar sob seus pés, ela saltou deselegantemente do barco e começou a escalar. As pedras eram escorregadias, muitas cobertas por limo viscoso. Ela tentou não pensar nas criaturas que poderiam se esconder sob as pedras irregulares, garras e escamas e dentinhos afiados esperando que uma mão vulnerável passasse bem por ali.

Estava fazendo um péssimo trabalho em não pensar nisso.

Finalmente, Serilda chegou à ponte levadiça. A passagem estava vazia, mas não dava para enxergar muito do pátio além do portão, e ela não tinha como saber se ele ainda estava habitado ou não.

— Pois bem — disse ela, assentindo e se preparando. — Eu já vim até aqui.

Com uma série de gemidos e grunhidos, ela subiu para a ponte. Desabou sobre as tábuas de mau jeito, mas rapidamente se apoiou de quatro e olhou ao redor.

Não viu ninguém.

Serilda se levantou e disparou pelos portões do castelo antes de se jogar contra a superfície interna do muro.

Ela esquadrinhou o pátio, examinando os estábulos, os canis, a coleção de armazéns e as dependências em seus contornos. Não viu ninguém nem ouviu nada além da própria respiração, o próprio batimento, os distantes baques de flechas, os vivas e os berros subsequentes, além das fungadas e bufadas dos bahkauv nos estábulos.

De acordo com a história de Leyna sobre o Vergoldetgeist, era mais provável que Áureo estivesse no muro do castelo, talvez numa das torres com vista para o outro lado do lago. Serilda imaginou que precisaria adivinhar um pouco para descobrir exatamente como chegar lá em cima. Ela nunca estivera nos fundos do castelo ou sequer nos muros externos, mas estava começando a ter uma ideia de sua disposição interna.

Ela tirou um momento para analisar o topo dos muros do castelo, mas, apesar de haver tochas bruxuleantes ao longo dos parapeitos, não viu nenhum movimento, nem Áureo.

Queria vê-lo. Estava quase desesperada para isso, e dizia a si mesma que era porque precisava lhe perguntar se ele sabia se a mãe dela poderia fazer parte da corte do rei. Era um mistério que não parava de importuná-la.

Mas também havia outro mistério a importunando. Não era parte inicial do seu plano, mas agora, parada no pátio, olhando para aqueles vitrais cintilantes do torreão do castelo, ela se perguntou se teria outra chance de explorar o castelo enquanto o véu estava abaixado e a corte ausente.

Talvez uma olhada rápida, disse a si mesma. Ela só queria espiar atrás daquela porta, ver a tapeçaria que chamara a sua atenção.

Então encontraria Áureo.

Não demoraria muito, e tinha a noite toda.

Com outro olhar ao redor, Serilda atravessou o pátio correndo e entrou no torreão.

CAPÍTULO

Trinta e um

DE ALGUMA FORMA, O CASTELO ERA AINDA MAIS SINISTRO DAQUELE lado do véu, com suas tapeçarias, pinturas e mobília organizadas e limpas, fogueiras queimando nas lareiras e tochas acesas em todos os corredores e lustres, e, ainda assim, ninguém à vista. Como se houvesse existido vida um momento antes, mas tivesse sido apagada como a chama de uma vela.

Àquela altura, Serilda já conhecia as passagens bem o bastante para encontrar o caminho com facilidade até o corredor dos deuses, como passara a chamar o cômodo com os vitrais. Ela só estivera ali durante o dia, quando partes do vidro estavam estilhaçadas, esquadrias quebradas, a decoração composta por teias de aranhas densas e empoeiradas.

Era diferente à noite. A luminosidade vinha dos candelabros, não do sol, e por mais que ainda fossem encantadoras, as janelas não cintilavam ou brilhavam.

Ela virou num corredor em passos rápidos. Era estreito e se estendia à sua frente, com janelas de um lado e portas fechadas do outro. Lustres pingando cera em vez das teias de aranha.

A porta no outro extremo estava fechada, mas ela pôde ver um vestígio de luz escapando pela fresta do chão.

Mesmo sabendo que o castelo estava vazio, ela avançou cuidadosamente, pé ante pé, sobre o carpete macio.

Sua pulsação parecia um tambor nos ouvidos quando chegou à porta, temendo que estivesse trancada. Mas, quando puxou o ferrolho, ela se abriu sem esforço.

Serilda prendeu a respiração ao empurrar a porta. A luz que vira vinha de uma única vela sobre uma saliência de pedra bem do outro lado. Ela entrou no cômodo, permitindo que os olhos se ajustassem à escuridão.

Seu olhar recaiu sobre uma cortina de renda transparente pendurada no teto, puxada ao redor de uma gaiola no centro do cômodo.

Ela paralisou. Gaiolas eram para animais. Que tipo de criatura seria mantida em uma como aquela? Ela estreitou os olhos, mas mal conseguiu distinguir uma silhueta rugosa atrás das barras, inerte.

Adormecida?

Morta?

Totalmente imóvel, Serilda virou o olhar para a parede onde vira a tapeçaria. E franziu a testa.

A tapeçaria estava ali, mas numa inversão do mundo mortal, não estava impecável como parecera do outro lado do véu. Nesse lado, ela estava esfarrapada. Serilda conseguiu distinguir um pouco do cenário, um jardim exuberante à noite, iluminado por uma lua prateada e uma dúzia de lampiões. A silhueta de um homem barbudo vestindo um gibão enfeitado e uma coroa dourada encontrava-se no jardim. Mas havia algo de estranho nele. Seus olhos eram grandes demais, seu sorriso uma careta cheia de dentes.

Serilda se aproximou, sentindo um pavor silencioso começar a perturbá-la.

Quando seus olhos se ajustaram à luz fraca da vela, ela congelou. A tapeçaria não retratava o rosto de um rei honrado. Retratava um crânio. Um cadáver vestido em trajes elegantes.

O homem estava morto.

Tremendo, Serilda estendeu a mão para uma das tiras de tecido e avistou uma segunda figura, menor e rasgada ao meio, mas claramente uma menina, por sua saia armada, mangas bufantes e...

Cachinhos densos.

Poderia ser a menina do medalhão?

Serilda estava quase tocando a tira seguinte quando, pelo canto do olho, uma sombra escura avançou em sua direção.

O grito de Serilda colidiu com o guincho estridente da criatura. Ela mal teve tempo de erguer os braços. O monstro afundou as garras em seus ombros, o guincho inundando seus pensamentos.

E ela de repente não estava mais no castelo.

Estava na frente da escola em Märchenfeld, ou... o que restava da escola, reconhecível pelas persianas pintadas de amarelo. Mas ela estava pegando fogo. O ar se enchia de fumaça preta. Serilda começou a tossir, tentando cobrir a boca, quando ouviu os gritos.

As crianças.

Elas estavam lá dentro.

Estavam presas.

Serilda começou a avançar com pressa, ignorando a ardência nos olhos, mas uma mão segurou seu ombro, impedindo-a.

— Não seja tola — disse a voz do Erlking, assustadoramente calma. — Você não pode salvá-las. Eu te avisei, lady Serilda. Deveria ter feito o que eu pedi.

— Não! — arquejou ela, horrorizada. — Eu fiz! Eu fiz tudo o que você me pediu!

— Fez mesmo? — A pergunta veio acompanhada de uma risada baixa. — Ou vem tentando me convencer de uma mentira? — Ele a virou para encará-lo, seu olhar amargo e frio. — É isso o que acontece com traidores.

O rosto dele desapareceu, substituído por uma cascata de imagens, grotescas demais para serem processadas. O corpo de seu pai deitado com o rosto para baixo num campo enquanto pássaros carniceiros bicavam suas entranhas. Anna e os dois irmãos mais novos trancados numa jaula enquanto duendes zombavam deles e os perfuravam com espetos. Nickel e Fricz jogados aos cães do inferno, estraçalhados por seus dentes inclementes. Leyna e a mãe juntas enquanto um bando de nachtkrapp as atacava sem parar; seus bicos afiados mirando os olhos vulneráveis das duas, seus corações bondosos, suas mãos que tentavam desesperadamente segurar uma à outra. Áureo espetado feito uma mariposa numa roda de fiar enorme que girava e girava e girava...

Um rugido feroz alcançou-a em meio aos pesadelos.

As garras foram arrancadas de seus ombros. O guincho foi silenciado.

Serilda tentou voltar à consciência, mas os pesadelos se agarravam a ela, ameaçando arrastá-la de volta. Em algum lugar além da escuridão, ela ouviu uma briga. Os rosnados raivosos do drude. Golpes e grunhidos de uma disputa.

A voz dele: *Você não vai tocá-la de novo!*

Ela não achou que fosse possível, mas conseguiu se forçar a abrir os olhos. Eles voltaram a se fechar imediatamente, recuando da fraca luz da vela. Mas, naquele momento, ela o vira. Uma figura armada com uma espada de verdade. Só que, em vez de reluzir em prata e aço, ela parecia feita de ouro.

Serilda abriu uma fresta dos olhos outra vez, erguendo um braço para bloquear a luz da vela.

Foi bem a tempo de ver Áureo cravando a arma em cheio na barriga do drude.

Um som gorgolejante. O fedor de entranhas.

Outra batida de asas, outro guincho ensurdecedor.

— Áureo! — exclamou ela.

O segundo drude deu um rasante para a cabeça dele, passando as garras por seu couro cabeludo.

Áureo berrou e arrancou a espada do corpo do primeiro drude. Num golpe feroz, ele se virou e cortou uma asa do segundo.

O drude soltou um som de sofrimento e horror ao desabar no chão. Sentado sobre as ancas, com a única asa se agitando inutilmente, ele rosnou para Áureo com a língua pontuda e afiada.

Com o rosto contorcido de fúria, Áureo avançou, apunhalando-o no peito, onde poderia ter existido um coração algum dia.

O rosnado do drude se transformou em sons de engasgo. Um líquido preto se derramou de sua boca enquanto ele caía para a frente sobre a lâmina.

Respirando com dificuldade, Áureo puxou a espada, deixando o drude derrubado ao lado do outro já abatido. Duas pilhas pavorosas de pele roxa e asas de couro.

Ele ficou parado por um longo momento, segurando o punho da espada, olhando loucamente ao redor do cômodo. Estava tremendo.

— Áureo? — sussurrou Serilda, com a voz rouca de tanto gritar.

Ele girou para encará-la, de olhos arregalados.

— Qual é o seu problema? — gritou ele.

Ela se sobressaltou. A raiva dele ajudou a arrancá-la um pouco do estado catatônico causado pelos pesadelos.

— O quê?

— Uma luta com um drude já não tinha sido o suficiente? — Ele estendeu a mão para ela. — Vem. Mais deles virão. Temos que ir.

— Você tem uma espada? — perguntou ela, um pouco atordoada, enquanto ele a puxava para ficar de pé. Para sua surpresa e leve decepção, ele recolheu a mão assim que ela se levantou.

— Sim, mas estou sem prática. Nós demos sorte. Essas coisas são capazes de me torturar tanto quanto a você.

Ele enfiou a cabeça no corredor, se certificando de que estava vazio, antes de gesticular para que Serilda o seguisse. Serilda obedeceu, mas assim que fizeram uma curva suas pernas cederam e ela desabou contra uma parede.

Áureo se virou para encará-la.

— Desculpe — gaguejou ela. — Eu só... não consigo parar de tremer.

O rosto de Áureo se encheu de compaixão. Ele se aproximou e segurou seu braço, o toque infinitamente mais delicado do que momentos antes.

— Não, eu que peço desculpas. Você está machucada... e assustada.

Ela não estava pensando no ombro, mas assim que ele o mencionou, sentiu uma súbita pontada de dor no lugar onde as garras do drude haviam se cravado.

— Você também está — disse ela, observando um filete de sangue descer pela têmpora de Áureo por causa dos arranhões em seu couro cabeludo. — Machucado.

Ele se encolheu.

— Não está tão ruim assim. Vamos continuar. Eu te ajudo a andar.

Ele jogou a espada de qualquer jeito em um canto para enlaçar Serilda pela cintura, segurando uma das mãos dela com firmeza enquanto eles passavam pelos vitrais e desciam as escadas. Levou Serilda para o salão principal e a deixou na frente da lareira. A serpe rubinrot olhava para eles de cima da cornija, seus olhos brilhando com a luz de uma centena de velas. A aparência realista deixava Serilda inquieta, mas Áureo mal parecia notar a criatura, então ela tentou não se importar também.

Áureo se ajoelhou e estendeu a mão para a testa dela, como se quisesse checar se estava com febre. Mas então congelou e retraiu a mão, resguardando-a próxima ao peito. Um lampejo de angústia passou pelo seu rosto, mas desapareceu num instante, substituído por preocupação.

— Quanto tempo ele ficou com você antes de eu chegar?

Serilda começou a se sentar com as costas mais esticadas, e Áureo voltou a flexionar os dedos na direção dela. Foi um movimento breve antes que ele pressionasse as palmas sobre os joelhos. Ela olhou para as mãos dele, notando como seus dedos se contraíam, os nós embranquecendo.

— Não sei — disse ela. — Aconteceu tão rápido. Que horas são?

— Talvez... duas horas depois do pôr do sol?

— Não foi muito tempo, então, eu acho.

Ele expirou longamente, parte de sua preocupação se dissipando.

— Que bom. Eles podem te torturar por horas, até seu coração parar. Você não aguenta mais terror e meio que só... desiste. — Ele fez contato visual com Serilda. — O que você estava pensando, para voltar naquela sala?

— Como sabe que eu já estive naquela sala?

Ele reagiu como se ela tivesse feito uma pergunta ridícula.

— Depois da Lua da Fome! Quando estava fugindo da morte. Então você aparece no equinócio, sem nem ter sido chamada pelo rei, e vai direto para aquela sala dos horrores?

Apesar do sermão, Serilda sentiu o coração inflar.

— Foi você. Com o candelabro. Você atacou o drude da última vez também.

— É claro que fui eu! Quem mais você achou que fosse?

Ela havia pensado... tinha até mesmo torcido. Mas não tinha certeza. Ignorando a frustração dele, Serilda perguntou:

— Como me encontrou? Como soube que eu estava lá?

Áureo se balançou nos calcanhares, se afastando centímetro por centímetro.

— Eu estava na guarita quando te vi se esgueirando pelo pátio. — Ele balançou a cabeça, parecendo magoado ao acrescentar: — Pensei que talvez estivesse me procurando.

— Eu estava!

Ele franziu o cenho. Desconfiado, e com razão.

— Eu ia te procurar — disse Serilda, se corrigindo. — Só pensei que essa seria a minha melhor oportunidade de ver o que tem naquela sala.

— Por que se importa com o que tem naquela sala? Tem *drudes* naquela sala!

— Pensei que o castelo estivesse vazio! Todo mundo deveria estar no banquete!

Ele soltou uma gargalhada rouca.

— Drudes não vão a festas.

— E agora eu sei disso — retrucou ela com rispidez, então tentou controlar a própria irritação. Se ao menos conseguisse explicar... — Tem uma coisa lá dentro. Uma... uma tapeçaria.

Ele fez uma expressão confusa.

— Tem centenas de tapeçarias neste castelo.

— Aquela é diferente. Do meu lado do véu, ela não está destruída, como todo o resto. E quando eu entrei lá hoje à noite... havia uma gaiola. Você notou? — Ela se inclinou para perto. — O que o Erlking poderia precisar manter numa gaiola?

— Não sei — disse ele, dando de ombros. — Mais drudes?

Ela revirou os olhos.

— Você não entende.

— Não, não entendo. Você podia ter morrido. Não tem medo?

Algo no tom dele a fez hesitar. Algo que beirava o pânico.

— É claro que tenho — disse ela, mais baixo. — Mas também sinto que há algo... importante. Você disse que consegue ir aonde quiser no castelo. Nunca entra lá?

— *Não* — respondeu ele. — Porque, novamente, e preciso que você entenda, é lá que ficam os drudes. E é uma péssima ideia cruzar caminho com um drude. Eu os evito sempre que posso, e você deveria fazer o mesmo.

Ela cruzou os braços e fez um bico. Serilda queria concordar, mas a frustração de não ter nenhuma pergunta respondida, nenhum mistério solucionado, a incomodava.

— E se eles estiverem protegendo alguma coisa? Alguma coisa que o Erlking não quer que ninguém encontre?

Áureo abriu a boca, preparando outra resposta, então hesitou. Ele franziu a testa e fechou a boca, pensando. Então suspirou, baixando o olhar para as mãos de Serilda. Quando se arrastou para a frente, ela pensou que ele fosse pegar sua mão. Em vez disso, repousou as palmas nas almofadas de cada lado dos joelhos dela.

Tomando cuidado para não a tocar.

— O Erlking tem seus segredos, mas, não importa o que haja naquela sala, não vale a pena arriscar sua vida. Por favor. Por favor, não tente entrar lá de novo.

Os ombros dela murcharam.

— Eu... eu não vou entrar lá de novo...

A expressão dele foi tomada por alívio.

— ... despreparada.

Ele tensionou.

— Serilda... não. Você não pode...

— Onde você arrumou uma espada, afinal?

Áureo fechou a cara com a mudança de assunto, então bufou e se levantou.

— O arsenal. O Erlkönig tem coisas afiadas e letais o bastante para armar um exército inteiro.

— Eu nunca tinha visto uma espada dourada.

Áureo começou a passar uma das mãos pelo cabelo, então parou e afastou-a, olhando para os dedos agora manchados de sangue.

— Aqui.

Ficando de pé ao lado dele, sem mais sentir que as pernas cederiam, ela ergueu a ponta da capa e aproximou-a da testa de Áureo, que recuou.

— Fique quieto. Não vai doer.

O olhar dele fixou-se brevemente no dela, como se ofendido. Mas ele não voltou a se mexer enquanto ela limpava o sangue que já secava em sua testa.

— Ouro é uma escolha terrível para uma arma — disse ele enquanto ela trabalhava, com a voz estranhamente distante, o olhar colado no rosto dela. —

É um metal muito macio. Perde o fio com muita facilidade. Mas muitas criaturas mágicas são avessas ao ouro, inclusive drudes.

— Pronto — disse ela, soltando a ponta da capa. — Está um pouco melhor, mas eu precisaria de água para limpar o resto.

— Obrigado — murmurou ele. — E o seu ombro?

— Vai ficar bem. — Ela olhou para baixo e viu os rasgos que as garras do drude tinham feito no tecido. — Estou mais preocupada com a minha capa. É minha preferida. E não sou muito boa em fazer remendos.

Ele abriu um sorriso hesitante. Então, como se subitamente percebesse que estavam próximos, deu um passo para trás.

Serilda sentiu uma pontada de mágoa. Da última vez que ela o vira, Áureo estivera bastante ansioso para segurar a mão dela, para abraçá-la enquanto ela chorava, até para lhe dar aquele beijo impetuoso.

O que mudara?

— Eu não vim aqui só para ver aquela sala — comentou ela. — Realmente vim para te encontrar. Assim que fiquei sabendo do Banquete da Morte, e que o rei e sua corte não estariam no castelo, eu pensei... Não sei bem o que pensei. Eu só queria te ver de novo. Sem estarmos trancados com uma pilha de palha, para variar.

Ele pareceu quase confiante ao ouvir isso, mesmo enquanto retorcia as mãos e dava mais um passo para longe dela.

— Acredite ou não, essa é uma noite importante para mim — disse ele.

— Ah, é?

Áureo sorriu, o primeiro sorriso verdadeiro da noite toda. Aquela expressão travessa, com as covinhas reaparecendo.

— Na verdade, talvez você queira ajudar.

CAPÍTULO

Trinta e dois

— VOCÊ PASSOU O ANO TODO FAZENDO ISSO? — PERGUNTOU SERILDA, debruçada sobre o caixote cheio de pequenos objetos dourados.

Ela pegou uma estatueta em forma de cavalo, feita inteiramente por fios de ouro trançados, similares aos que ela o vira fiar a partir da palha.

— Fazendo isso e salvando a sua vida — respondeu Áureo, se apoiando no parapeito. — Gosto de me manter ocupado.

Ela lhe lançou um olhar de censura de brincadeira. Então se levantou e espiou por cima do muro, observando as pedras abaixo e o lago que refletia um rastro de luar.

— Para que você acha que o Erlking quer o ouro? — perguntou ela. — Não sei por quê, mas eu duvido que ele tenha motivos tão benevolentes quanto os seus.

Áureo deu uma risada desdenhosa.

— De fato. Imagino que algumas dessas peças sirvam para pagar pelo banquete que ele está aproveitando nesse momento.

Ele não tentou esconder o ressentimento.

— Ainda assim, que necessidade ele tem de bens materiais?

Áureo balançou a cabeça, encarando as pedras abaixo, por mais que estivesse escuro demais para ver as peças que ele já jogara para os mergulhadores e pescadores de Adalheid encontrarem.

— Não sei. Ele estava guardando o ouro na cripta embaixo do torreão. Apareci lá algumas vezes para ver se tinha mudado de lugar, mas ele não parecia estar fazendo nada com ele. Então, depois da Lua do Corvo, entrei lá um dia e o ouro tinha sumido. Por completo. — Ele deu de ombros. — Talvez ele tenha ficado com receio de eu roubar. Talvez eu estivesse mesmo planejando isso. — Seus olhos brilharam com uma insinuação de travessura, rapidamente apagada. — Mas eu não sei para onde ele o levou. Ou para que ele o quer. Você tem razão. Eu nunca o vi tendo qualquer interesse pelas riquezas humanas. Ou, na verdade, por qualquer coisa além de cães, armas ou um banquete ocasional. E servos. Ele gosta de ser servido.

— Todos os servos são fantasmas?

— Não. Ele também tem kobolds, duendes, nachtkrapp...

Ela apertou os lábios, se perguntando se deveria contar a Áureo que os nachtkrapp vinham vigiando-a desde o começo do ano.

Não que isso importasse agora. Ela não tentaria fugir outra vez.

— *Você* é um dos servos dele? — perguntou ela em vez disso.

Ele a encarou com os olhos brilhando.

— É claro que não. Eu sou o poltergeist.

Ela revirou os olhos. Ele parecia orgulhoso demais do papel de encrenqueiro residente.

— Sabe como te chamam em Adalheid?

O sorriso dele se iluminou.

— O Espírito Áureo.

— Exatamente. Foi você quem inventou?

Ele fez que não com a cabeça.

— Não lembro quando foi que tive a ideia de começar a deixar presentes para eles. A princípio, fiz só para me divertir, e não tinha certeza de que alguém os encontraria aqui, nos fundos do castelo. Não são muitos que gostam de se aventurar por perto de um castelo assombrado, afinal. Mas quando alguém descobriu alguns dos presentes, todo mundo começou a voltar em busca de mais. É minha época favorita do ano, depois do Dia de Eostrig, quando posso ficar aqui em cima e assistir a eles procurando o ouro lá embaixo. É a única época em que as pessoas chegam perto o bastante para que eu possa ouvi-las, e lembro de ouvi-las falar, muito tempo atrás, sobre o... *benfeitor* deles. Vergoldetgeist. Imaginei que só pudessem estar se referindo a mim. E espero... quer dizer, gostaria que eles soubessem que os fantasmas desse castelo não são cruéis.

— Eles sabem — disse ela, segurando o braço dele. — É em grande parte graças aos seus presentes que Adalheid vem prosperando por todos esses anos. Eles são muito gratos, eu te garanto.

Áureo sorriu, então ficou subitamente tenso e recolheu o braço. Pegando a estatueta de cavalo, ele seguiu para um ponto mais distante do muro.

O coração de Serilda se apertou.

— O que houve?

Ele se virou para ela com uma expressão toda inocente.

— Nada. — Áureo ergueu o braço e jogou o cavalo em direção ao lago.

Serilda se debruçou por cima do muro, mas estava escuro demais para conseguir enxergar direito. Ela ouviu um *pling-pling* baixinho quando o cavalo atingiu as pedras, seguido de um *splash*.

— Eu gosto de espalhá-los — disse ele. — Alguns na água, outros nas pedras... Vira uma espécie de brincadeira, sabe? Todo mundo gosta de brincadeiras.

Serilda pensou em mencionar que os aldeões provavelmente gostavam mais do ouro do que da brincadeira, mas não quis estragar a diversão dele. E *era* meio divertido, ela percebeu, ao pegar uma borboleta e um peixe dourados e jogá-los para as pedras abaixo. Enquanto "trabalhavam", Serilda contou mais a Áureo sobre Leyna e Lorraine e Frieda, a bibliotecária. Então contou sobre Madame Sauer, a escola e suas cinco crianças favoritas no mundo.

Ela não contou sobre o pai. Não confiou que conseguiria segurar o choro.

Áureo pareceu tão ansioso para ouvir as histórias dela — histórias verdadeiras, dessa vez — quanto estivera para ouvir os contos sobre a princesa sequestrada, e Serilda percebeu que ele estava ávido por notícias do mundo exterior. Por conexão humana, não só física, mas emocional também.

Não demorou até o caixote ficar vazio, mas eles não tomaram nenhuma iniciativa de sair dali, satisfeitos em ficarem lado a lado olhando para as águas calmas.

— Você tem amigos aqui? — perguntou ela, hesitante. — Com certeza deve se dar bem com alguns dos outros fantasmas, não é?

Ele se arrastou para mais longe, pressionando distraidamente o machucado na cabeça com um dedo.

— Acho que sim. A maioria até que é simpática. Mas é complicado quando eles não são... — Ele buscou a palavra certa. — Quando eles não são exatamente donos de si?

Serilda se virou para encará-lo.

— Porque são servos dos Erlking e dos sombrios?

Ele fez que sim.

— Mas não é só por serem servos. Quando o Erlking traz um espírito para sua corte, assume controle sobre ele. Pode obrigá-lo a fazer o que quiser. Hoje em dia, eles já são tantos que a maioria é meio que deixada em paz, a não ser que tenha o azar de ser um dos favoritos do rei. Às vezes, eu acho que Manfred preferiria apunhalar o outro olho a ouvir mais uma ordem. Mas que escolha ele tem?

— Manfred? Ele é o cocheiro, não é?

Áureo assentiu.

— Ele meio que se tornou o braço direito do rei, para seu profundo desgosto, por mais que eu nunca o tenha ouvido reclamar sobre nada disso. Competente demais.

— E você?

Ele balançou a cabeça.

— Eu sou diferente. Nunca precisei seguir ordens, e não sei por quê. Sou grato por isso, é claro. Mas ao mesmo tempo...

— Ser diferente te torna excluído.

Ele a olhou, surpreso, mas Serilda apenas sorriu em resposta.

— Exatamente. É difícil ser próximo de alguém quando não se pode confiar na pessoa. Se eu contar qualquer coisa a eles, corro o risco de o rei ficar sabendo.

Serilda passou a língua pelos lábios, um movimento que chamou a atenção de Áureo antes que ele desviasse o olhar rapidamente de volta ao lago. Ela sentiu um frio na barriga, e não conseguiu deixar de pensar na última vez que o vira, quando ele a beijara, rápida e desesperadamente, e então sumira.

A lembrança a deixava zonza, agora que estava tão perto dele. Ela pigarreou e tentou afastá-la, lembrando a si mesma das perguntas que mais queria que fossem respondidas naquela noite.

— Sei que todos os fantasmas morreram de formas horríveis — disse ela com cuidado. — Mas... todos eles morreram aqui? No castelo? Ou o rei os coleta de... de suas caçadas também?

— Às vezes ele traz outros espíritos. Mas já faz tempo. Acho que talvez o castelo tenha começado a ficar lotado demais para o gosto dele.

— E uns... uns dezesseis anos atrás? Você se lembra do espírito de uma mulher ter sido trazido para cá?

Áureo franziu a testa.

— Não tenho certeza. Os anos meio que se misturam. Por quê?

Ela suspirou e falou da história que seu pai lhe contara sobre sua mãe ter sido atraída pela caçada quando Serilda tinha apenas dois anos. Quando terminou, Áureo fez uma expressão solidária, mesmo balançando negativamente a cabeça.

— A maioria dos fantasmas que eu conheço está aqui há tanto tempo quanto eu. Ele realmente às vezes traz espíritos que encontrou na caçada... mas é difícil eu ter noção do tempo. Dezesseis anos... — Ele deu de ombros. — Acho que ela poderia estar aqui. Pode descrevê-la?

Serilda falou o que seu pai lhe dissera. Não era muito, mas ela pensou que ao menos o dente lascado poderia ser memorável. Quando terminou, percebeu que Áureo estava concentrado.

— Acho que posso perguntar por aí. Ver se alguém se lembra de ter deixado uma filha bebê para trás.

O coração dela se elevou.

— Você faria isso?

Ele assentiu, mas não pareceu seguro.

— Qual era o nome dela?

— Idonia Moller.

— Idonia — repetiu ele, guardando na memória. — Mas, Serilda, é bom que saiba que o rei não traz muitos espíritos para cá depois da caçada. A maioria ele só...

Serilda sentiu uma pontada de decepção. Ela se lembrou da visão que o drude lhe causara, do pai deitado de rosto para baixo num campo.

— Ele deixa para morrer — completou ela.

Áureo fez uma expressão arrasada.

— Sinto muito.

— Não sinta. Isso seria melhor. Eu prefiro saber que ela está em Verloren, em paz — respondeu Serilda, mas não sabia se fora sincera. — Mas você tentará encontrá-la, certo? Para ver se ela está aqui?

— Se for te fazer feliz, é claro.

O comentário a surpreendeu, assim como a simplicidade do tom dele. Serilda não sabia se ficaria feliz com isso — imaginava que dependeria do que ele descobrisse —, mas ainda assim... a ideia de que ele talvez se importasse com ela ajudava a aquecer partes dela que haviam se tornado frias.

— Sei que não é a mesma coisa — continuou ele —, mas eu também não me lembro da minha mãe. Nem do meu pai, por sinal.

Ela arregalou os olhos.

— O que houve com eles?

Áureo soltou uma risada suave e ressentida.

— Não faço a menor ideia. Talvez nada tenha acontecido. Essa é outra coisa que me torna diferente. A maioria dos outros se lembra de *alguma coisa* de sua vida anterior. Seus familiares, ou que tipo de trabalho faziam. A maioria trabalhava aqui no castelo, alguns até se conheciam. Mas se eu morava aqui, ninguém se lembra de mim, e eu não me lembro de ninguém.

Serilda começou a estender a mão na direção dele, mas então, ao se lembrar de como ele recuava toda vez que ela se aproximara, recolheu os dedos e encostou na parede.

— Queria que houvesse alguma maneira de te ajudar. De ajudar todos vocês.

— Desejo isso todo dia.

Uma gargalhada ecoou ao redor deles. Serilda ficou tensa e instintivamente segurou o braço de Áureo.

— É só um elfo — disse ele, a voz baixa ao apertar a mão dela. — É a função deles patrulhar o perímetro de vez em quando. Para garantir que ninguém se esgueire até a guarita e levante a ponte enquanto todos estão no vilarejo.

Havia certo humor em seu tom de voz. Serilda o olhou com uma expressão cética.

— Já saí ileso por dois anos seguidos. Mas acho que fiz um favor a ele, encorajando-o a dar mais responsabilidade aos elfos. Ninguém quer um elfo ocioso por perto. A ideia deles de diversão é apagar todas as tochas do torreão e esconder a acendalha.

— Vocês devem se dar muito bem, então.

Ele deu um sorrisinho convencido.

— Esconder a acendalha pode ter sido minha ideia.

A risada se transformou em um assobio alto; uma melodia animada que se espalhava noite afora. Parecia estar se aproximando.

— Vamos — disse Áureo, puxando-a de volta para a torre. — Se ele vir você, não posso confiar que não vá contar ao Erlkönig.

Estavam na metade da escada da torre quando Áureo pareceu perceber que ainda segurava a mão de Serilda. Ele a soltou imediatamente, arrastando os dedos pelos rejuntes de cimento na parede.

Serilda franziu a testa.

— Áureo?

Ele não se virou para ela, mas fez um grunhido questionador. Ela limpou a garganta.

— Não precisa me explicar se não quiser, mas... não pude deixar de reparar que você está... que você não quer ser tocado hoje. E isso é, bem, é escolha sua, claro. É só que, antes, você sempre pareceu...

Ele parou tão depressa que Serilda deu um esbarrão nele.

— Como assim, *eu* não quero ser tocado? — perguntou ele, girando para encará-la com uma risada trêmula.

Ela piscou.

— Bem, certamente é o que parece. Você não para de se afastar de mim. Não quis ficar perto a noite toda.

— Porque eu não posso...! — Ele se interrompeu, inspirando bruscamente. Fez uma careta, como se estivesse reprimindo a própria reação. — Perdão. Eu te devo um pedido de desculpas. Sei que devo — falou ele, as palavras disparando como um coelho assustadiço. — Mas não sei como dizer.

— Um pedido de desculpas?

Ele fechou os olhos com força. Parecia um pouco com uma criança petulante que *realmente* não queria dizer o que fizera de errado, mas que contaria sob a ameaça de ficar sem sobremesa.

— Eu não devia ter te beijado — disse ele. — Não foi... cavalheiresco. E não voltará a acontecer.

Ela arfou.

— Cavalheiresco? — perguntou Serilda, seu cérebro se agarrando a uma das poucas palavras que não magoavam.

Ele abriu os olhos, claramente irritado.

— Ao contrário do que você pensa, eu não sou totalmente desprovido de honra. — Então ele baixou a cabeça, mudando quase instantaneamente a expressão de aborrecido para pesaroso. — Eu me arrependi no momento em que fui embora. Sinto muito.

Eu me arrependi.

Essas palavras por si só já bastaram para estragar todas as fantasias que Serilda nutrira nas últimas semanas. Mas, em vez de permitir que elas a deixassem triste, ela se agarrou à segunda emoção que brotou simultaneamente. Raiva.

Ela cruzou os braços e desceu mais alguns degraus para que os olhos dos dois se alinhassem.

— Por que me beijou, então? Eu não o encorajei.

— Não, eu sei. É exatamente essa a questão.

Ele sacudiu as mãos, mas sua raiva parecia empatar com a dela. O que era ridículo. Que motivo teria para estar com raiva?

— Não espero que você entenda. E... não vou tentar inventar desculpas. Sinto muito. Não há mais nada a ser dito.

— Discordo. Acho que você me deve alguma explicação. Fique sabendo que foi meu primeiro beijo.

Ele grunhiu, passando a mão pelo rosto.

— Não me diga isso.

— Ah, olhe para mim, Áureo. Não é possível que você pense que eu tenho uma fila de pretendentes esperando por uma chance para me conquistar. Eu já estou bem conformada com a ideia de virar uma solteirona.

O rosto dele se contorceu numa expressão quase sofrida. Ele abriu a boca, mas voltou a fechá-la em seguida. Apoiando um dos ombros na parede, ele soltou um longo suspiro.

— Também foi o meu.

Foi uma confissão baixa, e Serilda não teve certeza de que ouvira corretamente.

— Como é?

— Não... eu não deveria dizer isso. Não sei se é verdade. Mas... se já beijei alguém, não tenho nenhuma lembrança, então, até onde eu sei, foi o meu primeiro. E, até te conhecer, tinha certeza de que nunca... — Ele olhou rapidamente para ela, então desviou o olhar depressa. — Eu não posso... ter conhecido você... Achei que fosse impossível. Achei...

A voz dele transbordava emoção, e a pulsação de Serilda falhou. Subitamente, ela entendeu o que ele tentava dizer.

— Você estava sozinho — disse ela com voz suave. — Pensou que sempre estaria sozinho.

— Você me perguntou se tenho amigos aqui. E gosto de alguns dos outros fantasmas, até me importo com eles. Mas nunca... — Ele a buscou com o olhar. — Eu nunca senti nada como... como isso. Certamente nunca quis beijar mais ninguém.

E, com essa simples frase, a faísca de esperança em seu peito se reacendeu. Mesmo que, realisticamente, Serilda soubesse que não era uma grande vitória ser comparada a espíritos mortos-vivos.

— Imagino como deve ser difícil para você, especialmente ao pensar que isso não tem fim. Dá para entender por que... você foi atraído pela primeira garota que... por mim. — Ela ergueu o queixo. — Se serve de consolo, não estou brava pelo beijo.

Era verdade.

Ela não estava brava.

Por mais que ainda estivesse um pouco magoada.

Já sabia que era verdade, mas agora estava confirmado. Ela poderia ser qualquer outra pessoa. Ele teria ficado desesperado para tocar *qualquer um*.

Ela não podia fingir que não era esse o caso.

E, por mais que afeto físico não fosse algo a ser forçado, ou mesmo roubado, ocorreu a ela naquele momento que poderia ser um presente que ela estava disposta a oferecer. Não como pagamento. Não como moeda de troca. Não porque se sentia culpada.

Mas porque queria.

— Áureo — disse ela suavemente. Esticando a mão, colocou a palma sobre a dele e entrelaçou seus dedos, um por um. O corpo inteiro de Áureo pareceu tensionar. — Não espero nada de você. Quer dizer, espero que, se o Erlking continuar a me ameaçar, você possa continuar me ajudando. Mas, fora isso... não estou apaixonada por você nem nada. E sei que você nunca se apaixonará por mim.

Ele franziu a testa, mas não respondeu.

— Espero que possamos ser amigos. E se um amigo alguma vez precisar de um abraço, ou segurar minha mão um pouco ou... só sentar e ficar junto, eu não me importo.

Áureo ficou em silêncio por um longo momento, encarando seus dedos entrelaçados como se temesse que ela fosse recuar.

Ela não recuou. Ela não desapareceu.

Finalmente, ele estendeu a outra mão também, segurando a de Serilda com firmeza entre as dele. Aproximando-se, ele apoiou a testa de leve contra a dela, de olhos fechados.

Depois de um momento de hesitação, Serilda passou o braço livre ao redor dos ombros dele. Áureo chegou mais perto, então baixou a cabeça, suas têmporas roçando. Ela ficou sem fôlego, em parte esperando que os lábios dele encontrassem os dela. Mas, em vez disso, ele aninhou o rosto na curva do seu pescoço. Um segundo depois, envolveu-a com os braços, puxando seu corpo para si.

Serilda inspirou profundamente, buscando um cheiro que ligaria para sempre àquele momento. Ainda se lembrava de quando dançara com Thomas Lindbeck, há exatamente dois anos, e como ele tinha cheiro de grama da fazenda da família. Seu pai sempre cheirava a fumaça de lenha e farinha do moinho.

Mas se Áureo já tivera algum cheiro em vida ele não existia mais.

Ainda assim. Seus braços eram fortes. O toque leve do cabelo dele em sua bochecha e sua gola de linho no pescoço dela eram reais o bastante.

Eles ficaram abraçados assim pelo que pareceu ao mesmo tempo anos e nem um segundo. Talvez Serilda tenha segurado a mão dele pensando que estava lhe fazendo algum tipo de favor, mas uma vez que seu corpo derreteu contra o de Áureo, ela percebeu o quanto também precisava daquilo. A percepção de que aquele garoto queria abraçá-la tanto quanto queria abraçá-lo de volta.

Por um momento, achou que conseguia sentir o coração dele batendo contra o dela, até se dar conta de que era apenas o seu batendo pelos dois. Foi esse pensamento que a tirou daquele casulo. Assim que ela começou a se mexer, Áureo se afastou, e ela ficou surpresa ao ver que seus olhos estavam vermelhos. Ele estivera tão imóvel que ela não percebeu que estava chorando.

Serilda espalmou uma das mãos sobre o peito dele.

— Você não tem batimento cardíaco.

— Talvez eu não tenha coração — disse ele, e ela percebeu que era uma piada, então se permitiu sorrir. Para o garoto que ansiava por um abraço tanto quanto ela. Que estava literalmente chorando diante da sensação de ser abraçado.

— Duvido.

Um sorriso começou a surgir nos lábios dele, como se ela o tivesse elogiado. Mas a expressão logo desapareceu quando o brado assombroso da corneta de caça do Erlking invadiu o santuário deles. Os dois se retraíram, se abraçando com mais força.

— O que isso significa? — perguntou Serilda, olhando para o céu, que continuava escuro, sem nem sinal do amanhecer. — Eles estão voltando?

— Ainda não, mas em breve — respondeu ele. — A caçada terminou, e está na hora de alimentar os cães.

Serilda franziu o cenho, lembrando a descrição de Leyna sobre como os caçadores jogavam as carcaças dos animais capturados na efígie do deus da morte e deixavam os cães a dilacerarem.

— Você... quer assistir? — perguntou Áureo.

Ela fez uma careta.

— De jeito nenhum.

Ele deu uma risadinha.

— Nem eu. Você... — Ele hesitou. — Quer ver a minha torre?

Ele parecia tão adoravelmente nervoso, as bochechas corando de uma forma que destacava suas sardas, que Serilda não conseguiu refrear o sorriso ao responder:

— Temos tempo?

— Não estamos longe.

CAPÍTULO

Trinta e três

NO REINO MORTAL, O CÔMODO SUPERIOR DA TORRE SUDOESTE ESTIvera vazio e empoeirado. Mas, daquele lado do véu, Áureo criaria um refúgio, com camadas de tapetes e peles no chão e algumas mantas e travesseiros, sem dúvida surrupiados de outros cômodos do castelo. Uma pilha de livros, um castiçal e, de um lado do cômodo, uma roda de fiar.

Serilda cruzou o espaço até a janela e olhou na direção de Adalheid. Ela teve um vislumbre dos cães brigando pela carne que fora pendurada no corpo da efígie e desviou o olhar depressa.

Sua atenção recaiu sobre o próprio Erlking, como se sua presença tivesse um magnetismo inevitável. Ele estava afastado da multidão, parado na beirada do cais mais próximo. Olhava para a água, suas feições angulosas brilhando sob a luz das tochas. Indecifrável, como sempre.

A presença dele, mesmo do outro lado do lago, era uma ameaça. Uma sombra. Um lembrete de que ela era uma prisioneira.

Uma vez que Vossa Obscuridade nos tem, não gosta de nos deixar partir.

Serilda estremeceu e virou-se de costas.

Ela pegou um dos livros. Era um pequeno exemplar de poesia, mas ela não conhecia o poeta. Já fora lido tantas vezes que as páginas soltavam da lombada.

— Você já se apaixonou?

Ela levantou a cabeça bruscamente. Áureo estava recostado na parede oposta. Havia certa tensão em sua pose, com um dos pés descalços apoiado na parede em uma encenação forçada de despreocupação.

Serilda levou um momento para processar a pergunta, mas, quando o fez, soltou uma gargalhada alta.

— Por que a pergunta?

Ele indicou o livro com a cabeça.

— Quase todas as poesias são sobre amor. Às vezes é difícil de avançar pela quantidade de metáforas exageradas e prosas floreadas, relacionando tudo a desejo e anseio e saudade... — Ele revirou os olhos, lembrando Serilda um pouco do jovem Fricz.

— Por que você guardou o livro, então, se o despreza tanto?

— Não há muito o que ler nesse castelo — explicou ele. — E notei que você não respondeu à pergunta.

— Achei que já tivéssemos estabelecido que ninguém de Märchenfeld jamais se interessaria por mim.

— Foi o que você disse, e... também tenho perguntas quanto a isso. Mas não ser amado não impede alguém de *amar*. Pode ter sido um amor não correspondido.

Ela deu um sorrisinho.

— Apesar de seu aparente desdém por essa poesia, acho que você é um romântico.

— Romântico? — Ele recuou. — Amor não correspondido parece horrível.

— Absolutamente pavoroso — concordou Serilda com outra risada. — Mas só um romântico pensaria assim.

Ela abriu um sorriso atrevido para Áureo, que voltou a franzir a testa.

— Você *continua* fugindo da pergunta.

Ela suspirou, erguendo o olhar para a viga do teto.

— Não, eu nunca me apaixonei. — Pensando em Thomas Lindbeck, ela completou: — Pensei que tivesse me apaixonado, uma vez, mas estava enganada. Satisfeito?

Ele deu de ombros, assumindo um olhar taciturno.

— Não me lembro de nada da minha vida anterior, e de alguma forma ainda sinto arrependimentos. Eu me arrependo de não saber como é se apaixonar.

— Você acha que pode já ter acontecido? Antes?

— Não tenho como saber. Por mais que eu sinta que, se tivesse acontecido, eu *certamente* me lembraria. Não lembraria?

Ela não respondeu, e depois de um momento ele foi forçado a erguer o olhar para ela. A ver seu sorrisinho implicante.

— O que foi? — perguntou Áureo.

— Romântico.

Ele soltou um muxoxo de escárnio, mesmo que seu rosto estivesse corado.

— Justo quando eu estava começando a achar que gosto de conversar com você.

— Eu não estou zombando de você. Seria hipocrisia, se estivesse. Todas as minhas histórias favoritas são sobre amor, e eu já passei uma quantidade imensurável de tempo pensando em como seria, e desejando... — Ela se interrompeu, sentindo a pulsação acelerar ao se dar conta de como entrava em território perigoso, estando com o único garoto que já a olhara com algo próximo a desejo.

— Eu sei — disse Áureo, assustando-a. — Eu sei muito bem como é ficar desejando.

Serilda acreditava nele. Acreditava que ele *realmente* soubesse. O desejo e o anseio e a saudade. O desejo insuportável de ter alguém para prender uma mecha de cabelo atrás da orelha dela. Para lhe dar um beijo na nuca. Para abraçá-la nas longas noites de inverno. Para olhar para ela como se fosse seu único desejo, o único que teria na vida.

Ela não se lembrava de ter se aproximado de Áureo, mas de repente estava ali, ao alcance da mão. Mas Áureo não baixou o olhar para os lábios dela dessa vez. Seu foco estava em seus olhos com raios dourados. Irredutível.

— Eu não acho que eles sejam supersticiosos — disse ele.

Ela paralisou.

— O quê?

— Todos esses garotos que não se interessam por você porque acham que você vai lhes trazer azar? Bem... talvez seja verdade, mas... deve haver mais do que isso.

— Não estou entendendo.

Ele ergueu a mão para acariciar sua bochecha e carinhosamente prendeu uma mecha de cabelo atrás de sua orelha.

Serilda quase se derreteu.

— Sei que mal nos conhecemos — continuou ele, sua voz se esforçando para não tremer —, mas acho que você vale todo o azar do mundo.

Ao fim da frase, ele deu de ombros de um jeito constrangido, e por um instante ela pensou que ele não fosse prosseguir. Quando finalmente falou, Serilda viu que foi com esforço, e percebeu que ele também talvez se desse conta do quão perigosa a conversa se tornara. Quão efêmera, quão tênue, quão intangível.

— Acho que eles fingem não se interessarem porque sabem que você está destinada a outra coisa.

Ela deu mais um passo na direção dele.

Áureo deu meio passo para a frente, seus corpos quase se tocando.

— E a que estou destinada? — sussurrou ela.

Ele roçou o dorso da mão dela com extrema leveza, lançando uma corrente elétrica por seus nervos. Serilda prendeu o fôlego.

— Você é a contadora de histórias — respondeu ele, com um começo de sorriso. — Me diga você.

A que ela estava destinada?

Queria refletir sobre isso, ponderar intensamente sobre as possibilidades futuras. Mas não conseguia raciocinar naquele momento, quando todos os seus pensamentos estavam soterrados pelo presente.

— Bem, duvido que muitas garotas de Märchenfeld possam alegar serem amigas de um fantasma.

O sorriso de Áureo murchou. Ele tensionou o maxilar brevemente.

— Já faz muito tempo que não vivo em uma sociedade respeitável — falou ele —, mas suspeito que amigos normalmente não têm motivo para se beijar.

Um calor subiu pelo pescoço dela.

— Normalmente não.

O olhar dele recaiu sobre os lábios dela, as pupilas dilatadas.

— Posso te beijar de novo mesmo assim?

— Eu certamente gostaria disso — sussurrou ela, se inclinando na direção dele.

Áureo deslizou a mão pelo braço dela, segurando seu cotovelo, puxando-a para perto. Roçou o nariz no dela.

Então um grito enfurecido ecoou na base da torre.

— Poltergeist! Cadê você?

Eles se afastaram num pulo, como se tivessem sido atacados por cães do inferno.

Áureo deixou escapar uma sequência de xingamentos murmurados.

— Quem é? — sussurrou Serilda.

— Giselle. A mestre dos cães — respondeu ele com uma careta. — Se ela já descobriu, eles devem estar voltando. Precisamos esconder você.

— Descobriu o quê?

Áureo gesticulou para a escada de mão.

— Depois eu explico. Vai, vai!

Passos ecoaram abaixo. Com o coração martelando, Serilda foi para a escada e começou a descer apressadamente os degraus. Ela chegou ao andar de baixo e girou o corpo, quase dando de cara com Áureo. Ele tapou a boca dela com a mão, sufocando seu grito de surpresa. Então segurou seu pulso e levou um dedo aos lábios, suplicando para que ficasse quieta, antes de puxá-la na direção das escadas.

Os passos ficaram mais altos abaixo.

— Não me importa o que você tem contra aqueles vira-latas! — esbravejou Giselle. — Eu sou responsável por eles, e se você continuar fazendo essas gracinhas, o rei vai cortar a *minha* cabeça!

Para onde Áureo a levava? Só havia aquela escada estreita. Eles dariam de cara com a mulher.

Eles chegaram a uma alcova com a estátua do cavaleiro e seu escudo, não mais quebrado. Áureo se enfiou lá dentro, puxando Serilda consigo. Ele pressionou-a num canto, onde os dois ficariam encobertos pela escuridão, e virou a cabeça até que eles estivessem com as bochechas coladas, talvez tentando esconder o cabelo cor de cobre.

Serilda puxou o capuz para cima. Ele era grande a ponto de, estando tão perto um do outro quanto estavam, cobrir completamente a parte de trás da cabeça de Áureo. Ela segurou as laterais da capa e passou os braços ao redor dos ombros dele, cobrindo-os em cinza-carvão, a mesma cor das paredes de pedra, a mesma cor de nada.

Áureo se aproximou, pressionando o corpo contra ela, e espalmou as mãos nas costas de Serilda. A sensação a deixou zonza, e tudo o que ela queria era fechar os olhos e virar o rosto, apenas um pouquinho, e beijar a pele dele. Qualquer lugar onde conseguisse alcançar. Sua têmpora, sua bochecha, sua orelha, seu pescoço.

Queria que ele fizesse o mesmo com ela.

Mas se forçou a manter os olhos abertos, espiando pela frestinha no tecido da capa enquanto a mestre dos cães virava uma esquina, resmungando sozinha.

Ela e Áureo ficaram tensos.

Mas a sombria passou direto pela alcova.

Eles escutaram seus passos pesados subindo em direção à torre.

— Ela vai voltar já, já — disse Áureo, tão baixo que ela mal conseguiu ouvi-lo, apesar de sentir seu hálito roçando seu ouvido. — É melhor esperarmos até ela ir embora.

Serilda assentiu, feliz pela oportunidade de recuperar o fôlego, por mais que fosse difícil com as mãos de Áureo na cintura dela, enviando ondas de calor por todo o seu corpo. Tudo nela vibrava, formigava, presa entre Áureo e a parede de pedra. Ela queria desesperadamente passar os dedos pelo cabelo dele. Puxar a boca dele para a sua.

Mas, enquanto por dentro seu sangue fervia, por fora ela permanecia imóvel. Tão estática quanto a estátua que os escondia parcialmente.

— O que você fez? — sussurrou ela.

O rosto dele tomou uma expressão culpada.

— Antes de você chegar, eu talvez tenha misturado um pouco de azevinho nas camas dos cães.

Ela o encarou.

— E daí?

— Cães do inferno não se dão bem com azevinho. Só o cheiro já irrita o estômago deles. E... eles acabaram de comer *muita* carne.

Ela se encolheu.

— Que nojo.

Eles ouviram passos novamente, e Serilda fechou os olhos, com medo de que pudessem refletir a luz.

Um segundo depois, Giselle desceu os degraus pisando forte, murmurando sozinha sobre *aquele maldito poltergeist*.

Quando a torre voltou ao silêncio, eles soltaram o ar ao mesmo tempo.

— Você acha... — começou Serilda, num quase sussurro, torcendo para ele detectar a angústia por trás das palavras — que pode ser mais seguro se eu simplesmente esperar aqui e sair escondida depois do nascer do sol? Quando o véu voltar ao lugar?

Ele se afastou o bastante para olhá-la nos olhos. Seus dedos se flexionaram suavemente, amassando o tecido em sua cintura.

— Só acho que seria muito perigoso se eu fosse vista — disse ela.

— Sim — respondeu Áureo, um pouco sem ar. — Acho que seria melhor. A noite já está quase no fim, de qualquer forma. — Ele voltou a baixar o olhar para os lábios dela.

Serilda cedeu. Ela finalmente permitiu que suas mãos tivessem a liberdade que almejavam, deixando os dedos subirem pelo pescoço de Áureo até se afundarem em seu cabelo. Ela o puxou para si, suas bocas se encontrando. Por um momento, Serilda transbordou de necessidades com as quais nem sabia lidar. A necessidade de chegar mais perto, mesmo que fosse impossível. De sentir as mãos dele em sua cintura, suas costas, seu pescoço, seu cabelo, todo lugar ao mesmo tempo.

Mas essa primeira onda de desejo recuou, substituída por algo mais delicado. Um beijo carinhoso e tranquilo. Os dedos dela se afastaram do cabelo dele para se espalmar sobre os ombros e descer por seu peito, ao mesmo tempo que as mãos dele traçavam poesias pela coluna dela. Ela suspirou, colada a ele.

Não sabia quanto tempo eles tinham, mas não queria perder nenhum momento. Queria morar na alcova, entre os braços dele, nas novas sensações que a faziam se sentir leve, esperançosa e apavorada ao mesmo tempo.

Era como fazer uma promessa. De que aquele não seria o último beijo. De que ela voltaria. De que ele estaria esperando.

Então...

Acabou.

As mãos dela se fecharam ao redor do vazio. Os braços que a apoiavam desapareceram, e ela teria caído, não fosse a parede às suas costas. Seus olhos se abriram de repente, e ela estava sozinha na alcova.

O escudo da estátua estava quebrado. O pedestal ostentava cantos lascados e uma cobertura de teias de aranha.

Serilda estremeceu.

O equinócio acabara.

Será que Áureo ainda estava ali? Invisível, intocável, fora de alcance?

Será que ele ainda *a* via?

Engolindo em seco, ela esticou os dedos para o nada, buscando um calafrio, um choque, uma brisa quente. Algum sinal de que não estava sozinha, afinal.

Mas não havia sinal dele.

Com um suspiro pesado, Serilda apertou a capa ao redor dos ombros e deixou a alcova. Estava prestes a descer a escada quando seu olhar recaiu sobre o escudo quebrado, onde palavras tinham sido rabiscadas na camada grossa de poeira.

Você vai voltar?

CAPÍTULO

Trinta e quatro

LORRAINE TINHA UMA EXPRESSÃO TACITURNA QUANDO SERILDA ENTROU no Cisne Selvagem, os lábios franzidos de desaprovação. Só o que disse enquanto entregava a Serilda uma chave para um dos quartos do andar de cima foi:

— Pedi para trazerem suas coisas dos estábulos.

O quarto não era luxuoso como os do castelo, mas era confortável e quente, com mantas macias sobre o colchão e uma escrivaninha com pergaminho e tinta ao lado da janela. Seus itens do alforje tinham sido colocados organizadamente sobre um banco acolchoado.

Serilda suspirou com gratidão silenciosa, então foi para a cama.

Já passava muito do meio-dia quando ela conseguiu reabrir os olhos. Os sons da cidade ressoavam nas ruas abaixo. Rodas de carroça, zurros de mulas, crianças cantando uma música de rima para dar boas-vindas à primavera. *Ah, se ao menos estivesse quente e verde, com o canto dos pássaros a toda hora. Nos dê apenas isso, caro Eostrig, e não lhe pediríamos mais nada agora.*

Serilda saiu da cama e se despiu, percebendo que o ombro latejava de dor. Ela sibilou e baixou a manga para ver os arranhões deixados pelo drude, agora cobertos de sangue seco.

Considerou pedir a ajuda de Lorraine para limpar e fazer um curativo na ferida, mas a prefeita já parecia ansiosa o bastante sobre as idas e vindas de Serilda do castelo, e não achava que adicionar o ataque de um monstro horripilante fosse ajudar.

Com mais cuidado, ela tirou o vestido e a chemise e usou a toalhinha e a bacia fornecidas para limpar as feridas o melhor que pôde. Depois de inspecionar os machucados, determinou que não estavam tão profundos quanto pensava, e como já haviam parado de sangrar, concluiu que não seria nem necessário fazer um curativo.

Quando terminou, ela se sentou à pequena penteadeira para arrumar o cabelo. Havia um espelhinho, e Serilda parou ao vislumbrar os próprios olhos. Espelhos eram um luxo raro em Märchenfeld, e ela só vira seu reflexo algumas vezes em toda a vida. Sempre a assustava ver as rodas de raios dourados a encarando de volta. Sempre lhe dava certa clareza quanto ao motivo de ninguém querer olhá-la nos olhos.

Mas ela não vacilou. Espiou a garota que a observava de volta, pensando não nas incontáveis pessoas que já tinham dado as costas para ela, mas no único garoto que não dera. Eram esses os olhos que Áureo encarava com tanta intensidade escancarada. Eram essas as bochechas que ele acariciara. Esses eram os lábios...

Uma cor rosada brotou por todo o seu rosto. Mas ela não estava envergonhada. Estava sorrindo. E aquele sorriso, pensou ela, ligeiramente desconcertada, era lindo.

LEYNA ESPERAVA POR SERILDA EM FRENTE À LAREIRA QUANDO ela saiu do quarto.

— Finalmente! — exclamou ela, se levantando num pulo. — Mamãe me proibiu de incomodar você. Estou esperando há *horas*. Já estava começando a ficar com medo de você ter morrido lá em cima.

— Eu precisava muito descansar — respondeu Serilda. — E agora preciso muito de comida.

— Vou trazer alguma coisa para você.

Ela saiu correndo para a cozinha enquanto Serilda se jogava numa cadeira. Levara o livro da biblioteca consigo, e colocou-o no colo e abriu na folha de rosto.

Geografia, história e costumes das grandes províncias do norte de Tulvask.

Serilda fez uma careta. Era exatamente o tipo de texto acadêmico que Madame Sauer adorava e ela detestava.

Mas, se fosse ajudá-la a entender qualquer coisa sobre aquele castelo, valeria o sofrimento.

Ela começou a folhear o livro. Lentamente, então mais rápido quando viu que os primeiros capítulos consistiam numa análise profunda dos detalhes geográficos exclusivos daquelas províncias, começando com a maneira como os penhascos de basalto tinham impactado as primeiras rotas comerciais e levado a cidade portuária de Vinter-Cort a se tornar um polo de atividade mercantil. Havia uma parte sobre fronteiras cambiantes. Os altos e baixos das primeiras cidades mineradoras nas montanhas Rückgrat. Mas apenas uma menção ao

Bosque Aschen, e o autor nem mesmo o chamara pelo nome. *O sopé das montanhas é amplamente florestado e abriga uma vasta diversidade de bestas naturais. Desde os primeiros registros de civilização na área, a floresta é considerada inóspita e permanece, em grande parte, desocupada.*

Ela chegou a uma série de capítulos sobre assentamentos proeminentes e os recursos que encorajaram seu crescimento. Serilda bocejou, passando por seções sobre Gerst, Nordenburg, Mondbrück. Até Märchenfeld recebera uma pequena menção por sua próspera comunidade agrícola.

Ela leu por cima as páginas de texto denso. De vez em quando havia manchas de tinta onde a ponta da pena do autor se partira. Outras vezes havia palavras riscadas, um errinho consertado. De vez em quando, ilustrações. De plantas, da vida selvagem, de construções históricas.

Então ela virou uma página e sentiu uma pontada no coração.

Uma ilustração do Castelo Adalheid ocupava metade de uma página. A tinta colorida continuava vibrante, apesar da idade do livro. A imagem não mostrava o castelo em ruínas, mas como já fora um dia. Como ainda era, do outro lado do véu.

Respeitável e glorioso.

Ela começou a ler.

As origens do Castelo Adalheid, representado aqui em seu estado original, se perderam no tempo e permanecem desconhecidas aos historiadores contemporâneos. Na virada do século, no entanto, a cidade de Adalheid se tornou uma comunidade próspera pelas rotas costeiras que conectam Vinter-Cort e Dagna a...

Serilda balançou a cabeça, perdendo as esperanças. Ela voltou para a página anterior. Nenhuma outra menção a Adalheid.

Frustrada, ela terminou de ler a página, mas o autor não fez mais nenhuma menção ao passado misterioso da cidade. Se ao menos se importava que ninguém soubesse nada sobre o castelo e sua origem, ele não demonstrara na escrita. Algumas páginas depois, o foco do livro mudou para Engberg, no Norte.

— Prontinho — disse Leyna, usando o dedo do pé para arrastar uma mesinha um pouco mais para perto e colocando um prato de frutas e carnes secas sobre ela. — Você perdeu o almoço, então não está quente. Espero que não se importe.

Serilda fechou o livro com força, de cara feia. Leyna olhou para ela.

— Ou... posso ver se ainda temos algum resto de torta de carne?

— Está ótimo, obrigada, Leyna. Eu só tinha esperanças de que esse livro pudesse ter um pouco mais de informação útil sobre a cidade. — Ela tamborilou os dedos sobre a capa do livro. — Para várias cidades, ele apresentou um relato bem embasado e incrivelmente entediante, voltando vários séculos. Mas não para Adalheid.

Ela encarou Leyna. A menina parecia se esforçar para compartilhar da frustração de Serilda, mas não compreendia inteiramente o que ela estava falando.

— Tudo bem — disse Serilda, pegando um damasco seco do prato. — Eu só vou precisar fazer uma visita à biblioteca hoje. Gostaria de me acompanhar?

O rosto de Leyna se iluminou.

— Sério? Vou pedir à mamãe!

— ESTÁ VENDO OS BARCOS PESQUEIROS? — PERGUNTOU LEYNA, apontando enquanto elas caminhavam pelas ruas de paralelepípedos à margem do lago.

O olhar de Serilda estava fixo no castelo; especificamente na torre sudoeste, se perguntando se Áureo poderia estar lá em cima, observando, naquele exato momento. Arrastando os pensamentos de volta ao presente, ela seguiu o gesto de Leyna. Normalmente, os barcos ficavam espalhados pelo lago, mas uma grande quantidade podia ser vista amontoada perto do outro extremo do castelo agora.

— Procurando por ouro — continuou Leyna. Ela olhou Serilda de soslaio. — Você o viu de novo? O Vergoldetgeist?

A pergunta, feita com tanta inocência, trouxe de volta uma onda de sentimentos que fez as entranhas de Serilda darem cambalhotas.

— Vi — respondeu ela. — Na verdade, eu o ajudei a jogar alguns dos presentes nas pedras e no lago. — Ela abriu um sorriso radiante ao ver os olhos de Leyna se arregalando de incredulidade. — Há muitos tesouros a serem encontrados.

Adalheid estava radiante à luz do dia. Canteiros de flores transbordavam com gerânios, e hortas de vegetais prosperavam com repolhos, abóboras e mudinhas novas para o verão.

À frente, perto das docas, vários aldeões limpavam as sobras da festividade da noite anterior. Serilda sentiu uma pontada de culpa. Ela e Leyna provavelmente deveriam se oferecer para ajudar. Poderia ajudá-la a conquistar os locais que ainda a viam como mau presságio.

Mas estava ansiosa para chegar à biblioteca. Ansiosa para desvendar alguns dos segredos do castelo.

— Estou com tanta inveja — disse Leyna, curvando os ombros. — Passei a vida toda querendo entrar naquele castelo.

Serilda cambaleou.

— *Não* — falou ela, com mais rispidez do que pretendia. Então, abrandou o tom, colocando uma das mãos no ombro da menina. — Vocês têm um bom motivo para manterem distância. Lembre-se que, quando estou lá, é geralmente como prisioneira. Já fui atacada por cães do inferno e drudes. Já vi fantasmas reviverem suas mortes terríveis e arrepiantes. Aquele castelo é cheio de tristeza e violência. Você precisa me prometer que nunca entrará lá. Não é seguro.

A expressão de Leyna se franziu, contrariada.

— Então por que você pode ficar voltando lá?

— Eu não tenho escolha. O Erlking...

— Você teve escolha ontem à noite.

As palavras evaporaram da boca de Serilda. Ela franziu a testa e parou de andar, se agachando para segurar os ombros de Leyna.

— Ele matou o meu pai. Talvez tenha matado minha mãe também. E pretende me manter como prisioneira, como serva... talvez pelo resto da vida. Agora me escuta. Não sei se jamais me livrarei dele, mas sei que, na situação atual, não tenho nenhum poder, nenhuma força. Só o que tenho são perguntas. Por que os sombrios abandonaram Gravenstone e reivindicaram Adalheid? O que aconteceu com todos os espíritos de lá? O que o Erlking quer com todos aqueles fios de ouro? O que *é* o Espírito Áureo, e quem ele é? E o que aconteceu com a minha mãe? — A voz dela falhou quando lágrimas brotaram em seus olhos. Os olhos de Leyna também ficaram úmidos. Serilda inspirou tremulamente. — Ele está escondendo alguma coisa naquele castelo. Não sei se é algo que pode me ajudar, mas sei que, se eu não fizer nada, um dia ele vai me matar, e eu vou me tornar apenas mais um fantasma assombrando aquele lugar. — Ela baixou as mãos para segurar as de Leyna. — É por isso que eu voltei ao castelo, e por isso que continuarei voltando. É por isso que preciso ir à biblioteca e descobrir tudo o que posso sobre esse lugar. É por isso que eu *preciso* da sua ajuda... mas também é por isso que não posso permitir que você se coloque em perigo. Você entende, Leyna?

A menina assentiu lentamente.

Serilda deu um apertãozinho nas mãos dela e se levantou. Continuaram caminhando em silêncio, e tinham acabado de atravessar uma rua quando Leyna perguntou:

— Qual é a sua sobremesa favorita?

A pergunta foi tão inesperada que Serilda teve que rir. Ela pensou por um instante.

— Quando eu era pequena, meu pai sempre trazia para casa bolos de nozes com mel das feiras de Mondbrück. Por quê?

Leyna olhou para o castelo.

— Se você virar um fantasma, eu prometo sempre deixar bolos de nozes com mel nos Banquetes da Morte. Só para você.

CAPÍTULO

Trinta e cinco

SERILDA ESPERAVA QUE A BIBLIOTECA DE ADALHEID NÃO CHEGASSE NEM perto da grandiosidade da biblioteca de Verene, associada à universidade da capital e aclamada tanto por sua arquitetura ornamentada quanto pela coleção abrangente. Era uma maravilha de realização acadêmica. Um retiro de arte e cultura. Ela sabia que a biblioteca de Adalheid não seria *assim*.

Ainda assim, não conseguiu conter uma pontada de decepção ao entrar e descobrir que a biblioteca de Adalheid consistia num único cômodo, não muito maior do que a escola de Märchenfeld.

Ela era, no entanto, lotada de livros. Em estantes e empilhados. Duas grandes escrivaninhas cobertas de pilhas altas de tomos grossos, com mais pilhas no chão, e caixas em um canto transbordando com pergaminhos antigos. Serilda se sentiu imediatamente reconfortada pelos aromas de couro, velino, pergaminho, cola e tinta. Ela inspirou fundo, ignorando o olhar estranho que Leyna lhe lançou.

Era o cheiro das histórias, afinal.

Frieda, ou Madame Professora, como Leyna a chamava, ficou em êxtase ao vê--las, e ainda mais encantada quando Serilda tentou explicar o que buscava; embora ela mesma não tivesse total certeza do que era.

— Bem, vejamos — disse Frieda, dando a volta numa escrivaninha lotada até uma das estantes que alcançavam o teto. Ela puxou uma escada e escalou até o alto, examinando as lombadas. — Aquele livro que te dei fornecia um relato mais generalizado da área. Não sei se nossa cidade especificamente já recebeu muita atenção acadêmica, mas... aqui eu tenho livros-razão do nosso conselho da cidade que datam de pelo menos cinco gerações. — Ela começou a puxar livros para fora e folheá-los, então entregou alguns para Serilda. — Participações de tesouraria, acordos comerciais, impostos, leis... isso te interessa? — Ela lhe entregou um códex tão frágil que Serilda achou que fosse se desintegrar em suas mãos. — Um relato escrito de ordens de serviço e pagamentos feitos em instalações públicas durante o último século? Tivemos alguns artesãos notáveis começando em Adalheid. Vários deles foram trabalhar em estruturas famosas em Verene e...

— Não sei — interrompeu Serilda. — Vou dar uma olhada. Mais alguma coisa?

Frieda franziu os lábios e voltou a atenção para a estante.

— Esses são os livros-razão. Registros de propriedades comerciais, pagamentos de funcionários, impostos. Ah, quem sabe um relato histórico sobre a expansão agrícola da cidade?

Serilda tentou parecer otimista, mas Frieda devia ter reparado que também não era isso que ela estava procurando.

— Você não tem nada sobre o castelo? Ou a família real que morava lá? Eles devem ter sido uma parte importante da comunidade, para construir uma fortaleza tão impressionante. Deve existir algum registro deles, não?

Frieda lhe lançou um olhar demorado e estranho, então desceu lentamente da escada.

— Para ser franca — disse ela, levando um dedo aos lábios —, eu não sei se alguma família real já habitou aquele castelo.

— Então para quem ele foi construído?

Frieda deu de ombros.

— Talvez uma casa de veraneio para um duque ou um conde? Ou pode ter sido para uso militar.

— Se esse for o caso, então certamente deve haver registros *disso*.

A expressão de Frieda mudou, como se tomada por clareza. Ela voltou a olhar para os tomos da prateleira de cima.

— Sim — disse ela lentamente. — Seria de imaginar. Eu... acho que nunca pensei muito nisso.

Serilda tentou controlar a irritação, mas como a bibliotecária de uma cidade poderia nunca ter pensado na origem da construção histórica mais notável do lugar? Uma com aquela reputação aterrorizante, ainda por cima?

— E quanto ao Erlking e à caçada selvagem? — perguntou ela. — Quando ele abandonou Gravenstone e veio morar no Castelo Adalheid?

— Veja bem, essa é uma pergunta interessante — respondeu Frieda. — Mas precisamos levar em consideração que a existência de Gravenstone pode não passar de folclore. Talvez o lugar sequer tenha existido.

Serilda balançou a cabeça.

— Não, o próprio Erlking me disse que saiu de Gravenstone por lhe trazer lembranças dolorosas, e que então veio para Adalheid. E ele mencionou uma família real. Disse que eles não estavam mais usando o castelo.

O rosto de Frieda perdeu lentamente a cor.

— Você... você realmente... o *encontrou*?

— Sim, eu realmente o encontrei. E tenho quase certeza de que o encontrarei de novo na próxima lua cheia, que não está muito distante, e adoraria saber mais sobre o castelo e os fantasmas que o ocupam antes disso. — Ela baixou os livros que Frieda já lhe entregara, por mais que nada tivesse lhe parecido particularmente útil. — Não há documentos sobre quem construiu o castelo? Quais métodos foram usados? De onde vieram as pedras? Você mencionou artesões. O torreão tem uns vitrais incríveis e lustres de ferro do tamanho dessa sala; e no saguão de entrada as colunas são esculpidas com imagens intricadíssimas. Deve ter sido um projeto ambicioso. Alguém deve ter encomendado tudo isso, provavelmente contratado os artesãos mais talentosos de todo o reino. Como pode não haver registro disso?

Os olhos de Frieda brilhavam, maravilhados.

— Não sei — sussurrou ela. — Ninguém vivo jamais viu as coisas que você está descrevendo. Ou melhor, ninguém além de você. Só o que vemos são as ruínas. Mas, a julgar pelo estilo arquitetônico, eu estimaria que o castelo foi construído... talvez quinhentos, seiscentos anos atrás? — Ela franziu as sobrancelhas ao analisar os livros ao redor. — Não discordo de você. Tem toda razão. Seria de esperar que houvesse alguns registros. Mas não consigo me lembrar de ter visto nada sobre nossa história local antes de... talvez dois ou três séculos atrás.

— E absolutamente nada sobre uma família real? — insistiu Serilda, desesperada. Tinha que haver *alguma coisa*. — Registros de nascimento e óbito, nomes de família, emblemas?

A boca de Frieda se abriu e se fechou. Ela parecia um pouco perdida, e Serilda teve a impressão de que ela raramente ficava travada.

— Talvez houvesse registros, mas foram destruídos? — tentou Leyna.

— Isso acontece mesmo — respondeu Frieda. — Incêndios e enchentes, coisas assim. Livros são frágeis.

— Já houve algum incêndio aqui? — perguntou Serilda. — Ou... uma enchente?

— Bem... não. Não que eu saiba.

Suspirando, Serilda analisou a pilha de livros. Como um vilarejo tão bem-sucedido e abastado, rodeado pelo Bosque Aschen de um lado e com uma rota comercial agitada do outro, não tinha noção da própria história? E por que Serilda parecia ser a única que notara como aquilo era peculiar?

Ela arfou.

— E um cemitério?

Frieda encarou-a.

— Perdão?

— Vocês devem ter um.

— Bem, sim, é claro. O cemitério fica logo depois do muro da cidade, a uma caminhada curta do portão. — Os olhos de Frieda se arregalaram com compreensão. — Claro. É lá que enterramos nossos mortos desde a fundação da cidade. Ou seja...

— Desde a construção do castelo — disse Serilda. — Ou até antes.

Frieda arquejou e estalou os dedos.

— Há até lápides que são uma espécie de mistério local. São bem proeminentes, intricadamente esculpidas, a maioria de mármore, se lembro bem. Verdadeiras obras de arte.

— E quem está enterrado lá? — perguntou Serilda.

— O mistério é esse. Ninguém sabe.

— Acha que poderia ser da realeza? — perguntou Leyna, pulando de empolgação.

— Parece estranho que não tenham sido identificadas — respondeu Frieda. — E não podemos descartar a possibilidade de haver tumbas embaixo do próprio castelo, então não há garantia de seus antigos moradores terem sido enterrados com o resto dos aldeões.

— Mas há uma chance — disse Serilda. — Pode me levar para vê-las?

O CEMITÉRIO ERA COMPOSTO DE ACRES E MAIS ACRES DE lápides cinza que se estendiam até sair de vista. Havia milhares de flores silvestres azuis e brancas espalhadas por entre as pedras e aninhadas entre as raízes de grandes castanheiras, sua floração primaveril como velas brancas entre os galhos. Serilda investigou os entalhes, triste, porém não surpresa, ao ver que muitas das lápides pertenciam a crianças e recém-nascidos. Ela sabia que era comum. Mesmo num vilarejo próspero como Adalheid, as doenças podiam se enraizar com muita facilidade em corpos pequenos. Conhecia um grande número de mulheres em Märchenfeld que falavam abertamente sobre seus abortamentos espontâneos e bebês natimortos. Mas conhecer a realidade da vida e da morte não a tornava mais fácil de encarar.

Ao longe, mais perto da estrada, notou uma pequena colina, onde as lápides não eram altas e esculpidas com requinte, apenas grandes pedras lisas espaçadas organizadamente. Centenas delas.

— O que são aquelas? — perguntou, apontando.

Frieda assumiu uma expressão pesarosa ao responder:

— É onde enterramos os corpos deixados para trás pela caçada.

Serilda titubeou e parou de andar.

— O quê?

— Não acontece depois de todas as luas cheias, mas acontece com frequência o bastante para... bem. Já foram muitos. Em geral, os encontramos perto da floresta, mas às vezes são deixados bem na frente do portão da cidade. E, é claro, nós não temos como saber quem são ou de onde vieram, então... os enterramos ali e torcemos para que encontrem seu caminho até Verloren.

As mãos de Serilda tremeram. Aquelas vítimas da caçada tinham sido perdidas para sempre por seus amados. Para sempre sem nome nem história, sem ninguém para pôr flores sobre sua cova ou para deixar uma gota de cerveja quando os ancestrais eram homenageados sob a Lua do Luto.

Será que a mãe dela estava entre eles?

— Você... você por acaso se lembra se uma moça foi encontrada há uns dezesseis anos?

Frieda a olhou com óbvia curiosidade.

— Você conhece alguém que foi levado pela caçada? Quer dizer, além de você, claro.

— Minha mãe. Quando eu tinha só dois anos.

— Ah, querida. Sinto muito. — Frieda pegou a mão dela e apertou-a com compaixão. — Nisso, pelo menos, eu talvez possa ajudá-la. Mantemos um registro de todos os corpos que encontramos. A data em que foram encontrados, características marcantes, quaisquer itens encontrados com a pessoa, esse tipo de coisa.

O coração de Serilda se encheu de esperança.

— É mesmo?

— Viu só? — disse Frieda, com um brilho no olhar. — Sabia que alguma coisa na minha biblioteca lhe seria útil.

— Olha — falou Leyna, apontando para um jazigo compartilhado de *Gerard e Brunhilde De Ven*. — Meus avós estão ali. — Ela se afastou um pouco mais antes de parar. — E meu pai. Não costumo vir visitá-lo fora da Lua do Luto.

Ernest De Ven. Marido e pai amado.

Leyna se abaixou, arrancou algumas florezinhas azuis e as arrumou cuidadosamente sobre a lápide do pai.

O coração de Serilda se apertou. Em parte por conhecer a tristeza de perder um pai ou mãe sendo tão jovem, mas também por não poder deixar flores na tumba do pai.

O Erlking também roubara *isso* dela.

Mas quem sabe o registro de corpos tivesse ao menos uma resposta para lhe dar.

Frieda passou o braço pelos ombros de Leyna enquanto voltaram a caminhar pelas fileiras.

— Ali — disse ela, apontando ao chegaram ao cume de uma colina. — Dá para vê-las.

Afastando os pensamentos sobre os pais, Serilda sentiu uma pontada de empolgação. Mesmo dali, ela via que as pedras naquele canto dos fundos do cemitério eram diferentes. Maiores, mais antigas, mais resplandecentes, à sombra de enormes carvalhos. Algumas tinham sido esculpidas como estátuas de Velos com seu lampião, ou Freydon segurando uma muda de árvores. Algumas eram cobertas de monumentos sustentados por pilares. Algumas chegavam a ser mais altas que Serilda.

Quanto mais perto chegavam, mais a idade das pedras se tornava aparente. Embora o mármore branco ainda reluzisse sob o sol, muitas bordas estavam gastas e desintegradas. As plantas naquele canto distante estavam crescidas demais, como se ninguém vivo se importasse em preservar a área ao redor daquelas lápides.

Pela forma como Frieda as descrevera, Serilda suspeitara de que não haveria nenhuma inscrição, mas viu que isso não era verdade. Aproximou-se e esfregou a frente de uma das pedras com os dedos. A data da morte era de quase quatrocentos anos atrás. O tamanho da lápide sugeria que quem quer que tivesse sido enterrado ali fora rico, respeitado, ou as duas coisas.

Mas não havia nome. O mesmo acontecia na segunda pedra. E, à medida que Serilda avançava por cada uma, via que o padrão se repetia. Ano de nascimento, ano de morte, uma ocasional bênção afetuosa ou um verso poético.

Mas nenhum nome.

Se aquele fosse o local de descanso da realeza — talvez até gerações de reis e rainhas, príncipes e princesas —, como poderia não haver registro deles? Era como se houvessem desaparecido. Da memória, das páginas de história, das próprias lápides.

— Olha — disse Leyna. — Essa tem uma coroa.

Serilda e Frieda pararam ao lado dela. A lápide diante da menina de fato tinha algo parecido com uma coroa de monarca esculpida no alto da pedra.

Mas não foi isso que fez com que Serilda soltasse um arquejo de surpresa.

Leyna lhe lançou um olhar.

— O que foi?

Agachada diante da pedra, Serilda arrancou parte da hera que começara a cobri-la, revelando a gravação embaixo.

Um tatzelwurm entrelaçado ao redor da letra *R*.

— Isso significa alguma coisa? — perguntou Leyna.

— O *R* poderia ser a inicial de um nome? — sugeriu Frieda.

Serilda arrancou mais pedaços da hera até conseguir ver toda a frente da pedra, mas no lugar onde deveria estar o nome do morto havia apenas pedra lisa e polida.

— Que estranho — murmurou Frieda, se inclinando para perto e sentindo a pedra com os dedos. — É liso como vidro.

— É possível que... — começou Leyna, então hesitou. — Quer dizer, será que os nomes podem ter sido apagados? Talvez alguém tenha vindo aqui e polido eles?

Frieda balançou a cabeça.

— Isso envolveria lixar o material, o que deixaria uma depressão no lugar das palavras. Essas lápides parecem nunca ter sido gravadas.

— A não ser que tenham sido apagadas com magia — disse Leyna. Seu tom foi hesitante, como se temesse que Serilda e Frieda pudessem rir da ideia.

Mas Serilda apenas ergueu o olhar, encontrando os olhos preocupados da bibliotecária. Ninguém falou por um longo momento, considerando a possibilidade. No fim, ninguém riu.

A Lua Casta

CAPÍTULO

Trinta e seis

SERILDA ACHOU QUE A LUA CHEIA NUNCA CHEGARIA. TODA NOITE ELA olhava para o luar dançando na superfície do lago e a observava crescer; primeiro uma lua crescente provocativa, então se adensando noite após noite.

Durante o dia, ela ajudava como podia na pousada e passava horas olhando para o castelo, se perguntando se Áureo estaria em sua torre, olhando de volta para ela através do véu. Ansiava por voltar, e vivia constantemente resistindo ao ímpeto de atravessar a ponte, mas se lembrava dos gritos, do sangue e dos drudes e se forçava a ter paciência.

Mantinha-se ocupada com suas tentativas de descobrir mais sobre o mistério do castelo e da caçada, mas sentia que se deparava com uma parede de pedra a cada curva. Os registros dos corpos largados pela caçada não guardavam nenhuma pista sobre o desaparecimento de sua mãe. Nenhum corpo fora encontrado naquela Lua do Luto. A possibilidade mais próxima era uma jovem encontrada alguns meses antes, na Lua dos Amantes, mas Serilda não achava que seu pai teria se enganado tanto sobre a data.

Ela não sabia o que pensar sobre a revelação. Sua mãe poderia ter sido morta dentro do castelo, seu corpo nunca encontrado.

Ou poderia ter sido abandonada em algum lugar distante de Adalheid, como seu pai.

Ou poderia nem ter morrido.

Serilda também passara incontáveis horas conversando com os aldeões, perguntando o que eles poderiam acrescentar sobre o castelo, seus habitantes, o próprio histórico familiar. Por mais que alguns tivessem medo de Serilda e quisessem repreendê-la por provocar a ira do Erlking, a maioria dos moradores de Adalheid falou com ela com o maior prazer. Ela imaginou que o fato de que o Vergoldetgeist fora muito generoso naquele ano ajudara, e o vilarejo inteiro parecia estar comemorando sua boa sorte, mesmo que sempre silenciassem sobre suas novas riquezas sempre que notavam Serilda por perto.

Ao conversar com os aldeões, Serilda descobriu que a família de muitos morava em Adalheid havia gerações, e alguns até conseguiam rastrear sua linhagem até um ou dois séculos antes. Ela descobriu até que o antigo prefeito que vira na estalagem depois da Lua da Fome tinha um diário de família que era passado de geração em geração. Ele estava animadíssimo para mostrá-lo a Serilda, mas quando ela começou a folheá-lo encontrou parágrafos inteiros faltando, páginas em branco.

Era impossível afirmar com certeza, mas pelo contexto das entradas vizinhas, ela desconfiou que todas as páginas em branco se relacionassem com o castelo e a realeza que tinha certeza de já ter morado ali.

À noite, ela ganhava seu sustento contando histórias a quem quer que estivesse reunido ao redor da lareira da estalagem depois da ceia. Não falava sobre os sombrios, temendo que fosse muito assustador para quem sabia, bem até demais, que o Erlking não era meramente uma fábula para entretenimento. Em vez disso, cativava o povo de Adalheid com contos sobre bruxas e seus familiares tritões. A velha solteirona que matou um dragão e a donzela do musgo que chegou à lua. Sereias cruéis que aprisionaram marujos em seus castelos aquáticos e landvættir bondosos que recompensaram camponeses honrados com uma abundância de pedras preciosas.

Noite após noite, a plateia da estalagem crescia à medida que a notícia sobre a nova contadora de histórias do lugar se espalhava.

Noite após noite, Serilda aguardava.

Quando a lua cheia finalmente chegou, foi como se um pano de tristeza tivesse baixado sobre a cidade. Os aldeões passaram o dia quietos e esmorecidos enquanto seguiam com suas atividades. Quando Serilda perguntou, Lorraine disse que era sempre assim em dia de lua cheia, mas que a Lua Casta tendia a ser a pior. Passado o Banquete da Morte, essa noite determinava se a caçada selvagem estaria satisfeita e deixaria as famílias de Adalheid em paz.

Naquela noite, a estalagem ficou mais vazia do que Serilda a vira na semana inteira. Meia hora antes do pôr do sol, os últimos hóspedes se recolheram aos seus aposentos.

— Mas eu não posso nem ouvir uma história? — suplicou Leyna. — Serilda não pode me contar uma no quarto dela?

Lorraine fez que não.

— Nós não nos convidamos para o quarto dos hóspedes.

— Mas...

— E mesmo que você fosse convidada, nós nos recolhemos mais cedo em noite de lua cheia. Quero que já esteja em sono profundo na hora das bruxas. Sem discussão.

Leyna fechou a cara, mas não argumentou ao subir com passos pesados pela escada que levava aos aposentos que dividia com a mãe. Serilda tentou disfarçar que estava grata pela intervenção de Lorraine. Não estava no clima de contar histórias naquela noite, distraída por sua própria ansiedade.

— Serilda? — chamou Lorraine, apagando os lampiões pela estalagem até que ela só estivesse iluminada pelas brasas na lareira. — Não quero ser insensível...

— Não estarei aqui — disse Serilda. — Tenho todos os motivos para acreditar que o Erlking me convocará, e nem sonharia em atrair a atenção dele para você e Leyna.

O rosto de Lorraine foi tomado por alívio.

— O que você vai fazer?

— Irei até o castelo e... esperarei.

Lorraine soltou um resmungo.

— Ou você é muito corajosa, ou muito tola.

Suspirando, Serilda se levantou de seu assento preferido ao lado da lareira.

— Posso voltar amanhã?

O rosto de Lorraine se franziu de emoção inesperada.

— Minha querida. Eu certamente espero que você volte.

Então estendeu os braços e abraçou Serilda, enchendo-a de mais ternura do que ela esperava. Precisou fechar os olhos com força para afastar a ameaça das lágrimas.

— Obrigada — sussurrou.

— Tome cuidado — ordenou Lorraine. — E se certifique de que pegou tudo antes de sair. Trancarei a porta em seguida.

O SOL MERGULHARA SOB O MURO DA CIDADE QUANDO SERILDA saiu do Cisne Selvagem. A leste, a Lua Casta reluzia em algum ponto atrás das montanhas Rückgrat, tingindo seus picos distantes de prata. Era uma lua que deveria simbolizar novidade, inocência, renascimento. Mas ninguém imaginaria que aquele era o mês de tanto otimismo ao caminhar pelas ruas escurecidas de Adalheid. Conforme a noite assentava sobre a cidade, as luzes sumiam das janelas. Persianas eram fechadas e travadas. Sombras tomavam as ruínas do castelo, que seguia adormecido em sua ilha solitária.

Em breve, elas acordariam.

Em breve, a caçada atravessaria a cidade como um raio, em direção ao mundo mortal. Os cães do inferno uivariam, os cavalos debandariam, os cavaleiros perseguiriam qualquer presa em seu caminho; criaturas mágicas como aquelas cujas cabeças agraciavam as paredes do castelo, ou donzelas do musgo e seres da floresta, ou humanos que não eram espertos o bastante, ou supersticiosos o bastante, para se isolar atrás de portas trancadas.

Serilda chegou à ponte bem quando a lua apareceu no cume das montanhas, lançando seu brilho sobre o lago. Assim como da última vez, ela não estava totalmente preparada para o momento em que seus raios atingissem as ruínas do castelo, transformando os destroços desolados num lar digno de um rei.

Mesmo que fosse um rei perverso.

Sozinha ao fim da ponte, Serilda nunca se sentira tão insignificante.

A ponte levadiça começou a se erguer, grunhindo e rangendo com as queixas de tábuas de madeiras e dobradiças de ferro antiquíssimas. No momento seguinte, os uivos começaram, provocando um arrepio em sua coluna. Ela engoliu em seco e tentou estufar o peito quando um borrão de movimento dentro do pátio capturou a sua atenção.

A caçada selvagem.

Uma enxurrada de cães do inferno ferozes, cavalos de batalha gigantescos, armaduras brilhantes.

Cavalgando bem na direção dela.

Serilda deu um gritinho e ergueu os braços numa tentativa patética de se proteger.

As feras a ignoraram. Os cães passaram a sua volta como água ao redor de uma pedra. A ponte sacudiu quando os cavalos avançaram, com armaduras tilintando em seus ouvidos e o brado da corneta afogando todos os seus pensamentos.

Mas a cacofonia logo se dissolveu em gritos distantes à medida que os caçadores passavam em disparada pela cidade e seguiam para a zona rural.

Tremendo, Serilda baixou os braços.

Um cavalo cor de obsidiana estava parado à sua frente, imóvel como a morte. Ela ergueu o olhar. O Erlking a encarava de cima. Analisando-a. Parecia quase satisfeito em vê-la.

Serilda engoliu em seco e tentou fazer uma reverência, mas suas pernas tremiam e suas reverências já não eram boas nem nos seus melhores dias.

— Você pediu que eu ficasse por perto, milorde. Em Adalheid. Os aldeões daqui têm mesmo sido muito atenciosos.

Ela pensou que aquele pequeno elogio fosse o mínimo que podia fazer pela comunidade que a acolhera tanto nas últimas semanas.

— Fico satisfeito — respondeu o Erlking. — De outra forma, eu não teria o prazer de cruzar com você esta noite, e assim você terá bastante tempo para completar seu trabalho. — Ele inclinou a cabeça, ainda a olhando. Ainda a *estudando*.

Serilda ficou completamente imóvel.

— Suas habilidades até agora superaram as expectativas — acrescentou ele. — Talvez eu deva lhe dar uma recompensa.

Ela engoliu em seco, incapaz de identificar se ele queria uma resposta. Será que era sua oportunidade de pedir alguma coisa? Mas o que pediria? Para ser deixada em paz? Para que ele lhe contasse todos os seus segredos? Para que Áureo fosse libertado?

Não... ele não estaria disposto a lhe dar nenhuma recompensa que ela de fato quisesse, e Serilda nunca poderia deixar escapar que conhecia Áureo, o poltergeist que ele desprezava tanto. E se ele descobrisse que o verdadeiro fiandeiro de ouro estivera no castelo aquele tempo todo, não sabia o que ele faria com Áureo.

Mas sabia muito bem o que faria com ela.

— Manfred a receberá no pátio. Ele a levará até a roda de fiar. — Então um levíssimo sorriso, nada bondoso, brotou em seus lábios. — Realmente espero que continue me impressionando, lady Serilda.

Ela sorriu com desgosto.

— Imagino que levará a caçada para o sopé das montanhas Rückgrat hoje à noite.

O Erlking parou, prestes a dispensá-la.

— Por que é que eu faria isso?

Ela inclinou a cabeça, a personificação da inocência.

— Têm circulado rumores de que uma grande besta foi vista vagando ao redor das montanhas, depois da fronteira de Ottelien, acredito. Não ficou sabendo?

Ele sustentou o olhar dela, levemente intrigado.

— Não fiquei.

— Ah. Bem. Pensei que uma nova conquista pudesse ser um belo acréscimo à sua decoração, mas talvez seja uma viagem longa demais para uma noite. De qualquer forma, espero que desfrute de caçar suas... raposas, cervos e criaturinhas da floresta. Milorde. — Ela fez uma reverência e deu meia-volta.

Estava quase na ponte quando ouviu o estalo das rédeas e o estrondo dos cascos. Só quando o rei sumiu de vista, ela deixou que um sorriso se abrisse em seu rosto. Que ele passasse a noite correndo atrás do próprio rabo... e, com um pouco de sorte, ficasse longe do castelo até o amanhecer.

O cocheiro estava no pátio, esperando pacientemente enquanto o cavalariço prendia os dois bahkauv à carruagem. Ambos ergueram a cabeça com expressões perplexas quando Serilda se aproximou, e ela se perguntou se era o primeiro ser humano que ousara chegar ao castelo sem um convite em noite de lua cheia, especialmente visto que a caçada partira havia poucos momentos.

Ela esperava que sua avidez não transparecesse. Sabia que deveria estar apavorada. Que sua vida estava em perigo, e que suas mentiras poderiam ser descobertas com um pequeno deslize da língua.

Mas sabia também que Áureo estava dentro daquele castelo, e isso lhe dava mais conforto — e impaciência — do que provavelmente fazia sentido.

Tentava ignorar a possibilidade assustadora de que estivesse se apaixonando por um fantasma, um que estava aprisionado dentro do castelo do próprio Erlking. Tinha conseguido, em grande parte, evitar pensar em todos os dilemas práticos que isso causaria. Não havia esperança de um futuro, repetiu a si mesma sem parar. Não havia esperança de felicidade.

E, sem parar, seu frágil coração respondera que não dava a mínima.

Apesar de ela achar que provavelmente deveria.

Mesmo assim, quando o cocheiro disse ao cavalariço que as bestas não seriam necessárias naquela noite, tentando disfarçar como estava satisfeito com isso, Serilda sentiu uma onda de empolgação.

Novamente, foi guiada para o torreão do castelo, por corredores que se tornavam mais familiares a cada visita. Ela começava a conseguir compará-los com as ruínas que via durante o dia. Quais lustres permaneciam pendurados, cobertos de teias de aranha e poeira. Quais pilares haviam desmoronado. Quais cômodos estavam cheios de galhos e ervas daninhas. Quais móveis, tão majestosos e adornados naquele reino, estavam tombados e quebrados do outro lado do véu.

Ao passarem pela escada que subia para o corredor com os vitrais de deuses e a misteriosa sala com a tapeçaria, os passos de Serilda desaceleraram. Não havia nada para se ver dali de baixo, mas mesmo assim ela não conseguiu se impedir de virar a cabeça.

Quando voltou a olhar para a frente, o cocheiro a observava com o olho bom.

— Procurando alguma coisa? — perguntou ele, a voz arrastada.

Serilda tentou sorrir.

— Este lugar é um labirinto. Você nunca se perde?

— Nunca — respondeu ele suavemente, então gesticulou para uma porta aberta.

Serilda esperava outro corredor, ou talvez uma escada.

Em vez disso, encontrou palha. Montes e montes e *montes* de palha.

Ela exclamou, impressionada com a quantidade. O bastante para encher um palheiro inteiro. O bastante para encher o moinho, de uma parede à outra, do chão ao teto, e ainda transbordar pela chaminé.

Tudo bem, talvez aquilo fosse um leve exagero.

Mas apenas *leve*.

E, novamente, havia a roda de fiar, a montanha de carretéis vazios e o cheiro doce e enjoativo que a sufocava.

Impossível.

— Ele não pode... Eu não consigo fazer tudo isso! É demais.

O cocheiro inclinou a cabeça.

— Então corre o risco de decepcioná-lo.

Ela franziu a testa, sabendo que era inútil discutir. Não era esse homem — esse fantasma — que definia as tarefas, e o Erlking acabara de sair cavalgando para uma noite de caça.

— Suponho que chegar cedo tenha se provado uma vantagem necessária — continuou ele. — Mais tempo para completar o trabalho.

— Ele espera que eu fracasse?

— Acho que não. Vossa Obscuridade é — ele procurou a palavra certa antes de concluir, em tom seco — um otimista.

Quase pareceu uma piada.

— Precisa de mais alguma coisa?

Uma semana a mais, Serilda queria dizer. Mas balançou a cabeça.

— Só paz para concluir meu trabalho.

Ele se curvou e deixou o cômodo. Serilda escutou a chave virando, então encarou a palha e a roda de fiar, com as mãos nos quadris. Era o primeiro cômodo com janelas ao qual fora levada, mas não sabia bem qual poderia ter sido sua utilidade antes de ser convertido em cela. Alguns móveis haviam sido empurrados contra as paredes para abrir espaço para a palha: um sofá de veludo azul, um par de cadeiras de espaldar alto, uma escrivaninha. Talvez tivesse sido um escritório ou uma sala de estar, mas, pela ausência de decoração nas paredes, ela presumiu que não devia ser usado havia muito tempo.

Inspirando profundamente, Serilda entrelaçou os dedos e começou a andar com nervosismo de um lado para o outro enquanto falava para o nada:

— Áureo, você não vai gostar nada disso.

CAPÍTULO

Trinta e sete

NUM MOMENTO, O ESPAÇO ESTAVA VAZIO.

No seguinte, Áureo estava ali, a meros centímetros dela.

Serilda deu um esbarrão nele com um gritinho. Cambaleou para trás — suas mãos instintivamente buscando os ombros dele — e puxou-o consigo. Os dois caíram, Serilda de costas sobre a pilha de palha. Áureo aterrissou em cima dela com um grunhido, batendo o queixo em seu ombro e fazendo os dentes estalarem alto perto do ouvido dela. Seu joelho atingiu o quadril dela enquanto ele se impedia, por pouco, de esmagá-la sob seu peso.

Serilda ficou deitada na palha, desorientada e sem ar, com as costas latejando levemente de dor.

Áureo se ergueu com uma das mãos e esfregou o queixo com uma careta.

— Estou viva — gemeu Serilda, copiando uma das frases favoritas de Anna.

— Não posso dizer o mesmo — respondeu Áureo. Ele a encarou, seus olhos risonhos. — Olá de novo.

Ele baixou os olhos para as mãos de Serilda, que estavam presas entre os corpos dos dois e pressionavam, inteiramente por vontade própria, o peito dele. Sem empurrá-lo.

O rosto dele enrubesceu.

— Desculpe — disse ele, se afastando.

No momento seguinte, Serilda sentiu uma dor aguda no couro cabeludo. Ela soltou um grito, se inclinando na direção dele.

— Para, para! Meu cabelo!

Áureo paralisou. Uma mecha do cabelo de Serilda tinha se prendido no botão da gola da camisa dele.

— Como isso aconteceu?

— Elfos intrometidos, sem dúvida — disse Serilda, tentando mudar para uma posição melhor onde pudesse começar a desembolar o cabelo pouco a pouco.

— Eles são terríveis.

Serilda parou e o olhou nos olhos, captando o humor silencioso que brilhava neles. Aquela distância, naquela luz, ela viu que eles eram de um tom quente de âmbar.

— Olá de novo — falou ele baixinho.

As palavras mais inocentes possíveis.

Faladas de maneira bem pouco inocente.

Um segundo depois, não era só ele que estava corando.

— Olá de novo — respondeu ela, subitamente envergonhada.

Serilda podia ter passado horas da semana anterior sonhando em vê-lo de novo ou, para ser mais precisa, beijá-lo de novo, mas não sabia se suas expectativas eram realistas.

A relação dos dois era... estranha.

Ela sabia disso.

Serilda não conseguia definir exatamente quanto do afeto de Áureo vinha do fato de ele ser um garoto solitário que ansiava por *qualquer* nível de intimidade... e quanto poderia ser porque ele legitimamente gostava dela.

Pelos deuses, nem ela sabia ao certo quanto do desejo dela tinha a mesma origem.

Será que isso poderia mesmo ser o começo de um amor?

Talvez não fosse nada além de uma paixão passageira e uma receita para o desastre; como Madame Sauer teria dito. Ela era sempre a primeira a repreender as garotas do vilarejo que se entregavam fácil demais aos braços de um garoto bonito.

Mas essa era a história de Serilda, e esse era o garoto bonito *dela*, e se fosse uma receita para o desastre, ora, então ela estava grata por ao menos ter recebido alguns dos ingredientes.

No espaço entre o *olá* incerto dela e aqueles pensamentos dispersos, Áureo começara a sorrir.

E Serilda não conseguiu se segurar, sorrindo de volta.

— Para com isso — disse ela. — Estou tentando nos desembolar.

— Não estou fazendo nada.

— Está me distraindo.

— Só estou deitado aqui.

— Exatamente. Isso me distrai *muito*.

Ele deu uma risada.

— Sei que não deveria estar tão feliz em te ver. Imagino que o Erlking queira que você... — Ele se interrompeu ao erguer o olhar para o cômodo, lotado de palha. Soltou um assobio baixo. — Que monstro ganancioso.

Serilda conseguiu soltar os últimos fios de cabelo.

— Você acha que consegue?

Áureo se sentou. Seu aceno positivo de cabeça não teve qualquer hesitação. Serilda foi inundada por alívio ao mesmo tempo que viu os ombros dele murcharem.

— O que houve?

Ele a olhou com uma expressão arrasada.

— Acho que eu estava com esperança de termos um pouco de tempo... juntos... que não envolvesse isso. — Ele fez uma careta. — Digo, para conversar. Para... só... ficarmos juntos, não para...

— Eu sei — respondeu Serilda, sentindo o corpo inteiro esquentar. — Eu também tinha essa esperança.

Ele pegou a mão dela e se curvou para pressionar os lábios nos nós de seus dedos. Os nervos de Serilda formigaram de emoção. Ela não conseguiu deixar de pensar em como ele pegara sua mão da primeira vez que eles se encontraram.

O gesto a surpreendera na época.

E a extasiava agora.

— Talvez, se trabalharmos com muito afinco, a gente consiga terminar com tempo de sobra.

Os olhos dele brilharam.

— Gosto de desafios. — Novamente, seu entusiasmo durou pouco. — Mas, Serilda, eu odeio isso, mas... preciso pedir um pagamento.

Ela ficou imóvel. Um calafrio subiu de sua mão, ainda na dele, até seu coração.

— O quê?

— Queria não precisar pedir — acrescentou ele, apressado, quase suplicante. — Mas o equilíbrio da magia exige... ou, pelo menos, essa magia exige. Nada pode ser dado de graça.

Serilda se afastou.

— Você fia ouro o tempo todo. Todos aqueles presentes para os aldeões. Não pode me dizer que está recebendo *pagamento* por eles.

Ele se encolheu, como se ela o tivesse golpeado.

— Eu faço aquilo por mim. Porque eu quero. É... é diferente.

— E você não *quer* me ajudar?

Com um grunhido, ele passou uma das mãos pelo cabelo. Levantando-se num pulo, pegou um punhado de palha e sentou-se à roda de fiar. Com os ombros tensos, girou a roda e pisou no pedal.

Como já fizera mil vezes antes, ele passou a palha pelo buraco principal. Mas ela não emergiu como um fio esguio e reluzente de ouro.

Ela emergiu como palha. Frágil e desfiada.

Áureo continuou tentando. As sobrancelhas franzidas. Os olhos determinados. Juntando outro punhado. Forçando-o pela máquina. Tentando enroscá-lo ao redor do carretel mesmo que continuasse a arrebentar. Mesmo que continuasse, teimosamente, se recusando a virar ouro.

— Não entendo — sussurrou Serilda.

Áureo segurou a roda, interrompendo-a no meio do giro, e soltou um suspiro derrotado.

— Hulda é o deus da labuta e do trabalho árduo. Não só para a fiação, mas para a agricultura, a marcenaria, a tecelagem... tudo isso. Acho que talvez ele não goste que suas dádivas sejam dadas de graça porque... trabalho árduo merece uma compensação. — Ele deu de ombros, desolado. — Não sei. Posso estar errado. Nem tenho certeza se o que eu tenho *é* uma dádiva de Hulda. Mas sei que não consigo fazer como um favor, não importa o quanto eu queira. Não funciona assim.

— Mas eu não tenho mais nada para dar em troca.

Ela olhou para o colar, a corrente visível sob a gola dele. Para o anel no dedo dele, com o mesmo emblema que ela vira no cemitério. Então, com súbita inspiração, ela abriu um sorriso radiante e gesticulou para o peito dele.

— Que tal uma mecha de cabelo?

Ele franziu as sobrancelhas e olhou para baixo, notando o nó de cabelo que ficara para trás, ainda embolado ao redor do botão da camisa.

Depois curvou a boca para o lado e ergueu o olhar para ela.

— O que foi? — perguntou ela. — Namorados vivem dando mechas de cabelo um para o outro. Deve ser um tesouro cobiçado.

O rosto dele se iluminou com surpresa e um toque de otimismo.

— Nós somos namorados?

— Bem... — Ela hesitou. Não sabia o que mais poderiam ser, depois do beijo na alcova da escada, no Dia de Eostrig, mas ela nunca precisara responder àquela pergunta antes. Queria responder com honestidade, com o que realmente queria dizer. Mas pareceu mais seguro fazer graça da situação. Então, em vez disso, ela respondeu: — Você estava me considerando um casinho às escondidas, não estava?

Ela o observou atentamente, encantada ao notar a expressão dele mudar da confusão para a vergonha, com manchas cor-de-rosa escurecendo as sardas de sua bochecha. Serilda soltou uma risada estrondosa.

— Sim, sim, você é muito esperta — murmurou ele. — Não acho que uma mecha de cabelo será suficiente para pagar por quilos e quilos de fios de ouro.

Ela fez um bico. Pensando. Então... outra ideia.

— Vou te dar um beijo!

Ele abriu um sorriso largo, porém sofrido.

— Eu aceitaria de coração.

— Tem certeza de que você tem coração? Tentei escutar da última vez e fiquei na dúvida.

Ele deu uma risadinha, mas foi um som oco, e Serilda sentiu uma pontada de culpa por estar implicando com ele. Áureo parecia verdadeiramente triste ao abrir as mãos para ela.

— Não posso aceitar um beijo, por mais que queira. O ouro precisa ser trocado por... bem, algo com valor tangível. Não uma história. Nem um beijo.

— Então diga seu preço — disse ela. — Você está vendo tudo o que tenho em minha posse. Aceita minha capa? Tem alguns rasgos por causa do drude, mas está num estado decente. Talvez minhas botas?

Ele grunhiu, desviando os olhos para o teto.

— Elas valem alguma coisa? — perguntou.

— Para mim, sim.

Serilda estava irritada com a raiva que crescia em seu âmago. Sabia que Áureo estava sendo honesto; estava familiarizada o suficiente com mentiras para saber identificá-las. A vontade dele de ter aquela conversa era tão nula quanto a dela.

Ainda assim, ali estavam eles. Discutindo pagamento, sendo que sua vida seria tomada se a tarefa não fosse concluída.

— Por favor, Áureo. Eu não tenho nada de valor, você sabe. Foi pura sorte que eu tivesse o medalhão e o anel, no começo.

— Eu sei.

Serilda mordeu o lábio inferior por um momento, pensando.

— E se eu prometesse te dar algo no futuro?

Ele lançou um olhar insatisfeito para ela.

— Não, sério. Não tenho nada de valor comigo agora, mas prometo te dar algo de valor quando puder.

— Não acho que vá funcionar.

— Por que não?

— Porque... — Ele balançou a cabeça, tão frustrado quanto ela. — Porque a probabilidade de você de fato ter algo a oferecer no futuro é muito pequena. Você acha que vai receber uma herança? Descobrir alguma relíquia antiga de família?

— Não precisa ser tão desdenhoso.

— Estou tentando ser realista.

— Mas doeria tentar?

Ele grunhiu.

— Eu não... eu não sei. Talvez não. Só me deixe pensar.

— Não temos tempo para isso! Tem palha demais aqui; já vai ocupar a maior parte da noite, e se ele voltar e eu não tiver terminado, você sabe o que acontecerá comigo.

— Eu sei. Eu *sei*. — Ele cruzou os braços, olhando feio para o nada. — Tem que haver alguma coisa. Mas... pelos grandes deuses, Serilda. E da próxima vez? E na seguinte? Isso não pode continuar para sempre.

— Eu não sei! Vou dar um jeito.

— Vai dar um jeito? Já faz meses. Você acha que ele vai subitamente se cansar de você? Simplesmente te deixar em paz?

— Já disse que vou dar um jeito! — gritou ela, dominada pelos primeiros sinais de desespero. Pela primeira vez lhe ocorria que Áureo poderia dizer *não*.

Ele poderia deixá-la. Com o trabalho pendente. Com seu destino selado.

Porque ela não tinha mais nada a oferecer.

— Qualquer coisa — sussurrou ela, estendendo as mãos para ele, agarrando seus pulsos. — *Por favor*. Faça isso para mim mais uma vez e eu te dou... — Um pensamento lhe veio à mente, e ela soltou uma risada exaltada. — Eu te dou meu primogênito!

Ele travou.

— Como é?

Ela abriu um sorriso desconfortável e deu de ombros de um jeito pesaroso. E, por mais que as palavras tivessem sido ditas por impulso, ela já começava a refletir melhor.

Seu primogênito.

A probabilidade de que um dia concebesse um filho era minúscula. Desde o fiasco com Thomas Lindbeck, ela se sentira resignada a um futuro de solidão. E visto que o único outro garoto que atraíra seu interesse estava *morto*...

Qual seria o problema de se comprometer a entregar um filho inexistente?

— Presumindo que eu viva o bastante para gerar algum filho — disse ela. — Até você precisa admitir que é um bom negócio. O que poderia ser mais valioso do que uma criança?

Ele olhou-a nos olhos com uma expressão intensa e, pensou ela, apenas ligeiramente entristecida.

Serilda imaginou sentir a pulsação dele sob o tecido macio de suas mangas. Mas não, era apenas a dela, latejando nos dedos. E, no súbito silêncio, Serilda notou o ritmo trêmulo de sua própria respiração curta.

Os momentos se passando, rápido demais.

A vela bruxuleando no canto.

A roda de fiar, esperando.

Áureo estremeceu e desviou o olhar. Ele mirou as mãos dela, então afastou os braços.

Serilda o largou, arrasada.

Mas, no momento seguinte, ele segurou os dedos dela. Abaixou a cabeça, evitando contato visual, ao entrelaçar os dedos aos dela.

— Você é muito convincente.

Uma onda de esperança se agitou dentro dela.

— Você vai fazer o trabalho? Vai aceitar a oferta?

Ele suspirou, um som longo e prolongado, como se lhe causasse dor física concordar com a proposta.

— Sim. Eu vou fazer o trabalho em troca do... seu primogênito. *Mas* — ele segurou-a com mais firmeza, esmagando a onda de euforia que ameaçava fazer com que ela jogasse os braços ao redor dele — esse acordo é obrigatório e irrevogável, e espero inteiramente que você viva o bastante para cumprir sua parte. Entendeu?

Serilda engoliu em seco, sentindo o magnetismo mágico do acordo. O ar abafado ao redor dela. Sufocante, apertando seu peito.

Um contrato mágico, obrigatório e irrevogável. Um acordo fechado sob a Lua Casta, com uma coisa fantasmagórica, uma coisa morta-viva. Um prisioneiro do véu.

Ela sabia que não podia exatamente prometer que ficaria viva. O Erlking mandaria matá-la assim que lhe desse na telha.

Ainda assim, ela ouviu as próprias palavras, como se sussurradas de um lugar distante.

— Você tem minha palavra.

O ar estremeceu e afrouxou.

Estava feito.

Áureo se retraiu e se afastou.

Sem perder tempo, ele se instalou na roda de fiar e começou a tarefa. Pareceu trabalhar duas vezes mais rápido do que antes, o maxilar contraído e os olhos focados apenas na palha que alimentava a roda. Era mágico até de assistir. Os movimentos confiantes de seus dedos, as batidas constantes do pé no pedal, o jeito hábil como ele prendia os fios de ouro nos carretéis à medida que emergiam cintilando da roda.

Serilda voltou a ajudá-lo da melhor maneira que pôde. A noite passou depressa. Parecia que, a cada vez que Serilda ousava espiar a vela, a cera havia perdido mais alguns centímetros. Seu medo aumentou quando ela tentou estimar quanto trabalho haviam feito. Inspecionou a pilha de palha, imaginando quanto dela havia quando chegara. Será que já estavam na metade? Mais? Já havia algum sinal de que o céu se iluminava do lado de fora?

Áureo se manteve quieto. Ele mal se movia, exceto para aceitar cada novo punhado de palha que ela lhe entregava, sempre mantendo a roda girando em um ritmo constante.

Igualzinho às suas fantasias românticas, pensou ela com amargura, então se repreendeu pelo pensamento. Estava grata; infinitamente grata pelo fato de Áureo estar ali, e de que sobreviveria a mais uma noite, apesar das exigências impossíveis do Erlking.

Isso é, *se* eles terminassem.

As pilhas de palha foram diminuindo lentamente, à medida que a pilha de carretéis reluzentes ia aumentando, até que houvesse uma parede de fios de ouro brilhando perto da porta.

Zum...

Zum...

Zum...

— Venho perguntando por aí se alguém conhece algum espírito chamado Idonia.

Serilda hesitou. Áureo não olhava para ela. Seu foco nunca se desviava do trabalho. Ele parecia tenso depois do acordo. Ela julgava que também estivesse bem tensa.

— E então? — perguntou.

Ele negou com a cabeça.

— Nada, até agora. Mas tenho que ter cuidado com quem eu pergunto. Não quero que chegue aos ouvidos de Vossa Obscuridade, ou ele poderia desconfiar da gente.

— Entendo. Obrigada por tentar.

— Se eu a encontrar... — começou ele, inseguro. — O que devo dizer?

Serilda pensou. Parecia uma esperança impossível àquela altura. Quais eram as chances de que, entre todas as vítimas da caçada, sua mãe fosse a escolhida pelo rei como digna de permanecer à sua servidão? Parecia uma busca fútil, especialmente quando ela deveria estar preocupada consigo mesma, com a própria servidão.

— Só diga que tem uma pessoa procurando por ela, eu acho — respondeu Serilda.

Ao ouvir isso, Áureo chegou a olhar para cima, como se quisesse falar mais alguma coisa. Mas hesitou por tempo demais, e acabou voltando o foco ao trabalho.

— Devo continuar nossa história? — sugeriu Serilda, ávida por uma distração. Algo que não fosse relacionado a sua mãe, seu primogênito ou a situação abominável na qual ela estava presa.

Áureo suspirou, aliviado.

— Eu adoraria.

A velha parou na ponte diante do príncipe, seu rosto numa carranca permanente, apesar dos olhos iluminados por sabedoria.

— Ao devolver Perchta à terra dos perdidos, você nos prestou um grande serviço, jovem príncipe — disse ela.

Então gesticulou para a floresta ao redor, de onde um grupo de silhuetas começou a emergir à luz salpicada do sol. Mulheres de todas as idades, com peles que reluziam em todos os tons, de dourado ao marrom mais escuro, e tufos de líquen brotando por entre galhadas e chifres.

Eram donzelas do musgo, e, naquele momento, o príncipe soube que estava na presença de sua líder, Pusch-Grohla, a Avó Arbusto em pessoa.

— Ahá! Eu sabia que era ela!
— Ah, sim, você é muito esperto, Áureo. Agora fique quieto.

Avó Arbusto não era conhecida por sua bondade com humanos que se aventuravam perto demais do povo da floresta. Ela frequentemente exigia que mortais completassem tarefas impossíveis e os punia quando fracassavam.

Ou, às vezes, os recompensava por atos de bondade e coragem.

Não se podia ter certeza de seu humor, mas o príncipe sabia que era melhor demonstrar respeito. Ele baixou o olhar.

— Pare de rastejar — disse ela com rispidez, batendo a ponta da bengala com tanta força que partiu e atravessou uma das tábuas apodrecidas. — Consegue se levantar?

Ele tentou se pôr de pé, mas uma perna cedeu sob seu peso.

— Esqueça — resmungou a velha. — Não se mate para me impressionar.

A senhora passou por ele, encarando as pedras pretas, onde o portão para Verloren se abrira.

— Ela fará tudo o que puder para escapar. Perchta nunca ficará satisfeita em ser uma prisioneira do submundo. É extremamente ardilosa. — Ela assentiu, como se concordando consigo mesma. — Se ela um dia retornar, as criaturas deste mundo serão novamente submetidas aos perigos de suas flechas e lâminas, sua brutalidade insondável. — Ela se virou para as mulheres reunidas à beira da floresta. — Até lá, vigiaremos esse portão. Garantindo que ninguém deixe Verloren, que os próprios deuses não abram essas portas para a caçadora passar. Precisamos nos manter vigilantes. Ficar de guarda.

As donzelas do musgo assentiram, com expressões ferozes.

Mancando até as pedras, Avó Arbusto ergueu a bengala sobre a cabeça e proferiu um feitiço, as palavras lânguidas e solenes. Linguagem antiga. O príncipe observou, atônito, enquanto os monólitos altos e pretos tombavam para o centro da clareira espinhosa. O solo tremeu quando as pedras caíram. Galhos se partiram e rangeram.

Quando ela terminou, os portões para Verloren tinham sido selados, aprisionando Perchta permanentemente no além.

Ela se voltou para o príncipe, sua boca sem dentes se esticando em algo similar a um sorriso.

— Venha, jovem príncipe. Você precisa de cura.

As donzelas do musgo construíram uma maca de gravetos e cipós, e juntas carregaram o príncipe ferido para o interior da floresta. Ele tentou olhar para trás ao ser levado embora. Para ver se havia qualquer sinal de que o Castelo Gravenstone estivesse escondido atrás do véu, e o corpo da irmã, talvez seu fantasma, em algum lugar fora de seu alcance. Mas só o que viu foi um campo intransponível de arbustos e espinhos.

O povo da floresta levou o príncipe a Asyltal, seu lar e santuário, um lugar tão escondido por magia que o próprio Erlking nunca o encontrara. Ali, Avó Arbusto e as donzelas do musgo, em todo o seu profundo conhecimento sobre ervas curativas, cuidaram do príncipe até que ele recuperasse a saúde.

Ele não sabia que, atrás do véu, o Erlking contemplava sua vingança.

Os sombrios não ficam de luto, e o perverso Erlking tampouco. Apenas fúria era permitida dentro de seu coração de trevas.

Fúria e uma necessidade ardente de retaliação contra o garoto que assassinara o único ser que ele já amara.

Conforme os dias se passavam atrás do véu, o Erlking começava a tramar um plano terrível. Ele se certificaria de que o príncipe sofresse o mesmo destino que forçara sobre o próprio Erlking. Um futuro sem paz, sem alegria.

Sem fim.

Os dias se passaram lentamente enquanto ele planejava sua vingança.

Quando a lua começou a crescer, no outro extremo da floresta, o jovem príncipe se recuperou de seus ferimentos. Ele disse à Avó Arbusto que precisava voltar para casa, para contar à família a triste notícia sobre a irmã, mas também para permitir que se alegrassem por ele não ter sido perdido.

Avó Arbusto concordou que chegara o momento de ele voltar ao seu povo. Com muita gratidão por sua magia curativa, o príncipe concedeu às donzelas do musgo todos os bens que tinha em sua posse: um pequeno medalhão e um anel de ouro. Então, com uma reverência agradecida, partiu para seu lar. Até sair de Asyltal, não sabia que quase um mês inteiro se passara e que ele voltaria para casa sob o brilho de uma lua cheia. Apressou o passo, ansioso para rever os pais, independentemente do quanto seu coração doesse por precisar lhes contar o que acontecera com sua amada princesa.

Mas ele não conseguiu chegar ao castelo antes do pôr do sol e, ao avançar pela escuridão invasiva, ouviu um som que o arrepiou até a alma.

Uivos de cães e o lamento desalmado de uma corneta de caça.

A caçada selvagem retornara.

CAPÍTULO

Trinta e oito

FOI O SILÊNCIO QUE TROUXE SERILDA DE VOLTA AO PRESENTE.

A roda parara de girar.

Ela ergueu o olhar e se deparou com Áureo a observando, com o queixo apoiado nas mãos em concha, inclinado para a frente sobre o banco, feito uma criança deslumbrada. Mas, no momento seguinte, sua testa se franziu.

— Por que você parou? — perguntou ele.

— Por que *você* parou? — respondeu ela, se levantando num pulo do sofá, onde se acomodara em algum momento da narração. — Não temos tempo para...

Ela parou e olhou ao redor.

A palha sumira.

Eles tinham *terminado*.

Áureo sorriu de orelha a orelha.

— Eu disse que conseguiria.

— Que horas são? — Ela mirou a vela, surpresa ao ver que ainda estava da altura de seu polegar. Colocando as mãos nos quadris, olhou feio para Áureo. — Quer dizer que naquelas duas primeiras noites você trabalhou devagar *de propósito*?

Ele deu de ombros, arregalando os olhos com sinceridade.

— Eu não tinha nada melhor para fazer. E estava gostando da história.

— Você me disse que odiou a história naquela primeira noite.

Ele deu de ombros mais uma vez, então os rodou algumas vezes para relaxá-los. Ao alongar as mãos sobre a cabeça, sua coluna emitiu uma série de estalos altos.

— Não acho que usei a palavra *ódio*.

Serilda bufou com desdém.

Os carretéis estavam espalhados numa pilha bagunçada ao lado de Áureo, visto que ele não parara para organizá-los e Serilda estava distraída demais contando a história para fazer sua parte do trabalho. Ela deu a volta na roda de fiar e começou a empilhá-los na frente de uma parede. Não sabia bem por que se dava ao trabalho. Algum servo entraria, recolheria tudo e levaria embora para o rei fazer fosse lá o que estivesse fazendo com tantos fios de ouro, mas ela se sentia culpada por não ter ajudado muito naquela noite.

Enquanto arrumava os carretéis em fileiras organizadas, eles brilhavam feito pequenos faróis à luz da vela, como belas pedras preciosas. A quantidade de palha fizera a tarefa parecer uma façanha impossível, mas Áureo a completara com tempo de sobra. Ela não conseguia deixar de se sentir impressionada.

Ao colocar o último carretel no topo da última pilha, Serilda hesitou e olhou para o ouro reluzente.

Quanto será que valia?

Ela ainda não tinha certeza absoluta de que o ouro era real. Ou melhor... acreditava que ele fosse real ali, daquele lado do véu, no reino dos fantasmas e monstros. Mas, se cruzasse para a luz do sol, será que dissiparia feito névoa pela manhã?

Mas não, os presentes que Áureo dava às pessoas de Adalheid eram reais. Por que aquilo também não seria?

Antes que tivesse tempo de se questionar, Serilda abriu a capa e enfiou o carretel, pesado com ouro, no bolso do vestido.

— O que ele pretende fazer com tudo isso? — murmurou ela, dando um passo para trás, a fim de inspecionar o trabalho de Áureo em toda a sua glória reluzente.

— Nada de bom, tenho certeza — disse ele, tão perto que ela imaginou sentir seu hálito na nuca.

Será que notara quando ela pegou o carretel?

Ela se virou para encará-lo.

— E por você tudo bem? Sei que está me ajudando, mas... também está ajudando o Erlking. Aumentando suas riquezas.

— Não é riqueza que ele busca — disse Áureo com tranquila convicção. — Ele tem outro plano para tudo isso. — Ele suspirou. — E... não. Não está tudo bem por mim. Queria jogar tudo no lago para me certificar de que ele não toque em nem um fio. — Ele a encarou com uma expressão atormentada. — Mas não posso deixar que ele machuque você. Erlkönig pode ficar com o ouro se isso a mantiver viva.

— Desculpa por te arrastar para essa situação. Vou encontrar uma maneira de sair dessa, de alguma forma. Fico pensando que... em algum momento, ele vai ter o suficiente e não vai mais precisar de mim... ou de *você*.

— Mas esse é justamente o problema. Quando isso acontecer, você sumirá para sempre. E sei que isso é bom. Não quero você enclausurada aqui, como eu. Não quero que mais ninguém sofra aqui dentro. Esse castelo já tem sofrimento demais. — Ele parou. — Ainda assim...

Ele não precisava terminar. Serilda sabia as palavras que ele buscava, e ficou tentada a acabar com sua agonia. A dizer as palavras por ele, porque palavras sempre foram o refúgio dela, o conforto dela... enquanto Áureo parecia torturado por todas. Ao menos quando estava sendo honesto daquele jeito. Quando estava tão vulnerável.

Por fim, ele deu de ombros.

— Ainda assim, não quero que você vá embora, sabendo que nunca mais voltará.

O coração dela se apertou.

— Queria poder levar você comigo. Queria que nós dois pudéssemos nos libertar dele. Fugir daqui...

Ele fez uma expressão desolada.

— Nunca me libertarei deste lugar.

— O que acontece se você tentar sair?

— Eu chego no máximo até a ponte levadiça, ou o lago... Já perdi as contas de quantas vezes tentei pular dos muros. Mas então... — Ele estalou os dedos. — Apareço de volta no castelo. Como se nada tivesse acontecido.

Uma sombra transpassou suas feições.

— Da última vez que tentei, eras atrás, eu reapareci na sala do trono, e o Erlking estava sentado lá, como se esperasse por mim. Ele apenas começou a rir. Como se soubesse o quanto eu estava me esforçando para fugir e que eu nunca conseguiria, como se a minha luta fosse a coisa mais divertida que ele tinha visto desde... não sei. Desde que capturou a serpe, provavelmente. — Ele voltou a olhar para Serilda. — Foi então que decidi que, se ia ficar preso aqui, pelo menos dedicaria meu tempo a tornar a vida dele o mais insuportável possível. Não consigo fazer nada *de verdade* com ele. Não tem por que tentar lutar contra ele ou matá-lo. Mas posso aborrecê-lo profundamente. Deve parecer infantil, mas... às vezes parece que isso é tudo o que tenho.

— E aqui estou eu — sussurrou ela —, pedindo para você fiar ouro. Para *ele*.

Ele estendeu a mão e pegou uma de suas tranças entre os dedos, passando o polegar pelas mechas.

— Vale a pena. Você tem sido a distração mais incrível que eu poderia desejar.

Ela mordeu o interior das bochechas, então fez o que seu corpo vinha almejando desde que ele aparecera. Enlaçou o pescoço de Áureo com os braços e pressionou a testa na dele. Áureo rapidamente a abraçou, e ela soube que não era a única que vinha testando sua força de vontade, vendo quanto tempo conseguia passar sem se jogar nos braços dele.

Serilda fechou os olhos, apertando-os com força até pontinhos luminosos aparecerem na escuridão das pálpebras.

Encontraria uma maneira de sair daquela confusão, e tinha a sensação de que precisaria fazer isso o quanto antes. Afinal, ela já prometera até seu primogênito a Áureo em troca de ajuda. O que ofereceria na próxima vez, e na próxima?

Ainda assim, para seu assombro, pensar em fugir e escapar das garras do Erlking não lhe trazia conforto algum. Só a fazia sentir como se seu coração estivesse sendo espremido em um torno.

E se aquela fosse a última vez que visse Áureo?

Sua pulsação acelerou enquanto ela deslizava os dedos pelos cabelos dele e virava a cabeça, beijando-o logo abaixo da orelha.

Ele inspirou fundo, tensionando os braços ao redor dela.

A reação a encorajou. Ela mal sabia o que estava fazendo ao segurar seu lóbulo macio entre os dentes.

Áureo grunhiu, surpreso, então se inclinou para ela, agarrando as costas do vestido.

Então a afastou.

Serilda arquejou. Suas bochechas estavam vermelhas, seu coração acelerado.

Os olhos de Áureo brilhavam ardentemente ao encará-la.

— Desculpe — sussurrou ela. — Não sei o que eu estava...

Os dedos dele subiram até a nuca de Serilda, se embolando em seu cabelo e puxando-a de volta para si. Sua boca encontrou a dela. Voraz.

Serilda correspondeu. Seu corpo pegava fogo dentro do vestido. Ela se sentia tonta, praticamente incapaz de acompanhar as sensações da própria pele conforme as mãos de Áureo deixavam trilhas de calor por seu pescoço, suas costas, as laterais de seu corpo, a curva sob os seios.

Ela só se afastava quando precisava respirar. Levou as mãos ao peito de Áureo, tremendo. Ele podia não ter batimento cardíaco, mas era firme sob o toque dela. Sob o linho fino havia força e ternura. Ela acariciou a clavícula dele com os dedos e se inclinou para a frente, subitamente desesperada para beijar o pedaço de pele exposta sob a gola aberta.

— Serilda...

O nome dela era uma súplica rouca, um desejo, uma pergunta.

Ao encará-lo, ela percebeu que não era a única que começara a tremer. As mãos de Áureo estavam nos quadris dela, agarrando punhados do tecido de sua saia.

— Eu nunca... — começou ele, seus olhos percorrendo as linhas do rosto dela, da sobrancelha ao queixo e à boca inchada.

— Nem eu — sussurrou ela de volta, novamente nervosa. — Mas gostaria.

Ele exalou e inclinou a cabeça para a frente, pressionando a testa na dela.

— Eu também — sussurrou ele, com uma leve risadinha. — Com você.

As mãos dele deslizaram pelas costas do vestido, e Serilda sentiu seus dedos tremerem ligeiramente ao encontrar os laços e começar e desamarrá-los.

Em movimentos lentos.

Irritantemente lentos.

Agonizantemente lentos.

Com um muxoxo frustrado, Serilda empurrou Áureo para trás até que suas pernas atingissem o sofá. Então se jogou sobre ele, encorajada pelo som de sua risada, provocativa e carinhosa, antes de silenciá-lo de vez com a boca.

CAPÍTULO

Trinta e nove

ELA ERA OURO LÍQUIDO. UMA POÇA DE LUZ DO SOL. UM COCHILO PREguiçoso em um dia de verão.

Serilda não se lembrava da última vez que dormira tão profundamente, mas também nunca adormecera envolvida por braços protetores, um peito firme pressionado contra suas costas. Em determinado momento, ela começara a tremer e se perguntou, com uma onda de angústia, se abriria os olhos e se encontraria sozinha nas ruínas do castelo. Mas não... ela só estava com frio, sem nenhuma coberta sob a qual se aconchegar. Áureo a ajudara a se vestir, beijando carinhosamente seus ombros antes de cobri-los com o tecido das mangas e amarrar os laços. Então voltaram a adormecer tranquilamente. Serilda sabia que estava sorrindo, mesmo em seu estado de quase sonho.

Plenamente satisfeita.

Até que uma sombra recaiu sobre ela, cobrindo a pouca luz que fazia a janela emitir um brilho anil.

Serilda abriu uma fresta dos olhos.

Então se sentou, afobada, mas alerta.

Ela se levantou, se retraindo ao sentir um torcicolo, e se abaixou numa reverência.

— Vossa Obscuridade. Perdoe-me. Eu estava... nós estávamos...

Ela hesitou, sem saber exatamente pelo que se desculpava. Olhou para trás, subitamente apavorada com o que o Erlking faria se encontrasse Áureo ali dentro com ela, mas...

Áureo desaparecera.

O que ela pensava ser um braço apoiando sua cabeça era sua capa de viagem, cuidadosamente enrolada.

Ela hesitou.

Quando ele fora embora?

Em toda a sua espiral de emoções, Serilda ficou mais surpresa com a pontada de pesar por ele não tê-la acordado para se despedir.

Ela se repreendeu e encarou o rei, esfregando os olhos sonolentos.

— Eu... devo ter adormecido.

— E desfrutado de um sonho agradabilíssimo, ao que me parece.

Suas entranhas se reviraram de vergonha, agravada quando o olhar curioso do Erlking se tornou quase lisonjeiro.

— O amanhecer se aproxima. Antes que o véu nos separe, eu gostaria de lhe mostrar uma coisa.

Ela franziu a testa.

— A mim?

O rei sorriu — o sorriso avassalador de um vitorioso. O sorriso de um homem que sempre conseguia o que queria e que não tinha dúvidas de que seria o caso novamente.

— Sua presença continua se mostrando surpreendentemente vantajosa, lady Serilda. E estou com um humor generoso. — Ele estendeu a mão.

Ela hesitou, lembrando-se da sensação gélida da pele do Rei dos Antigos. Mas, sem muita escolha, se preparou e pousou a mão sobre a dele. Um calafrio desceu por sua coluna, e ela não conseguiu disfarçar totalmente o tremor que seu toque provocara. O sorriso do rei se ampliou, como se ele gostasse de ter esse efeito sobre ela.

Ele a guiou para fora do cômodo. Foi só quando estavam no corredor que Serilda se lembrou de sua capa, mas o rei andava depressa, e tinha a sensação de que ele não apreciaria o atraso, se ela pedisse para retornar.

— Essa noite foi empolgante — disse o Erlking, levando-a por uma longa escadaria que descia até um amplo jardim de inverno. — Além do seu trabalho diligente, nossa caçada conquistou um prêmio gloriosíssimo, em parte graças a você.

— A mim?

— De fato. Espero que não seja do tipo impressionável.

— Impressionável? — perguntou ela, mais perplexa a cada momento, e incapaz de imaginar por que ele estava sendo tão gentil.

Na verdade, o Erlking, que normalmente lhe parecia sinistro e um tanto taciturno, agora beirava o... *entusiasmo*. O que a deixava nervosa.

— Sei que há garotas mortais de constituição fraca, que fingem repulsa diante do aprisionamento e abate de animais selvagens.

— Não sei bem se a repulsa é *fingida*.

Ele bufou com desdém.

— Mostre-me uma dama que não goste de um corte macio de carne de veado em sua mesa e concordarei com você.

Serilda ficou sem argumento.

— Respondendo à sua pergunta — disse ela, um pouco hesitante —, eu não me considero particularmente impressionável, não.

— Era o que eu esperava. — O rei parou diante de grandes portas duplas que Serilda nunca vira. — Poucos mortais já testemunharam o que você está prestes a contemplar. Talvez a noite empolgue a nós dois.

Uma onda de calor subiu ao rosto de Serilda. As palavras dele trouxeram de volta vislumbres de intimidade e prazer nos quais ela tentava muito não pensar naquele momento tão inoportuno.

O corpo de Áureo. As mãos de Áureo. A boca de Áureo...

O Erlking escancarou as portas, deixando entrar uma corrente de vento frio, o ritmo melancólico de uma chuva fraca, o aroma denso de sálvia.

Eles emergiram numa passarela de pedra coberta que percorria a extensão da parede norte do torreão. À frente, meia dúzia de degraus levavam a um grande jardim aninhado entre os grandes muros externos da fortaleza. O jardim era bem cuidado e organizado, segmentado em quadrados por caixas altas de madeira. No centro de cada quadrado ficava uma peça decorativa — uma fonte ou um arbusto podado no formato de uma ninfa tocando lira — cercada de canteiros de jacintos azuis, papoulas e pés-de-leão em formato de estrelas. No canto direito mais distante de Serilda, os segmentos eram mais práticos, mas não menos graciosos, repletos de vegetais da primavera, ervas e árvores frutíferas.

Serilda vivia se perguntando como os sombrios se alimentavam. Eles claramente *comiam*, ou não teriam qualquer interesse pelo banquete que o povo de Adalheid preparava. Mas ela não tinha certeza se eles *precisavam* comer, ou se apenas gostavam e escolhiam fazê-lo. De qualquer forma, imaginara que seus banquetes fossem inteiramente compostos por alimentos conquistados durante a caçada; javalis e veados e pássaros selvagens. Claramente se enganara.

O Erlking não lhe deu tempo para apreciar adequadamente a esplêndida visão do jardim. Ele já se encontrava na base da escada, e Serilda se apressou para acompanhá-lo, correndo pela trilha central que levava direto ao muro oposto enquanto a névoa da garoa aderia à sua pele. Ela estremeceu, desejando estar vestindo a capa.

Seu olhar foi atraído para uma estátua em um dos canteiros do jardim, assomando ameaçadoramente sobre uma faixa de rosas pretas. Ela hesitou e parou.

Era uma estátua do próprio Erlking, vestido em seu traje de caça, a balestra nas mãos. Fora esculpida em pedra preta, talvez granito. Mas a base era diferente. De um cinza-claro, como as paredes do castelo.

Ela piscou, surpresa diante do que lhe pareceu uma demonstração escancarada de vaidade. O rei estivera ansioso para exibir seus troféus no castelo; os animais empalhados e as cabeças nas paredes. Mas, até o momento, não lhe parecera particularmente... bem, *vaidoso*.

Ela despertou do devaneio e se apressou para acompanhar, pois o rei evidentemente não tinha intenções de esperar por ela. Passou por dois jardineiros mortos-vivos. Um homem com uma tesoura de poda gigantesca cravada nas costas arrancava ervas daninhas de um dos canteiros, e uma mulher cuja cabeça parecia permanentemente inclinada em um ângulo estranho — como se seu pescoço tivesse sido quebrado — podava uma sebe de arbustos no formato de uma serpente de cauda longa. Havia mais fantasmas vagando pelos jardins a distância, mas, ao se aproximar da parede dos fundos do castelo, a atenção de Serilda se desviou dos canteiros de folhagem exuberante.

Ela desacelerou ao ser guiada por um portão de ferro fundido que não estivera visível dos degraus do palácio. Ele levava a um gramado estreito e bem cuidado nos fundos do jardim, que talvez já tivesse sido usado para praticar esportes.

Uma série de jaulas ornamentadas ocupava o perímetro. Algumas eram pequenas o bastante para um gato doméstico, outras quase tão grandes quanto a roda-d'água do moinho, todas iluminadas pelo brilho de uma centena de tochas queimando nos limites do gramado.

Algumas gaiolas estavam vazias.

Já outras...

A boca de Serilda se abriu, e ela não conseguia voltar a fechá-la. Não sabia ao certo se o que via era mesmo real.

Numa gaiola, um elwedritsch, uma criatura arredondada parecida com um pássaro coberto de escamas em vez de penas, com uma galhada esguia se projetando da cabeça. Em outra, um parente do elwedritsch, o rasselbock, um coelho em tamanho e formato, mas também exibindo galhada, como um cervo. Na gaiola seguinte, um bärgeist, um enorme urso preto com olhos vermelhos e brilhantes. E havia criaturas das quais ela não sabia o nome. Um bicho de aparência bovina que carregava um escudo protetor nas costas. Uma besta do tamanho de um javali, coberta por um pelo arrepiado que, numa avaliação mais atenta, talvez não fosse nem pelo, mas espinhos afiados como os de um porco-espinho.

Um som quase como um arquejo, quase uma risada, escapou de sua boca quando ela avistou o que a princípio pareceu um cabrito-montês normal. Mas, quando ele mancou para perto de seu pote de comida, Serilda viu que as pernas do lado esquerdo eram notavelmente mais curtas do que as pernas do lado direito. *Um dahut.* A criatura cujo pelo Áureo dissera ser seu material favorito para fiar.

Ela se aproximou, balançando a cabeça com admiração. A poucos metros da gaiola do dahut, ela viu que de fato havia grandes trechos de onde o pelo fora tosado em tiras aleatórias. Ela duvidava que o dahut se importasse muito, especialmente à medida que os dias ficavam mais quentes, mas algo lhe dizia que o Erlking e seus caçadores ficavam bem irritados com os trechos de pelo que sumiam de vez em quando.

Ela balançou a cabeça, tentando reprimir o sorriso.

O que foi fácil quando deu um passo para trás e olhou todas as bestas enjauladas de uma só vez. Eram uma mistura de criaturas peculiares e majestosas, mas todas pareciam apertadas e miseráveis em suas celas. Algumas estavam enroscadas com desânimo nos cantos, se esquivando da chuva e observando os sombrios com olhares desconfiados. Uns dois animais tinham feridas visivelmente abertas que não tinham sido tratadas.

— Todas essas bestas milagrosas — murmurou uma voz arrogante —, e a mortal quer ver o dahut.

Serilda se assustou. Forçando-se a desviar a atenção das criaturas, ela notou que não estava sozinha com o Erlking. Um grupo de sombrios com vestes de caça se reunia no canto mais distante do gramado, perto de uma jaula enorme e vazia. Quem falara fora um homem, com pele cor de bronze e cabelo loiro-escuro, uma espada às costas. Quando viu que tinha a atenção de Serilda, ergueu uma sobrancelha.

— A humaninha está com medo das bestas?

— Longe disso — disse Serilda, esticando as costas. — Mas prefiro charme natural a vaidade e força bruta. Nunca vi uma criatura tão puramente inocente. Fiquei encantada.

— Lady Serilda — chamou o Erlking. Ela se sobressaltou, fazendo o estranho sorrir com escárnio. — Temos pouco tempo. Venha, quero lhe mostrar nossa mais recente aquisição.

— Não dê atenção a ela, Vossa Obscuridade — gritou o homem. — A humana tem mau gosto para bestas.

— Sua opinião não foi requisitada — respondeu o rei.

O maxilar do homem se tensionou, e Serilda não conseguiu evitar erguer o queixo ao passar por ele.

Não avançara nem dez passos quando um barulho ensurdecedor, como metal contra metal, a fez parar. Serilda fez uma careta e tapou os ouvidos.

Todos os sombrios ao redor riram. Até o Erlking pareceu se divertir por um momento antes de se virar orgulhosamente para a origem do som.

No extremo oposto do gramado havia outro portão, através do qual um grupo de caçadores e servos guiava uma besta gigantesca. Cada um segurava a ponta de uma longa corda que fora amarrada ao redor do pescoço e do corpo da criatura. Havia pelo menos doze captores, mas Serilda ainda reparou, por seus músculos contraídos e grunhidos, que arrastar o animal exigia todo o seu esforço.

O estômago dela deu uma cambalhota.

— É um tatzelwurm — sussurrou ela, incrédula. — Vocês capturaram um tatzelwurm.

— Encontramos vagando no sopé das montanhas, em Ottelien — disse o Erlking. — Precisamente onde você falou que ele estaria.

CAPÍTULO

Quarenta

AQUELA CRIATURA ERA TRÊS VEZES MAIS COMPRIDA QUE SERILDA, a maior parte do seu corpo formando uma longa cauda serpentina coberta por escamas prateadas e reluzentes que se balançavam e açoitavam o ar enquanto os caçadores puxavam as cordas. Ele não tinha pernas traseiras, só dois braços, cada um com músculos grossos e definidos e três garras que pareciam adagas à luz das tochas ao raspar a terra, tentando alcançar seus captores. A cabeça era claramente felina, como um lince enorme, com ferozes olhos amarelos em fenda, longos bigodes sedosos e tufos de pelo preto se projetando das orelhas pontudas. Sua boca e nariz estavam amordaçados, mas ele ainda conseguia emitir aquele grito dissonante e rosnados graves e roucos. Uma ferida na lateral do corpo do bicho fumegava e minava sangue que, àquela luz, parecia ser tão verde quanto a grama.

— Preparem a jaula! — gritou uma mulher, e Serilda reconheceu Giselle, a mestra dos cães. Um dos caçadores abrira a porta de uma enorme jaula vazia.

Serilda deu um passo para trás, desejando ficar o mais longe possível do tatzelwurm, caso ele se libertasse; e definitivamente parecia uma possibilidade.

— Espetacular, não é? — perguntou o Erlking.

Ela ergueu o olhar para ele, atônita. Os olhos do rei estavam fixos na presa, sua expressão reluzente. Parecia quase exultante, com os dentes pontudos se revelando sob os lábios curvados para cima, os olhos azul-acinzentados fascinados pela criatura.

Serilda se deu conta de que se enganara ao pensar que ele estava sendo gentil com ela mais cedo. O Erlking queria apenas se vangloriar do novo troféu. E quem seria melhor para admirar sua natureza inspiradora do que uma plebeia mortal?

Enquanto os caçadores empurravam o tatzelwurm para dentro da gaiola, o Erlking virou seu sorriso para Serilda.

— Devemos gratidão a você.

Ela assentiu estupidamente.

— Porque eu lhe disse onde encontrar a besta. — Ela tentou não deixar transparecer o quanto estava confusa. Ela inventara a informação. Mentira.

Mas, evidentemente, também estava certa.

— Sim, mas também porque, sem seu dom, precisaríamos paralisar a criatura. Como minha serpe, caso já a tenha visto. Seria uma bela decoração, mas... prefiro desfrutar das minhas capturas em estado mais vivaz. Cheias de vigor. Mas não teríamos conseguido transportá-la por uma distância tão grande sem seu precioso dom.

— Que dom? — disse ela, não fazendo a mais vaga ideia do que ele falava.

Ele deu uma risada alegre.

O tatzelwurm foi arrastado para dentro da jaula. Os caçadores se esgueiraram para fora e trancaram a porta, deixando apenas a mestra dos cães do lado de dentro. Ela começou a soltar as cordas que estavam amarradas ao redor do corpo da criatura.

Cordas que brilhavam ao serem atingidas pela luz das tochas.

Serilda cerrou os dentes para reprimir uma exclamação.

Não eram cordas, e sim correntes.

Correntes finas de ouro.

— Os fios que você fez serviram por pouco para serem trançados nessas cordas — explicou o rei, confirmando suas suspeitas. — Mas o que você nos forneceu essa noite deve bastar para capturar e aprisionar até a maior das bestas. Este foi um teste, para ver se as correntes serviriam ao propósito. Como pode ver, elas funcionam magnificamente.

— Mas... por que ouro? — perguntou ela. — Por que não aço ou corda?

— Não *ouro* — disse ele, a voz cantarolada. — Ouro fiado. Você não sabe o valor de tal dádiva divina? Esse talvez seja o único material capaz de conter uma criatura mágica. Aço ou corda não teriam chance contra uma fera como essa. — Ele deu um risinho. — Magnífica, não é? E finalmente minha.

Ela engoliu em seco.

— O que planeja fazer com ela?

— Ainda preciso decidir — respondeu ele. — Mas tenho algumas ótimas ideias.

Sua voz se tornara sombria, e Serilda imaginou o tatzelwurm empalhado, mais uma peça na coleção do rei.

— Venha — chamou ele, oferecendo o braço a Serilda. — Esses jardins não são fáceis de navegar do outro lado do véu, e o sol já está para nascer.

Serilda provavelmente hesitou por um momento longo demais antes de aceitar o braço do rei. Ela só espiou atrás de si uma vez, enquanto a mestra dos cães se esgueirava para fora da jaula com os braços cheios de correntes. Talvez ela também fosse a guardiã dos animais caçados, pensou Serilda, agora que sabia que havia animais a serem guardados. Assim que ela saiu, os outros empurraram a porta com força e fecharam as trancas pesadas.

O tatzelwurm soltou outro uivo ensurdecedor. Antes, ele parecera furioso. Agora Serilda escutava outro tipo de sofrimento. Desolação. Derrota.

O olhar da fera recaiu sobre Serilda. Havia clareza em seus olhos de fenda. Fúria, sim, mas também inteligência, uma compreensão em suas feições felinas que parecia sobrenatural. Ela não conseguiu deixar de pensar que ele era mais do que uma besta irracional. Não era um animal para ser mantido numa gaiola.

Aquilo tudo era uma tragédia.

E era culpa dela, ao menos em parte. Suas mentiras guiaram o rei ao tatzelwurm. De alguma forma, ela que causara aquilo.

Serilda virou o rosto e deixou que o rei a levasse de volta pela trilha ladeada pelos canteiros bem cuidados com o castelo reluzindo à frente. No muro a leste, um toque de cor-de-rosa tingiu as esparsas nuvens roxas.

— Ah, nos atrasamos demais — falou o rei. — Perdoe-me, lady Serilda. Realmente espero que encontre o caminho.

Ela ergueu o olhar para ele, tomada por uma nova trepidação. Pois, por mais que odiasse aquele homem — aquele *monstro* —, ao menos sabia o tipo de monstro que ele era. Mas, do outro lado do véu, o castelo guardava muitos segredos, muitas ameaças.

Como se sentisse seu medo crescente, o Erlking repousou delicadamente a mão sobre as dela.

Como se quisesse reconfortá-la.

Então, um raio dourado de sol atingiu a torre mais alta do torreão e o rei desapareceu como névoa. Ao redor de Serilda, os jardins se tornaram selvagens e abandonados, as árvores e arbustos sem poda, caixas de madeira espalhadas por todo lado. A trilha sob seus pés foi dominada por vinhas e ervas daninhas. Ela ainda conseguia distinguir o desenho dos canteiros quadrados, e parte da alvenaria permanecia de pé — uma fonte aqui, uma estátua ali —, mas toda desbotada e lascada, algumas tombadas.

O castelo imponente fora novamente reduzido a ruínas.

Serilda suspirou. Voltara a tremer e, por mais que a manhã estivesse úmida, ela achava que isso se devia muito mais à proximidade do Erlking pouco antes.

Será que ele ainda conseguia vê-la do lado dele do véu, como se espiasse por uma janela? Ela sabia que Áureo conseguia. Afinal, ele a protegera do drude naquela primeira manhã. Talvez todos os habitantes do castelo conseguissem observá-la, enquanto ela via nada além de desordem e abandono. Com Áureo, o pensamento era reconfortante. Com os outros, nem tanto.

Sabendo que os gritos começariam a qualquer minuto, Serilda levantou as saias e correu pela trilha, se desviando do mato crescido. Os jardins podiam ser desolados, mas eram cheios de vida. Muitas das plantas haviam crescido e germinado, negligenciadas, mas nem todas eram ervas daninhas. O ar cheirava a menta e sálvia, os aromas tornados mais pungentes pela terra molhada, e ela notou muitas ervas se disseminando livremente pelos canteiros outrora organizados. Uma variedade de pássaros se encarrapitava nos galhos das árvores, assobiando canções matinais, ou saltitavam pelo solo, bicando minhocas e grilos. Na pressa, Serilda assustou uma cobra-de-água, que, por sua vez, a assustou ao deslizar depressa para um canteiro de urze.

Serilda estava quase nos degraus do castelo quando tropeçou. Ela se lançou para a frente, caindo de quatro com força e soltando um grunhido. Sentou-se e olhou para as palmas das mãos, que tinham aterrissado sobre um cardo almiscarado. Com um resmungo, arrancou os espinhos minúsculos, depois enrolou as saias para verificar o estado dos joelhos. O esquerdo mal se machucara, mas o direito sangrava com um arranhão superficial.

— Isso não se faz — disse ela com rispidez, chutando com o calcanhar a pedra que a fizera tropeçar, escondida sob uma erva daninha crescida. A pedra, quase perfeitamente redonda, rolou alguns metros.

Serilda esticou as costas.

Não era uma pedra.

Era uma *cabeça*. Ou, pelo menos, uma cabeça de estátua.

Ela levantou e se aproximou. Depois de empurrá-la com a ponta do pé para se certificar de que não escondia insetos perigosos, se abaixou e a pegou.

Estava desgastada pelo clima, o nariz quebrado, assim como algumas partes de uma tiara. Tinha feições femininas, com uma boca carnuda severa e orelhas delicadas. Ao virá-la, Serilda viu com mais clareza que ela não usava uma tiara, e sim uma coroa que o tempo lascara até reduzi-la a um aro de pontas irregulares.

Serilda olhou ao redor, procurando pelo corpo da estátua, e avistou uma silhueta tombada atrás de um arbusto cujas folhas da estação ainda não haviam brotado.

A princípio, parecia só um monte de pedra coberto de lodo, mas sob uma inspeção atenta ela viu que se tratava de duas figuras lado a lado. Uma de vestido. Outra de túnica longa e manto forrado de pele. Ambas sem cabeça.

Outra observação revelou uma bainha quebrada e... uma mão.

Serilda deixou a cabeça e pegou a mão perdida, quebrada logo acima do pulso, sem o polegar e os dois primeiros dedos. Ela espanou um aglomerado de líquen agarrado à superfície.

Seus olhos se arregalaram. No quarto dedo havia um anel.

Ela olhou mais de perto, estreitando os olhos. Apesar de gasto pelo tempo, o emblema do anel era reconhecível.

O *R* e o tatzelwurm.

Será que Áureo já vira aquela estátua? Seria por isso que achara o símbolo familiar?

Ou havia algum significado mais profundo? Se aquele emblema estava no dedo de uma estátua — a estátua de uma *rainha*, a julgar pela aparência da coroa —, ele poderia ser um brasão de família. Isso se encaixava com as teorias de Serilda sobre as lápides.

Mas que família real? E o que acontecera a ela?

Ao olhar ao redor no jardim, Serilda se deu conta de que estava perto do mesmo canteiro onde a estátua do Erlking estivera do outro lado do véu.

A estátua estaria bem... *ali.*

Serilda usou a mão de pedra para afastar uma cobertura grossa de cipós, e encontrou-a bem onde pensou que estaria. A base, onde ela presumia que aquele rei e aquela rainha despedaçados já haviam estado, assomando majestosamente sobre seus jardins.

Havia palavras gravadas ali.

Uma onda de empolgação se espalhou por seu corpo. Serilda limpou a sujeira e os detritos, soprando para afastar as camadas de poeira que enchiam os sulcos da gravação, até finalmente conseguir ler as palavras.

ESSA ESTÁTUA FOI ERGUIDA PARA

COMEMORAR A ASCENSÃO DA

RAINHA

E SEU MARIDO

REI

SUAS MAIS GRACIOSAS MAJESTADES

AO TRONO DE ADALHEID

Serilda leu mais uma vez.

E mais uma.

Era isso?

Não... deveria haver nomes?

Ela tateou a superfície lisa da pedra, mas não havia mais palavras.

Rainha e rei quem?

Serilda contornou as marcações com os polegares, então esfregou os dedos nos espaços em branco onde os nomes deveriam estar.

Não passava de pedra sólida, lisa como vidro.

E foi nesse instante que ela ouviu o primeiro grito.

Aborrecida, segurou as saias e saiu correndo.

CAPÍTULO

Quarenta e um

O CÉU FOI TOMADO POR NUVENS, TRAZENDO DE VOLTA A CHUVA. Serilda se sentou à beira do píer, balançando os pés acima da água, fascinada pelas gotículas que formavam anéis infinitos pela superfície. Sabia que deveria voltar à pousada. Seu vestido estava encharcado e ela começara a tremer já fazia algum tempo, especialmente sem sua adorada capa. Lorraine estaria preocupada, e Leyna ansiosa para ouvir a respeito de outra noite no castelo.

Mas ela não conseguia se forçar a levantar. Sentia que, se encarasse o castelo por tempo o suficiente, a estrutura talvez lhe revelasse alguns de seus segredos.

Ela ansiava pela volta. Estava tentada a atravessar a ponte naquele instante. A se arriscar com os monstros e espectros.

Mas seria uma missão tola.

O castelo era perigoso, independentemente de que lado do véu se estivesse.

Um bando de pássaros pretos se ergueu sobre as ruínas, grasnando para alguma presa. Serilda os encarou, observando seus corpos pretos rodopiarem e mergulharem antes que saíssem de vista novamente.

Ela suspirou. Já haviam se passado quase duas semanas desde o Dia de Eostrig e o Banquete da Morte, e só o que ela descobrira era que o Erlking estava usando o ouro fiado para caçar e capturar criaturas mágicas. E que uma família definitivamente já habitara o castelo, e parecia ter sido apagada da história, de alguma forma. E que seus sentimentos por Áureo eram...

Bem.

Mais intensos do que imaginara.

Parte dela se questionava se fora apressada demais na noite anterior. Se *eles* tinham sido apressados demais. O que acontecera entre eles fora...

A palavra perfeita lhe fugia.

Talvez a palavra *fosse* perfeita. Uma fantasia perfeita. Um momento perfeito capturado no tempo.

Mas também fora inesperado e súbito, e quando acordou e se viu sozinha, o Erlking assomando sobre ela, aquela ilusão de perfeição se dissolveu.

Não havia *nada* de perfeito em sua crescente intimidade com Áureo. Serilda precisava dele para sobreviver às exigências do Erlking. Estava constantemente em dívida com ele. Pagara-o com seus dois pertences mais valiosos, agora com a promessa de seu primogênito, e independentemente de ser ou não a magia que exigisse tais sacrifícios, aquela não parecia ser a base de um relacionamento duradouro.

Eles tinham se deixado levar, só isso. Um garoto e uma garota que haviam recebido poucas oportunidades de ter um romance, dominados, enfim, por um desejo fervoroso.

Serilda corou intensamente ao pensar tais palavras.

Dominados por... por um grande anseio.

Assim parecia um pouco mais respeitável.

Eles estavam longe de ser o primeiro casal a se jogar na cama — ou, no caso deles, num sofá velho — sem pensar direito. E de maneira alguma seriam o último. Era um dos passatempos preferidos das mulheres de Märchenfeld, soltarem muxoxos de desdém e julgamento ao comentarem quais garotos e garotas ainda não casados tinham se tornado, na opinião delas, um pouco íntimos *demais*. Mas não passava de fofoca relativamente inofensiva. Não havia lei que os proibisse disso, e, se pressionadas, a maioria das mesmas mulheres tagalararia com todo o prazer sobre *seu* primeiro casinho, com um toque de orgulho maroto, lascivo, sempre seguido de uma retratação de que acontecera havia *muito* tempo, antes de encontrarem o amor de sua vida e se consolidarem em felicidade conjugal.

Serilda sabia que nem todas as primeiras intimidades eram felizes. Já ouvira histórias sobre homens e mulheres que pensavam estar apaixonados, apenas para depois descobrirem que não eram correspondidos. Sabia que dar tanto de si poderia trazer constrangimento. Sabia que poderia haver arrependimentos.

Mordeu a parte interna das bochechas, tentando determinar se *ela* sentia alguma vergonha. Se tinha arrependimentos.

E quanto mais pensava, mais ficava claro que a resposta era... não.

Pelo menos, ainda não.

Naquele momento, Serilda só queria vê-lo de novo. Beijá-lo de novo. Abraçá-lo de novo. Fazer... outras coisas com ele. De novo.

Não. Ela não estava envergonhada.

Mas não podia realizar nenhum desses desejos. Se havia qualquer sentimento complicado, difícil, essa certeza era justamente a origem deles. Ele estava preso atrás do véu, e ela estava ali, encarando o castelo onde fantasmas gemiam, choravam e sofriam suas mortes repetidas vezes.

Uma brisa soprou a água. Serilda estremeceu. Seu vestido estava ensopado, o cabelo encharcado. Gotículas de chuva tinham começado a escorrer por seu rosto.

Uma lareira seria bom. Roupas secas. Uma caneca de sidra quente.

Ela deveria ir embora.

Mas, em vez de se levantar, enfiou as mãos nos bolsos do vestido.

Seus dedos envolveram um objeto, e ela arquejou. Tinha se esquecido totalmente.

Ela puxou o carretel, parte de si esperando encontrá-lo envolto por palha áspera. Mas não, estava segurando um punhado de finos fios de ouro.

Soltou uma risada surpresa. Parecia-lhe quase um presente, ainda que, tecnicamente, ela o tivesse roubado.

Um novo som invadiu seus pensamentos. Um chocalho. Um tinido.

Serilda escondeu o carretel junto ao corpo e olhou ao redor. Havia barcos pesqueiros no lago, suas tripulações lançando redes e linhas, ocasionalmente berrando uns para os outros informações que Serilda não conseguia distinguir. A rua às suas costas exibia um punhado de carroças, suas rodas chacoalhando ruidosamente sobre os paralelepípedos. Mas, com o tempo feio, o vilarejo estava, em grande parte, silencioso.

Então ela ouviu de novo: uma melodia musical, reverberante, algo que a lembrava de sinos de vento.

Parecia vir de perto.

Como se estivesse vindo de baixo do píer.

Serilda acabara de começar a se inclinar para espiar por cima da beirada quando uma mão apareceu a alguns metros dela, agarrando as tábuas de madeira. Uma poça de água espirrou ao redor da pele verde-amarronzada. A mão tinha dedos grossos e nodosos conectados por membranas viscosas.

Serilda soltou uma exclamação e se levantou num pulo.

As mãos foram seguidas por enormes olhos de inseto que espiaram por cima do píer, emitindo um brilho levemente amarelado. Um punhado de algas do rio se agarrava a uma cabeça careca e bulbosa, como cabelos.

Quando os olhos se direcionaram para Serilda, ela deu um passo para trás. Guardou o carretel de fios de ouro de volta no bolso, então olhou ao redor em busca de algo que pudesse usar como arma. Não havia nada, nem mesmo um graveto.

A criatura apoiou os cotovelos sobre o deque e começou a se içar desajeitadamente para cima.

Será que ela deveria correr? Chamar ajuda?

Apesar de seu coração estar acelerado, a criatura não era *particularmente* ameaçadora. Ao emergir sobre o píer, Serilda notou que tinha o tamanho de uma criança pequena. E, sim, era uma coisa estranha e hedionda, com protuberâncias e saliências por todo o corpo viscoso, além de pernas esguias e musculosas de sapo, que o mantinham numa posição agachada. Ela não teria dúvidas de que se tratava de algum animal estranho dos pântanos, não fosse pelo fato de que não estava totalmente nu. Usava um casaco feito de relva trançada e coberto de conchinhas. Eram as conchas que estalavam e chocalhavam a cada movimento.

Mas agora ele estava em silêncio. Imóvel. Sua boca, que se estendia amplamente pelo rosto, permanecia em linha reta. Analisando-a.

Ela o analisou de volta, sentindo a pulsação se estabilizar.

Conhecia aquela criatura.

Ou pelo menos sabia o que era.

— Schellenrock? — sussurrou ela.

Um bicho-papão de rio, geralmente inofensivo, conhecido por ter um casaco de conchas que tilintava como sininhos por onde fosse. Não eram maldosos. Pelo menos, não nas histórias que ela já ouvira. Às vezes, até ajudavam viajantes perdidos ou cansados.

Com um sorriso cauteloso, Serilda se agachou.

— Olá. Não vou machucar você.

Ele piscou, fechando uma pálpebra por vez. Então ergueu a mão com membrana na direção dela e curvou um dos dedos.

Chamando.

Ele não esperou pela reação de Serilda; se virou e passou correndo por ela antes de voltar a descer para a parte rasa do lago com um tilintar e um chapinhar.

Serilda olhou ao redor para ver se alguém os observava, mas uma mulher que empurrava um carrinho cheio de adubo parara a fim de papear com um vizinho sob a marquise da porta dele, e ninguém olhava para Serilda ou seu visitante inesperado.

— Suponho que talvez eu seja uma viajante perdida e cansada — disse ela, seguindo a criatura.

Ela desceu para a praia, que tinha mais pedras do que areia. Assim que teve certeza de que ela o seguia, o schellenrock disparou, avançando pelo raso sobre as mãos e os pés, próximo o bastante da costa para que Serilda conseguisse acompanhar facilmente o ritmo.

Ele a levava diretamente para a ponte de paralelepípedos que conectava o castelo ao vilarejo, e, a menos que esperasse que ela entrasse no lago e nadasse por baixo da ponte levadiça, eles em breve chegariam a um beco sem saída.

Mas o schellenrock não nadou para o fundo do lago. Quando eles chegaram à ponte, construída com rochas e pedregulhos escorregadios com algas, a criatura escalou algumas pedras e desapareceu.

Serilda congelou.

Será que estava imaginando coisas?

Um momento depois, a criatura reapareceu, seus olhos amarelos a espiando por entre as pedras, como se perguntasse por que ela parara.

Serilda se aproximou com um pouco mais de cuidado. Firmando as mãos nas pedras úmidas, ela avançou para o lugar onde o schellenrock a esperava. Não era uma escalada difícil, desde que tomasse cuidado para não escorregar.

A criatura ribeirinha desapareceu outra vez, e quando Serilda espiou o espaço onde entrara, viu que dentro da parede de pedras havia uma pequena alcova. E, escondida ali no meio — invisível da costa ou das docas —, uma caverninha, que parecia avançar para longe do castelo, sob a cidade.

Ou talvez fosse um túnel.

Ou um esconderijo para um schellenrock, imaginou ela.

Uma pequena parte de Serilda se perguntou se seria melhor *não* seguir a criatura. A caverna parecia escura e úmida e hostil de todas as formas.

Mas ela já ouvira e contara histórias o bastante para saber que nunca era sábio ignorar o chamado de uma criatura mágica. Mesmo uma modesta e peculiar, como era o monstrinho do rio.

Enquanto o schellenrock se esgueirava para a entrada na caverna, Serilda amarrou as tranças para trás apressadamente e o seguiu.

CAPÍTULO

Quarenta e dois

SUA PRIMEIRA IMPRESSÃO ESTIVERA CORRETA. A CAVERNA *ERA* ESCURA, úmida e totalmente hostil. Também cheirava a peixe morto. Ela teve que passar o tempo todo agachada, e suas pernas doíam terrivelmente; além de ter água parada no chão que o schellenrock ficava chapinhando e espirrando na cara de Serilda.

E não dava para enxergar nada. A única luz vinha dos olhos ligeiramente luminosos do schellenrock, que até permitia que *ele* enxergasse bem o bastante, mas deixava Serilda no escuro.

O caminho era quase todo reto, no entanto, e Serilda percebeu que eles viajavam sob a cidade. Tentou calcular quanto já tinham avançado, se perguntando por quanto tempo o túnel se estenderia, e basicamente torcendo para que tivesse uma abertura do outro lado e que ela não estivesse sendo guiada para uma morte horrorosa.

Bem quando ela começou a pensar que suas coxas não aguentariam mais e que ela precisaria começar a engatinhar — o que *não* era uma ideia tentadora —, viu um ponto de luz à frente e escutou um gorgolejar.

Eles emergiram.

Não na torre ou nos campos...

Mas numa floresta.

Serilda mal conseguiu ter tempo para se maravilhar com o quanto era gratificante poder esticar as pernas depois de passar tanto tempo agachada quando um arrepio percorreu sua espinha.

A criatura a levara direto para o Bosque Aschen.

Eles estavam no leito raso de um riacho, cercados por árvores antiquíssimas, com troncos tão grossos protegendo-os da chuva que ela mal podia ver o céu acima. O ar continuava úmido e frio, com grandes gotas de chuva caindo dos galhos.

O schellenrock se apressou riacho abaixo, seus pés com membranas chapinhando na água rasa, meio saltando, meio claudicando, levando Serilda mais para dentro da floresta.

Suas botas guinchavam a cada passo. Ela sabia que deveria estar com medo; o bosque não era amigável com humanos, especialmente aqueles que entravam a pé ou se aventuravam além das estradas, e ela estava definitivamente fora da estrada. Mas, acima de tudo, estava curiosa, até mesmo animada. Queria parar e absorver tudo, o lugar misterioso com o qual ela passou a vida toda sonhando.

A primeira vez que atravessara a fronteira do bosque fora alguns meses atrás, na noite da Lua da Fome, quando o rei a convocara pela primeira vez e a carruagem cruzara a estrada pouco utilizada através da floresta, quando estivera escuro demais para enxergar qualquer coisa.

Seu pai nunca ousara entrar no bosque, nem mesmo a cavalo. Ela duvidava que ele fosse viajar pelo bosque, mesmo se tivesse uma guarda real inteira para acompanhá-lo. Seus medos faziam mais sentido para Serilda agora. O Erlking atraíra sua mãe para longe, e a maioria das pessoas ainda acreditava que o rei morava no Castelo Gravenstone, que ficava nas profundezas da floresta.

Mesmo que agora o rei tivesse feito de Adalheid seu novo lar, o Bosque Aschen permanecia um lugar traiçoeiro. Serilda sempre o temera, assim como sempre se sentira atraída por ele. Que criança poderia resistir ao fascínio de tal magia? A imagem de fadas dançando ao redor de cogumelos vermelhos, criaturinhas mágicas aquáticas se banhando nos riachos e pássaros canoros com penas reluzentes brilhando nos galhos altos acima.

Mas essa não era bem a paisagem de cores e músicas evocativas que ela sempre imaginara. Em vez disso, Serilda via um coro de cinza e verde por todo lugar que olhava. Tentou ver beleza nisso, mas, em grande parte, a paleta só lhe parecia uma melancolia ininterrupta. Troncos e galhos de árvores pretos e finos, com fios de líquen pendurados, troncos caídos se desintegrando sob o peso do limo espesso e cogumelos do tamanho de rodas de carroças.

Havia um senso de eternidade ali. Era um lugar onde o tempo não existia, onde mesmo a menor muda poderia ser ancestral. Inalterado e imutável.

Mas, claro, não era inalterável. A floresta estava viva, só que de formas silenciosas e sutis. A aranha redonda tecendo sua teia complexa em meio aos espinhos de uma baga-de-sangue. O canto ondulante dos sapos à margem de uma lagoa escura. O grito assombroso dos corvos que a espiavam dos troncos, ocasionalmente respondidos pelo canto solitário dos passarinhos. Junto à chuva incessante, formavam uma melodia sombria. O tamborilar suave na copa das árvores, combinado às gotas incessantes golpeando as folhas mais baixas, pingando com força no leito da vegetação rasteira e das agulhas de pinheiro.

Os nervos de Serilda formigavam com ameaças imaginárias. Ela mantinha um olhar atento nos corvos, especialmente os que pousavam nos galhos acima de sua cabeça e esperavam que ela passasse por baixo, observando como carniceiros gananciosos. Mas eram apenas pássaros, ela reafirmou para si mesma repetidamente. Não um nachtkrapp com sede de sangue, espiando a mando do Erlking.

O casaco do schellenrock chacoalhou alto, assustando Serilda. Ela percebeu que ele já se afastara bastante e estava parado sobre um tronco caído, suas pálpebras se alternando em piscadas lentas.

— Desculpe — disse ela, com um sorriso.

A criatura não sorriu em resposta, se é que *conseguia* sorrir. Mas isso também podia ser devido ao fato de que uma mosca começara a zumbir ao redor da cabeça dele, desviando a sua atenção, e enquanto Serilda reduzia a distância, o schellenrock expeliu uma língua preta como um chicote e engoliu a mosca inteira.

Serilda reprimiu uma careta. Quando o olhar da criatura retornou a ela, seu rosto já portava um sorriso educado.

— Podemos descansar em algum lugar? Só por alguns minutos?

Como resposta, o schellenrock saltou do tronco e subiu pela margem do riacho, onde a folhagem era densa e o solo uma mistura de raízes retorcidas, samambaias e arbustos espinhosos.

Suspirando, Serilda se apoiou numa raiz grossa que se projetava para fora do barro e se ergueu atrás dele.

Sim, a floresta era sombria, pensou ela, serpenteando e se esgueirando por entre os galhos que cresciam em sua direção. Mas também havia serenidade naquele lugar. Feito um concerto triste tocado em escala menor que provocava choro só de ouvir, por mais que o ouvinte não soubesse por quê.

Era o cheiro de terra e fungos. Daquele aroma úmido, saturado depois de uma boa chuva. Eram as florezinhas silvestres roxas desabrochando perto do chão, tão fáceis de passarem despercebidas entre as ervas daninhas espinhosas. Os troncos de árvore caídos apodrecendo, dando vida a novas mudas, envolvidas em raízes finas e tenras. O zumbido dos insetos e uma extensa variedade de coaxos de sapos.

A trilha, se podia ser chamada assim, se curvava ao longo da margem de um pântano tomado por grama alta e salgueiros-chorões. Uma lagoa salpicada de algas e vitórias-régias enormes era alimentada por um riachinho. O schellenrock cambaleou para o outro lado, suas conchas tilintando alegremente, mas quando Serilda começou a segui-lo seu pé afundou até o tornozelo na lama. Ela arquejou e abriu bem os braços, mal conseguindo recuperar o equilíbrio a tempo de evitar cair no pântano.

Do outro lado da lagoa, o schellenrock parou e se virou para ela, como se questionasse qual era o problema.

Serilda fechou a cara e puxou a bota da lama com um barulho grudento de sucção. Ela recuou para a terra mais seca.

— Não teria outro... — Ela se interrompeu ao avistar, um pouco à frente, uma pontezinha feita de gravetos de bétula e pedras grudados por uma espécie de emplastro. — Ah! Como aquilo ali.

O schellenrock chacoalhou suas conchas ruidosamente.

— Não fica muito longe — exclamou Serilda, parando para limpar as botas enlameadas num trecho de musgo. — E vai ser muito mais fácil para mim.

Ele chacoalhou de novo, parecendo desesperado. Serilda franziu a testa e se virou para trás, para os olhos arregalados da criatura.

— O que foi? — disse ela, pisando na ponte.

Ah... olá... coisinha adorável.

Serilda ficou imóvel. A voz era um sussurro e uma melodia. Um farfalhar de folhas, um borbulho relaxante da água.

Desviando a atenção do schellenrock, Serilda olhou para a frente e encontrou uma mulher parada do outro lado da pontezinha.

Ela era feita de seda e raios de luar, usando um longo vestido branco, com cabelo preto que descia quase até a altura dos joelhos. Seu rosto, apesar de adorável, não era perfeito como o dos sombrios. Tinha sobrancelhas grossas e escuras sobre os olhos castanhos, e covinhas travessas logo acima dos cantos da boca. Ainda assim, por mais que pudesse parecer mortal, a luz etérea que emanava dela deixava clara sua natureza sobrenatural.

E, a julgar pela reação do schellenrock, perigosa.

Mas Serilda não se sentiu ameaçada. Em vez disso, sentiu-se atraída por aquela mulher, aquele ser.

O sorriso da mulher se ampliou, as covinhas ficaram mais pronunciadas. Ela deu uma risadinha, que soou como sinos de procissão e estrelas cadentes, e esticou uma das mãos na direção de Serilda.

Um convite.

Quer dançar comigo?

Serilda não chegou a tomar uma decisão. Sua mão já começara a se estender, ansiosa para aceitar a oferta. Ela deu um passo à frente.

Algo se partiu sob seus pés.

Assustada, Serilda olhou para baixo.

Ah... era só um graveto de bétula.

Ela fez menção de chutá-lo para o riacho, mas hesitou.

Um alerta gritava nas profundezas de sua mente.

Aquilo não era um graveto.

Era um osso.

A ponte inteira era composta deles, misturados ao emplastro e às pedras.

Com o coração martelando, Serilda começou a recuar, voltando a fazer contato visual com a mulher.

O sorriso se desmanchou, substituído por uma súplica desesperada.

Não se vá, sussurrou a voz. *Você pode quebrar essa maldição. Pode me libertar. Basta uma dança. Uma dancinha. Por favor. Por favor, não me deixe...*

Outro passo para trás. Seu pé aterrissou no solo macio e cheio de musgo.

A lamentação frágil da mulher se transformou novamente, agora num escárnio cruel. Ela se lançou à frente, estendendo os dedos para agarrar Serilda; para arranhá-la, ou estrangulá-la, ou empurrá-la, não tinha como saber.

Serilda ergueu uma das mãos para se proteger.

Uma vara de madeira golpeou as mãos da mulher. Ela soltou um grito de dor e recuou.

Uma figura saltou para cima da ponte, entre Serilda e a mulher reluzente. Ágil e graciosa, com musgo no lugar do cabelo e orelhas pontudas de raposa que brotavam entre as mechas.

— Essa daqui não, Salige — disse uma voz severa.

Era uma voz familiar.

Serilda precisou de um momento para se lembrar do nome da donzela do musgo. Alecrim? Hortelã?

— Salsa? — perguntou ela.

A donzela do musgo ignorou-a, os olhos na mulher. Salige, dissera ela.

Calma... *salige*. Não era um nome, mas um tipo de espírito. Salige frauen; espíritos malignos que assombravam pontes, cemitérios e corpos d'água. Que exigiam uma dança dos viajantes, implorando para que quebrassem uma maldição... mas geralmente acabavam os matando.

Eu a encontrei primeiro, sibilou a salige, expondo dentes perolados. *Ela poderia quebrar a maldição. Ela poderia ser a escolhida.*

— Sinto muito — disse Salsa, segurando seu bastão como um escudo na frente do corpo enquanto recuava lentamente, forçando Serilda para fora da ponte. — Mas essa humana já está reservada. A Avó deseja ter uma palavrinha com ela.

O espírito urrou, um som de angústia frustrada.

Mas, quando Salsa se virou e segurou o braço de Serilda, puxando-a para longe, o espírito não as seguiu.

CAPÍTULO

Quarenta e três

— VOCÊ REALMENTE ESTÁ ME LEVANDO PARA ENCONTRAR COM A AVÓ Arbusto? — perguntou Serilda quando a ponte com a salige já ficara para trás e seu batimento começara a desacelerar. — *A Avó Arbusto?*

— Eu controlaria a admiração antes de chegarmos — disse Salsa, um pouco irritada. — A Avó não reage bem a bajulação.

— Posso tentar — respondeu Serilda —, mas não prometo nada.

A donzela do musgo se movia como uma corça por entre os galhos, veloz e graciosa. Em seu encalço, Serilda se sentia como um javali, abrindo caminho aos esbarrões pelo bosque, mas se consolava em saber que o schellenrock, que completava o grupinho estranho deles, era o mais barulhento de todos, com seu casaco de conchas, e Salsa não estava mandando que *ele* fizesse silêncio.

— Obrigada. Por me salvar da salige. Suponho que agora eu esteja em dívida com *você*.

Salsa parou ao lado de um enorme carvalho, que se estendia tão alto que Serilda não conseguia ver o topo ao virar a cabeça.

— Tem razão — falou a donzela, estendendo a mão. — Aceito o meu anel de volta.

Serilda sentiu um calafrio.

— Eu... deixei em casa. Por segurança.

Salsa abriu um sorriso presunçoso, e Serilda percebeu que a donzela do musgo não acreditava nela.

— Então você permanecerá em dívida, pois duvido que tenha qualquer outra coisa que eu queira.

Ela segurou uma cortina de cipós pendurada sobre o tronco de uma árvore e afastou-a, revelando uma abertura estreita logo acima das raízes retorcidas.

— Vai lá — disse ela, com um aceno de cabeça para o schellenrock. Ele se abaixou para entrar, suas conchas tilintando. Salsa se virou para Serilda logo em seguida. — Você primeiro.

Ela entrou no tronco e foi recebida por uma escuridão impenetrável; nenhum sinal do monstro ribeirinho. Encolhendo os ombros, ela se abaixou até conseguir passar, então avançou ligeiramente para o interior do minúsculo abrigo, esticando a mão. Esperava sentir o interior áspero e coberto por teias de aranha da árvore, mas só encontrou o vazio no escuro.

Ela deu outro passo, e depois mais um.

No sétimo passo, seus dedos roçaram... não em madeira, mas tecido. Grosso e pesado, como uma tapeçaria.

Serilda afastou o tecido. Luz cinza se derramou do lado de fora. Ao emergir da árvore, ela ficou sem ar.

Mais ou menos uma dúzia de donzelas do musgo formava um círculo fechado ao redor dela, cada uma empunhando uma arma; lanças, arcos, adagas. Uma tinha uma aranha-lobo de aparência muito venenosa no ombro.

Elas não sorriam.

Serilda avistou o schellenrock agachado atrás do grupo, bem no momento em que uma das donzelas lhe entregou uma tigela de madeira cheia de insetos se contorcendo. Ele lambeu os lábios antes de afundar o rosto com tudo na tigela.

— Você é barulhenta demais, e muito desastrada — disse uma das donzelas.

Serilda a encarou.

— Desculpe?

A donzela inclinou a cabeça.

— Estávamos esperando você. Venha.

Elas formaram um círculo ao redor de Serilda e a guiaram por caminhos sinuosos. Ela não sabia para onde olhar primeiro.

O espaço à sua frente era cavernoso; não exatamente uma clareira, visto que árvores imponentes ainda bloqueavam o céu bem acima da cabeça, cobrindo o mundo em sombras opacas. Mas a vegetação rasteira fora arrancada, substituída por trilhas serpenteantes com camadas grossas de musgo esponjoso. E havia casas em todo canto, apesar de diferentes de qualquer construção que Serilda já vira. Essas moradas tinham sido construídas nas próprias árvores anciãs. Portas de madeira posicionadas em espaços entre raízes e janelas entalhadas a partir dos nós naturais espalhados pelos troncos. Galhos grossos se curvavam para formar escadas sinuosas. Galhos mais altos abrigavam cantinhos aconchegantes e varandas.

Serilda ainda ouvia o tamborilar constante da chuva no alto, e um ocasional respingo descia até o santuário de madeira, mas as trevas da floresta tinham sido substituídas por um sentimento aconchegante e encantador, quase pitoresco. Ela avistou jardinzinhos repletos de azedinhas, rúculas e cebolinhas. Ficou fascinada pelo brilho de luzes piscantes que flutuavam erraticamente por todo lugar que olhava. Não sabia se eram vaga-lumes, fadas ou algum feitiço mágico, mas o efeito era encantador. Parecia que tinha entrado em um sonho.

Asyltal.

O santuário da Avó Arbusto e das donzelas do musgo.

Ela olhou para trás, esperando que Salsa estivesse acompanhado o grupo, mas não viu sinal de sua quase aliada.

— Nossa irmã voltou aos seus deveres — informou uma das donzelas.

— Deveres? — perguntou Serilda.

Outra donzela soltou uma risada sarcástica.

— É bem coisa de mortal pensar que só tomamos banho de cachoeira e cantamos para porcos-espinhos o dia todo.

— Eu não disse isso — retrucou Serilda, afrontada. — A julgar pelas suas armas, suspeito que vocês passem um bom tempo duelando e competindo em tiro ao alvo.

A que rira lhe lançou um olhar feroz.

— Não se esqueça disso.

Serilda avistou mais donzelas do musgo perambulando pela aldeia, cuidando dos jardins ou relaxando em redes feitas de cipós grossos. Elas observavam Serilda com pouco interesse. Ou disfarçavam muito bem.

Serilda, por outro lado, estava tão distraída que quase rolou por uma escada abaixo. Uma das donzelas segurou o braço dela no último segundo e puxou-a de volta para a trilha.

Elas chegaram ao topo de um anfiteatro escavado na encosta de um pequeno vale. Ao fundo estava uma lagoa circular, verde-esmeralda e cheia de vitórias-régias. Numa ilha coberta de grama ao centro havia um círculo de pedras cobertas de musgo. Duas mulheres estavam sentadas, esperando.

Serilda soltou uma exclamação — com alívio e uma quantidade inesperada de alegria — ao reconhecer Filipêndula.

A outra era uma mulher idosa, sentada de pernas cruzadas na pedra. No entanto, ao ser levada pelos degraus, Serilda percebeu que *idosa* não era a palavra certa.

Anciã talvez fosse melhor, *atemporal* ainda mais adequado. Ela era pequena, mas larga, com as costas encurvadas e rugas profundas como cânions afundadas na pele pálida. Seu cabelo branco descia fino e embaraçado pelas costas, com gravetos e pedaços de musgo agarrados. Ela estava vestida com simplicidade, em camadas de pele e linho manchado de terra, mas em sua cabeça repousava um diadema delicado com uma grande pérola em sua fronte. Seus olhos eram tão pretos quanto os cabelos eram brancos, e encararam Serilda sem piscar enquanto ela se aproximava, um olhar que a fez endireitar a postura.

— Avó — disse uma das donzelas —, essa é a garota que despertou o interesse do Erlkönig.

Serilda não conseguiu evitar. Um sorriso encantado se abriu em seu rosto. Aquela era a líder das donzelas do musgo, a origem de quase tantos contos de fadas quanto o próprio Erlking. A grande, a feroz, a tão peculiar Avó Arbusto.

Pusch-Grohla.

Ela fez sua melhor reverência.

— Que incrível — disse com uma leve risada incrédula ao se lembrar da história do príncipe e dos portões de Verloren que contara a Áureo. — Eu estava falando da senhora agora mesmo.

Pusch-Grohla estalou os lábios duas vezes, então inclinou a cabeça na direção de Filipêndula. Serilda imaginou que ela sussurraria algo para a donzela, mas, em vez disso, a donzela se virou humildemente para a velha e começou a mexer em seu cabelo embaraçado. Depois de um segundo, ela catou alguma coisa e a jogou na água com um peteleco. Piolhos? Pulgas?

Nada foi dito enquanto Filipêndula obedientemente encontrava mais dois insetos, e o resto das donzelas que guiara Serilda até ali se dispersava e ocupava as pedras ao redor do círculo, deixando a garota de pé no meio.

Quando todas estavam acomodadas, Pusch-Grohla fungou e voltou a endireitar as costas. Não tirou o olhar de Serilda nem uma vez.

Quando falou, sua voz era rala como leite aguado.

— Foi essa garota que enfiou vocês num porão cheio de cebola?

Serilda franziu a testa. Falar desse jeito a fazia parecer mais uma vilã do que uma heroína.

— Foi, sim — respondeu Filipêndula.

Pusch-Grohla chupou os dentes por um momento, e quando voltou a falar, Serilda notou que ela não tinha alguns desses dentes, e os que tinha não se encaixavam bem na boca dela, nem um nos outros. Como se tivessem sido reaproveitados de uma mula prestativa.

— Há uma dívida a ser paga?

— Não, Avó — disse Filipêndula. — Demonstramos nossa gratidão com todo o prazer, apesar de que... — A donzela relanceou para o pescoço de Serilda, então para a mão. — Você não está usando nossos presentes?

— Eu os escondi para mantê-los em segurança — respondeu ela, mantendo a voz estável.

Não era totalmente mentira. Atrás do véu, os presentes estavam muito bem escondidos, e ela sabia que Áureo os manteria em segurança.

Pusch-Grohla se inclinou para a frente, encarando Serilda fixamente de uma forma que a lembrou de uma águia observando um rato correndo por um campo.

Então deu um sorriso. O efeito foi mais desconcertante do que animador.

O sorriso foi seguido de uma risada alta e chiada enquanto ela apontava para Serilda um dedo torto com nós inchados.

— Você honra o deus das mentiras com essa sua língua afiada. Mas, criança — seu semblante se dissolveu em severidade —, nem pense em mentir para *mim*.

— Eu não ousaria... — disse Serilda. Então hesitou, sem saber como chamá-la. — Avó?

A mulher chupou os dentes de novo, e se dava a mínima para como Serilda a chamava, não deixou transparecer.

— Minhas netas lhe deram presentes dignos de sua assistência. Um anel e um colar. Muito antigos. Muito valiosos. Você os tinha consigo quando o Erlkönig a convocou na Lua da Fome, e agora não os tem mais. — Seu olhar se tornou incisivo, quase hostil. — O que o Rei dos Antigos lhe deu em troca daquelas joias?

— O Rei dos Antigos? — Serilda balançou a cabeça. — Eu não as dei para *ele*.

— Não? Então como passou três meses sob os cuidados dele e continua viva?

Ela olhou brevemente para Filipêndula e as donzelas reunidas. Nenhum rosto lhe parecia amigável no grupo, mas ela não podia culpá-las pela desconfiança, especialmente sabendo que os sombrios as caçavam por esporte.

— O Erlking acredita que eu sei fiar palha e transformá-la em ouro — começou ela. — Que foi uma bênção de Hulda. Foi essa a mentira que contei a ele quando escondi Filipêndula e Salsa, sim, num porão com cebolas. Ele já me chamou três vezes ao castelo de Adalheid e me pediu para executar essa tarefa, e ameaçou me matar caso eu fracassasse. Mas tem um... um fantasma no castelo. Um garoto que é um fiandeiro de ouro de verdade. Em troca da mágica dele, e por salvar minha vida, eu lhe dei o colar e o anel.

Pusch-Grohla ficou em silêncio por um longo momento, enquanto Serilda se remexia de um pé para outro com desconforto.

— E o que você lhe deu como pagamento na terceira lua?

Serilda ficou imóvel, sustentando o olhar da velha.

Lembranças piscaram em sua mente. Beijos e carícias ardentes.

Mas não. Não fora isso o que ela perguntara, e isso certamente não fora um pagamento por nada.

— Uma promessa — respondeu ela.

— Magia divina não funciona com promessas.

— Evidentemente funciona.

Os olhos de Pusch-Grohla brilharam com uma surpresa irritada, e Serilda se encolheu um pouco.

— Foi uma promessa por... algo muito valioso — acrescentou ela, com vergonha de dizer mais.

Não achava que conseguiria explicar direito o que levara a tal acordo, e não queria que Pusch-Grohla achasse que era o tipo de pessoa que barganharia levianamente o primogênito.

Mesmo que ela fosse. Evidentemente.

Ela virou sua atenção para Filipêndula.

— Peço desculpas, no entanto, se o colar tinha um significado especial para você. Se me permite perguntar, quem era a menina no retrato?

— Não sei — disse Filipêndula, sem remorso aparente.

Serilda se retraiu. Não lhe ocorrera que o retrato poderia ter um valor sentimental tão pequeno para as donzelas do musgo quanto tinha para ela.

— Você não sabe?

— Não. Eu tinha aquele medalhão desde que me lembro, e não me recordo de onde veio. Quanto ao significado especial dele, lhe garanto, dou mais valor à minha vida.

— Mas... era tão lindo.

— Não tanto quanto flores floco-de-neve no inverno — disse Filipêndula —, ou um cervo recém-nascido dando os primeiros passos trêmulos.

Serilda não pôde argumentar.

— E o anel de Salsa? Ele tinha um emblema. Um tatzelwurm enroscado numa letra *R*. E também vi esse emblema numa estátua do Castelo Adalheid, e no cemitério da cidade. O que ele significa?

Filipêndula franziu a testa e olhou para Pusch-Grohla, mas o rosto da velha permaneceu impassível ao analisar Serilda.

— Também não sei — respondeu Filipêndula. — Se Salsa sabia, nunca me contou, mas não acredito que ela tivesse mais apego emocional pelo anel do que eu tinha pelo colar. Quando nos aventuramos pelo mundo, sabemos que é preciso levar essas quinquilharias conosco, para o caso de um pagamento ser necessário. Nós as vemos da mesma forma que os humanos veem moedas....

— Esse garoto — interrompeu Pusch-Grohla, desnecessariamente alto. — O que fiou o ouro. Qual é o nome dele?

Serilda levou um momento para reorganizar seus pensamentos.

— Ele atende por Áureo.

— Você disse que ele é um fantasma. Não é um sombrio?

Ela balançou a cabeça.

— Ele definitivamente não é um sombrio. Os aldeões o chamam de Vergoldetgeist. Espírito Áureo. O Erlking o chama de poltergeist.

— Se ele é um dos mortos do Rei dos Antigos, então o rei o controla e não seria enganado por essa farsa.

Serilda engoliu em seco, pensando em sua conversa com Áureo. Ele pareceu orgulhoso de ser conhecido como o poltergeist, mas estava claro para os dois que ele não era como os outros fantasmas do castelo.

— Ele é um prisioneiro no castelo, como os outros espíritos que foram confinados pelo rei — falou ela lentamente. — Mas não é controlado por ele. Não é um servo como os outros. Ele me disse que não sabe exatamente o que é, e acredito que fale a verdade.

— E alega ter sido abençoado por Hulda?

— Ele... não sabe de onde veio a magia. Mas essa parece a explicação mais provável.

Pusch-Grohla resmungou.

Serilda retorceu as mãos.

— Ele é um dos muitos mistérios que encontrei durante minha estada em Adalheid. Eu me pergunto se a senhora poderia esclarecer algum dos outros?

Uma das donzelas emitiu um som zombeteiro.

— Esta não é uma visita social, humana.

Serilda ficou irritada, mas tentou ignorar. Quando Pusch-Grohla não respondeu, ela ousou continuar:

— Ando tentando me informar mais sobre a história do Castelo Adalheid, descobrir o que aconteceu lá. Sei que era o lar de uma família real antes de ser reivindicado pelo Erlking. Já vi suas sepulturas e uma estátua de um rei e de uma rainha. Mas ninguém sabe nada sobre os dois. E *a senhora*, Avó, é tão velha quanto essa floresta. Certamente, se houvesse alguém que se lembrasse de algo sobre a família que construiu o castelo, ou sobre quem morou lá antes dos sombrios, seria a senhora.

Pusch-Grohla analisou Serilda por um longo momento. Quando finalmente falou, sua voz estava no tom mais baixo desde o início da conversa.

— Não tenho qualquer lembrança de realeza em Adalheid — disse ela. — O lugar sempre esteve sob o domínio do Erlking e dos sombrios.

Serilda cerrou os dentes. Isso não era verdade. Ela *sabia* que não era verdade.

Como era possível que mesmo aquela mulher, tão velha quanto um carvalho ancião, não se lembrasse? Era como se décadas inteiras, talvez séculos, da história da cidade tivessem sido apagados.

— Se você descobrir uma verdade diferente, deve me contar imediatamente — acrescentou Pusch-Grohla.

Serilda curvou os ombros com desânimo, se perguntando se estava imaginando o olhar perturbado nos olhos perspicazes da mulher.

— Avó — disse uma das donzelas do musgo, com a voz carregada de preocupação —, que uso o Erlkönig poderia ter para esse ouro fiado? Além de...

Pusch-Grohla ergueu uma das mãos, e a donzela silenciou.

Serilda olhou ao redor do círculo, para os rostos ferozes e belos, obscurecidos por preocupação.

— Na verdade — falou ela lentamente —, eu tenho alguma ideia de como ele quer usar o ouro.

Ela enfiou a mão no bolso e pegou o carretel cheio de fios de ouro. Dando um passo para a frente, ela o estendeu para Avó Arbusto. A velha inclinou a cabeça para Filipêndula, que pegou o carretel e o ergueu diante dos olhos da mulher, virando-o para que refletisse a luz.

— Ele vem pegando esses fios e os trançando para formar cordas — disse Serilda.

As donzelas tensionaram ao redor dela, suas expressões preocupadas se tornando mais taciturnas.

— Ontem à noite, a caçada selvagem usou as cordas para capturar um tatzelwurm. — A atenção de Pusch-Grohla se voltou para ela num estalo. — O rei me disse que ouro fiado deve ser o único material capaz de conter criaturas mágicas como essa.

Ela optou por não mencionar como tinha acidentalmente lhe dito onde encontrar a besta.

— De fato — confirmou a mulher, a voz frágil. — Abençoado pelos deuses, esse ouro seria inquebrável.

— E... é? — perguntou Filipêndula com hesitação. — Digo, abençoado por Hulda?

Pusch-Grohla parecia ter mordido um limão ao lançar um olhar furioso para o rolo de ouro.

— É.

Serilda piscou. Então Áureo realmente fora abençoado por um deus?

— Como a senhora sabe?

— Eu reconheceria em qualquer lugar — disse Pusch-Grohla. — E lhe garanto, o Rei dos Antigos o usará para caçar mais do que um tatzelwurm.

— É nesse próximo inverno — murmurou Filipêndula. — A Lua Interminável.

Serilda levou um momento para entender o que elas estavam insinuando.

A Lua Interminável, quando o solstício de inverno coincidia com uma lua cheia. Ela inspirou com intensidade.

Fazia dezenove anos desde a última; a noite em que, supostamente, o pai dela ajudara o deus trapaceiro e lhe pedira um filho.

— Você acha que ele pretende ir atrás de um dos deuses — disse ela. — Ele quer fazer um desejo.

Pusch-Grohla soltou uma risada alta de escárnio.

— Um desejo? Talvez. Mas existem muitos motivos para alguém querer capturar um deus.

CAPÍTULO

Quarenta e quatro

— AVÓ — DISSE FILIPÊNDULA, AGARRANDO O FIO DE OURO —, SE ELE tentar fazer um desejo...

— Todos nós sabemos o que ele pediria — murmurou a donzela que ameaçara Serilda mais cedo.

— Sabemos? — perguntou Serilda.

— Não, Dedaleira, eu não lhe daria tanto crédito — disse Pusch-Grohla.

— Mas ele pode — argumentou Filipêndula. — Não podemos ter certeza do que ele vai querer, mas é possível...

— Não temos como saber — afirmou Pusch-Grohla. — Não tentaremos decifrar seu coração apodrecido.

Filipêndula e Dedaleira trocaram um olhar, mas ninguém disse nada.

O olhar de Serilda alternou entre as três, a curiosidade borbulhando. O que o Erlking desejaria? Ele já tinha vida eterna. Um séquito de servos para cumprir suas ordens.

Mas a lembrança de sua própria história inventada sussurrou para ela, respondendo à pergunta.

Uma rainha.

Uma caçadora.

Se vivesse um conto de fadas, esse seria o desejo dele. O amor verdadeiro devia ser uma vitória, mesmo para um vilão.

Mas aquela não era uma de suas histórias, e por mais que o Erlking pudesse ser um vilão, era difícil imaginá-lo usando um desejo divino para trazer a amada de volta do submundo.

O que mais?

— Quanto ouro esse poltergeist já fiou para ele? — perguntou Pusch-Grohla.

Serilda pensou, visualizando toda a palha, todos os carretéis. Pilhas, pilhas e mais pilhas.

— O ouro das duas primeiras noites produziu corda o suficiente para capturar o tatzelwurm — respondeu ela. — E ele me disse que o da noite passada seria o bastante para... para conter até a maior das bestas.

A maior das bestas.

Pusch-Grohla torceu a boca. Ela pegou a bengala ao seu lado e bateu com ela no chão.

— Ele não pode receber mais ouro.

Serilda juntou as mãos da mesma forma que fazia quando tentava falar com paciência e praticidade com Madame Sauer.

— Não discordo. Mas o que a senhora quer que eu faça? Ele ameaçou minha vida caso eu não faça o que ele manda.

— Então perca sua vida — disse uma das donzelas do musgo.

Serilda a encarou, boquiaberta.

— Como é?

— Imagine o mal que o Erlkönig poderia causar ao reivindicar um desejo divino — afirmou a donzela. — Não vale a vida de uma garota humana.

Serilda a encarou com raiva.

— Você seria tão leviana se estivéssemos discutindo a *sua* vida?

A donzela ergueu uma sobrancelha.

— Eu não sou *leviana*. Nós e as criaturas deste mundo somos caçadas pelo Erlkönig há séculos. Se fôssemos capturadas, ele tentaria nos torturar até confessarmos a localização do nosso lar. — Ela gesticulou para o vale estreito ao redor. — E nós morreríamos com honra antes de abrir a boca.

Serilda olhou para Filipêndula, que sustentou o olhar sem hesitar.

O Erlking estava caçando ela e Salsa. Ele mencionara decorar a parede com suas cabeças. Mas nunca passara pela cabeça de Serilda que ele poderia torturá-las primeiro.

— A caçada ameaça todos os seres vivos — disse Pusch-Grohla —, tanto o povo humano quanto o da floresta. Minha neta tem razão. O ouro é uma arma nas mãos dele. Não podemos permitir que o Erlkönig capture um deus.

Serilda desviou o olhar. Sabia que queriam que ela jurasse não dar ao rei mais nada que ele quisesse. Que ela não pedisse ajuda a Áureo. Aceitasse a morte em vez de colaborar com o rei novamente.

Mas ela não sabia se poderia prometer isso.

Olhou ao redor do círculo, avaliando as variadas armas apoiadas em pedras e repousadas em colos. Pela primeira vez desde que chegara, ela se perguntou se estava segura na presença das donzelas do musgo. Não acreditava que pretendessem machucá-la, mas o que fariam se Serilda não prometesse o que elas queriam? Ela foi tomada por uma súbita sensação desconfortável de que acidentalmente acabara no meio de uma guerra centenária.

Mas se aquilo era uma guerra, qual seria seu papel?

Avó Arbusto murmurou algo para si mesma, baixo demais para qualquer um poder ouvir. Então inclinou a cabeça para Filipêndula de novo e bateu delicadamente no próprio couro cabeludo com a ponta da bengala. Filipêndula voltou a investigar o cabelo, catando insetos enquanto Pusch-Grohla pensava.

Depois que quatro bichos tinham sido jogados para longe, Pusch-Grohla endireitou a coluna.

— Há um boato de que ele não mata todas as bestas que captura. Que algumas são mantidas em seu castelo... por diversão, para procriação, ou para treinar os cães.

— Sim — disse Serilda. — Eu já as vi.

A expressão de Pusch-Grohla foi tomada por um ódio levemente velado.

— Ele as machuca?

Serilda a encarou, pensando nas gaiolas pequenas, nas feridas sem tratamento, na maneira como algumas criaturas estremeciam silenciosamente de medo quando os sombrios passavam. Seu coração se apertou.

— Acredito que sim — sussurrou ela.

— Essas criaturas eram nossa responsabilidade, e nós falhamos com elas — declarou Pusch-Grohla. — Qualquer um que colabore com o rei e seus caçadores deve ser nosso inimigo.

Serilda balançou a cabeça.

— Não tenho qualquer desejo de ser sua inimiga.

— Não dou a mínima para seus desejos.

As mãos de Serilda se fecharam em punhos. Parecia ser uma característica comum entre aqueles seres antigos, independentemente do lado em que se encontravam da guerra: ninguém se importava com os mortais que acabavam no meio dela.

— Não importa — falou Serilda com a voz fraca. — Não tenho mais nada a oferecer como pagamento pela magia. Áureo não pode continuar fiando ouro para salvar minha vida, e se recusa a fazer de graça.

— Ele não consegue — explicou Filipêndula. — A magia de Hulda exige equilíbrio, e o equilíbrio é obtido por meio do pagamento. Tudo tem seu valor.

— Tá bom, então — respondeu Serilda, dando de ombros com mais indiferença do que sentia. — Não há dúvidas de que o rei me convocará mais uma vez na Lua do Despertar. Áureo não poderá me ajudar, eu fracassarei em sua tarefa e ele tomará minha vida. Parece que já perdi.

— Sim — concordou Pusch-Grohla. — Você está num mato sem cachorro.

— Poderíamos matá-la agora — sugeriu Dedaleira. Ela nem se deu ao trabalho de sussurrar. — Resolveria o problema.

— Resolveria *um* problema — argumentou Pusch-Grohla. — Não *o* problema. Esse tal de Vergoldetgeist ainda estaria ao alcance do Erlkönig.

— Mas o Erlkönig não sabe disso — disse Filipêndula.

— Hum, sim — falou a velha. — Talvez fosse mesmo melhor se a garota nunca retornasse a Adalheid.

Os braços de Serilda se arrepiaram.

— Eu já tentei fugir dele. Não funcionou.

— É claro que você não tem como fugir dele — disse Dedaleira. — Ele é o líder da caçada selvagem. Se quiser você, vai te encontrar. Não existe nada que o Erlkönig aprecie mais do que rastrear sua presa, atraí-la até seu alcance e atacar.

— Sim, agora eu sei disso. É só que nós pensamos, eu pensei, que talvez houvesse uma chance. Ele só consegue sair do véu sob a lua cheia. Eu e meu pai tentamos viajar para um lugar longe o bastante para ele não conseguir nos alcançar numa única noite.

— Você acha que os limites do véu acabam nos muros do castelo? Ele pode viajar para qualquer lugar que desejar, e você não terá a menor ideia de que ele está bem ali ao seu lado, acompanhando cada movimento seu.

Serilda estremeceu.

— Acredite, já entendi meu erro. Mas *vocês* se escondem dele há anos. Ele não consegue encontrar esse lugar. Talvez eu pudesse... — Ela se interrompeu ao ver as expressões se fechando ao redor. Até Filipêndula pareceu horrorizada com a sugestão. — Pudesse ficar aqui? — concluiu ela com voz fraca.

— Não — respondeu Pusch-Grohla simplesmente.

— Por que não? Vocês não querem que eu volte a Adalheid, e, apesar da coleção de armas afiadas por aqui, não acho que estejam preparadas para me assassinar.

— Faremos o que for preciso — rosnou Dedaleira.

— Já chega, Dedaleira — disse Pusch-Grohla.

As donzelas do musgo baixaram a cabeça. Serilda não conseguiu reprimir o prazer borbulhante que sentiu ao ver Dedaleira sendo repreendida.

— Não posso lhe oferecer refúgio — afirmou Pusch-Grohla.

— Não pode? Ou não quer?

Os nós dos dedos de Pusch-Grohla se apertaram ao redor do bastão.

— Minhas netas são capazes de resistir ao chamado da caçada. Você é?

Serilda congelou, sua mente se enchendo de lembranças enevoadas. Um corcel poderoso sob ela. O vento soprando seu cabelo. A risada escapando dos lábios. O sangue espirrado na neve.

Seu pai... presente em um momento. Ausente no seguinte.

Avó Arbusto assentiu sabiamente.

— Ele a encontraria mesmo aqui, e sua presença colocaria todas nós em risco. Mas você está certa em uma coisa. Não a mataremos. Você já salvou duas netas minhas, e por mais que a dívida tenha sido paga, continuo grata. Talvez eu tenha outra saída.

Ela descruzou as pernas e usou a bengala para subir em sua pedra, de forma que ficou quase da altura de Serilda. Ela gesticulou para que se aproximasse.

Serilda tentou não parecer assustada ao obedecer.

— Você entende as repercussões caso o Erlkönig acumule correntes de ouro o bastante para capturar um deus, não entende?

— Acredito que sim — sussurrou ela.

— E vai parar de implorar a esse Vergoldetgeist para fiar mais ouro para aquele monstro?

Ela engoliu em seco.

— Eu prometo.

— Ótimo. — Pusch-Grohla emitiu um som reflexivo. — Ficarei com esse fio de ouro. Em troca, tentarei ajudá-la a se livrar dele. Não posso prometer que funcionará, e caso eu fracasse, contaremos com você para manter sua promessa. Se nos trair, não viverá para ver outra lua.

Apesar da ameaça, o peito de Serilda se encheu de esperança. Era a primeira vez em muito tempo que ela ousava pensar que ficar livre era uma possibilidade.

— Falarei com minha herborista para ver se conseguimos preparar uma poção adequada a alguém em sua condição. Se for possível, lhe enviarei uma mensagem hoje ao pôr do sol.

Serilda franziu a testa.

— Minha condição?

A boca da mulher se estreitou num sorriso fino. Ela baixou o bastão e chamou Serilda para perto com um gesto. E ainda mais perto, até que Serilda pudesse sentir o aroma de cedro e cravo em seu hálito úmido.

A mulher ficou em silêncio por um longo momento, analisando Serilda, até que o canto de sua boca se erguesse de maneira provocativa.

— Caso fracassemos e o rei a convoque de novo, você não lhe dirá nada sobre esta visita.

— Tem minha palavra.

A mulher deu uma gargalhada rouca e baixa.

— Ninguém se torna tão velha e admirada quanto eu confiando em uma criatura frágil que ousa fazer uma promessa. — Ela inclinou o bastão para a frente, encostando-o de leve na testa de Serilda. — Você se lembrará da nossa conversa, mas se alguma vez tentar encontrar este lugar de novo, ou guiar qualquer um até nós, suas palavras se tornarão incompreensíveis e você ficará tão perdida quanto um grilo em uma nevasca. Se eu quiser me comunicar com você, mandarei uma mensagem. Você entendeu?

— Mandará uma mensagem como?

— Você entendeu?

Serilda engoliu em seco. Não tinha certeza se entendera, mas balançou positivamente a cabeça mesmo assim.

— Sim, Avó Arbusto.

Pusch-Grohla assentiu, então golpeou a lateral da pedra com a vara.

— Filipêndula, leve a garota de volta à sua casa em Märchenfeld. Não desejamos que ela sofra nenhum mal na floresta.

CAPÍTULO

Quarenta e cinco

ELA NÃO SE DEU CONTA IMEDIATAMENTE DO QUE PROMETERA. OU DO que significava. A verdade, quando bateu, foi tão alarmante quanto um trovão.

Ela nunca mais veria Áureo.

Nem Leyna. Lorraine. Frieda. Todos que tinham sido tão gentis com ela. Que a tinham aceitado com mais tranquilidade do que qualquer um em Märchenfeld.

Ela nunca saberia o que acontecera com sua mãe.

Nunca descobriria os segredos do Castelo Adalheid e sua família real. Ou entenderia por que os sombrios tinham abandonado Gravenstone. Ou por que parecia haver drudes protegendo uma sala com uma tapeçaria e uma jaula. Ou mesmo descobriria se Áureo era um fantasma ou outra coisa.

Ela nunca mais o veria.

Nem poderia se despedir.

Conseguiu segurar as lágrimas até que as donzelas do musgo a deixassem à beira da floresta. Em toda direção que olhava, via pastos verde-esmeralda. Um rebanho de cabras pastava na encosta.

Barulhos agitados vieram de algumas figueiras, e um momento depois, um bando de corvos decolou para os céus, girando no ar por longos minutos antes de voar para um campo diferente.

Quando Serilda começou a seguir sozinha pela estrada, suas lágrimas se derramaram.

Ele não entenderia. Depois do que tinham vivido, ela sentia que estava o abandonando.

Uma eternidade de solidão. De nunca mais sentir abraços quentes, beijos delicados. O tormento *dela* chegaria ao fim em algum momento. Ela envelheceria e morreria, mas Áureo... nunca seria livre.

E nunca saberia o que acontecera com ela.

Ele nunca saberia que ela começara a amá-lo.

Serilda odiava que esses fossem os pensamentos que mais a incomodassem, quando sabia que deveria estar grata por Avó Arbusto ter se oferecido para ajudá-la. Desde o começo, ela sabia que era possível que morresse nas mãos do Erlking ou que ficasse ao seu serviço pelo resto da vida, talvez até depois. Mas agora poderia haver outro destino para ela, um que não envolvesse suas tentativas desesperadas e tolas de vingar o pai e assassinar o Erlking (uma fantasia em que nem ela acreditava que chegara a crer). Era extraordinário. Uma dádiva.

Ela não gostava de dar muito crédito ao seu patrono, mas não pôde deixar de se perguntar se a roda da fortuna finalmente girara a seu favor.

Por mais que Pusch-Grohla não tivesse certeza nenhuma de que seus planos, quaisquer que fossem, funcionariam.

Se não funcionassem, se fracassassem... então nada teria sido solucionado. Serilda não conseguiria escapar. Ainda seria uma prisioneira.

E agora ela sabia que, não importava o que acontecesse, nunca poderia pedir para Áureo fiar ouro para ela. Ao pedir que ele a ajudasse, estava ajudando o Erlking. Já sabia disso antes; os dois sabiam. Mas os motivos dele tinham parecido... desimportantes antes. Com certeza, qualquer que fosse o uso que ele desse ao ouro, valia a pena salvar a vida dela. Serilda disse isso a si mesma, e se convencera de que era verdade.

Só que agora tinha mais informações.

O que o rei faria se capturasse um deus? Se reivindicasse um desejo? Será que traria Perchta de volta de Verloren?

Essa possibilidade já era terrível o bastante. As histórias sobre o Erlking e a caçada selvagem eram execráveis; crianças roubadas e uma trilha de espíritos perdidos. Mas as histórias de Perchta eram mil vezes piores, contos que ela nunca nem narrava às crianças. Enquanto o Erlking gostava de perseguir presas e se vangloriar de suas conquistas, Perchta gostava de brincar. Diziam que gostava de deixar a presa pensar que escapara, se esquivara... apenas para cair em sua armadilha. De novo, e de novo. Ela gostava de ferir as bestas das florestas e observá-las sofrer. Não se satisfazia com a morte rápida, e não havia tormento que parecesse saciar sua sede de sangue.

E isso era com os animais.

A maneira como ela brincava com os mortais não era melhor. Para a caçadora, humanos eram presas em potencial tanto quanto cervos e javalis. Preferíveis até, porque tinham consciência o bastante para saber que não tinham chance contra a caçada, mas lutavam mesmo assim.

Perchta era a crueldade encarnada. Um monstro até a raiz dos cabelos.

Não poderia ser solta no mundo mortal de novo.

Mas talvez o desejo do Erlking não fosse evocar Perchta do submundo. O que mais um homem como ele poderia almejar? A destruição do véu? Liberdade para reinar sobre os mortais, não apenas seus sombrios? Uma arma, ou magia negra, ou um exército inteiro de mortos-vivos para servi-lo?

Fosse qual fosse a resposta, Serilda não queria descobrir.

Ele não podia conseguir seu desejo.

Talvez fosse tarde demais. Talvez eles já tivessem fiado o bastante para que ele capturasse um deus na Lua Interminável. Mas ela precisava ter esperanças de que não era esse o caso. Precisava ter esperanças.

Subiu uma colina e viu os telhados familiares de Märchenfeld a distância, escondidos dentro de seu pequeno vale à beira do rio. Em qualquer outro dia, seu coração poderia ter se alegrado por estar tão perto de casa.

Mas aquela não era a casa dela, não mais. Não sem seu pai.

Ela relanceou para o céu. Ainda faltavam algumas horas para o pôr do sol, quando Pusch-Grohla prometera enviar uma mensagem e informar a Serilda se conseguiria ajudar. Umas duas horas até que ela tivesse alguma ideia de seu destino.

Quando o moinho entrou em seu campo de visão, Serilda não sentiu nem um pouco da alegria ou do alívio que sentira ao voltar depois da Lua da Fome.

No entanto... havia fumaça saindo de uma das chaminés.

Ela parou, pensando a princípio que houvesse alguém em sua casa. Que, talvez, *seu pai* estivesse em casa...!

Então se deu conta de que a fumaça vinha da chaminé atrás da casa, do moinho, e a vibração esperançosa voltou a se transformar na dor da perda.

Era só Thomas Lindbeck, pensou ela, trabalhando na ausência do pai. Ao descer a encosta da coluna, percebeu que o rio Sorge estava mais cheio do que quando ela partira, dilatando, graças à neve que derretia nas montanhas. A roda-d'água girava num bom ritmo. Se o moinho ainda não estava trabalhando na demanda dos vizinhos, em breve estaria.

Ela sabia que deveria falar com Thomas. Agradecer-lhe por manter tudo funcionando durante sua ausência. Talvez devesse até lhe contar a verdade. Não que seu pai fora levado pela caçada selvagem e derrubado do cavalo, mas que sofrera um acidente. Que estava morto. Que nunca mais voltaria.

Mas o coração de Serilda estava pesado demais, e ela não queria falar com ninguém, muito menos com Thomas Lindbeck.

Fingindo não notar a fumaça, entrou em casa. Após fechar a porta às suas costas, ela passou um momento analisando o cômodo vazio ao redor. O ar estava frio e poeira cobria todas as superfícies. A roda de fiar, que eles não tinham conseguido vender antes de partir para Mondbrück, exibia linhas finas de teias de aranha nos raios.

Serilda tentou imaginar um futuro no qual ela permaneceria ali. Será que havia alguma esperança de Pusch-Grohla ajudá-la a ponto de ela realmente se proteger do Erlking? A ponto de ela manter seu lar da infância?

Ela duvidava. Provavelmente teria que fugir para algum lugar mesmo assim. Algum lugar distante.

Mas, dessa vez, estaria sozinha.

Se é que seria possível. Ele era um caçador. Iria atrás dela. Nunca desistiria de ir atrás dela.

Quem ela era para pensar que isso algum dia mudaria?

Com o coração apertado, Serilda afundou em sua cama, por mais que não tivesse mais nenhum lençol. Ela encarou o teto que passara a vida toda encarando e esperou que o sol se pusesse e que a mensagem misteriosa viesse ao seu amparo.

Ou para confirmar seus medos... de que não havia qualquer esperança.

Já estava afundando nesses pensamentos havia um tempo quando notou um barulho estranho.

Serilda franziu a testa e escutou.

Movimentos agitados.

Mastigação.

Provavelmente ratos haviam entrado nas paredes.

Ela fez uma careta, pensando se ligava o bastante para tentar montar armadilhas para eles. Provavelmente não. Eles seriam problema de Thomas muito em breve.

Mas logo se sentiu culpada. Esse era o moinho do seu pai, o trabalho da vida dele. E continuava sendo o lar dela, mesmo que há muito tempo não parecesse. Ela não podia deixar que se degradasse, não enquanto ainda podia tomar uma atitude.

Serilda grunhiu e se sentou. Precisaria ir ao vilarejo arrumar ratoeiras, o que teria que esperar até o dia seguinte. Mas, por enquanto, ela podia ao menos tentar descobrir onde eles tinham se enfiado.

Ela fechou os olhos e voltou a aguçar os ouvidos. A princípio só houve silêncio, mas depois de um tempo ela escutou de novo.

Unhas raspando.

Dentes roendo.

Mais alto do que antes.

Ela estremeceu. E se fosse uma família inteira de ratos? Ela sabia que as mós e a roda-d'água podiam ser barulhentas, mas, ainda assim, será que Thomas não ouvira? Será que já desleixara tanto o trabalho que seu pai confiara a ele?

Serilda passou as pernas por cima da cama. Agachando-se, inspecionou a interseção da parede com o chão, procurando por buraquinhos por onde as pragas poderiam ter entrado. Não viu nada.

— Deve ser do lado do moinho — murmurou. E, mais uma vez, quis ignorar. E se repreendeu por esses pensamentos.

Ao menos, se Thomas ainda estivesse lá, ela poderia *o* repreender por sua negligência. Roedores eram atraídos para moinhos; para as sobras de trigo, centeio e cevada geradas no processo. Era indiscutível que fossem mantidos limpos. Ela supunha que ele precisava aprender isso agora se quisesse se tornar o novo moleiro de Märchenfeld.

Bufando, Serilda refez as tranças do cabelo — ainda imundo da viagem pelo túnel subterrâneo e pela floresta — e saiu, dando a volta na casa para chegar ao moinho.

As mós não estavam funcionando quando ela abriu a porta, e desse lado da parede ela ouvia os sons muito mais alto.

Ela entrou a passos largos. O cômodo estava um forno, como se o fogo tivesse ficado aceso por dias.

Uma figura estava curvada para a frente perto da lareira.

— Thomas! — gritou ela, mãos raivosas nos quadris. — Não está ouvindo? Tem ratos nas paredes!

A figura ficou tensa e esticou a coluna, de costas para Serilda.

Uma onda de apreensão percorreu seu corpo. A figura era mais baixa do que Thomas Lindbeck. Com ombros mais largos. Usando roupas sujas e esfarrapadas.

— Quem é você? — perguntou ela em tom exigente, medindo o quão perto estava das ferramentas penduradas na parede, para o caso de precisar de uma arma para se defender.

Mas então a figura começou a se virar. Seus movimentos eram espasmódicos e rígidos. Seu rosto pálido.

Seus olhos se fixaram nos dela, e de repente o coração de Serilda disparou, o peito apertado de incredulidade.

— Papai?

CAPÍTULO

Quarenta e seis

ELE CAMBALEOU ALGUNS PASSOS NA DIREÇÃO DELA, E POR MAIS QUE O primeiro instinto de Serilda fosse chorar e se jogar nos braços dele, um segundo instinto, mais forte, manteve seus pés presos no chão.

Aquele era o pai dela.

E *não* era o pai dela.

Ele ainda usava as mesmas roupas de quando fora atraído pela caçada, mas sua camisa não passava de alguns retalhos incrustados de sujeira e manchados de sangue. Estava descalço.

Seu braço estava...

Ele estava...

Serilda não sabia o que pensar, mas sentiu o estômago se embrulhar ao olhá-lo, e pensou que talvez vomitasse no chão do moinho.

Seu braço parecia um pernil de porco pendurado sobre a mesa de um açougueiro na feira. A pele fora quase toda arrancada, revelando carne e cartilagem por baixo. Perto do cotovelo, ela conseguia ver até o osso.

E sua boca. Seu queixo. A frente do peito.

Cobertos de sangue.

Sangue *dele*?

Ele deu outro passo na direção dela, passando a língua pelos cantos da boca.

— Papai — sussurrou ela. — Sou eu. Serilda.

Ele não demonstrou qualquer reação, exceto por uma faísca nos olhos. Não de reconhecimento. Não de amor.

De fome.

Aquele não era o pai dela.

— Nachzehrer — sussurrou ela.

Os lábios dele se franziram, revelando pedaços de carne presos entre os dentes, como se desprezasse a palavra.

Então ele a atacou.

Serilda gritou. Escancarando a porta, correu para o quintal. Pensava que ele seria lento, mas a promessa de carne pareceu despertar algo nele, e ela sentiu a presença às suas costas.

Unhas agarraram o tecido do vestido dela, derrubando-a no chão. Ela perdeu o fôlego e rolou por alguns metros antes de parar de barriga para cima. O corpo mutilado do pai assomava acima dela. Ele não tinha dificuldade para respirar. Não havia qualquer emoção em seus olhos além daquele anseio sombrio.

O pai se ajoelhou e segurou o pulso dela com os dois braços, admirando-o como se fosse um chouriço.

Serilda balançou a outra mão ao redor até que seus dedos encontrassem um objeto duro. Quando seu pai abaixou a cabeça em direção ao braço da filha, ela o golpeou num lado da cabeça com a pedra.

Sua têmpora afundou sem resistência, como uma fruta podre. Ele soltou o braço dela e rosnou.

Com um grito, Serilda golpeou de novo, mas, dessa vez, ele recuou e correu para longe de seu alcance, lembrando-a de um animal selvagem.

Sua expressão se tornou cautelosa, mas não menos faminta, enquanto ele se agachava a alguns metros de distância, tentando determinar como alcançar seu jantar.

Serilda se sentou, tremendo, segurando a pedra com força, se preparando para outro ataque.

Ele pareceu aflito ao olhar para os pés dela. Com medo da pedra, mas relutante a deixar a presa escapar. Ergueu a mão e mastigou distraidamente o dedo mindinho; até que ela ouvisse o osso partir e a ponta desaparecer entre seus dentes.

O estômago de Serilda se embrulhou.

Ele deve ter decidido que a carne dela seria melhor do que a própria, porque cuspiu o dígito e se lançou em sua direção.

Dessa vez, ela estava mais preparada.

Dessa vez, ela lembrou o que fazer.

Encolheu as pernas, de forma que ele não tentasse agarrar seus pés, então ergueu os braços na frente do rosto como um escudo.

Assim que ele chegou perto o bastante, Serilda esticou a mão para a frente e enfiou a pedra na boca aberta dele.

A mandíbula da criatura travou ao redor da pedra, cuja ponta se projetava alguns centímetros para fora de seus lábios sangrentos. Ele arregalou os olhos e, por um minuto, os dentes continuaram a trabalhar, raspando na pedra como se tentassem devorá-la. Mas então seu corpo se curvou, a energia drenada, e ele desabou para trás, braços e pernas atingindo a terra em baques suaves.

Serilda se levantou depressa. Estava coberta de suor. Seu pulso acelerado, a respiração entrecortada.

Por um bom tempo, ela não conseguiu se forçar a se mexer, temendo que, se desse um único passo em qualquer direção, o monstro voltaria à vida e a atacaria de novo.

Ele parecia morto agora. Um cadáver com carne apodrecida e uma pedra presa na boca. Mas Serilda sabia que só o paralisara. Sabia que a única maneira de verdadeiramente matar um nachzehrer era...

Ela estremeceu. Não queria pensar nisso. Não queria fazer isso. Não queria pensar que conseguiria...

Uma sombra apareceu em sua visão periférica. Serilda soltou um grito quando uma pá de cabeça quadrada foi brandida no alto.

A ferramenta baixou com um baque nauseante, sua borda se cravando na garganta do monstro. A figura deu um passo à frente, colocou um pé sobre a cabeça da pá e pressionou-a para baixo, decepando inteiramente a cabeça do pai.

Serilda oscilou. O mundo escureceu ao seu redor.

Madame Sauer se virou e lançou um olhar insatisfeito para ela.

— Todas essas histórias nojentas, e você não sabe como matar um nachzehrer?

JUNTAS, ELA E MADAME SAUER CARREGARAM O CORPO ATÉ O rio, encheram suas roupas de pedras e deixaram que ele e a cabeça afundassem. Serilda sentiu que estava num pesadelo, mas ainda não acordara.

— Era meu pai — falou desanimadamente depois que o choque passou.

— *Aquilo* não era o seu pai.

— Não, eu sei. Eu teria feito o necessário. Só... precisava de um momento.

Madame Sauer soltou um muxoxo de desdém.

O coração de Serilda estava tão pesado quanto as pedras que arrastaram o corpo do pai para o leito do rio. Já fazia meses que ela sabia que ele se fora. Não esperava que ele voltasse. Ainda assim, sempre nutrira uma gota de esperança. Uma chance minúscula de que ele ainda estivesse vivo e tentando voltar para ela, que nunca desistira por inteiro.

Ainda assim, de alguma forma, a verdade fora pior do que seus pesadelos. Não apenas seu pai estava morto por esse tempo todo, mas se tornara um monstro. Uma coisa morta-viva, se banqueteando com a própria carne, voltando à filha; não por amor, mas por fome. Nachzehrer voltavam dos mortos para devorarem os membros da própria família. Pensar que seu pai humilde, tímido e bondoso fora reduzido a esse destino fazia o estômago dela se revirar. Ele não merecia. Serilda desejava ter um momento sozinha. Precisava de silêncio e solidão. Precisava de um longo e bom choro.

Mas, ao se arrastar de volta ao chalé, Madame Sauer teimosamente a seguiu.

Serilda passou um momento olhando ao redor e se perguntando se deveria oferecer comida ou bebida, mas não tinha nada para oferecer.

— Dá para você trocar de roupa? — perguntou Madame Sauer com rispidez, se acomodando na cama de Serilda, que era o único móvel restante, além do banco da roda de fiar. — Está cheirando a açougue.

Serilda baixou o olhar para o vestido imundo.

— Não tenho como me trocar. Só tenho mais um vestido, que ficou em Adalheid. Levei o resto das minhas roupas para Mondbrück.

— Ahh, sim. Quando você tentou *fugir*. — Seu tom era zombeteiro.

Serilda a encarou e se sentou na outra ponta da cama. Suas pernas ainda tremiam.

— Como você sabe disso?

Madame Sauer ergueu uma sobrancelha para ela.

— Foi o que você disse à Avó Arbusto, não foi?

Diante do olhar perplexo de Serilda, Madame Sauer soltou um longo suspiro.

— Avó Arbusto lhe disse para esperar por ajuda, não disse?

— Sim, mas... mas você é...

A velha a encarou, esperando.

Serilda engoliu em seco.

— Você conhece a Avó Arbusto?

— É claro que sim. As donzelas do musgo vieram até mim essa noite e explicaram sua situação difícil. Tenho tentado ficar de olho em você desde a Lua da Neve, mas você decidiu sair correndo para Mondbrück, então Adalheid. Se tivesse se dignado a me ouvir pelo menos uma vez...

— Você conhece as *donzelas do musgo*?

Madame Sauer travou.

— Grandes deuses. E você foi *minha* pupila? Sim, eu as conheço. E fale baixo. — Ela olhou rapidamente para as janelas. — Não acho que os espiões dele saibam de seu retorno a Märchenfeld, mas todo o cuidado é pouco.

Serilda seguiu o olhar dela.

— Você sabe do Erl...

— Sim, sim, já chega disso. — Madame Sauer balançou a mão impacientemente. — Eu vendo ervas para eles. O povo da floresta, é óbvio, não os sombrios. Vendo também emplastros, poções e afins. Elas têm boas magias de cura, mas pouca coisa cresce em Asyltal. Não tem sol o bastante.

— Um instante — sussurrou Serilda, perplexa. — Você está me dizendo que é *realmente* uma bruxa? De verdade?

Madame Sauer lhe lançou um olhar capaz de coalhar leite.

Serilda espalmou a mão sobre a boca.

— Você é!

— Não tenho magia — corrigiu ela. — Mas há magia nas plantas, e eu sou muito boa com elas.

— Sim, eu sei. O seu jardim. Eu só nunca pensei...

Só que ela já tinha pensado, sim. Já pensara na mulher como uma bruxa uma centena de vezes, a chamara assim pelas costas. Serilda deixou escapar uma exclamação.

— Você tem um tritão-alpino como familiar?

A expressão da mulher se tornou perplexa.

— Do que você está...? Não, é claro que não!

Os ombros se Serilda murcharam, extremamente desapontada.

— Serilda...

— É por isso que as donzelas do musgo estavam aqui?

— Shh!

— Desculpe. É por isso que as donzelas do musgo estavam aqui no inverno passado, durante a Lua da Neve?

Madame Sauer assentiu com a cabeça.

— E, pelo que entendi, Avó Arbusto ficou grata por sua participação no retorno de duas de suas netas ilesas para casa, motivo pelo qual ela me mandou ver se consigo te ajudar.

— Mas como você pode me ajudar? Não consigo fugir dele. Já tentei.

— É claro que não consegue. Pelo menos não viva.

O coração de Serilda deu um salto.

— O que quer dizer com isso?

— Quero dizer que você está com sorte. Uma poção de morte leva tempo para ser preparada, mas nós temos até a Lua do Despertar. É uma solução desesperada. Como tentar tirar leite de pedra. Mas pode ser que funcione. — Ela tirou um canivete das saias. — Para começar, preciso de um pouco do seu sangue.

A Lua do Despertar

CAPÍTULO

Quarenta e sete

O SOL BRILHAVA NO CÉU. UMA BRISA TORNAVA O AR CONFORTÁVEL E fresco. Serilda se encontrava no jardim — que normalmente estaria começando a florescer com ervilhas e aspargos, vagens e espinafre — praticamente tomado por ervas daninhas em sua ausência, naquele ano. Ao menos o pessegueiro e a cerejeira estavam carregados de frutas. Os campos estavam bem verdes em todas as direções, e mais ao sul Serilda avistou um rebanho de ovelhas, seus casacos fofos pastando numa das colinas. O rio corria com força, e ela ouvia o ranger e espirrar constante da roda-d'água atrás do moinho.

Como um todo, a paisagem era perfeita como uma pintura.

Serilda se perguntou se alguma vez a veria de novo.

Suspirando, espiou a aveleira da mãe. O nachtkrapp estava ali de novo, em seu lugar favorito entre os galhos. Sempre a observando com aqueles olhos vazios.

— Olá de novo, bom Senhor Corvo — cumprimentou Serilda. — Encontrou algum rato gordo esta manhã?

O nachtkrapp virou o rosto, e Serilda se perguntou se apenas imaginara a arrogância esnobe.

— Não? Bem. Só faça o favor de deixar os corações das crianças do vilarejo em paz. Sou bem chegada a elas.

Ele farfalhou as penas como resposta.

Suspirando, Serilda deixou que seu olhar se demorasse na casa por mais um momento. Não precisava fingir o pesar. Era bem fácil agir como se essa fosse a última vez que ela veria seu lar.

Virando-se de costas, ela passou pelo portãozinho e, descalça, desceu até seu lugar favorito no rio, onde uma piscina de águas calmas se separava das corredeiras mais rasas. Ela passara horas nesse lugar quando criança, construindo castelos de lama e pedras, capturando sapos, deitada à sombra de um salgueiro sussurrante e fazendo de conta que via criaturinhas mágicas dançando por entre seus galhos. Agora, ela se questionava se era mesmo tudo faz de conta. Algumas vezes ficara convencida de que realmente vira coisas mágicas. O pai dava risada quando ela contava, pegando-a nos braços. *Minha pequena contadora de histórias. Me conte o que mais você viu.*

Ela se sentou numa pedra se projetando da margem rasa, onde podia afundar os dedos na água. Estava fresca e revigorante. Peixinhos prateados disparavam entre os pontinhos de luz do sol, e um cardume de girinos se reunira entre duas pedras cobertas de musgo. Logo teria um coro de sapos toda noite, que era uma canção de ninar para ela, por mais que seu pai gostasse de reclamar do barulho.

Ela registrou cada detalhe. Os maços de plantas aquáticas espinhosas brotando da água rasa. Os cogumelos pregueados que cresceram num tronco caído de árvore.

Esperou até sentir a presença deles. Estava ficando boa em avistá-los, e com uma olhada ao redor distinguiu três nachtkrapp escondidos entre as sombras.

Serilda se reclinou para trás, apoiando as palmas na pedra aquecida pelo sol.

— Podem se mostrar agora. Não tenho medo de vocês. Sei que estão aqui para me espionar, para se certificar de que não tentei fugir. Bem, não vou fugir. Eu não vou a lugar algum.

Um dos nachtkrapp grasnou suavemente, arrepiando as asas.

Mas eles não chegaram mais perto.

— Como funciona? Passei o ano todo me perguntando. Ele consegue me ver pelos seus olhos? Ou suas cavidades oculares... como parece ser. Ou vocês têm que ficar indo e voltando do castelo para relatar tudo a ele, como pombos-correios?

Dessa vez, um grito mais alto, indisciplinado, veio do pássaro mais no alto da árvore.

Serilda abriu um sorriso pretensioso. Sentando-se com as costas eretas, ela levou a mão ao bolso, sentindo as faces lisas do frasquinho, a forma como ele se encaixava perfeitamente em sua palma.

— Seja como for, tenho uma mensagem para o Erlkönig. Espero que a repassem.

Silêncio.

Serilda passou a língua nos lábios e tentou soar rebelde.

Não... ela se *sentia* rebelde.

E enunciou todas as palavras com sinceridade.

— Vossa Escuridão, eu não sou sua serva. Não sou uma posse para você reivindicar. Você roubou meu pai e minha mãe de mim. Não deixarei que fique com a minha liberdade também. Essa escolha é *minha*.

Ela tirou o frasco do bolso. Não estava com medo. Passara o mês inteiro se preparando.

Um *grasnido*, quase um grito estridente, ecoou pelas árvores, tão alto que assustou um bando de cotovias mais à frente no rio. Elas levantaram voo numa fuga frenética.

Serilda desatarraxou o frasco. No interior, um líquido vermelho-rubi reluzia. A cor lhe deu esperança de que o líquido poderia ter um gosto bom.

Não tinha.

Quando a poção tocou sua língua, ela sentiu gosto de podridão e ferrugem, decadência e morte.

Um corvo da noite deu um rasante e derrubou o frasco das mãos dela, deixando três arranhões profundos em sua palma.

Era tarde demais.

Serilda observou o sangue brotando de sua mão, mas a visão já começara a embaçar.

Sua pulsação desacelerou.

Seus pensamentos se tornaram densos e pesados. Enchendo-se de uma sensação de pavor, acompanhada de... paz.

Ela se deitou, afundando a cabeça no trecho de musgo preso à margem. Estava cercada pelo cheiro da terra, e pensou vagamente em como era estranho que pudesse ser tanto o cheiro da vida quanto da morte.

Seus cílios tremeram.

Ela arfou, ou tentou respirar, por mais que o ar não viesse aos seus pulmões como deveria. A escuridão espreitava pelos cantos de sua visão. Mas ela lembrou; acabara de lembrar.

Quase se esquecera. Revirou a lama com a mão, procurando. Sentia como se seus braços e pernas estivessem afundados em melaço. Onde estava?

Onde estava...

Ela já tinha quase desistido quando seus dedos encontraram o graveto de freixo que deixara ali na semana passada. Madame Sauer insistira que fosse freixo.

Não solte.

Ela insistira. Era importante.

Serilda não sabia por quê.

Nada parecia importante.

Os arranhões em sua palma ardiam levemente enquanto ela tentava segurar com força, mas não tinha mais controle sobre os dedos.

Não queria mais ter controle.

Queria desprendimento.

Liberdade.

Imagens da caçada passaram rapidamente diante de seus olhos. O vento fazendo seus olhos arderem. Os gritos de viva em sua cabeça. Seus lábios franzidos ao uivar para a lua.

Os berros dos corvos da noite soavam ao longe agora. Raivosos, mas se dissipando no vazio.

Ela começara a fechar os olhos quando a viu por entre as árvores. A lua nascendo mais cedo no leste, por mais que ainda faltassem horas até o crepúsculo. Competindo por atenção com o inocente sol, para não ser ignorada.

A Lua do Despertar.

Muito apropriado.

Ou, se isso não desse certo... que irônico.

Serilda queria sorrir, mas estava cansada demais. Seu batimento desacelerava. Tão lento.

Seus dedos ficaram frios, então dormentes. Em breve, ela não sentiria mais nada.

Estava morrendo.

Talvez tivesse cometido um erro.

Não sabia bem se isso era mesmo importante.

Segure firme, dissera a bruxa. *Não solte.*

A silhueta de um pássaro preto piscou em sua visão, voando para noroeste. Em direção ao Bosque Aschen. Em direção a Adalheid.

Serilda fechou os olhos e afundou no solo.

Ela soltou.

CAPÍTULO

Quarenta e oito

SERILDA SE DEITOU DE LADO, ENCARANDO O PRÓPRIO ROSTO, OBSERvando sua morte. Os fiapos de cabelo escuro que se enrolavam ao redor de suas orelhas. Os cílios contra as bochechas pálidas — pretos, bem bonitos —, mas nunca notados, porque só o que todo mundo via em seus olhos eram as rodas. Ela nunca se considerara bonita, porque ninguém nunca havia lhe dito que era. Além de seu pai, que dificilmente contava. Ela sempre só ouvira que era estranha e mentirosa.

Mas ela *era* um pouco bonita. De forma alguma uma beleza de tirar o fôlego, mas bela à sua maneira.

Mesmo enquanto a última nuance de cor se esvaía de suas bochechas.

Mesmo quando seus lábios começaram a ficar azuis.

Mesmo quando seu corpo começou a espasmar, seus dedos se contraindo contra o graveto ao seu lado, antes de finalmente sossegarem e afundarem na grama e na lama.

Diferentemente de todas aquelas almas perdidas do Castelo Adalheid, a morte dela fora suave. Pacífica e silenciosa.

Serilda sentiu o momento em que seu último fôlego a deixou. Ela olhou para baixo, pressionando uma das mãos sobre o peito de seu corpo. Seus olhos se arregalaram ao notar que os contornos de sua mão se enevoavam no ar como o orvalho da manhã ao primeiro raio de sol.

Então ela começou a sumir. Seu corpo foi se desintegrando. Ele não sofria. Só se dissolvia. Retornando ao ar e a terra, seu espírito se dissipando em tudo e nada.

À sua frente, do outro lado do rio, ela avistou uma figura em vestes verde--esmeralda, com um lampião bem erguido numa das mãos.

Chamando-a. A presença era um conforto. Uma promessa de descanso.

Serilda deu um passo à frente e sentiu algo sólido sob o calcanhar. Olhou para baixo. Um graveto. Nada mais.

Mas, então, ela lembrou.

Segure firme.

Não solte.

Ela soltou uma exclamação e se abaixou, estendendo a mão para o galho que fora roubado de um freixo nos limites do Bosque Aschen. A princípio, seus dedos não conseguiram segurá-lo. Eles passaram direto.

Mas ela tentou de novo, e, dessa vez, sentiu a aspereza da madeira.

Na terceira tentativa, sua mão envolveu o galho, agarrando-o com o pouco de força que ainda lhe restava.

Seu espírito se reintegrou lentamente, acorrentado à terra dos vivos.

Serilda ergueu o olhar de novo e se perguntou se vira um sorriso em Velos, antes que o deus da morte e o lampião desaparecessem. Dessa vez, ela não soltou.

NAS HORAS QUE SE PASSARAM, SERILDA DESCOBRIU QUE NÃO gostava nem um pouco de estar morta. Sentia-se terrivelmente entediada.

Esta seria sua exata descrição, pensou ela, quando contasse a história às crianças.

Terrivelmente entediada.

Eles achariam engraçado.

Era engraçado.

Só que também era a verdade. Não havia ninguém por perto, e, mesmo que houvesse, ela duvidava de que conseguiriam vê-la ou comunicar-se com ela, pelo menos não enquanto fosse dia. Ela não tinha certeza — nunca fora um espírito antes —, mas não achava que era um espírito traumatizado, meio corpóreo que assombrava o castelo. Ela era só um fiapo de garota, toda névoa e arco-íris e luz de estrelas, vagando pela margem do rio e esperando. Nem os sapos e pássaros lhe davam atenção. Ela poderia gritar e balançar os braços para eles, mas eles continuariam a cantar e coaxar e ignorá-la.

Ela não tinha tarefas para terminar. Ninguém com quem conversar.

Nada para fazer, a não ser esperar.

Desejou ter tomado a poção ao pôr do sol. Se ao menos soubesse. Esperar era quase tão tedioso quanto fiar.

Finalmente, depois de parecer terem se passado uma era e um ano inteiros, o pôr do sol incendiou o horizonte. O céu foi tomado pelo azul anil. As primeiras estrelas piscaram para o vilarejo de Märchenfeld. A noite caiu.

A Lua do Despertar brilhou com força no céu, assim chamada porque o mundo finalmente voltava a ficar exuberante de tanta vida.

Exceto por Serilda. Obviamente. Ela estava morta, ou morrendo, ou algo no caminho.

Horas se passaram. A lua tingiu o rio com feixes dourados. Iluminava os troncos das árvores e beijava o moinho adormecido. Os sapos começaram seu concerto. Uma colônia de morcegos, invisíveis no céu preto, guinchou no alto. Uma coruja arrulhou em cima de um carvalho próximo.

Ela tentou estimar a hora. Não parava de bocejar, mas parecia ser mais por um hábito. Não sentia sono de verdade, não sabia dizer se era simplesmente seu nervosismo a mantendo acordada, ou se espíritos perambulantes não precisavam descansar.

A noite já devia estar na metade, pensou ela. Meio caminho andado até a manhã. Em breve, a Lua do Despertar terminaria.

E se a caçada não viesse essa noite?

Será que o testemunho dos nachtkrapp ao seu falecimento já bastara? Que isso convenceria o Erlking de que a perdera para sempre?

Que o impediria de voltar a procurá-la?

Por mais que pensasse que deveria estar ficando mais confiante à medida que o tempo passava, Serilda sentia o oposto. Seu peito se apertava de ansiedade. Se o plano não funcionasse, então, pela manhã, nada teria mudado.

E se a caçada não viesse, como ela saberia se ele havia ou não...

Um uivo se alastrou pelos campos.

Serilda ficou imóvel. A coruja, os morcegos e sapos silenciaram.

Ela se apressou para o esconderijo escolhido enquanto o sol ainda estava alto, escalando para o meio dos galhos de um carvalho. Não sabia se o Erlking conseguiria vê-la, e Madame Sauer também não soubera. Mas, sendo o colecionador de almas que ele era, Serilda não ousou arriscar.

Teria sido uma escalada difícil, ainda mais pelo fato de que ela não podia largar o graveto de freixo nem por um segundo. Mas sua forma de espírito era quase sem peso, e ela não precisava mais se preocupar com arranhões, hematomas ou quedas fatais. Em pouco tempo estava escondida entre os galhos, fartos de folhas.

Depois que se acomodou, não precisou esperar muito. Os uivos se aproximaram, logo acompanhados pela cacofonia dos cascos. Aquilo não era uma busca aleatória por presas.

Eles estavam vindo buscá-la.

Serilda avistou os cães primeiro, seus corpos abraseados. Deviam conseguir rastreá-la pelo cheiro, pois não hesitaram na cabana, correndo direto para a margem do rio, para o corpo inerte de Serilda na lama. Os cães formaram um círculo ao redor do corpo, rosnando e batendo com as patas no chão, mas nenhum a tocou.

O Erlking e seus caçadores chegaram momentos depois. Os cavalos pararam.

Serilda prendeu a respiração — inutilmente, pois não havia respiração para prender. Seus dedos apertaram o graveto de freixo.

O Erlking incitou seu corcel a chegar mais perto, de forma que olhasse o corpo de Serilda de cima. Ela queria poder ler sua expressão, mas ele estava com o rosto virado para o chão, a cortina de cabelos pretos escondendo o pouco que ela poderia ter enxergado.

O momento se arrastou. Ela sentiu os caçadores ficando inquietos.

Finalmente, o rei desmontou do cavalo e se ajoelhou sobre o corpo. Serilda esticou o pescoço, mas não conseguiu enxergar o que ele estava fazendo. Pensou que ele podia ter recolhido o frasco vazio. Talvez tivesse passado o dedão sobre a bochecha dela. Talvez tivesse até colocado algo em sua palma.

Então, ele voltou a se juntar à caçada. Com um único aceno do braço do rei, eles desapareceram novamente noite adentro.

Temendo que retornassem, Serilda continuou no carvalho enquanto os uivos se distanciavam. Quando os primeiros raios de luz emergiram ao leste, ela finalmente voltou ao chão. Aproximou-se do próprio corpo com doses iguais de curiosidade e pavor.

Assistir a si mesma morrer fora estranho, mas se ver *morta* parecia algo completamente diferente.

Mas não foi sua pele pálida ou extrema inércia que ela notou primeiro.

E sim o presente que o Erlking deixara para trás.

Na mão de seu cadáver havia uma das flechas do rei, com a ponta de ouro brilhante.

CAPÍTULO

Quarenta e nove

MADAME SAUER CHEGOU LOGO DEPOIS DO AMANHECER. SERILDA ESperava, com os pés descalços no rio, fascinada com a forma como a água passava direto por ela sem formar nem uma marolinha.

Quando viu a bruxa se aproximar por cima da colina, abriu um sorriso e começou a acenar, mas evidentemente nem mesmo bruxas conseguiriam vê-la.

Serilda atravessou a lama com dificuldade e se sentou ao lado do corpo para esperar, observando curiosamente enquanto Madame Sauer se agachava sobre o corpo e procurava sua pulsação na garganta. Então notou a flecha. A bruxa paralisou, uma carranca franzindo os cantos dos lábios.

Mas logo se recompôs e pegou um novo frasco das dobras da saia. Abrindo a tampa, ergueu a cabeça do corpo e deixou que o líquido se derramasse por seus lábios entreabertos.

Serilda quase sentiu o gosto. Cravo, menta e ervilha frescas. Ela fechou os olhos, tentando discernir mais sabores...

E, quando voltou a abri-los, estava deitada de barriga para cima, olhando para o céu cor de lavanda. Seu olhar se desviou para Madame Sauer, que lhe lançou um sorrisinho satisfeito.

Funcionou, disse ela, ou tentou dizer, mas sua garganta estava seca como pergaminho, e as palavras não passaram muito de uma respiração rouca.

— Vai com calma — disse Madame Sauer. — Você passou quase um dia inteiro morta.

Quando voltou a sentir os braços e pernas, Serilda fechou os dedos ao redor da haste da flecha.

— Um presente de despedida? — perguntou a bruxa.

Ainda incapaz de falar, Serilda deu um sorriso fraco.

Com a ajuda da mulher, ela conseguiu se sentar. Suas costas estavam encharcadas, a capa e a barra do vestido cobertas de lama. A pele fria ao toque.

Mas estava viva.

Depois de tossir um pouco, pigarrear muito e beber um pouco de água do rio, Serilda finalmente recuperou a voz.

— Funcionou — sussurrou ela. — Ele acha que eu estou morta.

— Não enalteça o dia antes do anoitecer — alertou Madame Sauer. — Só teremos certeza de que o plano funcionou na próxima lua cheia. Você deve se esconder até lá, e providenciar cera para os ouvidos, talvez até se acorrentar à cama. E eu a aconselharia a nunca mais voltar a esse lugar.

Esse pensamento deixava Serilda zonza de tristeza, mas também com um bocado de esperança. Será que estaria mesmo livre?

Parecia quase possível.

Ela viu o resto da vida à sua frente.

Sem o moinho. Sem seu pai. Sem Áureo... mas também sem o Erlking.

— Eu a ajudarei.

Serilda ergueu o olhar, surpresa com a expressão suave no rosto de Madame Sauer.

— Você não está sozinha.

Serilda poderia ter chorado de gratidão ao ouvir tais palavras tão simples, mesmo que não tivesse certeza de que acreditava nelas.

— Sinto que lhe devo um pedido de desculpas — disse ela — por todas as histórias cruéis que contei sobre você ao longo dos anos.

Madame Sauer bufou.

— Eu não sou uma florzinha inocente e delicada. Não dou a mínima para as suas histórias. Na verdade, gosto muito de saber que as crianças têm medo de mim. Como deveriam.

— Bem, eu acho bem gratificante descobrir que você é uma bruxa. Gosto quando minhas mentiras se tornam realidade.

— Eu lhe diria para manter segredo, mas... bem, ninguém vai acreditar, mesmo que você conte para alguém.

O galope alto e veloz de um cavalo atraiu sua atenção para a estrada. Ao norte do moinho, uma pontezinha atravessava o rio, e elas viram um único cavaleiro atravessando-a depressa a cavalo. Serilda se levantou num pulo, e por um curto e alegre momento, visualizou seu pai voltando com Zelig.

Mas não... Zelig fora deixado em Adalheid, e seu pai nunca voltaria para casa. Foi só quando o homem começou a gritar que Serilda o reconheceu. Thomas Lindbeck.

— Hans! Senhor Moller! — exclamava ele, sem ar. Em pânico. — Serilda!

Com uma breve olhadela para a bruxa, Serilda levantou as saias pesadas e molhadas e subiu a margem do rio na direção dele. Não gostava da ideia de precisar explicar uma visita da diretora da escola tão cedo pela manhã, ou por que estava coberta de lama de rio, mas — e daí? — todo mundo já a achava estranha mesmo.

Thomas parou o cavalo no portão do jardim, mas não desmontou. Ele curvou as mãos em concha e gritou de novo.

— Hans! Seril...

— Estou aqui — disse ela, o assustando tanto que ele quase caiu do cavalo. — Papai ainda está em Mondbrück. — Ela e Madame Sauer tinham decidido que era melhor continuar com aquela mentira. Em breve, Serilda diria a todos que seu pai ficara doente e ela precisava viajar para Mondbrück para cuidar dele. A partir daí, Madame Sauer espalharia o boato de que ele morrera, e Serilda, em seu luto, decidira vender o moinho e nunca mais voltar. — E Hans certamente não está aqui. O que aconteceu?

— Você o viu? — perguntou Thomas, fazendo o cavalo trotar para mais perto. Numa situação normal, seria quase repreensível que ele continuasse montado no cavalo, olhando-a de cima, mas sua expressão era tão atormentada que Serilda mal se incomodou. — Você viu Hans? Ele esteve aqui essa manhã?

— Não, é claro que não. Por que estaria...

Mas Thomas já estava puxando as rédeas, manobrando o cavalo na outra direção.

— Espere! — exclamou Serilda. — Aonde você vai?

— À cidade. Preciso encontrá-lo. — Sua voz começava a falhar.

Lançando-se à frente, Serilda agarrou as rédeas.

— O que está acontecendo?

Thomas encarou-a e, para seu espanto, não se retraiu.

— Ele sumiu. Não estava na cama essa manhã. Se você o vir...

— Essa manhã? — interrompeu Serilda. — Você não acha...

O olhar assombrado que retorceu o rosto de Thomas já serviu como resposta. Quando crianças desapareciam em noite de lua cheia, era fácil adivinhar o que acontecera.

Serilda travou a mandíbula.

— Eu vou com você. Posso ajudar a procurar. Deixe-me na cidade e eu vou à fazenda Weber ver se eles ouviram alguma coisa, e você pode falar com os gêmeos.

Ele assentiu com a cabeça e ofereceu o cotovelo enquanto ela se içava para a sela atrás dele.

— Serilda.

Ela se sobressaltou. Quase se esquecera da bruxa.

— Madame Sauer! — exclamou Thomas. — O que você está fazendo aqui?

— Consultando minha assistente sobre as lições dessa semana — respondeu ela impassível, como se mentir não fosse uma ofensa passível de punição, no fim das contas. Em outra época, Serilda talvez tivesse apontado a hipocrisia da situação.

Madame Sauer fixou um olhar severo em Serilda, um que frequentemente a fizera se sentir com um centímetro de altura no passado.

— Você não deveria cavalgar.

Serilda franziu a testa. Cavalgar?

— E por que não?

Madame Sauer abriu a boca, mas hesitou. Então balançou a cabeça.

— Só... tenha cuidado. Não faça nada imprudente.

Serilda expirou.

— Não farei — respondeu.

A expressão de Madame Sauer tornou-se sombria.

Só mais uma mentira.

Thomas apertou os calcanhares na barriga do cavalo, e os dois saíram em um impulso. Ele seguiu a sugestão de Serilda, deixando-a no cruzamento para que ela pudesse correr o resto do caminho até a fazenda Weber e ele fosse procurar Hans na casa dos gêmeos.

Serilda se recusou a pensar no insuportável. Será que a caçada teria levado Hans para puni-la? Para lhe mandar um alerta?

Se o Erlking tivesse o levado... se a caçada tivesse levado Hans, o assassinado ou aprisionado atrás do véu... então a culpa era dela.

Talvez não, ela tentou dizer a si mesma. Eles só precisavam encontrá-lo. Ele estava escondido. Pregando uma peça. Isso não seria típico do menino confiável, mas talvez Fricz o tivesse convencido?

Mas todas essas súplicas desesperadas se estilhaçaram assim que o chalé dos Weber surgiu em seu campo de visão. Por mais que parecesse bucólico como sempre, cercado de pasto e ovelhas, Serilda sentiu um calafrio agourento percorrer seu corpo.

A família Weber estava toda reunida no degrau de entrada. A pequena Marie estava agarrada à avó. O bebê Alvie aninhado nos braços da mãe. O pai de Anna tentava selar o cavalo, um capão pintado que Serilda sempre considerou um dos cavalos mais bonitos do vilarejo. Mas os movimentos do homem pareciam desastrados, e, quando ela se aproximou, notou que ele tremia.

Ela analisou seus rostos, todos tomados pelo terror. A idosa Mãe Weber tinha um lenço pressionado sobre a boca.

Serilda procurou e procurou em volta. No jardim, cuja porta da frente fora deixada aberta, na estrada e nos campos.

A família inteira estava ali... exceto por Anna.

Quando Serilda se aproximou, todos se sobressaltaram e se viraram para ela com uma esperança fugaz que foi imediatamente esmagada.

— Senhorita Moller! — exclamou o pai de Anna, apertando o arreio. — Você tem notícias? Encontrou Anna?

Ela engoliu em seco e balançou lentamente a cabeça.

Suas expressões murcharam. A mãe de Anna afundou o rosto no cabelo da outra filha e chorou.

— Quando acordamos, ela tinha simplesmente... sumido — contou o pai de Anna. — Sabemos que nossa filha é cabeça-dura, mas não é do feitio dela simplesmente...

— Hans também sumiu — disse Serilda. — E temo... — Sua voz falhou, mas ela forçou as palavras para fora. — Temo que eles não sejam os únicos. Acho que a caçada...

— Não! — esbravejou o pai de Anna. — Você não tem como saber! Ela só... ela só...

Uma silhueta preta no céu atraiu o olhar de Serilda para um par de asas esfarrapadas que deixava transparecer vislumbres do céu azul por entre as asas. O nachtkrapp voava em círculos preguiçosos acima do campo.

O rei sabia.

Seus espiões passaram o ano todo a observando, e ele sabia. Ele sabia precisamente para quais crianças Serilda lecionava, quais ela adorava. As que mais a fariam sofrer.

— Sr. Weber — disse Serilda. — Sinto muitíssimo, mas preciso levar este cavalo.

Ele se sobressaltou.

— O quê? Preciso ir procurá-la! Minha filha...

— Foi levada pela caçada selvagem! — completou ela com rispidez. Enquanto ele estava num silêncio atônito, ela arrancou as rédeas de suas mãos e subiu na sela. A família exclamou de ultraje, mas Serilda os ignorou. — Sinto muito! — disse ela, fazendo o cavalo trotar para longe do alcance do pai de Anna. Mas ele não se moveu, só a encarou, boquiaberto. — Eu trarei seu cavalo de volta assim que puder. E, se não puder, então o deixarei no Cisne Selvagem em Adalheid. Alguém o devolverá, eu prometo. E espero... tentarei encontrar Anna. Farei tudo o que puder.

— Por Verloren, o que você está fazendo? — esbravejou a avó de Anna, a primeira a recuperar a voz. — Você disse que ela foi levada pela caçada selvagem, e agora você acha... que o quê? Que vai *trazê-la de volta*?

— Precisamente — conformou Serilda. Pressionando os pés nos estribos, ela estalou as rédeas.

O cavalo saiu do quintal em disparada.

Ao atravessar Märchenfeld, viu que quase todos tinham emergido de suas casas e estavam reunidos próximos da tília do centro do vilarejo, conversando em sussurros assustados. Ela avistou os pais de Gerdrut, a mãe com a barriga redonda com um bebê, chorando enquanto as vizinhas tentavam consolá-la.

Os pulmões de Serilda se apertaram até que ela pensasse que não conseguiria mais respirar. A rua não passava pela casa dos gêmeos, mas ela não precisava ver a família deles para saber que Fricz e Nickel também teriam desaparecido.

Ela abaixou a cabeça e incitou o cavalo a correr. Ninguém tentou impedi-la, e ela se perguntou se algum deles a culpava.

Isso acontecera por causa dela.

Covarde. Tola. Ela não fora corajosa o bastante para enfrentar o Erlking. Não fora esperta o bastante para enganá-lo e acabar com aquele jogo.

E agora cinco crianças inocentes tinham sido levadas.

A estrada se tornou um borrão sob os cascos do cavalo enquanto ela deixava a cidade para trás. A luz da manhã se refletia nos campos de trigo e centeio, e o Bosque Aschen assomava à sua frente, denso e hostil. Mas Serilda não tinha mais medo dele. Podia haver monstros dentro dele, seres da floresta e salige sinistras, mas ela sabia que os verdadeiros perigos espreitavam além do bosque, dentro de um castelo assombrado.

Estava quase no bosque quando os pássaros atraíram seu olhar. A princípio, pensou que fossem mais nachtkrapp, um bando inteiro enxameando sobre a estrada. Mas, ao se aproximar, viu que eram apenas corvos, grasnando e guinchando conforme ela se aproximava.

Serilda baixou o olhar.

Seus pulmões falharam.

Uma figura deitada meio na estrada, quase na vala.

Uma criança, com duas tranças escuras e uma camisola azul-clara manchada de terra.

— Anna? — sussurrou ela.

O cavalo mal desacelerara antes que pulasse da sela e disparasse em direção à silhueta. A menina estava deitada de lado, o rosto virado para o outro lado, e poderia estar simplesmente adormecida ou inconsciente. Era isso o que a caçada fazia, disse ela a si mesma, ao se ajoelhar ao lado de Anna. Atraía as pessoas para fora de suas casas. Seduzia-as com uma noite de renúncia selvagem, então as largava sozinhas e com frio na beira do Bosque Aschen. Tantas já haviam acordado desorientadas, famintas, às vezes envergonhadas... mas vivas.

Fora uma ameaça, e só.

A próxima vez seria pior.

O rei estava zombando dela. Mas as crianças estariam bem. Tinham que estar...

Ela segurou o ombro de Anna e rolou-a de barriga para cima.

Serilda gritou e caiu para trás, se encolhendo. A imagem se gravou em sua mente.

Anna. Pele pálida demais. Lábios levemente azulados. A frente da camisola manchada de vermelho.

Onde antes estivera seu coração agora era um buraco irregular. Músculos e tendões expostos. Pedaços de cartilagem e costela quebrada visíveis em meio ao sangue grosso e coagulado.

Era nisso que os pássaros carniceiros estavam se banqueteando.

Serilda se levantou cambaleando, recuando. Virando-se, se apoiou nos joelhos e vomitou, apesar de não haver muito para expelir além de bile e quaisquer resquícios das poções da bruxa.

— Anna — arquejou ela, limpando a boca com as costas da mão. — Me perdoe.

Por mais que não quisesse ver mais uma vez, ela se forçou a olhar Anna no rosto. Seus olhos estavam arregalados. Seu rosto paralisado de medo.

Ela nunca parava de se mexer. Sempre com suas acrobacias e truques. Sempre dançando, se remexendo, rolando na grama. Madame Sauer a repreendia sem parar, enquanto Serilda amava que a menina fosse assim.

E agora.

Agora ela era *isso*.

Foi só quando limpou as lágrimas com a palma da mão que enxergou o segundo corpo, um pouco mais à frente, meio afundado nos arbustos espinhosos que cresciam selvagens no verão.

Pés descalços enlameados e um pijama de linho que descia até os joelhos.

Serilda cambaleou para perto.

Fricz estava de barriga para cima, o peito tão cavernoso quanto o de Anna. O brincalhão Fricz. Sempre rindo, implicando.

Com lágrimas descendo depressa pelas bochechas, Serilda ousou olhar além. Contemplar toda a extensão de estrada entre as duas crianças assassinadas e o Bosque Aschen.

Ela viu Hans em seguida. Ele crescera tanto na primavera, e ela mal estivera por perto para notar. Ele sempre idolatrara Thomas e os outros irmãos. Queria tanto crescer.

Seu coração fora inteiramente arrancado.

Ou... devorado, e Serilda se perguntava se isso fora o trabalho dos nachtkrapp.

Talvez um presente por seu leal serviço à caçada.

Ela levou mais tempo, mas finalmente encontrou Nickel. Ele estava deitado de barriga para baixo num riachinho que desembocava no Sorge. O cabelo cor de mel estava escuro e emaranhado com sangue. Tanto sangue perdido que a correnteza descia tingida de cor-de-rosa.

O meigo Nickel. Mais paciente e empático do que todos os outros.

Exausta e devastada, Serilda voltou ao cavalo antes de continuar com sua busca. Ela segurou pelas rédeas para que não fugisse enquanto caminhava lentamente pela estrada, procurando até onde a vista alcançava.

Mas chegou à sombra das árvores sem vislumbrar mais ninguém.

A pequena Gerdrut não estava ali.

CAPÍTULO

Cinquenta

ELA VENDEU O CAVALO PARA QUE NÃO SE ASSUSTASSE AO ENTRAR NO Bosque Aschen. Pegar o caminho mais longo ao redor da floresta era impensável; e, além disso, esse era claramente o caminho que a caçada seguira. À luz do dia, teriam desaparecido novamente atrás do véu, mas e se Gerdrut ainda estivesse na mata? Os olhos de Serilda disparavam de um lado ao outro pela beira da estrada, investigando os arbustos e ervas daninhas, a grama alta e densa que crescia sobre a trilha de terra. Procurando por sinais de carniceiros, sangue ou um corpinho minúsculo e encolhido abandonado na selva.

Pela primeira vez, a floresta não a atraía. Seus mistérios, seus murmúrios sombrios. Ela não lhes dava qualquer atenção. Não rastreava entre as árvores distantes em busca de sinais do povo da floresta. Não aguçava os ouvidos para sussurros chamando por ela. Se alguma aparição esperasse para dançar sobre uma ponte ou alguma besta desejasse atraí-la para seu reino ficariam decepcionadas. Todos os pensamentos de Serilda estavam focados na pequena Gerdrut, a última das crianças desaparecidas.

Será que ainda poderia estar viva? Serilda precisava acreditar que sim. Precisava ter esperança.

Mesmo que significasse que o Erlking estivesse com ela, um tesouro para atraí-la de volta ao seu domínio.

Ela emergiu das árvores sem resposta. Não havia sinal da criança, nem no bosque, nem na beira da floresta quando o muro de Adalheid surgiu em seu campo de visão.

Quando entrou na cidade, Serilda teve certeza de que não encontraria Gerdrut. Não daquele lado do véu. O Erlking a tinha. Ele queria que existisse um motivo para Serilda voltar.

Então ali estava ela. Apavorada. Desesperada. Repleta de uma culpa insuportavelmente dolorosa. Mas, mais do que isso, uma raiva que começara a ferver das pontas dos dedos de suas mãos até os dos pés, crescendo dentro dela com força sufocante.

Ele as matara como se nada fossem. Mortes tão brutais. E por quê? Porque se sentira desrespeitado? Traído? Porque queria mandar um recado para ela? Porque precisava de mais *ouro*?

Ele era um monstro.

Serilda encontraria uma maneira de resgatar Gerdrut. Só isso importava agora.

Mas, um dia, de alguma forma, vingaria os outros. Encontraria uma forma de fazer o Erlking pagar pelo que fizera.

O cavalo chegou ao fim da via principal, o castelo despontando à frente. Ela se virou e seguiu na direção da pousada, ignorando os olhares curiosos que a seguiam. Como sempre, sua aparência causava um rebuliço na cidade, mesmo que muitos dos moradores já houvessem se familiarizado com ela. Hoje, porém, a expressão de Serilda devia ser o próprio alerta. Ela se sentia uma nuvem escura avançando pelo litoral, cheia de trovões e relâmpagos.

Ninguém ousou se dirigir a ela, mas sentia os olhares curiosos em suas costas.

Serilda desceu do cavalo antes que ele parasse totalmente e amarrou-o apressadamente num poste em frente à pousada. Entrou súbita e bruscamente, com o coração na garganta, sufocando.

Ignorando os rostos que se viraram para ela, Serilda marchou direto para o bar, onde Lorraine tampava uma garrafa com uma rolha.

— O que deu em você? — perguntou ela, parecendo tentada a mandar Serilda sair e voltar com uma atitude melhor. — Por que seu vestido está coberto de lama? Você parece ter dormido num chiqueiro.

— Leyna está bem?

Lorraine congelou, um brilho de incerteza piscando nos olhos.

— É claro que ela está bem. O que aconteceu?

— Tem certeza? Ela não foi levada ontem à noite?

Os olhos de Lorraine se arregalaram.

— Levada? Você quer dizer...

A porta da cozinha se abriu, e Serilda soltou o ar com força quando Leyna passou depressa, carregando uma travessa de carnes curadas e queijos.

Seu rosto se abriu num sorriso ao ver Serilda.

— Outra noite no castelo? — perguntou ela, seu anseio por mais histórias brilhando nos olhos.

Serilda balançou a cabeça.

— Não exatamente. — Ela se voltou para Lorraine e, subitamente consciente do silêncio no restaurante, baixou a voz. — Cinco crianças desapareceram de Märchenfeld ontem à noite. Quatro estão mortas. Acho que ele ainda está com a quinta.

— Grandes deuses — sussurrou Lorraine, pressionando o peito com uma das mãos. — Tantas. Por que...?

— Ninguém sumiu em Adalheid? — perguntou ela apressadamente.

— Não que eu... não. Não, tenho muita certeza de que eu ficaria sabendo.

Serilda fez que sim com a cabeça.

— Amarrei um cavalo do lado de fora. Você pode levá-lo até ao estábulo para mim? E — ela engoliu em seco —, se eu não voltar, pode, por favor, mandar notícias à família Weber em Märchenfeld? O cavalo é deles.

— Se não voltar? — perguntou Lorraine, repousando a garrafa. — O que você...

— Você vai para o castelo — disse Leyna. — Mas não é noite de lua cheia. Se ele levou alguém para trás do véu, você não teria como alcançá-lo.

Como se por instinto, Lorraine passou um braço ao redor de Leyna e puxou-a para a lateral do corpo, apertando-a. Protegendo-a.

— Eu ouvi uma coisa — sussurrou ela.

Serilda franziu a testa.

— O quê?

— Hoje pela manhã. Eu ouvi os cães, e me lembro de pensar que estava tão tarde... A caçada não costuma voltar tão perto do amanhecer. Eu os ouvi atravessando a ponte... — Ela engoliu em seco, com a testa franzida em compaixão. — Por um segundo, pensei ter ouvido um choro. Parecia... parecia Leyna. — Ela estremeceu, envolvendo a filha com o outro braço. — Tive que me levantar e ir até ela para me certificar de que ainda estava dormindo, e claro que não era ela, então comecei a pensar que devia ter sido um sonho. Mas agora...

Um nó gelado assentou no fundo do estômago de Serilda, e ela começou a se afastar do bar.

— Espera — disse Leyna, tentando inutilmente se contorcer para se soltar dos braços da mãe. — Você não tem como entrar atrás do véu, e os fantasmas...

— Preciso tentar — afirmou Serilda. — É tudo culpa minha. Preciso tentar.

Antes que pudessem tentar dissuadi-la, Serilda saiu às pressas da pousada. Desceu pela rua que se curvava ao longo da margem do lago. Não hesitou ao avançar para a ponte, encarando o portão do castelo. Suas entranhas faiscavam de ódio, acompanhado da sensação revoltante, nauseante. Imaginou Gerdrut chorando ao ser carregada pela mesma ponte.

Será que estaria chorando agora? Sozinha, a não ser pelos espectros, os sombrios e o próprio Erlking.

Devia estar tão assustada.

Serilda atravessou a ponte pisando forte, as mãos fechadas em punhos nas laterais do corpo, que queimava de dentro para fora. As ruínas do castelo surgiam à frente, as janelas de esquadrias, frequentemente quebradas, turvas e sem vida. Passou pelo portão, sem se importar se um exército inteiro de fantasmas esperava para gritar com ela. Não ligava se cruzasse com mulheres sem cabeça e drudes ferozes. Poderia ignorar as lamúrias de todas as vítimas que esse castelo já devorara, desde que recuperasse Gerdrut.

Mas o castelo continuou em silêncio. O vento balançava os galhos da árvore de viburno no pátio, agora cheia de folhas verdes vibrantes. Alguns dos arbustos que tinham brotado como ervas daninhas agora carregavam frutinhas vermelhas que amadureceriam até se tornarem de um tom preto arroxeado ao fim do verão. Um ninho de passarinho fora construído na marquise dos estábulos meio desmoronados, e Serilda ouviu o trinado dos filhotes chamando pela mãe.

O som a enfureceu.

Gerdrut.

A meiga, inteligente, corajosa e pequena Gerdrut.

Ela adentrou a sombra do saguão de entrada. Dessa vez, não perdeu tempo encarando o estado da mobília, a completa devastação que o tempo causara ali. Avançou pelo saguão principal chutando moitas e detritos, assustando um rato que guinchou e saiu do caminho. Rompeu as teias de aranha que se penduravam feito cortinas, passando por um, e então mais outro portão até chegar à sala do trono.

— Erlkönig! — gritou ela.

Seu ódio ecoou de volta para si de uma dúzia de câmaras. Fora isso, o castelo permaneceu inerte.

Passando por cima de um pedaço de pedra quebrada, Serilda se aproximou do centro do salão. Diante dela estava o estrado e os dois tronos, mantidos sob qualquer que fosse o feitiço que os protegia da destruição que tomara o resto do castelo.

— Erlkönig! — gritou ela de novo, exigindo ser ouvida. Sabia que ele estava ali, coberto pelo véu. Sabia que conseguia ouvi-la. — Sou eu que você quer, e eu estou aqui. Devolva a criança e pode me ter. Nunca mais fugirei. Morarei aqui no castelo se quiser que eu o faça, só devolva Gerdrut!

Ela foi recebida por silêncio.

Serilda olhou para a sala ao redor. Para os estilhaços de vidro que cobriam o chão. Para os brotos de cardo reivindicando o canto mais distante, impulsionados a viver apesar da falta de sol. Para os lustres que não iluminavam esse cômodo havia centenas de anos.

Ela olhou para os tronos às suas costas.

Estava tão perto. O véu estava ali, se pressionando contra ela. Algo tão frágil que não precisava de nada além da luz de uma lua cheia para ser derrubado.

O que poderia estar acontecendo com Gerdrut, logo além de seu alcance. Será que ela poderia ver Serilda? Será que escutava, observava, implorava para ela salvá-la?

Tinha que haver uma maneira de atravessar. Uma maneira de chegar ao outro lado.

Serilda pressionou a palma das mãos acima das orelhas, se instigando a *pensar*.

Devia haver uma história, pensou ela. Alguma indicação em um dos velhos contos. Existiam incontáveis contos de fadas sobre garotas e garotos bem-intencionados caindo num poço ou mergulhando no mar, para então se encontrarem em terras encantadas, em Verloren, nos reinos do além. Tinha que ter uma pista de como se esgueirar pelo véu.

Havia alguma maneira. Ela se recusava a aceitar o contrário.

Fechou os olhos com força.

Por que não pensara em perguntar à Madame Sauer? Ela era uma bruxa. Provavelmente sabia uma dúzia de jeitos de...

Ela arfou, abrindo os olhos de repente.

Madame Sauer era uma bruxa.

Uma bruxa.

Quantas vezes dissera exatamente isso às crianças? Mas fora uma mentira. Uma história boba, até cruel às vezes, embora nada sério. Ela estava apenas tirando sarro da professora ranzinza, pela qual todos compartilhavam um desgosto mútuo.

Mas não era uma história.

Era verdade.

Ela falara a verdade.

E quantas vezes contara a história, que parecia tão absurda, de que fora marcada pelo deus da mentira?

Mas... seu pai realmente fizera um pedido a um dos deuses antigos. Serilda era realmente marcada por Wyrdith. Avó Arbusto confirmara. Estivera certa desde o começo.

Era abençoada pelo deus das mentiras, e ainda assim, de alguma forma... todas as mentiras dela estavam se tornando verdade.

Será que conseguiria fazer de propósito?

Será que conseguiria contar uma história e *torná-la* verdadeira? Ou será que isso era parte da magia da sua dádiva, parte do desejo concedido ao pai havia tantos anos?

Podia ter sido marcada como mentirosa, mas suas palavras continham verdades que ninguém mais conseguia ver. Talvez não fosse mentirosa, no fim das contas, e sim como uma historiadora. Talvez até como um oráculo.

Contando histórias do passado enterrado pelo tempo.

Criando histórias que ainda poderiam acontecer.

Fiando algo a partir de nada.

Transformando palha em ouro.

Serilda imaginou uma plateia à sua frente. O Erlking e sua corte. Todos os seus monstros e espectros. Seus servos e criados — aqueles espíritos maltratados — que, daquele lado do véu, eram forçados a sofrer sua morte muitas e muitas vezes.

Áureo também estava ali, preso em algum lugar do castelo. Tão perdido quanto os outros.

E Gerdrut.

Observando. Esperando.

Serilda inspirou profundamente e começou.

Era uma vez uma princesa, sequestrada pela caçada selvagem, e um príncipe, seu irmão mais velho, que fez tudo ao seu alcance para salvá-la. Ele cavalgou pela floresta o mais rápido possível, desesperado para alcançar a caçada antes que a irmã fosse levada para sempre.

Mas o príncipe fracassou. Não conseguiu salvá-la.

Conseguiu, no entanto, derrotar Perchta, a grande caçadora. Atirou uma flecha em seu coração e viu sua alma ser reivindicada pelo deus da morte e arrastada de volta para Verloren, de onde todos os sombrios um dia haviam escapado.

Mas Perchta era amada, adorada. Quase idolatrada. E o Erlking, que nunca conhecera uma perda até aquele dia, jurou que se vingaria do garoto humano que roubara sua amada do mundo dos vivos.

Semanas se passaram enquanto o príncipe se recuperava de suas feridas, protegido pelo povo da floresta. Quando finalmente voltou ao seu castelo, foi sob a forte luz prateada de uma lua cheia. Ele atravessou a ponte e os portões, surpreso em encontrá-los desprotegidos. As torres de vigia abandonadas.

Quando o príncipe entrou no pátio, um fedor o engolfou, um que quase paralisou seu coração.

O cheiro inconfundível de sangue.

O príncipe levou a mão à espada, mas era tarde demais. A morte já chegara ao castelo. Ninguém fora poupado. Nem guardas, nem criados. Corpos espalhados pelo pátio. Quebrados, mutilados, dilacerados.

O príncipe correu para o torreão, gritando para qualquer um que pudesse ouvi-lo. Torcendo desesperadamente para que alguém tivesse sobrevivido. Sua mãe. Seu pai. A babá que frequentemente o reconfortara; o espadachim que o treinara; os tutores que o ensinaram, repreenderam e elogiaram até a idade adulta; o cavalariço que às vezes o acompanhava em suas travessuras de infância.

Mas, aonde quer que fosse, só via o eco da violência. Brutalidade e morte.

Não sobrara nenhum deles.

Ninguém.

O príncipe chegou à sala do trono. Ele estava dilacerado com a extensão do massacre, mas quando seu olhar recaiu sobre o estrado, foi ódio que o dominou.

O Erlking estava sentado no trono do rei, uma balestra no colo e um sorriso nos lábios, os corpos do rei e da rainha tinham sido pendurados como tapeçarias na parede às suas costas.

Com um uivo de fúria, o príncipe ergueu sua espada e avançou para o vilão, mas, no momento, o Erlking atirou uma flecha com uma ponta de ouro puro.

O príncipe gritou. Ele largou a espada e caiu de joelhos, aninhando o braço. A flecha não atravessara, mas ficara alojada em seu pulso.

Mostrando os dentes, ele ergueu os olhos e se levantou cambaleando.

— Você deveria ter mirado para matar — disse ele ao Erlking.

Mas o vilão apenas sorriu.

— Eu não quero matá-lo. Quero que sofra. Como sofri. Como continuarei a sofrer pelo resto dos tempos.

O príncipe tomou a espada na outra mão. Mas quando tentou atacar o Erlking novamente... algo puxou seu braço, segurando-o no lugar. Baixou o olhar para a flecha ensanguentada alojada em seu braço.

O Erlking se levantou do trono. Magia negra faiscou no ar entre eles.

— Esta flecha o acorrenta agora a este castelo — disse ele. — Seu espírito não mais pertence aos limites de seu corpo mortal, mas permanecerá para sempre aprisionado entre esses muros. A partir deste dia, e por toda a eternidade, sua alma pertence a mim.

— Quando o Erlking ergueu as mãos, uma escuridão cobriu o castelo, se alastrando pela sala do trono e para todos os cantos daquele lugar desolado. — Eu reivindico tudo isso. A história da sua família, seu adorado nome... e amaldiçoo a tudo. O mundo os esquecerá. Seu nome será queimado das páginas da história. Nem você se lembrará do amor que já pode ter conhecido. Caro príncipe, você ficará eternamente sozinho, atormentado até o fim dos tempos, como me deixou. E nunca entenderá o porquê. Que este seja o seu destino, até que seu nome, esquecido por todos, seja novamente proferido.

O príncipe desabou para a frente, esmagado sob o peso da maldição.

As palavras do feitiço já usurpavam sua mente. Lembranças de sua infância, sua família, tudo que ele conheceu e o amor se desmanchavam como fios de lã.

Seu último pensamento foi direcionado à princesa sequestrada. Alegre e esperta, dona do seu coração.

Enquanto ainda se lembrava da irmã, ele olhou para o Erlking com lágrimas nos olhos e conseguiu expelir as últimas palavras sufocadas antes que a maldição o reclamasse.

— Minha irmã — clamou ele. — Você aprisionou a alma dela neste mundo? Voltarei a vê-la um dia?

Mas o Erlking apenas riu.

— Príncipe tolo. Que irmã?

E o príncipe só conseguiu encará-lo, estarrecido e oco. Ele não tinha resposta. Ele não tinha irmã. Não tinha passado. Não tinha absolutamente nenhuma lembrança.

SERILDA EXPIROU, ABALADA PELA HISTÓRIA QUE SE DERRAMArara dela e pelas visões lúgubres que conjurara. Continuava sozinha na sala do trono, mas o cheiro de sangue retornara, denso e metálico. Quando olhou para baixo, o chão estava coberto dele, escuro e coagulado, a superfície tão lustrosa quanto um espelho preto. O líquido se acumulava ao redor de seus pés, na base do estrado do trono, cobrindo as pedras quebradas, espirrado pelas paredes.

Mas havia um único lugar, apenas alguns passos à frente, que permanecia intocado. Um círculo perfeito, como se o sangue encontrasse uma parede invisível.

Serilda engoliu em seco, sentindo a garganta se fechar pelo nó que começara a se formar assim que ela contou a história. Via tudo com clareza agora. O príncipe parado em meio à carnificina naquela exata sala. Ela visualizava seu cabelo vermelho como fogo. As sardas em suas bochechas. As manchinhas douradas em seus olhos. Ela via sua fúria e tristeza. Sua coragem e devastação. Vira tudo isso pessoalmente; como essas emoções transpareciam no formato dos seus ombros, no franzir de seus lábios e na vulnerabilidade em seu olhar. Ela vira até mesmo a cicatriz em seu pulso, onde a flecha o perfurara. Onde o Erlking o amaldiçoara.

Áureo.

Áureo era o príncipe. Aquele era o castelo dele, a princesa sequestrada era sua irmã e...

E ele não fazia a menor ideia. Não se lembrava de nada. *Não conseguia* se lembrar de nada.

Serilda inspirou tremulamente e ousou terminar a história, sua voz mal passando de um sussurro.

— O feitiço perverso do Erlking foi lançado, sua vingança tenebrosa completa. Mas o massacre que acontecera naquele castelo... — Ela parou com um tremor. — O massacre que foi tão hediondo, que abriu um buraco no véu que separava os sombrios do mundo dos vivos.

Em resposta às suas palavras, o sangue de ambos os lados daquele círculo intocado começou a fluir para cima. Dois filetes espessos, cor de vinho tinto e grosso como melaço, se arrastavam em direção ao teto. Quando passaram um pouco da altura de Serilda, fluíram para dentro e se encontraram, formando um portal no ar. Um portal emoldurado por sangue.

Então, do centro do portal, o sangue pingou... para cima.

Em gotas lentas e constantes.

Subindo em direção às vigas.

Serilda seguiu a trilha, para cima.

Para cima.

Para um corpo pendurado no lustre.

Seu estômago se revirou.

Uma criança. Uma menininha.

Por um momento, pensou que fosse Gerdrut e abriu a boca para gritar...

Mas a corda girou com um rangido, e ela notou que não era Gerdrut. O rosto da menina estava quase irreconhecível.

Quase.

Mas ela sabia que era a princesa que vira no medalhão.

A criança sequestrada.

A irmã de Áureo.

Serilda queria praguejar. Berrar. Dizer aos antigos deuses e a quem mais estivesse ouvindo que não era assim que a história deveria terminar. O príncipe deveria ter derrotado o rei perverso, salvado a irmã, salvado a todos.

Ele nunca deveria ter sido preso naquele lugar horrendo.

Ele nunca deveria ter esquecido.

O Erlking não deveria ter vencido.

Mas, mesmo ao sentir as lágrimas brotarem, Serilda cerrou os dentes e se recusou a deixá-las escorrer.

Ainda havia uma criança que poderia ser salva essa noite. Um ato heroico a se executar.

Com os punhos cerrados, atravessou o rasgo no véu.

CAPÍTULO

Cinquenta e um

O SANGUE SUMIRA. O CASTELO RETORNARA AO SEU ESPLENDOR.

Serilda só vira a sala do trono como parte das ruínas. Era naquele lugar que a poça de sangue escorrera por entre as ervas daninhas secas e se agarrara à sua sola. Onde os dois tronos no estrado pareciam preservados no tempo, intocados pelos séculos de negligência. Eles tinham a mesma aparência do lado mortal do véu, mas agora o resto da sala estava tão imaculado quanto eles. Amplos lustres iluminados com dúzias de velas. Tapetes grossos, peles de animais e cortinas de veludo preto penduradas atrás do estrado, emoldurando os tronos. Pilares esculpidos em mármore branco, cada um exibindo um tatzelwurm escalando em direção ao teto, a longa cauda serpentina espiralando até o chão.

E ali estava o Erlking, aguardando-a em seu trono.

Ao seu lado, uma cena que trouxe um arquejo trêmulo aos lábios de Serilda.

Hans. Nickel. Fricz. Anna.

Seus fantasminhas, parados um de cada lado do trono, com um buraco no peito e os pijamas manchados de sangue.

— Serilda! — exclamou Anna. Ela começou a correr para fora do estrado, mas foi bloqueada pela balestra do rei.

Anna gemeu e cambaleou para trás, se agarrando a Fricz.

— Que milagroso — falou o Erlking com as palavras arrastadas. — Você voltou dos mortos. Embora esteja bem desmazelada. Ora, seria de pensar que passou a noite morta à margem de um rio.

O ódio borbulhou feito uma fonte de enxofre dentro de Serilda.

— Por que você os levou? Por que fez isso?

Ele deu de ombros suavemente.

— Acho que você sabe a resposta. — Ele tamborilou com os dedos na alça da balestra. — Eu lhe disse para ficar por perto. Para estar presente em Adalheid quando a convocasse. Imagine minha decepção ao descobrir que você não estava lá. Fui forçado a procurar por você novamente; mas não havia ninguém em casa no moinho de Märchenfeld. — Seus olhos se cristalizaram. — Como você acha que eu me senti, lady Serilda? Por você nem se dar ao trabalho de dizer adeus. Por você preferir *morrer* a me conceder um simples favor. — Um sorriso arrogante brotou em seus lábios escuros. — Ou, ao menos, fingir morrer.

— Estou aqui agora — disse ela, tentando afastar o tremor da voz. — Por favor, liberte-os.

— Quem? *Eles?* Esses fantasminhas adoráveis? Não seja absurda. Eu os reivindiquei para minha corte, agora e para sempre. São meus.

— Não. Por favor.

— Mesmo se eu pudesse *libertá-los*, já parou para pensar no que significaria? Deixá-los voltar para casa? Tenho certeza de que suas famílias ficariam extasiadas em ter fantasminhas tristes assombrando suas cabaninhas tristes. Não, é melhor que fiquem comigo, onde podem ser úteis.

— Você poderia libertar seus espíritos — disse ela, soluçando. — Eles merecem paz. Merecem ir para Verloren, descansar.

— Não fale de Verloren — rosnou ele, esticando as costas. — Quando Velos me devolver o que é meu, considerarei libertar essas almas, mas nem um momento antes. — Sua onda de raiva passara tão rápido quanto viera, e o rei se recostou num dos braços do trono, apoiando a balestra no colo. — Por falar no que me é devido, tenho outra tarefa para você, lady Serilda.

Ela pensou em sua promessa para Pusch-Grohla. Jurara nunca mais ajudar o Erlking.

Mas ela era uma mentirosa, dos pés à cabeça.

— Você levou mais uma criança — disse ela por entre dentes. — Se quiser mais ouro de mim, terá que libertá-la. Você a devolverá à família dela, ilesa.

— Você dificilmente está em posição de fazer exigências. — Ele suspirou, quase melodramático. — Ela é bonitinha, para uma humana. Não tanto quanto a princesa de Adalheid. *Ela*, sim, seria um presente à altura da minha amada. Meiga, encantadora... *talentosa*. Dizem que era abençoada por Hulda, igual a você, lady Serilda. A morte daquela criança foi um desperdício enorme. Assim como será a sua, se chegarmos a isso.

— Você está tentando me provocar — falou Serilda por entre dentes.

O Erlking abriu um sorriso vil.

— Me divirto como posso.

Serilda engoliu em seco e espiou para trás, sem saber como se sentir ao ver que o portal de volta ao mundo mortal continuava ali.

Podia ir embora. Será que o Erlking conseguiria segui-la? Ela imaginava que não. Se fosse tão fácil, ele certamente não teria continuado confinado atrás do véu, aproveitando da liberdade por apenas uma noite a cada ciclo da lua.

Mas não podia ir embora.

Não sem Gerdrut.

Voltou a olhar para as vigas, mas a princesa que estivera pendurada no lustre sumira. O corpo dela teria sido descartado havia muito tempo. Enterrado ou jogado no lago. Serilda sabia que o fantasma não estava no castelo. Ou fora abandonada em Gravenstone, ou mandada para Verloren. Do contrário, Serilda tinha certeza de que a teria notado entre os servos fantasmagóricos, e Áureo saberia imediatamente quem estava no retrato.

Áureo.

Onde estava Áureo? Onde estavam todos os fantasmas? O castelo parecia sinistramente silencioso, e Serilda se perguntou se o Erlking podia forçar seu silêncio quando quisesse.

Ela voltou a fixar o olhar no rei, se esforçando muito para não pensar nas quatro crianças trêmulas ao lado dele. Aquelas que ela decepcionara.

Não decepcionaria Gerdrut também.

— Por que você abandonou Gravenstone? — perguntou, e ficou satisfeita com a surpresa que se acendeu no rosto dele. — Foi realmente por não suportar ficar no lugar onde Perchta morreu? Ou escolheu reivindicar este castelo como outra camada de vingança contra o príncipe que a matou? Deve ter sido bem satisfatório, a princípio. Você dorme nos aposentos dele e passa a noite inteira ouvindo os gemidos e lamúrias dos que assassinou? Isso lhe agrada?

— Você gosta de um mistério, lady Serilda.

— Eu gosto de uma boa história. Gosto quando elas têm reviravoltas. O interessante é que acho que nem *você* descobriu a última surpresa desta história.

Os lábios do Erlking se curvaram de diversão.

— Que a garotinha mortal vai salvar todo mundo?

Serilda estalou a língua.

— Não estrague o fim — falou, orgulhosa de seu tom corajoso. Por mais que, na realidade, nem tivesse pensado no próprio papel na história. *Dizem que ela era abençoada por Hulda.* Era esse... o verdadeiro motivo pelo qual o Erlking quisera a princesa. Não só para Perchta adorar, não só porque a criança era amada por seu povo. Ele achava que *ela* fosse a fiandeira de ouro. Ele a levara por sua magia, provavelmente para que a menina pudesse fiar correntes de ouro para suas caçadas.

Até hoje, séculos depois, ele ainda não sabia. Pegara o filho errado.

É claro que Serilda não contaria isso a ele.

— A história ainda não revelou se você ficou com o fantasma da princesa ou não — continuou ela. — Você a libertou para Verloren, ou ela continua em Gravenstone? Entendo por que não pôde trazê-la para cá, claro. O amor do príncipe por ela era forte demais. Se a visse, ele saberia que era a irmã dele, e que a amava muito. Acho que é por isso que tampouco vi o rei ou a rainha. Você não ficou com esses fantasmas. Não poderia arriscar que se reconhecessem, ou o filho. Talvez isso quebrasse a maldição por completo. Talvez sua família e seu nome continuassem esquecidos por todos, até por eles mesmos, mas... esse não era o objetivo principal, era? Você queria que ele ficasse sozinho, abandonado... sem amor. Por toda a eternidade.

O rosto do Erlking exibia sua expressão fria usual, mas ela começava a conhecer seus humores, e percebeu a tensão em seu maxilar.

— Como você sabe essas coisas? — perguntou ele, enfim.

Serilda não podia responder. Mal poderia contar que fora amaldiçoada pelo deus das mentiras, que, ao que parecia, era também o deus das verdades.

Não. Não o deus das mentiras. O deus das histórias.

E toda história tem dois lados.

— Você me trouxe aqui — disse ela. — Uma mortal em seu reino. Venho prestando atenção.

Sua boca se retorceu para um lado.

— Diga-me... você descobriu o nome da família? Solucionou *esse* mistério?

Serilda piscou.

O nome da família.

O nome do príncipe.

Lentamente, ela balançou a cabeça.

— Não. Não sei.

Não tinha certeza, mas achou que ele parecera aliviado ao ouvir isso.

— Infelizmente — disse ele —, não sou chegado em contos de fadas.

— Isso *é mesmo* uma pena, visto que é personagem de tantos.

— Sim, mas recebo sempre o papel do vilão. — Ele inclinou a cabeça. — Até *você* me vê como o vilão.

— É difícil não o fazer, milorde. Ora, essa manhã mesmo você abandonou quatro crianças na beira da estrada, seus corações devorados por nachtkrapp e os corpos deixados para o resto dos carniceiros. — Ela sentiu um aperto no peito, e não ousou olhar para os espíritos parados ao lado do rei, sabendo que se debulharia em lágrimas se o fizesse. — Acho que você gosta bastante de interpretar o papel do vilão.

Finalmente, um sorriso verdadeiro agraciou suas feições, chegando às pontas afiadas dos dentes.

— E quem seria o herói desta história?

— Eu, naturalmente. — Serilda hesitou por um momento antes de adicionar: — Ao menos, é o que espero.

— Não o príncipe?

Parecia uma armadilha, mas Serilda era mais esperta do que aquilo. Ela deu uma leve risada.

— Ele já teve seu momento. Mas não. Essa história não é dele.

— Ah. — Ele estalou a língua. — Talvez *você* esteja tentando salvá-lo, então.

O sorriso de Serilda quase se desmanchou, mas ela o manteve no lugar. É claro que queria salvar Áureo. Ela queria desesperadamente salvá-lo do tormento que ele suportara pelas últimas centenas de anos. Mas não podia deixar que o Erlking soubesse que ela conhecia o poltergeist, ou que finalmente descobrira a verdade sobre quem, e o que, ele era.

— Eu te aviso quando o conhecer — respondeu ela, tentando manter o tom leve. Olhou ao redor da sala com gestos exagerados. — Ele está por aqui? Você o acorrentou ao castelo, então deve estar, não é?

— Ah, ele está — disse o Erlking. — E me arrependo, na maioria dos dias. Ele é uma constante pedra no meu sapato.

— Então por que não o liberta da maldição?

— Ele merece cada gotinha de sofrimento que já recebeu, e mais.

Serilda cerrou os dentes.

— Me lembrarei disso quando finalmente cruzar com ele. — Ela ergueu o queixo. — Se temos um acordo, então estou pronta para completar sua tarefa.

Os olhos pálidos do Erlking brilharam à luz da tocha.

— Já está tudo preparado para você.

CAPÍTULO

Cinquenta e dois

QUANDO O REI PASSOU POR ELA, SERILDA GUIOU AS CRIANÇAS PARA O lado dela. Ao tocá-las, lembrou-se de como se sentira quando Manfred a ajudara a entrar na carruagem, tantos meses antes.

Elas eram reais. Sólidas. Mas tinham a pele quebradiça, delicada e fria ao toque. Parecia que se dissolveriam em cinzas a qualquer momento, mas isso não a impediu de apertá-las num abraço forte em uma tentativa apressada de prover algum conforto.

O Erlking pigarreou impacientemente.

Serilda segurou a mão de Anna e Nickel e o seguiu, ignorando os arrepios que a sensação lhe causava. Fricz e Hans se amontoaram à sua volta.

O rei os levou até o pátio.

Emergir à luz do dia foi desconcertante. O castelo não estava mais em ruínas. Ela realmente atravessara o véu à força, e agora estava no pátio sob o sol forte. Seus pés hesitaram.

Havia uma roda de fiar no centro do pátio, ao lado de um carrinho carregado de palha. Era uma pilha pequena, não muito maior do que um barril de vinho.

Por todo lado, reunidos ao longo dos grandes muros de pedra, estavam os residentes do Castelo Adalheid.

Os caçadores. Os servos. O cavalariço machucado, o cocheiro de um olho só, a mulher sem cabeça. Centenas de humanos mortos-vivos e, pelo menos, a mesma quantidade de kobolds. Todos em silêncio e imóveis, encarando Serilda enquanto ela se juntava a eles.

Como um grupo, as figuras efêmeras ficavam mais pronunciadas. Suas silhuetas acumuladas se elevando como fiapos de fumaça das últimas lenhas de uma fogueira. Pareciam tão tênues, como se um sopro pudesse extingui-las.

Se sua mãe estava ali, Serilda não a reconheceu.

Ela desviou a atenção para os sombrios. Suas silhuetas graciosas e seus olhos astutos. Todos vestidos com as mais refinadas roupas de pele, armaduras de couro e equipamento de caça. Eram os nobres desse castelo e, como tais, se destacavam da comitiva fantasmagórica, com expressões ilegíveis.

Havia um forte contraste entre os dois grupos. Os sombrios, em toda a sua beleza imaculada, sobrenatural. Os fantasmas, com seus corpos castigados e feridas ensanguentadas.

Então as criaturas. Drudes macabros, duendes ferozes, nachtkrapp desalmados.

A corte inteira estava ali, esperando por *ela*.

Um buraco se abriu no estômago de Serilda. *Não*.

Não funcionaria. Não havia mais masmorras. Nenhuma porta trancada. O rei queria que ela fizesse uma demonstração. Ela era seu prêmio, e ele estava pronto para exibi-la ao seu reino, assim como exibira o tatzelwurm para ela.

Serilda engoliu em seco e relanceou ao redor. Não se deu conta de que procurava por Áureo até que a decepção diante de sua ausência a corroesse por dentro.

Não que fizesse diferença.

Ele não poderia fiar por ela, não na frente de todos. E mesmo que pudesse... ela prometera a si mesma que não o permitiria. De novo não.

Mas isso foi antes.

Antes de as crianças serem levadas.

Antes de saber que ele ainda estava com Gerdrut. Que ela ainda poderia salvá-la.

— Eis — disse o Erlkönig, o Rei dos Antigos, com os olhos fixos nos de Serilda, mas a voz erguida para a multidão reunida — lady Serilda de Märchenfeld, abençoada por Hulda.

Ela não desviou o olhar.

— Na Lua da Neve, esta garota me disse que foi abençoada com a dádiva de fiar ouro e, durante esses últimos meses, provou seu valor, para mim e para a caçada. — Seus lábios se curvaram em um sorriso. — Dessa forma, pensei que, esta noite, em celebração à nossa captura vitoriosa do tatzelwurm, eu convidaria lady Serilda para honrar a todos com o esplendor de sua dádiva.

Serilda tentou não se contorcer sob o olhar do Erlking e o silêncio curioso ao redor, por mais que suas entranhas se revirassem. Ela sinalizou para que as crianças esperassem nos degraus e se aproximou do rei, tentando não deixar transparecer o nervosismo.

— Por favor, Vossa Obscuridade — sussurrou ela, desviando o rosto da multidão. — Eu nunca fiei diante de uma plateia. Não estou acostumada a tais atenções, e preferiria...

— Suas preferências pouco importam aqui — respondeu o Erlking. Uma das sobrancelhas finas se arqueou. — Ouso dizer que elas não importam em absoluto.

Um dos corvos grasniu, como se risse dela.

Serilda expirou lentamente.

— Ainda assim, tenho certeza de que serei mais eficiente se puder ter um pouco de paz e solidão.

— Pensei que você fosse estar adequadamente motivada a me impressionar.

Ela sustentou o olhar, buscando outra desculpa. Qualquer que fosse.

— Não tenho certeza de que minha magia funcionará se houver pessoas assistindo.

Ele pareceu tentado a rir. Inclinando-se na direção dela, sussurrou, enunciando cuidadosamente as palavras:

— Você a convencerá a funcionar, ou a criança será minha.

Ela estremeceu.

Seu cérebro dava mil voltas, tentando se agarrar a qualquer coisa. Mas logo percebeu que o rei não seria dissuadido.

O pânico a dominou quando encarou a roda de fiar. Pensou na primeira noite, sob a Lua da Neve, quando conseguira, ao menos temporariamente, persuadir o Erlking de que era capaz de transformar palha em ouro. Lembrou-se da primeira noite no castelo, quando Áureo aparecera tão subitamente, como se evocado pelo seu desespero.

Serilda se perguntou quantos milagres seriam permitidos a uma mesma garota.

Seus pés pareciam feitos de chumbo enquanto ela olhava ao redor do pátio, silenciosamente suplicando para qualquer um — qualquer coisa — que pudesse ajudá-la. Mas quem poderia salvá-la, além de Áureo? *Onde* estava Áureo?

Não importava, convenceu a si mesma. Não havia nada que ele pudesse fazer ali, não diante de tantas testemunhas.

Nenhuma ajuda chegaria. Ela sabia.

Mas isso não a impediu de ter esperança. Talvez ele tivesse planejado alguma travessura. Talvez ela tivesse mentido mais cedo. Talvez quisesse ser salva. Talvez nunca tenha sido seu destino ser a heroína.

Ela mirou de volta as crianças nos degraus do torreão, o coração angustiado diante de tudo o que acontecera.

Então congelou, finalmente avistando-o.

Seu queixo caiu, e mal conseguiu reprimir a lamúria.

Estava pendurado na face externa do torreão, logo abaixo dos vitrais dos sete deuses. Correntes douradas amarravam seus braços dos pulsos aos cotovelos, presas por ganchos em algum lugar acima do parapeito.

Ele não lutava. A cabeça estava caída para a frente, mas os olhos estavam abertos. Sua expressão era devastada ao fazer contato visual com Serilda.

Ela não percebera que dera um passo na direção dele até que a voz do rei a assustasse, trazendo-a de volta a si.

— Deixe-o.

Ela paralisou.

— Por que... — Então, lembrando que não deveria conhecer Áureo, conteve a expressão magoada e encarou o rei. — Quem é? O que ele fez para estar acorrentado lá em cima desse jeito?

— Apenas o poltergeist do nosso castelo — respondeu o rei em tom de escárnio. — Ele ousou roubar algo que era meu.

— Roubar?

— Isso mesmo. Um carretel da sua última noite de trabalho estava faltando, desaparecido antes mesmo que meus criados coletassem o ouro. Tenho certeza de que foi o poltergeist, dado seu hábito de causar problemas.

O estômago de Serilda se revirou.

— Mas eu não tolerarei suas travessuras em uma ocasião como esta. Além disso, veja só, milady. Seus esforços já me serviram bem. Poucas coisas são capazes de contê-lo, mas correntes feitas de ouro mágico? Funcionaram exatamente como eu esperava.

Ela engoliu em seco e olhou para trás. O maxilar de Áureo estava trincado. Suas feições tomadas de tristeza misturada com raiva.

Serilda estava longe demais para enxergar as correntes com clareza, mas não tinha dúvida de que eram feitas de fios de ouro puro, trançadas por uma corrente inquebrável.

Seu coração doeu.

Ele fizera a própria prisão, e fizera por ela.

Mas encarar por um segundo a mais levantaria suspeitas, e o rei não podia descobrir que era Áureo quem tinha o dom da fiação, e não ela. Se descobrisse do que o príncipe amaldiçoado era verdadeiramente capaz, certamente encontraria novas formas de torturá-lo até que concordasse em fiar todo o ouro que o rei quisesse.

E, conhecendo Áureo minimamente, sabia que ele preferiria suportar a tortura a fazer qualquer coisa que esse monstro lhe exigisse.

Por toda a eternidade.

Ela se forçou a desviar o rosto. A encarar a roda de fiar.

Uma história, sussurrou uma voz sorrateira quando se acomodou no banco. O que ela precisava era de uma grande mentira. Algo convincente. Algo que a tirasse dessa situação e permitisse que continuasse com a cabeça no pescoço para resgatar Gerdrut.

Era muito a se pedir de um simples conto de fadas, e sua mente estava vazia. Serilda duvidava que conseguisse recitar uma canção de ninar naquele momento, muito menos fiar uma história tão grandiosa quanto precisava.

Deu um giro na roda, como se a testasse. Pressionou o pé no pedal. Tentou parecer contemplativa ao passar os dedos levemente pelos carretéis vazios, à espera.

Que cena devia estar fazendo. A plebeia encantadora à roda de fiar. Se tornara um espetáculo.

Serilda estendeu a mão para o interior do carrinho em busca de um punhado de palha, aproveitando a oportunidade para olhar ao redor outra vez. Alguns fantasmas se inclinavam para a frente, esticando o pescoço para ver melhor.

Ela fingiu inspecionar a palha nas mãos.

Uma mentira.

Preciso de uma mentira.

Nenhuma surgiu.

Wyrdith, deus das histórias e da fortuna, suplicou ela silenciosamente. *Eu nunca lhe pedi nada, mas, por favor, me ouça. Se meu pai realmente o ajudou, se você realmente me deu sua bênção, se sou verdadeiramente sua protegida, então, por favor. Gire sua roda da fortuna. Deixe que aponte em meu favor.*

Serilda pegou o pedaço mais longo de palha na mão trêmula e inspirou uma respiração entrecortada. Vira Áureo fazer os mesmos movimentos tantas vezes. Seria possível que a magia dele tivesse sido transferida para ela? Que alguém conseguisse *aprender* a fiar ouro?

Ela deu outro giro da roda.

Zum...

Seu pé apertou o pedal, aumentando a velocidade.

Zum...

Levou a palha ao buraco, como já fizera com incontáveis nós de lã recém-tosada. A palha arranhou sua palma.

Zum...

Não se enroscou no carretel.

É claro que não.

Ela se esquecera de amarrar o fio-guia.

Com o rosto quente de vergonha, se atrapalhou para amarrar uma ponta da palha no carretel. Ouvia um burburinho na plateia, mas, pela sua visão periférica, o Erlking continuava perfeitamente imóvel. Poderia ser um cadáver.

Com o fio-guia amarrado o melhor que pôde, Serilda prendeu o feixe seguinte de palha com um nó e tentou de novo.

Zum...

Só era preciso fazer a palha passar.

Zum...

A roda torceria a lã.

Zum...

O fio se enroscaria ao redor do carretel.

Mas isso era palha, que rapidamente desfiou e arrebentou.

Seu coração martelava quando baixou o olhar para os fios restantes, secos e sem valor em seus dedos nada mágicos.

Serilda não conseguiu se impedir de erguer o olhar, por mais que soubesse que não deveria. Áureo a observava, seu rosto tomado por angústia.

Engraçado como aquele olhar tornou algumas coisas tão claras. Algumas dúvidas traiçoeiras perduraram durante as últimas semanas, depois de ela lhe dar tanto e tomar tanto de volta. Tudo o que ele fazia vinha com um preço. Um colar. Um anel. Uma promessa.

Mas ele não olharia para Serilda daquele jeito se ela significasse nada para ele.

Uma faísca de coragem se acendeu em seu peito.

Ela dissera a Áureo que permaneceria viva por tempo o suficiente para lhe entregar o pagamento. Seu primogênito.

O acordo fora feito com magia. Obrigatório e irrevogável.

— Você tem a minha palavra — murmurou ela para si mesma.

— Algum problema? — perguntou o Erlking, e por mais que suas palavras tenham saído contidas, carregavam uma ferocidade inconfundível.

Serilda virou-se bruscamente para ele. Piscou, assustada.

Não tanto pela presença do Erlking, mas pelo arrepio frio que descia por sua coluna.

Seu primogênito.

Largou a palha. Levou ambas as mãos à barriga.

O Erlking franziu a testa.

Ela e Áureo tinham se amado na noite da Lua Casta. Um ciclo lunar inteiro se passara, mas ela estivera tão concentrada em suas preocupações e planejamentos que não se dera conta até aquele momento...

Sua menstruação não viera.

— O que houve? — rosnou o Erlking.

Mas Serilda mal o escutou. Palavras giravam em sua mente, uma roda de fiar de coisas borradas, impossíveis.

Sua condição.

Você não deveria cavalgar.

Primogênito.

Primogênito!

O progênito de uma garota amaldiçoada pelo deus das mentiras e um garoto aprisionado atrás do véu. Serilda não conseguia nem imaginar tal criatura. Seria um monstro? Um morto-vivo? Um ser mágico?

Não importaria, tentou dizer a si mesma. Ela firmara um acordo com Áureo. Por mais que soubesse que ele aceitara a oferta com tanto desânimo quanto ela, ambos pensando que nunca se concretizaria, ela sabia que Áureo fora sincero ao dizer que o acordo era irrevogável.

Ela não tinha qualquer direito ao ser dentro dela. Não mais do que um barril poderia ter sobre o vinho, ou um balde sobre o leite.

Ainda assim.

Um sentimento que ela nunca conhecera brotou dentro de si quando seus dedos pressionaram levemente a barriga.

Um bebê.

O bebê dela.

Uma mão fria agarrou seu pulso.

Serilda arquejou e ergueu o olhar para os olhos congelantes do Erlking.

— Você está testando minha paciência, filha do moleiro.

E foi aí que lhe veio.

A história. A mentira.

Que não era mentira nenhuma.

— Milorde, perdoe-me — disse ela, sem precisar fingir a falta de ar. — Não posso transformar a palha em ouro.

Ele curvou um dos lábios para cima, revelando um canino afiado que a lembrava muito dos cães que tanto adorava.

— E por que não? — perguntou ele, seu tom uma promessa de arrependimento caso ela ousasse desafiá-lo.

— Temo não ser apropriado dizer...

Os olhos dele faiscaram, assassinos.

Serilda se inclinou na direção do rei, sussurrando de forma que só ele conseguisse ouvir.

— Vossa Escuridão, a magia divina que fluía por minhas veias se desvaneceu. Não consigo mais evocá-la até meus dedos. Não sou mais uma fiandeira de ouro.

O rosto dele se obscureceu.

— Você está brincando com fogo.

Serilda balançou a cabeça.

— Eu não estou brincando, juro. Há uma boa razão para a perda da minha magia. Veja bem, parece que meu corpo agora abriga uma dádiva muito mais preciosa do que ouro.

O Erlking apertou o pulso dela até doer, mas ela não gemeu.

— Explique-se.

Com a outra mão ainda na barriga, Serilda espiou para baixo, sabendo que ele acompanharia com o olhar.

— Não sou mais uma fiandeira de ouro porque essa magia agora pertence ao meu bebê.

Ele afrouxou o aperto, mas não a soltou. Ela esperou alguns segundos antes de ousar encará-lo de novo.

— Sinto muito por desapontá-lo, milorde.

O ceticismo ainda perdurava em suas feições de porcelana, mas logo foi sobrepujado por uma fúria diferente de tudo o que ela já vira.

Serilda tentou se encolher, mas ele não soltou.

Em vez disso, puxou-a para ficar de pé e avançou para o torreão do castelo, praticamente arrastando-a atrás de si.

— Redmond! — esbravejou ele. — Sua presença é requisitada na sala do trono. *Agora*.

CAPÍTULO

Cinquenta e três

O ERLKING JOGOU SERILDA NO CHÃO DO CENTRO DA SALA DO TRONO e marchou em direção ao estrado. Ela afastou o cabelo do rosto para erguer o olhar e vê-lo.

Sentindo o medo tamborilar pelo corpo, ela engoliu em seco e se pôs de joelhos.

— Vossa Escuridão...

— Silêncio! — rugiu ele. O rei parecia uma criatura completamente diferente, seu rosto contorcido em algo decididamente desagradável. Mal lembrava o próprio, geralmente tão cheio de compostura e elegância. — Isso é uma grande decepção, lady Serilda. — O nome dela soou como um sibilo de cobra na língua dele.

— Com todo o respeito, a maioria das pessoas vê a chegada de um bebê como uma dádiva.

Ele rosnou.

— A maioria das pessoas é idiota.

Ela juntou as mãos em súplica.

— Eu não tive como prever. Foi só... — Ela deu de ombros. — Foi só uma noite.

— Você fiou o ouro há menos de um mês!

Ela assentiu.

— Eu sei. Aconteceu... não muito depois.

Ele lhe lançou um olhar furioso, como se desejasse poder enfiar a mão em seu útero e arrancar a criatura com as próprias mãos.

— Chamou, Vossa Obscuridade?

Serilda se virou para trás e viu um homem fantasmagórico com uma túnica de manga comprida. Metade do seu rosto estava inchado, os lábios gordos e tingidos de roxo. Veneno? Afogamento? Serilda não tinha certeza de que queria saber.

Tirando a balestra dos ombros, o Erlking desabou em seu trono e apontou a arma descuidadamente para Serilda, ainda de joelhos.

— Essa garota miserável está grávida.

Serilda corou. Sabia que não deveria esperar que o rei respeitasse sua privacidade, e ainda assim... aquele segredo era dela. E, por enquanto, só estava interessada em contá-lo para salvar Gerdrut.

E seu bebê, pensou.

Seu bebê.

Ela voltou a levar os dedos à barriga. Sabia que ainda era cedo demais para sentir qualquer coisa. Não havia qualquer volume, e certamente nenhum movimento. Ela desejou ir para casa, conversar com o pai e perguntar tudo o que ele conseguisse se recordar sobre a gravidez da mãe... até que lembrou que ele não estava lá, e foi esmagada por uma onda de tristeza indescritível.

Seu pai seria um avô maravilhoso.

Mas não podia pensar nisso agora, mesmo que o homem responsável pela morte de seu pai estivesse parado à sua frente. Mesmo que ela o desprezasse com todos os ossos do corpo. Nesse momento, só precisava pensar em se salvar. Se sobrevivesse a isso, um dia teria um bebê lindo para adorar, amar, criar. Ela seria *mãe*. Sempre amara crianças, e agora tinha a oportunidade de cuidar desse bebê inocente. De embalá-lo para dormir e contar histórias de ninar noite adentro.

Mas.... *não*, lembrou a si mesma.

O bebê teria que ser entregue a Áureo.

O que ele pensaria quando ela lhe contasse? Era tão surreal, tão impossível.

O que ele faria com um *bebê*?

Serilda quase riu. A ideia era descabida demais.

— Lady Serilda!

Ela ergueu a cabeça bruscamente, arrastada de volta à sala do trono.

— Sim?

Para sua surpresa, as bochechas do Erlking estavam coradas. Não rosadas, mais de um súbito azul acinzentado sobre a pele prateada, mas não deixava se ser uma demonstração maior de emoção do que ela pensou que ele fosse capaz. Sua mão direita apertava o braço do trono. A esquerda segurava a balestra, a ponta apoiada no chão.

Descarregada. Felizmente.

— Há quanto tempo exatamente — falou ele devagar, como se para um parvo — você está nesta condição?

Seus lábios se abriram com, enfim, uma mentira.

— Três semanas.

O Erlking ergueu seu olhar cortante para o homem.

— O que pode ser feito?

O homem, Redmond, a inspecionou com os braços cruzados. Ponderou por um momento antes de dar de ombros para o rei.

— Cedo assim, deve ser uma coisinha minúscula. Talvez do tamanho de uma ervilha.

— Ótimo — respondeu o Erlking. Com um suspiro longo e aborrecido, ele se recostou no trono. — Livre-se dele.

— O quê? — Serilda se ergueu num pulo. — Você não pode!

— Claro que posso. Bem, ele pode. — Os dedos do Erlking dançaram na direção do homem. — Não pode, Redmond?

Redmond resmungou para si mesmo por um momento antes de abrir um saco marrom em sua cintura e tirar dele uma trouxinha de tecido.

— Nunca fiz antes, mas não vejo por que não.

— Redmond era barbeiro de profissão — explicou o Erlking — e um cirurgião por exigência.

Serilda negou com a cabeça.

— Vai me matar!

— Temos bons curandeiros — disse o rei. — Vou me certificar de que não mate.

— Provavelmente, nunca mais gestará um bebê — adicionou Redmond. Ele olhou para o rei, não para Serilda. — Imagino que tudo bem?

— Sim, ótimo — falou o Erlking.

Serilda soltou um grito desolado.

— Não! Não está nada ótimo!

Ignorando-a, Redmond se encaminhou para uma mesa próxima e desenrolou o tecido, revelando uma série de ferramentas afiadas. Tesouras. Bisturis. Chaves, alicates e coisas aterrorizantes com nomes que Serilda desconhecia. Seus joelhos tremeram quando deu um passo para trás. Seus olhos dispararam ao redor e, pela primeira vez, ela percebeu que o portal sangrento desaparecera. A passagem para o outro lado do véu.

É claro que ele ainda estava ali. Ela o abrira uma vez, poderia abri-lo de novo. Mas *como*?

Então, outro pensamento desanimador.

Gerdrut.

Ainda não salvara Gerdrut.

Onde ele estava mantendo a menina? Ela não podia abandoná-la, nem para salvar a si mesma, nem para salvar seu bebê.

— Já faz um tempo — comentou ele, erguendo uma lâmina minúscula. — Mas isso deve servir. — Ele lançou um olhar para o rei. — É para ser feito aqui?

— Não! — guinchou Serilda.

O Erlking pareceu irritado com a explosão.

— É claro que não. Você pode usar um dos cômodos da ala norte.

Com um aceno de cabeça, o homem começou a recolher as ferramentas.

— Não! — gritou ela de novo, mais alto dessa vez. — Você não pode fazer isso.

— Você não está em liberdade de me dizer o que eu posso ou não fazer. Este reino é meu. Você e as dádivas de Hulda pertencem a mim agora.

Essas palavras a deixaram tão estarrecida que poderiam ter sido um tapa.

Serilda se ergueu, solidificando as pernas sob seu peso. Tinha uma chance de persuadir o rei. Uma chance de salvar a futura vida dentro dela.

— Não, milorde. Você não pode fazer isso porque não vai funcionar. Não vai trazer a magia de volta.

Ele estreitou os olhos.

— Se isso for verdade, então é melhor eu cortar sua garganta e acabar com vocês dois.

Ela tentou disfarçar o tremor.

— Se for sua vontade, não posso impedi-lo. Mas não acha que Hulda pode ter um plano para esse bebê? Ao tirar sua vida tão cedo, estará interferindo na vontade de um deus.

— Não dou a mínima para as vontades dos deuses.

— Mesmo assim — disse Serilda, dando um passo para a frente —, nós dois sabemos como podem ser aliados poderosos. Se não fosse pela dádiva de Hulda, eu nunca poderia ter fiado ouro para você. — Ela fez uma pausa antes de continuar. — Qual pode ser a bênção para meu bebê? Que poder pode estar crescendo dentro de mim, neste exato momento? E sim, sei que estou exigindo muito de sua paciência, não apenas pelos próximos nove, oito meses, mas por anos, provavelmente, até que saibamos que dom a criança carrega. Mas você é eterno. O que são alguns anos, uma década? Se me matar, se matar este bebê, desperdiçará uma grande oportunidade. Você me disse que a jovem princesa também fora abençoada por Hulda. Que a morte dela foi um desperdício. Mas você não é um rei de desperdícios. Não cometa esse erro novamente.

Ele sustentou o olhar dela por um longo momento, enquanto o coração de Serilda martelava erraticamente e sua respiração ameaçava sufocá-la.

— Como você sabe — disse ele lentamente — que seu dom não vai voltar quando esse parasita for removido?

Parasita.

Serilda estremeceu ao ouvir a palavra, mas tentou não deixar o desgosto transparecer.

Ela abriu as mãos, um sinal de honestidade aberta que conhecia bem.

— Eu senti — mentiu ela. — No momento em que o concebi, senti a magia deixando meus dedos, se concentrando em meu ventre, aninhando este bebê. Não posso afirmar com certeza que ele, ou ela, nascerá com o mesmo dom que eu tinha, mas sei que a magia de Hulda reside nele agora. Se matar o bebê, a bênção será perdida para sempre.

— Seus olhos não mudaram — declarou ele, como se fosse uma prova de que ela mentia.

Serilda apenas deu de ombros.

— Eu não fio com os olhos.

O rei se inclinou para um lado, pressionando a têmpora com um dedo, massageando-a em círculos lentos. Lançou um olhar para o barbeiro, que esperava com as ferramentas já enroladas na bolsa. Depois de um demorado instante, o Erlking ergueu o queixo e perguntou:

— Quem é o pai?

Serilda ficou imóvel.

Não lhe ocorrera que ele pudesse fazer essa pergunta, que pudesse se importar. Ela duvidava de que ele se importasse *de fato*, mas que motivo poderia ter para perguntar?

— Ninguém — disse ela. — Um garoto do vilarejo. Um fazendeiro, milorde.

— E esse fazendeiro sabe que você está carregando seu filho?

Ela negou lentamente com a cabeça.

— Ótimo. Mais alguém sabe?

— Não, milorde.

Ele voltou a se inclinar para a frente, passando os dedos pelo contorno da boca. Serilda prendeu a respiração, tentando não tremer sob seu escrutínio. Se pelo menos conseguisse ganhar algum tempo... Se conseguisse convencê-lo a deixá-la viver o bastante para...

Para o quê?

Não sabia. Mas sabia que precisava de mais tempo.

— Tudo bem — disse o rei subitamente. Ele ergueu o braço para a lateral do trono, pegando a balestra. Sua outra mão buscou uma flecha; não com a ponta dourada, e sim preta.

Serilda arregalou os olhos.

— Espere! — exclamou ela, erguendo as mãos ao voltar a cair de joelhos. Implorando. — Não faça isso. Posso lhe ser útil... Sei que há uma maneira...

O arco clicou audivelmente quando ele o carregou com uma flecha.

— Por favor! Por favor, não...

O gatilho estalou. A flecha assobiou e acertou com força.

CAPÍTULO

Cinquenta e quatro

UM GRUNHIDO. UM GORGOLEJO. UM CHIADO.

Boquiaberta, Serilda virou lentamente a cabeça.

A flecha atingira em cheio o coração do barbeiro. O sangue que jorrava pela frente de sua túnica não era vermelho, era preto como óleo, e exalava podridão.

Ele desabou no chão, o corpo convulsionando enquanto as mãos agarravam a haste da flecha.

Pareceu levar uma eternidade até que o barbeiro soltasse seu último suspiro, então silenciasse. Suas mãos tombaram para os lados, palmas abertas para o teto.

Enquanto Serilda encarava, em choque, ele derreteu. O corpo inteiro sucumbiu ao óleo preto, suas feições escorrendo para os tapetes. Logo, não sobrara nada além de uma poça gordurosa medonha e a flecha.

— O-o quê? Você simplesmente... — gaguejou ela. — Você pode *matá-los*?

— Quando me convém. — O farfalhar de couro atraiu o olhar de Serilda de volta ao Erlking. Ele se erguera do trono e fora recuperar a flecha. Ainda carregava a balestra frouxamente num lado do corpo, e Serilda recuou instintivamente quando ele a encarou.

— Mas ele era um fantasma — falou ela. — Já estava morto.

— E agora foi libertado — explicou ele num tom decididamente entediado, guardando a flecha de volta na aljava. — Seu espírito está livre para seguir a luz até Verloren. E você ainda me chama de vilão.

Os lábios de Serilda tremiam... de choque. De descrença. De pura confusão.

— Mas *por quê*?

— Ele era o único que sabia que não sou o pai. Agora não haverá ninguém para questionar.

Os cílios dela tremularam, lentos e hesitantes.

— Como é?

— Você tem razão, lady Serilda. — Ele começou a andar de um lado para o outro à sua frente. — Eu não havia contemplado o que esse bebê pode significar para mim e minha corte. Um recém-nascido, abençoado por Hulda. É uma dádiva que não pode ser desperdiçada. Estou grato por ter aberto meus olhos para as possibilidades.

Ela mexeu a boca, mas não emitiu nenhum som.

O rei se aproximou. Parecia satisfeito, quase convencido, ao observá-la. Seus olhos estranhos, as roupas imundas de plebeia. A atenção dele perdurou em sua barriga, e Serilda enlaçou os braços na frente do corpo. O movimento fez com que os lábios do rei se contraíssem de diversão.

— Nós nos casaremos.

Ela o encarou, perplexa.

— *O quê?*

— E quando a criança nascer — continuou ele, como se não tivesse a ouvido —, vai pertencer a mim. Ninguém duvidará de que é minha. O pai humano não se dará ao trabalho de reivindicá-la, e você — ele baixou a voz para um tom claramente ameaçador — não será tola em contar a verdade a qualquer um.

Os olhos de Serilda estavam arregalados, mas não enxergavam. O mundo era um ciclone, todas as paredes e tochas se ofuscando até virar um vazio.

— M-mas eu... eu não posso — começou ela. — Não posso me *casar* com você. Uma mortal, uma humana, uma...

— Plebeia, filha de moleiro... — O Erlking soltou um suspiro exagerado. — Sei bem o que você é. Não se dê falsas pretensões. Não tenho qualquer interesse em romance, se é o que teme. Não *tocarei* em você. — Ele falou como se a ideia fosse repugnante, mas Serilda estava desorientada demais para se ofender. — Não há necessidade. O bebê já está crescendo dentro de você. E quando ela voltar, eu... — O rei parou, se interrompendo. Fechou a cara e olhou feio para Serilda, como se ela estivesse tentando ludibriá-lo para que revelasse seus segredos. — Oito meses, você disse. O momento será bem conveniente. Quer dizer... *se* tivermos ouro o suficiente. Não. Terá de ser suficiente. Não esperarei mais do que isso.

Ele andava ao redor dela, um abutre rodeando a presa, mas não a analisava. Seu olhar se tornara pensativo e distante.

— Não posso deixar que você vá embora, é claro. Não arriscarei que fuja ou espalhe rumores de que o bebê pertence a outro. Mas matá-la seria matar o bebê. Restam-me poucas opções.

Serilda balançou a cabeça, incapaz de acreditar no que ouvia. Incapaz de compreender como o Erlking podia ter passado de pretender arrancar o filho que se formava em seu ventre a decidir criá-lo como se fosse seu num período tão curto de tempo.

Mas foi nesse momento que ela pensou no que ele dissera, na pequena pista que ele deixara escapar.

Quando ela voltar.

Mais ou menos oito meses até o nascimento do bebê.

Em oito meses eles estariam quase no fim do ano.

Quase no... solstício de inverno. Na Lua Interminável. Quando ele pretendia capturar um deus e fazer seu desejo. Seria verdade, então? Ele pretendia desejar que Perchta, a caçadora, retornasse de Verloren? Será que pretendia usar o futuro bebê de Serilda como um *presente* para ela, como alguém faria com um buquê de flores ou uma cesta de strudels de maçã?

Franziu a testa.

— Pensei que os sombrios não pudessem ter filhos, estava errada?

— Um com o outro, não podem. A criação de um filho exige uma faísca de vida, e nós somos nascidos da morte. Mas com um mortal... — Ele deu de ombros. — É raro. Mortais são inferiores a nós, e poucos se rebaixariam a ponto de se deitar com um.

— É claro — disse Serilda, com um rosnado que passou despercebido.

— A cerimônia pode acontecer no solstício de verão. É tempo suficiente para os preparativos, por mais que eu espere que você não seja uma dessas noivas dadas a festividades elaboradas e pompas ridículas.

Ela soltou uma exclamação.

— Eu não concordei com nada! Não concordei em ser sua prisioneira, nem em dizer a qualquer um que é o pai deste bebê!

— Esposa — corrigiu ele com rispidez. Seus olhos se iluminaram como se eles compartilhassem uma piada interna. — Você será minha esposa, lady Serilda. Não maculemos nossa união com papos de aprisionamento.

— Independentemente das palavras que escolha usar, serei uma prisioneira, e nós dois sabemos disso.

Ele voltou a se aproximar dela, gracioso como uma cobra, e segurou suas mãos. O toque seria afetuoso, se não tivesse sido tão frio.

— Você fará o que eu mandar — disse ele —, porque ainda tenho algo que você quer.

Lágrimas arderam em seus olhos. *Gerdrut.*

— Em troca da liberdade da pequena — continuou ele —, você será minha esposa apaixonada. E espero que seja muito, muito convincente. O bebê é meu. Ninguém deve suspeitar do contrário.

Serilda engoliu em seco.

Não poderia fazer isso.

Não conseguiria.

Mas imaginou o sorriso de Gerdrut, com o primeiro dente de leite faltando. Seus gritinhos quando Fricz fazia cócegas nela. Seus biquinhos quando tentava trançar o cabelo de Anna e não conseguia descobrir exatamente como.

— Tudo bem — sussurrou ela, uma lágrima escapando de seu olho. Não se deu ao trabalho de secá-la. — Farei o que manda, se prometer libertar Gerdrut.

— Tem minha palavra.

Ele abriu um sorriso radiante e ergueu uma das mãos, revelando uma flecha com uma ponta de ouro.

Aconteceu tão depressa. Serilda mal teve tempo de suspirar antes que ele a cravasse em seu pulso.

A dor rasgou-a por dentro.

Ela caiu de joelhos, com a visão esbranquiçada. Só o que ela conseguia enxergar era a haste se projetando de seu braço. O sangue escorria pela extensão da flecha, até a ponta dourada, pingando gota por gota no chão.

Ainda segurando sua mão, o rei começou a falar, e Serilda escutou as palavras de dois lugares ao mesmo tempo. Do Erlking, desprovidas de emoção enquanto ele recitava a maldição. E de sua própria história, contada na sala do trono, ecoando de volta até ela.

Esta flecha a acorrenta agora a este castelo. Seu espírito não mais pertence aos limites de seu corpo mortal, mas permanecerá para sempre aprisionado entre esses muros. A partir deste dia, e por toda a eternidade, sua alma pertence a mim.

Nunca sentira um sofrimento como aquele, como se um veneno penetrasse seu corpo, devorando-a por dentro. Ela sentiu os ossos, os músculos, o próprio coração se desintegrando em cinzas. Deixando apenas uma casca de garota. Pele, unhas e uma flecha dourada.

Ela ouviu um baque baixo quando algo caiu às suas costas.

E... a dor sumiu.

Serilda inspirou fundo, mas não sentiu qualquer satisfação. Seus pulmões não expandiram. O ar tinha um gosto rançoso e seco.

Ela se sentia vazia, drenada. Abandonada.

O Erlking soltou sua mão e seu braço caiu em seu colo.

A flecha sumira. Em seu lugar, um buraco aberto.

O medo era quase suficiente para a impedir de olhar para trás. Mas precisava. Precisava ver, precisava saber.

Quando seu olhar recaiu sobre o próprio corpo esparramado às suas costas, Serilda surpreendeu a si mesma. Ela não chorou ou gritou. Meramente observou, tomada por uma estranha calma.

O corpo no chão continuava respirando. O corpo *dela*. O sangue ao redor da haste da flecha começara a coagular. Os olhos estavam abertos, sem piscar ou enxergar — mas não sem vida. As rodas douradas em suas íris reluziam sabiamente com a luz de mil estrelas.

Ela já vira aquilo antes, quando seu espírito flutuara sobre seu cadáver na margem do rio. Ele teria continuado flutuando para longe se ela não tivesse segurado o graveto de freixo.

Agora algo a acorrentava ali.

Ao castelo. À sala do trono. Aos muros.

Ela estava aprisionada.

Para sempre.

A dor que sentira não fora a da morte. Fora a da sensação de ter seu espírito arrancado do corpo.

Não tanto soltar, mas ser arrancado à força.

Não estava morta.

Não era um fantasma.

Simplesmente estava... amaldiçoada.

Serilda se levantou, não mais tremendo, e olhou o Erlking nos olhos.

— Isso não foi muito romântico — disse ela por entre dentes.

— Minha querida — falou ele, e ela percebeu que ele se deleitava com esse ato, essa imitação do afeto humano —, você esperava um beijo?

Ela exalou profundamente pelas narinas, satisfeita por ainda *conseguir* respirar, mesmo que não *precisasse*. Tateou as laterais do corpo, experimentando a sensação. Sentia-se diferente. Incompleta, mas ainda sólida. Sentia o peso do vestido, o rastro das lágrimas no rosto. Porém, seu verdadeiro corpo estava caído no chão, aos seus pés.

Ela levou as mãos à barriga. Será que o bebê ainda crescia dentro dela?

Ou será que crescia dentro do...

Ela mirou o corpo, deitado no chão, imóvel e inconsciente. Não morto. Nem exatamente vivo.

Queria acreditar que o Erlking não teria usado aquela maldição caso fosse prejudicar o bebê. Qual seria o sentido? Mas também não tinha certeza do quanto ele pensara sobre o assunto.

Foi aí que ela se deu conta do que parecia tão diferente. Quando finalmente entendeu, foi tão óbvio que ela se perguntou como não notara antes.

Ela não sentia mais o coração bater no peito.

CAPÍTULO

Cinquenta e cinco

— MUITO BEM — disse o Erlking, puxando os dedos dela e enfiando-os na dobra do cotovelo dele —, vamos anunciar as boas-novas.

Serilda ainda se sentia atordoada enquanto ele a guiava para fora da sala do trono, pelo salão principal, sob a marquise das portas gigantescas que davam para o pátio, onde todos os caçadores e fantasmas continuavam a perambular, sem saber o que o rei esperava deles.

As crianças estavam reunidas bem no lugar onde Serilda as deixara, agarradas umas às outras, Hans tentando defendê-las de um duende curioso que saltara para perto e tentava farejar seus joelhos.

Ela se agachou, com os braços abertos. As crianças correram para abraçá-la...

E passaram direto.

Foi como se uma rajada de vento congelante a atravessasse.

Serilda arfou. As crianças recuaram, encarando-a boquiabertas.

— E-está tudo bem — disse ela, rouca. Áureo dissera que conseguia atravessar fantasmas. Ele tentara fazer isso no dia em que se conheceram. Estufando o peito, Serilda tentou tomar mais consciência dos limites físicos de seu corpo. Estendeu os braços para elas novamente. As crianças ficaram mais hesitantes, mas quando as mãos dela encontraram seus braços, suas bochechas, seu cabelo elas voltaram a se aconchegar nela.

Era horrível tocá-las. Era uma sensação parecida com mexer num peixe morto; gelado, frágil e escorregadio. Mas ela nunca diria isso, nem se esquivaria dos abraços ou de fazer tudo o que podia para reconfortá-las e cuidar delas.

— Eu sinto muito — sussurrou ela. — Sinto muitíssimo. Por tudo.

— O que ele fez com você? — sussurrou Nickel, colocando uma das mãos carinhosamente sobre o pulso de Serilda, onde o buraco da flecha parara de sangrar.

— Não se preocupe comigo. Tente não ficar com medo. Estou aqui, e não vou deixá-las.

— Já estamos mortos — disse Fricz. — Não tem muito mais que ele possa fazer.

Serilda queria que isso fosse verdade.

— Já chega, crianças — ordenou o Erlking, sua sombra se projetando sobre elas.

Como se tivesse ouvido o comentário de Fricz, e ansiasse provar o quanto estava errado, o Erlking estalou os dedos. Como uma unidade, todas as crianças se afastaram do abraço de Serilda, com a coluna rígida e expressão entorpecida.

— Criaturas emotivas — murmurou ele com desgosto. — Venha. — Ele gesticulou para Serilda segui-lo ao descer os degraus em direção à roda de fiar no centro do pátio.

Com um nó no estômago, parou para plantar um beijo na testa de cada uma das crianças. Elas pareceram relaxar, se graças ao toque ou à perda de interesse do Erlking em controlá-las, Serilda não sabia.

Ela bagunçou o cabelo de Nickel e se virou para seguir o Erlking, ousando erguer o olhar em direção à parede do torreão. Áureo continuava lá. Dor marcava seu rosto, e o espaço vazio em seu peito se escancarou.

— Caçadores e hóspedes, cortesões e criados, servos e amigos — esbravejou o rei, chamando a atenção de todos. — Houve uma mudança de planos esta noite, uma que me agrada imensamente. Lady Serilda não mais apresentará uma demonstração de sua magia de fiar ouro. Depois de muita reflexão, determinei que tal ato está abaixo de nossa futura rainha.

Eles foram recebidos por silêncio. Sobrancelhas franzidas e bocas retorcidas.

No alto, uma expressão confusa sobrepujou o sofrimento de Áureo. As mãos de Serilda coçaram com o desejo de correr até o topo dos degraus do torreão e desamarrar aquelas correntes, mas ela ficou onde estava. Forçou-se a desviar o olhar, a encarar os demônios, os espectros, as feras reunidas à sua frente.

Enquanto encarava, Serilda percebeu que, por mais a plateia fosse formada por mortos, havia pouquíssimos idosos entre eles. Esses fantasma haviam sofrido fins traumáticos. Os corpos inchados com venenos, marcados por cicatrizes, muitos ainda portando provas das exatas armas que os extinguiram. Alguns eram fracos e cobertos de vergões, outros inchados e deformados, outros esqueléticos de inanição. Nenhum morrera em paz durante o sono.

Todos sabiam o que era carregar medo e dor dentro de si.

Pela primeira vez, Serilda sentiu como tudo isso era triste, viver uma eternidade com o sofrimento da própria morte.

E ela seria rainha daquilo.

Ao menos até o bebê nascer.

Então provavelmente seria morta.

— Lady Serilda concordou em aceitar minha mão — disse o Erlking —, e eu estou muito honrado.

O pátio foi tomado por confusão. Serilda ficou totalmente imóvel, temendo que, caso se mexesse, seria apenas para se lançar sobre o rei e tentar estrangulá-lo. Certamente ninguém seria enganado por um discurso tão sem cabimento. Ela estava apaixonada por ele? Ele estava honrado em ser marido dela?

Mas ele era o rei. Talvez não importasse se qualquer um acreditasse ou não. Talvez todos tivessem sido treinados para aceitar sua palavra sem questionar.

— Começaremos os preparativos para a cerimônia imediatamente — continuou o Erlking. — Espero que dediquem à minha amada toda a fidelidade e adoração devidas à mulher que escolhi desposar.

Ele entrelaçou os dedos nos de Serilda e ergueu as mãos dos dois, exibindo o buraco aberto em seu braço.

— Eis nossa nova rainha. Um longo reinado à rainha Serilda!

Sua voz estava carregada de escárnio, e ela se perguntou se algum dos fantasmas percebeu ao erguerem as vozes, ainda hesitantes, para repetir o cântico.

Um longo reinado à rainha Serilda.

Ela estava atônita diante do absurdo daquela farsa. O Erlking queria essa criança como um presente para Perchta. Mas ele já a amaldiçoara, a aprisionara dentro do castelo. Em oito meses, ele poderia pegar o bebê, e ela não poderia fazer nada para impedi-lo. Ele ainda poderia dizer a todos que o bebê era seu progênito.

Mas por que se *casar* com ela? Por que torná-la rainha? Por que criar toda essa cena? Ele esperava trazer Perchta de volta de Verloren, e obviamente era *ela* quem seria sua verdadeira rainha, sua verdadeira noiva.

Não, suas intenções iam além de querer dar o recém-nascido à caçadora. Ela conseguia sentir. Um fio de alerta se enroscou no fundo do seu estômago.

Mas não podia fazer nada agora. Depois que Gerdrut fosse devolvida à segurança, tentaria desvendar quaisquer que fossem os segredos que esse demônio ainda escondia. Tinha até o solstício de inverno para descobrir como impedi-lo.

Até lá, faria o que lhe fosse pedido. Nada mais. Certamente não direcionaria olhares encantados para o rei nem desmaiaria toda vez que ele entrasse num cômodo. Não daria risadinhas nem se enfeitaria em sua presença. Não fingiria que não era uma prisioneira naquele castelo.

Mas mentiria. Diria a todos que ele era o pai do bebê dela, se fosse o que ele pedisse.

Até descobrir como libertar os espíritos das crianças, como libertar Áureo, como libertar a si mesma.

Como matar o Erlking.

Quando o cântico ficou mais alto, ele se inclinou na direção dela, pressionando a bochecha lisa e fria como porcelana contra a dela. Os lábios dele roçaram a beira de sua orelha, e ela reprimiu um arrepio.

— Tenho um presente para você.

Ele os virou para os degraus. Serilda ergueu o olhar horrorizado para Áureo, mas seu queixo desabara sobre o peito, mechas de cabelo escondendo seu rosto, quase dourado no sol.

— Toda rainha precisa de uma comitiva — disse o rei. Ele gesticulou na direção das crianças e curvou o dedo, chamando-as para perto.

Hans esticou as costas e se colocou na frente do grupo, agarrando a mão de Anna.

— Vamos lá. Não sejam tímidas — falou o rei, com uma voz quase meiga.

Serilda sabia que o Erlking podia forçar as crianças a obedecer, mas ele esperou que elas se aproximassem por conta própria. Hesitantes, mas com tanta coragem que Serilda sentiu vontade de puxar cada uma delas para si e plantar beijos no topo de suas cabeças.

— Apresento-lhe — disse o rei — seu lacaio. — Ele gesticulou para Hans. — Seu cavalariço. — Nickel. — Seu mensageiro pessoal. — Fricz. — E, é claro, toda rainha precisa de uma dama de companhia. — Ele colocou um dedo sob o queixo de Anna. Ela se encolheu, mas ele fingiu não notar. — Como se cumprimenta uma rainha, pequenos servos?

As crianças olharam para Serilda com olhos arregalados.

— Vai ficar tudo bem — mentiu ela.

Anna foi a primeira a agir, fazendo uma reverência atrapalhada.

— Vossa... Alteza?

— Muito bem — disse o Erlking.

Os garotos se curvavam, desconfortáveis. Serilda queria que tudo isso acabasse logo. Esse falso espetáculo, o fingimento pavoroso. Queria correr para algum lugar onde pudesse abraçá-las, dizer que sentia muito. Que faria tudo o que pudesse para tirá-las daquela situação. Não permitiria que elas ficassem aprisionadas para sempre a esse castelo, sob o domínio do Erlking. Não permitiria.

— Então? — disse o rei. — Está satisfeita?

Ela queria vomitar em cima dele. Em vez disso, respondeu:

— Ficarei assim que vir Gerdrut ser libertada.

— Ah, sim, a pequena. Obrigado por me lembrar. Eu lhe darei meu último presente de noivado. — Ele ergueu a voz. — Manfred? A menina.

Um grunhido ecoou de cima, e Serilda soltou uma exclamação, sua atenção disparando para Áureo. Ele ainda não a olhava.

Ao lado dela, Anna agarrou sua mão, seu toque fantasmagórico tão chocante que Serilda quase se retraiu.

Anna ergueu o olhar para ela, lágrimas brilhando nos olhos. Serilda tentou sorrir de volta, até que olhou para além das crianças e viu o que a menina devia ter visto.

O cocheiro emergia da multidão. Ele relanceou de Serilda e das crianças para o rei, e ela se perguntou se imaginara a faísca de ressentimento, até ódio, nos olhos do cocheiro. Então estendeu a mão para alguém escondido entre os fantasmas. Um momento depois, ele guiava Gerdrut em direção a Serilda e ao rei.

Dessa vez, Serilda de fato exclamou em voz alta, um grito que ecoaria em seus pensamentos por todo o tempo que passasse aprisionada aqui.

Gerdrut segurava a mão do cocheiro, lágrimas descendo por seu rosto angelical, sua silhueta borrada nos contornos. Um buraco onde seu meigo coração costumava ficar.

— Eu acho — adicionou o rei — que ela será uma ótima camareira. Não concorda?

Serilda uivou, sentindo como se suas entranhas tivessem sido arrancadas.

— Você prometeu. Você prometeu! — Ela girou para ele, sua fúria inflamando cada pensamento racional. — Você não pode esperar que eu minta por você. Nunca vou dizer a ninguém que você é o pa...

O rei baixou os lábios sobre os dela, envolvendo sua cintura com um dos braços, puxando-a contra si.

Suas palavras foram cortadas em um grito sufocado. Serilda tentou empurrar o peito dele, mas não fez muita diferença. A outra mão dele se enterrou em seus cabelos na base de sua nuca, imobilizando-a ao interromper o beijo.

Ela sentiu vontade de vomitar na cara dele.

A distância, ouviu o chacoalhar de correntes. Áureo tentava se soltar.

— Eu prometi a liberdade dela — murmurou o Erlking, roçando os lábios nos dela com cada movimento. — E é isso o que concederei. Assim que cumprir sua parte do acordo e me der esse bebê, vou libertar o espírito de cada um para Verloren. — Ele parou, se afastando para encará-la. — Não é o que quer para eles, *minha rainha*?

Serilda não conseguiu se forçar a responder. Seu crânio latejava de fúria, e tudo o que ela queria era arrancar o sorriso arrogante do rosto dele com as unhas.

Interpretando o silêncio dela como um "sim", o Erlking inclinou a cabeça de Serilda para baixo e plantou outro beijo frio em sua testa.

Para os expectadores, deve ter parecido um gesto do mais doce afeto.

Eles não conseguiam ver a risada presunçosa em seus olhos ao sussurrar:

— Um longo reinado à rainha.

CAPÍTULO

Cinquenta e seis

AS CRIANÇAS ADORMECERAM NA GIGANTESCA CAMA QUE UM DIA PAREcera o maior dos luxos. Serilda as observava, lembrando-se de como ficara confortada ao ver os travesseiros de plumas e as cortinas de veludo. Como se maravilhara com tudo o que o castelo tinha a oferecer.

Quando tudo parecia ligeiramente um conto de fadas.

Que ridículo.

Ela ficava grata, no entanto, pelo sono ainda ser possível para as crianças. Não sabia se fantasmas *precisavam* descansar, mas era uma pequena bênção saber que haveria momentos de descanso no cativeiro trágico.

Não sabia bem se precisava descansar. Entendia um pouco melhor agora como Áureo soubera que era diferente. Ela não estava morta. Não era um fantasma, como as crianças, como o resto dos servos do rei.

Mas o que isso a tornava?

Cansada, pensou ela. Se sentia tão cansada. E também inquieta.

Ela se flagrou pensando nas brincadeiras que inventava quando era nova com as outras crianças do vilarejo. Ou melhor, com as crianças cujos pais não proibiam de brincar com ela.

Eram príncipes e princesas. Donzelas e cavalheiros. Construíam castelos de gravetos, faziam coroas de jacintos azuis e vagavam pelos campos como se fossem nobres em Verene. Imaginavam uma vida de joias, festas e banquetes — ah, os banquetes com que sonhavam, os eventos, os bailes.

Serilda sempre fora muito boa em sonhar. Mesmo naquela época, seus colegas ansiavam por ouvi-la transformar os simples devaneios em aventuras inigualáveis.

Mas nunca passara pela cabeça de Serilda, nem por um brevíssimo canto de andorinha, que elas poderiam se tornar realidade.

Ela moraria num castelo.

Se casaria com um rei.

Se casaria com um monstro.

É verdade, sua corte podia ser suntuosa à sua própria maneira. Banquetes, danças, festividades e bebidas. Ela poderia até receber presentes e uma imitação de romance. O rei teria que fingir algum nível de adoração por ela se quisesse convencer todo mundo de que era o pai do bebê, afinal. Mas seria mais uma prisioneira do que uma rainha. Não teria poder algum. Ninguém obedeceria a seus comandos ou ouviria suas súplicas. Ninguém a ajudaria, a não ser que o rei permitisse.

Uma posse. Ele a chamara de posse, e isso quando ela era apenas a fiandeira de ouro. Agora, ela seria uma esposa, presa a ele por qualquer que fosse a cerimônia que os sombrios fizessem para comemorar tal coisa.

E, no meio de todo esse turbilhão, ainda havia a alegria inacreditável, de alguma forma impossível de conter. Ela teria um bebê.

Seria mãe.

A não ser que esse bebê fosse arrancado dos braços dela e entregue à caçadora Perchta no momento em que nascesse. O pensamento fazia bile subir por sua garganta.

Ela suspirou com pesar e se sentou na beira da cama, tomando cuidado para não perturbar as crianças adormecidas. Ao afastar uma mecha de cabelo da testa de Hans, depois ajeitar a coberta nos ombros de Nickel, Serilda torceu com todo o coração para que sonhos agradáveis não lhes escapassem.

— Vou encontrar uma maneira de lhes trazer paz — sussurrou ela. — Não deixarei que trabalhem aqui para sempre. Enquanto o dia não chega, prometo lhes contar as mais alegres histórias para distraí-las de tudo isso. Nas quais os heróis são vitoriosos. Os vilões, derrotados. Nas quais todos que são justos, gentis e corajosos recebem o final perfeito. — Ela fungou, surpresa quando outra lágrima se pendurou de sua pálpebra. Começara a pensar que haviam secado.

Ficou tentada a se deitar, enroscar-se no pouco espaço que sobrara e deixar seus pensamentos se ajustarem a tudo o que acontecera em meras vinte e quatro horas.

Mas não podia dormir.

Ainda precisava fazer mais uma coisa antes que esse dia desastroso terminasse.

Um guarda-roupa fora abastecido com vestidos e capas refinados, todos em tons de esmeralda, safira e rubi vermelho-sangue. Tudo requintado demais para a filha de um moleiro.

O que seu pai pensaria ao vê-la em vestes assim?

Não. Serilda fechou os olhos com força. Não podia pensar nele. Ela se perguntava se algum dia conseguiria enlutá-lo apropriadamente. O pai era apenas mais uma joia em sua coroa de culpa. Mais uma pessoa que decepcionara.

— Pare com isso — sussurrou ela, pegando um roupão do guarda-roupa. Deixara uma vela na mesa de cabeceira para que, caso as crianças acordassem, não se encontrassem cercadas por escuridão num quarto desconhecido.

Então, saiu de fininho da torre. Não sabia ao certo como chegar ao telhado do torreão, mas estava determinada a tentar todas as escadas até encontrar a certa.

No entanto, ao virar a curva dos degraus em espiral, avistou uma figura recostada no batente da porta.

Serilda congelou, apoiando uma das mãos na parede.

Áureo a olhava de baixo, segurando uma trouxa de tecido nos braços. Suas mangas estavam puxadas acima dos cotovelos, e ela viu lesões vermelhas onde as correntes douradas o envolveram. Seus ombros estavam tensos. Sua expressão, cuidadosa demais, desconfiada demais.

Queria correr para seus braços, mas eles não se abriram para ela.

Serilda abriu e fechou a boca algumas vezes até encontrar as palavras.

— Eu estava indo te soltar.

Ele tensionou o maxilar, mas, um segundo depois, seu olhar suavizou.

— Eu estava criando um tumulto. Gemendo. Chacoalhando correntes. Coisas típicas de um poltergeist. Eles finalmente cansaram de me escutar e me soltaram perto da hora do pôr do sol.

Ela desceu os degraus. Esticou um dedo para uma das marcas em seu antebraço, mas ele se encolheu.

Serilda recolheu a mão.

— Como eles conseguiram?

— Me encurralaram na saída da torre — contou ele. — Enrolaram as correntes em mim antes que eu entendesse o que estava acontecendo. Nunca tive que me preocupar com isso antes. Ficar... preso assim.

— Sinto muito, Áureo. Se não fosse por mim...

— Você não fez isso comigo — interrompeu ele bruscamente.

— Mas o ouro...

— Eu fiz o ouro. Fabriquei minha própria prisão. Quer maior tortura do que essa? — Por um breve momento, ele pareceu querer sorrir, mas não parecia saber exatamente como.

— Mas se eu tivesse contado a verdade... em qualquer momento, se eu simplesmente tivesse contado a verdade, em vez de pedir que você fiasse o ouro, para continuar voltando, para continuar me ajudando...

— Você estaria morta.

— E aquelas crianças estariam vivas... — A voz dela falhou. — E você não teria sido acorrentado a uma parede.

— *Ele* arrancou o coração delas. Ele é o assassino.

Serilda balançou a cabeça.

— Não tente me convencer que não tenho culpa em tudo isso. Tentei fugir, mesmo que soubesse... que soubesse do que ele era capaz.

Eles se encararam por um longo momento.

— É melhor eu ir — sussurrou ele, enfim. — O rei pode não gostar de ver sua futura noiva de conversinha com o poltergeist do castelo. — A amargura era tangível, sua boca se retorcendo como se ele tivesse mordido algo azedo. — Eu só queria trazer isso para você. — Ele empurrou o tecido na direção de Serilda, e ela levou um momento para reconhecer sua capa.

Sua capa velha, esfarrapada, manchada e adorada.

— Fiz um remendo no ombro — disse ele quando Serilda a pegou. Ao desdobrá-la, viu que o lugar onde o drude rasgara o tecido de fato fora remendado com um quadrado de tecido cinza, quase da mesma cor da lã original, porém mais macio ao toque.

— É pelo de dahut — explicou ele. — Não temos ovelhas aqui, então...

Ela apertou a capa contra o peito por um momento e, depois, a colocou sobre os ombros. Seu peso familiar trouxe um conforto imediato.

— Obrigada.

Áureo assentiu, e por um momento ela temeu que ele realmente fosse embora. Mas seus ombros murcharam e, resignado, ele abriu os braços.

Com um soluço grato, Serilda se jogou sobre ele, enlaçando os braços em suas costas, sentindo o calor do abraço se espalhar por seu corpo.

— Estou com medo — disse ela, os olhos se enchendo de lágrimas. — Não sei o que vai acontecer.

— Também estou — murmurou ele. — Faz muito tempo que não sinto medo assim. — Ele esfregou os braços dela, com a bochecha pressionada em sua têmpora. — O que aconteceu na sala do trono? Quando ele saiu te arrastando, eu pensei... — sua voz se embargou de emoção — pensei que ele te mataria, com certeza. Então, vocês dois voltam para fora e, de repente, ele está te chamando de rainha? Dizendo que você vai se *casar* com ele?

Ela fez uma careta.

— Nem eu entendo. — Ela afundou os dedos na camisa de Áureo, querendo ficar ali para sempre. Querendo nunca encarar a realidade da vida naquele castelo, ao lado do Erlking. Ela nem conseguia começar a imaginar que futuro esperava por ela ou pelas crianças que deixara no quarto.

— Serilda — disse Áureo, mais sério agora. — É sério. O que aconteceu na sala do trono?

Ela se afastou para olhar o rosto dele.

Ele merecia saber a verdade. Ela teria um bebê; e ele era o pai. O rei queria ficar com o bebê. Queria trazer Perchta de volta de Verloren e presenteá-la com o filho que crescia no ventre de Serilda.

O filho deles.

Mas pensou nas crianças com buracos no peito. No quanto já tinham sofrido.

Se o rei descobrisse que ela não cumprira com o combinado, as crianças sofreriam as consequências. Ele nunca libertaria seus espíritos.

Escolheu as palavras com cuidado, observando a reação de Áureo, torcendo para que ele conseguisse enxergar a verdade escondida em suas mentiras.

— Eu o convenci de que não consigo mais fiar ouro, mas que... meu bebê, quando eu tiver um, herdará a dádiva de Hulda.

Ele franziu a testa.

— Ele acreditou?

— As pessoas acreditam no que desejam que seja verdade — disse ela. — Os sombrios não devem ser muito diferentes.

— Mas o que isso tem a ver com... — Seus olhos ficaram escuros de preocupação. Quando voltou a falar, sua voz era mais incisiva. — Por que ele quer se casar com você?

Ela estremeceu com a insinuação. Com a mentira na qual precisava que Áureo acreditasse.

— Para que eu possa ter um filho.

— Um filho *dele*?

Quando Serilda não respondeu, ele grunhiu com raiva e começou a se afastar. Ela segurou a camisa dele com mais força, agarrando-se a ele.

— Não é possível que você pense que eu quero isso — retrucou ela com rispidez. — Espero que me conheça melhor.

Ela hesitou. A onda de raiva foi substituída por angústia. Então, finalmente... horror.

Compreensão.

— Ele já te aprisionou. Não foi?

Mordendo a parte interna da bochecha, Serilda se afastou para erguer a manga do roupão, mostrando o buraco onde a flecha a perfurara.

A expressão dele era de desespero.

— Parte de mim sente que isso deveria me deixar feliz, mas eu não... não quero isso para você. Eu nunca desejaria isso para você.

Ela engoliu em seco. Mal teve tempo de pensar no que significaria. Ser rainha, para sempre trancada atrás do véu nesse castelo desalmado, tendo como únicas companhias os mortos-vivos, os sombrios... e Áureo.

Ele tinha razão. Uma parte dela poderia ter se reconfortado um pouco com a ideia, mas estava enterrada tão fundo que era difícil ter certeza. Isso não seria uma vida, não uma que escolheria para si mesma.

E ela só podia presumir que seria curta. Assim que o bebê nascesse e o rei visse que Serilda continuava sem magia alguma, se livraria dela sem hesitar. Pegaria o recém-nascido e, se tivesse sido bem-sucedido em capturar um deus e desejar que Perchta voltasse a esse mundo, entregaria a vida inocente para ela. A senhora da crueldade e violência e morte.

No entanto...

Estranhamente, inexplicavelmente, o bebê já tinha dono. Ela já prometera seu primogênito para outro.

O que isso significava para seu acordo com o rei?

O que seu acordo com o rei significava para Áureo?

— Áureo, tem outra coisa que preciso te contar.

Ele ergueu as sobrancelhas.

— Tem *mais*?

— Tem mais. — Ela segurou o rosto dele entre as mãos. Analisando-o.

Ele ficou tenso.

— O que foi?

Serilda puxou o fôlego.

— Eu sei como a história termina. Ou... como terminou.

— A história? — Ele parecia confuso. — Sobre o príncipe? E a princesa sequestrada?

Ela fez que sim com a cabeça e desejou tão desesperadamente poder lhe dizer que tinha um final feliz. O príncipe matou o vilão e salvou a irmã, no fim das contas. Seria tão fácil dizer as palavras. Elas estavam na ponta de sua língua.

— Serilda, esse está longe de ser o momento para contos de fadas.

— Você tem toda a razão, mas precisa escutar — disse ela, baixando as mãos para os ombros dele, remexendo na ampla gola de linho da camisa. — O príncipe voltou para seu castelo, mas o Erlking chegara antes dele, e... ele matou todo mundo. Assassinou o rei e a rainha, todos os servos...

Áureo estremeceu, mas Serilda agarrou o tecido, mantendo-o perto.

— Quando o príncipe chegou, o rei acorrentou o espírito dele ao castelo, para que ficasse enclausurado nesse lugar miserável para sempre. E, como uma última vingança, lançou uma maldição no príncipe para que ninguém, nem mesmo o próprio príncipe, jamais se lembrasse dele ou de sua família. Seu nome, sua história... tudo foi acabado, para que ele ficasse eternamente sozinho. Para que nunca mais soubesse o que é o amor.

Áureo a encarou.

— É isso? É *assim* que a história termina? Serilda, isso é...

— A verdade, Áureo.

Ele hesitou, franzindo a testa.

— É a verdade. Tudo isso aconteceu, bem aqui nesse castelo.

Ele a observou, e Serilda notou o momento em que as peças começaram a se encaixar.

As coisas que faziam sentido.

As perguntas que perduravam.

— O que está me dizendo? — sussurrou ele.

— Não é só uma história. É a verdade. E o príncipe... Áureo, é *você*.

Dessa vez, quando ele se afastou, ela deixou.

— A garota no retrato era sua irmãzinha. O Erlking a matou. Não sei se ficou com o fantasma dela. Talvez ela ainda esteja em Gravenstone.

Ele passou a mão no cabelo, encarando o vazio. Serilda via que ele queria argumentar, negar. Mas... como poderia? Não tinha nenhuma lembrança de sua vida anterior.

— Qual é o meu nome verdadeiro, então? — perguntou ele, erguendo o olhar para encará-la. — Se eu fosse um príncipe, eu seria famoso, não é?

Serilda deu de ombros.

— Eu não sei o seu nome. Foi apagado, como parte do feitiço. Eu nem sei se o próprio Erlking sabe. Mas sei que você não é um fantasma. Você não está morto. Só amaldiçoado.

— Amaldiçoado — repetiu ele, rindo sem humor. — Estou bem ciente disso.

— Mas você não vê? — Ela pegou as mãos dele. — Isso é uma coisa boa.

— Como ser amaldiçoado pode ser uma coisa boa?

Era a pergunta que Serilda passara a vida toda tentando responder.

Ela ergueu a mão dele e plantou um beijo na cicatriz clara em seu pulso sardento, onde uma flecha de ponta dourada acorrentara seu espírito ao castelo, aprisionando-o para sempre.

— Porque maldições podem ser quebradas.

Agradecimentos

Meu coração está tão cheio de gratidão que eu desejava que existissem mais palavras para conseguir expressá-la.

Devo incontáveis obrigadas à minha família editorial na Macmillan Children's Publishing Group: Liz Szabla, Johanna Allen, Robert Brown, Caitlin Crocker, Mariel Dawson, Rich Deas, Jean Feiwel, Katie Quinn, Morgan Rath, Jordin Streeter, Mary Van Akin, Kathy Wielgosz e a todo mundo com quem eu nunca tive a oportunidade de conversar, mas que sei que trabalha incansavelmente para trazer esses livros ao mundo. Sou igualmente grata à equipe da Jill Grinberg Literary Management: Jill Grinberg, Katelyn Detweiler, Sam Farkas, Denise Page e Sophia Seidner. Tenho muita sorte de poder trabalhar com todos vocês.

Agradeço muito à minha copidesque, Anne Heausler, por suas atenciosas edições e sugestões. À incrivelmente talentosa narradora do meu audiolivro, Rebecca Soler, por suas interpretações geniais dos personagens. E a Regina Louis, por sua contribuição inestimável em costumes, tradições e detalhes da cultura alemã (assim como pelo seu trabalho na tradução alemã de *Supernova*). Obrigada por toda a ajuda em fazer o mundo de Adalheid brilhar um pouco mais.

Estou eternamente em dívida com minha amiga de longa data e parceira de críticas, Tamara Moss. Não só seu feedback sempre resulta num livro mais forte, como, de alguma forma, você sabe as coisas certas a dizer para me ajudar a manter a calma e seguir em frente.

Não tenho como agradecer o bastante a Joanne Levy; assistente, organizadora de podcast, gerente de mídias sociais, especialista em Excel e autora juvenil incrível. Sei que já disse isso centenas de vezes, mas, sério, você é a melhor.

Por falar em amigos escritores incríveis, foi muito estranho escrever este livro durante o confinamento de 2020, e me fez apreciar ainda mais meu grupo de escrita local: Kendare Blake, Corry L. Lee, Lish McBride e Rori Shay. Espero que, quando o livro for publicado, nós já estejamos curtindo nossos encontros de escrita de novo!

Sou muito grata a Sarah Crowley por toda a sua ajuda com o design de sites e problemas técnicos. A Bethanie Finger, apresentadora do Prince Kai Fan Pod, por sua energia incansável e pelo apoio. Para todos no Instagram que ofereceram sugestões para a playlist de *Áureo*; pude me cercar das músicas mais deliciosamente assombrosas e fantásticas nesses últimos meses graças a vocês. E aos leitores. Todos os leitores. Os livreiros, bibliotecários, professores, ouvintes de podcasts, fãs... todo mundo que tem sido tão gentil, encorajador, entusiasta e simplesmente muito, muito maravilhosos nessa última década. Espero que saibam como são importantes para mim.

Para concluir, sou cheia de gratidão, apreciação, agradecimento, e qualquer outro sinônimo, à minha família. Jesse, amor da minha vida. Sloane e Delaney, logo em segundo lugar. Mamãe e papai. Bob e Clarita, Jeff e Wendy, Garrett e Gabriel, Connie, Chelsea, Pat e Carolyn, Leilani e Micah, e Micaela. Minha vida é um pouco mais ouro e um pouco menos palha com todos vocês nela.

Impressão e Acabamento:
BMF GRÁFICA E EDITORA